■ 玉林师范学院高层次人才科研启动基金项目（博士科研启动基金）
"《野草》与《烛虚》比较研究"（G2021SK18）成果

《野草》与《烛虚》比较研究

陈彩林 / 著

西南交通大学出版社
·成 都·

图书在版编目（CIP）数据

《野草》与《烛虚》比较研究 / 陈彩林著. —成都：
西南交通大学出版社，2022.8
ISBN 978-7-5643-8879-9

Ⅰ. ①野… Ⅱ. ①陈… Ⅲ. ①《野草》– 诗歌研究②
散文 – 文学研究 – 中国 – 现代 Ⅳ. ①I210.97
②I207.65

中国版本图书馆 CIP 数据核字（2022）第 157032 号

《Yecao》yu《Zhuxu》Bijiao Yanjiu
《野草》与《烛虚》比较研究
陈彩林 著

责 任 编 辑	居碧娟
封 面 设 计	原谋书装
出 版 发 行	西南交通大学出版社
	（四川省成都市金牛区二环路北一段 111 号
	西南交通大学创新大厦 21 楼）
发行部电话	028-87600564　028-87600533
邮 政 编 码	610031
网　　　 址	http://www.xnjdcbs.com
印　　　 刷	成都蜀通印务有限责任公司
成 品 尺 寸	170 mm × 230 mm
印　　　 张	26.5
字　　　 数	353 千
版　　　 次	2022 年 8 月第 1 版
印　　　 次	2022 年 8 月第 1 次
书　　　 号	ISBN 978-7-5643-8879-9
定　　　 价	76.00 元

图书如有印装质量问题　本社负责退换
版权所有　盗版必究　举报电话：028-87600562

《野草》与《烛虚》比较研究

序

面对人类世界的总体性现代转型,近现代以来深处救亡图存危机的中华民族该如何重构崭新的生命本体以振疲起衰?以五四新文化运动与文学革命为发端的中国现代文学于此担负着重要使命。鲁迅说:"文艺是国民精神所发的火光,同时也是引导国民精神的前途的灯火。"这也就意味着文学对于生命守望的顶层体现于其哲学维度。马克思认为:"真正的哲学是时代精神的精华。"那么,中国现代文学于此做出了怎样的探求,达到了怎样的哲学高度?这正是本书研究针对的问题。为此,研究者在审视中国现代文学发展史的基础上选择了一个具体的切入口:《野草》与《烛虚》比较研究。通读这部三十余万字的著作,真切感受到研究者凿壁穿隧的用力,干净周致的比较研究让问题逐渐敞亮开来,向人展示出如下学术图景。

鲁迅以"立人"为其文学创作的贯穿性支点,沈从文以"重造生命"为其文学创作的贯穿性支点,正是各自对于"中国问题"的深彻把握。自从鲁迅痛感"凡是愚弱的国民,即使体格如何健全,如何茁壮,也只能做毫无意义的示众的材料和看客"的时候起,发露民族的劣根,重构善美刚健的民族生命本体,便成为他终生一以贯之的生命实践。生命应该有个怎样合理的安排是沈从文一生不懈的探求,他要在"一切经典所建议的抽象原则,已失去其应有尊严作用,而显得腐霉败坏时"重造经典,以此筑造供奉"人性"的神庙,重构"生命"信仰。正是立足历史转折处"归一"于民族生命本体的现代重构,二者才以各自殊异的"大道"成为中国现代文学史上标志性的存在。

痛感近现代民族生存危机,以五四为契机,鲁迅首先以传统主流文化中心区域生存方式的缩影——"鲁镇"为基点来观照民族现实生存。《呐喊》《彷徨》借狂人之口道出"有了四千年吃人履历"的民族生存史。鲁迅的深刻在于他所思考的是为什么在这部民族生存史之中这些"也有给知县打枷过的,也有给绅士掌过嘴的,也有衙役占了他妻子的,也有老子娘被债主逼死的"被吃者也会去"吃人"。也就是说,吃人者与被吃者除去外在社会结构上所处的社会地位不同之外,二者在人之本体根性上并无差异,这正是《狂人日记》等作品揭示的民族"四千年吃人履历"的历史同一性根源。在以时间性的纵向历史眼光对整个民族生存史进行回溯中,鲁迅以专制主义与人的存在这一人类生存从古到今所面临的痼疾为视角,发露出维系这一社会历史结构的以家族制度与礼教为表现形式的主流意识形态文化"仁义道德"之下的"吃人"面目,呈示出奴隶时代循环的历史同一性,进而揭示出最根柢的"中国问题",即"人丧其我""本根剥尽"。

"鲁镇世界"正是本根"无我"的民族生存范本,这里的"我"实质是人之为人尊严、独立、个性、自由的"自性"。《阿Q正传》最具代表性的原因正在于此,阿Q实则是鲁迅于本根无我的民族生存史中以"鲁镇世界"为范本提炼出的典型文学形象,"精神胜利法"凸显出民族善美刚健生命本体的缺失。他的创作是"中华民族中以家族制度与礼教为中心的主流文化占统治地位的中国中心区域的生存方式最集中、最深刻、最典型的显示"。这也是《呐喊》《彷徨》采用以现实主义为主要文学手法的原因，因为现实主义于此凸显出了以形象的现实性、具体性来感染人、反映社会生活的艺术效用。既然最根柢的"中国问题"是本根无我，针对性重构民族生命的途径当然是"朕归于我"。

在《呐喊》《彷徨》外在形象描摹民族生存人之非在诸相，内在揭示民族生命本体缺失的基础上，由"五四"呐喊而入彷徨于无地的鲁迅于运交华盖之中更加痛切、更加焦灼地感到"对于这样的群众没有法"。"没有法"的他最终将潜隐在作品深处、借助作品人物说话的最本己之"我"凸浮而出，他要以自身最本己的存在言说"我"的"全部人生哲学"，一种超越现实诸相、"于一切眼中看见无所有"的终极性言说。他所言说的正是他自己据以行动的内在隐秘言语，其"朕归于我"的全部人生哲学就见之于作为此我的"野草"之在，这便是《野草》。

这样，"我""野草"便成为象征性的生命符号，一种与庸众截然对立的人格样态的象征，示现出善美刚健的生命本体。相应地，文学创作的方法也由《呐喊》《彷徨》以现实主义为主转向《野草》以象征主义为主，因为象征主义所具有的暗示性艺术效用更易于表现难以言说的形而上质。因此，《野草》实则是以《呐喊》《彷徨》为基生命蓄积到一定程度的产物，"野草"式的此我之在所呈示的"鲁迅的全部人生哲学"实则是"朕归于我"的生命本体与人格样态如何成为实在的本体论与生存论，一种以最本己之"我"示现的方式对最根柢"中国问题"的解答，并沿此标示出"惟此自性，即造物主"的终极归向。"自性"的澄明，以"野草"式人格样态对于"我"之"自性"的践履亲证，一方面凸显出鲁迅之为鲁迅的特质，另一方面凸显出他"外之既不后于世界之思潮，内之仍弗失固有之血脉"的民族生命本体重构。因此,《野草》最本质的意义是鲁迅立足民族生命本体的根性观照与重构这一最根柢的"中国问题",以"野草"式的此在之"我"为贯穿性生命符号向旱干沙漠般的社会示现"朕归于我"这一"立之为极"的人格样态。

相对于上述鲁迅以根脉所系的"鲁镇"这一中国主流文化中心区域生存方式的范本为基点来观照民族现实生存,沈从文则是以根脉所系的"湘西"这一"主流文化不占绝对统治地位的边缘文化区域生存方式的缩影"为基点来观照民族现实生存的。较之于鲁迅以时间性的纵向历史眼光立足"鲁镇世界"回溯整个民族生存史,沈从文则以空间性的横向历史眼光将这方相对封闭、保守的"湘西世界"与时代文明中心区域的都市世界进行相互参照,由此呈示出人类生活世界总体性现代转型中最根柢"中国问题"的另一个侧面,即在以五四为标志的中国社会历史第二次大变动这一"神之解体"时代,社会历史发展与人之存在表现出极度的二律背反,民族生命在"禁律"与"金钱"之下表现出极度的扭曲与沉沦,在"实际主义"中表现出浓厚动物性,无不显示出对于"自然"的违反,因本体"神性"的缺失,整个时代民族生命新陈代谢毫无意义。针对这一最根柢的"中国问题",沈从文提出了"神在生命本体中"这一最基本、最核心的重构民族生命本体的哲学命题,并沿此标示出"生命具神性"的终极归向。"神性"的澄明,以最本己之"我"对于"生命具神性"人格样态的践履亲证,同样显示出沈从文之为沈从文的特质与他独特的"外之既不后于世界之思潮,内之仍弗失固有之血脉"的民族生命本体重构。

当"五四"所开启的重构民族生命的历史之维走过二十周年的时候,立身于以《边城》《长河》为代表的湘西系列创作的坚实人生基础上，正如鲁迅由《呐喊》《彷徨》而入《野草》，沈从文则由《边城》《长河》而入《烛虚》。可以说，20世纪40年代以最本己之"我"为贯穿性生命符号示现"立之为极"人格样态的《烛虚》等系列抽象创作实则为湘西题材系列创作这一坚实的金字塔基与塔身构筑了一个标示性的塔尖，是继"曲谱边城"之后进一步"独照虚空"的哲学提升，是"人性"向"神性"的进一步提升，那启明生命的金星"长庚"就闪耀于这金字塔的塔尖，鲜明标示出"生命具神性"的人生哲学取向。

上述鲁迅与沈从文分别以"自性"与"神性"为根本识别性的民族生命本体现代重构绝不是二人于历史转折处的权宜之计，而是二者立身当时的生存环境对最根柢的"中国问题"具有人之守望终极性与前瞻性的应对。"个人的发见"是"五四"开启的历史之维，沿此鲁迅以鲜明的现代个体生命意识对于民族心理奴性的抗拒仍不能说是"过去"，继续以"自性"为人生哲学取向建构尊严、独立、个性、自由的民族生命本体仍然具有重要的时代意义，因为要实现鲁迅所言的那种"人各有己"的"群之大觉"，马克思、恩格斯所取向的那种"人人各个有己"的"联合体"，我们还有很长的路要走。

从神之解体到科学发展，我们在技术体系现代化构建上也取得了长足的发展，但是沈从文所关注的那种"所得于物虽不少，所得于己实不多"的情势却依然突出，"惟实惟利""有形无形市侩化"的"实际主义"人性沉沦依然严峻。显然，人的生存并没有伴随着技术体系的高速现代化而一路欢歌。沈从文以恢复对自然倾心的本性为基点，以"神性"为人生哲学取向建构至圣至美的民族生命本体同样具有重要的时代意义，因为要实现沈从文所希图的人性重返自然，马克思、恩格斯所取向的"合乎人的本性的人的自身的复归",我们同样还有很长的路要走。

鲁迅由《呐喊》《彷徨》而入《野草》,沈从文由《边城》《长河》而入《烛虚》,二人以对"朕归于我"与"神在生命本体中"的哲学命题的践履亲证向我们发出了超越时空的昭示。这种以最本己之"我"出场澄明"人"之性体的昭示正表明二人绝不是信条的营造者或教义的炮制者,他们呈献给整个民族乃至人类生存的是一种崭新而鲜活的精神与人格样态,最终的目的是要为民族生命示现真正占有人的本质的根性,示现这种根性所引发的自我心灵运动,示现这种心灵运动所达至的生命极致状态。个体自由自律趋向于这种生命极致状态的过程就是人在形而下现实生存中对自我生命本体的形而上澄明,就是对"自性"与"神性"的真正占有,就是对"人"之本然之道的彻底回归,就是对生命的无限超越,而这正是二人之于民族生命现代重构这一最根柢"中国问题"的核心要义。

这部著作呈现的上述学术图景学理坚实、内涵丰富。尤为难得的是,研究者绵密的学术思维,一方面不沉湎于琐屑,显示出"史"的视野,彰显出广远之势,另一方面不流于空泛,着力于文本细读,发掘于精微之处。

麓山毓秀,精勤以求。在探求者相对稀少的中国现代文学哲学维度上,相信这部颇具学力的著作会带给你别样的景致。

凌宇

(第九届、第十届全国人民代表大会代表,中国现代文学研究会副会长,教育部中文教学指导委员会委员,湖南师范大学教授、博士生导师)

《野草》与《烛虚》比较研究

目 录

引 论 民族生命本体的现代重构　　　　　　　001

第一章　"我"的存在即是"人"的拯救
——《野草》与《烛虚》的标志性　　　009

第一节　"自救"与"他救"　　　　　　　　010
第二节　尖锐化的生存对立　　　　　　　　032
　　※　"我"与"人"　　　　　　　　　　044

第二章　朝向现代生存的践履亲证
——《野草》与《烛虚》中的"我"　　047

第一节　"五四"与"我"　　　　　　　　　051
第二节　"我"的确证　　　　　　　　　　　088
第三节　燃烧自我的快慰　　　　　　　　　114
　　※　"我"　　　　　　　　　　　　　　127

第三章 难见"真的人"
——《野草》与《烛虚》中的"人"　130

第一节　"奴才"与"阉寺性的人"　133
第二节　"看客"与"莫名其妙的人"　147
第三节　"聪明人"与"知识阶级"　164
　※　　"人"　181

第四章 在自身中看见神
——《野草》与《烛虚》的生命哲学　184

第一节　"奴隶时代的循环"与"神之解体"　187
第二节　"朕归于我"　215
第三节　神在生命本体中　257
第四节　"自性"与"神性"　298
　※　　人之为人的应对　317

第五章 启人生之闷机
——《野草》与《烛虚》的艺术形态　322

第一节　地域色彩的消解　326
第二节　"坟"与"百合"　341
第三节　"独语"的现代性生命启蒙　373
　※　　"活生生的实在的内容的形式"　391

结　语　鲁迅、沈从文与"中国问题"　395

参考文献　406

引 论　民族生命本体的现代重构

　　自第一次鸦片战争以来,晚清王朝遭遇的危机不仅是一个国内事件,而且是一个国际事件①,这意味着古典的"华夷秩序"逐渐被"世界国家秩序"所取代②。面对"一国生事,诸国构煽,实为数千年未有之变局",面对挟工业文明威势的"数千年未有之强敌",③晚清王朝无法应付新的世界挑战,这直接危及中国在外部世界主权关系中的自主,危及中华民族在世界民族之林中的自立。在这一历史转折处,中国与中华民族的国际国内危机不仅是一个政治事件、经济事件、军事事件,而且在更深层次上凸显出它在本质上是一个文化事件、思想事件、精神事件。这便是梁启超《五十年中国进化概论》等文献中呈现的历史情势。

　　面对这一历史危机,如何将中国安放在新的国家体制、社会制度之上,如何将中华民族安放在新的价值体系之上,二者就像纸的正反两面,形成中国近现代历史、中国近现代文化思想史、中国近现代文学史的主线。这一历史进程被冯友兰、张岱年等学者称为中国社会历史的第二次大变动。④

---

① 汪晖. 现代中国思想的兴起（下卷第一部）[M]. 北京：北京三联书店,2008：872.
② 冯天瑜. 文化守望[M]. 武汉：武汉大学出版社,2006：6.
③ 这是李鸿章于清同治十三年（1874 年）所痛陈的中国面对的亘古未遇的严峻形势。（参见同治朝筹办夷务始末（卷 96）[M]. 北京：中华书局,1979：17；冯天瑜. 文化守望[M]. 武汉：武汉大学出版社,2006：46-47.）
④ 冯友兰、张岱年等学者从时代视角归结出中国社会历史的三次大变动：第一次是春秋战国时代,此次大变动是统一的奴隶制社会解体,社会产生大的激烈的震荡和斗争,然后,以秦汉帝国为标志,中国社会演化为大一统的封建社会。第二次是近现代,此次大变动是中国社会由大一统的封建帝国演化为半殖民地半封建的社会,经由中国人民百年的反抗和斗争,以中华人民共和国诞生为标志,演进成独立的新的国家和社会,又经由 1956 年的社会主义改造,在中国确立了社会主义制度,中国社会进入社会主义社会。第三次以中国共产党的十一届三中全会为标志,以改革开放和社会主义现代化建设为核心,中国社会历史发展进入大的深刻的根本性的变革、变动的阶段和过程之中。第三次大变动早已开始,并仍在进行,仍在深入。（参见解洪祥. 中国现代文学精神[M]. 济南：山东教育出版社,2003.）

这一社会历史大变动实质是一场彻底的更新，它一方面指向社会的需要，即建立一个科学的、民主的现代中国；另一方面指向人的需要，即建立人的具有现代品格的"内部之生活"[①]。二者互为条件，但又各有侧重，前者侧重于现代的社会实体建设，后者侧重于现代的人的本体建设，同归于"中华民族新生"这一中国社会历史第二次大变动的主题、主线。因此，"'新生'诉求一直就是中华民族自近代以来种种历史运动的隐性逻辑"[②]，一种体现时代总精神的历史脉动。

这里要特别强调的是，在"中华民族新生"这一历史逻辑的延伸中，我们往往将现代的社会实体建设与现代的人的本体建设这两个有联系但又有区别的基点简单地等同，或是混同。由于没有将"中华民族新生"外在的社会现实层面与内在的人的本体层面厘清，我们往往将社会现实层面人之存在的社会关系与社会环境的变革简单地等同于人的本体精神结构的变革，即使在理论上有所认识，但是由于没有将其熔铸为人的本体意识，以至于不能真正从根本上理解、在现实行为中实践"人各有己"之于"群之大觉"的重要意义、人的本体建设之于社会实体建设的重要意义。诚如马克思、恩格斯在标志着马克思主义诞生的《共产党宣言》中做出的论断："每个人的自由发展是一切人的自由发展的条件。"[③]马克思、恩格斯在做出这一论断时，将"联合体"作为这样一个社会的称呼，所凸显的正是"这样一个联合体"人人各个有己的内质。这样一个"联合体"的社会其各个个体与社会实体之间的关系就好比是诸行星与天空

---

① 鲁迅在《文化偏至论》中强调："内部之生活强，则人生之意义亦愈邃，个人尊严之旨趣亦愈明。"他的"立人"指向的正是"民族-个体"的"内部之生活"。"内部之生活强"实则是鲁迅"立人"的目标。本书从此处提炼出"内部之生活"作为民族生命重构的一个主要概念。

② 廖诗忠. 回归经典——鲁迅与先秦文化的深层关系[M]. 上海：上海三联书店，2005：32.

③ 〔德〕马克思，恩格斯. 共产党宣言[M]. 中共中央马克思恩格斯列宁斯大林著作编译局，编译. 北京：人民出版社，1997：50.

之间的关系,"每个行星既有自转,但也服从于统一的公转"①。事实上,"统一的公转"与"自转"各有其用。从鲁迅于其文学创作的起始处前瞻性地提出"人各有己,而群之大觉近矣"②到沈从文于其文学创作的尽头处回顾性地揭示"让一切创造力得到正常的不同的发展和应用。让各种新的成就彼此促进和融和,形成国家更大的向前动力"③的人类发展趋势,所鲜明呈示的正是人的本体现代重构之于社会实体现代重建的本质性意义。

  回顾中国历史、中国文化思想史、中国文学史,中国文学再也没有哪个历史阶段像上述以"五四"为标志的中国社会历史第二次大变动那样如此自觉地融入"中华民族新生"这一历史运动的内在逻辑,进而又相应地在现实层面对于国家体制、社会制度与民族文化心灵、个体生命内质的现代重建有着如此直接的内应,有着如此全力的担当,有着如此强力的精神文化效应。尤为强调的是,文学在这一历史进程中极大地凸显出了重构民族文化心灵的功能,凸显出了重构人的"内部之生活"的功能,即民族生命本体的现代重构功能,这是晚清以降关乎民族生死存亡的大问题。中国文学在中国社会历史第二次大变动中之所以如此重要,是因为文学在很大程度上、在极为艰难的时势中担负着这一历史功能。"文学革命"成为"五四"新文化运动中最有实绩的部分证明了这一点。19世纪末甲午战后,外国近代文化大规模、系统传入中国,而从它大规模传入中国第一天起,就不是以自身为目的的文化运动,而是为当时的政治运动——戊戌变法——服务的。④从康有为、梁启超、谭嗣同直到严复,"一切文化活动的目的,还在政治救亡"⑤。戊戌变法失败之后,梁启超"以'新民'为直接目的

---

① 〔英〕培根. 人生论[M]. 何新,译. 长沙:湖南人民出版社,1987:78.
② 鲁迅. 鲁迅全集(8卷)[M]. 北京:人民文学出版社,2005:26.
③ 沈从文. 沈从文全集(16卷)[M]. 太原:北岳文艺出版社,2002:535.
④ 解洪祥. 中国现代文学精神[M]. 济南:山东教育出版社,2003:84-85.
⑤ 解洪祥. 中国现代文学精神[M]. 济南:山东教育出版社,2003:85.

的文化活动，和以改良政治为直接目的的政治活动有很大不同","在1898—1903年的短短几年中，由于梁启超的努力，近代理性主义的文化运动，事实上已得到了相对独立的发展，而且这个运动在近代中国产生了相当的影响，启发和培育了为数不少的中国青年知识分子"①。但是，"梁启超所发动所进行的带有独立品格的文化运动很快为另一场政治运动——辛亥革命——所遮蔽、所淹没"②。"五四"新文化运动也是这样，"作为一场文化运动，是取得了独立的文化品格的"，其规模、其声响、其激烈程度、其历史影响，也远远地超过了梁启超所发动所进行的文化运动。③但是，这场新文化运动很快融入新的社会运动。正是在这一中国社会历史的特殊情状之下，当我们再次审视文学在中国社会历史第二次大变动中的担当的时候，文学的两条脉络就清晰地呈现出来，二者虽二而一，但侧重却不相同：第一，侧重于重构民族文化心灵，重构人的"内部之生活"，以人的需要为尺度，以民族生命本体的现代重构为取向，以此实现中华民族的现代生存；第二，侧重于呼应政治运动，呼应革命斗争，以社会的需要为尺度，以社会实体的现代重建为取向，以此实现中国的独立自主与富强。历史与现实表明，中华民族要真正实现伟大复兴，仅仅有技术体系的现代化是不够的，必须有价值体系的现代性，而且后者必将制约前者。当我们站在这一时代制高点的时候，文学在中国社会历史第二次大变动中的第一条脉络的重要性便浮现出来。

正如伟大的思想家、文学家的诞生要有时代的运动，要有像地球大板块那样的历史、时代、文化冲撞一样，鲁迅与沈从文强烈感应的正是上述中国社会历史第二次大变动的历史、时代、文化的诉求与冲撞以及文学在这一历史转折处对于民族生命本体现代重构的独特担当，鲜明指向的正是

---

① 解洪祥. 中国现代文学精神[M]. 济南：山东教育出版社，2003：85.
② 解洪祥. 中国现代文学精神[M]. 济南：山东教育出版社，2003：86.
③ 解洪祥. 中国现代文学精神[M]. 济南：山东教育出版社，2003：86.

以个体生命内质的脱胎换骨实现中华民族的新生。换句话说，鲁迅与沈从文的文学创作是以"中华民族新生/民族生命重造"为终极母题的，承担着呼唤国人灵魂的历史使命，而这一文学创作终极母题与历史使命取向的"中华民族新生"是人的本体的现代重构，一种朝向现代生存、与传统人格有着结构性区别的新的民族生命本体精神结构，而非局限于社会现实层面人的社会关系变革与外部生存环境变革。这就是鲁迅所担承的"立人""改造国民性"，沈从文所担承的"重造生命""重造民族品德"。因此，在根本层面上，二人正是以对"中华民族新生"这一历史逻辑的自觉融入，内应近现代以来中国国家体制、社会制度寻求现代转型"以争取平等的国家关系和公正的国际秩序"[①]以及中华民族寻求适应历史进化、社会发展以自强保种的历史诉求，内应建设独立自主的现代"民族-国家"与"内部之生活"庄严深邃的"民族-个体"的社会诉求，重建与之相应的民族精神文化，重建与之相应的民族生命本体，重建与之相应的涵养民族文化心灵与人的"内部之生活"朝向现代生存的文学经典。二人文学创作对于上述历史之于文学、文学之于历史的独特情形的集中再现为本书研究提供了一个符合中国社会历史实际情形的宏观格局，即以"中华民族新生"这一中国社会历史第二次大变动的历史逻辑来观照二人的文学创作，又同时以二人的文学创作来具体观照中国社会历史第二次大变动中民族文化心灵与人的"内部之生活"的结构性重构。

正如我们站在民族文化心灵的立足点上才知道中国古代文化思想史、中国古代文学史倘若没有唐诗宋词、四大名著，我们民族的文化心灵生活将是怎样的黯淡、我们民族生命的精神本体将是怎样的缺失一样，我们唯有回顾文学在中国社会历史第二次大变动中是如何重构民族文化心灵的，是如何重构人的"内部之生活"的，才知道鲁迅及其《阿Q正传》等一系列创作与沈从文及其《边城》等一系列创作之于民族文化心灵塑造、之于

---

① 冯天瑜.文化守望[M].武汉：武汉大学出版社，2006：8.

民族生命本体现代重构的重要意义与独特存在。因此，倘若我们站在"中华民族新生"这一主题、主线与历史逻辑回顾中国社会历史第二次大变动中人的"内部之生活"重构的内在动因、诉求与历程，鲁迅与沈从文便会以其所具有的独特的精神创造力而呈示为这一历程中的标志性存在。这里所谓的标志性存在是指在"中华民族新生"这一历史逻辑中二人所创造的精神文化结构相对于其他精神文化结构所具有的特质。但是，现实的各种因素也许遮蔽、消解了这种对于民族文化心灵与人的"内部之生活"具有的指向性，需要我们以拨云见日的研究方式将其凸浮出来。

立足"中华民族新生/民族生命重造"这一文学创作主题，二人在文学创作的具体层面各有侧重：鲁迅的文学创作是"中华民族中以家族制度与礼教为中心的主流文化占统治地位的中国中心区域的生存方式最集中、最深刻、最典型的显示"，沈从文的"湘西世界"则是"主流文化不占绝对统治地位的边缘文化区域生存方式的缩影"。①二人在民族文化心灵与人的"内部之生活"重构上实则对立又统一，殊途又同归。相应地，当我们沿着"中华民族新生"这一中国社会历史第二次大变动的主题、主线与内在逻辑，以鲁迅与沈从文为两个标点进行历时与共时回顾与展望的时候，晚清以来的民族文化心灵重构的历程及其状态便会得到较为完整而具体的呈示，这不仅便于在根本上凸显出鲁迅与沈从文及其文学创作的历史定位与内在价值，而且更利于民族文化心灵重构穿过历史与现实的诸多迷雾向着更加切合"中华民族新生"这一近现代以来的历史逻辑延伸。

帕斯卡尔说："我们写一部著作时所发现的最后那件事，就是要懂得什么是必须置之于首位的东西。"②当我们重新审视中国现代文学之于"中华民族新生"这一历史逻辑与现实诉求独特担当的时候，当我们重新审视鲁

---

① 凌宇. 从边城走向世界（增订本）[M]. 长沙：岳麓书社，2006：460.
② 〔法〕帕斯卡尔. 思想录[M]. 何兆武，译. 北京：商务印书馆，1985：11.

迅与沈从文以"中华民族新生/民族生命重造"为母题的文学创作之于中国社会历史第二次大变动民族文化心灵重构的标志性存在的时候,一项重要的中国现代文学研究工作便在历史与现实的雾霭之中凸浮而出:鲁迅与沈从文所共构的精神文化结构在过去的历史条件下是如何使民族生命本体现代重构在一个新的起点发生、发展的,在现在的历史条件下又具有怎样的价值。

任何工作都需要从具体的步骤入手,诚如卡西尔所说:"我们首先要找到一个正确的,能够引导我们对经验材料作出恰当合理解释的逻辑出发点。"① 凌宇先生在《从边城走向世界》这部新时期国内第一次系统科学研究沈从文的标志性著作里,于增补的最后一章最后一节"烛照人生的抽象之域"中,为这项研究工作提供了这样一个具体的步骤与"逻辑出发点":

> 《烛虚》不仅是不折不扣的散文,而且是一部哲理化的散文诗。《烛虚》之于《湘西》《湘行散记》,犹如鲁迅的《野草》之于《朝花夕拾》。《烛虚》与《野草》不单具有相似的诗性特征,而且各各消解了《湘行散记》《湘西》和《朝花夕拾》中的地域色彩,所有的思考都指向对整个民族乃至人类生存的终极关怀。——《烛虚》与《野草》,堪称中国现代散文史上的双璧。②

这一论断从文学、文化与历史的视角指出了《野草》与《烛虚》③之间的可比较性,而且也指明了这一比较研究所具有的深远意义,即二者在各自的历史语境中进行了怎样的民族生命重构。总体审视,"《野草》与《烛虚》比较研究"这一研究课题在凌宇先生提出之后目前仍处在起步阶段,

---

① 〔德〕恩斯特·卡西尔. 人论[M]. 李化梅,译. 北京:西苑出版社,2009:39.
② 凌宇. 从边城走向世界(增订本)[M]. 长沙:岳麓书社,2006:398.
③ 沈从文《烛虚》所收文章分两辑。第一辑包括《烛虚》《潜渊》《长庚》《生命》诸篇。第二辑为一组有关文学运动与文学创作的论文。将《烛虚》作为散文集,是就第一辑诸篇而言的。以《烛虚》为标志,沈从文紧随其后于20世纪40年代又连续创作了《水云》《绿魇》《黑魇》《白魇》等,组成了沈从文充满人生哲理思辨的散文系列。本书同《野草》进行比较的就是以《烛虚》为标志的这一系列哲理思辨性散文。

还未见实质性的推进，①其内在本有的宏阔研究空间、丰厚内容含量与深远研究价值还未得到实质性的系统发掘。特别是《野草》与《烛虚》在民族文化心灵与个体生命内质现代重构上所具有的价值，更未得到具体而充分的研究。

倘若我们将前文由"中华民族新生"这一中国社会历史第二次大变动的历史逻辑、文学之于这一历史逻辑的独特担当而及鲁迅与沈从文自觉融入这一历史逻辑与独特担当的标志性存在这种由大到小的宏观思维格局倒过来，便会从凌宇先生的上述论断由小到大地引申出一系列微观而具体的思考：第一，《野草》与《烛虚》"各各消解了《湘行散记》、《湘西》和《朝花夕拾》中的地域色彩"，即舍弃"鲁镇"与"湘西"这一个性化的典型环境，这分明是二人创作异变的征候，那么，《野草》与《烛虚》之于鲁迅与沈从文具有怎样的标志性？第二，这种标志性呈示出鲁迅与沈从文怎样独特的在世生存？第三，这种在世生存反照出民族生命怎样的缺失？第四，面对这种缺失，二人在历史转折处对于民族生存作出了怎样的应对？第五，这种应对标示出了怎样的哲学向度？因此，凌宇先生的上述论断实则为本书在"中华民族新生/民族生命重造"这一"自近代以来种种历史运动的隐性逻辑"上、在文学内应这一历史逻辑重构民族文化心灵的独特担当中探究鲁迅与沈从文的标志性存在提供了一个切入点。

---

① 从目前的研究现状看，涉及这一比较研究的论文仅有一篇硕士论文——贺菲菲《〈烛虚〉与〈野草〉的比较研究——从自我认识及重造的层面探究》（湖南师范大学，2010年）。该文主要集中于鲁迅、沈从文此期生存状态的比较，重在探析二者精神层面的相似性，分三章：第一章主要分析社会背景与两人的生存危机；第二章主要阐述两人对自我的开掘，即"自我认识，自我发现"，"自我解剖，自我否定"，"自我重造，自我超越"；第三章主要探讨两人如何运用梦境或独特的意象展现自己的内心和思想。这一研究虽然关注到二者的相似性，并对生存体验的诸多症候作了一定的分析，但还停留于形下经验层面，还未能从形上终极层面把握二者的本质存在，更未涉及二者之于民族文化重建的意义，即二者之于民族生命现代重构的昭示性，在上述凌宇先生对于二者宏观论断的起点上还未能做出实质性的推进。

第一章 "我"的存在即是"人"的拯救

——《野草》与《烛虚》的标志性

第一节 "自救"与"他救"

一

《野草》的本真形态到底是什么，它对于鲁迅具有怎样独特的内在意味？这是一个研究《野草》之于鲁迅生命世界的入题问题。从1925年3月31日章衣萍发表于《京报副刊》的《古庙杂谈（五）》这一《野草》最早见诸文字的反响起[①]至今，对于这一问题的探究就一直未曾停止过。亚里士多德说："若无提摩太，我们将不会有多少抒情诗；可是若无弗里尼，就不会有提摩太。这于真理也一样；我们从若干思想家承袭了某些观念，而这些观念的出现却又得依靠前一辈思想家。"[②]同样，本书对于这一问题的研究是建立在继往开来、生生不息的学术史链上的。回顾近九十年的《野草》学史，对于这一问题的探究主要集中于三个维度：

第一，《野草》是"现实的"。1931年鲁迅《〈野草〉英文译本序》[③]是这一社会历史维度研究最主要的元点，研究者以此为源深入探究"时代产生了《野草》"。鲁迅在该序中的自我表白重在强调《野草》的现实社会背景与写作动机，体现的是"文章合为时而著，歌诗合为事而作"的文学时代精神。这一社会历史维度研究虽已在1925—1949年这一研究时期就已开

---

① 张梦阳. 中国鲁迅学通史（下卷）[M]. 广州：广东教育出版社，2002：5.
② 〔古希腊〕亚里士多德. 形而上学[M]. 吴寿彭，译. 北京：商务印书馆，2011：36.
③ 鲁迅在《〈野草〉英文译本序》中这样自述《野草》的产生："因为讽刺当时盛行的失恋诗，作《我的失恋》，因为憎恶社会上旁观者之多，作《复仇》第一篇，又因为惊异于青年之消沉，作《希望》。《这样的战士》，是有感于文人学士们帮助军阀而作。《腊叶》，是为爱我者的想要保存我而作的。段祺瑞政府枪击徒手民众后，作《淡淡的血痕中》，其时我已避居别处；奉天派和直隶派军阀战争的时候，作《一觉》，此后我就不能住在北京了。所以，这也可以说，大半是废弛的地狱边沿的惨白色小花，当然不会美丽。但这地狱也必须失掉。这是由几个有雄辩和辣手，而那时还未得志的英雄们的脸色和语气所告诉我的。我于是作《失掉的好地狱》。"（鲁迅. 鲁迅全集（4卷）[M]. 北京：人民文学出版社，2005：365.）

始，但最集中、最突出的研究时期却是1949年中华人民共和国成立以后至新时期之初，主要聚焦于《野草》本有的战斗精神，对于彷徨、苦闷、黑暗、虚无、绝望、死亡等生存体验与生命情绪只是附带性论及。①这一社会历史维度研究《野草》的集大成者当属孙玉石，他的"标志着作为鲁迅学一个分支的《野草》学正式形成"②的《〈野草〉研究》（1981年）以《〈野草〉英文译本序》中鲁迅表白的《野草》"大半是废弛的地狱边沿的惨白色小花"为研究基点，论述"时代产生了《野草》"③。他的研究在"这一束永不凋谢的小花的主要思想光彩"上集中展示的是《野草》"赞颂韧性精神，严肃解剖自己，批判社会现实，这三个方面的内容"④。研究者对于上述社会历史维度研究的主要质疑是"过于坐实偶然性事件却是不可取的"，"《野草》最厚实的土壤是作者蓄之已久的精神世界"。⑤

第二，《野草》是"哲学的"。1925年3月31日章衣萍发表于《京报副刊》的《古庙杂谈（五）》⑥与1925年4月11日鲁迅给赵其文就《过客》询问的答复信⑦是这一人生哲学维度研究最主要的元点，研究者以此

---

① 主要参考文献：王瑶的《中国新文学史稿》（上册，1951年），卫俊秀的《鲁迅〈野草〉探索》（1954年），冯雪峰的《论〈野草〉》（1955年），吴小美的《论鲁迅〈野草〉的思想》（1963年），李何林的《鲁迅〈野草〉注解》（1973年）等。
② 张梦阳. 中国鲁迅学通史（下卷）[M]. 广州：广东教育出版社，2002：106.
③ 孙玉石. 《野草》研究[M]. 北京：北京大学出版社，2007：1.
④ 孙玉石. 《野草》研究[M]. 北京：北京大学出版社，2007：18.
⑤ 王乾坤. 鲁迅的生命哲学[M]. 北京：人民文学出版社，1999：303.
⑥ 1925年3月31日在《京报副刊》上章衣萍谈了他对《野草》的认识："由他去罢！"是鲁迅先生对于一切无聊行为的愤慨态度。我却不能这样，我不能瞧着鸡们的争斗。因为"我不愿意"！其实"我不愿意"也是鲁迅先生一种对于无聊行为的反抗态度。《野草》上明明的说着，然而人们都说"不懂得"。我也不敢真说懂得，对于鲁迅先生的《野草》。鲁迅先生自己却明白的告诉过我，他的哲学都包括在他的《野草》里面。（章衣萍. 古庙集[M]. 北京：北新书局，1929：18.）
⑦ 1925年4月11日鲁迅给赵其文回信：《过客》的意思不过如来信所说那样，即是虽然明知前路是坟而偏走，就是反抗绝望，因为我以为绝望而反抗者难，比因希望而战斗者更勇猛，更悲壮。但这种反抗，每容易蹉跌在"爱"——感激也在内——里，所以那过客得了小女孩的一片破布的布施也几乎不能前进了。（鲁迅. 鲁迅全集（11卷）[M]. 北京：人民文学出版社，2005：477-478.）

为源深入探究"《野草》包含着鲁迅的全部人生哲学"。鲁迅自我表白的"反抗绝望"成为《野草》人生哲学研究的重要基点与指向。汪晖在《论〈野草〉的人生哲学》（1987 年）的基础上写成代表作《反抗绝望——鲁迅的精神结构与〈呐喊〉〈彷徨〉研究》（1991 年）[①]，其中表白："我对《野草》的研究不是就具体篇章作现实性的还原，以说明这些文字在鲁迅生活中、在当时的现实状况中体现怎样的意义（这当然是绝对必要的），而是把《野草》当作一种思想性著作、一种完整的人生哲学体系去阐释。"[②]他以"反抗绝望"为基点，以"历史中间物"为视点，从存在意义上构筑鲁迅完整的人生哲学。这显然是对长期惯常的现实社会历史维度研究与单篇注解非体系化研究的一种反拨与实质性的突破。实际上，汪晖的自我表述与具体研究已显示出跨过形而下而直接进入形而上的研究意图。较之汪晖，王乾坤在这条路上的鲁迅生命哲学研究步子跨得更大。他以汪晖从鲁迅生命世界提炼的概念"中间物"为贯穿，集中研究鲁迅的生命哲学。他的《鲁迅的生命哲学》（1999 年）正是以形而上"玄览"的方式完成的，《野草》当然是其"玄览"的重中之重。可以说，在 20 世纪之末汪晖、王乾坤等人将《野草》形而上研究提升到了一个新的层面。那么，《野草》的哲学维度研究是否就是对现实维度研究的超越呢？并不能这样一概而论，至少有研究者对于汪晖等人的研究提出质疑："这还是现实的鲁迅吗？还是鲁迅的散文诗吗？不过一个完全存在主义化了的鲁迅，一个现代西方学者眼中的鲁迅罢了。"[③]

第三，《野草》是"情感的"（"心理的"）。1926 年 10 月 10 日高长虹

---

① 该书后来经作者补充修订为《反抗绝望——鲁迅及其文学世界》，本书采用的是河北教育出版社于 2000 年出版的修订本。
② 汪晖. 反抗绝望——鲁迅及其文学世界[M]. 石家庄：河北教育出版社，2001：257.
③ 吴康. 书写沉默——鲁迅存在的意义[M]. 北京：人民出版社，2010：204.

《走到出版界——写给〈彷徨〉》①是这一情感（心理）维度研究最主要的元点，研究者以此为源深入探究《野草》"入于心的历史"。高长虹对于《野草》"一个明暗之间的彷徨者""在较深刻的意义上人生怕是永远在明暗之间"的鲁迅形象界定成为《野草》情感或是心理研究的重要基点。这一情感（心理）维度研究最引人瞩目、最受争议的是以鲁迅爱情为切入点的新见与妄说并存的《野草》研究。李天明的《难以直说的苦衷——鲁迅〈野草〉探秘》（2000年）试图破译藏匿在11篇散文诗中的鲁迅与许广平的私典。胡尹强《鲁迅：为爱情作证——破解〈野草〉世纪之谜》（2004年）把《野草》整体定性为爱情散文诗集。对此，有研究者以孙玉石的《〈野草〉研究》为参照提出尖锐质疑："如果说李天明通过'私典'解读文本还有一点西方文论的支持，那么胡尹强的解读就完全是大胆的臆测"，"整本书论证推理之牵强荒诞，结论之生硬乖谬，表明现代文学研究在某些研究者那里，是一个可以无尽发挥自己的主观意志、完全缺乏科学性的领域"。②

上述三个维度研究的历史延伸表明，一方面《野草》在"现实的""哲学的"与"情感的"（心理的）层面都具有丰富的内容含量，它的复杂性、多向性是事实存在；另一方面每一个维度的研究又同时受到其他维度研究的质疑，这说明片面的深刻也许遗漏的是研究对象的本真形态。片面地凸显一个维度固然不见《野草》的本来面目，是不是将三者相加就是《野草》的本来面目呢？事实上，简单的叠加仍然不是《野草》的本来面目，因为森林并

---

① 高长虹最早对《野草》作出总体评价，试图走进《野草》隐蔽心灵世界。他在《走到出版界——写给〈彷徨〉》中为《野草》心灵世界的探索留下了一个有见地的小片断：我初次同鲁迅见面的时候，我正在老《狂飙》周刊上发表《幻想与做梦》，他在《语丝》上发表他的《野草》。他说："《幻想与做梦》光明多了！"但我以为《野草》是深刻，他说了他象他所译述的 Kuprin 的一篇小说的主人翁，是一个在明暗之间的彷徨者。我没有看见那篇小说，但《野草》的第二篇《影的告别》便表现得很明白。虽然也可以说是年龄的关系吧，但我以为时代或者是较真实的原因呢。在去年的一年间，鲁迅显然是一个战士了，彷徨的分子似乎已减少，而光明加多了，虽然在较深刻的意义上人生怕是永远在明暗之间吧！（高长虹.高长虹文集（中卷）[M].北京：中国社会科学出版社，1989：113.）
② 刘继业.论孙玉石先生的《〈野草〉研究》》[J].鲁迅研究月刊.2007（8）.

不是树木的拼合。《野草》显然不是一般性的社会历史批判，也不是概念演绎的知性形而上哲学，更不是个人园地里自怨自艾的记录。以上三个维度研究互相之间的质疑本身就说明了这一点。那么，该以何种方式才能把握《野草》的本真形态与独特的内在意味，进而由此呈示出《野草》之于鲁迅乃至于民族生命重构的标志性呢？我的方式是最彻底地回到《野草》本身，回到鲁迅本身。事实上，《野草》正存在着这样一个标志性的元点。

整体审视《野草》，最具元点性、贯穿性的生命符号当是"我"。《野草》24篇（包括题辞与23篇正文）有17篇用的是第一人称"我"，只有7篇是第三人称，更为重要、鲜明的标志性是所有的篇目在内容上都显示出鲁迅最本己之"我"的出场。鲁迅说《野草》是"我碰了许多钉子之后写出来的"，也可以从一个侧面确证《野草》之"我"的这种本己性。也就是说，不管是社会历史维度、人生哲学维度还是情感与心理维度都聚合于"我"最本己的在世生存之中，以"我"之存在为发酵。第一篇《秋夜》展现出"我"当下生存的环境——繁霜可怖的"夜"。"我"在这样的夜晚开始入梦。第二篇《影的告别》开始讲述"影"在"人睡到不知道时候的时候"说出的那些告别的话。其后，"我"继续行走在昏沉的夜梦中，经历了一系列"我梦见自己在……"的"梦魇"。最后一篇《一觉》"我"在"看见很长的梦"之后"惊觉"，作出了一段具有回顾性的自述：

> 野蓟经了几乎致命的摧折，还要开一朵小花，我记得托尔斯泰曾受了很大的感动，因此写出一篇小说来。但是，草木在旱干的沙漠中间，拼命伸长他的根，吸取深地中的水泉，来造成碧绿的林莽，自然是为了自己的"生"的，然而使疲劳枯渴的旅人，一见就怡然觉得遇到了暂时息肩之所，这是如何的可以感激，而且可以悲哀的事！？①

我以为，这段自述集中道出了《野草》以"我"的最本己出场所呈

---

① 鲁迅. 鲁迅全集（2卷）[M]. 北京：人民文学出版社，2005：229.

示的鲁迅在世生存的独特生命意味。"野蓟"（野草）是"我"的自喻，"经了几乎致命的摧折"意味着"我"面临着严峻的生存危机，"还要开一朵花"展示出"我"坚韧的生存意志与顽强的生命力。"我"像野草一样在生命遭受"几乎致命的摧折"的危急时刻，"在旱干的沙漠中间"这样恶劣的生存环境里，"拼命伸长他的根，吸取深地中的水泉，来造成碧绿的林莽"，这"自然是为了自己的'生'"，即"自救"。然而，"造成碧绿的林莽"却"使疲劳枯渴的旅人，一见就怡然觉得遇到了暂时息肩之所"，即实现"他救"。这是怎样的一种呕心沥血的"他救"啊！所以想来"这是如何的可以感激，而且可以悲哀的事"。鲁迅在结尾处连续加了"！"与"？"两个标点符号正是为了强调这种"自救"与"他救"的独特："！"突出它的悲壮可感，"？"突出它的发人深思。因此，我以为《野草》实则是"我"在生命危急的时刻在恶劣的生存环境里所进行的一场悲壮的"自救"与"他救"。

事实上，1940 年代被鲁迅称为"中国最为杰出的抒情诗人"、视鲁迅为精神导师的冯至在他的《十四行集》中专门为《野草·一觉》写下了这样一首感谢的、可视为鲁迅画像的十四行诗：

在许多年前的一个黄昏，
你为几个青年感到"一觉"；
你不知经验过多少幻灭，
但是那"一觉"却永不消沉。

我永久怀着感谢的深情，
望着你，为了我们的时代：
它被些愚蠢的人们毁坏，
可是它的维护人却一生

被摒弃在这个世界以外——
你有几回望出一线光明，
转过头来又有乌云遮盖。

你走完了你艰险的行程，
艰苦中只有路旁的小草
曾经引出你希望的微笑。

　　这首"应该看做是整整一代青年发自肺腑的永恒的心声"①的十四行诗可以旁证我的上述关于《野草》的论断。这"一觉""你不知经验过多少幻灭"正表明鲁迅危急的生存情势，"但是那'一觉'却永不消沉"再现出鲁迅在此危急情势中的坚韧"自救"，而这种"永不消沉"的"自救"却是"为了我们的时代"的"他救"，然而这个"维护人"却一生"被摒弃在这个世界以外"，这不正是鲁迅遭遇的"野草式"生存悖论吗？正是在这种生存悖论里，这场"自救"与"他救"才会是"如何的可以感激，而且可以悲哀的事"。

　　还应该特别注意的是，鲁迅在"草木在旱干的沙漠中间，拼命伸长他的根，吸取深地中的水泉，来造成碧绿的林莽，自然是为了自己的'生'的，然而使疲劳枯渴的旅人，一见就怡然觉得遇到了暂时息肩之所"这种"自救"与"他救"之中，以"自然是"与"然而"进行语义的连接与转换。如果将其简化一下就出现这样一种关系：这自然是"自救"，然而却是"他救"。这样，《野草》就呈示出了多层复合的生存与生命形态：第一，以"自然是"强调《野草》首先是以"自救"的形态存在的；第二，以"然而"强调《野草》也同时是以"他救"的形态存在的；第三，以"自然是"……"然而"的贯通强调《野草》的"他救"前提是"拼命"的"自救"，"他救"是被动的，"自救"是主体性的；第四，以"自然是"……"然而"的贯通

---

① 孙玉石.《野草》研究[M]. 北京：北京大学出版社，2007：260.

同时强调《野草》的"自救"本身就是"他救",二者是互体的,相应地,"我"与"人"的关系就呈示为:"我"的存在即是"人"的拯救。

二

相对于《野草》篇目一经发表就引起反响,相对于《野草》几乎从未中断的近九十年研究史,相对于在中国现当代文学近百年的文学史里就单部作品而言唯有"《野草》学"形成近似《红楼梦》研究那种"红学"的学术格局,沈从文《烛虚》的研究是寂寞的。其实,早在1946年沈从文在《从现实学习》中就自明以《烛虚》为标志的昆明时期文学创作的全面转型不被世见容的命运。对于这种创作被一般人认为抽象隐晦且与现实脱节,他以"从现实学习"为题进行自述就鲜明表露出对此答辩的意图,正如题记所言:

　　——近年来常有人说我不懂"现实",追求"抽象",勇气虽若热烈实无边际。在杨墨并进时代,不免近于无所归依,因之落伍。这个结论不错,平常而自然。极不幸即我所明白的现实,和从温室中培养长大的知识分子所明白的全不一样,和另一种出身小城市自以为是属于工农分子明白的也不一样,所以不仅目下和一般人所谓现实脱节,即追求抽象方式,恐亦不免和其他方面脱节了。试疏理个人游离于杨墨以外种种,写一个小文章,用作对于一切陌生访问和通信所寄托的责备与希望的回答。①

沈从文反复强调他"所明白的现实"和"一般人所谓现实"是不一样的,因此"追求抽象方式"也"不免和其他方面脱节",以至于被看作是"不懂'现实',追求'抽象'","无所归依,因之落伍"。这一自述本身透漏出以《烛虚》为标志的创作之于沈从文的独特生命意味。真正领略这一独特

---

① 沈从文. 沈从文全集(13卷)[M]. 太原:北岳文艺出版社,2002:373.

生命意味并首先将《烛虚》作为直接研究对象的研究者是沈从文的忘年交凌宇，他在《从边城走向世界》的增订版（2006年）最后一章最后一节以"烛照人生的抽象之域"为题专节论述《烛虚》。他的研究凸显出《烛虚》抒情主人公孤独、睿思的人生探索者形象，在生存意义上沈从文"既无法在过去空间中找寻到心灵栖息之所，也无法在现实城市中找到一个可靠的价值立足点"[①]，正是"在主体无法确证自身的行为中，充斥着主体强烈的焦虑感"，也就是说，"此时主体的焦虑感，已不仅仅是因现实人事的'堕落'而生，更本质的则是由主体分裂而实现的，即陷入一系列对立要素的冲突中无法解脱"[②]。正是在这种最本己的生存体验里，沈从文展开了人生的探索，试图依据生命法则在抽象之域构建至圣至美的生命世界，从而暴露出人类目前现实存在的虚妄本质，即"从现实存在角度看，目前人类的存在样式，是一种实在。那个想像、虚拟的生命的本真世界，是一种非在。然而，按照生命之理或生命法则，人类目前的现实存在，反倒是一种人的非在，而那个想像、虚拟的世界，反恰恰是一种人的实在"[③]。也就是说，"《烛虚》的全部思考，虽然从民族生存现实出发，又回归民族的未来生存，但同时，其所思辨触及的战争与和平、生活与生命、真实与虚妄、生与死、美与爱、怕与羞诸多问题，又超越民族生存的时空而具有普遍的人类意义"[④]。以上研究表明，《烛虚》的立足点是沈从文最本己的在世生存。因此，首先将一切都回到沈从文最本己的存在那里正是本书研究《烛虚》的切入点。那么，《烛虚》所呈示的沈从文最本己的存在是怎样的呢？

《烛虚》诸篇乃至其后与之相应的"魇字"系列与《水云》皆用的第一人称"我"，所有的篇目在内容上也都显示出这个"我"是沈从文最本己的出场。正如《野草》一样，《烛虚》中"我"的现实生存情状、"人"的现实

---

① 凌宇. 从边城走向世界（增订本）[M]. 长沙：岳麓书社，2006：409.
② 凌宇. 从边城走向世界（增订本）[M]. 长沙：岳麓书社，2006：417-418.
③ 凌宇. 从边城走向世界（增订本）[M]. 长沙：岳麓书社，2006：403-404.
④ 凌宇. 从边城走向世界（增订本）[M]. 长沙：岳麓书社，2006：410.

生存情状、民族生命的理想情状有机聚合于"我"最本己的存在。我以为，沈从文在《烛虚·烛虚（五）》中坦露出了这种最本己之"我"的独特存在：

> 可是目前问题呢，我仿佛正在从各种努力上将自己生命缩小，似乎必如此方能发现自己，得到自己，认识自己。"吾丧我"，我恰如在找寻中。生命或灵魂，都已破破碎碎，得重新用一种带胶性观念把它粘合起来，或用别一种人格的光和热照耀烘炙，方能有一个新生的我。
>
> 可是，这个我的存在，还为的是返照人。正因为一个人的青春是需要装饰的，如不能用智慧来装饰，就用愚駇也无妨。①

"吾丧我"，"生命或灵魂，都已破破碎碎"表明"我"正面临着生存危机。为此，"我"必须"重新用一种带胶性观念"把"破破碎碎"的"生命或灵魂""粘合起来"，或是"用别一种人格的光和热照耀烘炙"整合出"一个新生的我"，即"自救"。"可是，这个我的存在，还为的是返照人"，即"他救"。因此，《烛虚》也同样是沈从文在生命危急情形中所进行的一场悲壮的"自救"与"他救"。

黄苗子回忆自己在1940年代看到沈从文刚刚出版的《烛虚》时的情景可以旁证我的上述关于《烛虚》的论断：

> 四十年代开始，那时在多雾的山城——所谓抗战"陪都"，天天躲警报，天天听到"磨擦"消息，天天看物价飞涨，天天读德、日法西斯向全世界疯狂屠杀，读大隧道惨案、公务员贫不聊生全家自杀、"孔二小姐"奇闻、航空奖券发财逸话……之类的报纸新闻，使我感到空气窒息，有如在污浊的阴沟中受到六月炎暑的蒸郁，人在衙门公案上天天盖图章，心里却茫然惘然，不了解这生活和生命到底为了什么，生存俨然只是烦琐继续烦琐，什么都无意义。

---

① 沈从文. 沈从文全集（12卷）[M]. 太原：北岳文艺出版社，2002：27-28.

那时，偶然在民生路书店买到沈从文的新作《烛虚》，发现他写得极美，从文字之美使我发现生命原来也极美，因为这种文字是生命所赋予的。于是我被《烛虚》带到另一个境界去：

宇宙实在是个极复杂的东西，……人心复杂，似有过之无不及，然而目的却显然明白，即求生命永生。永生意义，或为分裂而成子嗣延续，或凭不同材料产生文学艺术。也有人仅仅从一抽象产生一种境界，在这种境界中陶醉，于是得到永生快乐的。

这种"抽象"并不是神，不是唯心的宗教，而是作者心目中的"美"。据作者的意见，这种美的感受，诉诸文字不如诉诸图画，诉诸图画不如诉诸数学，诉诸数学不如诉诸音乐。但是，更好的是连音声都没有："大门前后板路有一个斜坡，坡上有绿树成行，长干弱枝，翠叶积叠，如翠霎，如羽葆，如旗帜。常有山灵，秀腰白齿，往来其间，遇之者即喑哑。爱能使人喑哑——一种语言歌呼之死亡。"是的，在至美之前，人们最好无声。

沈先生把美与爱的抽象提到高度，于是他觉得生命有极伟大之处。"金钱对'生活'虽好像是必需的，对'生命'似不必需。……生命本身，从阳光雨露而来，即如火焰，有热有光。"他认为生命的目的只是对人世的美好——形与质的发现，并且让别人也去发现。用他自己的话来说："这个我（用别一种人格的光和热去照耀烧炙，重获新生的我）的存在，还是为的是返照人。"[①]

黄苗子回忆的自己在20世纪40年代那种"感到空气窒息，有如在污浊的阴沟中受到六月炎暑的蒸郁，人在衙门公案上天天盖图章，心里却茫然惘然，不了解这生活和生命到底为了什么，生存俨然只是烦琐继续烦琐，什么都无意义"的生存状态正是《烛虚》所揭示的抗战时期国统区普遍的

---

① 黄苗子. 生命之火长明——记沈从文先生[A]//孙冰. 沈从文印象. 上海：学林出版社，1997：86-87.

时代情绪。沈从文对于这种时代情绪有着强烈的生命体验，这一方面表明他自己"吾丧我"的危急生存情势，另一方面也同时表明《烛虚》探索生命意义的自我与时代现实拯救针对性与价值所在，即"用别一种人格的光和热去照耀烧炙，重获新生的我"，而"这个我的存在，还是为的是返照人"。黄苗子以自己当时在大后方时期的切身生存体验与《烛虚》产生了强烈的共鸣，尽管那时他在重庆，沈从文在昆明，二人还从未谋面，但是共通的时代感、生命感使他看到《烛虚》时有如拨云见日，将其带到从未进入过的另一个境界：

> 他是多么懂得美、生命、社会和艺术家的关系的人。这些"独白"，打开了一个我从未进入过的境界，我非常羡慕这个人有这样好的一个脑子，尽管我自己那时已长期接触文艺，但我似乎从没有想过这些问题。几年以后，记得徐迟送了我一本他翻译的《华尔腾》——一位美国隐士的笔记，思想和风格，约略与此相类。但文笔逊其瑰丽。
>
> 沈从文先生那时在昆明，我和他还从未谋面，虽然我已读过他不少小说，但这本散文《烛虚》却给我以很深的印象。①

上述这种同时代、同经历的人的共鸣、生命感谐振以真切的历史感表明《烛虚》由具体走向抽象所特有的"自救"与"他救"应对指向。而且，同《野草》以"草木在旱干的沙漠中间，拼命伸长他的根，吸取深地中的水泉，来造成碧绿的林莽"这种生存情形来象征相比，《烛虚》更为外显性地点明这场"自救"与"他救"是"生命或灵魂"的拯救。与《野草》以"然而"进行语义的转换类似，《烛虚》以"可是"将这种"自救"转换为"他救"，以此表明"自救"与"他救"的互体性，即"我"与"人"的关系也同样表现为："我"的存在即是"人"的拯救。

---

① 黄苗子. 生命之火长明——记沈从文先生[A]//孙冰. 沈从文印象. 上海：学林出版社，1997：89.

总体审视，《野草》与《烛虚》实则是鲁迅与沈从文在逼仄煎熬的在世生存中所进行的"自救"与"他救"。我以为，这正是把握二者本真形态与独特生命意味的阿基米德点。站在这一阿基米德点上，鲁迅与沈从文的主体人生形象及其文学创作的终极母题——"中华民族新生/民族生命重造"便更集中地显示出来。而且，"中华民族新生/民族生命重造"在二人那里体现为双重意味："我"的"自救"与"人"的"他救"。"自救"是二人最本己的自我生命形态的更新再造，"他救"是二人希图实现的"人"的生命形态的更新再造，《野草》与《烛虚》将二者统一于一体。此时的"我"便不仅仅是鲁迅与沈从文最本己的出场，而且还是民族现代生存的践履亲证者，标示出民族生命的应然状态；而此时的"人"便也不仅仅是与"我"发生社会关系的现实生存者，而且还是民族传统惯性生存的沿袭者，标示出民族生命的已然状态。因此，"自救"与"他救"呈示出的正是民族生命现代重构的基本格局。

三

早在1894—1896年，即鲁迅14岁至16岁的时候，他已经开始急迫地救人了。救父亲，是此期鲁迅的意识世界里最大的心愿、最紧要的事情。那种痛彻心扉的无助与绝望的喊叫萦绕他一生：

"父亲！！！"我还叫他，一直到他咽了气。

我现在还听到那时的自己的这声音，每听到时，就觉得这却是我对于父亲的最大的错处。①

救父之痛内促着他远赴日本，仙台学医。此时，学医救人是24岁的鲁迅美好的梦："我的梦很美满，预备卒业回来，救治像我父亲似的被误的病

---

① 鲁迅. 鲁迅全集（2卷）[M]. 北京：人民文学出版社，2005：299.

人的疾苦，战争时候便去当军医，一面又促进了国人对于维新的信仰。"①幻灯片事件强烈地刺激了他的民族自尊。痛苦使人深刻，26岁的他进行了那场在中国文化思想史上永远醒目的著名反思：

> 我便觉得医学并非一件紧要事，凡是愚弱的国民，即使体格如何健全，如何茁壮，也只能做毫无意义的示众的材料和看客，病死多少是不必以为不幸的。所以我们的第一要著，是在改变他们的精神，而善于改变精神的是，我那时以为当然要推文艺，于是想提倡文艺运动了。②

这场反思标志着他救人思想质的飞跃：从学医救治体格到从事文艺"改变精神"，即将救人的基点最终停放在对民族生命的形而上拯救。这种认识的飞跃内涵着深长的历史意味：那是一个中国社会历史第一次大变动之后延续近两千四百年的以家族制度与礼教为中心的封建主流文化的"逆子"在意识世界的诞生，更是一个朝向中华民族现代转型的文化先觉者寻求自身乃至民族生命本体形而上现代重构的开始，他要以前无古人的倔强姿态向中国社会历史第一次大变动之后延续近两千四百年的主体民族文化生存方式说"不"。

"改变精神"是更高层次的形而上救人，而且他要改变的是"百分之九十九"的"老中国的儿女们"的思想和生活③，他的人生正是为此而存在。《野草》是鲁迅救人人生链环中独特的一环，它既有上述救人的共性——"改变精神"，更有自身救人的特性：与其他创作救人主要指向"人"不同，《野草》首先将救人的导向指向"我"，是以救"我"为主体的救"人"，是以救"人"为目的的救"我"，这种"自救"与"他救"是互体的。"我"是被救者，更是"我"自身与他人的拯救者。因此，《野草》与鲁迅的早期文

---

① 鲁迅. 鲁迅全集（1卷）[M]. 北京：人民文学出版社，2005：438.
② 鲁迅. 鲁迅全集（1卷）[M]. 北京：人民文学出版社，2005：439.
③ 茅盾. 鲁迅论[A]//张梦阳. 中国鲁迅学通史（上卷）. 广州：广东教育出版社，2002：90.

言论文、杂感、《呐喊》《彷徨》乃至后期杂文、《故事新编》的不同就在于：前者救人的主体导向是双向的，即首先指向"我"，而且"我"救"我"即是救"人"，而后者的主体导向是单向的，即主要指向救"人"，而最本己之"我"则处于潜隐的状态；与《朝花夕拾》也不同：虽然《朝花夕拾》也指向最本己之"我"，但是它的重心却不冷峻地指向"人"，即以强烈的呼唤国人灵魂的历史使命救"人"，那是昔日留在早熟少年心中的沧桑与温慰，是中年鲁迅情感寻寄的最柔和港湾，即重在救"我"，但同是救"我"二者的取向却又不同，《朝花夕拾》重在寻寄于情感层面，《野草》重在追问于形而上终极。早在《摩罗诗力说》中，鲁迅就提出："首在审己，亦必知人，比较既周，爰生自觉。"①唯有《野草》以"我"最本己的出场最为集中地将"审己"与"知人"统一于一体，它是鲁迅集约地"审己"，②更是鲁迅集约地"知人"，而且不仅在于"审"与"知"的反思，更在于"我"与"人"的拯救，一种人之为人的形而上终极性拯救。

1923年夏，沈从文独自一人，离开湘西，远赴北京，于"五四"文学革命走过它的高潮转入低潮之时踏上文学之旅。"他不像五四新文学运动的先驱者们，在投身新文学运动之前，就接受了现代文化思潮的洗礼，预先获得了观察世界的较系统的理论武器"。③他之所以"从那个半军半匪部队中走出"重要的原因是"混合着愚蠢而堕落的现实"带给他的精神痛苦，特别是"眼看在脚边杀了上万无辜平民，除对被杀的和杀人的留下个愚蠢残忍印象，什么都学不到"。初入北京，面对他的姐夫田真逸，他"依照当时《新青年》《新潮》《改造》等刊物所提出的文学运动社会运动原则意见"，引用了些使

---

① 鲁迅. 鲁迅全集（1卷）[M]. 北京：人民文学出版社，2005：67.
② 日本学者竹内好在《鲁迅》一书中说："在鲁迅作品中，我看重《野草》。我认为，作为注释鲁迅的参考材料，没有比这更适当的了。它集约地表现着鲁迅。"这里，我以为在此基础上可以再补上一极，即《野草》也集约地表现着鲁迅如何对人。正是在这种意义上，我以为《野草》在鲁迅创作中才表现出一种独特得地位，即张梦阳先生所说的：《野草》是"鲁迅作品的核心"。（张梦阳. 中国鲁迅学通史（下卷）[M]. 广州：广东教育出版社，2002：156.）
③ 凌宇. 从边城走向世界（增订版）[M]. 长沙：岳麓书社，2006：25.

他"发迷的美丽词令，以为社会必须重造，这工作得由文学重造起始"。①这显然是青年沈从文"被五四"的表达，是一种初受新思潮影响内心开始躁动的青年表达，也同时表明他的现代意识的萌生。虽然他那时连标点符号都不懂，更不可能像鲁迅那样第一声"吃人""救救孩子"的呐喊就惊世而出，但是从事后来看，沈从文的文学人生执着如一，从来都没有偏离过初入北京时的"五四式"宣言。他离开湘西跨入北京的这一步是如此的稚嫩，但是我以为其内在历史意味的深长却绝不下于鲁迅那场幻灯片事件的著名反思：那是一个中国社会历史第一次大变动之后延续近两千四百年的中华民族主流文化化外刚刚觉醒的"边民"感应着朦胧的现代意识寻求自身乃至民族生命现代转型的开始，他要代表"偏处一隅的中国传统'乡下人'说话"②，在历史现代前行的大势、大潮中为这些"边民"重新确证生命的存在，进而以此为新鲜透明的泉水重造崭新的民族生命形态。

因为幻灯片事件，鲁迅震惊于看客的麻木，由此改变人生的航向，走上以文艺改变国民精神之路；因为对无辜者愚蠢残忍的屠杀，沈从文震惊于灵魂的腐烂，由此改变人生的航向，走上以文学重造民族生命之路。二者同归于民族生命本体的形而上现代重构。沈从文踏上文学之旅的情形与鲁迅在内质上是何等相似。但是在另一面，我们不是正可反过来说，鲁迅等"五四"前驱与主将改变国民性、形而上拯救国人灵魂的努力不是在沈从文身上得到了现实的效验吗？二人不正是中国社会与人的"内部之生活"现代转型的历史大势在各自所在的特定时期最典型的个体显现吗？这样，从20世纪20至30年代新文学的主将鲁迅到20世纪30至40年代新文学的重镇沈从文不是显示出了新文学之于民族生命本体形而上现代重构的历史性承接吗？习作期的沈从文不可能一开始就写出《狂人日记》，更不可能有什么思想体系，他只能模仿性地以自叙传的方式抒发"缺少人间温暖的

---

① 沈从文. 沈从文全集（13卷）[M]. 太原：北岳文艺出版社，2002：374-375.
② 凌宇. 从边城走向世界（增订版）[M]. 长沙：岳麓书社，2006：25.

孤独者的人生感慨"①。但是，很快走过习作期的他用自己的创作筑起了独树一帜的供奉"人性"的文学神庙。同鲁迅透过生存的表象直视中国人的精神状态相比，沈从文更侧重透过人事的表象"向深处掘发"人性。如果说《阿Q正传》是从反面为中国人造出一面反思自我精神病根的镜子的话，那么《边城》就是从正面为中国人开掘出民族品德新鲜透明的泉水，一种没有被封建礼教文化、主流意识形态文化乃至现代转型的文化压制、束缚、扭曲、蜕化的鲜活的生命形态。立身自己筑建的山石般的文学之基，已经进入成熟期的沈从文1940年代在以《烛虚》为标志的系列创作中将"重造民族生命"更鲜明、更集中地凸显出来，显示出强烈的重构民族生命价值体系的愿望。《烛虚》与习作期的创作不同：虽然后者也以最本己之"我"出场，但是那只是一种自我情感的排泄，更无力指向对"人"的生命反思；与成熟期的湘西世界、都市世界题材创作也不同：后者最本己之"我"处于潜隐状态，那是一个借作品人物说话的世界，而前者不仅将最本己之"我"推上前台，而且鲜明指向"人"的现实无意义状态，将"重造民族生命"的意图以"我"最本己的生存体验清晰地标示出来。

综上所论，《野草》与《烛虚》"我"与"人"的并存，"自救"与"他救"的互体，实质是民族生命本体形而上现代重构的集约图示。相应地，从一个中国社会历史第一次大变动之后延续近两千四百年的以家族制度与礼教为中心的封建主流文化的"逆子"在意识世界的诞生到《野草》中"我"本己出场的"自救"与"他救"，从一个中国社会历史第一次大变动之后延续近两千四百年的中华民族主流文化化外刚刚觉醒的"边民"感应着朦胧的现代意识寻求自身乃至民族生命现代转型的开始到《烛虚》中"我"本己出场的"自救"与"他救"，二者所共构的不正是中国社会历史第二次大变动中民族生命本体形而上现代重构发生、发展的完整历程吗？

---

① 凌宇. 从边城走向世界（增订版）[M]. 长沙：岳麓书社，2006：25.

四

《野草》与《烛虚》开篇都以鲜明的方式各自表露出"我"所踏上的这条"自救"与"他救"之路乃是一条形而上的生命探寻之旅。且看《野草·题辞》的开篇道白：

> 当我沉默着的时候，我觉得充实；我将开口，同时感到空虚。①

这不正表明鲁迅要将在"沉默"中感觉到的那种"充实"朝向"空虚"言说吗？对于这一言说情状，鲁迅在《三闲集》中进行了更为详细具体的表述：

> 我靠了石栏远眺，听得自己的心音，四远还仿佛有无量悲哀，苦恼，零落，死灭，都杂入这寂静中，使它变成药酒，加色，加味，加香。这时，我曾经想要写，但是不能写，无从写。这也就是我所谓"当我沉默着的时候，我觉得充实，我将开口，同时感到空虚"。②

《野草》所言的"沉默"就是在"寂静"中坐化入定倾听"自己的心音"，这"心音"的"充实"内容就是关乎"无量悲哀，苦恼，零落，死灭"等人生命题的思考。而且，鲁迅所做的不是一般现实层面的经验性思考，而是要将这些人生命题"都杂入这寂静中"进行发酵，提纯，"加色，加味，加香"，"使它变成药酒"。这不正表明他要在《野草》中由形而下进入形而上言说他的生命思考吗？这种色香味融合的"药酒"乃是高纯度的生命哲学，是精神生活发展到一定阶段、蓄积到一定程度的产物。这种各种人生矛盾杂入寂静中变成的"药酒"才是鲁迅用以"自救"与"他救"的东西。这正是《野草》之于鲁迅乃至于民族生命本体形而上现代重构更具本质意义的标志性。

---

① 鲁迅. 鲁迅全集（2卷）[M]. 北京：人民文学出版社，2005：163.
② 鲁迅. 鲁迅全集（4卷）[M]. 北京：人民文学出版社，2005：18-19.

再看《烛虚·烛虚》的开篇道白：

   察明人类之狂妄和愚昧，与思索个人的老死病苦，一样是伟大的事业。积极的可以当成一种重大的工作，在消极的也不失为一种有趣的消遣。①

沈从文更为外显性的表明烛照人生抽象之域的意图，他要在"察明人类之狂妄和愚昧，与思索个人的老死病苦"的基础上重构民族至圣至美的形而上生命形态。这种"带胶性观念""别一种人格的光和热"正是沈从文用以"自救"与"他救"的东西。这种意图更集中的表现于散文诗集各篇的逻辑组合上，第一篇以"烛虚"名之，意在指明"我"将在察明现实人生狂妄与愚昧的基础之上探索人生的形而上虚空之境，一个与现实世界截然对立的抽象的生命本真世界；第二篇以"潜渊"名之，意在指明这种探索不是停留于形而下现象层面，而是"明白'现象'，不为所缚"，沉潜到人生的形而上幽微世界；第三篇以"长庚"名之，意在指明深入形而上幽微世界是为了寻找悬照颓世、启明人生的最亮金星——长庚；第四篇以"生命"名之，意在指明这悬照颓世、启明人生的最亮金星就是至圣至美的形而上生命，因此，面对现实人生的"狂妄与愚昧"，沈从文"对一切无信仰"，"只信仰生命"，简言之，生命就是统领整合现实人生的形而上终极；整部散文诗集再以"烛虚"名之，意在指明重造民族生命乃是为了在人性沉沦的现实世界重建至圣至美的形而上生命本体，这正是《烛虚》之于沈从文乃至民族生命本体形而上现代重构的标志性。

因此，《野草》与《烛虚》实质是二人面对现实人生的虚妄与沉沦，力图为人的"内部之生活"重构具有结构性统领整合功能的形而上终极向度，这是较之现实层面的利益思考更为深层的、更为深远的、更具人的本质意义的民族生命本体现代重构。

正因为立足于人的形而上属性审视民族生命本体，所以鲁迅从不对现

---

① 沈从文. 沈从文全集（12卷）[M]. 太原：北岳文艺出版社，2002：3.

实政治、革命斗争做简单的应和，正如他自己所言即使被利用，也绝不为其所占有。因此，激烈批判国民党右派的他也曾对左联提出尖锐的批评，哪怕是后期走向马克思主义，他也从来没有"左"过，这使得他的在世生存经常处于"两间余一卒，荷戟独彷徨"的状态。他之所以全是"公敌"而无"私仇"，是因为他所关注的不是党派的现实利益与是非之争，而是民族生命本体善美刚健、人生意义庄严深邃的形而上重构，凡是与之相悖的他都毫不留情地批判，他独异于人的清醒、不被表象所惑的穿透正是因为这种立足的坚定与深刻。

正因为立足于人的形而上属性审视民族生命本体，所以沈从文也从不对现实政治、革命斗争做简单的应和，是"在政治上属于既孤立于左翼文学运动之外，又拒绝与国民党同流合污的民主主义作家"①，以至于被认为"落伍于时代""与现实脱节"，殊不知他所关注的现实根本不是一般人所谓的现实，而是超越于现实人生沉沦乱象之上的至圣至美的形而上生命本体。

因此，我以为，如果不立足于民族生命本体的形而上现代重构这一基点来审视鲁迅与沈从文，我们就可能失去二人最本真的存在，二人所共构的民族精神文化也就不能真正辐射到所本应到达的地方。《野草》与《烛虚》将这一现实情状最集中地表现出来。正因为立足于人的形而上终极向度审视民族生命本体，《野草》中的"我"才穿透现实的表象"于浩歌狂热之际中寒""于天上看见深渊""于一切眼中看见无所有"。"我"之所以毫不留情地透视恐怖阴森如地狱般的现实社会与人的扭曲非在，正是出于对民族生存虚无荒诞的大恨。这种大恨走向的不是绝望，而是彻底地反抗人之本体实有的绝望，其实质是满怀悲壮、深蕴着悲悯地上下求索民族"于无所希望中得救"。《烛虚》中的"我"试图"走出这个琐碎，懒惰，敷衍，虚伪的衣冠社会"，脱离"俨然只是烦琐继续烦琐，

---

① 凌宇. 从边城走向世界（增订本）[M]. 长沙：岳麓书社，2006：8.

什么都无意义"的现实生存，走向至圣至美的形而上生命世界。这方神性的生命世界使"我""如中毒，如受电"，"喑哑萎悴，动弹不得，失其所信所守"。面对社会的虚无、人性的沉沦、人的非在，"我"不是绝望与退隐，而是"油然生悲悯心"，进而走向对于生命至境如同阿拉伯人嘴唇触地皈依真主般的执着追求与如焚如烧的痴迷。"我"之所以如痴如狂地挚爱这庄严的生命本相正是为了使生命的神性之光普照这人性沉沦的颓世，使人从形而下的庸俗污泥里振拔而出，恢复生命的庄严与美丽。

但是，对于《野草》与《烛虚》乃至鲁迅与沈从文的存在，在一个相当长的历史时期里，特别是在主流意识形态里，研究者主要是基于"社会-政治"现实层面考量的，并没有真正将其上升到民族生命本体的形而上现代重构来考量。因此，《野草》研究在很长历史时期里是集中于鲁迅的现实战斗精神的，这实际降低了它在民族文化现代重构中的应有地位，新时期之后对其哲学维度与情感维度的研究有了长足的发展，将重心转移至鲁迅的生命哲学上，展示出了它本身具有的丰富的精神文化含量，但是对于它之于民族精神文化与民族生命本体结构性重构，特别是它对于民族生命形而上终极向度的真正确立，对于民族生命新人格样态的重塑，所具有的标志性、引领性、世界性仍然需要进一步鲜明而充分地揭示，而《烛虚》则因为"不懂'现实'，追求'抽象'"被有意或是无意地忽略。事实上，整个20世纪民族文化现代转型最为缺失的正是对人之本体形而上品格的结构性有效重构。对此，有人以"救亡压倒启蒙"的说法辩之。所谓"救亡压倒启蒙"实质是将现实革命斗争与人的本体重构对立化，实质是形而下现实的急迫性挤掉了形而上终极的超越性。"救亡"的现实急迫性是无可非议的，那是山河沦落、国家破碎、民族遭受蹂躏之时每个人都不可推卸的历史担当，但是这只是特定历史时期的现实任务，却不是终极性的。即便是特定历史时期的现实任务乃至任何现实革命都必须真正回到人之本体内质的有效重构上，根本表现为人对人的本质的真正占有，更何况二者并不矛盾，本是互为激发的，并不是谁压倒谁的问题，正如鲁迅所言"人各有己，而群之大觉近矣"。人的"大觉"、生命的"大觉"才是鲁迅与沈从文关注的重心。《野草》与《烛虚》实质是二人以"人各有己"、生命本体重构为立足点以图实现民族生命"大觉"的集中体现。反之，如果现实革命压倒了人的本体建设，与之相应的所谓"大局"实质构成了人的压迫，那也只能说明这场革命"对人说来就成为一种异己的、与他对立的力量，这种力量驱使着人，而不是人驾驭着这种力量"[1]。人未立的革命、不能真正实现生命内质提升的革命、不是真正指向"群之大觉"的革命终不过是草寇式的破坏与旧王朝的翻版，社会革命一定时期的历史进步意义如果仅仅滞留于形而下层面，那么社会发展最终仍将沉沦于官本主义与物质主义的流沙。总体审视，"现实性"与"终极性"的对立正是民族生命本体现代重构的误区，我们在民族生存中还应牢固确立一种人对人的本质真正占有的使民族文化心灵与人的"内部之生活"得到引领的形而上终极向度。当人的"内部之生活"缺乏一种自由自律的、不断超向真善美境域的形而上终极向度引领的时候，人的"外部之生活"便全乎是"天下熙熙，皆为利来；天下攘攘，皆为利往"的社会图景，人往往在现实利益与欲望的驱使之下表现出极度的愚妄、扭曲与兽性，即沈从文所言的"有形无形市侩化"的"实际主义"人性沉沦。时至今日，面对物欲膨胀、过度的享乐主义等文化失范现象，民族生命现代重构依然突出地表现为人的形而上终极拯救。诚如黑格尔所言："一个有文化的民族竟没有形而上学——就象一座庙，其他各方面都装饰得富丽堂皇，却没有至圣的神那样。"[2]于此，不正凸显出沈从文将"人性"供奉于他所建筑的以山石为基的文学希腊神庙的

---

[1]〔德〕马克思，恩格斯. 马克思恩格斯全集（第三卷）[M]. 北京：人民出版社，1960：37.
[2]〔德〕黑格尔. 逻辑学（上卷）[M]. 杨一之，译. 北京：商务印书馆，1976：2.

重要意义吗？《烛虚》实质是将这文学神庙里供奉的"人性"升华为"神性"，一种人对人的本质真正占有的至圣至美的生命。那么，在民族生命本体现代重构中这种人的形而上终极向度从哪里寻找呢？该如何重构呢？于此，《野草》与《烛虚》的"自救"与"他救"之于民族生命本体的形而上现代重构便凸显出一种独特的标志性。

第二节　尖锐化的生存对立

"自救"与"他救"将"我"与"人"最本质的生存身份彻底袒露出来："我"是民族现代生存的践履亲证者，"人"是民族传统生存的沿袭者。事实上，《野草》与《烛虚》在整体上呈示出的正是这种"我"与"人"的尖锐化的生存对立结构。而这种对立在本质上实则是两种人格样态的尖锐冲突，是"人"与"非人"（"非人"构成的社会一物）互相征服、不见硝烟但同样酷烈的形而上之战。

《野草》以密集的象征高频率地展现出"我"与"人"生存对立的尖锐化。"枣树"与"天空"紧张对峙，"铁似的直刺着奇怪而高的天空，一意要制他的死命"（《秋夜》）。你们所谓的"天堂""地狱""将来的黄金世界"，"我"都不乐意，不愿去。"我"要"独自远行"，哪怕被黑暗吞没（《影的告别》）。"我"对求乞者无布施心，"厌恶他的声调、态度"，"憎恶他并不悲哀，近于儿戏"，"烦厌他这追着哀呼"，"我但居布施者之上"毫无布施心（《求乞者》）。"我"的所爱非爱人所爱，爱人"从此翻脸不理我"（《我的失恋》）。"我"要向密匝如蚁的看客复仇，要向钉杀"人之子"的暴民复仇（《复仇》两篇）。"我"要袒身而出，"肉薄这空虚中的暗夜"（《希望》）。"我"是"孤独的雪""死掉的雨"、无边旷野上的"雨的精魂"（《雪》）。"我""得不到兄弟的宽恕"，"带着无可把握的悲哀"（《风筝》）。"我"的"好的故事"最终是"碎影"（《好的故事》）。"过客"拒绝施舍，处在休息与走的艰难抉择中(《过客》)。"死火"处在"冻灭"与"烧完"的悲壮抉择中(《死火》)。"人"处在愧不如狗的状态中(《狗的驳诘》)。"鬼魂"与"人类"处于反叛与压制中(《失掉的好地狱》)。"我""于浩歌狂热之际中寒","于天上看见深渊","于一切眼中看见无所有"(《墓碣文》)。"垂老的女人"与亲人们处在"眷念与决绝，爱抚与复仇，养育与歼除，祝福与咒诅"之中(《颓败线的颤动》)。"说谎的得好报，说必然的遭打"(《立论》)。"我"即便是死后也不肯赠给仇敌"一点惠而不费的欢欣"(《死后》)。"战士"与"无物之阵"的对立(《这样的战士》)。傻子与主人、奴才、聪明人的对立(《聪明人和傻子和奴才》)。"叛逆的猛士"与"目前的造物主"的对立(《淡淡的血痕中》)。"草木"与"旱干的沙漠"的对立(《一觉》)。《野草》弥漫着极度紧张的生存对立气氛，将"我"与"人"极度紧张的生存关系推向尖锐化的顶点，这确乎是你死我亡的否定与被否定的生存对立。

与《野草》以高密度的象征展示"我"与"人"生存对立的尖锐化不同，《烛虚》外显性地呈示出"我"与"人"的这种生存对立尖锐化。"我"觉得酉水小小码头那个老兵"寂寞的死，比在城市中同一群莫名其妙的人热闹的生，倒有意义得多"。"我"与"人"所构成的"这个琐碎，懒惰，敷衍，虚伪的衣冠社会"形成对立(《烛虚·烛虚》)。"多数人"需要的是"生活"，而"我"追求的却是生命。"我""超越习惯的心与眼，对于美特具敏感"，"与多数人庸俗利害观念相冲突"，被目之为"罪犯""恶徒""叛逆"，"我"与"多数人"的生存形成对立(《烛虚·潜渊》)。"带女性的男子话语到处可闻"，"活在这种人群中，俨然生存只是一种嘲讽"，"我"与这些"雄身而雌声的人"的生存形成对立。"有许多受过高等教育，在外表上称绅士淑女的，事实上这种人的生活兴趣，不过同虫蚁一样，在庸俗的污泥里滚爬罢了"，"我"与"绅士淑女"的生存形成对立(《烛虚·长庚》)。"一般人喜用教育身分，来测量这个人道德程度"，"有些人我们应当嘲笑的，社会却常常给以尊敬，如阉寺。有些人我们应当赞美的，社会却认为罪恶，如诚实。多数人所表现的观念，照例是与真理相反的。多数人都乐于在一种虚伪中保持安全或自足心境"。"我"与"一般人""多数人""社会"一物形成整体性的生存对立（《烛虚·生命》）。在上述"我"与"人"的尖锐化生存对立中，《烛虚》一方面呈示出整体社会的生存状态，再现出现实人事的堕落；另一方面推出大面积的至圣至美的象征性自然景物，象征性地展示出"我"在抽象中所体验到的为之如焚如烧的生命至境。"人"所构成的"社会"一物的现实状态与这种象征性自然景物所展示的生命至境在整体上形成尖锐化的对立，这就是"我"在世生存的总体格局。

事实上，"我"与"人"的尖锐化生存对立所凸显的正是重构生命的人类大哲在世生存共有的命运，"苏格拉底是雅典人的光荣，雅典人却不能容忍与他同生共处。斯宾诺莎是近代最伟大的犹太人，犹太教却以可耻的罪名将他开除。耶稣是以色列人的光荣，以色列人却把他钉死在十字架上"①。人类大哲作为人之"将是的样子"的先知总是以蕴注着这种人格样态的伟大个性在现实普遍平庸而邪恶的氛围中卓然而立，为人类证实着一种更为高贵的命运，因此，这种尖锐化的生存对立实质是"人"与"非人"的不可妥协，故而凸显出"我"根本区别于传统社会性格的全新人格样态及与之相应的生命本体意识，而"人"则代之以不可救药的平庸。这种鲜明而强烈的新人格本体意识内驱着"我"从人何以为人的视角对"己"与"人"（由"人"构成的"社会"一物）进行根柢性反思与校正性干预，这在《野草》与《烛虚》中呈示为人之为人的双重审问：

第一，"我"的审问。在"我"坚执新人格本体意识的生命实践中，"我"首先要依据这一新人格确证的正是"我"何以为"我"。"我"的"自救"都是由此而展开的。鲁迅说："凡是人的灵魂的伟大的审问者，同时也一定是伟大的犯人。"②《野草》与《烛虚》以"我"的最本己出场呈示出这场

---

① 〔法〕欧内斯特·勒南. 耶稣传[M]. 梁工，译. 北京：商务印书馆，2011：100.
② 鲁迅. 鲁迅全集（7卷）[M]. 北京：人民文学出版社，2005：106.

自我审问的精神苦刑。《野草·墓碣文》展示出这场自我审问的"创痛酷烈",这是一场"自啮其身""抉心自食"的自我审问。《烛虚》对"我"的现实存在审问也同样深彻:"我发现在城市中活下来的我,生命俨然只淘剩一个空壳","生命已被'时间''人事'剥蚀快尽了。天空中鸟也不再在这原野上飞过投个影子。生存俨然只是烦琐继续烦琐,什么都无意义"。自我审问的焦虑、痛苦、深彻凸显出"我"的新人格本体意识的强烈,"我"要依此重新考量"我"的存在。"我"的新人格本体意识越发警醒越发强烈,"我"对背离这种人格样态的现实存在就越发痛苦,"我"走向这种人格样态的生命实践就越发坚决。《野草·影的告别》就是这样一场走向新人格的自我告别:

> 有我所不乐意的在天堂里,我不愿去;有我所不乐意的在地狱里,我不愿去;有我所不乐意的在你们将来的黄金世界里,我不愿去。
>
> 然而你就是我所不乐意的。
>
> 朋友,我不想跟随你了,我不愿住。
>
> 我不愿意!
>
> 呜乎呜乎,我不愿意,我不如彷徨于无地。

"我不愿意"实质是"我"坚决走向新人格的宣誓,最终"我"作出了明确的现实抉择:"我独自远行,不但没有你,并且再没有别的影在黑暗里。只有我被黑暗沉没,那世界全属于我自己"。坚执新人格的"独自远行"正是贯穿《野草》的主线。《烛虚·潜渊》表明了"我"走向新人格的至死方休:

> 我目前俨然因一切官能都十分疲劳,心智神经失去灵明与弹性,只想休息。或如有所规避,即逃脱彼噬心嚼知之"抽象"。由无数造物空间时间综合而成之一种美的抽象。然生命与抽象固不可分,真欲逃避,惟有死亡。是的,我的休息,便是多数人说的死。

如焚如烧、至死方休地走向新人格，走向生命的至圣至美正是贯穿《烛虚》的主线。因此，《野草》与《烛虚》蕴注着自我审问的"自救"实质是"我"依据新人格坚执朝向现代生存的"新生"，以此为国人"立之为极"。

第二，"人"的审问。"我"依据新人格坚执朝向现代生存的"新生"实际上正是"他救"依据新人格的现实展开，因为"我"是依据"我"之为"我"的新人格标准考量"人"（"社会"一物）的。以"我"的最本己出场依据人之为人的新人格标准呈示出"人"与社会的非在构成《野草》与《烛虚》的另一条主线。于此，二者更为具体地呈示出"自救"与"他救"互体的存在："我"的新人格本体意识越发警醒越发强烈，"我"朝向新人格样态的生命实践越发坚决，"我"对"人"（"社会"一物）之存在的拷问就越发深彻。《野草·淡淡的血痕》直白而集中地表露了这种"我"以根本区别于"人"的新人格标准对"人"（"社会"一物）深彻拷问的意旨：

> 叛逆的猛士出于人间；他屹立着，洞见一切已改和现有的废墟和荒坟，记得一切深广和久远的苦痛，正视一切重叠淤积的凝血，深知一切已死，方生，将生和未生。他看透了造化的把戏；他将要起来使人类苏生，或者使人类灭尽，这些造物主的良民们。

《求乞者》《复仇》《复仇》（其二）、《狗的驳诘》《立论》《聪明人和傻子和奴才》等篇目乃至整部《野草》正是对"人"（"社会"一物）的深彻拷问。《烛虚》同样贯穿性地以根本区别于"人"的新人格标准对"人"（"社会"一物）之存在进行了深彻拷问，且看《烛虚·烛虚（三）》与《烛虚·长庚（三）》对于这种拷问直白而集中地分别表述：

> 和尚，道士，会员……人都俨然为一切名分而生存，为一切名词的迎拒取舍而生存。禁律益多，社会益复杂，禁律益严，人性即因之丧失净尽。许多所谓场面上人，事实上说来，不过如花

园中的盆景，被人事强制曲折成为各种小巧而丑恶的形式罢了。一切所为所成就，无一不表示对于"自然"之违反，见出社会的拙象和人的愚心。然而所有各种人生学说，却无一不即起源于承认这种种，重新给以说明与界限。更表示对"自然"倾心的本性有所趋避，感到惶恐。这就是人生也就是多数人生存下来的意义。

(《烛虚·烛虚（三）》)

生命中储下的决堤溃防潜力太大太猛，对一切当前存在的"事实"、"纲要"、"设计"、"理想"，都找寻不出一点证据，可证明它是出于这个民族最优秀头脑与真实情感的产物。只看到它完全建筑在少数人的霸道无知和多数人的迁就虚伪上面。政治、哲学、文学、美术，背面都给一个"市侩"人生观在推行。

(《烛虚·长庚（三）》)

因此，"他救"实质是"我"以自身"立之为极"的出场"穿掘着灵魂的深处，使人受了精神底苦刑而得到创伤，又即从这得伤和养伤和愈合中，得到苦的涤除，而上了苏生的路"。①

正因为上述双重审问是在人之为人的层面展开的，所以"我"与"人"之间的尖锐化生存对立实质是人与非人矛盾的不可调和。这种不可调和的矛盾在具体表现方式上《野草》与《烛虚》呈示出一种"殊途"的"同归"。面对"人"的非在，《野草》中的"我"表现出金刚怒目的大恨，那是"我"对求乞者的"烦腻，疑心，憎恶"，那是"我"对看客的"复仇"，那是"我"对奴才的尖锐讽刺与批判，"我"即便是死掉，也不肯赠给这些非人"一点惠而不费的欢欣"。但是，这"怒其不争"的大恨深蕴的却是"我"对民族生命丧失人类尊严、蜷伏堕落、沦为"末人"的大悲悯。《复仇》(其二)展示的正是"我"作为"人(神)之子"在"四面都是敌意"中满怀大悲悯的受难。正因为"较永久地悲悯他们的前途，

---

① 鲁迅. 鲁迅全集（7卷）[M]. 北京：人民文学出版社，2005：107.

然而仇恨他们的现在",所以"人(神)之子"被钉杀却"不肯喝那用没药调和的酒"来麻醉"碎骨的大痛楚",他要"分明地玩味"这"人"的非在与"兽"的狂欢。

> 他在手足的痛楚中,玩味着可悯的人们的钉杀神之子的悲哀和可咒诅的人们要钉杀神之子,而神之子就要被钉杀了的欢喜。突然间,碎骨的大痛楚透到心髓了,他即沉酣于大欢喜和大悲悯中。

那"痛得舒服"的背后蕴注的正是人类大哲守望人间的"大悲悯",此时被钉杀却"不肯喝那用没药调和的酒"反而"沉酣于大欢喜"的受难本身便是"人(神)之子"以最极端的方式向愚迷众生示现"人"与"非人"的界线。面对"人"的非在,《烛虚》中的"我"在"自然景物和人事情形两相对照"中"感觉一种极其痛苦的印象",这种痛苦让"我"觉得即便是像酉水小小码头边老兵那样"寂寞的死",也"比在城市中同一群莫名其妙的人热闹的生,倒有意义得多"。但是,"事实上我并不厌世",因为"我过于爱有生一切"。而且,"爱与死为邻","爱是生的一种方式"。

> 人生实在是一本大书,内容复杂,分量沉重,值得翻到个人所能翻看到的最后一页,而且必须慢慢的翻。

也就是说,"人"的非在让"我"生发的并不是《野草》之"我"的那种对于"人"之不能为人的金刚怒目的大恨,而是促使"我"更好地"知生""爱人",走向生命的至圣至美,显示出一种菩萨低眉的大爱。这种蕴注着生命庄严的大爱使"我"面对"目前情形""油然生悲悯心"。因此,不管是鲁迅最本己之我金刚怒目的大恨,还是沈从文最本己之我菩萨低眉的大爱,二者实质是人类大哲守望人间的"大悲悯"。

《野草》与《烛虚》所蕴注的这种人之守望的大悲悯一方面表明民族现代生存在"人"那里处于"无"的状态,因为"我"悲悯的是"人"不能为"人"的非在;另一方面表明民族现代生存在"我"这里处于"有"

的状态，因为"我"根本区别于"人"的全新人格样态及与之相应的生命本体意识让"我"感到"人"之此在的可悯。在这种大悲悯的精神背景之中，"我"与"人"的尖锐化生存对立所呈示的实则是民族现代生存的开端状态，一种民族现代生存"无"与"有"合体、"无"中生"有"的内在机制。"我看到生命一种最完整的形式，这一切都在抽象中好好存在，在事实前反而消灭"，道出的正是这蕴注着大悲悯的民族现代生存的开端状态。民族现代生存作为思维的开端，全然是抽象的，或者说，"我们除了一个单纯开端本身的观念而外，便什么也没有"①。这便是黑格尔所谓的"开始的东西，既是已经有，但又同样是还没有。所以有与无这两个对立物就在开端中合而为一了"。②"我"正是这样一个立身于民族现代生存之"无"中的民族现代生存之"有"，此"有"更多存在于"我"的意识世界，"我"的生命实践所体现的正是民族现代生命一生二、二生三、三生万物的现实发生机制。正是在这一意义上，"我"的存在即是"人"的拯救。"我"与"人"的尖锐化生存对立正是为了使这种民族现代生命的现实发生机制在现实社会中成为活跃的因素，以此实现民族生命朝向现代生存的内在搏动。因此，"开端并不是纯无，而是某物要从它那里出来的一个无；所以有便已经包含在开端之中了"，或者说，"开端包含有与无两者，是有与无的统一"，"是非有和有"。③这正是在"自救"与"他救"之中为什么"我"始终处于主体性，但又时刻彷徨于有与无、明与暗、生与死、希望与绝望的原因，这种生存状态实质是民族现代生存"无"与"有"合体、"无"中生"有"的开端状态的表现。黑格尔认为，"思维的理性则可以说是使差异物变钝了的区别锋利起来，使表象的简单多样性尖锐化，达到本质的差别，达到对立。多样性的东西，只有相互被

---

① 〔德〕黑格尔. 逻辑学（上卷）[M]. 杨一之，译. 北京：商务印书馆，1976：59.
② 〔德〕黑格尔. 逻辑学（上卷）[M]. 杨一之，译. 北京：商务印书馆，1976：59.
③ 〔德〕黑格尔. 逻辑学（上卷）[M]. 杨一之，译. 北京：商务印书馆，1976：59.

推到矛盾的尖端，才是活泼生动的，才会在矛盾中获得否定性，而否定性则是自己运动和生命力的内在脉搏"。[①]在"五四"落潮，正如鲁迅所言"《新青年》的团体散掉"、国统区出现人性沉沦的特殊历史时期，《野草》与《烛虚》就是为了继续沿着"五四"开启的中华民族新生的历史之维使民族现代生存与传统生存这两种"差异物变钝了的区别锋利起来，使表象的简单多样性尖锐化，达到本质的差别，达到对立"，以此在现实的迷雾中鲜明地标示出民族生命朝向现代生存的历史走向，以"我"执着朝向现代生存的践履亲证使民族生命现代重构获得一种"自己运动和生命力的内在脉搏"，进而实现中华民族的现代转型。因此，"自救"与"他救"、"我"与"人"的尖锐化生存对立不仅呈示出二人民族生命现代重构以人的形而上本体结构性重构为落脚点，而且还呈示出民族现代生存"无"与"有"合体、"无"中生"有"的途径与过程。概而言之，"我"朝向现代生存的践履亲证呈示出民族生命的应然状态，"人"的在世生存呈示出民族生命的已然状态。"我"的"自救"实质是文化先觉者自我生命形态的更新再造，以"我"朝向现代生存的践履亲证使民族生命的应然状态首先在"我"身上转化为已然状态，这一过程同时构成"人"的在世生存的否定性与民族生命现代重构的内在脉搏。"我"与"人"生存对立的尖锐化使民族生命形态成为"上升到矛盾顶峰的多样性"，使民族生命现代重构在"我"与"人"的相互关系中成为活跃的和有生机的思想变革，进而使"人"的生命形态从已然状态向应然状态转化，即实现"人"的"他救"，这正是二人民族生命现代重构的发生、发展与实现。

但是，在上述民族现代生命"无"中生"有"的具体过程中，"我"不可能生活在真空中，按照主观意愿单向性地存在。"我"对"人"（"人"所组成的"社会"一物）的生存形成尖锐化的否定，"人"对"我"的生存也同样形成尖锐化的否定。事实上，"人"所组成的"社会"一物已使

[①] 〔德〕黑格尔. 逻辑学（下卷）[M]. 杨一之, 译. 北京：商务印书馆, 1976: 69.

"我"陷身于无处不在的围击之中,"我"苦苦突围,焦虑莫名。"我"鲜明的新人格意识与"人"的现实生命状态形成强烈的反差,这种反差使"我"感到在世生存的荒诞。当"我"走向"他救",却陷入"他救"对象的围击,这使"我"进入生存的悖论。这实际上已经使"人"的"他救"悬空,处于虚置的状态,而"我"的"自救"倒显示出急迫的现实切己性,成为实体的存在,一种急于摆脱生存焦虑与探寻生命意义之源的存在。因此,在《野草》与《烛虚》中,"自救"始终是主轴,"我"始终处于急迫的"自救"之中,而"人"始终处于无意义的生存状态。这正是二人民族生命现代重构现实情形的再现。作为目的的"他救"的悬空与虚置直接危及作为起点的"自救"的存在,即直接危及"我"的存在,这种情状加重了"我"存在的悲剧感与虚无感。因此,"我"始终处于生与死、明与暗、虚无与实有、希望与绝望的生命临界点上,二者此消彼长,反复纠缠,显示出"我"苦苦挣扎、艰难"自救"的实际情形。也就是说,"我"与"人"的尖锐化生存对立、"他救"的虚置与"自救"的实有,正是《野草》与《烛虚》"我"之存在焦虑感、荒诞感、虚无感、悲剧感滋生的根本矛盾,生与死、明与暗、虚无与实有、希望与绝望等一系列生存悖论由此而生。人之存在的焦虑感、荒诞感、虚无感、悲剧感正是20世纪人观照自身的核心精神命题,即关于"人的异化"的主题,《野草》与《烛虚》于此表现出一种根本区别于传统人格的、极具现代性的生命情绪与现代个体生命意识,而且"存在"的确是二者蕴注其中的元概念,前者指向"我"何以为"我",后者指向"生命"何以为"生命"。但是,二者又显然不能等同于西方存在主义,因为二者观照人之存在的方式虽然相契于存在主义,由此生发的生命感虽然相契于现代主义的生命情绪,比如"我"作为社会的"外人"感(《野草》中的"我"对"你们"的世界都不愿意,《烛虚》中的"我""与众弃之")、失根的无家可归感(《野草》中的"我"像影一样"彷徨于明暗之间",《烛虚》

中的"我"这个"乡下人""离乡村已经很远了"）、生活于一个与自己对立的失望的世界之中的悲剧感（《野草》中的"我"感到"生命的泥委弃在地面，不生乔木，只生野草"，《烛虚》中的"我""正感觉楚人血液给我一种命定的悲剧性"），但是二者都没有滞留于人之存在的荒诞感，《野草》中的"过客"（"我"）最终"向野地里跄跄地闯进去，夜色跟在他后面"，"走"的本身形成了存在的意义之源，《烛虚》中的"我"如焚如烧地走向生命的至境，生命信仰的本身形成了存在的意义之源，这种贯注其中的生命主旋律使二者根本区别于加缪《局外人》、卡夫卡《城堡》、贝克多《等待戈多》等西方现代主义作品，即超越了人在无意义生存中等待拯救的幻灭状态。前者直面绝望而反抗，反抗绝望本身就是"此我"之在，不管生存如何荒诞，哪怕前面是"坟"，也要"绝大意力"地"走"，因此，这种人之存在"意义"生成的过程始终伴随着冷峻的生命色彩，与之相应的《野草》意象世界充溢着恐怖、阴森与幽冷，但是内在搏动的却是强健的生命力，一种野草般的原始生命力；后者直面绝望而趋向生命的至圣至美，美与爱才是生命的庄严本相，因此，这种人之存在"意义"生成的过程始终伴随着神性的生命色彩，与之相应的《烛虚》意象世界充溢着神圣感、音乐感与沉醉感，而生命的最大意义就在于至死方休地趋向于这种生命的极致状态，由此形成人不断超越自身的内在搏动。他们以各自独特的生命体验与生命实践赋予存在以"意义"，而不是将人之存在定位于荒诞，也就是说，二者于浓重的现实荒诞感中超越了荒诞，虽然他们超越的方式是殊途的，这使得他们根本区别于西方现代主义之流。也正是在这里，《野草》与《烛虚》呈示出互相区别的、各具特质的生命色彩与人之为人的应对，标示出具有超越性、现代性、世界性的人之为人的形而上终极向度。

然而，"人"的无意义生存状态所呈示出的"他救"的虚置，"我"赋予自身存在以意义的独特方式所呈示出的"自救"的实有，表明二人的民族生命现代重构是一场知其不可为而为之的主观式的思想变革。正如凌宇先生所言:"既然人性的异化奠基于私有财产制度和维系这种经济关系的政治建筑,那么,以人性的复归为目的的思想变革与推翻私有财产制度及其上层政治建筑的政治经济变革就互为条件。离开了政治经济变革的思想变革,只能成为一种主观的空想。"[①]这种缺乏政治经济变革支撑的思想变革在现实世界极易陷入抽象、空洞和渺茫的境地,即"在抽象中好好存在,在事实前反而消灭"。事实上,"我"之存在的焦虑感、荒诞感、虚无感、悲剧感正表明了这场思想变革的抽象、空洞和渺茫,或者说,这场思想变革的抽象、空洞和渺茫最本源性地滋生了"我"之存在的焦虑感、荒诞感、虚无感、悲剧感。《野草》之后的鲁迅后期杂文凸显出强烈的社会政治革命意识显然是他对于这种"单腿走路"缺陷的自觉与修补,而绝非是对于民族生命本体结构性重建的偏离。与之相类,西南联大时期,置身于国统区的昆明,沈从文切身体验到生存的荒诞感与现实生命的异变。正因如此,他《烛虚》之后的一系列北平通信从与之相对的反向想象生命的理想图景。作为一位文学家,他以文学想象的方式虚拟生命状态。从这一视角看,二人民国时期基于现实生存体验而进行的民族生命建构具有乌托邦性质。这样看来,《野草》与《烛虚》中所展开的"自救""他救"实质是两位文学家对民族生命的审美想象,因而具有形而上特质。如果从现实实践层面看,不免有一定的局限性。我们之所以不能苛求文学家、思想家,让他们承担一切,是因为他们的根本任务就在于为具有永无止境发展需要的人类制造乌托邦,让人类在人之为人的守望中坚守"人道"(人之为人的形而上存在之道),能够在西西弗斯巨石一次次滚落的沉沦之中继续向前进、向上走。乌托邦的伟大就在于它是乌托邦,因为"没有这种关于人类未来的先验的构架,也便

---

① 凌宇. 从边城走向世界(增订本)[M]. 长沙:岳麓书社,2006:126-127.

没有了人类审视自身的历史与现实存在的批判的基点"①。事实上,人类离开乌托邦的精神守望,洪水猛兽般的沉沦绝非危言耸听。人的理想存在、社会的理想存在不正是以乌托邦的制造为起点,以乌托邦的标示为导向,以乌托邦的存在反观自身,透视丑陋、黑暗、麻木、衰萎,不断超向光明、自由、美好的境界为过程吗?因此,伟大文学家、思想家的存在本身即是"人"的形而上拯救。

※ "我"与"人"

《野草》与《烛虚》是鲁迅与沈从文最本己之"我"在逼仄煎熬的在世生存中所进行的"自救"与"他救"。这种"自救"与"他救"呈示出"我"与"人"最本质的身份:"我"是民族现代生存的践履亲证者,"人"是民族传统生存的沿袭者。"我"与"人"的对立,"自救"与"他救"的互体,呈示出民族生命现代重构的基本格局与民族现代生存的开端状态。

站在"自救"与"他救"这一阿基米德点上历时回望,从幻灯片事件所标示的两千多年封建主流文化的"逆子"在意识世界的诞生到《野草》中"我"本己出场的民族生命重构,从离开湘西跨入北京所标示的中华民族主流文化化外的"边民"寻求现代新生的开始到《烛虚》中"我"本己出场的民族生命重构,二者共构出中国社会历史第二次大变动中民族生命现代重构发生、发展的完整历程。从二人各自确立以文艺(文学)改造国民精神到《野草》与《烛虚》朝向"虚"的言说,二者标示出民族生命本

---

① 凌宇.符号——生命的虚妄与辉煌:《三国演义》的文化意蕴 [M].长沙:湖南师范大学出版社,1997:191.

体现代重构的形而上终极向度。

　　站在"自救"与"他救"这一阿基米德点上共时审视,"我"与"人"形成尖锐化的生存对立。这种对立实质是人与非人矛盾的不可调和。面对"人"之非在,《野草》中的"我"表现出金刚怒目的"大恨",《烛虚》中的"我"表现出菩萨低眉的"大爱",二者实质是人之守望的"大悲悯"。在这种大悲悯的精神背景之中,"我"与"人"的尖锐化生存对立呈示出民族现代生存"无"与"有"合体、"无"中生"有"的开端状态。"我"呈示出民族生命的应然状态,是民族现代生存之"有";"人"呈示出民族生命的已然状态,是民族现代生存之"无"。"自救"是"我"的生命形态的更新再造,是民族生命的应然状态首先在"我"身上转化为已然状态,这是民族生命现代重构的起点;"他救"是"人"的生命形态的更新再造,是民族生命的应然状态在"人"身上转化为已然状态,这是民族生命现代重构的目的。"我"与"人"生存对立的尖锐化是将民族生命形态"上升到矛盾顶峰的多样性",以"我"的存在构成"人"的在世生存的"内部搏动的否定性",以此在"我"与"人"的相互关系中形成活跃的和有生机的思想变革,进而实现民族生命本体的形而上现代重构,即民族现代生存"无"中生"有"的现实发生机制。这一民族生命现代重构的发生、发展与实现一方面呈示出二者各具特质的生命色彩与人之为人的殊途应对,另一方面也显示出二者典型的主观性思想变革的乌托邦性质。而这又进一步凸显出二人作为伟大文学家、思想家的文化守望:"我"的存在即是"人"的拯救,一种人之为人的形而上拯救。

　　那么,鲁迅与沈从文所共构的乌托邦为民族生命乃至人类重建"内部之生活"提供了一个怎样的起点与不断超向的形而上高度呢?这正是本书研究的核心价值所在。伟大的乌托邦的诞生绝非是毫无根据的臆想,它是伟大文学家、思想家对人之本真存在的独特把握,它源自伟大文学家、思想家对于人与社会的深刻认识。因此,鲁迅在其文学创作的起点前瞻性地强调:"首在审己,亦必知人;比较既周,爰生自觉。"沈从文在其文学创作的终端回顾性地昭示:"照我思索,能理解'我';照我思索,可认识'人'。""我"与"人"构成民族生命的对立两极,二人共构的伟大乌托邦深植于这一尖锐化生存对立结构而诞生。为此,我将在"我"与"人"的对立两极中首先对"我"这一民族现代生存之"有"的一极进行研究,此即第二章的研究核心。

第二章

朝向现代生存的践履亲证
——《野草》与《烛虚》中的「我」

从"师夷长技以制夷"到"德先生"与"赛先生",中国社会历史第二次大变动所指向的民族现代转型其着手处最终由社会现实层面的技术体系定格为民族生命本体的价值体系,重构国民的形而上信仰体系成为历史的选择,最终会聚为文化先驱们的共识与自觉担承的历史使命。这一民族生命本体形而上现代重构的历史使命在中国由于缺乏西方那种相应的社会物质力量与深厚的社会基础,历史最终将这一日渐紧迫的使命过多地分派到了文学与文学家的身上,于此形成了中国现代文化思想史上最令人瞩目的景观:新文学的多重历史使命与文学家的多重身份。而这种文学的多重历史使命与文学家的多重身份都紧紧围绕着"人的现代化"这一漫长而艰巨历史进程的核心题旨,具体化为三个层面:第一,创立新的价值体系。在中国社会历史第二次大变动中,面对传统价值体系的崩解与重构,历史与时势需要大思想家的出现。从孙中山到毛泽东,这些大思想家都是这一时代大势孕育而出的大思想家。文学作为时代的表征,也自觉担负起了这一时代的使命。以"五四"新文化运动为标志,新文学家们也对国民形而上信仰体系展开观照,比如鲁迅的《狂人日记》便是在这一层面具有历史的标志性意义。以鲁迅为代表的新文学家们在一定程度上担负起了思想家的历史使命。也正是在这种历史情势下,鲁迅与沈从文以各自独特的方式进入了民族生命的关注、思考与重构,成为中国现代文化思想史上格外醒目的存在。鲁迅一直致力于唤醒国人的灵魂,沈从文最终从边城走向世界,最根本的原因就在这里,即他们都以各自独特的方式为民族乃至人类生存对于人的本质的真正占有提供了具有超越意义的形而上价值体系。第二,传播新的价值体系。在上述历史情势下,文学家同时担当着思想启蒙者的身份与历史使命。文学之所以被历史性地选择为这种思想启蒙的主要方式与途径,是因为"人的现代化"在当时最直接地与民族的生死存亡紧紧地联系在一起,这一中心启蒙任务的现实急迫性决定了这场思想启蒙的主要方式与途径一开始就不可能是思想家渐进式的学理思辨与渗透,虽然学理思辨与论辩之于思想启蒙是极为必要的，但它只能在文化精英层面展开，中国缺乏普遍性展开学理思辨与论辩式启蒙的文化传统与社会基础，而现实对于启蒙的要求不仅日渐迫促，而且更要求大范围地面向普通国民，特别是在本应担承世俗精神前导的知识界更应该首先迅速而广泛地展开这种民族走向现代生存的形而上价值体系的终极性启蒙，这就需要一种更易于接受、更为形象可感、更为迅疾、更具潜移默化效应、更具持续性的启蒙方式与途径，而在当时的历史条件下能够满足这种启蒙需求的方式与途径莫过于文学，正如鲁迅所言"我那时以为当然要推文艺"，这也是沈从文由湘西跨入北京时明确的人生选择。这种情形也同时反过来说明了为什么在这一历史进程中思想家的角色很大程度上由文学家扮演的原因。鲁迅因日本留学期间遭遇"幻灯片事件"而作出的"以文艺改造国民精神"的人生决断，沈从文由湘西跨入北京所作的那番"以为社会必须重造，这工作得由文学重造起始。文学革命后，就可以用它燃起这个民族被权势萎缩了的情感，和财富压瘪扭曲了的理性。两者必需解放，新文学应负责任极多"[①]的"五四"式人生宣言，正是文学家与思想启蒙者双重身份合体的最好证明。事实上，鲁迅与沈从文之所以在中国现代文化思想史上具有不可替代的、永动不竭的精神吸附力正是因为他们对于生命本真独特的形而上把握与鲜活艺术形象的有机统一。以《阿Q正传》为代表的创作与以《边城》为代表的创作之所以具有超越时空的穿透性，在民族文化心灵的涵养上具有那些现代专门思想家、哲学家们难以企及的精神辐射效应，关键就在这里。第三，践履新的价值体系。"在这场文化改革的实验中，真正产生影响和贡献的文化改革者，恰恰是那些抱有坚定信仰、锲而不舍、身体力行地践履自己所信奉的理论主张的前驱者。"[②]也就是说，此种状态之下的文学家与思想启蒙者本身就是其所立价值体系的践履亲证者，前两重身份与历

[①] 沈从文. 沈从文全集（13卷）[M]. 太原：北岳文艺出版社，2002：375.
[②] 谭桂林. 国民信仰建构中的鲁迅与尼采[J]. 江苏师范大学学报（哲学社会科学版），2013（1）.

史使命现实地统一于第三重身份与历史使命之中，故而他们的现实存在就是新的价值体系与相应的人格样态在国人面前最直观、最真实的示现。鲁迅之所以被毛泽东称为"现代中国的圣人"，最为重要的原因之一就是他对鲁迅所凸显出来的人格样态的推重。"圣人"不仅是学识的渊深，更为重要的是他可以带给世人一种"立之为极"的人格样态。我曾面问沈从文的忘年交凌宇先生：在他们风雨十载忘年游中，沈从文给他感受到的到底是怎样的一个人？凌宇先生说"沈从文是一位真正的圣人"，他还以沈从文对他所创作的《沈从文传》中所涉及的某些当事人的处理意见来说明这一点。这里，无意于拔高本书的研究对象，而是为了从一个侧面说明他们现实存在的本身对于理想人格样态的践履亲证。鲁迅与沈从文正是面对"人"之非在，在"我"与"人"的尖锐化生存对立中，以最本己之"我"对自己所立人格样态的践履亲证，将自身"立之为极"以使"俾众瞻观"，"人亦庶乎免沦灭"的。因此，要探寻鲁迅与沈从文之于民族现代生存形而上终极向度的昭示性，如果不回到上述特定的历史情势与二人于此情势之下所自觉担当的身份与使命，不回到这种"立之为极"的最本己之"我"的生存状态与生命体验，就不可能真切地感受二人对于民族生命本体形而上现代重构的现实针对性与具有鲜活个体生命感的独特内涵，因为这个"我"的存在就是"人"的拯救，就是对"立之为极"的形而上价值体系的践履亲证，就是民族新生所取向的"真的人"的自我现实孕育与痛苦分娩。

斯人已去，我们不可能有机会亲身面对那个最本己的鲁迅与沈从文，在他们身上感受、体验那个"立之为极"的肉体真我。因此，要体验这个真我只能进入他们的作品。在他们所有的创作中，《野草》与《烛虚》中的"我"在生命征候上最集中显示的正是这样一个三重身份与历史使命统一于一体、"立之为极"的最本己之"我"的出场，体现为民族现代生存之"有"。这三重身份与历史使命集注于"我"朝向现代生存的践履亲证，实体化为"我"以"'作家'的头衔"在世生存。因此，以"'作家'的头衔"在世生存不仅是二人创立民族生命价值体系的人生实践，也是为国人"立之为极"的自我生命朝向现代生存的更新再造，更是"我"对于"人"的持续的生命再造，这一在世生存正是鲁迅与沈从文以民族生命现代重构为己任会聚着上述三重身份与历史使命的主体人生形象与实体存在。换言之，"我"以"'作家'的头衔"在世生存正是民族现代生存"无"与"有"合体、"无"中生"有"的现实发生机制。因此，在重构民族生命本体形而上品格依然急迫的今天，再次审视鲁迅与沈从文这两个为国人"立之为极"的最本己之"我"以此探寻民族现代生存的形而上超越向度是极为必要的，而"五四"正是这样的两个"我"实体化的历史关键点。

第一节 "五四"与"我"

一

对于《野草》的诞生，鲁迅这样自述：

后来《新青年》的团体散掉了，有的高升，有的退隐，有的前进，我又经验了一回同一战阵中的伙伴还是会这么变化，并且落得一个"作家"的头衔，依然在沙漠中走来走去，不过已经逃不出在散漫的刊物上做文字，叫作随便谈谈。有了小感触，就写些短文，夸大点说，就是散文诗，以后印成一本，谓之《野草》。①

他将《野草》诞生的起点回溯至以"《新青年》的团体散掉了"为标志的"五四"落潮。"五四"让"我""落得一个'作家'的头衔"，即"五四"塑造了"我"的"作家"的社会身份与人生主体形象。虽然"我"与"五四"之前一样"依然在沙漠中走来走去"，但是"已经逃不出在散漫的刊物上做文字"，即以"'作家'的头衔"在世生存成为"我"的实在，而《野

---

① 鲁迅. 鲁迅全集（4卷）[M]. 北京：人民文学出版社，2005：469.

草》正是在这一在世生存链上产生的。鲁迅对于"五四"之于《野草》的回顾实际道出了"我"以"'作家'的头衔"在世生存实体的形成。那么,以"'作家'的头衔"在世生存显示出鲁迅怎样独特的存在呢?

回顾鲁迅的一生,1906年1月在日本仙台医学专门学校细菌学课间发生的"幻灯片事件"使他确立了"以文艺改造国民精神"的人生取向,这是他以"'作家'的头衔"在世生存的意识元点。幻灯画面上被杀的中国人与围观的中国人"一样是强壮的体格,而显出麻木的神情"再现出国民精神的愚弱,讲堂里对此发出的"万岁!"的拍掌欢呼实质是现代民族的强国以优越傲视的心理对于落后民族的弱国愚昧衰萎的鄙视与嘲弄。这种瞠目的幻灯画面与刺耳的讲堂欢呼使鲁迅敏锐地意识到中华民族在世界民族生存大格局中的生命病态,那是较之体格沦为"东亚病夫"更为可怕的在世界现代民族生命的比照下、在历史现代前行的大势中"只能做毫无意义的示众的材料和看客"的精神麻木与衰萎。"我"也同时敏锐地意识到从医医治体格"并非一件紧要事","我们的第一要著,是在改变他们的精神,而善于改变精神的是,我那时以为当然要推文艺"①。弃医从文,重建民族精神文化,以"'作家'的头衔"在世生存实践民族生命本体的形而上现代重构成为"我"鲜明的意识存在。精神的自觉带来意识的分化,这实际已经显示出鲁迅意识世界中民族生存截然对立的图景:中华民族/世界现代民族,中国人/世界人,传统生存/现代生存。这也实际使"我"置身于民族传统生存与现代生存之间,"我"作为"中间物"的在世生存意识实际是这种生存格局的现实反映。鲁迅在最初文集《坟》中回顾这早期岁月"逝去的生活的余痕"时将这种意识更为清晰完整地凸浮出来:"以为一切事物,在转变中,是总有多少中间物的。动植之间,无脊椎和脊椎动物之间,都有中间物;或者简直可以说,在进化的链子上,一切都是中间物。"②以"'作

---

① 鲁迅. 鲁迅全集(1卷)[M]. 北京:人民文学出版社,2005:439.
② 鲁迅. 鲁迅全集(1卷)[M]. 北京:人民文学出版社,2005:301-302.

家'的头衔"在世生存实质是"我"以清醒的"中间物"意识对于中华民族现代转型的历史担当,在鲁迅世界的元点鲜明地标示出"我"与民族朝向现代生存的主体导向,而这正凸浮出"我"作为"至多不过是桥梁中的一木一石"①的"中间物"的存在本质与价值:它绝不是"我"于历史转折处的犹疑不定、彷徨无主与自生自灭,更不是"我"于民族进化链上存在的无意义消解,而是对于中华民族现代转型自觉、主动、有为的担承,深蕴着"我"将在中华民族现代新生的漫漫进化之路中上下求索、自强不息、奋斗不止的意识,它不仅鲜明地标示出"我"与民族当下生存的历史转折境遇,而且还鲜明地标示出"我"与民族朝向现代生存的现实与未来指向。这是一种虽二而一的在世生存:第一,"我"以鲜明的现代意识朝向现代生存,"我"的存在构成"人"的生命参照系;第二,"我"以"作家"校正性干预民族生命的在世生存使"人"也朝向现代生存,二者共构出"我"由己及人的民族生命现代重构。

事实上,鲁迅的文学创作在整体上以极强的在世生存意味表现为"用许多苦痛换来的真话":"苦痛"源自"我"朝向现代生存的践履亲证,而"不是聊且快意,或什么玩笑,愤激之辞";"真话"是"我"使"人"朝向现代生存的开启,"是在有些警觉之后,喊出一种新声;又因为从旧垒中来,情形看得较为分明,反戈一击,易制强敌的死命"。②整体审视,鲁迅的文学创作呈示出从幻灯片事件这一元点延伸而来的以"'作家'的头衔"在世生存链:一方面"我"以"呐喊""热风""彷徨""华盖""野草""朝花夕拾""而已""三闲""二心""南腔北调""伪自由书""准风月谈""花边文学""且介亭"乃至"故事新编"标示出这一主线各个时期"我"的不同在世生存状态,展示出"我"朝向现代生存的践履亲证;另一方面"我"又根据不同的在世生存状态向"人"开启相应方式的言说,展示出"我"对

---

① 鲁迅. 鲁迅全集(1卷)[M]. 北京:人民文学出版社,2005:302.
② 鲁迅. 鲁迅全集(1卷)[M]. 北京:人民文学出版社,2005:302.

民族生命的校正性干预，二者合体归向于朝向现代生存这一主线。

以"'作家'的头衔"在世生存的内质当然是由其文学创作的内质决定的。1907—1908 年的《人之历史》《科学史教篇》《文化偏至论》《摩罗诗力说》《破恶声论》实际是鲁迅立足于民族历史的转折处以世界性的现代眼光在理论上寻求以什么样的文学创作内质来构筑"我"的以"'作家'的头衔"在世生存的内质，以此实现"我"对于民族生命"洞达世界之大势"的校正性干预。为此，他将目光投向"人之历史"，将"人"置于思考的中心。"人类种族发生学者，乃言人类发生及其系统之学，职所治理，在动物种族，何所由昉，事始近四十年来，生物学分支之最新者也。"①当时，生物学分支是人类种族发生学的最新成果，是对人之由来的最新认识。因此，他要以现代科学的眼光从人的生物学史揭示人之由来，以此敞亮地呈示出人最本来的存在。在此之前，在漫长的人类历史中不管是东方还是西方对于人之由来都"彷徨于神话之歧途，诠释率神閟而不可思议"，中国之说为"盘古辟地，女娲死而遗骸为天地，则上下未形，人类已现"，西方之说为"帝以七日作天地万有，抟埴成男，析其肋为女"，"天下为之智昏"。鲁迅对于人的生物学史的展示正在于揭破人对自身认识的蒙昧。这里，现代科学意识在人的自我认识中凸显出来。而"科学"正是"观于今之世，不瞿然者几何人哉？"的话题，它更是中国近代以来关乎民族存亡的最热点的社会问题。《科学史教篇》首先呈示出一部西方科学发展史，上至古希腊罗马时代科学之盛，继至"希腊既苓落，罗马亦衰"，中世纪"科学之光，遂以黯淡"，渐至十五六世纪科学始出黑暗而复光明，直至十七八世纪科学之士辈出，科学之泽流布，直至"胚胎于是时"的 19 世纪物质文明大盛。但是，鲁迅在西方科学史中关注的重心并不是西方外在的科学之盛，而是内在的"科学的精神"与"探自然之大法"，紧紧锁定西方科学家的精神状态。在西方科学家的在世生存状态中，鲁迅感受到的是"盖科学发见，常受超科

---

① 鲁迅. 鲁迅全集（1 卷）[M]. 北京：人民文学出版社，2005：9.

学之力，易语以释之，亦可曰非科学的理想之感动，古今知名之士，概如是矣。阑喀曰，孰辅相人，而使得至真之知识乎？不为真者，不为可知者，盖理想耳。此足据为铁证者也。英之赫胥黎，则谓发见本于圣觉，不与人之能力相关；如是圣觉，即名曰真理发见者。有此觉而中才亦成宏功，如无此觉，则虽天纵之才，事亦终于不集"①。科学是外果，"非科学的理想之感动"才是"深因"；"发见"是外果，"圣觉"才是内因。简言之，"科学发见，常受超科学之力"。因此，科学绝不是包办一切的万能，"盖使举世惟知识之崇，人生必大归于枯寂，如是既久，则美上之感情漓，明敏之思想失，所谓科学，亦同趣于无有矣"。由此，鲁迅对于人的认识又向前大大迈进了一步，即由生物之人向精神之人的提升，由人的"外部之生活"向人的"内部之生活"的切入，由形而下生存向形而上生存的超越。于是，"致人性于全"便成为《文化偏至论》的核心命题，这是从较之于生物学史、科学史更为宏阔的文化史视野对于人的认识。在中国文化发展史与西方文化发展史的比照中，鲁迅找到了两个基点："非物质"与"重个人"。他透过"轻才小慧之徒"的陋见，最为关注的是"唯物极端"便"杀精神生活"，"惟众是从"则失"个性之尊严"，"重杀之以物质而囷之以多数，个人之性，剥夺无余"。世之弊端正在于"重其外，放其内，取其质，遗其神，林林众生，物欲来蔽，社会憔悴，进步以停，于是一切诈伪罪恶，蔑弗乘之而萌，使性灵之光，愈益就于黯淡"。因此，必须"掊物质而张灵明，任个人而排众数"，唯此"人"才能"发扬踔厉"，"邦国亦以兴起"。如何才能做到这一点？鲁迅聚焦于"刚毅不挠，虽遇外物而弗为移"的"具有绝大意力之士"。在他看来，"内部之生活强，则人生之意义亦愈邃，个人尊严之旨趣亦愈明，二十世纪之新精神，殆将立狂风怒浪之间，恃意力以辟生路者也"。简言之，"首在立人"，立"内部之生活强"的个体。那么，通过什么"立人"？一言以蔽之，文化。什么样的文化？"与十九世纪之文明（文化）

---

① 鲁迅. 鲁迅全集（1卷）[M]. 北京：人民文学出版社，2005：29-30.

异趣"的"沉邃庄严"的"二十世纪之文明（文化）"。从事文艺正是为了重建这样的民族文化。至此，鲁迅在《摩罗诗力说》中集中推出了他的文学认识论、价值论，我将其提炼概括为"心声论"。"心声论"不仅是鲁迅最核心的文学认识论、价值论，更是他以"'作家'的头衔"在世生存论。

他在《摩罗诗力说》中写道："盖人文之留遗后世者，最有力莫如心声。"①那么，什么是"心声"呢？为什么它是"最有力"的呢？人民文学出版社1981年版与2005年版《鲁迅全集》第一卷对此处"心声"的注释原文是"心声指语言。扬雄《法言·问神》：'言，心声也；书，心画也。'这里指诗歌及其他文学创作"。②我以为，这种注解是浅表性的，并未表明"心声"的真正内涵，而这直接关涉到他的文学创作内质与在世生存的精神内质。其实，"心声"的真正内涵鲁迅是采用层层递进、两两对照的方式推出的，在推出的过程中也同时回答了它是"最有力"的原因，即文学的内质与作家存在的价值。他在提出这一论断之前首先作了铺垫："人有读古国文化史者，循代而下，至于卷末，必凄以有所觉，如脱春温而入于秋肃，勾萌绝联，枯槁在前，吾无以名，姑谓之萧条而止。"③他发现古国文化史随着时代往下读，直到卷末，使人感到的是凄凉，就像由温暖的春天进入萧杀的秋天，一切生机消逝，眼前一片枯寂萧条。有感于这种古国文化史的萧条，他作出了这一论断。也就是说，古国文化史的萧条是因为"心声"的消失。或者说，"心声"就是"人文"的生命力所在，唯此才能"最有力"，才能留遗后世。那么，这种"心声"到底是什么呢？他紧接着写道："古民神思，接天然之閟宫，冥契万有，与之灵会，道其能道，爰为诗歌。其声度时劫而入人心，不与缄口同绝；且益曼衍，视其种人。"④这种"心声"的源头在他看来应该是"古民"形成诗歌的"神思"。他紧接着指出这种蕴

---

① 鲁迅. 鲁迅全集（1卷）[M]. 北京：人民文学出版社，2005：65.
② 鲁迅. 鲁迅全集（1卷）[M]. 北京：人民文学出版社，2005：103.
③ 鲁迅. 鲁迅全集（1卷）[M]. 北京：人民文学出版社，2005：65.
④ 鲁迅. 鲁迅全集（1卷）[M]. 北京：人民文学出版社，2005：65.

含着"神思"的"人文"具有涵养"种人"的重要文化意义，关乎民族命脉："递文事式微，则种人之运命亦尽，群生辍响，荣华收光；读史者萧条之感，即以怒起，而此文明史记，亦渐临末页矣。凡负令誉于史初，开文化之曙色，而今日转为影国者，无不如斯。"①这样看来，鲁迅所强调的"心声"绝不是一般意义上的"语言"，也绝不是一般意义上的"诗歌及其他文学创作"，而是能够涵养民族生命的文化养分，它源自古民诗歌中的"神思"，但是在古国文化史的卷末已经式微。这也同时道出了"心声"之所以"最有力"就在于它关乎"种人之运命"。这种孕育"种人"的"最有力""心声"的丧失使"负令誉于史初，开文化之曙色"的古国"今日转为影国"。至此，我们可以得出这样的结论："心声"即"神思"，"最有力"在于涵养"种人"。

但是，在鲁迅那里"心声"还有着更确切的内涵。为此，他进一步以历史发展的眼光对"古民神思"进行审视："古民之心声手泽，非不庄严，非不崇大，然呼吸不通于今，则取以供览古之人，使摩挲咏叹而外，更何物及其子孙？"②在他看来，这种"古民之心声"从民族发展的角度来看最大的问题是"呼吸不通于今"。于是，他提出了自己的态度："夫国民发展，功虽有在于怀古，然其怀也，思理朗然，如鉴明镜，时时上征，时时反顾，时时进光明之长途，时时念辉煌之旧有，故其新者日新，而其古亦不死。"③从"国民发展"考虑，他认为"怀古"必须"思理朗然，如鉴明镜"，在"时时反顾"的同时必须"时时进光明之长途"，其目的在于古而不死，新者日新。那么，如何才能在"古民之心声""呼吸不通于今"的情况下再现"辉煌之旧有"呢？他紧接着提出要"别求新声于异邦"。这样做的目的鲁迅在《文化偏至论》中进行了集中概括："外之既不后于世界之思潮，内之仍弗失固

---

① 鲁迅. 鲁迅全集（1 卷）[M]. 北京：人民文学出版社，2005：65.
② 鲁迅. 鲁迅全集（1 卷）[M]. 北京：人民文学出版社，2005：67.
③ 鲁迅. 鲁迅全集（1 卷）[M]. 北京：人民文学出版社，2005：67.

有之血脉，取今复古，别立新宗，人生意义，致之深邃，则国人之自觉至，个性张，沙聚之邦，由是转为人国。"①"时时上征，时时反顾"，"时时念辉煌之旧有"，其目的在于"内之仍弗失固有之血脉"；"别求新声于异邦"，其目的在于"外之既不后于世界之思潮"。简言之，鲁迅要立足本土，放眼世界，"取今复古，别立新宗"，即创立相对于"古民神思"的"新神思宗"，一种全新的形而上价值体系。至此，"心声"已经演化为"新声"，是使人生意义致之深邃、使"影国"转为"人国"的"新神思宗"。

与此同时，他又明确地将"新神思宗"指向文学。他采取了一种双重对照式的结构：一方面呈示出西方文学的状态，另一方面呈示出与之相应的西方民族生命状态；一方面呈示出西方作家的在世生存状态，另一方面呈示出与之相应的西方民族生存状态。在对西方民族历史的这种审视中，鲁迅看到的是西方文学对于西方民族生命所具有的"涵养吾人之神思"的职能，西方诗人（作家）"立意在反抗，指归在动作"②的在世生存之于西方民族生存所起到的"撄人心"的作用。于是，他又将中西方民族历史进行对比，看到的是"中国之治，理想在不撄，而意异于前说。有人撄人，或有人得撄者，为帝大禁，其意在保位，使子孙王千万世，无有底止，故性解（Genius）之出，必竭全力死之；有人撄我，或有能撄人者，为民大禁，其意在安生，宁蜷伏堕落而恶进取，故性解之出，亦必竭全力死之"③。因此，他立足于文学之于民族生命、作家之于民族生存的基点彰显出文学这种启人生之閟机，言人生之诚理，"使闻其声者，灵府朗然，与人生即会"④的"特殊之用"，希图以作家这种"撄人心"的在世生存重建民族生命。至此，他又进一步指出这种演化为"新声"的"心声"乃是"致吾人于善美刚健"的"至诚之声"。

---

① 鲁迅. 鲁迅全集（1卷）[M]. 北京：人民文学出版社，2005：57.
② 鲁迅. 鲁迅全集（1卷）[M]. 北京：人民文学出版社，2005：68.
③ 鲁迅. 鲁迅全集（1卷）[M]. 北京：人民文学出版社，2005：70.
④ 鲁迅. 鲁迅全集（1卷）[M]. 北京：人民文学出版社，2005：74.

经过层层递进、两两对照，鲁迅完整地推出了人文之"最有力"的"心声"：涵养民族心灵，使民族生命本体善美刚健，使人生意义庄严深邃的"至诚之声"。而民族文学（文化）就是蕴注这种"心声"、重构民族生命本体的载体。这一"心声论"不仅是他文学创作坚实的理论准备，更是他以"'作家'的头衔"在世生存的具体定位：以"我"之"涵养吾人之神思"的文学创作孕育中华民族新生，以"我"之"撄人心"的在世生存实践民族生命的现代重构。

鲁迅的人生确乎在这一刻已经在意识世界丰满为具体的存在。但是，理想与现实总是隔着如此遥远的距离，他就在这个以"'作家'的头衔"在世生存的精神元点与人生定位上进入了"一天一天的长大起来，如大毒蛇，缠住了我的灵魂了"的十年寂寞。从《新生》未果、浙江任教、经历辛亥革命、入职民国教育部、因张勋复辟愤而离开教育部直至"五四"前夕，"我"以"'作家'的头衔"在世生存悬置十年，直到那段"铁屋子"的著名对话：

  我懂得他的意思了，他们正办《新青年》，然而那时仿佛不特没有人来赞同，并且也还没有人来反对，我想，他们许是感到寂寞了，但是说：

  "假如一间铁屋子，是绝无窗户而万难破毁的，里面有许多熟睡的人们，不久都要闷死了，然而是从昏睡入死灭，并不感到就死的悲哀。现在你大嚷起来，惊起了较为清醒的几个人，使这不幸的少数者来受无可挽救的临终的苦楚，你倒以为对得起他们么？"

  "然而几个人既然起来，你不能说决没有毁坏这铁屋的希望。"

  是的，我虽然自有我的确信，然而说到希望，却是不能抹杀的，因为希望是在于将来，决不能以我之必无的证明，来折服了他之所谓可有，于是我终于答应他也做文章了，这便是最初的一篇《狂人日记》。从此以后，便一发而不可收，每写些小说模样的文章，以敷衍朋友们的嘱托，积久就有了十余篇。①

---

① 鲁迅. 鲁迅全集（1卷）[M]. 北京：人民文学出版社，2005：441.

如果说幻灯片事件是"我"以"'作家'的头衔"在世生存的意识起点，"心声论"是"我"以"'作家'的头衔"在世生存的理论起点，那么，这里鲁迅就清楚地表明了"我"以"'作家'的头衔"在世生存的现实起点。这一现实起点与《新青年》这一"五四"的标志性符号紧紧联系在一起。尽管鲁迅说"我那时对于'文学革命'，其实并没有怎样的热情。见过辛亥革命，见过二次革命，见过袁世凯称帝，张勋复辟，看来看去，就看得怀疑起来，于是失望，颓唐得很了"，①但是以"呐喊"命名此期小说集映现出"五四"在鲁迅"失望，颓唐得很了"的心理中激起的难以抑制的兴奋，正是在这种情形之下"喊几声助助威"②的心理流露出鲁迅对于"五四"这一民族命运转折的契机寄予了极大希望。他事实上是怀着毁坏"铁屋子"的希望进入"五四"文学革命主战场的，虽然他的心中充溢着铁屋子万难破毁的浓重阴影，"呐喊"的战叫正是"五四"引发的蓄之已久的"心声"最有力的爆发。十年寂寞的在世生存正是对中国历史同一性巨大惯性的现实体验，昏睡于"绝无窗户而万难破毁的""铁屋子"里是中国人的在世生存状态。深处这一历史与现实的重压之下，"我感到未尝经验的无聊"，"如置身毫无边际的荒原"。"无可措手"表露的正是"我"以"'作家'的头衔"在世生存在如此现实中找不到着力点、切入点，这使"我"陷入"悲哀"与"寂寞"。"五四"提供了这样一种机缘，"呐喊"打破了十年在世生存如大毒蛇缠住灵魂的寂寞。十年前以世界性的眼光审视西方人之生物学史、科学史、文化史、文学史无疑构筑出他观照中国历史的参照系与重造民族精神文化的参照系，面向世界历史，立足国内生存，第一声呐喊就向中国历史与现实的同一性发出：

  我翻开历史一查，这历史没有年代，歪歪斜斜的每叶上都写着"仁义道德"几个字。我横竖睡不着，仔细看了半夜，才从字

---

① 鲁迅. 鲁迅全集（4卷）[M]. 北京：人民文学出版社，2005：468.
② 鲁迅. 鲁迅全集（4卷）[M]. 北京：人民文学出版社，2005：468.

缝里看出字来，满本都写着两个字是"吃人"！

这第一声呐喊是向着第一次中国社会历史大变动之后延续两千多年的"吃人"的中国生存史发出的，更是向着民族的未来生存发出的。那是与"吃人"相对的"救人"，而且是更具民族未来生存意义的"救救孩子……"，这不正是十年前未分娩的"新生"的继续吗？与之相应的杂文则是《我之节烈观》《我们现在怎样做父亲》《未有天才之前》：第一篇开口向两千多年来的女性说话，第二篇开口向两千多年来的男性说话，第三篇开口向未来的孩子说话，有了健康的男女与家庭才会诞生、培育天才的孩子。《坟》既是对逝去岁月的埋葬，更是向新的在世生存展开，那是摧枯拉朽的《热风》（第一本杂文集），那是民族新生的《呐喊》（第一本小说集）。因此，"五四"是沉默十年的他以更为成熟、更为丰厚的人生积淀更为切实、集中、有力地实践"心声论"，以铸造"我"以"'作家'的头衔"在世生存的生命内质与实体。"五四"之于鲁迅绝非外在的历史事件，而是具有内在的生命意味：它使"心声论"付诸实践，使"我"以"'作家'的头衔"在世生存由意识的虚拟、十年的悬置变为现实的实有，使"我"以文艺改造国民精神的理想成为在世生存的实体。

当我们站在"五四"之于鲁迅以"'作家'的头衔"在世生存这一关涉到"我"之本体存在的时候，"五四"落潮的"彷徨"才会真正显露出内在的生命意味。短暂的"五四"高潮之后，特别是1923年军阀血腥镇压工人运动的"二七惨案"之后，"整个民族解放运动的发展也暂时转入了一个沉寂的时期"①。"这种沉寂和荒凉，反映在思想文化方面，就是蓬勃发展的五四新文化运动出现了逆转和挫折"②。寄予的希望越大，现实挫败引发的失望、痛苦与反思也就越发强烈。没有"五四"高潮的"呐喊"，何来"五四"落潮的"彷徨"。"呐喊"是"我"在世生存的状态，它的方向是向外

---

① 孙玉石.《野草》研究[M]. 北京：北京大学出版社，2007：6.
② 孙玉石.《野草》研究[M]. 北京：北京大学出版社，2007：6.

的呼喊;"彷徨"也是"我"在世生存的状态,它的方向却是向内的质疑。切身体验到"呐喊"遭遇的现实阻力,"我"深感民族朝向现代生存之路的渺漫,这是深处历史与现实重压之下的"彷徨",这不正是《彷徨》扉页引述屈原《离骚》中的诗句"路漫漫其修远兮,吾将上下而求索"的深意吗?与此同时,呐喊对象在世生存的不幸使"我"处于深刻的悲悯之中,这使得"我"激烈的呐喊不得不转入"爱"与"不忍"的"彷徨"。《祝福》是《彷徨》首篇,它的开篇对话将"我"的这种彷徨表露无遗。当祥林嫂问"一个人死了之后,究竟有没有魂灵的?"时,这个"我自己是向来毫不介意的"问题却使"我"如芒在背,惶急不安。答案之于受过现代教育的"我"是非常明了的,若从启蒙者的角度那当然是"无"。然而,"我"设身处地从祥林嫂在世生存的情状所想的却是"人何必增添末路的人的苦恼"。这种悲悯使"我"的回答变成了"也许有罢,——我想"的"吞吞吐吐"。"我"处在极为窘迫的状态:"这时我已知道自己也还是完全一个愚人,什么踌躇,什么计画,都挡不住三句问"。最终清醒的呐喊者对于这个"向来毫不介意的"问题做出了模糊不清的处理:"那是,……实在,我说不清……。其实,究竟有没有魂灵,我也说不清"。对于像祥林嫂这样的不能惊醒也不忍惊醒的"末路的人","我"完全抛弃了《阿Q正传》那种轻喜剧的状态。对于这种"末路的人","我"以"'作家'的头衔"在世生存所要进行的校正性干预完全无从措手,"我"彷徨了。不仅如此,即便是涓生、子君这样的被呐喊者惊醒了的"五四"青年,面对他们的在世生存,"我"也处于深刻的彷徨之中。在他们身上,"我"本来是看到了"并不如厌世家所说那样的无法可施,在不远的将来,便要看见辉煌的曙色的"。然而,"人必生活着,爱才有所附丽",现实社会却使"活着"已变得如此不易,他们在现实生存的重负下不得不分开,子君只得让父亲带回。这使"我"进入希望与绝望的彷徨之中:"新的生路还很多,我必须跨进去,因为我还活着。但我还不知道怎样跨出那第一步。有时,仿佛看见那生路就像一条灰白的长蛇,自己蜿蜒地向我奔来，我等着，等着，看看临近，但忽然便消失在黑暗里了。""彷徨"在这里进一步显露出"我"的在世生存情状：不是朝向现代生存（"新的生路"）的丧失，而是深感于现实中实现它的难以企及，那是历史与现实重压之下朝向现代生存的彷徨。身处彷徨，"我"不是对"呐喊"的放弃，而是调整，《呐喊》与《彷徨》内在方向是一致的，所不同的是在世生存的状态，小说集以"呐喊""彷徨"名之表明的正是这一点，这是以"'作家'的头衔"朝向现代生存这一同质生存链上不同的两个点。《彷徨》以屈原"路漫漫其修远兮，吾将上下而求索"为题记显示出这种情状，在民族朝向现代生存的漫漫长路上，"我"由"五四"高潮激烈的"呐喊"转向"五四"落潮"士不可以不弘毅，任重而道远"的"求索"。因此，《彷徨》的实质是："我"于"彷徨"之中，以更为现实的生存态度、更为坚毅的生存精神、更为悲壮的理想献身意识朝向现代生存。

在"我"将自己的生存与民族的生存都统一于朝向现代生存的时候，民族生存的历史境遇本身便更加内在地与"我"在世生存的境遇融为一体，"彷徨"表现的正是这样一种情状。如果说第二本小说集以"彷徨"名之意在如此的话，那么第二本杂文集以"华盖"名之则在表明民族历史境遇的同时更为集中地表明了"我"个体此期所遭遇的生存状态。1925 年的鲁迅确乎是命运多舛，女师大风潮与校长杨荫榆的对抗、与陈西滢的文战，被教育总长章士钊非法免除教育部佥事职之后对于章士钊的诉讼，加之 1923 年使他大病一场的与周作人的兄弟决裂（两年来一直避免与周作人碰面），此期的鲁迅的确是运交华盖。但正是在这样多舛的 1925 年，这一年所写的杂感比收录在第一本杂文集《热风》里的 1918 年、1919 年、1921 年、1922 年、1924 年（仅收 1 篇）的杂感还要多，这正表明了从《呐喊》到《彷徨》与从《热风》到《华盖集》相契合的在世生存状态，而且更进一步表明不管"我"处于怎样多舛的生存境遇，也不会放弃以"'作家'的头衔"在世生存，以此实现对民族生命的校正性干预。也就是说，生存状态因现实有变，而朝向现代生存的方向始终不变，现实的压力考验的是朝向这一生存的"意力"。《华盖集》题记对此表露得更为直白："在一年的尽头的深夜中，整理了这一年所写的杂感，竟比收在《热风》里的整四年中所写的还要多。意见大部分还是那样，而态度却没有那么质直了，措辞也时常弯弯曲曲，议论又往往执滞在几件小事情上，很足以贻笑于大方之家。然而那又有什么法子呢。我今年偏遇到这些小事情，而偏有执滞于小事情的脾气"。《热风》是"质直"的，与激烈向外的《呐喊》相应；《华盖集》是"弯弯曲曲"的，与向内质疑的《彷徨》相应。"意见大部分还是那样"表明方向未变，所变的只是态度，只是与态度相应的表达方式，在世生存已与文学创作更为有机地融为一体，这正是以"'作家'的头衔"在世生存更为直接、集中的表现。

"彷徨""运交华盖"构成整部《野草》的心理底色，它将《彷徨》《华盖集》立身这样的生存境遇开口向"人"说话完全内转为开口向"我"说话，它要展示出"我"是如何在这样的生存境遇里拼命生存的，是如何在这样的沙漠里来造碧绿的林莽的。反过来说，《野草》不正反照出《彷徨》《华盖集》《华盖集续集》是怎样生成的吗？它不正回答了"我"何以一年就比整四年所写的杂感还要多的内在原因吗？《野草》展示出《新青年》的团体散掉了"这一"五四"落潮的历史时刻"我"对作为呐喊者的"我"产生质疑的彷徨：

> 这以前，我的心也曾充满过血腥的歌声：血和铁，火焰和毒，恢复和报仇。而忽而这些都空虚了，但有时故意地填以没奈何的自欺的希望。希望，希望，用这希望的盾，抗拒那空虚中的暗夜的袭来，虽然盾后面也依然是空虚中的暗夜。然而就是如此，陆续地耗尽了我的青春。①

立身"五四"落潮的失望（绝望）回望"五四"高潮时的"呐喊"乃至于以前种种试图救治民族的努力，"我"感到"忽而这些都空虚了"，感

---

① 鲁迅. 鲁迅全集（2 卷）[M]. 北京：人民文学出版社，2005：181.

到"空虚中的暗夜的袭来",即"我"将面临存在意义的再度悬置。那么,"我"是否回复到"五四"之前那种钞古碑的寂寞生存呢?事实并没有这样重演。为什么?请仔细理解"忽而这些都空虚了"这句最能代表当时"我"内心情状的描写。我以为这里包含着两层意思:第一,"五四"落潮来得太迅急,"我"毫无心理准备,"我"为之奋斗的理想在曙色初露的瞬间又被漫天的乌云笼罩,一起一落造成"我"太大的心理落差,即从"有"到"无"、从"得"到"失"的希望幻灭感。这是实有,但并非"我"将从此万劫不复,否则,我们只能看到"废弛的地狱"而看不见地狱边沿那朵"惨白色小花",只能看到"旱干的沙漠"而看不见于沙漠中造成的"碧绿的林莽"。这便是"忽而"的另一层含义。第二,既然是"忽而",那么这种"空虚"感就不会持续得太久,因为"五四"已经实实在在让"我""落得一个'作家'的头衔",而且"我""已经逃不出在散漫的刊物上做文字"了。鲁迅在"五四"之前,即以"'作家'的头衔"在世生存还成为实有之前,他对于自己的内心状态概括的是"寂寞",那是"无从措手"的无聊与悲哀,是见不到希望的自沉(钞古碑以自我麻痹);在"五四"落潮之时,即以"'作家'的头衔"在世生存已经成为实有之后,他对于自己的内心世界概括的是"彷徨",那是有将无的惶恐,是见到希望后的难以企及。前者是"无"无法成为"有"的意义虚无,后者是"有"无法阻止成"无"的意义虚无,后者是更高生存阶段的虚无,因而《野草》显示出前所未有的痛苦。事实上,"成绩也怕等于零"是鲁迅一生的精神困扰,也是以"'作家'的头衔"在世生存的深层悲剧感,"彷徨""华盖""野草"集中展示出这一在世生存链的悲壮延伸。但是,此时的"空虚"却非前者无所有的空虚,而是实有的空虚,因此,在"我"的在世生存中它确然又是"非空虚"。这在《野草·题辞》中表述得极为明白:

　　过去的生命已经死亡。我对于这死亡有大欢喜,因为我借此知道它曾经存活。死亡的生命已经朽腐。我对于这朽腐有大欢喜,因为我借此知道它还非空虚。①

"过去的生命"已经"死亡""朽腐",但这本身化为无的过程也恰恰证明了它的"非空虚"。这"非空虚"的"过去的生命"难道仅仅证明"我"过去的存在,而带给现在的"我"只有"空虚"吗?鲁迅紧接着给出了答案:"生命的泥委弃在地面上,不生乔木,只生野草,这是我的罪过。"②"过去的生命"成为委弃于地面的泥土,虽然没有长出高大的乔木,但是它至少长出了野草。"野草"正是"五四"一起一落催生出的"我"的在世生存状态:虽然它"根本不深,花叶不美","当生存时,还是将遭践踏,将遭删刈,直至于死亡而朽腐","各各夺取它的生存","然而吸取露,吸取水,吸取陈死人的血和肉",即便是"在旱干的沙漠中间",它也"拼命伸长他的根,吸取深地中的水泉,来造成碧绿的林莽"。这种野草式的在世生存显示出两个最主要的生存特征:第一,生之艰,《野草》将"当生存时,还是将遭践踏,将遭删刈,直至于死亡而朽腐","各各夺取它的生存"的现实艰难生存内化为以"彷徨于无地"为心理底色的浓重的晦暗情绪与尖锐化的内心矛盾,"我"正处于生与死的生命极端时刻;第二,生命力之强,《野草》同时展示出一种"拼命"生存的景观,显示出"野火烧不尽,春风吹又生"的顽强生命韧性。因此,《野草》实则是"我"在生命的极端时刻像"野草"一样孕育着一种更为顽强、更为坚韧的生命力。那积之深厚、发之喷薄的生命力最终化为投枪、匕首,并支撑着"这样的战士"哪怕最后"在无物之阵中老衰,寿终"也依然"举起了投枪";最终化为"过客"在荒野中跋涉的"绝大意力",使之向"坟"而走。面对如此艰难危急的生存现实,这种强韧的生命力与"绝大意力"缘何而来?这说明《野草》中的"我"在生命本体之中形成了更为强大的精神动力之源与价值支撑,形成了对现实危急生存更具终极性超越的形而上品格。

---

① 鲁迅. 鲁迅全集(2卷)[M]. 北京:人民文学出版社,2005:163.
② 鲁迅. 鲁迅全集(2卷)[M]. 北京:人民文学出版社,2005:163.

当我们在以"'作家'的头衔"在世生存链上找到《野草》所属的链环之后,《野草》便呈示出本来的面目:"我"虽然像影一样"彷徨于无地",但是最终选择的却是愿意被黑暗吞没的独自远行;虽然像过客一样"走完了那坟地之后"也不知道后面是什么,但是最终选择的却是拒绝裹伤布片的向前"走";虽然"惟黑暗与虚无乃是实有",也要像野草一样"于旱干的沙漠中间","拼命伸长它的根"来造"碧绿的林莽"。因此,《野草》是直面黑暗与虚无的人生哲学,所要构筑的是最为彻底的现代生命,它不是"我"朝向现代生存的中断,而是更为艰难、更为坚韧、更为彻底的推进,由此形成这条"我"以"'作家'的头衔"在世生存链上最浑厚的一环,因此这一环"包含着鲁迅的全部人生哲学"。1907 年在《文化偏至论》中所预设的朝向这一生存的"具有绝大意力之士"的在世形象已在"我"身处"彷徨"与"运交华盖"的生存情势里在像"野草"一样的在世生存中成为实在。

在《野草》的梦魇中突围,"我"于"一觉"中最后醒来。于艰难的跋涉之后,"我"太需要休息了,哪怕是短暂的一刻。《朝花夕拾》小引开篇接续的正是《野草》的最后一篇《一觉》,直接表露了这种在世生存意愿:

> 我常想在纷扰中寻出一点闲静来,然而委实不容易。目前是这么离奇,心里是这么芜杂。一个人做到只剩了回忆的时候,生涯大概总要算是无聊了罢,但有时竟会连回忆也没有。中国的做文章有轨范,世事也仍然是螺旋。前几天我离开中山大学的时候,便想起四个月以前的离开厦门大学;听到飞机在头上鸣叫,竟记得了一年前在北京城上日日旋绕的飞机。我那时还做了一篇短文,叫做《一觉》。现在是,连这"一觉"也没有了。①

"心里是这么芜杂",身体是这么的奔波忙碌,"我常想在纷扰中寻出一点闲静来,然而委实不容易",因此,"我"只有在创作中自我抚慰,

---

① 鲁迅. 鲁迅全集(2 卷)[M]. 北京:人民文学出版社,2005:235.

这是以"'作家'的头衔"在世生存的独特"休息"。《朝花夕拾》既是人穷则反本的心灵故乡回归，也是以自我回归源头的方式对"心里是这么芜杂"的生命进行梳理，更是生命力再次猛烈爆发前的休整。因此，《朝花夕拾》成为鲁迅创作中最柔软温暖的部分，成为他抚慰心灵的港湾。后期杂文正是这个"具有绝大意力之士"在心灵的故乡短暂休整之后以"'作家'的头衔"朝向现代生存的最后一搏。《野草》已经为此期的在世生存确立了"肉薄这空虚的暗夜"的生存姿态，于是一个"我只有'杂感'而已"的投枪匕首的铁血时代来临了。《而已集》题辞吹响了这一铁血时代的号角：

> 这半年我又看见了许多血和许多泪，
> 然而我只有杂感而已。
>
> 泪揩了，血消了；
> 屠伯们逍遥复逍遥，
> 用钢刀的，用软刀的。
> 然而我只有"杂感"而已。
>
> 连"杂感"也被"放进了应该去的地方"时，
> 我于是只有"而已"而已！①

这是一个以"'作家'的头衔"在世生存将"精神界之战士"的在世生存形象表现得淋漓尽致的时代。《三闲集》《二心集》《南腔北调集》《伪自由书》《准风月谈》《花边文学》以一种与论敌针锋相对的方式为文集命名，充溢着"精神界之战士"在"四面都是敌意"的"围剿"中与敌阵短兵相接的火药味。"让他们怨恨去，我也一个都不宽恕"正是"精神界之战士"最彻底的战斗精神。1935年，在他生命最后的时刻，他在《且介亭杂文》

---

① 鲁迅. 鲁迅全集（3卷）[M]. 北京：人民文学出版社，2005：425.

序言里概述了这种急迫而坚决彻底的生存状态:

> 况且现在是多么切迫的时候,作者的任务,是在对于有害的事物,立刻给以反响或抗争,是感应的神经,是攻守的手足。潜心于他的鸿篇巨制,为未来的文化设想,固然是很好的,但为现在抗争,却也正是为现在和未来的战斗的作者,因为失掉了现在,也就没有了未来。①

"失掉了现在,也就没有了未来",因而为了未来,必须紧紧地抓住现在,而且"战斗一定有倾向",这种切迫而目的明确的在世生存状态贯穿于鲁迅的后期杂文。这也反过来说明了《野草》是鲁迅重构形而上价值体系最浑厚的一环,因为对人何以存在意识的明确与坚决,生命实践才会如此的彻底。也就是说,《野草》正是1930年代杂文时代短兵肉搏最充足的自我精神储备。

1930年代确乎是鲁迅的杂文时代,一个"敢说,敢笑,敢哭,敢怒,敢骂,敢打"②的杂文时代。虽然1930年代鲁迅逐渐走向了阶级论,走向了马克思主义的斗争学说,而且在文学价值取向、人生态度上也表现出了1930年代革命文学的特征,但是他的创作绝不是一般意义的、应和政治运动与革命斗争的革命文学。他说:"我的杂文,所写的常是一鼻,一嘴,一毛,但合起来,已几乎是或一形象的全体","'中国的大众的灵魂',现在是反映在我的杂文里了"③。简言之,他要"作一部中国的'人史'"。④后期杂文采取的是一种更具现实针对性与穿透力的方式改造国人的灵魂,他要在这以"'作家'的头衔"在世生存的尾端刻画出"一部活的现代中国人的'人史'"⑤。这位"具有绝大意力之士"终于在《且介亭杂文二集》中完成了他所要完成的一切:

---

① 鲁迅.鲁迅全集(6卷)[M].北京:人民文学出版社,2005:3.
② 鲁迅.鲁迅全集(3卷)[M].北京:人民文学出版社,2005:45.
③ 鲁迅.鲁迅全集(5卷)[M].北京:人民文学出版社,2005:382、403.
④ 鲁迅.鲁迅全集(5卷)[M].北京:人民文学出版社,2005:235.
⑤ 钱理群,温儒敏,吴福辉.中国现代文学三十年[M].北京:北京大学出版社,2006:290.

> 编完以后，也没有什么大感想。要感的感过了，要写的也写过了，例如"以华制华"之说罢，我在前年的《自由谈》上发表时，曾大受傅公红蓼之流的攻击，今年才又有人提出来，却是风平浪静。一定要到得"不幸而吾言中"，这才大家默默无言，然而为时已晚，是彼此都大可悲哀的。①

他希望他的言说不要"不幸而吾言中"，逃开"彼此都大可悲哀的"轮回，因为如果这样也就意味着民族生存仍然处于历史同一性之中，而这对于"我"的在世生存而言将是致命的消解。这生命最后时段的在世意愿又回到了《野草》的企盼：

> 为我自己，为友与仇，人与兽，爱者与不爱者，我希望这野草的死亡与朽腐，火速到来。要不然，我先就未曾生存，这实在比死亡与朽腐更其不幸。②

因此，"我"以"'作家'的头衔"在世生存最后避开"不幸而吾言中"就意味着"我"的"死亡与朽腐"，而这正是"我"希望"火速到来"的，因为这样的"死"才能证明"我"先前的"生"，而这正意味着民族跳开历史同一性的轮回而真正实现现代生存。

就在他编完《且介亭杂文二集》的前五天，即 1935 年 12 月 26 日，他也编完了最后一本小说集《故事新编》。这本小说集的独特序言说得很明白："这一本很小的集子，从开手写起到编成，经过的日子却可以算得很长久了：足足有十三年"。1922—1935 年是鲁迅以"'作家'的头衔"在世生存最主体的时期。1922 年 11 月的《补天》预示着"我"在"天降丧"之时要像女娲一样炼石补天，重造民族生命，其间见出《呐喊》时期的鲁迅相对光亮的心境"③。1926 年 10 月的《铸剑》黑衣人、眉间尺表现的正是为实现

---

① 鲁迅. 鲁迅全集（6 卷）[M]. 北京：人民文学出版社，2005：225.
② 鲁迅. 鲁迅全集（2 卷）[M]. 北京：人民文学出版社，2005：163.
③ 李怡. 鲁迅人生体验中的《故事新编》[J]. 中国现代文学研究丛刊，1999（3）.

难以企及的理想而自我献身的意识。1926 年 12 月的《奔月》借女仆之口道出了羿的形象：

> "这一定不是的。"女乙说，"有人说老爷还是一个战士。"
> "有时看去简直好像艺术家。"女辛说。

鲁迅"战士"与"艺术家"合体的"精神界之战士"的在世形象在羿身上依稀可见，虽然"他前进三步，月亮便退了三步；他退三步，月亮却又照数前进了"，奔月之路漫漫无尽，他也要在遭受被爱人离弃这样的挫伤之后重振精神"奔月"，这不是身处"彷徨""运交华盖"的在世生存境遇里像"野草"一样的生存吗？如果说《补天》《铸剑》《奔月》还保留着诸多浪漫主义情怀的话，那么在《奔月》8 年之后创作的《非攻》，9 年之后创作的《理水》则表现出墨子、大禹那样"埋头苦干"的现实意识，而小说对于墨子、大禹身处的世俗人情的描摹不正表明此时的"我"正处于"四面都是敌意"的"围剿"的在世生存境遇吗？《非攻》、《理水》的崭新面貌，它的理想人物的价值取向，它的基本人生态度都无不表现着 30 年代革命文学的特征"①。1935 年 12 月的《采薇》《出关》《起死》揭示出价值体系与现实生存之间的悖论。伯夷、叔齐变着花样地烹调薇菜，而他们固守的却是"不食周粟"的誓言；老子置身于欲望横流的现实，却希图与世无争、"走流沙"的苟活；庄子口口声声"齐生死""无是非"，但是面对"汉子"的纠缠也不得不大谈"是非"，甚至借助官府势力脱身。这种言与行脱节、表与里分裂、名与实不符的现实生存怪圈、社会痼疾构成民族生存历史同一性的轮回。而伯夷、叔齐、老子、庄子代表的正是中国文化的元典精神，鲁迅就在这生命最后的时刻以精神界之战士哪怕"老衰，寿终"也要"举起投枪"的战斗精神与绝大意力"把那些坏种的祖坟刨一下"。果然，在这一月一口气写下这三篇小说并编讫《故事新编》及作序之后，他病倒

---

① 李怡. 鲁迅人生体验中的《故事新编》[J]. 中国现代文学研究丛刊, 1999 (3).

了，而此时他正准备着手编《集外集拾遗》。因此，《故事新编》确乎是鲁迅以"'作家'的头衔"在世生存的集约性"通史"，再现出这一生存链所构筑的"精神界之战士"的本己存在：以女娲补天造人的阔大理想，以黑衣人、眉间尺的自我献身意识，以羿的顽强意志与浪漫激情，以墨子、大禹的"埋头苦干"精神，以透视伯夷、叔齐、老子、庄子的高度现代理性，朝向现代生存，重建民族文化，重构民族生命的形而上本体，实现中华民族的新生。

二

"五四"构成《野草》潜隐的特定时代背景，是《野草》"开口"朝向"空虚"言说的现实起点。沈从文旨在"察明人类之狂妄和愚昧，与思索个人的老死病苦"的《烛虚》也并未直接进入生命的虚空，但是与《野草》完全将现实与特定的时代背景内隐化不同，《烛虚》直接表明言说的特定时代背景——抗战时期大后方人性的沉沦，并以回溯的方式同时表明言说的现实起点——"民八到民十六"这段时期"与民族最有关系的女子教育"。"民八到民十六"即公元纪年的 1919 年至 1927 年，起点为五四运动的爆发，终点正是《野草》结集出版之年。这样，"五四"至 20 世纪 40 年代抗战时期的民族生命状态就构成了《烛虚》"察明人类之狂妄和愚昧，与思索个人的老死病苦"的特定对象，而这段时期正是中国社会历史第二次大变动中民族生命现代重构的主体阶段。这也清晰地呈示出《野草》与《烛虚》朝向生命虚空的形而上言说有着共同的现实基础，即"民八到民十六"的民族生命状态。《烛虚》鲜明地显示出反思"五四"及其后延续至 40 年代的民族生命状态，进而以历史发展的眼光重造民族生命的意旨。

"五四"是以中华民族现代转型的意义进入历史的,《烛虚·烛虚(一)》与《烛虚·烛虚(二)》对照40年代抗战时期国统区的民族生命状态以两千多年来所受压迫最重,故而最为"五四"关切的女性为视点对于"五四"之于民族生命重建的作用集中进行了反思:

> "五四"运动在中国读书人思想观念上,解放了一些束缚,这是人人知道的一件事情。当初争取这种新的人生观时,表现在文字上行为上都很激烈,很兴奋,都觉得世界或社会,既因人而产生,道德和风俗,也因人而存在,"重新做人"的意识极强,"人的文学"于是成为一个动人的名词。"重新做人"虽已成为一个口号,具尽符咒的魔力,可是,如何重新做人,重新做什么样人,似乎被主持这个运动的人,把范围限制在"争自由"一面,含义太泛,把趋势放在"求性的自由"一方面,要求太窄。初期白话文学中的诗歌,小说,戏剧,大多数只反映出两性问题的重新认识,重新建设一个新观念,这新观念就侧重在"平等",末了可以说。女人已被解放了。可是表示解放只是大学校可以男女同学,自由恋爱。政治上负责者,俨然应用下面观点轻轻松松对付了这个问题:
>
> "要自由平等吧,如果男女同学你们看来就是自由平等,好,照你们意思办。"
>
> 于是开放了千年禁例,男女同学。正因为等于在无可奈何情形中放弃固有见解,取不干涉主义,因此对于男女同学教育上各问题,便不再过问。就是说在生理上,社会业务习惯上,家庭组织上,为女子设想能引起注意值得讨论的各种问题,从不作任何计划。换言之,即是在一种无目的的状况中,混了八年,由民八到民十六。①

---

① 沈从文. 沈从文全集(12卷)[M]. 太原:北岳文艺出版社,2002:6-7.

在这种历史的回顾中，沈从文认为，"五四"对于民族生命重构最重要的作用是为中国人输入了一种"重新做人"的极强意识，但是"如何重新做人，重新做什么样人"仍然处于"一种无目的的状况"，一种"混"的状态，而且这种状态一直在延续：

> 新的没有，旧的不读，这个现象说明一件事情，即大学教育设计中，对于女子教育的无计划。这无计划的现象，实由于缺乏了解不关心而来。在教育设计上俨然只尊重一个空洞名词"男女平等"，从不曾稍稍从身心两方面对社会适应上加以注意"男女有别"。因此教育出的女子，很容易成为一种庸俗平凡的类型；类型的特点是生命无性格，生活无目的，生存无幻想。一切都表示生物学上的退化现象。在上层社会妇女中，这个表示退化现象的类型尤其显著触目。①

在对民族生命重构与生命状态整体透视的基础上，沈从文又以上层社会妇女"随手可拾的例子"描叙"代表这类型的三种样式"，具体呈示出她们"生命无性格，生活无目的，生存无幻想。一切都表示生物学上的退化现象"的生存与生命状态。通过对上层社会女性生存与生命状态写生式的描叙揭示出"这是'五四'以来国家当局对于女子教育无计划的表现"②。于此，沈从文将反思的视野从女子教育的"因习的自然状态"扩展至整个社会：

> 我们若对过去稍加分析，自然会明白这八年中不仅女子教育如此，整个教育事实上都在拖混情形之中度过这八年，正是中国近三十年内政最黑暗糊涂时代。内战不息，军阀割据，贿选卖官，贪赃纳贿，一切都视为极其自然，负责者毫无羞耻感和责任感。北京政府的内政部不发薪，部员就撤卖故宫皇城作生活费用。教

---

① 沈从文. 沈从文全集（12卷）[M]. 太原：北岳文艺出版社，2002：4.
② 沈从文. 沈从文全集（12卷）[M]. 太原：北岳文艺出版社，2002：6.

育部不发薪，部员就主张将京师图书馆藏书封存抵押。一切国家机关都俨然和官产处取同一态度，凡经手保管的都可自由处理变卖，不受任何限制。①

问题的根源正在于"中国近三十年内政最黑暗糊涂时代"。现实的一切表明："这个时代像那种既已放弃了好好做人权利的妇人，在她们身分或生活上虽还很尊贵舒适，在历史意义上，实在只是一个废物，一种沉淀，民族新陈代谢工作，已经毫无意义，不足注意。"②沈从文从社会历史发展的视野观照出民族现实生存的无意义状态，凸显出民族生命现代重构关乎民族新陈代谢的历史意义。这里显示出两幅虽二而一的现实图景：一是民族生命"生物学上的退化现象"，二是与之相应的"这个社会退化的可怕"景象。对此，沈从文提出沿着"五四"解放运动的方向对于民族生命现代重构的进一步推进：

> 凡是对于妇女运动具有热诚的人，也应当承认"改造运动"必较"解放运动"重要，"做人运动"必较"做事运动"重要。我们需要一个新的妇女运动，以"改造"与"做人"为目的。③

他将重心从"解放运动"转移到"改造运动"之上，从"做事运动"转移到"做人运动"之上，即将五四运动"重新做人"的精神具体落实在民族生命本体现代重构的实践之中。这样，"走向以抽象与象征完成对人生的哲理思辨"④的《烛虚》立足于40年代的现实背景，将生命的言说回溯至"五四"为起点的女性生命状态，这实际表明在沈从文心中"五四"正是民族生命重造的契机，也同时表明他向抽象之域对于生命的探索正是源自现实的对于"五四"精神更为理性的批判性承继与更为切实的内在推进，是对民族生命本体形而上现代重构更具实质性的推进。

---

① 沈从文. 沈从文全集（12卷）[M]. 太原：北岳文艺出版社，2002：7.
② 沈从文. 沈从文全集（12卷）[M]. 太原：北岳文艺出版社，2002：8-9.
③ 沈从文. 沈从文全集（12卷）[M]. 太原：北岳文艺出版社，2002：6-7.
④ 凌宇. 从边城走向世界（增订本）[M]. 长沙：岳麓书社，2006：397.

为此，他进一步明确了更为具体的"改造"对象。在他看来，以上列举的这些上层妇女"所谓女子教育的对象，无妨把她们抛开"①，"改造运动"的当务之急是"目前国内各处，至少有五千二十岁年青女子，五万十五岁年青女子，离开了家庭，在学校作学生，十年后必然还要到社会作主妇，作母亲，都需要一些比当前更进步更自重的作人知识，和更美丽更勇敢的人生观。有计划的在受教育时，应用各种训练方法，输入这种知识和人生观，实在是最高教育当局不能避免的责任"②。唯有构筑出这些未来"作母亲"的年青女子"更美丽更勇敢的人生观"，民族才能于未来孕育出具有现代内质的新生命，因此，沈从文认为女子教育"与民族最有关系"。但是，在"中国近三十年内政最黑暗糊涂时代"，"这种现代教育的特点，如果不能引起当局的关心，有计划的来勇敢改造，我们就得自己想办法。这同许多问题差不多，总得有个办法，方能应付'明天'和'未来'！对妇女本身幸福快乐言，若知道关心明天和未来，也方能够把生命有个更合理更有意思的安排"③。这正是《烛虚》的出发点，也表明"我"将在"不能引起当局的关心"之处入手来担负民族生命本体形而上现代重构的历史使命。

于此，他进一步审视这些"女子教育对象"的生命状态。他从眼前自然景物的庄严美丽与人事情形的无章次堕落对照中再现出改造对象的当下情状："做人无信心，无目的，无理想，正好像二十年前有人为她们争求解放，已解放了，但事实上她并不知道真正要解放的是什么。"④针对这种解放之后民族生命本体形而上品格的缺失，沈从文沿着"五四""重新做人"的历史之维在观念解放的基础上进一步提出"中国未来的新女性"应该"如何重新做人"的具体标准，而且这也是"为新社会建立一个新的人格的标准"：

---

① 沈从文. 沈从文全集（12卷）[M]. 太原：北岳文艺出版社，2002：9.
② 沈从文. 沈从文全集（12卷）[M]. 太原：北岳文艺出版社，2002：9.
③ 沈从文. 沈从文全集（12卷）[M]. 太原：北岳文艺出版社，2002：12.
④ 沈从文. 沈从文全集（12卷）[M]. 太原：北岳文艺出版社，2002：11.

扩大母性爱，对人类崇高美丽观念或现象充满敬慕与倾心，对是非好恶反应特别强，对现社会妇女堕落与腐败能认识又能免避，对作人兴趣特别浓厚也特别热诚，换言之，就是她既已从旧社会不良习惯观念中解放了出来，便能为新社会建立一个新的人格的标准。她不再是"自然"物，于人类社会关系上，仅仅在性的注定工作方面尽生育义务，从这种义务上讨取生活，以得人怜爱为已足。她还可以单为作一个"人"，用人的资格，好好处理她的头脑，运用到较高文化各方面去，放大她的生命与人格，从书本上吸收，同时也就创造，在生活上学习，同时也就享受。①

如何使这样的新女性"在这个新社会大学校学生群中陆续发现"②，以此为入口"培植中国未来的新女性"③？沈从文提出以"人的意志力"创造"一种表现这个优美理想的人生哲学"，即"培植中国未来的新女性"的"土壤"。简言之，重构涵养民族生命形而上本体的精神文化是《烛虚》所要承担的急迫现实任务。

从上可知，《烛虚·烛虚（一）》与《烛虚·烛虚（二）》对于"五四"乃至其后延续至 40 年代抗战时期大后方民族生命状态的反思是一种更具民族生命内质性的现代理性反思，其间见出沈从文对于民族生命现代重构的系统性思考与更高层次的探索。其一，题名与题记表明《烛虚》主要是朝向"虚"的言说，那是从形而下走向形而上的生命探索，意在呈示出与现实世界截然对立的生命本真世界，以此凸显出生命的理想状态，而非重在叙述外在现实的人事，即旨在"察明人类之狂妄和愚昧，与思索个人的老死病苦"，试图"用文字""在一切有生陆续失去意义，本身亦因死亡毫无意义时，使生命之光，煜煜照人，如烛如金"。其二，对"五四"及其延

---

① 沈从文. 沈从文全集（12卷）[M]. 太原：北岳文艺出版社，2002：13.
② 沈从文. 沈从文全集（12卷）[M]. 太原：北岳文艺出版社，2002：13.
③ 沈从文. 沈从文全集（12卷）[M]. 太原：北岳文艺出版社，2002：13.

续至 40 年代民族生命状态的反思表明《烛虚》朝向"虚"的形而上言说建基于民族生命"生物学上的退化"与相应的"社会退化的可怕"现实，有着急迫的现实针对性，而非与现实脱节的抽象玄思，即深植于现实进入生命的抽象之域旨在以更为实际的举措承继"五四""重新做人"的精神，以"改造"与"做人"为目的，建立一种表现优美理想的人生哲学，最终以此为土壤形成五光十色的人生，实现民族生命本体形而上现代重构这一极具现实意义与紧迫性的任务。其三，"我"的本己出场表明《烛虚》现实的理性反思与朝向生命虚空的形而上言说本身就是"我"的生存体验，是"我"对外在现实世界与内在生命世界认识论与生存论的集中抒写，更是"我"向生命更高层次的攀升，而"新生的我"正是为了反照人，因此，"我"对于理想生命的探索与践履本身就是"我"将自身"立之为极"的民族生命现代重构。这种三维结构呈示出"我"的在世生存状态："自然景物和人事情形两相对照"使"我"感觉到"一种极其痛苦的印象"，"我"与"人"的人生取向与生命状态形成尖锐化的对立，"我"立足民族生命"生物学上的退化"与相应的"社会退化的可怕"现实而朝向生命庄严本相的抽象之域，"我"生存于"人"的"因习的自然状态"之中而朝向现代生存践履亲证。

　　这个"我"以高度的现代理性对"五四"这一中华民族现代转型的契机乃至其后延续至 40 年代的民族生命状态进行透视，既看到"五四"在中国人的内部世界输入的"重新做人"的极强意识与"具尽符咒的魔力"，也看到"激烈"与"兴奋"之后所形成的"如何重新做人，重新做什么样人"的空白，民族生命重造处于"新的没有，旧的不读"的文化断裂带、荒芜地带。"我"重建民族精神文化的历史责任感由此生发，"我"的在世生存体验也由此引发。此时的"我"恰如《野草》中的"我"直面"五四"之后的民族生命状态，感到"依然在沙漠中走来走去"，但是"五四"始终在"我"的意识世界作为中华民族"重新做人"的契机而存在，是中华民族现代前行必须切实推进的历史发展之维。因此,正如《野草》中的"我"于沙漠中来造"碧绿的林莽",《烛虚》中的"我"要用"表现优美理想的人生哲学""来作土壤",使民族生命"形成五光十色的人生"。正是在这里,《烛虚》中的"我"凸显出了以民族生命重造为己任,具有高度现代意识与现代理性,以抗天拒俗的强力意志朝向现代生存,以此"立之为极"反照人的精神界之战士的本已形象。

《烛虚·烛虚(五)》将这个"我"回溯至二十年前的元点,形成"二十年前"的"我"与"如今"的"我"跨越时空的生命对照与反差:

> 黄昏时闻湖边人家竹园里有画眉鸣唦,使我感觉悲哀。因为这些声音对于我实在极熟习,又似乎完全陌生。二十年前这种声音常常把我灵魂带向高楼大厦灯火辉煌的城市里,事实上那时节我却是个小流氓,正坐在沅水支流一条小河边大石头上,面对一派清波,做白日梦。如今居然已生活在二十年前的梦境里,而且感到厌倦了,我却明白了自己,始终还是个乡下人。但与乡村已离得很远很远了。①

二十年前,即"五四"发生的时候,"我"还处在"小流氓"的现实元点;二十年后,即"五四"二十周年的时候,"我"已立身现代生存的精神高点,反思"五四"乃至民族生命,进而重建民族生命。"五四"在很大程度上促成了这个自称为"小流氓"的"我"向《烛虚》中这个"精神界之战士"的"我"的生命转向。1923年夏,这个自称为"小流氓"的"我"由一派清波的沅水流域跨入北京这座"高楼大厦灯火辉煌的城市",那是这个自称为"小流氓"的"我"向"精神界之战士"的"我"跨出的第一步,也是"我"朝向现代生存践履亲证的第一步。在这一元点上,他发出的正是"五四"式的人生宣言,即"依照当时《新青年》《新潮》《改造》等等刊物所提出的文学运动社会运动原则意见",以新文学为途径"证实生命的

---

① 沈从文. 沈从文全集(12卷)[M]. 太原:北岳文艺出版社,2002:22.

意义和生命的可能"。①此时的"我"确乎是一个典型的"被五四"的青年，这足以证明"五四"输入的"重新做人"的极强意识在"我"身上"具尽符咒魔力"。《烛虚》以反思"五四"开篇不也同时是对"我"朝向现代生存元点的回溯吗？或者说，"我"这二十年来的在世生存不正是"五四"以来民族生命重造的现实确证吗？"我"以二十年朝向现代生存践履亲证的在世体验呈示出"五四"以来的民族生命状态。"我"实质是民族生命重造的现实参照与标尺。这个"被五四"的自称为"小流氓"的"我"没有幻灯片事件时鲁迅系统学习现代科学与接受现代思想的机会，但是跨入北京的人生宣言与幻灯片事件所激发的鲁迅的人生取向却高度一致：以"'作家'的头衔"在世生存。这个"被五四"的自称为"小流氓"的"我"也没有鲁迅对于这种在世生存所蓄积的"心声论"的坚实理论准备，但是他们都确立了这种在世生存的实质："由文学重造起始"重造民族生命。二者在人生大格局上的这种高度一致绝非巧合，关联点正在"五四"。

　　幻灯片事件的精神刺激、"心声论"的理论储备、十年寂寞的痛苦磨砺与人生思考是鲁迅走向"五四"的丰厚生命积淀，构筑了沈从文所无法比拟的以"'作家'的头衔"在世生存的高起点。"五四"引发"呐喊"，一系列喷薄而出、起点便是高点的创作构筑出《野草》中的"我"以"'作家'的头衔"在世生存的坚实基础。反之，"五四"最坚实的部分正是由这种以"'作家'的头衔"在世生存所构筑，这种在世生存给中国人输入了"重新做人"的极强意识。这个自称为"小流氓"的"我"跨入北京的人生宣言表明元点的沈从文获得了这种"五四""重新做人"的极强意识，这"具尽符咒的魔力"激发着他踏上并坚执这朝向现代生存的二十年来的人生旅程。这二十年的人生旅程正是他对"五四""重新做人"意识的践履亲证，而且他还要继续以"'作家'的头衔"在世生存使这种"重新做人"的极强意识成为更具内质性的实在。因此，从《野草》中的"我"到

---

① 沈从文. 沈从文全集（13卷）[M]. 太原：北岳文艺出版社，2002：374-375.

《烛虚》中的"我"呈示出双重延伸：第一，从"五四"主将到"被五四"的青年朝向现代生存践履亲证的延伸；第二，"五四"精神在鲁迅与沈从文以"'作家'的头衔"在世生存中的延伸。《野草》与《烛虚》的这两个"我"鲜明地标示出"五四"开启的民族朝向现代生存的历史之维，而这两个"我"以"'作家'的头衔"在世生存正是对这一历史之维最具实质性的内在构建。

元点的沈从文正因为没有接受过鲁迅那样的系统的现代教育，不具备"心声论"那种高度的起点，所以他从"被五四"的起点一路走来才更为真切地反照出"五四"在民族生命重造中的实际效用。事实上，《烛虚》中的"我"从元点跨入北京也就跨入了鲁迅1923年12月在北京女子高等师范学校发表的题为《娜拉走后怎样》的演讲所说的情形：

> 然而娜拉既然醒了，是很不容易回到梦境的，因此只得走；可是走了以后，有时却也免不掉堕落或回来。否则，就得问：她除了觉醒的心以外，还带了什么去？倘只有一条像诸君一样的紫红的绒绳的围巾，那可是无论宽到二尺或三尺，也完全是不中用。她还须更富有，提包里有准备，直白地说，就是要有钱。
>
> 梦是好的；否则，钱是要紧的。①

此时的沈从文正像许多受"五四"感召的时代青年一样，"除了觉醒的心以外"，几乎什么也没有（当时的沈从文只剩下身上的七块六毛钱）。正如他正在北京的姐夫田真逸对他所说："既为信仰而来，千万不要把信仰失去！因为除了它，你什么也没有！"即便是以文学"燃起这个民族被权势萎缩了的情感，和财富压瘪扭曲了的理性"的信仰也来自"五四"输入的"重新做人"的极强意识。从这个意义上说，"五四""重新做人"的极强意识构成了《烛虚》中"我"的精神元点。"五四"之于沈从文恰如幻灯片事件之于鲁迅，实质在"我"的意识里分化出两个对立的世界：理想中的生命

---

① 鲁迅. 鲁迅全集（1卷）[M]. 北京：人民文学出版社，2005：167.

状态与现实中的生存状态。离开湘西跨入北京实际上已将沈从文置身于民族生命的已然状态与应然状态之间，成为二者之间的"中间物"。置身于理想与现实之间，"我"最先切身感受到的是身处北京窄而霉小斋的新的现实生存体验：

> 怎么向新的现实学习？先是在一个小公寓湿霉霉的房间零下十二度的寒气中，学习不用火炉过冬的耐寒力。再其次是三天两天不吃东西，学习空空洞洞腹中的耐饥力，并其次是从饥寒交迫无望无助状况中，学习进图书馆自行摸索的阅读力。再其次是起始用一支笔，无日无夜写下去，把所有作品寄给各报章杂志，在毫无结果等待中，学习对于工作失败的抵抗力与适应力。各方面的测验，间或不免使得头脑有点儿乱，实在支撑不住时，便跟随什么奉系直系募兵委员手上摇摇晃晃那一面小小三角白布旗，和五七个面黄肌瘦不相识同胞，在天桥杂耍棚附近转了几转，心中浮起一派悲愤和混乱。到快要点名填志愿书发饭费时，那亲戚说的话，在心上忽然有了回音，"可千万别忘了信仰！"这是我唯一老本，我那能忘掉？便依然从现实所作成的混乱情感中逃出，把一双饿得昏花朦胧的眼睛，看定远处，借故离开了那个委员，那群同胞，回转我那"窄而霉小斋"，用空气和阳光作知己，照旧等待下来了。①

当时的沈从文正进行着这场"五四"带给他的信仰与现实生存煎熬的意志大战，而这正是《烛虚》中的"我"反思"五四"之后"中国近三十年内政最黑暗糊涂时代"的情感基础，也是《野草》创作时期北京正处在"五四运动之后最黑暗最反动的时期"②的现实明证。虽然此时的鲁迅更多面临的是精神生存的煎熬，此时的沈从文更多面临的是物质生存的煎熬，

---

① 沈从文. 沈从文全集（13卷）[M]. 太原：北岳文艺出版社，2002：375-376.
② 孙玉石.《野草》研究[M]. 北京：北京大学出版社，2007：2.

但是二者都处在理想与现实的大落差之中。鲁迅面临的是"五四"高潮的激烈"呐喊""忽而这些都空虚了"的"彷徨",沈从文面临的是"五四"式人生宣言在饿得双眼昏花的生存现实面前的岌岌可危。从一日三餐无从着落到朝向现代生存的理想确证,从连标点符号都不会到以"'作家'的头衔"在世生存"在国民中注入新的理想和热情"①,两点之隔如同天堑。"五四"输入的信仰是跨越这天堑的"唯一老本",唯此他方能在窄而霉小斋"用空气和阳光作知己,照旧等待下来了",始终坚执以"'作家'的头衔"在世生存这一人生导向。沈从文1924—1927年的创作与其说是初学者的练笔之作,不如说是他质直的"生之记录",正如1984年他对凌宇所说"早期作品写的都是真事,那时还不会虚构"②,他所展示的正是从元点到以"'作家'的头衔"在世生存之间"五四"信仰与现实生存激烈碰撞所引发的情感与精神世界。不管身处北京窄而霉小斋他的身体与精神、生理与心理在现实生存的重压与屈辱下饱受怎样痛苦的煎熬,也不管儿时、少时的湘西生活在这远离故乡、人穷则反本的时日带给他多少心灵的抚慰与向往,前者没有让他堕落,后者也没有让他回去。这早期自叙传式的创作从文学创作角度是自然主义的"一种素朴而简陋的"纪实,内容单薄,"主题也过于直露"③;但是,从创作主体角度却具有极为重要的生命意味,它本身就最具事实说服力地证明"五四"信仰之于他的内在价值支撑,凭此"唯一老本"他才在艰难的在世生存中朝向现代生存坚毅地践履亲证,才坚忍不拔地走向以"'作家'的头衔"在世生存。而1924—1927年正是《野草》诞生的历史时期,虽然这一时期沈从文的创作还无法望《野草》等鲁迅创作之项背,但是二者都展示出生命奇伟的非常之观。虽然此时沈从文的创作还是从标点符号开始学起的初学者的练笔之作,《野草》是连已为文学大

---

① 凌宇. 沈从文传[M]. 北京:东方出版社,2009:133.
② 凌宇. 沈从文传[M]. 北京:东方出版社,2009:157.
③ 凌宇. 从边城走向世界(增订本)[M]. 长沙:岳麓书社,2006:176.

家的鲁迅也自感"技术不错"的精品，但是二者都是最本己之"我"在世生存的呈示：他们都在身体与精神、生理与心理遭受最大强度挑战的时候坚执"五四"所开启的历史之维朝向现代生存，他们不都是"于旱干的沙漠中间"，"拼命伸长它的根"的"野草"吗？因此，此期的沈从文不管初入都市地位如何卑微，生存如何痛苦，灵魂如何焦灼，他质直的生之记录的早期创作却是1907年鲁迅《文化偏至论》中"二十世纪之新精神，殆将立狂风怒浪之间，恃意力以辟生路者也"论断的现实确证，其间再现出"具有绝大意力之士"朝向现代生存的主线。也就是说，他的生存尽管痛苦、焦灼，他的创作尽管稚嫩，但都是趋向于未来的，都为现代生存所指引的，唯此他才在生命的延伸中构筑出以"'作家'的头衔"在世生存的实体。

从1928年《柏子》的问世到20世纪30年代以《边城》为标志的系列创作，沈从文已经坚实地构筑出以"'作家'的头衔"在世生存的实体。他明确地表白这一在世生存的内质："这世界上或有想在沙基或水面上建造崇楼杰阁的人，那可不是我。我只想造希腊小庙。选山地作基础，用坚硬石头堆砌它。精致，结实，匀称，形体虽小而不纤巧，是我理想的建筑。这神庙供奉的是'人性'"。①他将重造优美健康的"人性"置于这一在世生存的核心位置。30年代在主流文学的图景中"五四"文学革命早已演变为革命文学。"作为一场文化运动"，一度"取得了独立的文化品格的""五四"新文化运动已远远偏离胡适所概括的"研究问题、输入学理、整理国故、再造文明"的方向，它实际上已"为一场新的政治思想、政治运动——马克思主义及其指导下的中国现代革命——所遮蔽、所淹没了"②。新文学侧重于重构民族文化心灵，重构人的"内部之生活"，以人的需要为尺度，以此实现中华民族自强保种的第一条脉络，已经被侧重于呼应政治运动，呼应革命斗争，以社会的需要为尺度，以此实现国家独立自主的第二条脉络

---

① 沈从文. 沈从文全集（9卷）[M]. 太原：北岳文艺出版社，2002：2.
② 解洪祥. 中国现代文学精神[M]. 济南：山东教育出版社，2003：86.

所覆盖。显然，沈从文以"'作家'的头衔"在世生存的实体接续的正是"五四"所开启的新文学的第一条脉络，所要构建的乃是民族生命的内质——"人性"。"五四运动的最大成功，第一要算'个人'的发现"①，其核心要义正在于重造民族个体生命的内质。因此，在30年代革命文学的大时代背景之下，虽然沈从文取向于区别于主流文学作家的民主主义者姿态，鲁迅取向于主流文学的马克思主义者姿态，但是此时二者以"'作家'的头衔"在世生存的实体却是以各自独特的方式对"五四"所开启的历史之维最具内质性的构建与推进。沈从文此期在世生存的实体是以文字建造供奉"人性"的理想建筑，鲁迅此期在世生存的实体是"作一部中国的'人史'"。鲁迅的这部"人史"是"中国的大众的灵魂"扭曲、荒芜的历史与现实的再现，而沈从文的这座供奉"人性"的理想建筑正是在这"中国的大众的灵魂"为大时代所扭曲、荒芜的地带重新构筑起民族生命优美健康的内质。沈从文最为沉痛的是"表面上看来，事事物物自然都有了极大进步，试仔细注意注意，便见出在变化中那点堕落趋势。最明显的事，即农村社会所保有那点正直素朴人情美，几几乎快要消失无余，代替而来的却是近二十年实际社会培养成功的一种唯实唯利庸俗人生观。敬鬼神畏天命的迷信固然已经被常识所摧毁，然而做人时的义利取舍是非辨别也随同泯没了"②。他多次反复表述这种沉痛，这种沉痛贯穿于他以"'作家'的头衔"在世生存的全部过程。如果说他的都市世界是大时代影响最核心的区域，那么他的湘西世界就是大时代影响的边缘区域，前者"中国的大众的灵魂"已经彻底扭曲、荒芜，后者所保有的"那点正直素朴人情美"，也"几几乎快要消失无余"。事实上，《长河》正是要作这样一部"大时代"的"中国的'人史'"。他在这部小说开篇"人与地"的书写中就表露了这样的"人史"意

---

① 郁达夫. 中国新文学大系·现代散文导论（下）[C]//. 中国新文学大系导论集. 上海：上海良友复兴图书印刷公司，1940.
② 沈从文. 沈从文全集（10卷）[M]. 太原：北岳文艺出版社，2002：3.

图:"这就是居住在这条河流两岸的人民近三十年来的大略情形。这世界一切既然都在变,变动中人事乘除,自然就有些近于偶然与凑巧的事情发生,哀乐和悲欢,都有他独特的式样。"①从"人性"到"人史",虽然沈从文与鲁迅关注的生存重心有所不同,表现的方式也有所不同,但是他们以此为内质的以"'作家'的头衔"在世生存的实体却是在这无不与现实政治、革命相应和、相依附的大时代里最具"独立的文化品格的"思想启蒙与民族文化重建,而这正是"五四"最原初的意义。

回顾中国历史,最为缺乏的就是这种相对独立的持续的以人的优美健康的人性为内质的思想文化启蒙运动与民族文化重建,没有这种以人的内质建设为保障,任何在特定历史条件下具有历史进步意义的政治、革命运动都将偏离它的进步的历史主张,也最终无法保有胜利的果实,甚至表现为历史可怕的退步。鲁迅"不幸而吾言中"的担忧正在于此,沈从文的现实遭遇便是明证。在政治、革命氛围浓烈的大时代,在"五四"已逐渐成为历史记忆而淹没于现实之中的大时代,鲁迅与沈从文的"人史"关注的正是"五四"对于民族个体"内部之生活"构建远未完成的历史任务,关注的正是民族生存相对于"外部之生活"的热衷而"内部之生活"更为扭曲、荒芜的现实。因此,在"五四"开启的历史之维上我们才能看到二者以"'作家'的头衔"在世生存的本真存在,才能发见二者之于民族生命本体形而上现代重构这一最宏远的历史昭示意义。

在"五四"二十周年的时候,《烛虚》中的"我"立足构筑"人性"、书写"人史"的以"'作家'的头衔"在世生存的实体,已具备了长河般审视民族生命的历史眼光与更高层次探索生命的高度现代理性。于是,这个"我"重新回到"五四"这一"我"与民族生命重造的元点,这表明《烛虚》对于"五四"以来"我"与民族生命状态的反思正是为了沿着"五四""重新做人"的历史之维在更高阶段、更高层面对"我"进行整合,对民族生

---

① 沈从文. 沈从文全集(10卷)[M]. 太原:北岳文艺出版社,2002:21.

命状态进行更为现实、清醒的认识，进而以新生的"我"反照"人"，实现民族生命更为切实的重造。如何重造？那悬照颓世以启明生命的金星——"长庚"的出现与《烛虚》生命言说的起点一样也回到"五四"那里。这不正表明"五四"即是烛照生命的金星——"长庚"吗？在《长庚》中，他对五四运动最主要的推手——新文学进行了理性的反思。显然，在沈从文心中，新文学正是"五四"重造生命的最为主要的途径。他在生命的抽象之域经过"沉潜深渊以察幽微"之后对"五四"新文学进行理性的反思旨在寻求新文学对于生命重造新的担承，这种意图在《烛虚》第二辑中表现得更为显明。虽然从散文诗这一文体角度，同《野草》比较的重心放在《烛虚》第一辑，但是同期创作的第二辑四篇文论——《新的文学运动与新的文学观》《白话文问题》《小说作者和读者》《文运的重建》对于"五四"新文学的系统反思却集中表明了第一辑的言说意图。于此，《烛虚·长庚》更为明确地表明《烛虚》的意图：

> 从"五四"到今年正好二十周年。一个人刚刚成熟的年龄。修正这个运动的弱点，发展这个运动长处，再来个二十年努力，是我们的责任也是我们的权利。两年来的沉默，得到那么一个结论。屈原的愤世，庄周的玩世，现在是不成了。理性在活生生的人事中培养了两千年，应当有了些进步。生命的"意义"，若同样是与愚迷战争，它使用的工具仍离不了文字，这工具的使用方法，值得我们好好的来思索思索。①

在"五四"二十周年之际创作《烛虚》正是为了以更为坚实的人生积淀、更为高度的现代理性、更为集中的现代生命意识反思"五四"，透视"五四"二十年来民族生命的历史无意义状态与民族文化"新的没有，旧的不读"的荒芜状态，"修正这个运动的弱点，发展这个运动长处"，以新文学为工具重造经典，构建"表现优美理想的人生哲学"，"用它来作土壤"，培

---

① 沈从文. 沈从文全集（12卷）[M]. 太原：北岳文艺出版社，2002：40-41.

植民族未来的新生命。这就意味着《烛虚》中的"我"在回溯到"五四"元点的基础之上,又站在推进"五四"之维的高点之上。他要在民族文化"新的没有,旧的不读"的荒芜地带"重造经典",这正是他以"'作家'的头衔"在世生存更为宏阔的文化历史眼光与最核心的内质。如果说《圣经》是西方人涵养民族生命最核心的贯通性文化经典的话,中国传统的诸如《论语》这样的文化经典在中国进入现代之后已变成了碎片。在这传统经典碎裂的时代,在这新的经典没有的时代,沈从文将要烛照生命的虚空,重造民族文化经典。为此,"我"必得在更高的层次上"新生",而此时正因为"我"的这种人生取向而深陷生存的困境,这也就意味着"我"此期相对于早期更多陷入物质生存的困境而更深地陷入精神生存的困境,然而这种种精神痛苦也同样滋生于"我"以"'作家'的头衔"在世生存链的延伸中,它们指向的却是"我"在更高的阶段朝向现代生存践履亲证,在更高的层次实践民族生命的现代重构。

第二节 "我"的确证

"我"与"人"的尖锐化生存对立使"我"时刻处于"人"的围击之中,"我"朝向现代生存的践履亲证也同时表现为"我"作为"独异个体"之于"庸众""多数人"围击的生存突围。这场生存突围在本质上是两种人格样态的互相征服,是一场看不见硝烟但同样酷烈的形而上之战,内见民族生命何以成为"平均人"的历史同一性,一种阻抑民族现代生存"无"中生"有"现实发生的历史同一性。相应地,理想标示出民族生命的应然状态,但是现实又总是将其拉回生存的已然状态。"五四"之前,鲁迅深切地感受到"人生最苦痛的是梦醒了无路可以走",深寓十年在世生存的寂寞,在无人反应的荒原般的现实面前他也曾在S会馆以钞古碑的方式"来麻醉自己的灵魂";

第二章 朝向现代生存的践履亲证——《野草》与《烛虚》中的"我"

初入北京，沈从文的在世生存便是鲁迅"梦是好的；否则，钱是要紧的"这一对"娜拉式"觉醒青年忠告的实证。在饿得双眼昏花的现实生存面前，他也曾"跟随什么奉系直系募兵委员手上摇摇晃晃那一面小小三角白布旗，和五七个面黄肌瘦不相识同胞，在天桥杂耍棚附近转了几转"，理想在现实面前摇摇欲坠。因此，在以"'作家'的头衔"在世生存这一人生主线上，"我"必须处于不断地自我确证之中。唯有这样，在围击与突围之中，在理想与现实的碰撞之中，"我"才能坚执朝向现代生存的践履亲证，才能始终以区别于"人"的"独异"存在构成"人"的现实生存参照，实践民族生命也朝向现代生存的校正性干预。因此，身处"庸众"之中，鲁迅坚执"独异个体"的自我定位；身处都市世界，沈从文坚执"乡下人"的自我定位。正如本书第一章第二节所论，要重建民族生命，二者就必须使"我"与"人""变钝了的区别锋利起来，使表象的简单多样性尖锐化，达到本质的差别，达到对立"，因为只有这样，民族生存"那上升到矛盾顶峰的多样性在相互关系中才成为活跃的（regsam）和有生机的，——才能获得那作为自己运动和生命力的内部搏动的否定性"①。而这意味着"我"与"人"生存的尖锐化对立，"我"必将深陷现实生存的困境而处于时时突围之中，"我"要么确证"我"的"独异"存在，要么沦落，"泯然众人矣"，这是不可回避的生存决断。理想必须接受现实的拷问、洗礼与确证。因此，在以现代生存为导向、以民族生命重构为内质的以"'作家'的头衔"在世生存链上，鲁迅始终都没有停止过他作为"独异个体"的存在确证，"独异个体""猛士""具有绝大意力之士""精神界之战士"等称号都是区别于"庸众"而在世生存的自谓；沈从文始终都没有停止过他作为"乡下人"的存在确证，"乡下人""战士""痴汉"等称号都是区别于"多数人"而在世生存的自谓。因此，"我"的在世生存实质是"我"作为民族现代生存之"有"的现实确证，即以"我"取向现代生存的确证为民族生命形而上本体"立之为极"的重构。

---

① 列宁. 列宁全集（第五十五卷）[M]. 北京：人民出版社，1990：119.

一

"梦"是《野草》标志性的生命征候，23篇中有9篇直接写梦，而其他篇章其实也是梦的结晶。①《死火》《狗的驳诘》《失掉的好地狱》《墓碣文》《颓败线的颤动》《立论》《死后》等7篇连续以"我梦见自己在……"开篇，"我"完全进入可怖的梦魇之中。我以为，"梦"关联着《野草》中的"我"刻骨铭心的生存体验，集中显示出"我"的在世生存情状。"我梦见自己在隘巷中行走"再现出"我"在世生存的逼仄与煎熬，"我"惭愧人不如狗，因为人的势利远胜于狗（《狗的驳诘》）。"说谎的得好报，说必然的遭打"，世人的生存是如此浑噩，"我"生存在一个完全颠倒的世界（《立论》）。"我"梦见自己"在荒寒的野外，地狱的旁边"，历史的存在与社会的发展全然是"好地狱"与"废弛的地狱"的同一性轮回（《失掉的好地狱》）。"我"不仅没有在地上任意生存的权利，也没有任意死掉的权利（《死后》）。"我"的在世生存确然是"在旱干的沙漠中间""走来走去"。不仅如此，就连最切己的人伦关系也让"我"彻底绝望。在诸多"我梦见自己在……"之中，有一种梦最为奇特，即"我梦见自己在做梦"②（《颓败线的颤动》）。"我"不仅在做梦，而且梦的内容还是梦，这绝不是鲁迅的文字游戏。我以为，这确乎是一种惨痛酷烈、精神恍惚的生存征候，内见鲁迅生命极端时刻那种超乎寻常的精神危机。这种痛苦与矛盾宛如一场情感与精神极度纠结，生命力受到极度抑制，"我"苦苦挣扎的梦魇：

> 她在深夜中尽走，一直走到无边的荒野；四面都是荒野，头上只有高天，并无一个虫鸟飞过。她赤身露体地，石像似的站在荒野的中央，于一刹那间照见过往的一切：饥饿，苦痛，惊异，

---

① 张梦阳. 中国鲁迅学通史（下卷）[M]. 广州：广东教育出版社，2002：5.
② 鲁迅. 鲁迅全集（2卷）[M]. 北京：人民文学出版社，2005：209.

羞辱,欢欣,于是发抖;害苦,委屈,带累,于是痉挛;杀,于是平静。……又于一刹那间将一切并合:眷念与决绝,爱抚与复仇,养育与歼除,祝福与咒诅……。她于是举两手尽量向天,口唇间漏出人与兽的,非人间所有,所以无词的言语。①

"发抖""痉挛"是情感与精神极度痛苦的表现。"杀,于是平静",这分明是一种内心的绝望。"举双手尽量向天"口唇间漏出"无词的言语"正是情感与精神剧痛、内心矛盾激烈的特写,是希图倾泻受到极大阻碍的生命力的肢体动作。有研究者认为此篇同鲁迅与周作人兄弟绝交有关,见此事对鲁迅所造成的极大伤害,并且以鲁迅被周作人夫妇赶出北京八道湾寓所之后大病一个多月,其后两年多在公开的聚会上鲁迅都有意缺席以避开周作人为证。这种联系也许确有可能,但不管怎样,从这一梦的内容来看显然是与"我"在人伦上所爱的人有关。"眷念与决绝,爱抚与复仇,养育与歼除,祝福与咒诅"正是对人伦关系的极度绝望与矛盾。当一个人陷身人伦的绝望与矛盾时,那也许是一种最彻底的孤独,"非人间"感也许较之其他心灵事件更为刻骨铭心。在《我的失恋》中,"我"与恋人是隔膜的;在《风筝》中,"我"与兄弟是隔膜的。"我"与所爱的人的关系陷入深刻的危急。"石像似的站在荒野的中央",这是一种彻底孤独的象征。"于一刹那间照见过往的一切:饥饿,苦痛,惊异,羞辱,欢欣,于是发抖;害苦,委屈,带累,于是痉挛;杀,于是平静",表明当下的孤独与痛苦正是源自"过去的一切"的蓄积,这一刻被彻底激发。"眷念与决绝,爱抚与复仇,养育与歼除,祝福与咒诅",表明"我"正处在人伦关系决断的临界点上。"我梦见自己在做梦"内含的正是"我"面对这一时刻异乎寻常的情感与精神痛苦。因此,"在沙漠中走来走去"就不仅仅表露出外在生存世界的整体无意义状态,更表露出"我"对最为切己的个体人伦生活的绝望。这里要强调的是,这种人伦关系我以为决不能仅仅局限于家庭,它的激发点也许

---

① 鲁迅. 鲁迅全集(2卷)[M]. 北京:人民文学出版社,2005:210-211.

与个体最切己的人伦生活有关，但是由此激发出的情感与精神痛苦却有着更为广泛的象征意味，因为《复仇》（其二）表露出了"我"作为"人之子"的身份，当庸众钉杀他们的"人之子"的时候，"人之子"感到"遍地都是黑暗"，最后彻底绝望地喊出："以罗伊，以罗伊，拉马撒巴各大尼？！"（翻出来，就是：我的上帝，你为甚么离弃我？！）庸众离弃、钉杀他们的"人之子"与"垂老的妇人"被她付出一生的儿女们所离弃、驱赶内在的同一性是一致的。爱者被为之付出心血的对象所离弃、迫害，这是中国社会历史第二次大变动中启蒙者与启蒙对象、民族生命现代重构者与现实重构对象之间的生存悖论，由此切身生存体验引发出来的情感与精神痛苦正是对民族生命形而上非在的彻底绝望。这种绝望正是人类大哲"于浩歌狂热之际中寒"，"于天上看见深渊"，"于一切眼中看见无所有"的"大绝望"、"大悲悯"。因此，对于"我"而言，"惟黑暗与虚无乃是实有"，这种虚无与绝望是整体性的，既包括"友与仇，人与兽，爱者与不爱者"，也包括历史与现实。在这"抉心自食，欲知本味。创痛酷烈，本味何能知"的生命极端时刻，"我"连自己也不能知道，即"我"到了必须确证"我"何以为"我"、"人"何以为"人"的人生关键点。在这生与死的意识边际，"空虚""绝望""死亡"这些冰冷的符号与人生命题成为"我"当下必须直面的心理现实，"我"深陷生存危机之中。

应该引起注意的是，虽然此期鲁迅在个人遭际上的确运交华盖，比如与周作人的兄弟绝交、在女师大风潮中与校长杨荫榆的对抗、与陈西滢的文战、被教育总长章士钊非法免除教育部佥事职之后对于章士钊的诉讼等事件，但是这些事件本身是作为整体的部分而存在的。因此，《野草》虽然也涉及很具体的个体生存事件，但是最终指向的却是社会主体与"庸众"的整体生存无意义。生存危机在内质上绝不是"我"个人恩怨的纠结，而是"我"作为朝向现代生存、以民族生命重建为己任的"独异个体"与沙漠般的社会主体、"庸众"之间的价值对立而引发的生存紧张与意义悬置。

"五四"的一起一落使这种生存紧张与意义悬置处于极大的落差之中,《野草》展示出这一在世生存情状。"野草"之于"地面","枣树"之于"夜空","影"之于"黑夜","裸身男女"之于"密集如蚁的路人","这样的战士"之于"无物之阵",这分明是"我"作为"独异个体"与社会主体、"庸众"之间的尖锐化对立。"我"感到"四面都是灰土","四面又明明是严冬,正给我非常的寒威和冷气","人(神)之子""四面都是敌意","我"处在社会主体、"庸众"的围击之中。这种生存状态绝不仅仅局限于"我",它其实是中国人生存的历史同一性轮回,一种民族生命形而上价值体系必须结构性重建的状态。在《野草》第一篇《秋夜》创作的前 8 个月,即 1924 年 1 月 17 日,鲁迅在北京师范大学附属中学校友会发表了题为《未有天才之前》的演讲,这次演讲道出了"天才"与"民众"之间的生存对立。他认为中国的民众是"灰尘","不是泥土,在他这里长不出好花和乔木来","不但产生天才难,单是有培养天才的泥土也难"。《野草·题辞》更凝练、更具象征意味地表明了这种生存情状:"生命的泥委弃在地面上,不生乔木,只生野草",而且"当生存时,还是将遭践踏,将遭删刈","各各夺取它的生存"。沿着这一在世生存的观察、体验与思考,在《野草》之后的《而已集》中他更为直接、更为集中地揭示出这种中国人生存的历史同一性:"无论是何等样人,一成为猛人,则不问其'猛'之大小,我觉得他的身边便总有几个包围的人们,围得水泄不透,那结果,在内,是使该猛人逐渐变成昏庸,有近乎傀儡的趋势","包围者便离开了这一株已倒的大树,去寻求别一个新猛人","中国之所以永是走老路,原因即在包围","猛人倘能脱离包围,中国就有五成得救"。①因此,要使中国得救,摆脱"走老路"的历史同一性,"猛人"就必须排拒被人包围逐渐变成庸众的文化惯性,时刻确证自己作为"猛人"的"独异"存在,坚持不懈地突围。"我"的突围"自救"也因此在本质上表现为民族新生的"他救",即民族现代生存"无"

---

① 鲁迅. 鲁迅全集(3 卷)[M]. 北京:人民文学出版社,2005:508-509.

中生"有"的现实发生，这正是"我"作为"独异个体"存在确证（"自救"）的内质与意义。"野草""在旱干的沙漠中间""拼命伸长它的根"来造"碧绿的林莽"，正是"我"的这种生存状态、内质与意义最形象、最集中的展示。正是基于上述"独异个体"之于社会主体、"庸众"围击的在世生存情状，"我"的突围之于民族新生虽二而一的关系，在这场围击与突围的在世生存之战中，"我"必须确证出"我"作为毫不妥协的为民族现代生存"立之为极"的"精神界之战士"（"独异个体"）的存在。《野草》呈示出这种多层次的蕴注着民族现代生存形而上超越向度之"我"的确证。

《野草·题辞》集中表明"我"的确证这一意旨：

> 我以这一丛野草，在明与暗，生与死，过去与未来之际，献于友与仇，人与兽，爱者与不爱者之前作证。①

"明与暗，生与死，过去与未来之际"正是急需确证人何以存在的关键时刻。如何确证？《野草·题辞》又集中表明了以"死"证"生"的自我确证方式。"过去生命已经死亡"，"死亡的生命已经朽腐"，而"我"对此则"有大欢喜"，因为借此"我"可以知道自己的"存活"与"非空虚"。②在这生死存亡之际，"我"对"野草"充满了期待，"我"要通过"这一丛野草"的"死亡与朽腐"向"友与仇，人与兽，爱者与不爱者"证明"我"的存在，因为"我先就未曾生存，这实在比死亡与朽腐更其不幸"。为此，"我希望这野草的死亡与朽腐，火速到来"。《野草·题辞》贯穿全篇的要义不正是鲁迅试图确证"我"的存在吗？只是他的确证思维是如此的独特，即以"死亡"确证"存活"，以"朽腐"确证"非空虚"。"死"便是"生"，"生"又超越了"死"，内见"我"与民族命运的紧紧相联。"熔岩一旦喷出，将烧尽一切野草，以及乔木，于是并且无可朽腐"，"野草"的这种"死"意味着"在地下运行，奔突"的"地火"对于"地面"的摧毁，一个新的

---

① 鲁迅.鲁迅全集（2卷）[M].北京：人民文学出版社，2005：163.
② 鲁迅.鲁迅全集（2卷）[M].北京：人民文学出版社，2005：163.

世界的诞生，这是"我"的"死"，更是"我"的"生"，一种凤凰涅槃的新生。为了新生，"烧尽"尚且不怕，更何惧"遭践踏""遭删刈"的在世生存呢？《野草》最后一篇《一觉》在经历一系列梦魇之后对这个意义上的"生"进行了回顾：这是"经了几乎致命的摧折"的"生"，但却是"在旱干的沙漠中间""拼命伸长它的根"来造成"碧绿的林莽""使疲劳枯渴的旅人，一见就怡然觉得遇到了暂时息肩之所"的"生"。"野草"在这个意义上的"生"又在这个意义上的"死"中得到确证，在民族朝向现代生存的践履亲证中"我"完全超越了"生"与"死"。于是，面对"遭践踏""遭删刈"的"生存"，面对"熔岩一旦喷出"将被"烧尽"的"死亡"，"我"展示出一种生而何惧、死更坦然的生命大境界：

> 但我坦然，欣然。我将大笑，我将歌唱。①

以上超越"生"与"死"的确证实质是在人生总体格局上确证出"我"在世生存的主导价值与主导方向："我"的存在即是"人"的拯救，"我"在社会主体、"庸众"的围击中坚执"独异个体"的突围就是民族现代生存之"有"的现实发生。

沿着这一在世生存主线，在更为具体的在世生存中，"我"又同时确证出更为彻底的生命转换。这是一种超越"希望"与"绝望"而将"我"的本体彻底坦露出来的确证。《希望》集中展示出这种最本己之"我"的确证。"我"开篇道白生命极端时刻的在世生存情状：

> 我的心分外地寂寞。
>
> 然而我的心很平安：没有爱憎，没有哀乐，也没有颜色和声音。②

"没有爱憎，没有哀乐，也没有颜色和声音"，这实则是"我"绝望的生存情状写真。此时，"我"觉得"我大概老了"。这种"老"一方面指肉体的"老"，因为"我的头发已经苍白"；另一方面更指灵魂的"老"，因为"我的

---

① 鲁迅. 鲁迅全集（2卷）[M]. 北京：人民文学出版社，2005：163.
② 鲁迅. 鲁迅全集（2卷）[M]. 北京：人民文学出版社，2005：181.

魂灵的手一定也颤抖着"。总之,"我"身心疲惫,陷入绝望的境地。立身这一生命的极端时刻,过去的人生历程在"我"心中浮现:"这以前,我的心也曾充满过血腥的歌声:血和铁,火焰和毒,恢复和报仇。"①但是,现在"忽而这些都空虚了"。"我""有时故意地填以没奈何的自欺的希望",试图"用这希望的盾,抗拒那空虚中的暗夜的袭来,虽然盾后面也依然是空虚中的暗夜。然而就是如此,陆续地耗尽了我的青春"。"我"本以为"我的青春"虽然"耗尽",但是"身外的青春固在"。然而,现在"连身外的青春也都逝去"。也就是说,"我"寄重于"身外的青春"确证"我"的存在也落空了。"我"消解了一切"自欺的希望"。在清醒地、毫不自欺地透视出"惟黑暗与虚无乃是实有"的生存现实之后,"我"必须直面"绝望"。从裴多菲的"希望"之歌到"绝望之为虚妄,正与希望相同"的名言,再现出"我"由寄重于"希望"到直面绝望的自我确证转折。"我"没有在绝望的深渊里万劫不复,而是于绝望中发出了一种较之否定希望更为决绝的声音:

> 我只得由我来肉薄这空虚中的暗夜了,纵使寻不到身外的青春,也总得自己来一掷我身中的迟暮。②

"肉"指肉体,"薄"指接近,这就意味着"我"将去掉一切遮蔽,不带任何自欺的希望,彻底回到自身存在,最直接地抗击"这空虚的暗夜"。这种生存决断的转换使"我"存在的境遇也随之发生了改变:

> 但暗夜又在那里呢?现在没有星,没有月光以至笑的渺茫和爱的翔舞;青年们很平安,而我的面前又竟至于并且没有真的暗夜。③

现在,"星""月光""笑的渺茫""爱的翔舞"等"身外的青春"固然不在,但是"我的面前"也"没有真的暗夜"了。"我"完全超越了"希望"与"绝望",在一切皆无的实有之中最彻底地回到了自身。于此,"我"获

---

① 鲁迅. 鲁迅全集(2卷)[M]. 北京:人民文学出版社,2005:181.
② 鲁迅. 鲁迅全集(2卷)[M]. 北京:人民文学出版社,2005:182.
③ 鲁迅. 鲁迅全集(2卷)[M]. 北京:人民文学出版社,2005:182.

得了一种更高层次的确证,一种解构了"自欺的希望"、超越了绝望之后从"惟黑暗与虚无乃是实有"的彻底之无中生出的大希望:

  绝望之为虚妄,正与希望相同!①

  这句话虽然出自裴多菲1847年7月17日致友人凯雷尼·弗里杰什的信,且裴多菲是鲁迅为之激昂、推崇的摩罗诗人,但是此时的"我"赋予裴多菲这句名言的却是全新的内涵,一种超越裴多菲的生存之思。裴多菲从拜雷格萨斯起程,乘着那"恶劣的驽马","当我一看到那些倒霉的驽马,我吃惊得头发都竖了起来",产生了绝望。但是,"这些瘦弱的马驹用这样快的速度带我飞驰到萨特马尔来,甚至连那些靠燕麦和干草饲养的贵族老爷派头的马也要为之赞赏"。于是,裴多菲有感而发,认为"绝望是那样地骗人,正如同希望一样","不要只凭外表作判断,要是那样,你就不会获得真理"。裴多菲的绝望来自"只凭外表作判断"的误解,因此他所直面的也并非真正的绝望。正因如此,面对"可惨的人生","桀骜英勇"的裴多菲"也终于对了暗夜止步,回顾着茫茫的东方了",而"我"做出的却是更为彻底的决断:"惟'黑暗与虚无'乃是'实有',却偏要向这些作绝望的抗战"②。"绝望的抗战"不是绝望,也不是希望幻灭后的无奈挣扎,而是心中隐伏着一个一时难以企及的、民族现代生存的大希望。因此,"绝望的抗战"实质正是民族现代生存"无"中生"有"的内在机制。绝望正滋生于现实生存与民族现代生存这一大希望之间,"我"深陷这一绝望的重围是"我"作为朝向这一大希望在世生存的"中间物"所无法逃避的宿命。"绝望之为虚妄,正与希望相同"是"我"的生存之思与生存决断,更是"我"的生存情状,"我"的在世生存由此进入一个希望与绝望此消彼长、反复消解的大混沌,即民族现代生存"无"与"有"合一的开端状态。但是,这一大混沌式的在世生存、这一民族现代生存的开端状态,是有大目的、大

---

① 鲁迅. 鲁迅全集(2卷)[M]. 北京:人民文学出版社,2005:182.
② 鲁迅. 鲁迅全集(11卷)[M]. 北京:人民文学出版社,2005:21.

方向的,是朝向未来、为现代生存所指引的。"过客"正置身于这样一个在世生存的大混沌:现在"脚早经走破了,有许多伤,流了许多血",而且前面是一片坟地,即便"走完了那坟地之后",也不知道是什么。但是,面对这样一个大混沌的荒野,"我只得走",因为"还有声音常在前面催促我,叫唤我,使我息不下"。"过客"心中"叫我走"的"那前面的声音"即是隐伏于这个大混沌之后自我确证的本质力量,一种区别于"老翁"、自我"立之为极"的人格力量。"我只得走"正是经历了希望与绝望反复消解之后、去除一切遮蔽、于绝望之中为这一形而上终极向度所指引的荒野式生存突围。这在鲁迅的整体人生中意味着生命又一层面的转换。"五四"之前的《人的历史》《科学史教篇》《文化偏至论》《摩罗诗力说》"我"试图寻求新声于异邦,处于潜隐的状态;"五四"高潮时的《呐喊》"我"发出了旷世之音,试图惊醒铁屋子里昏睡的国人;"五四"落潮后"我"由《彷徨》而入直面虚无与绝望言说的《野草》,这场确证"我"之为"我"的艰苦心战使"我"走向更为坚决、更为彻底的突围,意味着"我"将最彻底回到自身,将"我"作为民族现代生存之"有"的内质彻底坦露出来,去除一切遮蔽直接以投枪、匕首上阵向民族现代生存之"无"作出最彻底的一搏。

  他毫无乞灵于牛皮和废铁的甲胄;他只有自己,但拿着蛮人所用的,脱手一掷的投枪。①

  一个"这样的战士"确证而出。于此,《野草》最终展示出"我"毫无虚幻、毫不妥协的在世生存。"我"像"野草"一样直面旱干的沙漠,"拼命伸长它的根";"我"像"枣树"一样直面"奇怪而高的天空",干子"一无所有","却仍然默默地铁似的直刺着","一意要制他的死命";"我"像"影"一样直面黑暗的吞没,独自告别远行;"我"像"过客"一样直面渺茫的荒野,拒绝施舍而坚执前行;"我"像"这样的战士"一样直面"无物之阵",举起了他的投枪。这种"我"的确证构筑出"精神界之战士"对于

---

① 鲁迅. 鲁迅全集(2卷)[M]. 北京:人民文学出版社,2005:219.

社会主体、"庸众"毫不妥协的抗世生存，一种民族现代生存之"有"与"无"上升到矛盾顶峰的尖锐化对立状态。而在此种生存状态之下对于新人格的自我确证也同时表现为贯注着新人格的"我"抗世生存的决绝态度、强大生命力与"绝大意力"。

在这场"四面都是敌意"的抗世生存中，"我"表现出前所未有的决绝态度。《呐喊》《彷徨》对"人"的态度更多表现为"哀其不幸"，于深刻的揭露、批判之中深蕴着无限的悲悯；《野草》对"人"的态度更多表现为"怒其不争""怒其不醒""怒其为凶"乃至于"憎恨"与"复仇"。《呐喊》中孔乙己被人打折腿沦落为丐之后最后一次来咸亨酒店喝酒，全然是用手走来，在取笑中窘迫地喝完酒摸出四文大钱之后，又"坐着用这手慢慢走了"，其间丝毫无讽刺挖苦之意，深蕴着无限的悲悯。甚至对于阿Q，《呐喊》也内含着情感的亲切与靠近。《彷徨》这种悲悯的情感更为深切，对于沦为乞丐的祥林嫂生怕增添末路人的痛苦。但是，《野草》对于求乞者的态度却截然不同："我厌恶他的声调，态度。我憎恶他并不悲哀，近于儿戏；我烦厌他这追着哀呼"，"我不布施，我无布施心，我但居布施者之上，给与烦腻，疑心，憎恶"。即便是一直尖锐批判的"看客""暴民"，此时已不仅仅局限于批判，而是"复仇"。裸身男女"对立着，在广漠的旷野之上"，"捏着利刃，然而也不拥抱，也不杀戮，而且也不见有拥抱或杀戮之意"。他们期待的图景出现了："路人们于是乎无聊；觉得有无聊钻进他们的毛孔，觉得有无聊从他们自己的心中由毛孔钻出，爬满旷野，又钻进别人的毛孔中。他们于是觉得喉舌干燥，脖子也乏了；终至于面面相觑，慢慢走散；甚而至于居然觉得干枯到失了生趣"。这是一场让看客们"干枯到失了生趣"的情感与精神"复仇"。即便是死掉，也要"影一般死掉了，连仇敌也不使知道，不肯赠给他们一点惠而不费的欢欣"。于此，《野草》凸浮出"猛士"最决绝的抗世突围。"洞见一切""记得一切""正视一切""深知一切"的"猛士"全然"看透了造化的把戏"。在以这种高度的现代理性彻底检视出民族生存与生命状态之后，"猛士"向"这些造物主的良民们"发出了最明晰、最决绝的声音："他将要起来使人类苏生，或者使人类灭尽"。这是"猛士"作出的最彻底的生存决断：如果他不能"使人类苏生"，那就"灭尽"，在彻底之无中重造民族新的生命。这种最明晰的朝向现代生存的指向、最决绝的战斗态度让"造物主""怯弱者"为之"羞惭""伏藏"，最终"天地在猛士的眼中变色"。①因此，"猛士"实则是新人格之为"造物主"的艺术形象。

在这场"经了几乎致命的摧折"的抗世生存中，"我"爆发出直面绝望、穿透虚无的强大生命力。"垂老的女人"为了养活女儿，年轻的时候饱受卖身的屈辱，在女儿长大结婚生儿育女之后又遭受这些亲人们的"冷骂与毒笑"。前者的伤害来自外部社会，后者的伤害来自家庭人伦。前者是绝望的忍受，因为女儿是她生之所系；后者则是绝望的打击，因为她所付出的一切都将化为虚无。但是，就是在这样的在世生存的极端时刻，这位"垂老的女人"展示出一种大荒野般的生命强力。"她赤身露体地，石像似的站在荒野的中央"，"举双手尽量向天"，这正是直面绝望与虚无、爆发生命强力的象征。于是，《颓败线的颤动》展示出这种生命强力的爆发、倾泻与激荡：

  当她说出无词的言语时，她那伟大如石像，然而已经荒废的，颓败的身躯的全面都颤动了。这颤动点点如鱼鳞，每一鳞都起伏如沸水在烈火上；空中也即刻一同振颤，仿佛暴风雨中的荒海的波涛。

  她于是抬起眼睛向着天空，并无词的言语也沉默尽绝，惟有颤动，辐射若太阳光，使空中的波涛立刻回旋，如遭飓风，汹涌奔腾于无边的荒野。②

她赤身露体立于荒野之上，天地之间，"颓败的身躯"辐射出让天地震颤的生命强力。这生命的强力"起伏如沸水在烈火上"，"仿佛暴风雨中的

---

① 鲁迅. 鲁迅全集（2卷）[M]. 北京：人民文学出版社，2005：226-227.
② 鲁迅. 鲁迅全集（2卷）[M]. 北京：人民文学出版社，2005：211.

荒海的波涛","汹涌奔腾于无边的荒野"。这确乎是"我"作为民族现代生存之"有"面对民族现代生存之"无"所释放的生命强力。这赤身露体立于荒野之上的艺术形象全然是"我"之新人格强大生命力的具象。

在这场陷身"无物之阵"的抗世生存中,"我"凸显出"绝大意力"。这实则是民族现代生存之"有"向"无"出击的精神之战。"这样的战士"不仅展示出战斗的决绝态度,拥有去除一切遮蔽、"毫无乞灵于牛皮和废铁的甲胄"这种"蛮人"般的生命强力,而且还具有强韧的意志力,"绝大意力"的"精神界之战士"的形象于此丰满。早在《野草》结集出版之后的四个月,茅盾就在他的《鲁迅论》里全文引述了《这样的战士》,并于引文之后对于鲁迅的人生形象发出了"看了这一篇短文,我就想到鲁迅是怎样辛辣倔强的老头儿呀!"①的感慨。茅盾在"这样的战士"身上看到了鲁迅面对异常强大的精神困缚"不馁怯,不妥协"②的抗战意志,"辛辣倔强"的战斗风格。孙玉石认为,茅盾"论述鲁迅的品格与精神时,唯独全文一字不漏地引述了这篇散文诗做为例证,确然是独具慧眼的卓见"③。"这样的战士"走进无物之阵,遇见"一式的点头""各种的旗帜""各样的外套"。面对这"杀人不见血""正如炮弹一般,使猛士无所用其力"的"无物之阵",战士贯之如一的"举起了投枪"。"但他举起了投枪"在《这样的战士》中反复出现五次,直至以此收缩全文,成为贯穿全文的主线。这不仅再现出这场精神之战的迫促、激烈,更再现出抗战的持久性,而且战士的一生也定格于此。

> 他终于在无物之阵中老衰,寿终。他终于不是战士,但无物之物则是胜者。
>
> 在这样的境地里,谁也不闻战叫:太平。

---

① 茅盾. 茅盾论中国现代作家作品[M]. 北京:北京大学出版社,1980:52.
② 茅盾. 茅盾论中国现代作家作品[M]. 北京:北京大学出版社,1980:51.
③ 孙玉石.《野草》研究[M]. 北京:中国社会科学出版社,1981:282.

太平……。

但他举起了投枪！

"但他举起了投枪"是战士心中占据一切的主导意识，更是战士不为任何因素所扰、积聚全力的行动，哪怕"在无物之阵中老衰，寿终"。以行动践履意识，这种西西弗斯式的抗战再现出战士于无物之阵突围的决绝态度、生命强力与绝大意力。"但他举起了投枪"这一战士最后定格的人生形象正是贯注新人格的"我"面向国人"立之为极"的生命特写。这一艺术形象在"无物之阵"的民族非在之中赫然而立，鲜明标示出民族朝向现代生存的形而上终极。

二

沈从文在以后整体审视自我人生历程时将这段以《烛虚》为标志的抗战时期国统区生活划定为第四段人生旅程：

> 这是乡下人的第四段旅程，相当长，相当寂寞，相当苦辛。但却依然用那个初初北上向现实学第一课的朴素态度接受下来了。尤其是战事结束前二年，一种新式纵横之术，正为某某二三子所采用，在我物质精神生活同感困难时期，对我所加的诽谤袭击。另一方面，我的作品一部分，又受个愚而无知的检查制度所摧毁。几个最切身的亲友，且因为受不住长时期战争所加于生活的压力，在不同情形下陆续毁去。从普通人看来，我似乎就还是无抵抗，不作解救之方，且仿佛无动于中。然而用沉默来接受这一切的过程中，至少家中有个人却明白，这对我自己，求所以不变更取予态度，用的是一种什么艰苦挣扎与战争！①

"相当长，相当寂寞，相当苦辛"，沈从文连续用了三个"相当"表明

---

① 沈从文. 沈从文全集（13卷）[M]. 太原：北岳文艺出版社，2002：389.

此期生存的危急,这对于"我"完全是一种他人难以想象的"艰苦挣扎与战争"。《烛虚》具体呈示出这一危急的生存情状。这一生存情状在大的格局上、在内在本质上与《野草》一样两极分明:第一,"我";第二,"多数人"("社会"一物)。正如本章第一节所论,《烛虚·烛虚》第一节与第二节对于"五四"及其后延续至20世纪40年代抗战时期民族生命状态的反思凸浮出《烛虚》中"我"的最本己形象:具有高度现代意识与现代理性,以民族生命重建为己任的精神界之战士。这也是"乡下人"在更高人生层次上的生命内质,即"我"作为民族现代生存之"有"的生命内质。这种反思显示出"我"与"多数人"尖锐化对立的在世生存状态,这种对立的实质同样是两种人格样态的对立。《烛虚·烛虚》第三、四、五节及《潜渊》《长庚》《生命》在《烛虚·烛虚》第一节、第二节理性反思之后完全进入切己的生存体验,一方面将"多数人"在世生存的状态彻底透视出来,另一方面将"我"在世生存的状态更为具体的呈示出来。

《烛虚·烛虚(三)》开篇展示出"多数人"支持的"社会"一物人性丧失净尽的无意义生存图景,这种人性沉沦的生存体验贯穿于《烛虚》其后各篇章。"多数人生存下来","无一不表示对于'自然'之违反,见出社会的拙象和人的愚心",更为荒谬的是培植生命土壤的"所有各种人生学说","却无一不即起源于承认这种种,重新给以说明与界限"。社会主体精神文化体系确证的却是"多数人"人性丧失净尽、对于"自然"之违反的无意义生存。也就是说,这样的生命还将源源不断地产生,这样的生存状态还将持续下去,主体精神文化机制阻遏了中华民族的新生。《烛虚》将透视民族生存状态的视野进一步扩展、深入,从《烛虚·烛虚(一)》与《烛虚·烛虚(二)》主要聚焦于女性"生命无性格,生活无目的,生存无幻想"的生存状态扩展至整体社会的无意义生存状态,深入更为内在的主体社会精神文化体系,一种在根本价值层面窒息生命、制约民族现代转型的文化机制,这正是民族现代生存之"无"的根源。而"我"现在正生活在这一主体社会精神文化体系实体最核心的部位——城市中的"知识阶级"。那么，这些民族精神文化最直接、最主要的创造者、传承者，这些"人之师"，这些社会的"中坚"，他们的生存状态又如何呢？《烛虚》集中展示出这一"知识阶级"群体的生存状态：

> 至于有许多受过高等教育，在外表上称绅士淑女的，事实上这种人的生活兴趣，不过同虫蚁一样，在庸俗的污泥里滚爬罢了。这种人在滚爬中也居然掺杂泪和笑，活下来，就活在这种小小得失恩怨中，死去了，世界上少了一个"知识阶级"，如此而已。这种人照例永远还是社会中的"多数"。①

在这些"知识阶级"中，"受过高等教育的公务员""培养成一种阉宦似的阴性人格，以阿谀作政术，相互竞争"，"这相互竞争的结果，在个人功名事业为上升，在整个民族向上发展即受妨碍"；"专家或教育界知识分子""则造成一种麻木风气"，"大家都只图在窄小人圈子里独善其身，把所学一切只当成换吃换喝工具，别的毫无意义"。这些"知识阶级"在社会中处于支配地位，但是他们"生存的意义既只是养家活口，因此凡一切进步理想，都不能引起何等良好作用，只要同他们当前生活略为冲突时，还总不免要想方设法加以抵制。观念的凝固，无形中即助长恶势力的伸张，与投机小人的行险侥幸"。②更为荒谬的是，"这种人照例永远还是社会中的'多数'"，"举凡所谓活下来'四平八稳'人物，生存时自己无所谓，死去后他人对之亦无所谓。但有一点应当明白，即'社会'一物，是由这种人支持的"③，民族生存与生命全乎是形而下的沉沦。在这种蓄积已久的悲剧性的生存体验里，"我"洞彻到"社会"一物"完全建筑在少数人的霸道无知和多数人的迁就虚伪上面"的内质。④这个"政治、哲学、文学、

---

① 沈从文. 沈从文全集（12 卷）[M]. 太原：北岳文艺出版社，2002：37.
② 沈从文. 沈从文全集（12 卷）[M]. 太原：北岳文艺出版社，2002：39-40.
③ 沈从文. 沈从文全集（12 卷）[M]. 太原：北岳文艺出版社，2002：33.
④ 沈从文. 沈从文全集（12 卷）[M]. 太原：北岳文艺出版社，2002：39.

美术，背面都给一个'市侩'人生观在推行"的"社会"一物完全处于颠倒之中：

>　　一般人喜用教育身分，来测量这个人道德程度。尤其是有关乎性的道德。事实上这方面的事情，正复难言。有些人我们应当嘲笑的，社会却常常给以尊敬，如阉寺。有些人我们应当赞美的，社会却认为罪恶，如诚实。多数人所表现的观念，照例是与真理相反的。多数人都乐于在一种虚伪中保持安全或自足心境。①

"多数人"支持的"社会"一物完全处于"名"与"实"不符、"表"与"里"分裂、"言"与"行"脱节的状态，因此，"这个时代"对于"民族新陈代谢工作"而言"已经毫无意义"。②

以上"我"的生存体验实质是沈从文对以前创作特别是都市题材小说创作社会批判意旨更直接、更集中的提炼、提升与揭示。这种渗透着"我"的本己生存体验的社会批判彻底呈示出"多数人"的生存状态，而这本身正是"我"在世生存的背景，即民族现代生存"无"与"有"合一的开端状态。这不仅表明民族生命重造的现实紧迫性、针对性，更表明民族生命重造的艰巨性。于此，《烛虚》中的"我"与《野草》中的"我"不仅显示出同为"精神界之战士"区别于"庸众""多数人"的"独异"存在，而且还显示出二者都面临着身陷"社会"一物的围击而寻求突围的在世生存，而这种突围同样是以"我""立之为极"的民族形而上本体重构。《烛虚》中的"我"这个以"乡下人"自证的"精神界之战士"置身于"多数人"支持的"社会"一物的重围重造民族生命，感到"似乎正在同上帝争斗"。"我明白许多事不可为，努力终究等于白费"，"生命已被'时间''人事'剥蚀快尽了"③，"我"深陷生存危机之中。

---

① 沈从文. 沈从文全集（12卷）[M]. 太原：北岳文艺出版社，2002：44.
② 沈从文. 沈从文全集（12卷）[M]. 太原：北岳文艺出版社，2002：8-9.
③ 沈从文. 沈从文全集（12卷）[M]. 太原：北岳文艺出版社，2002：23.

对于这种生存危机的心理诱因,《烛虚》与《野草》也是契合的,虽然后者也像前者一样涉及诸多具体的事件,比如"二三子"的"诽谤袭击"、《长河》遭禁、"几个最切身的亲友"的"毁去"、与"偶然"的情感纠结,但是最大的心理诱因二者都是"我"与"多数人"支持的"社会"一物之间的尖锐化对立而引发的生存紧张与意义悬置。这是较之于现实偶发事件引发的情感痛苦更加令人焦虑莫名的精神虚无与绝望。在这一"社会"一物中生存,"我"感到"生存俨然只是烦琐继续烦琐,什么都无意义"。我是谁?我从哪里来?又到何处去?这是一种"我"作为民族现代生存之"有"在"无"中发生的内在机制受到极度阻抑的心理状态。虽然"我"坚执自己"始终还是个乡下人","但与乡村已离得很远很远了",这不仅是时空距离,更是一种心理距离、精神距离。事实上,《烛虚》虽然表明"我""始终还是个乡下人",但是这个"乡下人"却具有高度的现代意识与深刻的现代理性。此时"乡下人"的心理结构已远非刚跨入北京时的那个"乡下人"的心理结构。此时的"乡下人"不仅拉开了与眼前"知识阶级"的生存距离,更拉开了与自己昔日身处其间的那些"乡下人"的生存距离。此时的"我"完全高蹈于整体现实世俗世界之上以深刻的现代眼光透视整个中华民族的生存与生命状态,即作为民族现代生存之"有"的一极区别于"无"而存在。实际上,从早期创作到成熟期创作再到以《烛虚》为标志的 40 年代创作,这种心理距离正逐渐在拉大,而距离的不断拉大也就同时意味着在世生存矛盾的越来越尖锐化,一种极度紧张的形而上价值冲突。早期创作完全表达的是一个具有极端土地性的"乡下人"对根性与原初乡土生活审美旨趣的迷恋。成熟期创作在这种迷恋中已经显示出一种高度的现代意识对于原初乡土生活的观照,此期的"我"对于原初乡下人的"得失哀乐"距离不断拉大。这在《湘行散记》中表露得极为清晰:一方面置身这个湘西世界身心是如此的温慰,"柔和"之情难以自制;另一方面面对原初乡下人"生物的单纯"总是无言的悲哀,"忧郁"之思如影随形。对于"乡下人"情感上的根性亲和并不能取代沈从文审视乡下人的现代意识,这在《湘西》中凸显出一种较之《湘行散记》更为显在的现代理性反思。《湘行散记》中对于乡下人原始生存的无言悲哀在《湘西》中提升为一种冷静的现代性的历史眼光,将湘西的美丽与愚迷一一呈示出来,思考的重心是如何使湘西摆脱原始的蒙昧、落后与贫穷,使之走上现代化的历史发展轨道。这在《边城》与《长河》中也表现得极为显明,在《边城》中那种源自根性的乡下人情感与审美趋向经过艺术的净化与过滤一切都显得那么和谐;而《长河》使人更多体验到一种鲜明的现代意识,极大地削减了《边城》内蕴的那种牧歌情调,凸显出面对湘西世界日益堕落的历史趋势难以抑制的内心焦灼。在沈从文 20 年代至 30 年代的湘西作品中,他在坚守"乡下人"的身份中一种现代意识已经逐渐析离出来,那种潜在的"乡下人"生命力雄强的精神优胜逐渐淹没于一种现代意识与现代理性观照时的悲悯与焦灼。《烛虚》正是这种逐渐蓄积的现代意识与现代理性的集中释放,那是"乡下人"超越极端土地性之后继续沿着"五四"的历史之维对于以民族生命重造为己任的"精神界之战士"的彻底归向。但是,这种人生更高层次的归向不仅使沈从文进一步拉开了与都市世界生存状态的距离,而且也拉开了与湘西世界生存状态的距离。正如凌宇先生所言:"当他(沈从文)用这种现代特征的知识、理性观察都市文明时,他得到的只是失望,使他在情感上与乡下人认同。可是,当他从深处凝视乡下人的现代生存方式时,他获得的同样是失望。也许,归根到底,正如有的论者指出的,沈从文是一个文化边缘人。而正是这种边缘处境,加深了沈从文深心里的孤独。"①"文化边缘人"实质是"我"作为民族现代生存之"有"于民族现代生存"无"与"有"合一的开端之中"除了一个单纯开端本身的观念而外,便什么也没有"的生存状态。"孤独"正是这"有"处于"无"的无边包围之中的心理反应。因此,《烛虚》一方面意味着"世人所谓得失哀乐"与"我"的远

---

① 凌宇. 沈从文创作的思想价值[J]. 文学评论. 2002(6).

离,"我"的心灵生活远远脱离了这个现实世俗世界;另一方面意味着"我"取而代之以新的生命体验,这种生命体验凸显出高蹈于世人生活之上的人生观照与存在确证。现代意识的凸显并不能解脱生存体验的困缚,如同《野草》一样理性的反思并不能取代非理性的生存体验,相反,正是这种现代意识使"我"陷入更深刻的生存危机。当"我"以强烈的现代意识寻求理想的生命形态的时候,这不仅使"我"的都市生存变得毫无意义,更使"我"一贯坚守的"乡下人"身份也变得不再确定,"我"确乎成了现实悲剧性的抽象存在。"我正在发疯",凸显出这一生命的极端时刻。徘徊于现实与抽象之间,如同《野草》中的"我"徘徊于明与暗之间,"我"实则是传统生存与现代生存的中间物。"中间物"的实质正是民族现代生存"有"与"无"的合体。这种中间物状态意味着"我"不可能皈依乡土,哪怕在情感上"我"是如此的靠近与眷恋;"我"更不可能融入都市,这不仅是根性的不适与情感的排拒,更是生存意义的虚无。失去母体的根的失落,现实生存的虚无与荒谬,困扰着"我","我"确乎是无家可归,以至于"我发现在城市中活下来的我,生命俨然只淘剩一个空壳",这是"我"作为民族现代生存之"有"无法避免的精神炼狱,因为"有"时刻处于"无"的否定之中。"'吾丧我',我恰如在找寻中。生命或灵魂,都已破破碎碎","我"必须"发现自己,得到自己,认识自己","重新用一种带胶性观念把它粘合起来,或用别一种人格的光和热照耀烘炙",以确证出"一个新生的我"("自救"),即"我"作为民族现代生存之"有"的确证。

在具体确证方式上,《烛虚》显示出了区别于《野草》的特性。《野草》中的"我"直面黑暗与虚无的实有,超越希望与绝望,去除一切遮蔽,彻底立身于希望与绝望同归于虚妄的现实生存大混沌之中,将自己作为民族现代生存之"有"的在世生存归向于决绝的"走",以图"路"在这种"走"中诞生。既然鲁迅认为"中国之所以永是走老路,原因即在包围","猛人倘能脱离包围,中国就有五成得救",那么"我"的突围当然是首要的,因为唯此民族现代生存之"有"才能成为实有。至于中国得救的另外五成,即"有"在"无"之中进一步生"有",那是突围之后的着力点,因为鲁迅向来主张抓住现在,而不是预支未来。但不管怎样,面对"惟黑暗与虚无乃是实有"的重围,最紧要的是"偏要向这些作绝望的抗战",即以"猛士"的突围彻底确证"我"作为民族现代生存之"有"的存在,这是中国跳出"走老路"这一历史同一性的唯一选择。于是,"过客"选择了直面"坟地"的"走","战士"选择了哪怕"衰老,寿终"也要举起投枪。但是,同样面临着"惟黑暗与虚无乃是实有"的现实,《烛虚》中的"我"走向了与现实世界截然对立的抽象世界,在那里"我"发现了粘合破碎之我的"带胶性观念",体验到了"别一种人格的光和热",即:"在有生中我发现了'美'",这种美"代表一种最高的德性,使人乐于受它的统制,受它的处治",而且"人的智慧无不由此影响而来"①;与此同时,"我"也发现了"抽象的爱","一种语言歌呼之死亡",这种爱"使人超生","遇之者即喑哑"②。人接近这种美与爱也就"接近上帝造物"。

对此,汪曾祺认为:"什么是沈从文的宗教意识,沈从文的上帝,沈从文的哲学核心?——美。"③凌宇认为:"美代表一种最高的德性。爱是生的一种方式。生命的本质便是美与爱。"④正是在这个意义上,沈从文明确表述:"我是个对一切无信仰的人,却只信仰'生命'"。⑤在有生中对于"美"与"爱"的发现,对于生命本质的发现,使"我"确立了信仰,由此在无意义的现实生存中确证了"我"的存在,即民族现代生存之"有"找寻到了赖以维系的形而上终极向度。这里进一步显示出《烛虚》与《野草》确证思维的不同:在鲁迅看来,既然现实生存是无意义

---

① 沈从文. 沈从文全集(12卷)[M]. 太原:北岳文艺出版社,2002:23.
② 沈从文. 沈从文全集(12卷)[M]. 太原:北岳文艺出版社,2002:43.
③ 汪曾祺. 汪曾祺全集(6卷)[M]. 北京:北京师范大学出版社,1998:112.
④ 凌宇. 从边城走向世界(增订本)[M]. 长沙:岳麓书社,2006:402.
⑤ 沈从文. 沈从文全集(12卷)[M]. 太原:北岳文艺出版社,2002:128.

的,那么"我"就直击无意义,将超越希望与绝望的彻底之"无"生成"有";在沈从文看来,既然现实生存是无意义的,那么"我"就在另外一个与之相对的抽象世界发现生命的意义,恢复生命的庄严本相,"将已被现实的世俗世界颠覆的生命本真世界重新颠覆过来"①,即以"有"置换"无"。简言之,鲁迅寻求的是将"非有"生成"有",沈从文寻求的是将"有"替换"非有"。但是,这两个"我"作为民族现代生存之"有"都共同显示出了黑格尔所谓"开端之有"的特质:"它摆脱了非有,或者说把非有当作一个与它对立的东西扬弃掉"。②正因如此,《烛虚》中的"我"也同样获得了一种直击虚无、穿透黑暗的在世生存力量,即"无"中生"有"的精神力量:

> 事实上我并不厌世。人生实在是一本大书,内容复杂,分量沉重,值得翻到个人所能翻看到的最后一页,而且必须慢慢的翻。我只是翻得太快,看了些不许看的事迹。我得稍稍休息,缓一口气!我过于爱有生一切。③

因此,"我"虽然深陷现实生存的重围,却执着走向了生命的理想境界。于是,《烛虚》在大面积展示出社会无意义生存状态的同时,又大面积展示出诸多自然诗意美景所象征的生命理想境界,二者统一于"我"的在世生存之中,这正是民族现代生存"无"与"有"合一的开端状态,即民族现代生存之"有"作为观念存在的抽象状态。这两种截然对立的生存体验与生命体验此消彼长、反复消解,构成"我"的在世生存状态。这一理想的生命至境让"我""如中毒,如受电","喑哑萎悴,动弹不得,失其所信所守","如焚如烧"。"我"执着朝向这一理想的生命至境,以确证"我"作为民族现代生存之"有"的存在,这一方面更具参照性地呈示出"多数人"的无意义生存状态,即"情感或被世务所阉割,淡漠如一僵尸","对于一

---

① 凌宇. 从边城走向世界(增订本)[M]. 长沙:岳麓书社,2006:409.
② 〔德〕黑格尔. 逻辑学(上卷)[M]. 杨一之,译. 北京:商务印书馆,1976:59.
③ 沈从文. 沈从文全集(12卷)[M]. 太原:北岳文艺出版社,2002:23.

切美物、美行、美事、美观念，无不漠然处之，竟若毫无反应"①。另一方面则使"我"与"多数人"的生存对立更加尖锐化：

> 人有为这种光影形线而感兴激动的，世人必称之为"痴汉"。因大多数人都"不痴"，知从"实在"上讨生活，或从"意义""名分"上讨生活。捕蚊捉虱，玩牌下棋，在小小得失上注意关心，引起哀乐，即可度过一生。生活安适，即已满足。活到末了，倒下完毕。多数人所需要的是"生活"，并非对于"生命"具有何种特殊理解，故亦不必追寻生命如何使用，方觉更有意思。因此若有一人，超越习惯的心与眼，对于美特具敏感，自然即被称为痴汉。此痴汉行为，若与多数人庸俗利害观念相冲突，且成为罪犯，为恶徒，为叛逆。换言之，即一切不洁名词无一不可加诸其身，对此符号，消极意思为"沾惹不得"，积极企图为"与众弃之"。②

因此，"我"的在世生存完全处于"无一时不在战争中"的状态：

> 由于外来现象的困缚，与一己信心的固持，我无一时不在战争中，无一时不在抽象与实际的战争中，推挽撑拒，总不休息。③

这个以"乡下人"自证的"精神界之战士"完全陷入"多数人"的困缚、围击之中，理想的生命至境完全陷入现实生存的消解之中，这使"我"遭遇到双重的挫伤：第一，现实的挫伤。毫不妥协的抗世生存使"我"彻底陷入孤独，"我"在这场现实生存之战中败北，"心中茫然，如一战败武士，受伤后独卧荒草间，武器与武力已全失。午后秋阳照铜甲上炙热。手边有小小甲虫爬行，耳畔闻远处尚有落荒战马狂奔，不觉眼湿。心中实充满作战雄心，又似觉一切已成过去，生命中仅残余一种幻念，一种陈迹的温习"④。第二，理想的挫伤。"我"虽然发现了生命"美"与"爱"的

---

① 沈从文. 沈从文全集（12卷）[M]. 太原：北岳文艺出版社，2002：32-33.
② 沈从文. 沈从文全集（12卷）[M]. 太原：北岳文艺出版社，2002：31-32.
③ 沈从文. 沈从文全集（12卷）[M]. 太原：北岳文艺出版社，2002：39.
④ 沈从文. 沈从文全集（12卷）[M]. 太原：北岳文艺出版社，2002：31.

本质，但是"因美与'神'近，即与'人'远。生命具神性，生活在人间，两相对峙，纠纷随来。情感可轻鬻高飞，翱翔天外，肉体实呆滞沉重，不离泥土"①，而"我正在发疯，为抽象而发疯。我看到一些符号，一片形，一把线，一种无声的音乐，无文字的诗歌。我看到生命一种最完整的形式，这一切都在抽象中好好存在，在事实前反而消灭"②。在抽象中发现的生命意义在现实中无从生根发芽，生命的庄严本相被现实完全消解，"有"无从在"无"中生根发芽。"我"虽然在认识论上能"离开自己生活来检视自己生活"，确乎了然"生活"与"生命"的区别，把握了民族生命的终极所在，但是，在生存论上"我"毕竟不能活在真空里，即不可能脱离生活而存在，尽管生活是如此的令"我"虚无与绝望，这是一种难以调和的生存矛盾，即民族现代生存之"有"与"无"的尖锐化对立。理性的认识不可能取代非理性的生存体验，前者有时消解后者，而后者有时却困缚着前者。在现实与理想的双重挫伤中，面对现实生存与生命皈依难以调和的矛盾，"我"必须作出决断，在"生命之最大意义"上确证自己的存在。"我"要么沉沦于现实，这对于"我"来说全然是无意义的"生"，失去的是"生命之最大意义"；"我"要么皈依于生命，这对于"我"来说是"最大意义"的"生"，但是这不仅会使"我"在现实生存中"与众弃之"，陷入彻底的孤独与四面围击，而且还会使"我"进入理想与现实难以化解的悖论，承受一种"命定的悲剧性"。这确乎是关涉到现实生存与"生命之最大意义"的生与死的确证。一方面"我目前俨然因一切官能都十分疲劳，心智神经失去灵明与弹性，只想休息"，这就急需"逃脱彼噬心嚼知之'抽象'"。但是，另一方面"我"一旦逃脱了这种"美的抽象"，就是"多数人说的死"，因为"生命与抽象固不可分，真欲逃避，惟有死亡"。因此，"我"走向"死"便是为了获得"生命之最大意义"的"生"。③如同《野草》惟有"死亡与

---

① 沈从文. 沈从文全集（12卷）[M]. 太原：北岳文艺出版社，2002：34.
② 沈从文. 沈从文全集（12卷）[M]. 太原：北岳文艺出版社，2002：43.
③ 沈从文. 沈从文全集（12卷）[M]. 太原：北岳文艺出版社，2002：34.

朽腐",才能确证"我"的"存活"与"非空虚"一样,《烛虚》中的"我"走向"死亡"正是为了追求"生命"。最终,在生存主导价值与主导方向上,《烛虚》与《野草》又殊途同归,共同走向了"死"中求"生"、以"死"证"生"的存在确证。《烛虚·生命》集约地、象征性地呈示出这种"生命之最大意义"的确证过程:"我"在抽象中看到生命最完整的形式,它就像"长箭所注,在碧蓝而明静之广大虚空","我"写下了这生命的"完美诗篇"。这诗篇"内容极柔美","虚空静寂,读者灵魂中如有音乐。虚空明蓝,读者灵魂上却光明净洁"。但是,现实是如此的虚无与荒谬,世人需要的是"生活"而非"生命",以至于"精神状态上始终是个阉人",其结果是"对国家,貌作热诚,对事,马马虎虎,对人,毫无情感,对理想,异常吓怕"。因此,"我""追究生命'意义'时,即不可免与一切习惯秩序冲突"。虽然"我"在理性上确立了重造经典以此重造民族生命的方向与目标,但是置身于虚无与荒谬的现实"我"是如此的绝望。在"我"看来,"与阉人说此,当然无从了解"。因此,"我""不想将这个完美诗篇,被伪君子与无性感的女子眼目所污读","焚了那个稿件"。但是,如果"我"不再书写这生命的"完美诗篇",那么也就意味着"我"重造经典以此重造民族生命的理想落空,也就意味着"生命之最大意义"的失去。于是,"我"再次面对生命最完整的形式,它就像山谷中的百合花如此美丽。为此,"我想写一《绿百合》,用形式表现意象"。以法郎士《红百合》为参照来写一《绿百合》,潜含着对《长庚》所确立的沿着"五四"之维以新经典重造生命的呼应,更具体地标示出以"'作家'的头衔"在世生存重造民族生命的主导方向。写后焚掉,焚掉后再写,既表明"我"确证的两难,也同时表明"我"于绝望中追寻希望的生存决断。于此,《烛虚》与《野草》中的"我"在生存的大格局上又同归于"绝望的抗战",一种执着于民族现代生存"无"中生"有"的凤凰涅槃式的新生。

第三节 燃烧自我的快慰

"我"朝向现代生存的践履亲证,作为民族现代生存之"有"的存在确证,难道就是一场有与无、明与暗、生与死、希望与绝望反复纠缠、此消彼长的精神苦旅吗?人的存在取向于痛苦是不合常情的,如果现实情形果真这样,那么这种痛苦的本身也必定是其快慰之所在。事实上,"我"的精神苦旅之中正深蕴着精神快慰之源。这种精神快慰不仅是"我"的精神慰藉,而且在更深层次上凸显出"我"之存在对于民族生命现代重造"立之为极"的本体论意义,一种超越民族传统生存的现代性心理结构,一种超越传统士大夫精神慰藉之源而趋向于人对人的本质真正占有的现代个体生命意识。其间既见出民族现代生存形而上超越之于民族传统生存形而上超越在内容上具有的连续性,也同时凸显出二者在结构上具有的本质性区别,一种精神结构质的变迁与转化。

有研究者将中国文化人(知识阶级)的发展划分为三个阶段:从巫觋阶段、士大夫阶段到知识分子阶段。① 从巫觋到士大夫的过渡阶段是春秋战国时代,从士大夫到知识分子的过渡阶段是19世纪中叶。中国传统士大夫是天下意识极强的群体,其精神结构更为集中地凸显出民族传统生存的精神主轴,标示出民族传统生存的形而上超越向度。中国现代知识分子是时代意识极强的群体,其精神结构更为集中地凸显出民族生存现代转型的特质,这种特质又集中体现于"我"作为民族现代生存之"有"的形而上超越向度。人之所以面对生存的痛苦而依然存在就是因为其"内部之生活"存在着精神超越,这种精神超越就是人消解痛苦的快慰之源。因此,精神快慰之源的寻寄体现的正是人之生存的自我精神超越向度,即人之生存的质的集中体现。"中国知识分子的前身是春秋战国以来延绵两千余年的士大

---

① 冯天瑜. 文化守望[M]. 武汉:武汉大学出版社,2006:449.

夫"，①《野草》与《烛虚》中的"我"作为"精神界之战士"的精神超越与中国传统士大夫的精神超越有着怎样的连续性与质的区别呢？对于这一问题的探索其目的在于进一步审视"我"的存在之于民族生命现代重构的标示性。

中国传统士大夫的精神超越集中体现于其强烈的"天下意识"。"修身齐家治国平天下"，"天下"体现的正是士大夫的精神超越向度，也是其精神快慰之源。"达则兼济天下，穷则独善其身"，"济天下"是人生取向的首选，"善其身"是不得已而为之。因此，"天下"就是"己任"，就是"己"之取向的精神最高境界。"己任"就是天之所降的大任，这时"苦其心志，劳其筋骨，饿其体肤，空乏其身，行拂乱其所为"的人生痛苦被转化为一种担当天下大任的精神快慰，相应地，"忧患"（痛苦）被上升为"生"的条件，而"安乐"则被视为"死"之危途。因此，"先天下之忧而忧"这场精神苦旅实则正是"后天下之乐而乐"的精神慰藉之源。中国传统士大夫的精神品格正伴生于这种以天下为己任的形而上超越向度，或者说，前者归向的正是后者。"士不可不弘毅，任重而道远""知其不可为而为之"等殉道精神正是为了取向于以"天下意识"为内质的精神超越，殉道的痛苦本身就是精神快慰之源。"我自横刀向天笑"所典型刻画的正是两千年来士大夫面对现实与理想的两难以勇于赴死的抉择取向于"天下意识"的精神超越与快慰。这种以天下为己任、忧国忧民、敢于担承的"天下意识"正是绵延于中国传统精神文化结构中提升自我的最为可贵的形而上超越向度，即"我"之存在的最为可贵的精神慰藉之源。但是，"天下"在历史的发展中实际上已经演化为"君民"的实体，所以"居庙堂之高则忧其民，处江湖之远则忧其君"，唯此士大夫的精神才能获得超越，因为"忧"之在正是"乐"之源。特别是，当"天下"演变为以"君"为主体象征的时候，这种"天下意识"便相应演化为"忠君意识"。事实上，"忠君意识"正是

---

① 冯天瑜. 文化守望[M]. 武汉：武汉大学出版社，2006：461.

中国两千年来传统社会最核心的意识形态与居首位的支配性伦理道德规范，是之于全体社会成员普遍意义上的精神超越与慰藉之源，它现实化为"食君之禄，忠君之事""食君之禄，担君之忧"的自觉行为与主体价值倡导。《三国演义》第六十八回为我们展示了这样一幅典型的包蕴着这一精神超越行为的场景：

> 操自领中路；左一路张辽，二路李典；右一路徐晃，二路庞德。每路各带一万人马，杀奔江边来。时董袭、徐盛二将，在楼船上见五路军马来到，诸军各有惧色。徐盛曰："食君之禄，忠君之事，何惧哉？"遂引猛士数百人，用小船渡过江边，杀入李典军中去了。

《三国演义》这样的场景数不胜数，"美髯公千里走单骑""赵子龙单骑救主"等场景更为典型、更为浓墨重彩，但是以上所引场景的特殊性就在于罗贯中借徐盛之口点破了这些现实行为内在的精神超越向度。"食君之禄，忠君之事，何惧哉"，猛士较之于懦夫的区别正在这里。有了精神超越与慰藉之源，死而何惧；失去了精神超越与慰藉之源，生而何欢。但是，在人的本体论上，"食君之禄，忠君之事"这一意识形态与伦理道德规范将个体存在严格限定在"君—臣"这种"依附—被依附"的关系中。特别是，这种"君—臣"关系在儒家子学中原本具有的"臣亦择君""臣尚量主"的活性与张力经过经学"君为臣纲"、理学"君要臣死，臣不得不死"的改造之后完全凝固而僵化，在个体所处的无所不在的君臣、主臣关系中君、主处于绝对地位，掌握着对臣的生杀予夺，臣失去了对君、主的自我选择权利之后原本就存在的依附性便彻底绝对化，即"我"的彻底失去。相应地，个体存在便形成了这样一种意识：我吃的是君的饭，我的存在是君赐予的，因此，我是君的。这种意识形态与伦理道德规范渗入现实生活的角角落落，"君"在不同的情形里便变换成不同的角色，形成了以维护上下尊卑等级制度为目的的精神文化结构。正因为我是君的，所以在本体论上我总是在君那里寻找精神超越与慰藉之源，"无我"正是历史发展中在人生存本体论上所凸显出的民族个体精神缺失。简言之，中国传统士大夫精神超越最可贵的传统是原本意义上的以天下为己任、忧国忧民的"天下意识"，其缺失是这种"天下意识"变种之后的副产品——本体论上个体人格的"无我"。

中国现代知识分子的精神超越集中体现于其强烈的"时代意识"。知识分子最先意识到时代之变：世界已不再是传统意义的"天下"，中国也不再是国人自诩的居天下之"中"的天朝上国，中外关系在变，世道人心在变。自觉的、强烈的时代意识，是新知识分子群体的明显特征。[①]简言之，这种"时代意识"主要体现于两个方面：第一，古典的"华夷秩序"逐渐被"世界国家秩序"所取代[②]，必须建立独立自主的现代"民族-国家"；第二，"立国"必先"立人"，这里的"人"不是天朝的顺民，而是独立自由、善美刚健、"内部之生活"庄严深邃的现代"民族-个体"。这种现代的"时代意识"之于传统的"天下意识"虽然在以天下为己任、忧国忧民的精神传统上具有连续性，但是在人的本体论上却有着质的区别。这种"时代意识"在人的本体论上的核心要义在于"个人的发见"，特别是鲁迅针对"无我"提出的"主我""我性""自性""以己为终极"。相对于《三国演义》中徐盛喊出的"食君之禄，忠君之事，何惧哉"，《伤逝》中子君喊出的是"我是我自己的，他们谁也没有干涉我的权力！"。这正是两个时代、两种精神结构人的存在本体论质的区别：支配徐盛的本体意识是"我是君的"，支配子君的本体意识是"我是我自己的"。在人的本体论上，"天下意识"中"我"存在的基质是君—臣、上—下、尊—卑的关系，"时代意识"中的"我"存在的基质是人与人之间的平等关系，后者正是民族现代生存的基石与核心。概而言之，"时代意识"与"天下意识"固然在以天下为己任、忧国忧民、敢于担承等精神内容上与在"士不可不弘毅，任重而道远""知其不可为而

---

① 冯天瑜. 文化守望[M]. 武汉：武汉大学出版社，2006：459.
② 冯天瑜. 文化守望[M]. 武汉：武汉大学出版社，2006：6.

为之"等行为模式上存在着一定的连续性，但是由于"我"在二者人的存在本体论结构中地位的变化就形成了具有质的区别的精神超越向度，一种个体意识凸显的精神超越向度。这种"时代意识""个体意识"所取向的精神超越向度集中体现于《野草》与《烛虚》中"我"的精神快慰之源。

在《野草》与《烛虚》中不难发现"我"以天下为己任、忧国忧民的精神超越品格，也不难发现"我"的行为模式中透出的"士不可不弘毅，任重而道远""知其不可为而为之"的悲壮，但是，"我"在诗中闪动的形象并不会让人将"我"与传统士大夫等同起来，而是具有高度现代个体意识与现代理性取向于现代生存的"精神界之战士"，凸显出了以我为主体的鲜明的本体论意识。虽然从幻灯片事件起鲁迅就确立了从事文艺改变国民精神，而且终生未变，始终取向于"中华民族新生"，这本身就再现出民族精神文化以天下为己任、忧国忧民的传统，但是这传统分明在鲁迅那里获得了新质，一种以个性与自由为核心的民族生命取向，这时"天下"在鲁迅那里是民族更具人本质意义的生存，而不是传统士大夫心中那种"了却君王天下事，赢得生前身后名"的人生取向，那是一种超越传统士大夫内圣外王这一人生极巅的"主我"独立自由的存在。《野草》凸显的正是这种"主我"的精神结构，"我"从传统精神中吸纳的某些内容只是对这一精神结构量的充实而非质的改变，因此，"我"的存在凸显出了民族现代生存之"有"，一种现代意义上的"我"的存在。虽然从离开湘西、远赴北京起，沈从文就确立了以文学重造民族生命的人生目标，而且终生未变，始终取向于"民族生命重造"，《烛虚》将这种意图更为集中地凸显出来。《烛虚·烛虚》第一节、第二节对于从"五四"而至40年代民族生命的反思分明显示出忧国忧民的情怀，在此基础上致力于"民族生命重造"分明显示出以天下为己任的担承，但是这一精神传统也同样在沈从文那里获得了新质，一种以美与爱为内质的民族生命取向，这时"天下"在沈从文那里也同样是民族更具人本质意义的生存，一种以生命为终极旨在恢复其庄严本相的存在。沈从文这种以生命为终极的精神结构虽与上述鲁迅"主我"的精神结构殊途，但却同归于民族现代生存之"有"。因此，《野草》与《烛虚》的贯穿性精神与情感主线、主调并不是传统的以天下为己任、忧国忧民的士大夫"天下意识"，也不是以这种"天下意识"为取向的行为模式透出的"士不可不弘毅，任重而道远""知其不可为而为之"的悲壮，而是"我"之存在的本体论意识，彰显出人对人的本质真正占有的"自救"与"他救"，一种"我"作为民族现代生存之"有"的民族生命重建，尽管二者取向于此的途径并不相同：《野草》中的"我"向"死"而在，《烛虚》中的"我"向"美"而在。

  先看《野草·题辞》集中展示的向"死"而在的精神超越向度与精神慰藉之源。对于自己野草式的在世生存，鲁迅表述得极为明白，即"为我自己，为友与仇，人与兽，爱者与不爱者，我希望这野草的死亡与朽腐，火速到来"。这表明"我"的生存本身是朝向"死"的，因为如果"我"不死，那么"我先就未曾生存，这实在比死亡与朽腐更其不幸"，因此，"我"的生存是向"死"而在的。"死"之于"我"有着双重意味：第一，"熔岩一旦喷出，将烧尽一切野草"，而这表明"在地下运行，奔突"的"地火""熔岩"摧毁了"我"所"憎恶"的"这以野草作装饰的地面"，一个新的世界的诞生；第二，这种燃烧自我的死亡并不是"我"的失去，而是"我借此知道它曾经存活"与"非空虚"，因此，向"死"而在不是赴死，恰恰是为了求生，一种生命最大意义的形而上新生。这时，燃烧自我的死亡更是"我"获得新生的快慰，"死"本身正是"生"的精神慰藉之源。《题辞》作为《野草》的文眼，整篇洋溢的是"我"面对"死亡与朽腐"的"大欢喜"。面对"遭践踏""遭删刈"的"生"，"但我坦然，欣然。我将大笑，我将歌唱"；面对被烧尽的"死"，"但我坦然，欣然。我将大笑，我将歌唱"。全文以"但我坦然，欣然。我将大笑，我将歌唱"为主调，反复出现，深层激发的是生命的"大欢喜"。上述"死"之于"我"的第一重意味不难发现为了民族、国家的新生而勇于赴死的民族精神传统，但是这第一重意味相对于凸显"主我"存在的第二重意味显然是从属性的。"我"与传统士大夫虽然都有着为"天下"担承、勇于赴死的精神，但是二者归向的精神结构却是不同质的。士大夫是为了外之于个体的大义而舍弃个体的，因此千百年来这种赴死回荡的是"壮士一去兮不复返"的悲壮，即便是"留取丹心照汗青"的慰藉也难掩这种英雄末路的伤悲，而"我"则是为了内之于个体的本体存在而走向死亡的，这时"大义"不是外之于个体的，更不是高居于个体之上的，而是其本身是为了"我"之本体新生而发生的，因此，面对"死亡与朽腐"《题辞》的主调是"我"本体新生的"大欢喜"，而不是壮士面对本体即将失去的寒彻易水的悲歌。更为重要的是，二者虽然在精神内容上有着相通性，但是由于精神结构质的变迁与转化，人在"大义"面前的生存状态完全不同了。在传统精神结构中，绝对服从大义实质已经构成民族生存的主流意识形态与伦理道德规范，个体在大义面前是渺小的，甚至是微不足道的，大义固然无可厚非，但是忽视个体乃至于以此为借口压迫个体却是人的本体重构必须反思的，历史不是一再上演芸芸众生枉死于大义之下的大戏吗？我们的现实生活不是仍然在继续"大义"施加于个体存在不同声音的绝对判决吗？试看两千年来的"天下"，有哪一个不是以"大义"的面目示人，但又最终构成人的本体存在压迫的。鲁迅不是在民族历史的字里行间读出了"吃人"二字吗？即便是特定历史时期具有历史进步意义的"大义"，其进步性恰恰表现在人的本体存在上。凡是不以人的本体存在为终极的"大义"都是"非人"的"大义"，或者说是特权阶级的"大义"。因此，民族生命现代重构必须真正回到人的本体存在上，决不可外之于一个高居人本体之上的某种东西。不管是"天下"，还是据此演化的"大义"，都只能是为着人的本体存在的，而不是相反。家国天下是社会现实层面构筑的人赖以栖身的实体，其本身历史性的存在是人对人的本质真正占有的方式与途径，它的现实性、历史性是取向于人的终极性的。因此，治国安邦是以人的本体为终极的，而不是在人的本体之上外加一个高高在上的终极实体，这正是鲁迅所谓"人各有己""以己为终极"的要义与民族精神结构重建的思想变革意义。我在这里所论的绝不是社会现实层面所谓的个人主义，而是本体论层面人对人的本质真正占有的个体意识。正是在这里《野草》显示出了民族生命现代重构的重要意义，个体的精神结构必须以"主我意识"为质，而不是以"天下意识"等高居于人的本体存在之上的某种东西为质，一切都必须归向于人的本体存在，哪怕是"死"。如果"死亡与朽腐"不能归向于"我"的本体新生，那么只能是"空无"与"寂灭"，何来"大欢喜"呢？正因为一切都归向于"我"的本体存在，笼罩于"野草"的黑暗、虚无、绝望、死亡都有了本体论的归向，这场烧尽自我的精神苦旅深蕴的却是涅槃新生的大欢喜，一个民族现代生存意义上的"我"的全新本体如同"在地下运行"的"地火""熔岩"奔突而出。

再看《烛虚》集中展示的向"美"而在的精神超越向度与精神慰藉之源。沈从文将"美"同"生命"紧紧地联系在一起。"我"走向"美"，是因为"美"是"生命"之所在。但是，这一走向"美"的过程却是一场精神苦旅。那"由无数造物空间时间综合而成""噬心嚼知"的"美的抽象"，让"我""一切官能都十分疲劳，心智神经失去灵明与弹性，只想休息"。[①]然而，"我"却不能逃避这种"噬心嚼知"的痛苦，因为"生命与抽象固不可分，真欲逃避，惟有死亡"。因此，"我"走向"美"的过程也就是走向"痛苦"与"死亡"的过程。而这一过程本身却是为了获得"生命之最大意义"，即"我"的精神超越与慰藉之所在。这种精神慰藉之源凸显出鲜明的生命意识，凸显出以生命为终极的精神超越向度。因此，《烛虚》贯穿的主线是民族现代生存的"生命意识"，而非传统士大夫的"天下意识"。这种立足民族现代生存的"生命意识"与传统士大夫的"天下意识"虽然在以天下为己任等精神品格上有着相通的一面，但是在精神结构上却有着质的

---

① 沈从文. 沈从文全集（12卷）[M]. 太原：北岳文艺出版社，2002：34.

区别。较之"天下意识","生命意识"取向于人本体存在的彻底回归。"美"实质是至圣至美的生命本体。在沈从文那里,人不仅要拥有本体,而且还要以美的归向提升人的本体,这才是人对人的本质的真正占有。"美"不是像"天下"那样外之于人的本体,且高居于人的本体之上,而是内之于人的本体,就是人的本体本身,为"我"所真正占有。不是信仰高居于人本体之上的"大义",不是匍匐于"君王"实体与相应的禁律之下,不是为现实利益所驱使,而是将人的存在在生存本体论上彻底回到人对人的至圣至美本体的真正占有,这正是沈从文"对一切无信仰","却只信仰生命"的要义与民族精神结构重建的思想变革意义。正因为一切都归向于"生命"的本体存在,以《烛虚》为标志的这第四段人生旅程现实生存便"和这个集团而争浑水摸鱼的现实脱节","我"的生存变成了"一种战争",即"生活败北到一个不可收拾程度,焦头烂额",但是"我"是"心甘情愿"的[①],这正表明这场"君子豹变既无可望,恐怕是近于夙命"[②]的精神苦旅深蕴着精神快慰。相应地,《烛虚》中"我"无时不在、无处不在的焦灼、厌倦、孤独、痛苦、"烦琐继续烦琐"的无意义感、宿命般的悲剧感都有了本体论的归向,一个民族现代生存意义上的至圣至美的生命本体如同悬照颓世的金星——"长庚"破云而出。

综上所论,在精神超越向度上,《野草》中的"我"取向于"主我意识""以己为终极";《烛虚》中的"我"取向于"生命意识""以美为终极",二者以不同的途径共同归向于民族现代生存的"时代意识""个体意识",共同归向于人的本体存在,共同归向于人对人的本质的真正占有,这是二者

---

① 沈从文. 沈从文全集(13卷)[M]. 太原:北岳文艺出版社,2002:390.
② 沈从文将这段时期称为自己人生的"君子豹变"。"君子豹变"为《易经》六十四卦中第四十九卦"革卦"的上六爻。其爻辞曰:"君子豹变,小人革面。征凶,居征吉。"其象曰:"君子豹变,其文蔚也。小人革面,顺以从君也。"上六爻为卦之穷途末路之爻,凶多吉少,这即是沈从文自谓的"君子豹变既无可望,恐怕是近于夙命"。(沈从文. 沈从文全集(13卷)[M]. 太原:北岳文艺出版社,2002:390.)

以区别于"天下意识"这一传统精神主轴的精神结构归向于民族现代生存。相应地，在精神慰藉之源上，《野草》中的"我"向"死"而在，以烧尽自我的方式获得生命的大欢喜；《烛虚》中的"我"向"美"而在，以"如焚如烧"皈依"美"的方式获得生命之最大意义，二者燃烧自我的过程本身就是精神快慰之所在。

那么，二人为什么要通过这种燃烧自我的方式获得精神的超越与慰藉呢？这一问题深层揭示的正是"我"作为民族现代生存之"有"所凸显出的民族现代个体对于人的本质真正占有的自觉意识与自为能力。这里，首先涉及人之存在的根本，即什么是人。《尚书·秦誓》曰："惟天地万物父母，惟人万物之灵。""万物灵长"是西方文艺复兴这一高扬"人"的时代借哈姆雷特之口喊出的对"人"的激情礼赞："人类是一件多么了不得的杰作。多么高贵的理性！多么伟大的力量！多么优美的仪表！多么文雅的举动！在行为上多么像一个天使！在智慧上多么像一个天神！宇宙的精华！万物的灵长！"在中外古今文化传统中有一点大概没有太多的争议，即属灵性是人区别于动物的根本属性，是人之为人的根本属性。因此，"万物之灵""万物灵长"往往成为人的代名词。德国文化人类学者恩斯特·卡西尔在他的《人论》中提出"人是符号的动物"这一著名的命题。文化符号是人之存在区别于动物存在的标志。其实，"符号"实质是人之"灵"的象征物，即灵的物化。亚当、夏娃在伊甸园偷吃智慧果即是人获得属灵性将自身同动物区分开来的隐喻，人获取属灵性之路也同时使人踏上了"你必终身劳苦"的痛苦之路，即失去伊甸园之路，这就是《圣经》为我们展示的人的存在。鲁迅在《〈小约翰〉引言》中对于人的这种存在进行了具体阐释：

> 这也诚然是人性的矛盾，而祸福纠缠的悲欢。人在稚齿，追随"旋儿"，与造化为友。福乎祸乎，稍长而竟求知：怎么样，是什么，为什么？于是招来了智识欲之具象化：小鬼头"将知"；逐渐还遇到科学研究的冷酷的精灵："穿凿"。童年的梦幻撕成粉碎

了；科学的研究呢，"所学的一切的开端，是很好的，——只是他钻研得越深，那一切也就越凄凉，越黯淡。"——惟有"号码博士"是幸福者，只要一切的结果，在纸张上变成数目字，他便满足，算是见了光明了。谁想更进，便得苦痛。为什么呢？原因就在他知道若干，却未曾知道一切，遂终于是"人类"之一，不能和自然合体，以天地之心为心。约翰正是寻求着这样一本一看便知一切的书，然而因此反得"将知"，反遇"穿凿"，终不过以"号码博士"为师，增加更多的苦痛。直到他在自身中看见神，将径向"人性和他们的悲痛之所在的大都市"时，才明白这书不在人间，惟从两处可以觅得：一是"旋儿"，已失的原与自然合体的混沌；一是"永终"——死，未到的复与自然合体的混沌。而且分明看见，他们俩本是同舟……。①

这段引文表明，自从人将自己从动物界提升出来，人就面临着两个自然：第一，原初的自然，即"已失的原与自然合体的混沌"；第二，人的自然，即痛苦于"知道若干，却未曾知道一切"的"不能和自然合体，以天地之心为心"的人的自然，一个不断历史性超越自身的自然，这即是人区别于动物的本然。或者说，人自身就统一着两个与之相应的自然：第一，生物性自然；第二，人的自然。因此，人之为人的存在不仅要顺应人作为生物性存在的自然法则，更应该顺应人作为人存在的自然法则。事实上，重返伊甸园即重返自然成为人类生存的无限神往，而这里正是人对自身存在的最大误解，即对人之为人的最大误解。人将自己从动物界提升出来，人便有了思想，有了自由意志，即超越于动物的属灵性，与失去伊甸园相应，人也就不可能重返那个"已失的原与自然合体的混沌"，即重返那个混沌的自然人本体。如果重返自然就是重返那个"已失的原与自然合体的混沌"，重返那个混沌的自然人本体，那么就会如沈从文所言人只会获得"生

---

① 鲁迅. 鲁迅全集（10卷）[M]. 北京：人民文学出版社，2005：282.

活"而不是"生命",一种人的退化:

> 然人能贴近生活,即俨然接近自然,成为生物之一种,从"万物之灵"回到"脊椎动物",也可谓上帝一种巧妙安排。上帝知道,世人所谓得失哀乐,离我多远!①

因此,这种重返混沌与混沌的自然人本体实质是将人从"万物之灵"回到"脊椎动物"。人违背了上帝的安排偷吃了智慧果,人才将自己从动物界提升出来。如果人顺从上帝的安排,安于混沌,人也就不是区别于动物的"人",而是"脊椎动物"。因此,"万物之灵"才是人的自然。重返自然既然不能重返到那个"已失的原与自然合体的混沌",那就只能重返人的自然,即人作为人的生存本然,而非效法动物生存的本然,将人复归蒙昧与野蛮,即那个"脊椎动物"的混沌的自然人本体,这一切都基于人之为人的形而上本性需求,即人具有自由意志的存在、有尊严的存在。顺应人的自然就是顺应人之为人的形而上本性需要,将人的存在不断超向人具有自由意志的存在、有尊严的存在,即人对人的本质的真正占有,一种无限超向形而上终极的存在。人的沉沦与非在不是人失去了伊甸园,不是不能重返那个"已失的原与自然合体的混沌",而是迷失了人之为人的本然,即"人道"(人之形而上存在之道)。鲁迅与沈从文重建的正是民族生命的"人道",即:使民族生命真正沿着人之形而上存在之道前行,因此,前者旨在"改造国民精神",后者旨在"重造民族生命品德"。鲁迅这样描述人之存在的本然之道:"生命的路是进步的,总是沿着无限的精神三角形的斜面向上走,什么都阻止他不得"②,"不满是向上的车轮,能够载着不自满的人类,向人道前进"③。沈从文这样描述人之存在的本然之道:"生命随日月交替,而有新陈代谢现象,有变化,有移易。生命者,只前进,不后退,能迈进,

---

① 沈从文. 沈从文全集(12卷)[M]. 太原:北岳文艺出版社,2002:38.
② 鲁迅. 鲁迅全集(1卷)[M]. 北京:人民文学出版社,2005:386.
③ 鲁迅. 鲁迅全集(1卷)[M]. 北京:人民文学出版社,2005:376.

难静止。"① "总是沿着无限的精神三角形的斜面向上走","生命者,只前进,不后退",这就是人从动物界提升出来以后置身其中的人之为人的形而上自然。鲁迅抗拒人退化为阿Q式的"虫豸",变成"末人";沈从文抗拒人退化为"脊椎动物",变成"软体动物",就是为了使民族生命真正立身于人之为人的形而上自然。因此,重返自然的真意乃是永无止境地高层复归于这条形而上"人道"。诚如《圣经》所言,这是一条"你必终身劳苦"的痛苦之路,但是这也同时是人对人的本质真正占有之道,唯此人才能有尊严地活着,生命才能庄严的存在。否则,人就会沦落于"兽道""魔道"。"道高一尺,魔高一丈",展示的正是人在历史性存在的过程中"人道"与"兽道""魔道"之间的反复纠缠,此消彼长。自从人之为人之日起,人就踏上了一条人性与兽性、魔性反复较量的旅程,这正是沈从文将"人性"供奉于神庙的要义,一种人之为人的生命昭示,一种人之堕落的生命警示。要保有"人性",人就必须总是沿着无限精神三角形斜面的"人道"向上前行,这正是西西弗斯向人类发出的充满悲剧与庄严的昭示。西西弗斯沿着陡峭的山体推巨石攀向山顶的存在象征的正是人"总是沿着无限的精神三角形的斜面向上走"的生存本然,人就是这样在走向痛苦与死亡的反复中不断攀向山顶的。巨石一次次推向山顶,又一次次滚下山脚,这正是人作为历史中间物的存在,人燃烧自我寻求精神超越的存在。将巨石推向山顶是人精神超越的至境,这一过程即是生与死、希望与绝望反复纠缠的过程,但不管这一过程伴随着多少痛苦、绝望、死亡,它们都是归向于"沿着无限的精神三角形的斜面向上走"的,这就是人之存在的形而上自然。对此,鲁迅作了极为明确的表述:"自然赋与人们的不调和还很多,人们自己萎缩堕落退步的也还很多,然而生命决不因此回头。无论什么黑暗来防范思潮,什么悲惨来袭击社会,什么罪恶来亵渎人道,人类的渴仰完全的潜力,总

---

① 沈从文. 沈从文全集(12卷)[M]. 太原: 北岳文艺出版社, 2002: 33.

是踏了这些铁蒺藜向前进。"①西西弗斯每一次将巨石推至最大高度就意味着人在这一历史阶段的精神超越高度，巨石在此刻滚下意味着人作为历史中间物的毁灭，而西西弗斯再一次重新将巨石推向山顶就意味着人在一个新的历史阶段重返人的自然。原来《野草》中的"我"走向"死亡"的"大欢喜"，《烛虚》中的"我"走向"美"的"如焚如烧"，这种燃烧自我的快慰，这种走向痛苦与死亡的精神超越，乃至于鲁迅与沈从文民族文化重建的所有努力，甚至于古今中外文化的终极眷注都是出自一个最基本、最简单的初衷与归宿，即人应该像"人"一样的活着，而这正是鲁迅"以己为终极"、沈从文"信仰生命"之于民族生命本体形而上现代重构乃至于人类生存的本源性透视与根柢性把握。

※ "我"

围绕"人的现代化"，新文学担承着多重历史使命，文学家担当着多重身份，具体表现为创立新的价值体系、传播新的价值体系与践履新的价值体系三个层面，而真正产生影响的新文学家其特点正在于前两个层面统一于第三个层面，以"'作家'的头衔"在世生存的人生实体实则是这三个层面的集中统一，鲁迅与沈从文凸出表现了这一特点。因此，作为二人最本己出场的《野草》与《烛虚》之"我"，其在世生存便是对自己所立人格样态的践履亲证，其实质是将自身"立之为极"以使"俾众瞻观"，"人亦庶乎免沦灭"。

"五四"构筑了《野草》中的"我"于幻灯片事件这一元点所确立的以"'作家'的头衔"在世生存的实体，引发了《烛虚》中的"我"于20年前

---

① 鲁迅. 鲁迅全集（1卷）[M]. 北京：人民文学出版社，2005：386.

离开湘西，远赴北京寻求以"'作家'的头衔"在世生存。以"'作家'的头衔"在世生存链既是二者自我生命不断更新再造的历程，也是二者之于"人"的生命再造历程；既是二者朝向现代生存的践履亲证，也是二者民族生命现代重构的践行。在这条以"'作家'的头衔"在世生存链上，从《野草》到《烛虚》呈示出"五四"所开启的民族现代生存之维的历史延伸。因此，以"'作家'的头衔"在世生存，朝向现代生存的践履亲证，不仅是二者的主体人生形象与实体存在，而且是民族生命现代重构的现实发生机制，更是民族现代生存"无"与"有"合体、"无"中生"有"的开端状态。

"我"朝向现代生存的践履亲证即是"我"作为民族现代生存之"有"的存在确证，民族现代生存理想于现实的存在确证。这种确证具体化为"我"作为"独异个体"之于"庸众""多数人"围击的生存突围，其实质是两种人格样态的尖锐化对立。在这场生存突围中，《野草》中的"我"以"野草"于旱干的沙漠中间"拼命伸长他的根"的在世生存凸显出生命的"我性"，《烛虚》中的"我"以"阿拉伯人在沙漠中用嘴唇触地"的虔敬与痴心皈依于"美"的在世生存凸显出生命的"神性"，二者以各自独特的在世生存鲜明标示出迥异于"庸众""多数人"的民族现代生存状态与生命状态。生与死、有与无、希望与绝望的反复确证，不仅彻底袒露出"我"作为民族现代生存之"有"的内质，而且还深层凸显出在民族现代生存"无"与"有"合体的开端状态。二者同归于"绝望的抗战"的生存大格局，一种执着于民族现代生存"无"中生"有"的凤凰涅槃式的新生。

"我"朝向现代生存的践履亲证，"我"作为民族现代生存之"有"的突围确证，固然是生与死、有与无、希望与绝望反复纠缠、此消彼长的精神苦旅，但是这场精神苦旅本身也深蕴着"我"的精神超越与慰藉。所有的痛苦、虚无、绝望、死亡不仅有着朝向现代生存的指向，更有着人的本体论的归向。于此，"我"的精神结构凸浮出民族现代生存之于民族传统生存质的区别。《野草》中的"我""以己为终极"的"主我意识"，《烛虚》

中的"我""以美为终极"的"生命意识",凸显出民族现代生存鲜明的"时代意识""个体意识",这与传统的"天下意识"在精神内容上有着一定的连续性,但在精神结构上却有着质的区别。《野草》中的"我"向"死"而在,面对"死亡"的"大欢喜";《烛虚》中的"我"向"美"而在,面对"美"的"如焚如烧",二者燃烧自我的快慰深层凸显出"我""总是沿着无限的精神三角形的斜面向上走"的生命内质,即人对人的自然的真正回归,人对人的本质的真正占有。

在"我"与"人"的尖锐化生存对立结构中,"我"作为民族现代生存之"有","人"作为民族现代生存之"无"。因此,"审己"可"知人","照我思索,可认识'人'"。只有将"我"与"人"的对立两极"比较既周",民族生命现代重构才能"爱生自觉"。为此,我将在第二章对"我"这一民族现代生存之"有"一极研究的基础上,进一步研究民族生命现代重构的另一极——"人",这即是第三章的研究核心。

第三章

难见「真的人」
——《野草》与《烛虚》中的「人」

《野草》与《烛虚》中的"我"朝向现代生存的践履亲证,作为民族现代生存之"有"的存在确证,燃烧自我的精神超越与慰藉,呈示出"总是沿着无限的精神三角形的斜面向上走"的"人道"(人之形而上存在之道)。人所立身的大地并非一展平原,而是"无限的精神三角形斜面",而且人唯有沿此向上走才谓之人。那个"已失的原与自然合体的混沌"是这个三角形斜面的起点,人对人的本质的最大占有是这个三角形斜面的顶点,西西弗斯沿着这个斜面由起点推向顶点的那块巨石就是人之存在的异己力量,它可以随时滚下,使"人性"沉沦,将人抛出"人道"之外,这正是做"人"之难。因此,人要像"人"一样活着就必须具有自我反思、思想自由、精神独立的时代意识、个体意识、生命意识,将人在历史的前行中时刻定位于"人道"之上,即于人的本体之中建立起最本己的能自身召唤人返回"人道"的人之形而上超越本性。《野草》的"主我意识"、《烛虚》的"生命意识"就是对民族生命最本己的能自身召唤自己返回"人道"的本体定位与本性重构,这正是"我"作为民族现代生存之"有"向人"立之为极"的昭示意义。

人类历史实质是人与非人反复较量、此消彼长的存在轨迹。更为荒谬的是,人的困境是人自己造成的,每一次突出困境不过是人对"人"的历史性发现。社会内部结构实质是人与非人的对立,社会变迁的深层动力实质是二者之间"内部搏动的否定性"。《野草》与《烛虚》以真切的生命感展示出这种社会人与非人对立的内在景观,具体化为"我"作为"独异个体"之于"庸众"(鲁迅所直面的民众)、"多数人"(沈从文所直面的"上等人")的生存突围。在"我"立身"人道"朝向现代生存践履亲证的历程中,《野草》中的"我"感受到的是"彷徨于无地"(《影的告别》),"四面都是灰土"(《求乞者》),"四面都是敌意"(《复仇(其二)》),"我的心分外地寂寞"(《希望》),"四面又明明是严冬,正给我非常的寒威和冷气"(《风筝》),"在荒寒的野外,地狱的旁边"(《失掉的好地狱》),"走进无物之阵"

(《这样的战士》),"在旱干的沙漠中间"(《一觉》),这不正是"我"于民族生存中体验到的无处不在的非人感吗?这种象征性的非人感,《烛虚》以外显性的方式进行表述。《烛虚》中的"我"感受到的是"一切所为所成就,无一不表示对于'自然'之违反,见出社会的拙象和人的愚心"(《烛虚·烛虚(三)》),"对一切当前存在的'事实'、'纲要'、'设计'、'理想',都找寻不出一点证据,可证明它是出于这个民族最优秀头脑与真实情感的产物。只看到它完全建筑在少数人的霸道无知和多数人的迁就虚伪上面。政治、哲学、文学、美术,背面都给一个'市侩'人生观在推行"(《烛虚·长庚(三)》),"多数人所表现的观念,照例是与真理相反的。多数人都乐于在一种虚伪中保持安全或自足心境"(《烛虚·生命》)。这种渗透社会肌体的非人感展示出民族生命的整体非人性。"难见真的人"正是是颓世的症结,这即是"我"与"人"尖锐化对立所呈示出的民族生命在生存本体论上的历史处境,重构民族生命形而上本体也由此凸显为《野草》与《烛虚》的立意。因此,从以"我""立之为极"的"真的人"出发,透视这种民族生命的非人性病灶本身就是民族生命现代重构的现实发生。

这种民族生命的非人性在《野草》与《烛虚》中具体化为相应的诸多人物形象,他们正是与"我"尖锐化生存对立的、构成"社会"一物的"人"。《野草》中的"我"以怒其不醒、怒其为恶甚至复仇的激烈态度将批判的锋芒特别指向这类"人"的三种实体:"奴才""看客"与"聪明人"。《烛虚》中的"我"以无处不在的焦虑、痛苦、虚无将批判的锋芒指向这类以绅士淑女、知识阶级、政治人物为主体的上等人。在不同生存体验之下,"我"对于这些上等人的称呼是不一样的:当"我"真切地感受到他们生命力退化、萎缩的时候,"我"将其称呼为"雄身雌声的人"或者是"阉寺性的人";当"我"面对他们浑噩的生活情状的时候,"我"将其称呼为"莫名其妙的人";当"我"孤立地生存于他们的围击之中的时候,"我"将其称呼为"多数人"。在"我"与"人"尖锐化生存对立结构中,这些"人"所表现出来的生存与生命状态显示出民族败亡与衰萎的症候，显示出民族现代生存之"无"。"这些现象，实在可以使中国人败亡，无论有没有外敌"，因此，"要救正这些，也只好先行发露各样的劣点，撕下那好看的假面具来"①，"来证明究竟怎样的是中国人"②。由此出发，《野草》与《烛虚》为民族生命共构出一面更为完整的反思自我的镜子，呈示出民族生命现代重构的鲜明针对性。

第一节 "奴才"与"阉寺性的人"

在鲁迅"改造国民性"的人生主线上，他将改造的重心放在奴性之上，将批判的锋芒指向奴性的实体——奴才。在沈从文"重造民族品德"的人生主线上，他将重造的重心放在与自然相违反的阉寺性之上，将批判的锋芒指向阉寺性的实体——上等人。奴性与阉寺性是二人深刻透视出的民族生命本体的缺陷，二者虽然聚焦的重心各有侧重，但是这两种根性都呈示出民族生命精神去势之后进而连身体也去势的衰萎状态，一种病在心而显其身的民族生命状态，一种生命力退化的民族生命状态。正是面对这种衰萎的民族生命状态，鲁迅才痛心疾首于中国人"兽性"的缺失、"野性"的消失，沈从文才盛赞生命中见出的"虎豹"的"特有精力和雄强气魄"。

一

在"我"与"人"的尖锐化对立结构中，《野草》中的"我"凸显出民族现代生存的"主我意识"。正是立足民族生命的"我性"，"我"对于

---

① 鲁迅. 鲁迅全集（3卷）[M]. 北京：人民文学出版社，2005：27.
② 鲁迅. 鲁迅全集（6卷）[M]. 北京：人民文学出版社，2005：649.

奴才表现出厌恶、烦腻乃至复仇的激烈态度，这集中表现于《求乞者》《聪明人和傻子和奴才》《复仇（其二）》等篇目之中。"我"之所以在情感上表现出如此激烈的态度，是因为《野草》所指向的是奴性的极致状态——甘心为奴。也就是说，外在的情感态度指向的是民族生命的内在状态。整体审视，甘心为奴与被迫为奴的区别正在于人的形而上本体之上，这也是奴才与奴隶的区别。被迫为奴主要体现于社会现实层面，这些被迫为奴的人是奴隶，"然而自己明知道是奴隶，打熬着，并且不平着，挣扎着，一面'意图'挣脱以至实行挣脱的，即使暂时失败，还是套上了镣铐罢，他却不过是单单的奴隶"①，即他们并"不安于被奴役的生活，不平着，挣扎着，意图挣脱镣铐"②，因此，倘若仅仅局限于"奴在其身"的形而下层面，那么这种主-奴不平等的社会关系与社会的不公正状态可能通过一时的社会革命进行直接改变，即社会现实层面的翻身解放当主人。但是，甘心为奴则是人的形而上本体缺失，这些甘心为奴的人是奴才，他们"从奴隶生活中寻出'美'来，赞叹，抚摩，陶醉"，要"使自己和别人永远安住于这生活"③。对于这些"万劫不复的奴才"，即便改变他们生存的社会关系与社会环境，这种"奴在其心"的生命与生存状态也不会发生质的变化：得势进而为奴隶主，失势则甘心为奴。在这种奴在其心的精神结构里，历史不过是奴才式生存的轮回，因"孩子们在瞪眼中长大了，又向别的孩子们瞪眼，并且想：他们一生都过在愤怒中。因为愤怒只是如此，所以他们要愤怒一生，——而且还要愤怒二世，三世，四世，以至末世"④。因此，鲁迅改造国民性的重心并不在于社会现实层面，而在于人的形而上本体精神结构层面，那是较之于翻身解放当主人

---

① 鲁迅. 鲁迅全集（4卷）[M]. 北京：人民文学出版社，2005：604.
② 张梦阳. 奴性与悟性——鲁迅与中国知识分子的"国民性"[M]. 郑州：河南人民出版社，1997：101.
③ 鲁迅. 鲁迅全集（4卷）[M]. 北京：人民文学出版社，2005：604.
④ 鲁迅. 鲁迅全集（3卷）[M]. 北京：人民文学出版社，2005：52.

更为深远的"人"的重造，因为奴隶翻了身如果奴性未变，那么他所当的主人不过是奴隶主的复制。为此，对于这种本体里的奴性，鲁迅绝不满足于极度拒斥的情感性宣泄，更不局限于社会现实层面生存情势的外在变革，而是在本体论上集中而深刻地发露出主-奴精神结构中"人"的生命状态"来证明究竟怎样的是中国人"。

《野草》以"我"的本己出场尖锐化指向的正是"奴在其心"的奴才式生命与生存状态：第一，家畜性的驯服。面对主子与一切威势都表现出绵羊式的温顺，俯首帖耳，摇尾乞怜，甘心为奴，一种人的形而上本体极度"无我"的状态。第二，野兽性的凶残。面对比自己地位低的奴才或是一切弱小以及反抗主子的叛逆者，表现得甚至比主子还暴虐、残忍，甘心为暴，一种人性彻底丧失的状态。正如他在《野草》之前的《暴君的臣民》（1919年）中所说："暴君的臣民，只愿暴政暴在他人的头上，他却看着高兴，拿'残酷'做娱乐，拿'他人的苦'做赏玩，做慰安。"①在《野草》同期的《杂感》（1925年）中所说："勇者愤怒，抽刃向更强者；怯者愤怒，却抽刃向更弱者。不可救药的民族中，一定有许多英雄，专向孩子们瞪眼。这些屠夫们！"②这种野兽性的凶残与家畜性的驯服、这种甘心为暴与甘心为奴恰如纸的正反两面，看似对立，实则统一，是人的形而上本体彻底奴性化的两面。

《求乞者》是甘心为奴的极端状态——甘心求乞。"一个孩子向我求乞，也穿着夹衣，也不见得悲戚，而拦着磕头，追着哀呼"，对此，"我憎恶他并不悲哀，近于儿戏；我烦厌他这追着哀呼"。"一个孩子向我求乞，也穿着夹衣，也不见得悲戚，但是哑的，摊开手，装着手势"，对此，"我就憎恶他这手势。而且，他或者并不哑，这不过是一种求乞的法子"。在类似句式结构的反复中，"求乞者"与"我"都表现出了各自的情感与精神状态，

---

① 鲁迅. 鲁迅全集（1卷）[M]. 北京：人民文学出版社，2005：384.
② 鲁迅. 鲁迅全集（3卷）[M]. 北京：人民文学出版社，2005：52.

也同时呈示出"我"与"求乞者"的尖锐对立。"求乞者""也穿着夹衣，也不见得悲戚"表明他不一定就沦落到非求乞不可的地步，或者说，在形而下生存上他可以不当丧失人之尊严的乞丐；"近于儿戏"表明这种求乞完全是一种职业化的状态，一种非人性寄生于人性的方式，一种人的本体精神结构中自我尊严感的彻底泯灭。如果是社会现实层面的求乞，即一种弱势者被迫采取的生存途径，"我"当满怀布施之心。但是，这完全是一种"近于儿戏"的求乞，实质是以"'人'的价格"的主动放弃（不是被迫的）甚至以玩弄"'人'的价格"的伎俩来谋取物质利益，是非人对人的寄生，是非人对人的玩弄，是人高贵的形而上尊严俯首于活着的形而下苟且。因此，"我不布施，我无布施心，我但居布施者之上，给与烦腻，疑心，憎恶"。"我但居布什者之上"表明"我"是站在人之形而上尊严的层面对求乞者作出回应的。"给与烦腻，疑心，憎恶"即是"我"以坚定而清醒的"人"的立场斥退非人性的蔓延。此时"我"早年反思民族生命的心声又确乎在《野草》中回响："凡是愚弱的国民，即使体格如何健全，如何茁壮，也只能做毫无意义的示众的材料和看客，病死多少是不必以为不幸的。"①从幻灯片事件"病死多少是不必以为不幸的"深刻反思到《野草》"我无布施心"的坚定回击，呈示出鲁迅"抗拒为奴"的人生支点与主线。

倘若将《野草》第一篇（《秋夜》）、第二篇（《影的告别》）、第三篇（《求乞者》）连起来，这一人生支点与主线便会更清晰地凸浮出来。"我"在"秋夜"里（第一篇，"夜"既是时间也是空间），"独自远行"（第二篇，"天堂""地狱"还有"将来的黄金世界""我"都"不愿去"，"我"要最彻底地回到自身，回到现在），进入一个"四面都是灰土"的世界（第三篇，"惟黑暗与虚无乃是实有"，这既是外部世界也是"我"的内部世界），"我"在这漫漫长路上特别关注的第一种个体就是求乞者，而他最强烈地激起了"我"的焦虑、虚无与绝望，让"我"更浓重地体验到无处不在的非人感：

---

① 鲁迅. 鲁迅全集（1卷）[M]. 北京：人民文学出版社，2005：439.

微风起来，四面都是灰土。另外有几个人各自走路。

灰土，灰土，……

……

灰土……①

从"灰土"起始，经过"我"与"求乞者"的尖锐对立，最后再次定格于"灰土"。这时，"灰土"完全遮蔽了一切。"灰土"与连绵不绝的省略号不正凸显出"求乞者"带给"我"的强烈的非人刺激恰如剧流搅动起了这漫天蔽日的"灰土"吗？这不正表明"人"的极度奴性正是"我"最大的焦虑与绝望吗？这不正表明"抗拒为奴"是《野草》的支点，是"我""反抗绝望"最强劲的心音吗？

《复仇（其二）》是甘心为暴的极端状态——钉杀"人（神）之子"。较之《求乞者》，"我"与"人"的对立更加尖锐化："四面都是灰土"在这里变成了"四面都是敌意"，"我"对人的憎恶在这里上升为"复仇"。"人"为何对"人之子"充满了敌意，因为"人之子"要将他们从非人的境地拯救出来。荒谬的背反正在这里，当"人之子"立身人的立场拯救这非人存在的芸芸众生的时候，他们不但对自身所受的奴役之重与奴性之深全然不觉，而且对于拯救他们的"人之子"采取了较之奴役他们的奴隶主更为暴虐、凶残的方式——"钉杀"。正是因为他们这种"奴在其心"的状态，"人之子"才"较永久地悲悯他们的前途，然而仇恨他们的现在"。这里，早年《摩罗诗力说》中"哀其不幸，怒其不争"的沉痛上升为一种极度的"仇恨"，而且更为具体地针对"他们的现在"，即甘心为奴、甘心为暴的"人"的当下生命与生存状态。"人之子"以主动受难向"人"复仇，这种复仇同样不是社会现实层面的复仇，而是人的本体论层面的复仇，"人之子"受难的本身就是将人的本体毁灭给人看的悲剧效应的释放，在有价值的东西的毁灭之中，"暴君治下的臣民的渴血的欲望"、兽性的狂欢、奴隶的根性被彻底

---

① 鲁迅. 鲁迅全集（2卷）[M]. 北京：人民文学出版社，2005：172.

发露出来，由此证明"人"究竟是怎样的人。"人之子"在被钉杀的过程中就沉浸在发露这种"人"究竟是怎样的人的"玩味"之中，当"碎骨的大痛楚透到心髓了"的时候，奴才野兽性的凶残被彻底发露，这种"玩味"也随之达到高潮，于是"他即沉酣于大欢喜和大悲悯中"。从《药》中夏瑜面对阿义毒打说出的"阿义可怜"到《野草》"人之子"沉酣于被钉杀的"大痛楚"中的"大欢喜和大悲悯"乃至鲁迅的一生，不正是"人之子"以主动受难来发露中国人的奴隶根性，"来证明究竟怎样的是中国人"吗？

在彻底发露甘心为奴与甘心为暴的奴性两面之后，《野草》为这种奴性的实体——奴才完整地画出了一幅经典的漫画，这便是《聪明人和傻子和奴才》。正因为人的形而上本体极度"无我"，所以奴才总是以乞怜于他人的方式求取精神慰藉：

"先生！"他悲哀地说，眼泪联成一线，就从眼角上直流下来。"你知道的。我所过的简直不是人的生活。吃的是一天未必有一餐，这一餐又不过是高粱皮，连猪狗都不要吃的，尚且只有一小碗……"①

对主子的抱怨绝不是立意在反抗而是为了获取廉价的心理安慰，一旦得到这种心理安慰，奴才就会立刻表现出自我的精神满足：

"我想，你总会好起来……"

"是么？但愿如此。可是我对先生诉了冤苦，又得你的同情和慰安，已经舒坦得不少了。可见天理没有灭绝……"②

奴才的终极精神超越与慰藉都归于主子那里，主子的嘉许就是奴才最大的精神快慰。因此，奴才总是寻找机会向主子邀赏：

"有强盗要来毁咱们的屋子，我首先叫喊起来，大家一同把他赶走了。"他恭敬而得胜地说。

---

① 鲁迅. 鲁迅全集（2卷）[M]. 北京：人民文学出版社，2005：221.
② 鲁迅. 鲁迅全集（2卷）[M]. 北京：人民文学出版社，2005：221.

"你不错。"主人这样夸奖他。

这一天就来了许多慰问的人,聪明人也在内。

"先生。这回因为我有功,主人夸奖了我了。你先前说我总会好起来,实在是有先见之明……。"他大有希望似的高兴地说。①

主子一句"你不错"的夸奖使奴才获得了莫大的快慰。与主人夸奖是他最大的心理满足相对,"主人要骂的"是他不敢逾越的心理底线,因此,任何可能引起主子不高兴的行为他都会极力阻止,相应地,对于反抗者他就会进行出卖与残害,借此获取向主子邀赏的资本。

"先生,我住的只是一间破小屋,又湿,又阴,满是臭虫,睡下去就咬得真可以。秽气冲着鼻子,四面又没有一个窗……。"

"你不会要你的主人开一个窗的么?"

"这怎么行?……"

"那么,你带我去看去!"

傻子跟奴才到他屋外,动手就砸那泥墙。

"先生!你干什么?"他大惊地说。

"我给你打开一个窗洞来。"

"这不行!主人要骂的!"

"管他呢!"他仍然砸。

"人来呀!强盗在毁咱们的屋子了!快来呀!迟一点可要打出窟窿来了!……"他哭嚷着,在地上团团地打滚。

一群奴才都出来了,将傻子赶走。②

奴才向傻子哭诉与向聪明人哭诉的目的一样并不是为了改变自己的奴隶地位和现状,只是为了获得一点廉价的心理安慰,因此,鲁迅后来明确地说在中国"我们听到呻吟,叹息,哭泣,哀求,无须吃惊"③,因为那

---

① 鲁迅. 鲁迅全集(2卷)[M]. 北京:人民文学出版社,2005:222-223.
② 鲁迅. 鲁迅全集(2卷)[M]. 北京:人民文学出版社,2005:222.
③ 鲁迅. 鲁迅全集(3卷)[M]. 北京:人民文学出版社,2005:53.

是奴才的乞怜，并不是勇者的愤怒，中国需要的是"真的愤怒"。奴才一旦发现傻子的行为可能会招来主人的骂，便出卖傻子，招来一群奴才"将傻子赶走"，以此向主子邀赏，外在的极度冷酷与凶残实则是形而上本体奴性的贯注。

"眼泪联成一线"的哭诉、乞怜，"哭嚷着，在地上团团地打滚"的出卖"傻子"，"恭敬而得胜地"向主子邀赏，堪称文学表现奴性的经典性细节与艺术形象。这显然不是社会现实层面表层人格的再现，虽然在文学技法上借鉴了传统小说对于人物外部动作的细节刻画，但是在内质上却深入现代精神分析的领域，即对奴性的精神本体结构的透视。这种堪为经典的细节与形象一方面生动再现出奴才身体与精神的机微之态：精神的极度奴性见之于体态的极度畸形；另一方面深刻透视出奴才对人对己都缺乏"'人'的价格"，一种人的形而上本体的极度扭曲、退化与沦丧：其本性只见出家畜性的驯服与野兽性的凶残。

当奴性盘踞人的形而上本体之内蔓延为国民性的时候，民族生命、社会运行便外显出极度的萎靡与分裂。正如清人龚自珍所描述的那样："今十八行省之挂仕籍者，语言文字毕同。吾睹三。曰：是有书之者，其人语科目京官来者曰：京秩官未知外省事宜，宜听我书。则唯唯。语入赀来者曰：汝未知仕宦，宜听我书。又唯唯。语门荫来者曰：汝父兄且慑我。又唯唯。尤力持以文学名之官曰：汝之学术文义，惜不中当世用，尤宜听我书。又唯唯。今天下官之种类，尽此数者，既尽驱而师之矣。"①龚自珍在民族生命与社会运行中听到的是一片"唯唯"之声，看到的是"万马齐喑究可哀"的无声的中国。民族生命正如龚自珍《病梅馆记》中的一株株病梅，被"斫其正，养其旁条，删其密，锄其直，遏其生气"，因此他渴盼"风雷"激荡的"九州生气"。与之相应，社会运行表现出极度的分裂：个体对于强势者"点头称'是'"，对于弱势者则"抽刃""瞪眼"；男性在社会上表现出驯服，

---

① 龚自珍．龚自珍全集[M]．上海：上海古籍出版社，1999：3.

在家庭里则摆出威势；政府对外绵软服帖，它的极致是"量中华之物力，结与国之欢心"，对内则作威作福，极尽"牧民"之能事。总体审视，鲁迅对于中国社会历史的把握正是以奴性为支点的，由此对人的本体与社会实体进行互为条件的双向考察，进行本源性的把握，最终触及人类发展的一个根本性问题：专制主义与人的存在。对于这一问题，我将在第四章具体申论。

二

在"我"与"人"的尖锐化对立结构中，《烛虚》中的"我"走向至圣至美的生命境界，旨在恢复生命具神性的庄严本相。与之相反，"多数人"[①]表现出阉寺性的状态，一种对美与爱倾心的自然本性彻底丧失的状态。"神性"与"阉寺性"在《烛虚》中构成鲜明对立的生命符号。且看《烛虚》对阉寺性的展示：

> 美固无所不在，凡属造形，如用泛神情感去接近，即无不可以见出其精巧处和完整处。生命之最大意义，能用于对自然或人工巧妙完美而倾心，人之所同。惟宗教与金钱，或归纳，或消灭。因此令多数人生活下来都庸俗呆笨，了无趣味。某种人情感或被世务所阉割，淡漠如一僵尸，或欲扮道学，充绅士，作君子，深深惧怕被任何一种美所袭击，支撑不住，必致误事。又或受佛教"不净观"影响，默会《诃欲经》本意，以爱与欲不可分，惶恐逃避，惟恐不及。像这些人，对于"美"，对于一切美物、美行、美事、美观念，无不漠然处之，竟若毫无反应。[②]

[①] 《烛虚》中"我"以"独异个体"的身份生存于"上等人"之间，因此，"我"以"多数人"称呼"上等人"。

[②] 沈从文. 沈从文全集（12卷）[M]. 太原：北岳文艺出版社，2002：32-33.

> 多数人或具有一种浓厚动物本性，如猪如狗，或虽如猪如狗，惟感情被种种名词所阉割，皆可望从日常生活中感到完美与幸福。譬如说"爱"，这些人爱之基础或完全建筑在一种"情欲"事实上，或纯粹建筑在一种"道德"名分上，异途同归，皆可得到安定与快乐。若将它建筑在一抽象的"美"上，结果自然到处见出缺陷和不幸。因美与"神"近，即与"人"远。生命具神性，生活在人间，两相对峙，纠纷随来。情感可轻翥高飞，翱翔天外，肉体实呆滞沉重，不离泥土。①

> 然抽象的爱，亦可使人超生。爱国也需要生命，生命力充溢者方能爱国。至如阉寺性的人，实无所爱，对国家，貌作热诚，对事，马马虎虎，对人，毫无情感，对理想，异常吓怕。也娶妻生子，治学问教书，做官开会，然而精神状态上始终是个阉人。与阉人说此，当然无从了解。②

以上引文在二者鲜明对比中凸显出阉寺性的人对于美与爱完全丧失了感觉。为了强调阉寺性这一批判对象，《烛虚》以"阉割""阉寺性的人""阉人""雄身而雌声的人""阉宦风格""阉宦似的阴性人格""阉寺"等同类用语来反复标明。阉寺性主要表现于人的情感状态与精神状态：第一，情感被阉割，"对人，毫无情感"，爱"完全建筑在一种'情欲'事实上，或纯粹建筑在一种'道德'名分上"，对美"无不漠然处之，竟若毫无反应"，"淡漠如一僵尸"。第二，"精神状态上始终是个阉人"，"对事，马马虎虎"，"对理想，异常吓怕"，"深深惧怕被任何一种美所袭击"，"实无所爱"。这种阉寺性的状态表明，人的存在固然不能离开现实生活，但是如果失去美与爱的形而上超越，人的存在就如同行尸走肉，表现出"浓厚动物本性，如猪如狗"，完全在现实生活中沉沦，失去"生命之最大意义"。因此，人

---

① 沈从文. 沈从文全集（12卷）[M]. 太原：北岳文艺出版社，2002：34.
② 沈从文. 沈从文全集（12卷）[M]. 太原：北岳文艺出版社，2002：43.

的形而下生活以美与爱的生命形而上神性为统摄指向的正是人之存在的生命法则,这种"神在生命本体中"("生命具神性")的形而上超越实质是为了将人从动物界提升出来,以此摆脱现实沉沦,实现人对人的本质的真正占有,恢复生命的庄严。

与生命的庄严相反,阉寺性的蔓延使民族生命、社会运行极度畸形:

> 街上人多如蛆,杂声嚣闹。尤以带女性的男子话语到处可闻,很觉得古怪。心想:这正是中华民族的悲剧。雄身而雌声的人特别多,不祥之至。人既雄身而雌声,因此国事与家事便常相混淆,不可分别。"亲戚"不仅在政治上是个有势力有实力的名词,经济,教育,文学,任何一方面事业,也与"亲戚"关系特别深。"外戚""宦官"虽已成为历史上名词,事实上我们三千年的历史一面固可夸耀,一面也就不知不觉支配到这个民族,困缚了这个民族的命运:如今有多少人作事,不是因"亲戚"面子得来!有多少从政者,不是用一个阉宦风格,取悦逢迎,巩固他的大小地位!这也就名为"政治"。走来走去,看到这种政治人物不少,心转悲戚。活在这种人群中,俨若生存只是一种嘲讽。①

阉寺性实则是"我们三千年的历史"沉淀的民族根性,不仅危及政治,而且渗透到"经济,教育,文学,任何一方面事业"。特别是国家机器的运行,"在受过高等教育的公务员中,就不知不觉培养成一种阉宦似的阴性人格,以阿谀作政术,相互竞争。这相互竞争的结果,在个人功名事业为上升,在整个民族向上发展即受妨碍"②。阉寺性已经"不知不觉支配到这个民族,困缚了这个民族的命运"。但是,现实社会却充斥并延续着诸多阉割人的因素:在生存取向上,"人都俨然为一切名分而生存,为一切名词的迎拒取舍而生存";在现实生存中,各种社会"禁律"束缚着人,"人性即

---

① 沈从文. 沈从文全集(12卷)[M]. 太原:北岳文艺出版社,2002:36.
② 沈从文. 沈从文全集(12卷)[M]. 太原:北岳文艺出版社,2002:39.

因之丧失净尽","许多所谓场面上人""不过如花园中的盆景,被人事强制曲折成为各种小巧而丑恶的形式罢了";在生存观念上,各种人生学说承认、说明、界限的却是"对于'自然'之违反"。①也就是说,阉寺性不仅历史存在、现实存在而且将来赖以存在的文化土壤依然深厚,因此,民族文化与民族生命必须结构性重建。

在民族生命重造的特定时空背景中,《烛虚》将阉寺性这一民族根性以"我"与"人"的尖锐化对立结构揭示出来具有深远的意义。在时间上,《烛虚·烛虚》第一、二节集中表明《烛虚》反思民族生命的历史时期是"五四"至40年代,即中华民族现代转型的历史时期(中国社会历史第二次大变动的主体时期)。沈从文并没有对民族生命的线性进化论表现出盲目的乐观,《烛虚》以高度的理性思维揭示出"五四"对于民族生命重造的作用与不足。"五四"固然使民族生命在观念上得到了极大的解放,但是在很大程度上还停留于诸如"科学""民主""男女平等"等空泛的口号上。在"旧的不读,新的没有"的空白地带,民族生命由于没有被真正安放在坚实可靠的精神文化结构之上,特别是人的现实生存失去本体论的形而上超越以后人在"金钱"与各种社会"禁律"之下表现出极度的生物学退化,这表明民族现代进程中重构人的形而上终极信仰的急迫性。也就是说,现代社会较之于传统社会阉寺性不是减弱了而是加剧了。在空间上,现代社会的中心区域是城市。《烛虚》将"我"置身于20年前的湘西沅水流域与现在的"高楼大厦灯火辉煌的城市"之中对人的生命状态进行观照。神完全解体的城市是社会现代进程中的中心区域,神之存在依然如故的湘西世界是社会现代进程中的边缘区域,但是二者人的生命状态却是背反的。从沈从文湘西题材系列创作对于供奉"人性"的希腊神庙的构建到《烛虚》对于"神性"的虔诚皈依,从他的系列都市题材创作对于人性沉沦的批判到《烛

---

① 沈从文. 沈从文全集(12卷)[M]. 太原:北岳文艺出版社,2002:14.

虚》对于阉寺性的集中揭示，展示的正是人的生命状态与社会发展进程的二律背反。《烛虚》实则是他湘西题材创作与都市题材创作的集约呈示、反思与提升，一种更具民族生命与人类生存普遍意义的形而上哲学提升。也就是说，中心区域较之于化外之地阉寺性不是减弱了而是加剧了。神之解体一方面表明社会历史的现代进程在深入，另一方面也同时表明人的本体中那种"神""神性"的形而上终极向度也随之瓦解。此时的"神"并非是社会现实层面的封建迷信、人的童年蒙昧，而是本体论层面将人从现实生存中超越的形而上终极，"神性"在沈从文那里就是人的终极信仰。相应地，"神之解体"就是终极信仰的瓦解，"神之存在"就是终极信仰的确立。立足现代社会的时代高点，"神之解体"似乎是社会发展的一种标志，但是现代社会较之传统社会人性并没有获得与之相应的提升；现代化的城市也似乎是社会发展的一种标志，但是现代化的城市较之化外的边缘之地人性也同样没有获得与之相应的提升。现代社会较之于传统社会、中心区域较之于化外之地阉寺性的加剧，乃至前者对于后者的侵入造成的人性堕落趋势表明，"神""神性"对于人之存在并非是可有可无的东西，或者说是社会历史发展应该摒弃的东西，更确切地说，我们应该在社会现代进程中摒弃的是人的愚迷而非形而上终极，因为终极信仰缺失使人性在现实生活中沉沦，而唯有超向美与爱的形而上终极才能使人走向生命的庄严。正是在这里，沈从文聚焦于上等人的阉寺性，对神之解体的城市与神之存在依然如故的湘西边地进行互为参照的双向考察，以此对人性进行本源性的把握，最终触及人类发展的另一个根本性问题："神之解体"与人的存在。对于这一问题，我将在第四章具体申论。

倘若将沈从文对于阉寺性的揭示与鲁迅对于奴性的揭示并置，民族生命本体形而上现代重构会得到更为完整的把握。二人都从各自独特的元点生命体验出发，又都立足于民族现代生存的高点，对民族生命进行透视与有针对性地重建。鲁迅有感于专制主义对人的本体的残害，面对民族生命奴性之重，试图在人的本体之中确立以己为终极的形而上向度，以强烈的主我意识抗拒奴性，恢复人的"我性"。沈从文有感于"神之解体"造成的人性堕落趋势，面对民族生命阉寺性之重，试图在人的本体之中确立以生命为信仰的形而上向度，以强烈的生命意识抗拒阉寺性，恢复生命的"神性"。"我性"与"神性"以强烈的现代意识、个体意识、生命意识为基质，内应着中华民族现代转型的历史逻辑，但是，二者对于民族生命的现代重构又显然超越了社会现实层面以"科学"为核心的工具理性、以"民主"为核心的制度理性，将重构的核心定位于人的形而上本体精神结构。立足人的形而上本体精神结构，奴性侧重沿着时间性坐标对两千多年来的中国人生命状态进行纵向的历史性透视，阉寺性侧重沿着空间性坐标对中心文化区域与边缘文化区域的中国人生命状态进行横向的比较性透视，二者对于民族根性的透视构成了互补与交叉的关系。就时间而言，奴性集中关注的是两千多年来封建社会人的生命状态，阉寺性集中关注的是"五四"以来民族现代进程中人的生命状态，因此，对于阉寺性的揭示正是对于奴性揭示的历史性延伸，相应地，"神性"也正是对于"我性"的延伸。就空间而言，奴性集中关注的是中心文化区域人的生命状态，阉寺性集中关注的也是中心文化区域人的生命状态，二者构成交集，但是对于阉寺性的揭示是以边缘文化区域为参照的，故而这种揭示又反照出神之存在依然如故的边缘文化区域尚存的那种新鲜透明如泉水的生命状态，相应地，"神性"也正是对于"我性"的补充。因此，针对"奴性"与"阉寺性"共同揭示出的民族衰萎的根性，"我性"与"神性"共构出新的民族生命形而上本体精神结构，标示出民族现代生存的形而上终极向度与高度。对于二者共构的新的民族生命形而上本体精神结构，我将在第四章具体申论。

第二节 "看客"与"莫名其妙的人"

一

在幻灯片事件这一鲁迅元点性精神事件中,看客带给鲁迅极大的刺激,促使他弃医从文。因此,看客之于鲁迅具有人生转向的精神刺激效应。从这一刻起,"我"与"看客"之间的尖锐化对立结构实际上就已经在鲁迅的情感与精神世界成为有意识的存在。看客作为他改造国民性所指向的最原初的对象,他的文学创作始终都未曾离开过。在辛亥革命前后他开始文学创作,最初的作品《辛亥游录》《怀旧》就是以看客为视点观察民族生命与中国社会的。《辛亥游录》中"我"在钱塘江观潮时,一老翁借骂"黑哉潮头"的潮水来骂与他毫无利害关系的身边的其他观潮者,这使"我"惊异于中国社会人与人之间的敌视与隔膜。《怀旧》是鲁迅的第一篇小说,再现出下层群众与辛亥革命之间的隔膜,他们就处在毫无意义的看客的位置。经过钞古碑聊以自慰的如大毒蛇缠绕的寂寞之后,鲁迅在一个成熟的高点之上开始了以文学改造国民性的征程,此后的小说、散文、杂文贯穿性塑造的文学形象便是看客。在看客那里,鲁迅的文学创作呈示出一种归向。同奴性相比,看客是鲁迅"证明究竟怎样的是中国人"的另一个贯穿性视点。那么,鲁迅以看客为视点看到了怎样的中国人呢?

对于这一问题的回答,我以为首先要弄清楚"奴性"与"看客"之间的关系。奴性是鲁迅改造国民性的支点,贯穿他的一生;看客是他小说、散文、杂文共同塑造的文学形象,贯穿他的整个创作。二者在鲁迅研究中时时被关注,但是研究者经常是对二者各自独立进行研究的,对于二者之间的关系研究得并不充分。我以为,二者既相互内应又各有侧重。具体地说,奴性是鲁迅揭示的国民"群性",看客是他提炼的国民"群像"。前者侧重精神结构,即生命状态;后者侧重社会共相,即生存状态;后者是前者的具体化,二者共同呈示出"究竟怎样的是中国人"。或者说,看客使奴性这一民族生命状态具体化为国民的镜像,是与奴性这一民族生命状态相应的民族生存状态。因此,看客不仅是中国现代文学史上的经典人物形象,更是中国文化思想史上醒目的国民画像,艺术的精微与思想的深刻有机融合再现出民族的生存状态。至此,对于上述问题的回答便具体为从鲁迅独特的精神历程出发、立足奴性这一改造国民性的支点来揭示民族的生存状态。或者说,看客是鲁迅从民族生存状态切入"来证明究竟怎样的是中国人"。

从幻灯片事件那一刻起所自觉形成的"我"与"看客"之间的尖锐化对立结构在《呐喊》《彷徨》中被转化为看与被看的模式。看与被看的模式正是以往鲁迅研究所揭示出的鲁迅小说创作的主要模式之一。我以为,对于这一模式我们不能仅仅从小说创作的层面观之,而应该从民族生存论层面来思考。如果站在民族生存论视角,看与被看的表述还隔了一层,更确切地说,应该是小说中的个体人物处在众多看客围观、围击之中,这种类似的结构贯穿于《呐喊》《彷徨》。换句话说,个体处于看客围观、围击之中,即人的生存时刻处于包围与突围、吃人与被吃的反复转换之中,正是鲁迅以看客为视点艺术地揭示出的民族生存状态与社会运行状态。当鲁迅以极高的现代思维理性揭示出这种民族生存与社会内在运行的结构时,"吃人"二字便从民族历史深处赫然凸浮而出,这绝不是震骇一时的愤激,而是它就是民族生存与社会运行的本来面目。这时,看客之"看"便不再是一般性的社会现象,而是"吃人"的社会内在结构运行的表征。因此,看客实质是民族生存与社会运行的结构性存在。在这种生存结构没有发生改变的时候,每个人都会被看客围观、围击,而自身也同样是其他个体的看客。我们不要忘记在第一篇白话小说《狂人日记》中鲁迅就这样警醒地写道:

> 我未必无意之中，不吃了我妹子的几片肉，现在也轮到我自己，……

"无意"正凸显出"吃人"并不是个例，而是一种结构性的运行，在这种民族生存与社会运行结构中每个人都是吃人者，也同样会被他人所吃，看客集中显示出民族生存与社会运行的死相，一种人肉酱缸式社会结构的产物。正因为看客深蕴着社会结构性，所以改造看客（民族生命的结构性重建）是极为艰巨的，而且是中华民族现代转型所不可回避的，这也就意味着从幻灯片事件那一刻起鲁迅就已经踏上了"绝望的反抗"之路，一种以反抗传统生存惯性为导向伴生着绝望的民族生命现代重构之路。因此，鲁迅一面在《呐喊》《彷徨》中不断地采用漫画的夸张手法展示看客所凸显出的民族生存丑态，另一面又痛心疾首地感叹"群众，——尤其是中国的，——永远是戏剧的看客"，"对于这样的群众没有法"，[1]那种铁屋子万难毁坏的绝望困扰着鲁迅的一生。"没有法"的鲁迅还是开出了疗法："只好使他们无戏可看倒是疗救，正无需乎震骇一时的牺牲，不如深沉的韧性的战斗"[2]。他针对看客提出的疗法实际包含两层：第一，治表的办法，即"使他们无戏可看"；第二，治本的办法，即"深沉的韧性的战斗"。《野草》之于看客正是接续于此并进一步深入的，集中见之于《复仇》。

较之《呐喊》《彷徨》，《野草》对于看客的呈示由外向内转。《呐喊》《彷徨》侧重于对看客外在形态的细节性、漫画式摹写，《野草》在此基础上进一步深入看客内在心态的透视，是对看客身体与精神最集中的画像。试比较《呐喊·药》与《野草·复仇》对看客的呈示：

> 老栓也向那边看，却只见一堆人的后背；颈项都伸得很长，仿佛许多鸭，被无形的手捏住了的，向上提着。静了一会，似乎有点声音，便又动摇起来，轰的一声，都向后退；一直散到老栓

---

[1] 鲁迅. 鲁迅全集（1卷）[M]. 北京：人民文学出版社，2005：170-171.
[2] 鲁迅. 鲁迅全集（1卷）[M]. 北京：人民文学出版社，2005：171.

立着的地方，几乎将他挤倒了。①（《呐喊·药》）

  路人们从四面奔来，密密层层地，如槐蚕爬上墙壁，如马蚁要扛鲞头。衣服都漂亮，手倒空的。然而从四面奔来，而且拼命地伸长颈子，要赏鉴这拥抱或杀戮。他们已经豫觉着事后的自己的舌上的汗或血的鲜味。②（《野草·复仇》）

  这两段引文都留下了鲁迅对看客体态刻画的经典细节，比如颈项拼命伸长的情形，多如蚁阵围聚的情形。但是，第二段引文显然在第一段引文的基础上深入了一步，描写内转，在细节性呈示的基础上进入精神分析，重在展示看客空虚、扭曲的精神世界。

  较之《呐喊》《彷徨》，《野草》由单向看转为互相看。孔乙己被咸亨酒店里的人围观；夏瑜在刑场杀头被一堆人围观；阿Q游街赴刑场被跟着蚂蚁似的人围观；祥林嫂被鲁镇的人围观，这些被看者单纯地处于被看的位置，并没有对看客作出回应。但是，《复仇》中那对裸身男女却主动设置了一个被看的场景，以此引来密密匝匝的看客。也就是说，《复仇》化被动为主动，那对裸身男女与其说是被看客所看，不如说他们在看看客，他们不仅要引得看客如蚁阵般地围聚，拼命伸长颈子，让看客的丑态原形毕露，而且要让他们忙忙碌碌却无戏可看，无聊到干枯，将看客置于欲走不舍、欲看戏却又不发生的尴尬境地，以此向看客复仇。看客不是那么爱看吗？那么就以牙还牙，反将他们置于被看的位置。此时，不再是《呐喊》《彷徨》单向被看客所看，而是示众者与看客之间的互看，一种以示众者处于主动而看客处于被动的看。看的方式的变化表明，鲁迅人生链条的延伸，幻灯片事件促成"我"与"看客"之间的尖锐化对立，《呐喊》《彷徨》将这种对立结构转化为小说叙事模式以此展示看客的形态，《野草》则进一步对看客采取实际行动进行复仇。也就是说，"我"与"看客"之间的对立越来越

---

① 鲁迅. 鲁迅全集（1卷）[M]. 北京：人民文学出版社，2005：464.
② 鲁迅. 鲁迅全集（2卷）[M]. 北京：人民文学出版社，2005：176.

尖锐化，《复仇》实质是上述鲁迅对于看客治表的办法——"使他们无戏可看"与治本的办法——"深沉的韧性的战斗"的一次综合性临床使用，一种对看客标本兼治的具体尝试。因此，这场互看实则是一场精神之战，一场"精神界之战士"向"看客"主动出击的精神之战。且看这场精神之战双方紧张对峙的场面：

> 然而他们俩对立着，在广漠的旷野之上，裸着全身，捏着利刃，然而也不拥抱，也不杀戮，而且也不见有拥抱或杀戮之意。
>
> 他们俩这样地至于永久，圆活的身体，已将干枯，然而毫不见有拥抱或杀戮之意。
>
> 于是只剩下广漠的旷野，而他们俩在其间裸着全身，捏着利刃，干枯地立着；以死人似的眼光，赏鉴这路人们的干枯，无血的大戮，而永远沉浸于生命的飞扬的极致的大欢喜中。

"裸着全身，捏着利刃"是为了诱来看客，因为"精神界之战士"知道看客最爱看什么，以此牢牢把握着主动。"不拥抱，也不杀戮，而且也不见有拥抱或杀戮之意"是为了"使他们无戏可看"。"他们俩这样地至于永久，圆活的身体，已将干枯"表明"精神界之战士"所要进行的是一场"深沉的韧性的战斗"。"干枯地立着""以死人似的眼光"显示出"精神界之战士"战斗意志的坚决。"赏鉴这路人们的干枯，无血的大戮"表明复仇之战带给"精神界之战士"的快感。"永远沉浸于生命的飞扬的极致的大欢喜中"进一步表明"精神界之战士"在复仇之战的快感中获得了精神的极大超越。从幻灯片事件看客的刺激促使"我"弃医从文到《野草》对看客复仇获得的精神超越与生命提升，一个彻底的"精神界之战士"丰满起来，这也同时意味着"我"改造国民性的目标更为明确，意志更为坚决，行动更为切实。

上述《野草》较之《呐喊》《彷徨》的接续与深入集中体现于"精神界之战士"向看客主动出击的复仇，其实质是鲁迅在透视看客精神世界的基础上以"使他们无戏可看"与"深沉的韧性的战斗"相结合的办法对看客进行的标本兼治。对此，有研究者以鲁迅 1934 年 5 月 16 日致郑振铎的信为据，认为这是鲁迅的"愤激之谈"。得出这一结论的前提是"这些都是鲁迅没有成为辩证唯物论者以前对于不觉悟群众的看法，从 1930 年起他就不这样看了"①，这以后鲁迅"改造国民性思想"有了长足发展："从一直注重思想革命到注意思想革命与政治革命，改造国民性与改造社会的结合"②。这样，在研究者心中实际上就已经认定鲁迅最终的归属就是马克思主义的社会革命家，并将所谓关于"不觉悟群众"的否定性看法划归这一身份确立之前，而这以后"他就不这样看了"。我以为，这些类似的看法根源就在于本文在引论中已作的强调，即简单地将鲁迅思想的社会现实层面与人的本体论层面混同，强调前者而忽略后者，这种在社会现实层面将鲁迅纳入革命家的研究损失了鲁迅思想中最宝贵的东西，即关于人的本体论的思想。道理很简单，正如他认为对于看客这样的群众没有法，之后他的确吸纳了马克思主义唯物论，即在改造"这样的群众"之"法"上有了更深入的认识或是做出了调整，但是这并代表他方法变了，而对"这样的群众"的国民性的认识也随之改变了。事实上，他在临终前也念念不忘中国人奴性之重，更为典型的就是在 30 年代他成为"左联"盟主即所谓由进化论转变为阶级论以后"并没有机械地完全按照当时流行的阶级论观点看人看事，把工人绝对看成是好的。而是说'奴才做了主人，是决不肯废去'老爷'的称呼的，他的摆架子，恐怕比他的主人还十足，还可笑。这正如上海的工人赚了几钱，开起小小的工厂来，对付工人反而凶到绝顶一样'。这实质是说通过工人推翻资本家掌握政权的方式，是不能创造'第三样时代'的"③。更何况"使他们无戏可看"与"深沉的韧性的战斗"即便不排除"愤激"的情绪，也不能全然当作是"此亦不过愤激之谈"（把握一个人的思想不能仅看只言片语，而应该整体把握

---

① 李何林. 鲁迅《野草》注释[M]. 西安：陕西人民族出版社，1977：59-60.
② 马宏柏. 从"看客"形象看鲁迅"改造国民性思想"的发展[J]. 扬州师范学院学报（社科版）.1986（3）.
③ 张梦阳. 鲁迅对中国人及中国历史的九大感悟[J]. 粤海风. 2012（3）.

他的思想结构），最起码韧性的战斗鲁迅一生都没有放弃、改变。因此，对于看客的揭示也同样需要深入人的本体论层面。鲁迅切中的正是看客的要害——本体论层面的"看"。复仇的行动正是针对这一"看"的本体精神结构发出的。"使他们无戏可看"表明，看客是不能没有"看"的，看客的要害正在于对"看"的嗜好。"深沉的韧性的战斗"表明，这种"看"是很难改变的，因此人必须结构性重造，而这项立人工程唯"韧"不可，我们不是说"十年树木，百年树人"吗？这何来"愤激之谈"，分明是鲁迅以高度的现代理性对于国民性的深刻把握。因此，我认为"使他们无戏可看"与"深沉的韧性的战斗"其实是鲁迅针对看客形而上本体而进行的标本兼治。看客嗜好"看"就如吸毒者的"毒瘾"，"使他们无戏可看"就是不给他们毒品，"深沉的韧性的战斗"就是为了彻底戒掉他们对毒品的心理依赖。那么，看客要"看"什么？他们为什么对这种"看"如此嗜好？本节开始已表明，奴性是国民的"群性"，看客是国民的"群像"，后者是前者内在精神结构在现实生存中的外化，是民族生存与社会运行的集中表现。或者说，奴性就是看客对于"看"所具有的那种如同吸毒者对于毒品的心理依赖，而"看"本身就是毒品。因此，立足奴性这一支点，看客之"看"便会呈示出中国人最本来的面目。

首先，看客要看的是"人"而不是"我"。在《野草》设置的复仇之局中，鲁迅向我们展示的是密密层层的看客对其他个体的围观、围击。那么，看客为什么总是将注意力放在他人身上，而不是自己呢？那是因为他们并不具备看我的意识与能力，即不具备对自我生命的反思能力。早在1919年鲁迅就在《不满》的结尾处提出"不知反省的人的种族，祸哉祸哉"的警示。①看我需要的是自觉的主我意识，这正是看客的致命缺陷。因为不具备看我的现代主我意识，所以才盲从地看人。与主我意识"以己为终极"相反，看客以人为终极，在看人之中他才能获得精神的慰藉，这正是为什么一口痰就能引来看客密密层层围观的原因。当然，"看人"绝不仅仅局限

---

① 鲁迅. 鲁迅全集（1卷）[M]. 北京：人民文学出版社，2005：376.

于看,还包括合乎其自身精神逻辑的"吃人",所以有"看杀""捧杀"之谓。简言之,因为"无我",所以看人。奴性的致命伤正是"无我",针对这一本体缺陷鲁迅提出"主我"这一贯穿其一生的人的本体论命题。奴才因为极度"无我",所以主子构成他精神超越的顶端。看客看人的嗜好实质是奴性极度"无我"的日常生存普遍化。这种对民族生命"看人"的生存论认识与"无我"的本体论认识正是《野草》设置"复仇"之局的理论先导与理论支撑。且看复仇之局的设置:

  这样,所以,有他们俩裸着全身,捏着利刃,对立于广漠的旷野之上。

  他们俩将要拥抱,将要杀戮……①

一对男女"裸着全身,捏着利刃"对立,这对于一口痰尚且围观的看客来说当然更具有诱惑力。因此,无需"当街","广漠的旷野之上"即可,而且这是一个更大、更独立、更醒目的展示舞台,更何况"我"就是要引得他们"从四面奔来"。对于看客透入骨髓的了解正是复仇之局设置的自信。而这一复仇之局的设置就是要将看客看人的丑态彻底暴露出来,这复仇的旷野就是展示民族生存与社会运行的大舞台。看客是如何密密匝匝赶来看人的,社会是如何成为人肉酱缸的,被最直白地展示于"广漠的旷野之上",这就是复仇的目的。概而言之,"无我"的中国人才嗜好"看人",进而"吃人"。

其次,看客要看的是"丑"而不是"美"。在《野草》设置的这场复仇之局中,这对裸身对立的男女知道看客最想看什么。当他们裸身对立的时候,在看客的思维惯性中这对男女不是拥抱,就是杀戮。看客在以自己的思维推己及人,因为他们最想看的就是他们心中预设的。他们是如此迫不及待地要"赏鉴",因为"他们已经豫觉着事后的自己的舌上的汗或血的鲜味"。"如果是拥抱,则拥抱者们因拥抱而流的汗的鲜味,他们现在好象已

---

① 鲁迅. 鲁迅全集(2卷)[M]. 北京:人民文学出版社,2005:176.

经在舌上预先尝到了;如果是杀戮,则因杀戮而流的血的鲜味,他们现在好象也已经在舌上预先尝到了。他们是多么贪馋地渴望着'他们俩'拥抱或杀戮啊!"①这场复仇之局就是要将看客心中的兽欲处于焦渴躁动之中。当"无我"的本体处于空虚状态的时候,那个需要填充的空间因为没有"主我"的统领而变成了兽性奔突的世界,人因此而表现出向兽的退化、虚无与扭曲。简言之,因为空虚,所以审丑,而且最需要看的是那种能满足兽性的东西:情欲与暴力。在他们的精神世界里,"拥抱"就是情色欲的宣泄,"杀戮"就是嗜血欲的满足。即便是他们所看的是美的对象,他们关注的也绝不是对象之美,比如革命志士的赴难,触动他们的绝不是那种为人类谋幸福的献身精神,而是嗜血的快感,抑或是获得饭后谈资的快意。当这些审丑欲得不到满足的时候,看客便无聊难耐:

> 路人们于是乎无聊;觉得有无聊钻进他们的毛孔,觉得有无聊从他们自己的心中由毛孔钻出,爬满旷野,又钻进别人的毛孔中。他们于是觉得喉舌干燥,脖子也乏了;终至于面面相觑,慢慢走散;甚而至于居然觉得干枯到失了生趣。②

这分明是鲁迅对于看客审丑欲得不到满足之时那种精神焦躁的写实。审丑就是看客的"生趣"。

最后,看客要看的是"戏"而不是"爱"。早在1903年鲁迅在日本留学期间就和好友许寿裳"常常谈着三个相联的问题:(一)怎样才是理想的人性?(二)中国民族中最缺乏的是什么?(三)它的病根何在?"。对于第二个问题,当时他们觉得"我们民族中最缺乏的是诚和爱"③。人情的冷漠,诚爱的匮乏,这正是鲁迅以看客为视点反复推出的文学图景。在《野草》设置的这场复仇之局中,面对那对裸身男女,看客"如马蚁要扛鲞头"般密密层层地围拢。他们并不是关心那对男女的生死,而是为了"从四面

---

① 李何林. 鲁迅《野草》注释[M]. 西安:陕西人民族出版社,1977:61.
② 鲁迅. 鲁迅全集(2卷)[M]. 北京:人民文学出版社,2005:177.
③ 许寿裳. 我所认识的鲁迅[M]. 北京:人民文学出版社,1953:59.

奔来"看戏。即便是"牺牲上场",哪怕是同胞被异族砍头,他们也同样麻木围观,"如果显得慷慨,他们就看了悲壮剧;如果显得觳觫,他们就看了滑稽剧",因为他们"永远是戏剧的看客"①。看戏实质是将人的生死痛苦以戏观之,看客的生存就是"制造并赏玩别人苦痛的昏迷和强暴"②。孔乙己被丁举人打折腿的屈辱成为看客反复取笑的笑料,他在看客的笑声中坐在蒲包上用手慢慢走去,每读至此,倍感人的冷酷。阿Q活在众人的取笑之中,直至在"两旁是许多张着嘴的看客"的目送下游街示众送上刑场。祥林嫂儿子阿毛被狼吃掉的痛苦与自责每每被身边的看客们故意逗起,直至被看客们看得厌倦之后弃之如芥,那种在他人伤口撒盐以博一笑的残酷成为看客不倦的游戏。魏连殳在重压与冷漠中死去,子君在严威与冷眼之中随着父亲回去……因为无爱,所以漠视,凡是看客出现的地方我们总能感受到一种阴森冷漠的氛围。

《野草》设置的这场复仇之局不仅将看客密密层层地从四面引来,而且还让他们在无聊复无聊之中展示出内在的精神世界。以看客为视点,我们看到的是民族生存的无意义与民族生命形而上本体的荒芜:因为"无我",所以"看人";因为"空虚",所以"审丑";因为"无爱",所以"漠视"。对于看客的揭示,鲁迅早年提出、一生不懈探求的"怎样才是理想的人性"的问题答案便更加明朗,因为他对于具体问题的回答经常采用的是"由非见是"③法,那"理想的人性"当然是与看客之"非"相对立的民族生命之"是"。其实,早在《摩罗诗力说》中鲁迅就展示出了这种理想的民族生命。且看他在《摩罗诗力说》结尾处连续发出的殷殷企盼与呼唤:

今索诸中国,为精神界之战士者安在?有作至诚之声,致吾人于善美刚健者乎?有作温煦之声,援吾人出于荒寒者乎?④

---

① 鲁迅. 鲁迅全集(1卷)[M]. 北京: 人民文学出版社, 2005: 170.
② 鲁迅. 鲁迅全集(1卷)[M]. 北京: 人民文学出版社, 2005: 130.
③ 鲁迅. 鲁迅全集(6卷)[M]. 北京: 人民文学出版社, 2005: 415.
④ 鲁迅. 鲁迅全集(1卷)[M]. 北京: 人民文学出版社, 2005: 102.

第一声呼唤向"精神界之战士"发出,显然"精神界之战士"正是鲁迅心中重构民族理想人性的担承者,其自身理当具备这种理想的人性。第二声呼唤更为明确而具体地指出了这种理想人性的内涵,"致吾人于善美刚健"不就是鲁迅希望民族生命形而上本体达到的理想状态吗?第三声呼唤实际表明前两声呼唤的现实急迫性,因为民族当下正处在"荒寒"之中。因此,这三声呼唤都是围绕理想的人性发出的,而"善美刚健"就是他心中理想人性寄寓的民族生命形而上本体的特质。这四个字实际包含三个标准:第一,"刚健"。这一标准凸显的正是强烈的主我意识,鲁迅特别强调的个性、独立、自由当属此列,"以己为终极"体现的正是"刚健",一种自主自为的生命状态,一种归向于"我"的形而上终极超越。这一标准我们不难发现它包含着"天行健,君子以自强不息"的传统人格底蕴,不过在结构性上鲁迅使这种传统人格归附于"主我"的精神结构,一种鲜明而强烈的现代个体生命意识。《野草》"反抗绝望"不正是"刚健"人格最集中、最极致的体现吗?第二,"善"。这一标准强调的是诚爱、人道。《野草》以"沙漠""地狱""夜"等喻指社会,人的冷漠,爱的匮乏,阴森恐怖的氛围,到处是"无物之阵",这一切都表明"吾人"正处于"荒寒"之中。第三,"美"。这一标准指向人性的退化与扭曲,人表现出极度的审丑欲。强调"美"不正是为了"要除去虚伪的脸谱。要除去世上害己害人的昏迷和强暴"①吗?不正是为了恢复人的官能,争得"人的价格"吗?而这也同样是《野草》中的"人"最缺乏的。

通过看客这一视点揭示出民族的生存状态,进而凸显出"善美刚健"这一理想的民族生命形而上本体之后,我们再将视野扩展至《烛虚》。这时,《烛虚》所高悬的生命意识,即以生命为信仰、为形而上终极,便凸显出民族生命现代重构的标示意义。虽然二人的着眼点不同:鲁迅着眼的是极度"无我"的奴性,沈从文着眼的是与自然本性相违背的阉寺性,但是他们在民族

---

① 鲁迅. 鲁迅全集(1卷)[M]. 北京:人民文学出版社,2005:130.

生命的形而上终极向度上有着高度的契合。主我意识实质就是鲜明的现代个体生命意识,以己为终极与以生命为信仰是契合的,而且二者都归向于爱与美。或者说,从密密层层"多于蚁阵"的看客乃至《烛虚》中的"上等人",其精神本体中最应高悬的正是以美与爱为内质的自觉自为的个体生命意识。换言之,从幻灯片事件中凸显的看客视点而及《野草》再至《烛虚》,这种涵盖中国社会历史第二次大变动主体、对于民族生命状态与生存状态深入到人的形而上本体的透视凸浮出民族生命现代重构所应真正确立的形而上终极向度:以美与爱为内质的自觉自为的现代个体生命意识。

二

与对美与爱倾心的自然本性相违背的阉寺性是沈从文在《烛虚》中集中关注的民族生命本体缺陷,这实质是他所揭示出的"上等人"的"群性"。《烛虚》对于这一"群性"的揭示是建立在对于"上等人"生存共相的审视之上的。在《烛虚》的开篇他就展示出上层妇女的"群像"。整体来看,虽然他开篇描述的是上层妇女的生存状态,但是这种状态其实涵盖绅士淑女、知识阶级、政治人物。这些所谓的"社会中坚""上等人"的喜怒哀乐"全部围绕着币值的涨跌、玩牌的输赢、交易的得失旋转"。[①]且看《烛虚》对其中一类上层妇女生存状态的描述:

> 她生存下来既无任何高尚理想,也无什么美丽目的。不仅对"国家"与"人"并无多大兴趣,即她自己应当如何就活得更有生趣,她也从不曾思索过。大家都以为她是一个有荣誉、有地位而且有道德的上层妇女,事实上她只配说是一个代表上层阶级莫名其妙活下来的女人。[②]

---

① 凌宇. 从边城走向世界(增订本)[M]. 长沙:岳麓书社,2006:399.
② 沈从文. 沈从文全集(12卷)[M]. 太原:北岳文艺出版社,2002:5.

这种生存状态的描述适用于整个上层阶级。这些"上等人"对美与爱完全丧失了感觉,其生存只是"莫名其妙活下来"。他们的生存只能说是"活着",即是"生活"而非"生命"。因此,"我"又想起20年前西水码头那个老兵静寂的死,"这个'过去'竟好好的保留在我印象中,活在我的印象中",这"在他人看来,也许有点不可解,因为我觉得这种寂寞的死比在城市中同一群莫名其妙的人热闹的生,倒有意义得多"①。"寂寞的死"比"热闹的生"要"有意义得多"凸显出这群"莫名其妙的人"生存的荒诞。"莫名其妙的人"就是这些上层阶级在"我"心中的"群像"。

透过这种"莫名其妙活下来"的生存状态,沈从文呈示出整个社会的运行状态,即一切当前存在的"事实""纲要""设计""理想""完全建筑在少数人的霸道无知和多数人的迁就虚伪上面",支配人的生存与社会运行的是"'市侩'人生观""唯实唯利人生观""实际主义"。②"市侩""唯实唯利"的要害正在于"唯"字,即完全偏向于物质生活一极。因此,沈从文并不是否定物质生活,更不是强调人要离开物质生活,而是强调人的存在市侩化、唯实唯利化,即人的生存完全囿于形而下层面,必将导致人的退化、扭曲与人性的沉沦。《烛虚》自始至终都在展示民族生存的形而下沉沦图景。《烛虚·烛虚》第一节是上层妇女的形而下沉沦图。她们的生存状态是"生命无性格,生活无目的,生存无幻想。一切都表示生物学上的退化现象"。她们的生存显示出"民族新陈代谢工作,已经毫无意义"。因为这些上层社会妇女在形而下层面沉沦得太深,所以"所谓女子教育的对象,无妨把她们抛开"。于是,《烛虚》紧接着聚焦于女子教育最重要的对象,即"目前国内各处,至少有五千二十岁年青女子,五万十五岁年青女子",因为她们未来要"作母亲","与民族最有关系"。《烛虚·烛虚》第二节展示的正是这些女子教育对象的形而下沉沦图:

---

① 沈从文. 沈从文全集(12卷)[M]. 太原:北岳文艺出版社,2002:15.
② 沈从文. 沈从文全集(12卷)[M]. 太原:北岳文艺出版社,2002:39.

关于读书事，连她自己也不大明白，为什么就入了大学英文系。功课还能及格，有一两门学科教员特别认真，就借同学笔记抄抄，写报告时也能勉强及格。家庭经济情况和爱好性情说来，她属于中产阶级的近代型女子。样子还相当好看，衣服又能够追随风气，所以在学校就常有男同学称她为"美人"。用"时代轮子转动了，我们一同飘流到这山国来"一类庸俗句子起始，写一些虽带做作气还不失去青春的热与香的信件。可是学校的书本和同学的殷勤都并不引起她多少兴趣。她需要的只是玩一玩，此外都不大关心。出门时也欢喜穿几件比较好看时新的衣服，打扮得体体面面，虽给人一个漂亮印象，宿舍中衣被可零乱而无秩序。金钱大部分用在吃食，最小部分方用来买书。她也学美术，历史，生物学，这一切知识都似乎只能同考试发生关系，决不能同生活发生关系。也努力学外国文，最大目的，只是能说话同洋人一样，得人赞美，并不想把它当成一个向人类崇高生命追求探索工具。做人无信心，无目的，无理想，正好像二十年前有人为她们争求解放，已解放了，但事实上她并不知道真正要解放的是什么。因此在年龄相差不多的女同学中，最先解放了一个胃口，随时都需要吃，随处都可以吃。俨若每天任何一时都能够用食物填塞到胃囊中，表示消化力之强。同时象征生命正是需要最少最少的想象，需要最多最多实际事物的年龄。想起她们那个还待解放或已解放的"性"，以及并无机会也好像不大需要解放的"头脑"，使人默然了。若想起这种青年女子，在另一时社会上还称她们为"摩登女郎"，能煽起有教养绅士青春的热，找回童年的梦，会觉得这个社会退化的可怕。①

在审视上层女性形而下沉沦的基础上，《烛虚》将目光投向整个社会，

---

① 沈从文. 沈从文全集（12卷）[M]. 太原：北岳文艺出版社，2002：11.

展示出一幅更为普遍的形而下沉沦图:

> 因大多数人都"不痴",知从"实在"上讨生活,或从"意义""名分"上讨生活。捕蚊捉虱,玩牌下棋,在小小得失上注意关心,引起哀乐,即可度过一生。生活安适,即已满足。活到末了,倒下完毕。多数人所需要的是"生活",并非对于"生命"具有何种特殊理解,故亦不必追寻生命如何使用,方觉更有意思。①

这时,当我们再次审视《烛虚》时,《烛虚》的总体格局便更为显明,它是由两类截然对立的生存图景构成的:第一,"人"只"知从'实在'上讨生活",在形而下沉沦中"莫名其妙活下来";第二,"我"如焚如烧走向至圣至美的生命境界,在形而上超越中获得"生命"。这种截然对立的生存格局其用意正在于一方面表明民族当下生存的形而下沉沦,另一方面标示出民族生命重造的形而上向度。"我"与"人"截然对立的生存格局表明,物质生活固然是人生存的基础,但是将人的生存完全等同于物质生活则是极其危险的,将人的生存导向吃喝拉撒睡而非"对于'生命'具有何种特殊理解"必将造成人性的沉沦,人类必将因此而走向灾难,乃至穷途末路,原因就在于我们是"人"。人自从动物界提升出来起就具有两个属性:物质性与精神性。物质性是人同万物存在的共性,精神性是人区别于万物存在的特性,因为这一特性人类被称为"万物之灵"。人类自从具有属灵性之日起就已经踏上了无限超越的形而上"人道"。脱离这个人之形而上存在之道而沉于形而下之道,人必将失去对于人的本质的真正占有,人的生存也必将随之退化为"活着","无光无热,如猪如狗"。这也就是《烛虚》所言精神被阉割之后"莫名其妙活下来"的状态:"也娶妻生子,治学问教书,做官开会,然而精神状态上始终是个阉人"。所谓"莫名其妙活下来"就是对"人"的生存的迷失。因此,人的生存虽以物质为基础,但必以精神为提升,将人导向永无止境的形而上超越之路,以人的最本己的自身召唤意志使自

---

① 沈从文. 沈从文全集(12卷)[M]. 太原:北岳文艺出版社,2002:31-32.

我时刻处于人道之上，在爱与美的洗礼中永葆人性的鲜活，而不是将人导向永无止境的物质需求，走向形而下沉沦。

如果站在《烛虚》所展示的民族生存形而下沉沦的视角，我们将视野回溯至鲁迅早期的思想元点——《文化偏至论》，民族生命现代重构的形而上终极向度便会更加清晰地凸浮出来。《文化偏至论》提出了贯穿鲁迅一生的思想基本点，他将自己的一生乃至民族与社会的首务归向于"立人"。"首在立人，人立而后凡事举"，是鲁迅在考察古今中西历史的基础上得出的结论，也是他从根本上为民族"生存两间，角逐列国是务"指明的着眼点，更是他终生致力的理想。如何"立人"？最根本的"道术"是"尊个性而张精神"，即个性独立，精神自由。如何"尊个性而张精神"？他将目光投向人的"内部之生活"，因为"内部之生活强，则人生之意义亦愈邃，个人尊严之旨趣亦愈明，二十世纪之新精神，殆将立狂风怒浪之间，恃意力以辟生路者也"。简言之，以"绝大意力"构建"沉邃庄严"的"内部之生活"。以上结论的得出是建立在对两个文化偏至点的批判基础之上的。这两个文化偏至点就是近世中国被西方新国"以其殊异之方术来向，一施吹拂，块然踣僵"之后所"馨香顶礼"的东西："物质"与"众数"。对于二者，鲁迅认为"往者为本体自发之偏枯，今则获以交通传来之新疫，二患交伐，而中国之沉沦遂以益速矣"。在他看来，如果将着眼点偏于外在的物质文明一极，而不是放在更为根本的人的精神、尊严与价值，那么，"唯物极端"便"杀精神生活"，"且逸个人之情意，使独创之力，归于槁枯"，民族精神若不立，即使"广有金资"，也会"被虐杀如犹太遗黎"，甲午海战的失败就宣告了"金铁主义"的破产，因此，"物质果足尽人生之本也耶？平意思之，必不然矣"；如果将着眼点偏于外在的制度文明一极，而不是放在更为根本的人的个性与自由，那么，即使建立了"立宪国会"，也会"借众以陵寡，托言众治，压制乃尤烈于暴君"，"每托平等之名，实乃愈趋于恶浊，庸凡凉薄，日益以深，顽愚之道行，伪诈之势遒，而气宇品性，卓尔不群之士，乃反穷于草莽，辱于泥涂，个性之尊严，人类之价值，将咸归于无有"。更何况，在人未立的前提下，"物质"与"众数"往往被同时利用，"至尤下而居多数者，乃无过假是空名，遂其私欲，不顾见诸实事，将事权言议，悉归奔走干进之徒，或至愚屯之富人，否亦善垄断之市侩，特以自长营撍，当列其班，况复掩自利之恶名，以福群之令誉，捷径在目，斯不惮竭撅以求之耳"。因此，鲁迅提出"掊物质而张灵明，任个人而排众数"，因为"人既发扬踔厉矣，则邦国亦以兴起"。整体审视鲁迅的一生，他的立人着眼点非常明确：针对"物质主义"偏至的弊害，他强调"灵明""精神""圣觉""性灵""内部之生活""心灵之域"；针对"众治"偏至的弊害，他强调"个人""个性""我性""自性""自由""自我""主我""以己为中枢""以己为终极"，这就是鲁迅的"取今复古，别立新宗"，即"新神思宗"。在回溯鲁迅思想的元点之后，再返回《烛虚》对于民族生存形而下沉沦的揭示，这时民族生命现代重构的方向便会更为明确，那是较之"科学"（物质文明）、"民主"（制度文明）更为深层的人的形而上本体的内质重构。

从鲁迅立人的第一个基点"非物质"到《烛虚》对民族生存与社会运行受"市侩"人生观、唯实唯利人生观支配而形而下沉沦的集中揭示，显示出二人对于民族生命本体精神结构重构的共识，前者反对"唯物极端"，后者反对"唯实唯利"，二者将民族生命重构鲜明指向"人生之本"，即"总是沿着无限的精神三角形的斜面向上走"，因为鲁迅认为"精神现象实人类生活之极颠，非发挥其辉光，于人生为无当"，沈从文认为"生命与抽象固不可分，真欲逃避，惟有死亡"。从鲁迅立人的第二个基点"任个人"到《烛虚》归向"生命"，显示出二人面对民族浑噩的生存旨在为民族生命形而上本体输入自觉自为的现代个体生命意识，前者将"张大个人之人格"作为"人生之第一义"，后者将"对自然或人工巧妙完美而倾心"作为"生命之最大意义"。

以上从《烛虚》到鲁迅思想元点的回溯，再从鲁迅思想元点到《烛虚》

的展望，显示出二人民族生命现代重构在根本上所依据的乃是人类文明对于人的本质最具现代性的把握，一切都归向于"人的价格"（鲁迅语）、"生命的庄严"（沈从文语），即人对人的本质的真正占有。为了真正将民族生命形而上本体归向"真的人"的本质，鲁迅以看客为视点显示出民族生命奴性之重，与"无我"的衰萎盲从、"无爱"的冷漠麻木、"审丑"的兽性狂欢截然相对，他所致力的是"吾人"的"善美刚健"；沈从文以莫名其妙的上等人为视点显示出民族生命与对自然倾心的本性相违背之深，与唯实唯利、无光无热、如猪如狗的形而下沉沦截然相对，他所致力的是摧毁"一切由庸俗腐败小气自私市侩人生观建筑的有形社会和无形观念"①，重建以美与爱为内质的生命本相。

第三节 "聪明人"与"知识阶级"

知识分子是鲁迅与沈从文以最为严厉的目光审视、批判的最主要对象。"鲁迅反奴性的主要对象并不是农民，而是中国知识分子"②，沈从文抗拒阉寺性的主要对象也显然不是农人和兵士，而是列为"上等人"的中国知识分子。在民族生命与生存状态的批判之中，二人不仅关注中国知识分子群体的国民共性，更关注这一群体自身的特性。对于中国知识分子的特别关注显示出二人对于这一"以制作和传播文化为专职"③的先知先觉群体更高的人格要求与更大的担承期待。鲁迅期待中国知识分子能够成为"精神界之战士"，因为唯有"精神界之战士"才能"作至诚之声，致吾人于善美刚健"，"作温煦之声，援吾人出于荒寒"。沈从文期待中国知识分子"具

---

① 沈从文. 沈从文全集（12卷）[M]. 太原：北岳文艺出版社，2002：39.
② 张梦阳. 奴性与悟性——鲁迅与中国知识分子的"国民性"[M]. 郑州：河南人民出版社，1997：33.
③ 冯天瑜. 文化守望[M]. 武汉：武汉大学出版社，2006：449.

有教育第一流政治家的能力"，而不是"打量从第三流政客下讨生活"。在第一章第一节中，我已经揭示出二人以"'作家'的头衔"在世生存的人生主体形象与内质，这一在世生存不仅是二人朝向现代生存践履亲证的"自救"，而且更是二人致力于民族生命与生存校正性干预的"他救"，这实际是二人以最本己的出场表明：在中华民族的现代转型之中，中国知识分子较之其他群体更应该自觉取向于作为民族现代生存之"有"的生命内质，更应该自主自为地以自身与传统生存尖锐化对立的否定性去实现民族生命现代重构的时代担承。或者说，在幻灯片事件中鲁迅决定弃医从文，以文艺改造国民性的那一刻，在沈从文离开湘西，远赴北京，作出"五四"式人生宣言的那一刻，二人实际上已经在意识世界将自己置身于担承民族生命现代重构的中国现代知识分子之列。在他们心中，这一群体在历史的转折处理应继承并超越敢为天下先、以天下为己任的天下意识，将其结构性地转化为具有鲜明现代性的时代意识、个体意识与生命意识，从自身起始致力于中国思想文化界（精神界）开时代之先的自我变革，以此实现民族精神文化的结构性重建，进而实现民族生命形而上本体的结构性重建。正是在这个意义上，鲁迅发出了强烈的呼唤："今索诸中国，为精神界之战士者安在？"这声对于"精神界之战士"的强烈呼唤因为是出自对于古今中西文化思想史的洞察与民族生存的深刻体认发出，所以具有超越时空的穿透。或者说，这声呼唤顺应的正是时代需要"精神界之战士"的历史大势，因为"由历史所指示，凡有改革，最初，总是觉悟的智识者的任务"①。沈从文离开湘西，远赴北京的"五四"式人生宣言不正是一种自觉将自我人生取向于"精神界之战士"的时代呼应吗？因此，二人在自觉融入中华民族新生的历史逻辑中对于自身乃至于整个中国知识分子群体的定位是极为明确的，那就是：作为民族现代生存之"有"、自觉担承民族生命本体形而上现代重构的"精神界之战士"。二人不仅自我践履亲证这一定位，更以

---

① 鲁迅. 鲁迅全集（6卷）[M]. 北京：人民文学出版社，2005：104.

这一标准考量中国知识分子群体。正是在这一标准的衡量下，中国知识分子之病既深且重，不仅不能开时代之先，担负起民族精神文化重建的职责，而且还表现出较之世俗更为荒谬的堕落，中国思想文化界（精神界）不仅不能担负世俗精神前导，反而被世俗前导。《野草》与《烛虚》对于中国知识分子这种本体精神结构的缺陷进行了有重点地揭示，《野草》主要集中于《立论》《聪明人和傻子和奴才》等篇目，《烛虚》则贯穿各篇。倘若将二者并置，以《野草》与《烛虚》中"我"的"精神界之战士"形象"立之为极"进行参照，便会为中国知识分子共构出一面反思自我的镜子。

一

《野草》中的《立论》是中国知识分子的经典漫画，篇幅不足三百字，内容含量却相当于涉及知识分子使命、人格、生存等诸多方面的专著。首先来看标题——"立论"。所谓立论，就是"对某个问题提出自己的看法，表示自己的意见"①。以"立论"为题正是鲁迅对于知识分子自身职能、职责的高度提炼与突出强调。或者说，知识分子就是为"立论"而存在。宋人张载"为天地立心，为生民立命，为往圣继绝学，为万世开太平"的理想，堪称知识分子"立论"的崇高使命。这一使命涉及精神价值、生活意义、学统传承、政治理想四个层面，拿我们现在的话来说就是：为社会重建精神价值，为民众确立生命意义，为前圣继承已绝之学统，为万世开拓太平之基业。这四个层面实质是围绕"立论"展开的，更进一步说，知识分子最核心的使命就是为社会建立精神价值体系，为民众确立生命意义，这就是知识分子的"立论"。那么，知识分子担承这一"立论"使命需要具备什么样的人格呢？这一问题回到知识分子的历史语境中会看得更为清楚。

---

① 中国社会科学院语言研究所词典编辑室. 现代汉语词典（修订本）[M]. 北京：商务印书馆，2000：778.

中国现代知识分子是中国文化人经过巫觋阶段、士大夫阶段之后在中西文化碰撞中于中国近现代社会形成的群体。走着后发式现代转型之路的中国，其知识分子是19世纪中叶以降"西学东渐"的产物。因此，知识分子是一个外来的、西方的概念。知识分子一词最早源自俄文，出现在19世纪的俄国。他们是一批与主流社会有着疏离感、具有强烈批判精神、特别是道德批判意识的精神性群体。知识分子的第二个来源是法国。1898年左拉、雨果等人为了替因为犹太人的关系而遭受诬陷的上尉德雷福斯辩护，发表了《知识分子宣言》。后来这批为社会的正义辩护、批判社会不正义的人士就被他们的敌对者蔑视地称为"知识分子"。但不管是俄国还是法国知识分子都是指那些受过教育、具有批判意识和社会良知的一群人。总的来看，现代意义的知识分子是指那些以独立的身份、借助知识和精神的力量，对社会表现出强烈的公共关怀，体现出一种公共良知、有社会参与意识的一群文化人。这是知识分子词源学上的原意。在这个意义上，知识分子与一般的技术专家、技术官僚以及职业性学者是很不相同的。葛兰西将这类完全独立的，除了自己的良知之外没有任何阶级背景的知识分子称为"传统的"知识分子，而将后来阶级化、党派化的知识分子称为"有机的"知识分子。在后来的社会发展中，知识分子逐渐进入国家权力与法律认定的知识体制，体制化的知识分子取得了足以获得话语霸权的文化资本，他们因而也越来越保守化，不再具有当年自由漂浮者那种独立的、尖锐的批判性。知识分子的专业化，使得他们丧失了对社会公共问题的深刻关怀，而知识分子的有机化，又使得他们丧失了超越性的公共良知。在这种情形下，一些西方思想家对知识分子进行了界定。仅仅从事抽象符号生产或传播的人不一定是知识分子，拥有文化资本的人也不一定是知识分子。真正的知识分子不再是职业性的，而是精神性的。路易斯·科塞认为知识分子必须是"为了思想而不是靠了思想而生活的人"。这一思想强调知识分子的批判性，对现实社会有一种清醒的警惕。法兰克福学派的思想家们主张知识分子"应该是每一时代的批判性良知"。他们不满当代知识分子普遍地学院化、专家化、有机化，普遍地丧失对社会公共问题的思想关怀，怀念"传统的"知识分子的精神气质。美国学者萨伊德在《知识分子论》中，按照知识分子"传统的"历史形象，将知识分子理解为精神上的流亡者和边缘人，是真正的业余者，是对权势说真话的人。然而，像萨伊德所描述的这种知识分子在当代社会越来越稀缺。中国社会长期以来往往约定俗成地将那些受过一定程度教育，从事教育、科研、文艺等相关职业的人划归为知识分子，这实际上凸显的是知识分子的教育与职业背景，并没有凸显出知识分子为社会建立精神价值体系，为民众确立生命意义这一体现公共关怀、公共良知的核心使命。上述知识分子历史语境的回顾，不仅表明"立论"正是知识分子最本质的使命，而且还表明知识分子要真正"为天地立心，为生民立命"就必须具有强烈的公共关怀意识，坚守代表社会正义的公共良知，拥有独立自由的精神品格，具备对权势说真话的勇气，保持对现实社会清醒警惕的敏锐批判性。①

立足上述知识分子的"立论"使命与其担承这一使命所必须具备的人格，我们不难发现真正意义上的现代知识分子正是鲁迅所强烈呼唤的"精神界之战士"。在后期杂文《门外文谈》中，鲁迅对这种知识分子的使命与人格进行了更为完整的表述："由历史所指示，凡有改革，最初，总是觉悟的智识者的任务。但这些智识者，却必须有研究，能思索，有决断，而且有毅力。他也用权，却不是骗人，他利导，却并非迎合。他不看轻自己，以为是大家的戏子，也不看轻别人，当作自己的喽罗。他只是大众中的一个人，我想，这才可以做大众的事业。"②因此，鲁迅对于中国知识分子的考量正是以能否担承"立论"使命、具备"立论"人格为标准的。

知识分子使命与其担承使命所需人格的明确，或者说，鲁迅心中强烈

---

① 本段关于知识分子历史语境的参考文献主要是：冯天瑜. 文化守望[M]（武汉：武汉大学出版社，2006），许纪霖. 知识分子十论[M]（上海：复旦大学出版社，2003）等。

② 鲁迅. 鲁迅全集（6卷）[M]. 北京：人民文学出版社，2005：104-105.

而警醒的"精神界之战士"的意识让他更为清楚、更为深刻地看到中国知识分子自身的"怯弱,懒惰,而又巧滑"。这一本体精神结构缺陷集中见之于中国知识分子的具体"立论"情形之中:

> 我梦见自己正在小学校的讲堂上预备作文,向老师请教立论的方法。
>
> "难!"老师从眼镜圈外斜射出眼光来,看着我,说。"我告诉你一件事——
>
> "一家人家生了一个男孩,合家高兴透顶了。满月的时候,抱出来给客人看,——大概自然是想得一点好兆头。
>
> "一个说:'这孩子将来要发财的。'他于是得到一番感谢。
>
> "一个说:'这孩子将来要做官的。'他于是收回几句恭维。
>
> "一个说:'这孩子将来是要死的。'他于是得到一顿大家合力的痛打。
>
> "说要死的必然,说富贵的许谎。但说谎的得好报,说必然的遭打。你……"
>
> "我愿意既不谎人,也不遭打。那么,老师,我得怎么说呢?"
>
> "那么,你得说:'啊呀!这孩子呵!您瞧!多么……阿唷!哈哈!Hehe!he,hehehehe!'"①

"我梦见自己正在小学校的讲堂上预备作文"正是"我"所设置的孩子从小接受老师立论教育的场景。"老师从眼镜圈外斜射出眼光来,看着我",显示出"老师"作为知识分子的特有的自我精神优越感,一种"精神贵族"高高在上的姿态。吐出一个"难"字,显示出知识分子世事洞明的姿态。面对"说谎的得好报,说必然的遭打"的生存环境,"老师"给出的"既不谎人,也不遭打"的答案是"啊呀!这孩子呵!您瞧!多么……阿唷!哈哈!Hehe!he,hehehehe!",一种"哈哈式"的"立论"。这就是《野草》

---

① 鲁迅. 鲁迅全集(2卷)[M]. 北京:人民文学出版社,2005:212.

寓言式展示出的中国知识分子的立论。

这位"老师"充任的正是知识分子的角色,这不仅是他的社会身份是一名"人之师",更为重要的是他所担负的是"人之师"的职责。他要在小学校的讲堂上为孩子立论,为孩子指明关于社会与人生问题的是非评判,为人的现实行为取向作出价值取舍。他之所以认为立论之难是因为他看到了社会运行的荒谬——"说谎的得好报,说必然的遭打"。这里,他似乎显示出了知识分子对于社会的清醒与先知先觉。正是在这里显示出了真正的知识分子与伪知识分子的区别:前者因为自身的先知先觉而对社会与人生之非保持清醒的警惕和尖锐的批判,为正义与真理立论;后者则因为自身的先知先觉而表现出一种"自觉的奴性"。因此,知识分子的存在最可贵的地方并不在于他比其他人要早了解社会与人生之非,而在于面对社会与人生之非如何立论。真正的知识分子就是要拨除社会与人生之非,为社会重建精神价值,为民众重建生命意义。这位"老师"所代表的中国知识分子显然是伪知识分子。面对"说谎的得好报,说必然的遭打"的社会与人生之非,他的立论方法是回避矛盾、避免冲突、模棱两可、无是无非。他所立之论充其量不过是使人适应社会与人生之非,随波逐流,保全自己的庸俗社会学。他口不臧否,对于说谎的、说谎得好报的、说出事实却被大家合力痛打的社会与人生之非不敢触及,不敢揭破,不敢代表真理与正义发出振聋发聩的声音,更不敢代表公共关怀、公共良知拨云见日。表面上看,他所立之论超然于社会是非之外,显示出高蹈于众人之上的"清醒"。事实上,这不过是对于现实社会与人生之非的逃避、退让与敷衍,一种举世混浊就随其流而扬其波,众人皆醉就餔其糟而啜其醨的"清醒"的浑噩。在"中庸"的麒麟皮之下藏着的是"自觉的奴性",一种貌似"精神贵族"实为"精神奴隶"的"怯弱,懒惰,而又巧滑"。在《立论》(1925年7月8日)之前给旭生的回信(1925年3月29日)中,鲁迅对这种在中国知识分子身上表现得最为突出的国民性作了直白的表述:

> 先生的信上说：惰性表现的形式不一，而最普通的，第一就是听天任命，第二就是中庸。我以为这两种态度的根柢，怕不可仅以惰性了之，其实乃是卑怯。遇见强者，不敢反抗，便以"中庸"这些话来粉饰，聊以自慰。所以中国人倘有权力，看见别人奈何他不得，或者有"多数"作他护符的时候，多是凶残横恣，宛然一个暴君，做事并不中庸；待到满口"中庸"时，乃是势力已失，早非"中庸"不可的时候了。一到全败，则又有"命运"来做话柄，纵为奴隶，也处之泰然，但又无往而不合于圣道。①

"卑怯"（"怯弱"），正是中国知识分子精神本体最突出的缺陷，显示出中国知识分子在很大程度上不过是伪知识分子，也集中暴露出中国国民性的最大缺失。奴性的生存最具体地表现为怯弱的生存。这里的怯弱不是社会现实层面弱势群体在强势群体面前的忍让与无奈，而是人的本体论层面的精神缺陷，是奴性最集中的体现。知识分子于此最突出的表现是借助"圣道"粉饰。《立论》中的"老师"知道"说必然的遭打"，因此他不敢说出必然，他"哈哈"式的立论就是借助"圣道"的自慰。这种立论方式于"怯弱"之中也见出知识分子的"巧滑"与"懒惰"，对于现实社会矛盾"造出奇妙的逃路来，而自以为正路"。三者之中"怯弱"是核心，因为"怯弱"所以"懒惰，而又巧滑"。

对于这种怯弱，鲁迅在《立论》半月之后所写的杂感《论睁了眼看》（1925年7月22日）中进行了更为直白、更为详细的表述：

> 必须敢于正视，这才可望敢想，敢说，敢作，敢当。倘使并正视而不敢，此外还能成什么气候。然而，不幸这一种勇气，是我们中国人最所缺乏的。
>
> 中国的文人，对于人生，——至少是对于社会现象，向来就多没有正视的勇气。

---

① 鲁迅. 鲁迅全集（3卷）[M]. 北京：人民文学出版社，2005：27.

> 中国的文人也一样，万事闭眼睛，聊以自欺，而且欺人，那方法是：瞒和骗。
>
> 中国人的不敢正视各方面，用瞒和骗，造出奇妙的逃路来，而自以为正路。在这路上，就证明着国民性的怯弱，懒惰，而又巧滑。①

以上表述反复强调，"国民性的怯弱"是中国人特别是中国文人本体精神结构最突出的缺陷。具体地说，怯弱就是对于"由本身的矛盾或社会的缺陷所生的苦痛"不敢正视，缺乏正视的勇气，安于"瞒和骗"的自欺与欺人，在人的生存与社会运行上表现为"闭着的眼睛"的"一切圆满"。中国人与中国社会的"十全停滞"就是"闭着的眼睛"的"一切圆满"，而这集中见之于中国的知识分子。因此，鲁迅特别强调中国知识分子要"睁了眼睛看"。他之所以特别针对知识分子就是因为就其职责来说这是他担承立论使命的前提条件，因为唯有"敢于正视"，"才可望敢想，敢说，敢作，敢当"。鲁迅心中的"吾人之善美刚健"在真正的知识分子即"精神界之战士"身上首先表现为"敢于正视"。特别是，在历史的转折处，因为"由历史所指示，凡有改革，最初，总是觉悟的智识者的任务"，所以必须敢于正视"由本身的矛盾或社会的缺陷所生的苦痛"，敢于触及"缺陷的危机"。反之，如果知识分子"无问题，无缺陷，无不平，也就无解决，无改革，无反抗"，就不可能担承"立论"以"撄人"的使命与责任。于此，我们不难发现鲁迅赋予真正的知识分子以"精神界之战士""独异个体""猛士""绝大意力之士""摩罗诗人""凶猛的闯将"等诸多称呼最突出的共性，即强调"敢"字当头，具备敢于正视的勇气。只有敢于"立意在反抗，指归在动作"，知识分子才能"撄人心"。

鲁迅之所以面对怯弱的中国知识分子特别强调敢于正视的勇气源自他对中国社会历史与国民性的深刻体察。早在《摩罗诗力说》中他就深刻地

---

① 鲁迅. 鲁迅全集（1卷）[M]. 北京：人民文学出版社，2005：251-254.

认识到"中国之治，理想在不撄"的历史同一性。其怪异之处就在于"撄人者""得撄者"不仅"为帝大禁"而且"为民大禁"。国民为了所谓的"安生"，"宁蜷伏堕落而恶进取"，因此，"性解（天才）之出，亦必竭全力死之"。①相应地，"精神界之战士"在这"理想在不撄"的中国难以避免的悲剧命运就是"虽然为民众战斗，却往往反为这'所为'而灭亡"②。面对无声的中国，鲁迅不禁沉痛地感叹："中国一向就少有失败的英雄，少有韧性的反抗，少有敢单身鏖战的武人，少有敢抚哭叛徒的吊客；见胜兆则纷纷聚集，见败兆则纷纷逃亡。战具比我们精利的欧美人，战具未必比我们精利的匈奴蒙古满洲人，都如入无人之境。"③因此，"精神界之战士"在这样的社会历史与现实环境中以"立论"的方式来"立人"必须具有绝大勇气与绝大意力，这就是为什么我们总能在鲁迅的作品中感受到一种力的伟美的原因。《野草》的"自救"与"他救"就是一场"精神界之战士"以绝大勇气与绝大意力在这"性解之出，必竭全力死之""理想在不撄"的"沙漠"般的生存环境中的突围。"我"以"野草"自喻显示出的正是"野火烧不尽，春风吹又生"的超越生死的绝大勇气与绝大意力，"绝望之为虚妄，正与希望相同"凸显出超越希望与绝望的绝大勇气与绝大意力。唯有"野草"式的"精神界之战士"才能"经了几乎致命的摧折，还要开一朵小花"，才能"在旱干的沙漠中间，拼命伸长他的根，吸取深地中的水泉，来造成碧绿的林莽"。因此，《野草》的诞生与存在实质也可以说是真正的知识分子的生命象征，面对被"烧尽"的命运"但我坦然，欣然。我将大笑，我将歌唱"的"野草"不正是真正的知识分子（"精神界之战士"）的生命写照吗？

当鲁迅"由历史所指示"看到"凡有改革，最初，总是觉悟的智识者的任务"的时候，他深刻地意识到"理想在不撄"的中国最需要的是"撄

---

① 鲁迅. 鲁迅全集（1卷）[M]. 北京：人民文学出版社，2005：70.
② 鲁迅. 鲁迅全集（3卷）[M]. 北京：人民文学出版社，2005：150.
③ 鲁迅. 鲁迅全集（3卷）[M]. 北京：人民文学出版社，2005：153.

人心"的"精神界之战士"。当他以"精神界之战士"的标准考量中国知识分子的时候,首先让他深切感受到的就是中国知识分子的"怯弱,懒惰,而又巧滑",一种"精神贵族"外衣掩饰之下的"精神奴隶"所特有的"自觉的奴性"。这些以制作与传播文艺(文化)为专职的知识分子如此的生命状态就足以想见中国文艺(文化)的实际情形,因为"文艺是国民精神所发的火光,同时也是引导国民精神的前途的灯火。这是互为因果的,正如麻油从芝麻榨出,但以浸芝麻,就使它更油。倘以油为上,就不必说;否则,当参入别的东西,或水或碱去",所以"中国人向来因为不敢正视人生,只好瞒和骗,由此也生出瞒和骗的文艺来,由这文艺,更令中国人更深地陷入瞒和骗的大泽中,甚而至于已经自己不觉得"。①这不正表明知识分子在中国恰恰构成了奴性滋生繁衍的精神土壤吗?其所立之论不正是一种较之"不悟己之为奴"更为堕落的"自觉的奴性"吗?在现实生活中这些知识分子正是以这种方式来安抚民众,扮演精神教父的,这在《聪明人和傻子和奴才》中更为具体地展示出来,"聪明人"正是鲁迅对于上述中国知识分子的讽刺性称谓。当奴才"眼泪联成一线"向"聪明人"哭诉"我所过的简直不是人的生活。吃的是一天未必有一餐,这一餐又不过是高粱皮,连猪狗都不要吃的,尚且只有一小碗"的时候,这位"先生"也"似乎要下泪"地安抚:"这实在令人同情","我想,你总会好起来"。当奴才招来一群奴才赶跑要帮他开一个窗户的傻子赢得主人一句"你不错"的夸奖的时候,"聪明人"就和其他人一起去慰问奴才。当奴才高兴地对"聪明人"说"因为我有功,主人夸奖了我了"的时候,"聪明人"也代为高兴似的回答:"可不是么"。显然,"聪明人"所做的一切不过是在精神上安抚奴才,让奴才永远安心地做下去,所立之论不过是让奴才"更深地陷入瞒和骗的大泽中"。因此,知识分子的"怯弱,懒惰,而又巧滑",即不敢正视的"瞒和骗",对于自身而言不过是"精神奴隶",对于民众而言不过是为奴性立

---

① 鲁迅. 鲁迅全集(1卷)[M]. 北京:人民文学出版社,2005:254-255.

论。或者说,"怯弱"在社会现实层面再现出知识分子的软弱性、依附性,所充当的是奴隶主的帮凶与帮闲,在本体论层面再现出知识分子的奴性,这使得他们不可能真正出自公共关怀、公共良知对权势说真话,来进行独立自由的批判性"立论",较之于其他奴才他们的奴性不过表现得更为"自觉"罢了,但是他们又必须依赖"立论"的外衣而寄生,在这种情形之下他们只能立奴性之论,立使人安心作奴才之论。或者说,这种"无往而不合于圣道"的"立论"本身就是他们"怯弱,懒惰,而又巧滑"的生存方式,这正是这些"聪明人"的"聪明"之处。因此,要"致吾人于善美刚健","精神界之战士"必须"作至诚之声"。具体地说,以重建民族文化来"立人"的"精神界之战士"理当在思想文化界(精神界)涤除荡尽这些奴性赖以滋生繁衍的"伪论",以作为民族现代生存之"有"的存在重新"立论"。相应地,这些"聪明"的中国知识分子本身便成为"精神界之战士"反奴性的最主要对象。

二

与上述鲁迅立足知识分子的"立论"使命与担承这一使命所必需的人格透视中国知识分子本体精神缺陷不同,沈从文是站在知识分子的本体精神结构与对自然倾心的本性相违反的视角来审视中国知识分子的本体精神缺陷的。沈从文在这一视角同样看到了中国知识分子的怯弱,不过,此"怯弱"非彼"怯弱":鲁迅所言的知识分子的怯弱是指"自觉的奴性",不敢正视的"瞒和骗";而在沈从文那里知识分子的怯弱则是指情感与精神被阉割之后对于美与爱的惧怕。一方面,这些知识阶级"情感或被世务所阉割,淡漠如一僵尸,或欲扮道学,充绅士,作君子,深深惧怕被任何一种美所袭击,支撑不住,必致误事",以至于"对于'美',对于一切美物、美行、美事、美观念,无不漠然处之,竟若毫无反应";另一方面,他们"以爱与欲不可分，惶恐逃避，惟恐不及"，[1]将"爱之基础或完全建筑在一种'情欲'事实上，或纯粹建筑在一种'道德'名分上"，[2]结果是"实无所爱，对国家，貌作热诚，对事，马马虎虎，对人，毫无情感，对理想，异常吓怕"[3]。这些贵为"上等人"的知识阶级为什么对美惧怕、对爱惶恐呢？原因有二：第一，"情感或被世务所阉割"；第二，"感情被种种名词所阉割"[4]。对于沈从文指出的这两点原因应该从《烛虚》的整体表述来理解，因为这里只是集约的、象征性的表述。"世务"是涵盖面很广的集约性表述，"种种名词"是指代性的象征性表述。总的来看，《烛虚》认为阉割人的情感与精神的最主要因素是"禁律"与"金钱"。"金钱"是"世务"中表现得最为突出的因素，"种种名词"实则是束缚生命的各种"禁律"。

　　《烛虚》向我们展示的知识阶级的生命状态是"如花园中的盆景"，"被人事强制曲折成为各种小巧而丑恶的形式"。而这种生命状态正是各种社会禁律的结果。因此，《烛虚》"我"与"知识阶级"之间的尖锐化对立便在本质上体现为自然生命形态与人工异化生命形态之间的尖锐化对立。这就是为什么《烛虚》如此集中批判知识阶级的生命状态，又如此集中展示"我"的生命状态的原因。正是在这里显示出了沈从文的独特与深刻。《烛虚》"我"与"知识阶级"之间的尖锐化对立结构再现出沈从文构筑生命的诸多参照系："我"与"知识阶级"，边民与"社会中坚"，边地与中心区域，边缘文化与主流文化，传统生存与现代生存。在这诸多参照之中，他在知识阶级身上看到了民族生命的病灶：对于自然本性的违反。站在《烛虚》这一高点之上，沈从文的创作意图更加清晰。他如此倾情于湘西世界固然与他的独特生命历程相关，但这也同时是他对中国主流社会历史与现实以及民族主体生存方式的深刻体察。在中国社会历史第一次大变动之后延续两千多

---

[1] 沈从文. 沈从文全集（12卷）[M]. 太原：北岳文艺出版社，2002：32-33.
[2] 沈从文. 沈从文全集（12卷）[M]. 太原：北岳文艺出版社，2002：34.
[3] 沈从文. 沈从文全集（12卷）[M]. 太原：北岳文艺出版社，2002：43.
[4] 沈从文. 沈从文全集（12卷）[M]. 太原：北岳文艺出版社，2002：34.

年的大一统封建社会里,中华民族最主要的生存方式当然是"以家族制度与礼教制度为中心的主流文化占统治地位的中国中心区域的生存方式"。这种以家族制度与礼教制度为中心的主流文化对于民族生命的宰制正是"五四"最为激烈批判的。封建知识分子的生命形态最为集中地再现出这一主流文化的表现形态。"克己复礼"是这一主流文化对于民族生命的最基本的规范,其身体力行的典型便是"君子",而君子的最基本身份就是知识分子。为了在社会树立"文质彬彬,然后君子"这种民族生命的典范,"非礼勿视,非礼勿听,非礼勿言,非礼勿动"便成为民族生命立身的准则。我以为,才子佳人的模式倘若从人的自然本性来看在很大程度上潜藏着民族生命特别是知识分子对于爱与美的无限渴望。《杜十娘怒沉百宝箱》中的李甲不正是封建知识分子在爱与美的自然本性与家族制度、礼教制度之间挣扎的典型吗?李甲卖掉杜十娘实质是爱与美的自然本性被家族制度、礼教制度所压制,再现出知识分子面对爱与美的怯弱与扭曲。因此,两千多年来的民族生命特别是知识分子不正是"如花园中的盆景",不正是一株株失去生气、扭曲变形的"病梅"吗?中国社会历史第二次大变动正是为了挣脱两千多年的民族生存惯性以图重构民族生命本体而发生的,"五四"是这次社会历史大变动的重要标志。《烛虚》更为集中地聚焦于"五四"以来直至40年代的民族生命状态特别是这一中国社会历史第二次大变动的主体阶段知识阶级的生命状态。沈从文一方面肯定"'五四'运动在中国读书人思想观念上,解放了一些束缚"[1],另一方面也同样注意到知识阶级并没有因此而复归人的自然本性,而是困缚于各种现代外衣的观念之中,依然没有改变"被人事强制曲折成为各种小巧而丑恶的形式"。在《八骏图》等小说基础之上,《烛虚》更为集中地展示出知识阶级"淡漠如一僵尸,或欲扮道学,充绅士,作君子,深深惧怕被任何一种美所袭击,支撑不住,必致误事"的生命状态。因此,知识分子的怯弱在沈从文那里再现出的正是民族生命

---

[1] 沈从文. 沈从文全集(12卷)[M]. 太原:北岳文艺出版社,2002:6.

对于自然的违反，再现出的正是民族生命的孱弱、衰萎与扭曲，再现出的正是民族文化对于民族生命健全发展的极大制约。

《烛虚》向我们展示的知识阶级的生存状态是一切受金钱驱使，表现出极度的唯实唯利。沈从文展示出了这种极为反常的生存状态：

> 正如陈思王佚诗，"巢许让天下，商贾争一钱"；在争让中就可见出所谓人生两极。这两极分野，并不以教育身分为标准。换言之，就是不以识字多少或社会地位大小为标准。同为圆颅方踵，不识字身分低的人，三年战争的种种表现，尽人皆知。至于有许多受过高等教育，在外表上称绅士淑女的，事实上这种人的生活兴趣，不过同虫蚁一样，在庸俗的污泥里滚爬罢了。①

按道理说，"受过高等教育"的知识阶级对于生命应该有着更高的认识，不应该受金钱所驱使，但是事实上"巢许让天下，商贾争一钱"的人生两极"并不以教育身分为标准"，甚至恰恰相反，"不识字身分低的人，三年战争的种种表现，尽人皆知"，而"在外表上称绅士淑女的"却如同虫蚁"在庸俗的污泥里滚爬"。知识阶级是所谓的"社会的中坚"，是"政治、哲学、文学、美术"等上层建筑的支配性力量，其生存状态是社会上层建筑乃至整个社会运行的集中体现。当他们自身沉沦于极度的唯实唯利人生观的时候，社会上层建筑乃至整个社会的背面当然"都给一个'市侩'人生观在推行"。《烛虚》所揭示的这种情状正是中国社会历史与现实的内在运行方式，而这种内在运行方式深层显示出的正是知识阶级的情感与精神已被金钱等世务所阉割，以至于民族文化堕落为市侩化。这样，当以知识阶级为代表的社会上层建筑乃至整个社会都"知从'实在'上讨生活，或从'意义''名分'上讨生活""并非对于'生命'具有何种特殊理解，故亦不必追寻生命如何使用，方觉更有意思"②的时候，他们所"趋避"的、"感动

---

① 沈从文. 沈从文全集（12卷）[M]. 太原：北岳文艺出版社，2002：37.
② 沈从文. 沈从文全集（12卷）[M]. 太原：北岳文艺出版社，2002：31-32.

惶恐"的恰恰是生命的实在,而其现实的生存则恰恰是生命的非在。《烛虚》对于这种知识阶级生存状态的观照选择的历史起点是"五四"。正是在这里显示出了沈从文对于民族生命的历史性体察。"五四"鲜明指向的是民族传统文化对于民族生命的宰制,而沈从文根据自己独特的生命历程深刻地透视出这一主流文化对于民族生命而言实质是对于人的自然本性的违反,这正是对于"五四"这一历史维度的继续。"五四"虽然对于民族生命而言的确起到了解放的作用,正如沈从文在《烛虚》中所言"'五四'运动在中国读书人思想观念上,解放了一些束缚","'重新做人'虽已成为一个口号,具尽符咒的魔力",但是,"如何重新做人,重新做什么样人,似乎被主持这个运动的人,把范围限制在'争自由'一面,含义太泛,把趋势放在'求性的自由'一方面,要求太窄"。①在这"新的没有,旧的不读"的民族文化空白地带,民族生命表现出极度的市侩化,这集中见之于上层社会知识阶级现实的生存状态。正是在这里,"我"与知识阶级("多数人")的"庸俗利害观念相冲突":知识阶级所惧怕的、所趋避的、所漠然的正是"我"所倾心的、所皈依的,前者"深深惧怕被任何一种美所袭击",后者"对于美特具敏感","如焚如烧";前者"以爱与欲不可分,惶恐逃避,惟恐不及",后者认为"爱就是生的一种方式","爱与死为邻",无爱也即无生。

与上述知识阶级因情感与精神被禁律与金钱阉割而对美惧怕、对爱惶恐的生命状态与生存状态相对,《烛虚》中"我"自觉地对"自然"倾心,自主地皈依美与爱。定格在"我"心中的湘西世界正是一片没有被"禁律"扭曲、被"金钱"腐蚀,保有新鲜透明泉水的生命世界。这样,从湘西边民自发的原始生命状态到《烛虚》中"我"所自主归向的至圣至美的生命境界所展示的正是没有被禁律与金钱所阉割的鲜活的自然生命状态,鲜明地显示出沈从文以强烈的现代意识复归自然重造民族生命的意图。为此,针对知识阶级对美惧怕、对爱惶恐这种怯弱、衰萎的生命状态,《烛虚》将"勇敢与健

---

① 沈从文. 沈从文全集(12卷)[M]. 太原:北岳文艺出版社,2002:6.

康"作为"对于更好的'明天'或'未来'人类的崇高理想的向往"①。

当对自然倾心的本性丧失之后，这些知识阶级"对许多事也就只是糊糊涂涂，马马虎虎，功利心切，虚荣心大，不敢向深处思索，俨然唯恐如此一来就会溺死在自己思想中"②。其自身作为知识分子的特性也随之丧失，因为"这些人的有用脑子转移到与人类进步完全不相干的小小得失悲欢上去"，"这么一来，这些上等人就不至于为知识所苦，生活得很像一个'生物'了"。③《烛虚·烛虚》第四节对于知识阶级这种完全丧失作为知识分子特性的"懒惰"进行了集中批判。知识分子最能体现人类特点的地方就是能思想，即罗素所说的"远虑"，其自身正是借此显示出超越他人的存在特性。鲁迅所关注的知识分子的"立论"与沈从文所关注的知识分子的"远虑"都是对知识分子自身存在特性的关注，能思想才能立论，立论是思想的结晶，只是二人关注的角度不同：前者从反奴性出发，后者从人的自然本性出发。中国知识分子的懒惰所集中显示的正是民族生命的生物学退化，即"从'万物之灵'回到'脊椎动物'"④。《烛虚·长庚》这样描述知识阶级退化之后生命与生存的无意义：

> 这种人在滚爬中也居然搀杂泪和笑，活下来，就活在这种小小得失恩怨中，死去了，世界上少了一个"知识阶级"，如此而已。⑤

知识阶级这种"虫豸"式的生存，即"生命相抵相销，末了等于一个零"的存在，使"我"异常痛苦。在知识阶级沉湎于"与人类进步完全不相干的小小得失悲欢上"，"我"看到的是"民族'堕落'问题"。知识阶级的懒惰，即对于"远虑"的"无足语"，直接关乎民族的命运，"因为我们还知道这个民族目前或将来，想要与其他民族竞争生存，不管战时或承平，

---

① 沈从文. 沈从文全集（12卷）[M]. 太原：北岳文艺出版社，2002：40.
② 沈从文. 沈从文全集（12卷）[M]. 太原：北岳文艺出版社，2002：20-21.
③ 沈从文. 沈从文全集（12卷）[M]. 太原：北岳文艺出版社，2002：18.
④ 沈从文. 沈从文全集（12卷）[M]. 太原：北岳文艺出版社，2002：38.
⑤ 沈从文. 沈从文全集（12卷）[M]. 太原：北岳文艺出版社，2002：37.

总之懒惰不得的。不特有许多事要人去做,其实还有许多事要人去想。而且事情居多是先要人想出一个条理头绪,方能叫人去做"。①正是在这个意义上,沈从文将知识阶级"对于种族存亡的远虑"放在突出的位置加以强调。这样,沈从文对于知识阶级乃至民族生命的观照最终回到了人之为人的本质上。正如第二章第三节所论及的,"万物之灵"才是人的自然,即人作为人的生存本然。人类重返自然并不是重返那个"已失的原与自然合体的混沌",效法动物生存的本然将人复归蒙昧与野蛮,而是重返人的自然。人的自然最突出的见之于人的属灵性,而属灵性的最突出体现就是能思想,即"远虑"。因此,沈从文之所以如此强调知识阶级的"远虑"从根本上说乃是希望民族生命在知识阶级的引领下真正回归人的自然、高层复归生命的形而上超越之路。于此,《烛虚》对于知识阶级的考量标准就更为清晰地凸现出来:知识阶级理应在人类由"脊椎动物"到"万物之灵"这条"只前进,不后退,能迈进,难静止"的"生命"之路上,坚守"对自然倾心"的本性与"对于种族存亡的远虑",将美作为最高的德性,将爱作为生的形式,"使生命之光,煜煜照人,如烛如金",以此"返照人",重造民族生命。因此,《烛虚》对于列为"上等人"的知识阶级的集中批判正是为了彻底凸显出民族生命的病灶,更鲜明地标示出民族生命重造的方向。

※ "人"

"我"与"人"的尖锐化对立实质是社会人与非人的尖锐化对立,《野草》与《烛虚》这一总体格局再现出社会的内部结构与历史运动的深层矛盾。因此,《野草》中的"我"感到生存于"旱干的沙漠中间",《烛虚》中

---

① 沈从文. 沈从文全集(12卷)[M]. 太原:北岳文艺出版社,2002:20.

的"我"感到"活在这种人群中,俨若生存只是一种嘲讽",二者感受到民族生命无处不在的非人感。"难见'真的人'"正是颓世的症结。

"我性"与"奴性"在《野草》中构成鲜明对立的生命符号。甘心为奴是《野草》透视民族生命的视点,集中显示出民族生命家畜性的驯服与野兽性的凶残。"抗拒为奴"构成《野草》的支点,是"我""反抗绝望"最强劲的心音。"神性"与"阉寺性"在《烛虚》中构成鲜明对立的生命符号。与对自然倾心的本性相违反是《烛虚》透视民族生命的视点,集中显示出民族生命情感与精神被阉割之后的形而下沉沦。"美与爱"构成《烛虚》的支点,是"我"所归向的至圣至美的生命内质。"奴性"与"阉寺性"共同揭示出的民族生命衰萎的根性,"我性"与"神性"共构出新的民族生命本体精神结构,标示出民族现代生存的形而上向度。

奴性是鲁迅揭示的国民"群性",看客是他揭示的国民"群像",后者是前者的具体化,二者共同呈示出"究竟怎样的是中国人"。人的生存处于包围与突围、吃人与被吃的反复转换之中,是鲁迅以看客为视点艺术地揭示出的民族生存状态与社会运行状态。《复仇》实质是鲁迅以"使他们无戏可看"的治表办法与"深沉的韧性的战斗"的治本办法对于看客的综合性临床诊治。由看客因为"无我"所以"看人"、因为"无聊"所以"审丑"、因为"无爱"所以"看戏"之"非"凸浮出"善美刚健"这一民族生命本体之"是"。从幻灯片事件中凸显的看客视点而及《野草》再至《烛虚》标示出民族生命现代重构的形而上终极向度:以美与爱为内质的自觉自为的现代个体生命意识。阉寺性是沈从文揭示的"上等人"的"群性","莫名其妙的人"是他揭示的"上等人"的"群像",对美与爱完全丧失感觉的"上等人"在唯实唯利中沉沦。"人""知从'实在'上讨生活",在形而下沉沦中"莫名其妙活下来";"我"如焚如烧走向至圣至美的生命境界,在形而上超越中获得"生命",二者的对立标示出民族生命重造的形而上向度。从鲁迅立人的第一个基点"非物质"到《烛虚》所揭示的民族生存与社会运行受"市侩"人生观支配，显示出二人将民族生命重建鲜明指向人之为人的形而上超越特质；从鲁迅立人的第二个基点"任个人"到《烛虚》归向"生命"，显示出二人旨在为民族生命本体树立自觉自为的现代个体生命意识。

知识分子是鲁迅反奴性、沈从文抗拒阉寺性的主要对象。"立论"是知识分子存在的使命。鲁迅对于知识分子的考量正是以能否担承"立论"使命，具备"立论"人格为标准的。他强烈而警醒的"精神界之战士"的意识让他清楚、深刻地看到中国知识分子自身的"怯弱，懒惰，而又巧滑"，一种"精神贵族"外衣掩饰之下的"精神奴隶"所特有的"自觉的奴性"，其突出表现为对于"由本身的矛盾或社会的缺陷所生的苦痛"不敢正视的"瞒和骗"。沈从文站在对自然倾心的本性视角也看到了知识阶级的怯弱，但在他那里知识分子的怯弱则是指情感与精神被阉割之后对于美的惧怕，对于爱的惶恐。阉割其情感与精神的最主要因素是："禁律"与"金钱"。"禁律"之下，知识阶级的生命"被人事强制曲折成为各种小巧而丑恶的形式"；受金钱驱使，知识阶级的生存极度市侩化。从湘西原始生命状态到《烛虚》中"我"所归向的至圣至美的生命境界所展示的正是没有被禁律与金钱所阉割的鲜活的自然生命状态。当对自然倾心的本性丧失之后，知识阶级完全丧失了自身本应具有的"能思想"这一"远虑"的特性，表现出人向动物退化的"懒惰"。从"立论"到"远虑"正是鲁迅与沈从文对知识分子自身存在特性的关注与担承期待：知识分子理应在人类由"脊椎动物"到"万物之灵"这条无限超越的形而上"生命"之路上，引领民族生命不断向上向前。

"我"的"自救"重在"审己"，"我"的"他救"重在"知人"。在"我"与"人"尖锐化对立结构中，在第二章"照我思索"理解"我"之后，在第三章"照我思索"认识"人"之后，本书在"我"与"人""比较既周"的基础上所要进一步展开的研究当然是《野草》与《烛虚》到底要将"我"与"人"安放在什么样的价值体系之上以实现"自救"与"他救"，这即是第四章的研究核心。

第四章 在自身中看见神
——《野草》与《烛虚》的生命哲学

《野草》与《烛虚》对于民族"难见'真的人'"的生存与生命状态的集中展示蕴注着鲁迅与沈从文对于人丧失尊严、生命丧失庄严的深切悲悯。这种内在的悲悯外化为"我"与"人"的尖锐化生存对立，由此标示出民族传统生存与现代生存的鲜明界限，重建民族生命价值体系深植于这一尖锐化生存对立结构而发生。立足"我"的生存，《野草》与《烛虚》展示为"自救"的生命景观，具体表现为"我"作为"独异个体"之于"庸众""多数人"围击的突围；立足民族生存，《野草》与《烛虚》展示为"他救"的生命景观，具体表现为民族现代生存"有"与"无"合体、"无"中生"有"的开端状态。"我"作为民族现代生存之"有"，"人"作为民族现代生存之"无"，二者实质是民族生命形态"上升到矛盾顶峰的多样性"。"我"以自身的存在（"自救"）构成民族生命"内部搏动的否定性"，在"我"与"人"的相互关系中形成活跃的、有生机的思想变革（"他救"），因此，"我"的存在即是"人"的拯救。内应民族生命的历史转折，"我"所确立与践履的存在具体方式是"以'作家'的头衔"在世生存。《野草》与《烛虚》集中凸显出这一实体存在的内质："我"朝向现代生存的践履亲证。具体地说，"以'作家'的头衔"在世生存既是二人自我生命不断更新再造的历程（自救），也是二人之于"人"的生命再造历程（他救）。"我"的存在实则是民族生命现代重构的现实发生机制，这就是"我"作为"精神界之战士"（"觉悟的智识者"）"由历史所指示"、在民族现代生存开端状态所担承的改革任务。

　　以"我"为轴心，以"我"与"人"为对立两极，以"自救"与"他救"为目的，这就是《野草》与《烛虚》的基本格局。这种基本格局所呈示的正是中国社会历史第二次大变动中民族现代转型的实际情状："我"作为"精神界之战士"而成为民族新生命的前导，"人"构成"社会"一物沿袭传统生存方式，"我"与"人"（"社会"一物）构成对立，二者之间互为否定，"我"因此需要"自救"，即坚执民族现代生存之"有"，而"自救"

指向的却是"他救",即对"人"的生存进行校正性干预,这就是民族现代生存的发生与民族传统生存的转型。作为"精神界之战士","自救"与"他救"实则是二人在中国社会历史第二次大变动这一民族历史转折处审己知人、由己及人为民族生命重构人之为人的价值体系,这是二人的生命主线,更是晚清以降关乎民族生死存亡的大问题。这在二人诸如《〈呐喊〉自序》《向现实学习》等诸多自序、题记、自传中就可以直接而深切地感受到,他们以自我独特的对于"我"与"人"自身生存的警醒、反思与体悟内应于民族新生的主题与主线,把握社会历史与人之存在的本质与本源,进而作出人之为人的应对,而《野草》与《烛虚》正是这种人之为人应对的集约化,因此,《野草》"包含着鲁迅的全部生命哲学",《烛虚》是沈从文"对整个民族乃至人类生存的终极关怀"。由此可见,《野草》与《烛虚》的生命哲学深植于民族社会历史的转折而发生,深植于"我"的独特的生命体验与体悟而发生,深植于"我"走向人的实在与"人"沉沦于人的非在这一尖锐化对立结构而发生,而非纯粹的认知、概念的演绎、抽象的"玄思",它有着明确的人之为人的现实根由与应对指向,沿此最为集中地重构出民族生命价值体系。

本书第一章论述"自救"与"他救"、"我"与"人"的尖锐化生存对立的目的正是为了表明《野草》与《烛虚》深植于民族社会历史的转折而产生,第二章论述"我"的存在正是为了表明民族现代生存的现实发生,第三章论述"人"的存在正是为了表明民族现代生存现实发生的应对指向,第四章论述《野草》与《烛虚》的生命哲学正是为了以凝聚着二人独特生命体验以及对社会历史与人之存在本源把握的历史指示为视角,探究二者到底做出了怎样的人之为人的应对。本书的论述结构也同样是为了内应于上述《野草》与《烛虚》本有的基本格局所呈示出的中国社会历史第二次大变动中民族现代转型的实际情状,作出尽可能接近研究对象历史本来面目的阐释。因此,研究《野草》与《烛虚》的生命哲学离开民族社会历史的根基，离开"我"与"人"独特的生命体验与对社会历史与人之存在的本源把握，而一步跨入抽象的"玄览"与普泛性的哲学演绎，二者便会"本味何由知"，甚至流失、剥蚀、消褪掉二者本身最具结构性新质、最能体现新的人格样式、最具社会历史与人之存在根柢性与昭示性的生命哲学元质。这是因为文学家的哲学思想区别于哲学家的哲学思想就在于于个性中见出共性，于特性中见出普遍性，忽略掉个性、特性也就流失掉最具价值的元质与新质。这里的个性、特性就是文学家独一无二的对于人之生存与生命的体验以及对于宇宙本源、世界本质、生命本真的独特把握，诸如在鲁迅那里我们可以在鲁镇这一典型化地域环境中，在孔乙己、祥林嫂、阿Q等众多人物身上，感受到一种独有的生命符号，在沈从文那里我们可以在湘西这一典型化地域环境中，在柏子、翠翠、傩送等众多人物身上，又感受到另外一种独有的生命符号，而这种个性、特性切入的却是人之为人的根柢性。因此，文学家作出的人之为人的哲学应对更能够使人真切地感受到一种活生生的生命气息与人格样态。这实际为本章研究《野草》与《烛虚》的生命哲学提出了一个基础性、首要性的问题，即鲁迅与沈从文在中国社会历史第二次大变动这一民族历史转折处，从自我独特的生命体验以及对社会历史与人之存在的独特把握出发，所做出的人之为人的应对到底依据了怎样的"历史指示"。

第一节 "奴隶时代的循环"与"神之解体"

历史不是一系列经验性事件的罗列，王朝更迭、人事兴替的背后展示的是人的生存状态与生命状态。这样，历史便在本质上显示为人之存在的历史。因此，古今中外，伟大的文学家、思想家无不有着蕴注着生命体验的独特的社会历史把握方式，无不根据自己独特的社会历史把握方式对宇宙本源、世界本质、生命本真进行根柢性的把握，这是他们观照人之存在的切入点。历史在他们心中并不是过去的那些事儿，而是人之"曾在""现在"与"将在"的三维结构，因为人之区别于动物就在于人始终都活在这样一个三维时间结构中。因此，把握历史实质是为了在这一三维时间结构中更为警醒、准确地定位出人得以"向人道前进"的方向。根据这种历史指示为人类构建立身"人道"（人之存在之道，而非兽之存在之道）而前行的价值体系，正是伟大文学家、思想家的文化守望。

鲁迅的"改造国民性"与沈从文的"重造民族生命"在总体上体现的是生命发展史观。鲁迅说得很清楚："生命的路是进步的，总是沿着无限的精神三角形的斜面向上走，什么都阻止他不得"①，"不满是向上的车轮，能够载着不自满的人类，向人道前进"②。沈从文表述得也极为明白："生命随日月交替，而有新陈代谢现象，有变化，有移易。生命者，只前进，不后退，能迈进，难静止。"③在人之存在的大原理上，二人都吸纳了进化论所内涵的生命发展观。但是，二人显然都没有简单地按照晚清已降从西方引进的比附达尔文生物进化论的社会历史进化论来对时代进行简单的、机械的线性历史定位，而是从自己深入的历史体察与特有的生命经验出发，形成自己独特的历史把握方式。他们在大原理、大方向上肯定生命是不断发展、前进的，但对于人之存在与社会历史的关系并没有线性进化论那种简单而盲目的乐观。他们看到的是人在历史中不断进入自身所造成的困境，表现出无处不在的非人性。概而言之，鲁迅以纵向的历史眼光在两千多年的民族主体生存史中看到的是中国社会历史发展与人之存在奴隶时代循环的"十全停滞"，沈从文以横向的历史眼光在"神完全解体"与"神之存在，依然如故"的生存对照中看到的是中国社会历史发展与人之存在的二律背反。

---

① 鲁迅. 鲁迅全集（1卷）[M]. 北京：人民文学出版社，2005：386.
② 鲁迅. 鲁迅全集（1卷）[M]. 北京：人民文学出版社，2005：376.
③ 沈从文. 沈从文全集（12卷）[M]. 太原：北岳文艺出版社，2002：33.

如果说社会进化论所内涵的生命发展观大原理体现了包含鲁迅与沈从文在内的前"五四"、"五四"与后"五四"知识分子把握历史的共性的话，那么二人在中国社会历史与人之存在的"十全停滞"与二律背反中见出的则是区别于他人的把握历史的特性。而正是这种区别于他人乃至时代的把握历史与人之存在的特性使他们获得了重构民族生命的独有的历史指示。

一、社会与人

为了厘清二人把握历史的独特方式与重构民族生命的特质，这里先要厘清社会实体与人的本体之间的关系。本书引论已指出，中国社会历史第二次大变动所包含的中华民族新生的历史逻辑一方面指向的是现代的社会实体建设，另一方面指向的是现代的人的本体建设。二者互为条件，但又各有侧重。但是，在中华民族新生这一历史逻辑的延伸中我们往往将现代的社会实体建设与现代的人的本体建设这两个有联系但又有区别的历史基点简单地等同，或是混同，甚至以前者压倒后者。特别是，不能真正从根本上理解、在现实行为中实践"人各有己"（"个我"）之于"群之大觉"（"群我"）的重要意义、人的本体建设之于社会实体建设的重要意义，以至于只见"社会"而不见"人"，只见"群我"而不见"个我"，不管是古之"以独虐众"还是今之"以众虐独"都表明社会实体实际上高居人的本体之上，构成了人的本体的压迫。也就是说，由于没有将"中华民族新生"的社会现实层面与人的本体层面厘清，以至于民族生命现代重构在根本上受到了极大的制约，而我以为这正是中华民族伟大复兴必须首先在精神界所要突破的瓶颈。事实上，二人所获得的历史指示正源自他们对社会与人这一辩证统一体两面的独特观照。鲁迅看到的是，"个我"不仅"为帝大禁"而且还"为民大禁"，"故性解（Genius，天才）之出，必竭全力死之"，"全体以沦为凡庸"，"群我"实则即是"庸众"。沈从文看到的是，"禁律益多，社会益复杂，禁律益严，人性即因之丧失净尽"，"一切所为所成就，无一不表示对于'自然'之违反，见出社会的拙象和人的愚心"，生命"被人事强制曲折成为各种小巧而丑恶的形式"，而"'社会'一物，是由这种人支持的"。

在社会与人的关系上，历史与现实的确向我们呈示出一个超于个人的社会实体的存在。所谓"超于个人"是指社会里个别成员，因其尚属生物体，还受生物规律的支配，所以有生有死，但这并不决定社会群体的兴衰存亡。具体地说，生命的开始，出现了生物界，生物群体的发展，出现了社会界[1]，社会在自然的演化中是继生物世界而出现的一个新的但同样是实在的世界。这个世界虽以生物体为基础，人还是动物，但已不是一般的动物，人的群体已不是一般的群体，上升成为社会。社会本身是个实体，生物人不能认为是社会的实体，而只是社会的载体。没有生物人，社会实体无法存在，等于说没有有机物质，生物实体无法存在一样。有机物质是生命的载体，生物人是社会的载体。实体和载体不同，实体有自己发展的规律，它可以在载体的新陈代谢中继续存在和发展。[2]因此，当这个超于个人的社会实体形成以后，人便有了两重属性：生物人和社会人。作为一个社会人，他一生下来，便有一个先于自身的社会实体，这个社会实体为个体的存在规定着各种角色，这就是各种有形与无形的社会规范，他在社会中生活时不能超出规范，一旦越出就有人出来干涉，甚至加以制裁。因此，人的行为模式是从小在生活中向一个已存在的社会实体结构里逐渐学习的，这就是个人社会化。每个社会实体因其结构性差异而表现出不同的个性，这就是所谓的民族性，或者说是社会性格。社会性格是超于个人而存在和塑型个人的社会模式。当社会实体的结构发生革命性变动的时候，

---

[1] 费孝通. 个人·群体·社会——一生学术历程的自我思考[J]. 北京大学学报（哲学社会科学版），1994（1）.
[2] 费孝通. 个人·群体·社会——一生学术历程的自我思考[J]. 北京大学学报（哲学社会科学版），1994（1）.

即构成这个结构的各种制度起了巨大变动的时候,在各个制度里规定各个社会角色的行为模式也发生了巨大变动。这样来看,社会实体结构超过了个人。社会并不是个人与个人的相加,而是"一加一大于二",那个"加"和"大"的内容就是超于个人的社会实体。①正因为社会是超于个人的实体,所以在个人与社会的冲突中个人总是被置于危险的境地。事实上,社会对人的压迫是人类发展中最为突出的痼疾,社会实体高居人的本体之上,以至于人的本体建设从属于社会的实体建设,人的自我在社会实体面前变成了小己私利,以至于社会实体对人的自我形成了无条件的剥夺。为了获得安全感,摆脱孤独感,个人必须承袭现存社会模式给予他的社会性格。这样,"他和其他人已没有区别,完全按照他人要求塑造自己。'我'和世界之间的矛盾消失了,随之也不再感到孤独和软弱无力"。但是,个人在这一社会化的过程中"所付出的代价是昂贵的:他丧失了他的自我"。②以上所论社会作为超于个人的实体是人类历史发展中的一个客观存在,但是,如果仅仅看到这一面那么人的生存便全乎受制于社会,社会实体的存在便成了人的作茧自缚。

  事实上,在社会与人的关系上,虽然我们时时感受到上述社会实体"集体表象"的威力,但是我们也同时感受到对抗着这个实体的"个人"的存在。这个"个人"固然外表上按着社会指定他的行为模式行动,但是还出现了一个行为上看不见的而具有思想和感情的"自我"。这个自我的思想和感情可以完全不接受甚至反抗所规定的行为模式,并做出各种十分复杂的行动上的反应。因此,这个和"集体表象"所对立的"自我感觉"看来也是个实体,因为不仅它已不是"社会的载体",甚至可以是"社会的对立体"。在历史的时空中反复上演、绵延不绝的社会革命运动展示的正是人作为"社

---

① 本段社会与人之间的关系主要参考文献:费孝通. 个人·群体·社会——一生学术历程的自我思考[M]//费孝通. 乡土中国 生育制度. 北京:北京大学出版社,2010.
② 〔美〕弗洛姆. 逃避自由[M]. 陈学明,译. 北京:工人出版社,1987:245.

会的对立体"的顽强表现。这时,历史的发展、社会的演进的动力便表现为社会实体与作为"社会的对立体"的人之间的矛盾对立。因此,处在社会结构中的个人,应该承认有其主动性。换句话说,既承认个人跳不出社会的掌握,又承认社会的演进也依靠社会中个人所发生的能动性和主观作用。这是社会与个人的辩证关系,个人既是载体也是实体。①从这个角度看,人是活的载体,是可以发生主观作用的实体,是可以重造社会实体的"社会的对立体"。

社会实体超于个人的存在与个人作为"社会的对立体"的存在表明,"社会和人是辩证统一体中的两面,在活动的机制里互相起作用"②。站在社会的角度,社会是实体,人是它的载体;站在人的角度,人是实体,社会是他的载体。既然二者存在于这个辩证统一体中,谁也离不开谁,那么二者的目的从根本上说是出于统一而不是为了对立。如果社会实体仅仅是超于个人的存在,那么人也只有以"社会的对立体"的面目出现,二者便全然是对立的关系。那样,人何苦要构建社会呢?或者说,社会的存在对于人的必要性在哪里呢?追根溯源,社会存在的目的是"使个人能得到生活,就是满足他不断增长的物质及精神的需要"③。到目前为止,人类还没有发现超出社会以外的生存方式,由此马克思从人与社会的关系上揭示出人的本质是"一切社会关系的总和"。人如此竭尽全力地构建社会当然不是为了在自己的头顶上高悬一个压迫着自己的实体,而是为了生存于其中以保障自己的需求,获得自身的发展,这本身也是社会实体超于个人存在的根本功能与目的。当社会实体对人的存在构成威胁,不能保障人的需求与发展的时候,人便由这一社会实体的载体脱离而出,转化为"社会的对立体",进而谋求社会实体的重建。如何重建一个更为理想的社会实体呢?这又回到了人的本身。人的本体精神结构如果仍然是原有社会实体塑型个人的社

---

① 费孝通. 乡土中国 生育制度[M]. 北京:北京大学出版社,2010:341-342.
② 费孝通. 乡土中国 生育制度[M]. 北京:北京大学出版社,2010:345.
③ 费孝通. 乡土中国 生育制度[M]. 北京:北京大学出版社,2010:346-347.

会模式，即"曾是的样子"，那么重建的社会实体也只能是原有社会实体的复制。因此，社会实体要实现结构性重建最终取决于人的本体精神结构的重建。整体审视，鲁迅的"立人"与沈从文的"生命重造"正是通过对社会历史与人之存在的把握而最终将落脚点放在人的本体精神结构重建的。

从人类文化思想史来看，人的本体精神结构重建"由历史所指示，凡有改革，最初，总是觉悟的智识者的任务"，这就是"精神界之战士"的"启蒙"。而所谓"救亡"实质是对业已败坏了的社会实体进行重建。二者不仅不矛盾，而且在根本上是一致的。既然社会和人是辩证统一体中的两面，那么"启蒙"，即启人的思想之蒙，重建新的人的本体精神结构，要最终落到实处必须将其社会化，具体表现为一个经济、政治、文化等条件与之相应的社会实体的重建，唯此新的自我才能够获得生存的基础，诚如马克思、恩格斯在《德意志意识形态》中所论，"一个人的发展取决于和他直接或间接进行交往的其他一切人的发展"①；"救亡"，即救社会之危，重建新的社会实体结构，要最终落到实处必须将其个体化，具体表现为社会革命、社会运动、社会建设始终建基于新的人的本体意识之上，使"人的解放"获得较之于传统社会更大的进展，唯此新的社会实体才具有实质性的意义，诚如马克思、恩格斯在《共产党宣言》中所论，"每个人的自由发展是一切人的自由发展的条件"。或者说，"启蒙"虽针对人的本体，但落脚却在社会实体，否则，就会陷于空洞渺茫的境地，成为一场主观式的思想变革；"救亡"虽针对社会实体，但落脚却在人的本体，否则，就会陷于只见社会而不见人的境地，成为"一把旧椅子"的循环。因此，"中华民族新生"的社会现实层面最终要落实在新的社会实体所具有的塑形个人的社会模式能否产生新的人的本体，人的本体层面最终要落实在新的人的本体所需要的经济、政治、文化等条件能否为新的社会实体所提供。对于"中华民族新

---

① 马克思，恩格斯. 马克思恩格斯全集（第三卷）[M]. 北京：人民出版社，1976：515.

生"这一系统工程，就精神界来说，其核心任务就是精神前导，始终作为民族现代生存之"有"而成为人的"内部之生活"变革中最活跃的力量，探索人的"将是的样子"；就政治界来说，其核心任务就是根据人的"将是的样子"为其产生创造相宜的社会条件。精神界与政治界原本是应该相互配套的，从两千多年前柏拉图将人类的出路定位于由真正的哲学家掌握政权或政治家成为哲学家到 1948 年沈从文在北平通信中虚拟苏格拉底之口谈北平所需所表达的正是这种意图，否则，文学家、思想家就会在现实中极易陷入渺茫，政治家就在现实中极易走上歧途。遗憾的是，原本配套的精神界与政治界却在人类历史上构成了极为紧张的关系，"文字狱"就是这种紧张关系的集中表现。事实证明，精神界与政治界之间的关系紧张程度实则是个体所受社会压制程度的晴雨表，社会实体构建是否蕴注着"人各有己""信仰生命"的本体意识最根本地制约着"人的解放"的程度与国力的强弱，因为国之强弱"根柢在人"。从孔子的大同世界、陶渊明的桃花源、柏拉图的理想国、托马斯·莫尔的乌托邦到马克思的共产主义社会旨在探求的就是如何化解社会与人之间的矛盾，最终的理想正如马克思、恩格斯在《共产党宣言》中所论断的那样，以"每个人的自由发展"为条件实现"一切人的自由发展"。

当我们以上述社会与人之间的关系为视角再次审视《野草》与《烛虚》的时候，二者所展示的全然是：中华民族在中国社会历史第二次大变动这一中国传统社会格局崩解与重组的历史转折处走向现代生存的开端状态。民族生存危机带来的现实迫力与"西学东渐"带来的精神价值参照反思使"觉悟的智识者"意识到自身"由历史所指示"所要担承的乃是双重使命：文化重建与社会重建。[①]鲁迅与沈从文对于自己的人生定位是非常清晰的，

---

① 这也是中国现代知识分子与西方知识分子的重要区别，后者主要担承文化重建，而社会重建则由中产阶级担承，但是在 19 世纪中叶以降中国传统社会格局崩解与重组的历史转折处从士大夫转变而成的知识分子还习惯性地承担着这双重使命。（冯天瑜.文化守望[M].武汉：武汉大学出版社，2006：462.）

即以"'作家'的头衔"在世生存，重建民族文学经典（文化），以此为途径"立人"/"重造民族生命"，进而实现社会重造与国家重造。也就是说，二人的主体身份定位是自觉根据中华民族现代转型的历史指示担承民族文化重建以此重构民族生命的"精神界之战士"。这种人生定位与担承实则是对于中国社会历史的深刻体察，二人根据历史指示在意识世界中已鲜明标示出民族传统生存与民族现代生存、传统社会与现代社会的界限。自觉担承民族生命重构实则是对传统社会实体超于个人而存在和塑型个人的社会模式的否定，即拒绝作为这个社会的载体。因此，在总体格局上，《野草》与《烛虚》展示的正是"我"作为"社会的对立物"的存在。

《野草》中的"我"虽然还寄身于"庸众"构成的社会，但已不再是这个社会的载体，而是"社会的对立物"。"野草"与"地面"，"枣树"与"天空"，"战士"与"无物之阵"，"草木"与"沙漠"……所象征的正是"我"作为"社会的对立物"的存在。《影的告别》中的那个"影"实则是作为"社会的对立物"的"我"，而那个"我"实则是还寄身于这个社会的"我"，"影"要告别"我"，"独自远行"不正象征着"我"拒绝成为这个社会的载体吗？《烛虚》中的"我"与"多数人"构成的"社会"一物界限分明。虽然"我"还寄身于这个"社会"一物，但是"我"所寻求的却是"走出这个琐碎，懒惰，敷衍，虚伪的衣冠社会"，拒绝成为这个"衣冠社会"的一员。

"我"作为"社会的对立物"的存在使"我"的在世生存变成了一场一个人的战争。对于社会而言，"我"是"独异个体"。因此，这场战争实质是"我"作为"独异个体"在"庸众"/"多数人"构成的社会中的突围。《野草》中的"我""四面都是灰土"，"人（神）之子""四面都是敌意"，"战士"陷身于"无物之阵"。《烛虚》中的"我""与多数人庸俗利害观念相冲突"，被视为"痴汉""罪犯""恶徒""叛逆"，"与众弃之"，因此，"我无一时不在战争中"。这场突围之战鲜明标示"我"作为民族现代生存之"有"

的存在。"我"所践履亲证与希图重建的乃是一种区别于传统文化结构的新的生命价值体系，即民族生命新的本体精神结构的产生。

"我"所寄身的社会又是"我"所对立的社会，《野草》与《烛虚》中的"我"陷于生存悖论。《野草》中的"我"因此而"彷徨于无地"，《烛虚》中的"我"因此而觉得"生存俨然是一种嘲讽"。人的本体生存论上的孤独、苦闷、绝望相应而生，社会构成"我"的存在威胁。"我"在社会中不仅在现实层面陷于逼仄煎熬的生存境遇，更在精神层面陷于绝望的境地，"我"必须"自救"。在社会与人的关系上，"自救"所标示的正是"我"作为民族现代生存之"有"的新个体希图摆脱现实社会实体塑型个人的社会模式的巨大惯性而存在。这不正是"我"的凤凰涅槃与民族新生命的诞生吗？因此，"野草"在"烧尽"中感到"坦然，欣然"，甚至"大笑""歌唱"；《烛虚》中的"我""无一时不在抽象与实际的战争中，推挽撑拒，总不休息"，"我的休息，便是多数人说的死"。"我"所自觉自为取向的正是作为民族生命由已然状态朝向应然状态的历史中间物，因此，"我"的烧尽与至死方休正是"我"的涅槃与民族的新生。

那么，《野草》与《烛虚》中的"我"为什么要自觉成为"社会的对立物"呢？因为《野草》中的"我"看到的社会是由"庸众"组成的，《烛虚》中的"我"看到的"社会"一物是由"莫名其妙活下来"的"多数人"构成的。或者说，"我"所寄身的社会超于个人而存在和塑型个人的社会模式产生的都是"非人"。简言之，"难见'真的人'"使"我"自觉成为"社会的对立物"。作为"社会的对立物"，"我"与构成"社会"一物的"人"实质是民族生命"上升到矛盾顶峰的多样性"，这种民族生命"内部搏动的否定性"取向的正是朝向"真的人"的本体精神结构的变革。因此，"我"的存在即是"人"的拯救。在社会与人的关系上，"他救"所标示的正是新的社会实体的诞生。"自救"与"他救"所集中凸显的正是以个体的新生为条件实现社会的新生，即以"各个个人"的发展实现"社会全体成员的普遍发展"。

以社会与人的关系为视角，《野草》与《烛虚》呈示出相应的大格局。但是，在相应的大格局之下，二者所针对与实行的民族生命重构的具体内容与途径又有所不同，这正是鲁迅之所以为鲁迅、沈从文之所以为沈从文的特质。二者针对性的不同在根本上依然表现在对于社会与人的关系的把握。在中华民族新生这一中国社会历史第二次大变动主题、主线与内在逻辑上，鲁迅以纵向的历史眼光看到的是中国传统社会历史的"十全停滞"，这种停滞实质是"奴隶时代的循环"，因此，他所集中关注的是专制主义与人的存在问题。沈从文以横向的历史眼光看到的是中国社会历史现代转型中的堕落趋势，这种堕落伴生于"神之解体"，因此，他所集中关注的是"神之解体"与人的存在问题。这正是鲁迅与沈从文各自深层触及并集中解答的人类社会历史发展与人之存在的根柢性问题。

二、专制与人

《野草》所有篇目中集中体现鲁迅对于中国社会历史与人之存在把握的篇目是《失掉的好地狱》。"鬼魂们在冷油温火里醒来，从魔鬼的光辉中看见地狱小花"。正是这仅存的一点"惨白可怜"的人性让这些鬼魂们"倏忽间记起人世"，发出"反狱的绝叫"。"人类便应声而起，仗义执言，与魔鬼战斗"。"最后的胜利，是地狱门上也竖了人类的旌旗"。但是，"当鬼魂们一齐欢呼时，人类的整饬地狱使者已临地狱，坐在中央，用了人类的威严，叱咤一切鬼众"。"鬼魂们"实际被"人类"利用。"当鬼魂们又发一声反狱的绝叫时，即已成为人类的叛徒，得到永劫沉沦的罚，迁入剑树林的中央"。此时，"主宰地狱的大威权"的"人类""那威棱且在魔鬼以上"，"油一样沸；刀一样锲；火一样热；鬼众一样呻吟，一样宛转，至于都不暇记起失掉的好地狱"。从废弛的地狱到好地狱，"无论谁胜，地狱至今也还是照样的地狱"①。地狱的循环,正是鲁迅所揭示的中国社会历史与人之存在的内在图景与历史同一性。"地狱"实则是专制的象征,"鬼魂们"的遭遇实则是专制主义之下人的生存状态。

《失掉的好地狱》(1925年6月16日)显然是鲁迅一个多月前所写《灯下漫笔》(1925年4月29日)的寓言式转化与提炼。《灯下漫笔》对于中国社会历史与人之存在"有更其直捷了当的说法":

一,想做奴隶而不得的时代;

二,暂时做稳了奴隶的时代。②

简言之,"中国人向来就没有争到过'人'的价格,至多不过是奴隶"③。地狱的循环实质是奴隶时代的循环,中国人的生存实质是奴隶的循环。地狱的循环再现出中国社会实体的结构,奴隶的循环再现出中国人的本体精神结构,二者共同呈示出专制主义之下人的生命状态与生存状态。地狱的循环与奴隶的循环正是中国社会与人这一辩证统一体的两面。

鲁迅深刻体察出中国社会实体超于个人而存在和塑形个人的社会模式实质是将人变成奴隶。在注意到社会现实层面中国社会对于人地狱式压迫,对于人以牛马牧之的同时,鲁迅将关注的重心放在人的本体精神结构上,即那种"我们极容易变成奴隶,而且变了之后,还万分喜欢"④的心理奴性。他这样描述社会暴力与人的本体奴性之间的互应:

假如有一种暴力,"将人不当人",不但不当人,还不及牛马,不算什么东西;待到人们羡慕牛马,发生"乱离人,不及太平犬"的叹息的时候,然后给与他略等于牛马的价格,有如元朝定律,打死别人的奴隶,赔一头牛,则人们便要心悦诚服,恭颂太平的盛世。为什么呢?因为他虽不算人,究竟已等于牛马了。⑤

---

① 鲁迅. 鲁迅全集(1卷)[M]. 北京:人民文学出版社,2005:204.
② 鲁迅. 鲁迅全集(1卷)[M]. 北京:人民文学出版社,2005:225.
③ 鲁迅. 鲁迅全集(1卷)[M]. 北京:人民文学出版社,2005:224.
④ 鲁迅. 鲁迅全集(1卷)[M]. 北京:人民文学出版社,2005:223.
⑤ 鲁迅. 鲁迅全集(1卷)[M]. 北京:人民文学出版社,2005:223.

这实际表明地狱的循环/奴隶时代的循环一方面源自社会现实层面社会实体所具有的超于个人而存在和塑型个人的结构性暴力，另一方面源自人的本体论层面人的本体所形成的奴性精神结构。前者是外力的迫促，后者是精神的内应，奴在其身最终转化为奴在其心，人的奴性本体精神结构正是社会地狱的循环/奴隶时代的循环的精神基础与心理基础。这时，社会实体超于个人而存在和塑形个人的社会模式全然是让人走上"奴隶的轨道"，人的本体精神结构所支撑的正是"想做奴隶"与"做稳了奴隶"的本体意识。

专制主义的社会实体结构实质就是"奴隶的轨道"，鲁迅这样描述这种社会实体结构：

> 我们自己是早已布置妥帖了，有贵贱，有大小，有上下。自己被人凌虐，但也可以凌虐别人；自己被人吃，但也可以吃别人。一级一级的制驭着，不能动弹，也不想动弹了。①

专制主义的社会实体结构就是让人"不能动弹"，不同的等级限定着人，严格的等级压迫着人，其实质就是"将人不当人"，而是当作奴隶。在这个超于个人的社会实体中，个人社会化的过程就是凌虐与被凌虐、吃人与被吃的过程。凌虐人成为社会结构性的行为，于是中国人在每一个威力面前都点头称"是"，因为人从小在生活中向这个已存在的社会实体结构里逐渐学习的行为模式就是"主与奴"，即便他日后成了主人，那也是从奴隶一路战战兢兢走来。这个社会实体严格的"主-奴"结构让人"不能动弹"，它所需要的生物载体就是"不争之民"。不是中国人不想成为"强民"，而是这个社会结构不需要"强民"，它的社会性格就是"强民"的过滤器，与之相应的民族性实则是奴性。因此，中国人的奴隶根性并不是鲁迅的愤激之词，如果我们从人文社会科学研究的角度将中国社会实体结构呈示出来，将它超于个人而存在和塑形个人的社会模式即社会性格、民族性呈示出来，奴性的社会结

---

① 鲁迅. 鲁迅全集（1卷）[M]. 北京：人民文学出版社，2005：227.

构性面目便随之而出。"牧民""愚民"实质是这个社会实体的结构性行为，是为了维持这个社会实体的存在与稳固。这个社会实体得以延续了，但是它的代价却是民既弱且愚，以至于它的存在外强中干，看似庞然大物，实则不堪一击。中国社会历史分明展示着这种情状：在强悍的北方游牧民族面前它只得和亲、纳贡、称臣，说得直白一点就是用美色、金钱与尊严换"和平"（暂时屈辱地生存），最终江山易手；19世纪中叶以来，在西方列强面前，这个社会实体更是不堪一击，只得赔款、割地。人如此之多，地如此之广，但是鲁迅看到的这个社会实体却是"沙聚之邦"。维系"沙聚之邦"的社会结构性存在与稳固当然需要倾其全力，对内已是无从措手，对外自是分身乏术，既已"中干"何来"外强"呢？所以，这个社会实体对内维稳的力量要远远甚于对外御敌的力量。外在的历史事件显露出这个社会实体内在的结构。改变这个社会实体，不是改良，而是结构性重建。如何结构性重建？《文化偏至论》已表明了自己的着眼点。作为"精神界之战士"，鲁迅所要担承的是重建这个社会实体的生物载体——人，重构这个社会实体的社会性格（民族性），因为透过西方列强船坚炮利的表象，他看到的是"此特现象之末"，因为"欧美之强"，"根柢在人"。因此，在中西"生存两间"之中，要"角逐列国是务"，必须"首在立人"。

站在"社会的对立物"的位置，鲁迅在体察到中国社会实体专制结构的最大缺失就是让人"不能动弹"的同时，他更为深刻地体察到在"一级一级的制驭"下，中国人最终"也不想动弹了"。"不能动弹"是社会现实层面的硬性限制，而"不想动弹"却是人的本体论层面的问题。鲁迅关注的焦点正是人的本体精神结构何以让人"不想动弹了"。鲁迅这样描述这种"不想动弹"的情形：

"时日曷丧，予及汝偕亡！"愤言而已，决心实行的不多见。

实际上大概是群盗如麻，纷乱至极之后，就有一个较强，或较聪明，或较狡猾，或是外族的人物出来，较有秩序地收拾了天下。

> 厘定规则：怎样服役，怎样纳粮，怎样磕头，怎样颂圣。而且这规则是不像现在那样朝三暮四的。于是便"万姓胪欢"了；用成语来说，就叫作"天下太平"。①

中国人的本体精神结构所型范的是"不争之民"，具体地说，就是希望有一个主子"拿他们去做百姓"，"较为顾虑他们的奴隶规则"，"使他们可上奴隶的轨道"，能够安安稳稳地做个奴隶。在"群盗如麻，纷乱至极"的时候，"想做奴隶而不得"，"暂时做稳了奴隶"就是"天下太平"，因此，"中国人向来就没有争到过'人'的价格，至多不过是奴隶"。此时，鲁迅已由外在社会的"主-奴"结构转向内在的人的心理奴性。人的心理奴性显露的正是民族生命"人"的意识泯灭这一最大、最根本的生命本体缺失，即"人丧其我"，"本根剥尽"。相应地，抗拒人的心理奴性正是鲁迅改造国民性、重建社会结构的落脚点。如何抗拒人的心理奴性？鲁迅以鲜明的人之为人的社会现实应对指向在人的本体论上提出了一个最为基本且贯穿始终的生命哲学命题："朕归于我"。

"朕归于我"之所以被我提炼为鲁迅生命哲学最基本的命题，除了以上论述之外，这里再作比较性辨析。回顾鲁迅研究，最大的偏失在于社会现实层面与人的本体论哲学层面：前者集中于鲁迅的现实革命精神，失之于未能从人的本体论哲学层面揭示出鲁迅所呈示的"人"的本体意识、精神型范与人格样式，这样，我们固然得到了一个主流意识形态视域中的社会现实层面的革命家，但是鲁迅本有的民族生命本体论变革意义与人类关怀的终极性就流失了；后者集中于鲁迅纯哲学的人的本体论，失之于未能从社会现实层面揭示出鲁迅生命哲学的现实根由与应对指向以及这种现实针对性与独特的生命体验所赋予的其生命哲学的元质与特质，这样，其生命哲学所体现的本来特有人格样式内蕴的那种鲁迅之所以为鲁迅的元素就流失了，上述研究情状集中见之于《野草》。在今天看来，民族生命本体论重

---

① 鲁迅. 鲁迅全集（1卷）[M]. 北京：人民文学出版社，2005：227.

构乃是鲁迅思想最核心的价值所在,这并不困难,但是,我们怎样才能真正得到鲁迅生命哲学的元质与特质,让其本身所具有的精神辐射力辐射到它本应该辐射的范围,这则是需要认真研究的。任何一位思想家的思想范型都有最能体现其元质与特质的概念与命题,准确找到这种最基本、最核心的概念与命题是必要的,因为从它出发能够揭示这种思想范型最本源的内部驱动与贯穿于各个思想侧面的中轴,借助它可以揭示这种思想范型区别于他人的元质与特质,复活它所指向的特有人格样态。有研究者正是沿着这种思路将鲁迅生命哲学最基本、最核心的概念提炼为"中间物",最基本、最核心的命题相应提炼为"一切都是中间物",并以总纲的方式归结"从根本上说,'中间物'论是鲁迅的生命哲学","'中间物'意识成了他堪称思想家的根本识别",[①]并以此为贯穿探究其生命哲学体系,做出了有益的探索,达到了极高的形而上领域。我虽然认同"中间物"是鲁迅生命哲学极为重要的概念与命题,但我并不同意它是鲁迅生命哲学最基本、最核心的概念与命题。我的原因上文已有所论及,但因为这种分歧直接关系到鲁迅生命哲学的结构性呈现,所以这里有必要再做申论:鲁迅的基本身份是作为"精神界之战士"的文学家,他的生命实践内应的是中华民族新生这一中国社会历史第二次大变动的内在逻辑,他不是纯粹的哲学家,他的生命哲学建基于独特的生命体验与对社会历史与人之存在的独特把握之上,是由鲜明的现实应对性切入人的本体论的,因此,其生命哲学所凸显的人格样态既具有鲁迅区别于他人的元质与特质,又具有民族生命结构性重构的针对性,还具有人类生存关怀的终极性。"朕归于我"这一生命哲学命题满足这三个基本条件,它可以体现针对民族传统生存结构性重构、指向民族现代转型、切中人之为人根柢的崭新人格样态。然而,"中间物"这一命题达不到这一点,在历史存在中每个人都是中间物是没有错的,它道出了人之时间性存在的普遍性原理,也的确是鲁迅极为重要的生命体悟,但是

---

① 王乾坤. 鲁迅的生命哲学[M]. 北京:人民文学出版社,1999:14.

它不能体现鲁迅针对"人丧其我""本根剥尽"重构民族生命的特有生命体验与现实应对指向以及与之相应的元质与特质，不能从它直接生发出与之相应的人格样态。辨明这一点最有效的方式是回到鲁迅思想的元点，回到"朕归于我"这一生命哲学命题诞生的语境，这便是鲁迅早期的五篇文言论文，特别是其中的《文化偏至论》《摩罗诗力说》与《破恶声论》。在这些早期文言论文里，鲁迅在人类生物学史、科学史、文化史、文学史、思想史的历史体察中，在民族生存与生命体验中，经过"首在审己，亦必知人；比较既周，爱生自觉"的古今中西人类生存史的体悟，最终清晰地定位出民族生命最大的缺失："人丧其我"，"本根剥尽"。由此，他不仅确立了"立人"这一首要而根本的任务，而且还确立了所立之人的针对性人格样态——"朕归于我"。围绕于此衍生出诸如"主我""个我""自我""我性""自性""个性""人各有己""惟此自性，即造物主""唯有此我，本属自由"等诸多具有内在同一性的生命哲学概念与命题。从这些基本的概念与命题出发，都能通向鲁迅思想最核心的部位，都具有辐射于其思想各个侧面的贯穿性与同一性。但是，若要论最能体现鲁迅人的本体论所内涵的社会现实应对性、独有的生命体验、历史结构性变革意义、独具元质与特质的人格样态、个体超向的形而上终极性的最基本生命哲学概念与命题，在以上诸多鲁迅元质性概念与命题之中，"朕归于我"显然最具标志性。但是，这里与"中间物"没有丝毫的瓜葛，早期五篇文言论文丝毫不涉及"中间物"。早期文言论文在鲁迅一生中占据着极为重要的位置就在于它们鲜明地构筑了鲁迅思想的基调、主题、主线与主旋律，其后他的思想不是一成不变的，但这种变不是对于基调与主旋律的颠覆，而是对其的丰富与充实，这是鲁迅生命实践不可忽视的特点。在这种独特的语境中，鲁迅思想的基调与主旋律我们可以明确无误地说是以"朕归于我"这一生命哲学命题为元点与指向立人的，而绝不可能说是以"中间物"这一生命哲学命题为元点与指向立人的，因为它不能将鲁迅早期确立、贯穿一生的基调与主旋律收归其中，更不能将鲁迅所立之人的元质与特质收归其中,而前者则能做到这一点。因此,"朕归于我"才是鲁迅生命哲学的母题,是鲁迅思想所依托的最基本、最核心的哲学命题。如果再来审视一下"中间物"所产生的语境,就会进一步证明我的判断是正确的。我在第二章已论,作为"精神界之战士"的鲁迅在世生存的具体方式是"以'作家'的头衔"在世生存,而这种在世生存方式实质是鲁迅朝向自我与民族生命理想人格样态的践履亲证。"中间物"这一概念的诞生正和这种具体的在世生存紧紧联系在一起,这在它的出处《写在〈坟〉后面》(1926年)中表述得极为明白。《坟》是鲁迅"古文和白话合成的杂集",它清晰地记录着鲁迅走向"'作家'的头衔"的历程,记录着他是如何由古文转向白话文创作的历程,记录着他的生命历程。当这一历程以"坟"为归结的时候,鲁迅有感而发,认为"在进化的链子上,一切都是中间物"。且看这一概念的具体出处:

> 新近看见一种上海出版的期刊,也说起要做好白话须读好古文,而举例为证的人名中,其一却是我。这实在使我打了一个寒噤。别人我不论,若是自己,则曾经看过许多旧书,是的确的,为了教书,至今也还在看。因此耳濡目染,影响到所做的白话上,常不免流露出它的字句,体格来。但自己却正苦于背了这些古老的鬼魂,摆脱不开,时常感到一种使人气闷的沉重。就是思想上,也何尝不中些庄周韩非的毒,时而很随便,时而很峻急。孔孟的书我读得最早,最熟,然而倒似乎和我不相干。大半也因为懒惰罢,往往自己宽解,以为一切事物,在转变中,是总有多少中间物的。动植之间,无脊椎和脊椎动物之间,都有中间物;或者简直可以说,在进化的链子上,一切都是中间物。当开首改革文章的时候,有几个不三不四的作者,是当然的,只能这样,也需要这样。他的任务,是在有些警觉之后,喊出一种新声;又因为从旧垒中来,情形看得较为分明,反戈一击,易制强敌的死命。但

仍应该和光阴偕逝，逐渐消亡，至多不过是桥梁中的一木一石，并非什么前途的目标，范本。①

从以上引文不难发现"中间物"是鲁迅从自己生命进程的感触出发延伸至"动植之间，无脊椎和脊椎动物之间"乃至"一切"的生命体悟，它并不是针对民族生命重构的人格样态而生发的。鲁迅生命哲学的出发点与归宿在于"立人"，即给出民族生命"'将是'的样子"，这个样子所具有的人之为人的应对性在于可以使"我"复归，使"本根"复活，使"'人'的价格"复得，我们总不能说我们"'将是'的样子"就是为了成为"中间物"吧。鲁迅说得很明白，"中间物"是一个万能公式，是一个什么都可以放进去的筐，"在进化的链子上"适用于"一切"。如果将鲁迅生命哲学应对民族生命"人丧其我""本根剥尽"的指向以及相应的元质与特质一步跨过去，导向一个不内涵任何特指对象与人之为人应对性的普泛性哲学，做出"从根本上说，'中间物'论是鲁迅的生命哲学"的归结，以此画出"根本识别"鲁迅作为思想家的图像，我们失去的恰恰是"他堪称思想家的根本识别"，沿此我们可以得到一个纯粹的思想家，但那已不是以文艺改造国民性、以文学家与"精神界之战士"为基本身份"立人"的思想家，更为重要的是鲁迅生命哲学特有的结构性就相应发生变化，失去了鲁迅之所以为鲁迅的本来面目。事实上，也的确有研究者这样质疑："这还是现实的鲁迅吗？还是鲁迅的散文诗吗？不过一个完全存在主义化了的鲁迅，一个现代西方学者眼中的鲁迅罢了。"②"在进化的链子上，一切都是中间物"，一切都"和光阴偕逝，逐渐消亡"，我们现在是"中间物"，将来也是"中间物"，但是从此"中间物"到彼"中间物"我们"'将是'的样子"将发生怎样的变化，应该发生怎样的变化呢？这才是鲁迅生命哲学要回答的重心，"朕归于我"给出的就是这个重心。因此，"朕归于我"这一命题才是鲁迅"堪称思想家

---

① 鲁迅. 鲁迅全集（1卷）[M]. 北京：人民文学出版社，2005：301-302.
② 吴康. 书写沉默——鲁迅存在的意义[M]. 北京：人民出版社，2010：204.

的根本识别",从根本上说"朕归于我"论才是鲁迅的生命哲学。正是在这里,"个性""自性""我性""自由""主我""个我""自我"等一系列最基本的生命哲学概念才结构性地凸显出来,显示出鲁迅"外之既不后于世界之思潮,内之仍弗失固有之血脉"的思想家的本来面目与他所立"新宗"的根本识别性。

三、神与人

《烛虚》开篇就凸显出社会与人作为辩证统一体的两面是如何在活的机制里互相起作用的,并且贯穿于其后诸篇。《烛虚》首先将反思民族生命的社会历史定位于"五四"至 40 年代这一中国社会历史第二次大变动的主体时期。《烛虚》一方面展示出这一历史时期人的生命与生存状态,另一方面展示出这一历史时期的社会状态。对于人的生命与生存状态,《烛虚》从上层妇女起始扩展至知识阶级、绅士淑女、政治人物等整个"上等人"群体,即所谓的"社会中坚",展示出民族生命的退化与人性的沉沦。对于社会状态,《烛虚》首先聚焦于民八(1919 年)至民十六(1927 年)这"中国近三十年内政最黑暗糊涂时代",具体情形是"内战不息,军阀割据,贿选卖官,贪赃纳贿,一切都视为极其自然,负责者毫无羞耻感和责任感",然后扩展至 40 年代的社会现实,"我"面对的社会情形是极度的"市侩化"。"五四"至 40 年代社会与人这一辩证统一体的两面表明,"这个时代像那种既已放弃了好好做人权利的妇人,在她们身分或生活上虽还很尊贵舒适,在历史意义上,实在只是一个废物,一种沉淀,民族新陈代谢工作,已经毫无意义,不足注意"[①]。民族生命退化与人性沉沦的原因恰恰在于社会,即从"负责者毫无羞耻感和责任感",当局对于现代教育的不作为,到整个社会"'市侩'人生观在推行"。于此,沈从文在《美与爱》中对于这种"神

---

① 沈从文. 沈从文全集(12 卷)[M]. 太原:北岳文艺出版社,2002:8-9.

之解体"的社会与人这一辩证统一体的两面进行了综合归结:

> 世界上缝衣匠、理发匠、作高跟皮鞋的,制造胭脂水粉的,共同把女人的灵魂压扁扭曲,失去了原有的本性,亦恰恰如宗教、金钱,到近代再加上个"政治倾向",将多数男子灵魂压扁扭曲所形成的变态一样。两者且有一共同点,即由于本性日渐消失,"护短"情感因之亦与日俱增。和尚、道士、会员、议员……,人人都俨然为一切名分而生存得十分庄严,事实上任何一个人却从不曾仔细思索过这些名词的本来意义。许多"场面上"人物,只不过如花园中盆景,被所谓思想观念强制曲折成为各种小巧而丑恶的形式罢了。一切所为所成就,无不表现出对自然之违反,见出社会的拙象和人的愚心。然而近代所有各种人生学说,却大多数起源于承认这种种,重新给予说明与界限:这也就正是一般名为"思想家"的人物,日渐变成政治八股交际公文注疏家的原因!更无怪乎许多"事实"、"纲要"、"设计"、'报告",都找不出一点依据,可证明它是出于这个民族最优秀头脑与真实情感的产物,只看到它完全建立在少数人的霸道无知和多数人的迁就虚伪上面,政治、哲学、美术,背后都给一个"市侩"人生观在推行。换言之,即"神的解体"!①

面对"神之解体"以后民族新陈代谢的毫无意义,《烛虚》明确表露出担承民族生命重造的意图:

> 这种现代教育的特点,如果不能引起当局的关心,有计划的来勇敢改造,我们就得自己想办法。这同许多问题差不多,总得有个办法,方能应付"明天"和"未来"。②

为此,《烛虚》集中关注本应作为民族精神前导与精神文化创造最直接

---

① 沈从文. 沈从文全集(17卷)[M]. 太原:北岳文艺出版社,2002:361.
② 沈从文. 沈从文全集(12卷)[M]. 太原:北岳文艺出版社,2002:12.

担承者的知识阶级,但是,知识阶级的堕落更是触目惊心:

> 这些人大部分是因缘时会,或袭先人之余荫,虽在国内国外,读书一堆,知识上已成"专家"后,在作人意识上,其实还只是一个单位,一种"生物"。只要能吃,能睡,且能生育,即已满足愉快。并无何等幻想或理想推之向上或向前,尤其是不大愿因幻想理想而受苦,影响到已成习惯的日常生活太多。①

面对这些所谓的"有心人""并无何等幻想或理想推之向上或向前""生命相抵相销,末了等于一个零"②的生命与生存状态,《烛虚》又从当下社会回溯至民族三千年社会历史,更为清晰地凸显出社会与人作为辩证统一体的两面是如何在活的机制里互相起作用,进而在社会与人的关系上找到了民族生命重造的着眼点:

> "怕"与"羞"两个字的意义,在过去时代,或因鬼神迷信与性的禁忌,在年青人情绪上占有一个重要位置。三千年民族生存与之不无关系。目下这两字意义却已大部分失去了。所以使读书人感觉某种行为可怕或可羞,在迷信、禁忌以及法律以外产生这种感觉,实在是一种艰难伟大的工作,要许多有心人共同努力,方有结果。文学艺术,都得由此出发。③

这里,《烛虚》清晰地标示出"目下"与"过去时代"之间的界限与区别,即"怕"与"羞",这两个字的意义实质是对于生命的庄严感与敬畏感。整体审视沈从文的文学世界,在此显示出他对于社会历史的把握。"目下"所指向的是"神之解体"的时代,"过去时代"所指向的是"神之存在"的时代。"目下"社会历史的标志点是"五四","科学"击退了鬼神迷信,这是社会历史的进步,但是,"怕"与"羞""这两字意义却

---

① 沈从文. 沈从文全集(12卷)[M]. 太原:北岳文艺出版社,2002:18.
② 沈从文. 沈从文全集(12卷)[M]. 太原:北岳文艺出版社,2002:20-21.
③ 沈从文. 沈从文全集(12卷)[M]. 太原:北岳文艺出版社,2002:20.

已大部分失去了"，社会历史与人之存在形成二律背反。因此，"神"并不是指鬼神迷信，而是指生命的庄严与敬畏。"过去时代"因为理性蒙昧的确存在鬼神迷信，沈从文并不是肯定鬼神迷信，而是强调那个时代人对于生命的敬畏感与庄严感。沈从文为了恢复人心中的生命敬畏感与庄严感，显然也没有借助鬼神迷信，《烛虚》所探求的正是"在迷信、禁忌以及法律以外产生这种感觉"。整体审视，沈从文的文学创作实质不正是这样"一种艰难伟大的工作"吗？《烛虚》最终将这项工作落实在"重造经典"之上，其目的就是在"神之解体"的"目下"恢复生命的庄严。这样，《烛虚》的本来面目就更为清晰地呈现出来，由"实"向"虚"，由"具体"走向"抽象"，由"形而下"走向"形而上"，并不是"与现实脱节""与时代落伍"，而是鲜明地针对社会历史与现实，又透过社会历史与现实的表象，将关注的重心锁定在生命上。"虚""抽象"实质就是人超越唯实唯利的形而上本质，其方向就是生命的至圣至美，即"生命具神性"。走向"抽象"，不仅表明"我"作为"社会的对立物"的存在，而且还鲜明标示出生命归于神性的指向。

如果我们以《烛虚》为视点再由"虚"到"实"整体审视沈从文的创作，那么他的文学创作所根据的"历史指示"就会更为清晰地呈示出来。沈从文的文学创作从1924年始到1949年止，以湘西题材、都市题材与抽象题材的创作为主体，这些创作显示出他透过社会历史表象而直视生命内质的独特历史把握方式。具体地说，他没有简单地按照晚清已降从西方引进的比附达尔文生物进化论的社会历史进化论来对时代进行线性的历史定位，而是从自己特有的生命体验出发，以"神之解体"作为历史转换的临界点。他以此为基点，回望过去，反思现在，瞭望未来，形成其透视社会历史与宇宙人生的三维时间结构。他的湘西世界集中展示的是"神之存在，依然如故"的人生图景与"神"正在解体中引发恐慌与质变的人生图景；都市世界集中展示的是"神"完全解体后的人生图景；抽象世界集中展示的是让他如焚如狂的"神在生命中"("生命具神性")的理想人生图景。湘西世界侧重过去,都市世界着眼现实,抽象世界凝眸未来。这就是沈从文重造民族生命的三维历史结构。

"神"之是否解体,不仅反照出中国社会不同地域历史发展的不平衡性,而且呈示出这种历史不平衡性之下二律背反的人生图景:

> 在哲学观念上,我认为神之一字在人生方面虽有它的意义,但它已成历史的,已给都市文明弄下流,不必需存在,不能够存在了。在都市里它竟可说是虚伪的象征,保护人类的愚昧,遮饰人类的残忍,更从而增加人类的丑恶。但看看刚才的仪式,我才明白神之存在,依然如故。不过它的庄严和美丽,是需要某种条件的,这条件就是人生情感的素朴,观念的单纯,以及环境的牧歌性。神仰赖这种条件方能产生,方能增加人生的美丽。缺少了这些条件,神就灭亡。①

从历史表象上看,都市文明"神"已经完全解体,似乎是历史的进步,"神之存在,依然如故"的湘西似乎落后于都市文明的历史步伐。但是,生命内质却并不与这种历史表象上的进步相一致,甚至是背反的:"神"之解体的背后是生命内质的虚伪、愚昧、残忍、丑恶,"神之存在,依然如故"的背后是人生情感的素朴、观念的单纯、环境的牧歌性。正是立足于这种独特的社会历史与生命体验,《烛虚》中的"我"觉得酉水码头老兵"寂寞的死,比在城市中同一群莫名其妙的人热闹的生,倒有意义得多"②。《烛虚》将湘西题材创作中的情感基调与都市题材创作中的情感基调对立统一于一体。这种情感上的对立指向的正是社会历史与人之存在的强烈反差。现实外在的历史进步表象也许掩盖的是人性的蜕化、扭曲、堕落以及人与人关系的停滞甚至倒退:

---

① 沈从文. 沈从文全集(7卷)[M]. 太原:北岳文艺出版社,2002:163.
② 沈从文. 沈从文全集(12卷)[M]. 太原:北岳文艺出版社,2002:15.

> 表面上看来，事事物物自然都有了极大进步，试仔细注意注意，便见出在变化中那点堕落趋势。最明显的事，即农村社会所保有那点正直素朴人情美，几几乎快要消失无余，代替而来的却是近二十年实际社会培养成功的一种唯实唯利庸俗人生观。①

这种把握历史的独特方式直接穿透了历史"进步"的表象，打破了线性历史进化论狂热而盲目的乐观，而在生命哲学的高度呈示出历史的内在本质。这样，我们就不能简单地、盲目乐观地说现在比过去进步，未来比现在进步，城市比乡村进步。相应地，如果我们不将历史进步的实质真正放在生命内质的构建上，那么所谓的历史进步与生命的庄严美丽也许南辕北辙。这种历史进步表象与生命内质的二律背反凸显出"神"之存在对于生命庄严美丽的重要性。我要特别强调的是，"神"在沈从文那里并非是迷信与愚昧，而是统摄生命的形而上终极，"神"之解体实质是人的形而上终极的瓦解，"神"之存在实质是人的形而上终极的确立，而这种形而上终极的内质则是生命的庄严与美丽，失去了"神"也就失去了生命的统摄精神与心理防线，人也就在无羞无惧之中堕落。《烛虚》以"我"的最本己生存体验集中展示出社会负责者、社会当局、社会中坚"怕"与"羞"消失无余之后的生命状态与生存状态。

当沈从文看到"神之解体"带来的却是生命的堕落与唯实唯利庸俗人生观的时候，他就从"神之存在，依然如故"的湘西世界这口古井中，汲取新鲜透明的泉水。这就决定了沈从文创作的历史定位："在'神'之解体的时代，重新给神作一种光明赞颂。在充满古典庄雅的诗歌失去价值和意义时，来谨谨慎慎写最后一首抒情诗。"②也正是在这里，沈从文的创作上升为对于历史本质的生命哲学把握，对于民族生命内质的现代

---

① 沈从文. 沈从文全集（10卷）[M]. 太原：北岳文艺出版社，2002：3.
② 沈从文. 沈从文全集（12卷）[M]. 太原：北岳文艺出版社，2002：128.

重构。《烛虚》以"我"的最本己生命体验最突出展现的就是这首神性生命抒情诗的至圣至美。上述沈从文从自我独特的生命体验以及对于社会历史与人之存在的独特把握出发所作的创作定位实际呈示出其生命哲学最基本、最核心的命题:"神在生命本体中"。

"神在生命本体中",这一生命哲学命题更具体地体现于他的创作之中。"写于1932年的《凤子》,是沈从文最后一篇直接标明人物与故事的苗族身份与特征并以苗族的现实生存方式为题材的小说。"①这最后一篇直接标明苗族标识的湘西题材小说与其说是一篇小说,不如说是一部以小说方式写成的生命哲学著作,大有将其湘西题材创作内蕴的生命哲学思想和盘托出的意图,全然是一部围绕"神在生命本体中"这一命题的对话体哲学著作。而其与湘西题材对立并存的都市题材创作实质是生命本体"神之解体"之后的人性沉沦图。40年代他转向抽象题材的创作,被人苛责至深、与《烛虚》一同标志着他昆明时期文学创作全面转型的《看虹录》实质是一部哲学性质的小说,是一部超越于情欲之上、在人体本身发现神的哲学著作,其主旨在第一节表述得极为明白,即"神在我们生命里"。对于以上题材不同、方式不同的创作内涵的这种意图,沈从文于1942年在《学习写作》中做了最直白的表述:

> 写恋爱写战争,写他人或你自己,内容尽管不同,却将发生同一影响,引带此一时或彼一时读者体会到生命更庄严的意义,即"神在生命本体中"。②

整体审视,这一蕴注着湘西本土独特生命体验又切中宇宙人生根柢的生命哲学命题所凸显的人格样态既具有沈从文区别于他人的元质与特质,又具有民族生命结构性重构的针对性,还具有人类生存关怀的终极性。因此,"神在生命本体中"这一命题正是沈从文堪称思想家的根本识别,从根

---

① 凌宇. 从边城走向世界(增订本)[M]. 长沙:岳麓书社, 2006:455.
② 沈从文. 沈从文全集(17卷)[M]. 太原:北岳文艺出版社, 2002:332.

本上说他的生命哲学实则是神在生命本体论。于此,"神""自然""神性""生命"等一系列直通沈从文生命哲学最核心部位的基本概念便结构性地凸显出来,显示出沈从文之所以为沈从文的思想家本来面目与其生命哲学的根本识别性。

综上所论,鲁迅与沈从文生命哲学区别于他人与时代乃至彼此之间互相区别的特质在根本上源自他们所获得的凝聚着独特生命体验以及对于社会历史与人之存在独特把握的"历史指示"。二人虽然在生命的大原理上吸纳了进化论内含的生命发展观,但是都没有将生命的发展简单机械、盲目乐观地归向线性的社会历史进化论。最为突出的是,透过社会历史的外部变迁,鲁迅始终关注专制主义与人的生存,沈从文始终关注"神之解体"与人的生存,由此切入各自人之为人的本体论应对,将落脚点放在人的本体精神结构重构上,这明显区别于"五四"乃至整个中国社会历史第二次大变动的社会观与生命观。在"五四"高扬"科学"与"民主"两面大旗的历史境遇里,鲁迅聚焦专制主义之下的民族生命状态,因此,他没有简单地将"民主"的狂热看作民族的福音,而是将注意力冷静地放在人的生命内质上,因为如果人的本体依然是奴性精神结构,"民主"就会演变成"以众虐独";沈从文聚焦"神之解体"之后的民族生命状态,因此,他没有简单地将"科学"的激情看作生命的欢歌,因为"神之解体"的同时生命的庄严感与敬畏感也随之瓦解,"怕"与"羞"这两个守护生命的精神与心理底线也随之消失无余,肆无忌惮地摘除人体遮羞的树叶实际是对生命尊严的自我亵渎与践踏。鲁迅从来没有反对过民主,他反对专制恰恰是为了获得真正意义的民主,一种真正建基于人的本体实质性变革之上的民主;沈从文从来没有反对过科学,他明确表明"科学只能同迷信相冲突,或被迷信所阻碍,或消灭迷信。我这里的神并无迷信,他不拒绝知识,他同科学无关","科学第一件事就是真,这就是从神性中抽出的遗产,科学如何发达也不会抛弃正直和爱。所以我这里的神又是永远存在不会消灭的"①。事实上，鲁迅与沈从文向来排拒对于生命的任何宰制与束缚，前者反对社会专制，后者反对社会禁律；二人也同时看到科学之力恰恰源自人的本体，前者认为科学源自人的"灵明"与"圣觉"，后者认为科学源自生命的"神性"，是"从神性中抽出的遗产"。最终，在民族生命本体论结构性重构上，他们依据各自获得的特有"历史指示"确立了自己具有根本识别性的最基本、最核心的生命哲学命题："朕归于我"与"神在生命本体中"。

《野草》作为"鲁迅的全部人生哲学"，《烛虚》作为沈从文"对整个民族乃至人类生存的终极关怀"，二者所集中呈示的正是二人生命哲学的人格样态、结构体系与形而上向度。但是，二者都绝不是横空出世，而是二人蓄积已久的生命与生存之思。这种生命与生存之思所依托的最基本、最核心的哲学命题正是"朕归于我"与"神在生命本体中"。更为突出的是，这种生命与生存之思是以二人最本己之"我"的生命实践践履亲证的。二人根据各自获得的特有"历史指示"以区别于"人"之非在的新的人格样态自觉作为"社会的对立物"而存在。这种存在使《野草》与《烛虚》中的"我"具有双重意味：第一，鲁迅与沈从文最本己的出场，以"我"的生命与生存体验呈示出社会历史与人这一辩证统一体的"非在"；第二，民族现代生存之"有"，以"我"朝向现代生存的践履亲证呈示出民族生命与生存的指向与"实在"。由社会与人之"非"而及"我"之"是"，重心落脚"我"之"是"，正是《野草》与《烛虚》重构民族生命的总体格局。相应地，"我"的存在实质是"我"践履亲证"我"根据"历史指示"所做出的人之为人应对的生命哲学。或者说，新的民族生命人格样态见之于"我"的存在。这正表明《野草》与《烛虚》的生命哲学深植于社会历史与人之存在（现实的），源自"我"最本己的生命与生存体验（情感的），最终体现为对整个民族乃至人类生存的终极关怀（哲学的）。"我"，正是读解《野草》与《烛

---

① 沈从文. 沈从文全集（7卷）[M]. 太原：北岳文艺出版社，2002：124.

虚》生命哲学的关键符号。因此,《野草》实质是鲁迅以最本己之"我"的出场践履亲证"朕归于我"的生命哲学,《烛虚》实质是沈从文以最本己之"我"的出场践履亲证"神在生命本体中"的生命哲学。这正是本章以下两节分别论述二者生命哲学的切入口。

第二节 "朕归于我"

"我"是《野草》贯穿性的生命符号。整体审视,《野草》实则是"我"的存在,"我"的生命哲学。这个"我"既是鲁迅最本己之"我",也是民族现代生存之"我"。这个"我"的元点是幻灯片事件,"看客"的麻木在"我"的意识世界中凸显出民族生命传统与现代、非在与实在的界限,自这一刻起"我"便开始自觉把握社会历史与人之存在。"我"开始体察"人之历史",文言论文《人之历史》将"人"置于思考的中心,从生物学角度揭示人之由来,并"从社会学的视野来回应人对自己的自我认识史",即"人的生物史在自我的社会学历史揭示中"。[①]这种历史把握打破了人之存在"彷徨于神话之歧途",确证出人首先是作为生物的感性存在的。《科学史教篇》从生物学视野扩展至更为广阔的科学史领域,透过西方科学之盛的表象,体察出其本因乃是内在的"科学的精神"与探索"自然之大法"的精神,科学源自"非科学的理想之感动",最终聚焦于人之存在的"美上之感情"与"明敏之思想"。《文化偏至论》《摩罗诗力说》《破恶声论》从生物学史、科学史扩展至文化史、文学史、思想史、人类文化学史,不仅确立了"立人"这一目标,而且进一步探讨了文艺(文化)"立人"的方式,更为重要的是具体了所立之人新的生命与生存样式:在人的"物质"存在之中突出"灵明",在人的"众数"存在之中突出"个人",凸显出一种区别

---

① 吴康. 书写沉默——鲁迅存在的意义[M]. 北京:人民出版社,2010:14.

于"平庸之客观习惯"、灌注着"强力意志"的抗世生存,"张大个人之人格"成为"人生第一义",强调"我性""自性""个性""个我""主我""自我","人类之尊严""个性之价值""自觉之精神""以己为中枢""以己为终极""内部之生活强""人生之意义庄严深邃""精神独立,思想自由"成为"新人"最显著的生命标志与内质。鲁迅针对民族历史与现实生存从古今中西文化史、人类生存史中体察出的这一新人格是自西方告别中世纪、中国近现代寻求民族生命现代转型以来人类对于个体存在与生命内质及其价值所取得的最重要的思想成果与符号进展。对于民族生命与生存而言,这一新人格的提出针对性是极为鲜明的,那是鲁迅在古今中西人之生存史的比较中、在自我独特的生命体验中体察出的民族生命衰萎的症结,即"人丧其我""本根剥尽"。鲁迅在中西比较中看得极为分明:"欧美之强","根柢在人",而"人"指向的正是上述新人格,但这却是民族生命本根之中最缺失的。因此,这一新人格之于中华民族而言具有历史转折意义,朝向这一新人格的生命实践实则是中华民族现代转型最具实质性的进展,这种生命实践较之社会制度、国家体制的转型更为持久、更为艰巨、更具内质性,中国近现代历史进程本身就证明了这一点。这不仅是鲁迅"立人"一生都未曾改变的基调与主旋律,而且在他的生命世界里这一新人格被上升到形而上终极性。总体审视,上述新人格诸多生命符号的题中之义及其所内涵的民族生命"人丧其我""本根剥尽"的现实应对性都最显在地归向于"朕归于我"这一最基本、最核心的命题。

  正因为这一生命哲学命题内涵着鲜明的现实应对性,所以它以人的本体重构为立足点最终化解的却是社会历史与人之存在之间的矛盾,即从人的本体论层面重构"己"与"群"的关系,使"立人"与"立国"并行不悖,而且将"立人"凸显为基点与前提。因此,这一命题不仅指向民族生命本体的结构性重建,而且指向社会实体的结构性重建。这见于鲁迅最终确立的新的民族生命本体与新的社会实体这一辩证统一体重建的着眼点：

> 盖惟声发自心，朕归于我，而人始自有己；人各有己，而群之大觉近矣。①

这一着眼点包含着以下层面的内容：第一，"己"与"群"即人与社会不是对立的、分离的，而是辩证的，二者构成辩证统一体的两面，在活的机制里互相起作用。第二，"人各有己"是"群之大觉"的价值基石、前提与条件，新的人的本体的基点是"人各有己"，在此前提之下的"群之大觉"就是新的社会实体，即社会成为人人各个"有己"的联合体。第三，价值主体必须落实到"自本自根"的个体单元，即"各个个人""个我""主我""自我"，因此，"朕"必须归于"我"。这一着眼点在"己"与"群"之间的辩证关系上同马克思、恩格斯在《共产党宣言》中的论断"每个人的自由发展是一切人的自由发展的条件"惊人相似，这说明他在把握人类解放的基本出发点上与马克思主义有内在的一致之处，他后来的历史抉择并非偶然。②我以为，以"人各有己"为前提与条件实现"群之大觉"正是鲁迅以"立人"为根柢实现"立国"的主旋律。"鲁迅的思想不可能一成不变，但这种变化，是在思想主旋律基础上的舒徐缓急。所谓变调，统摄在主旋律之中，与主旋律构成一种和谐，而决不是对主旋律的颠覆。"③这一贯穿鲁迅一生的主旋律的落脚之处在于"朕归于我"，即唯有"朕归于我"，才能实现人的本体"有己"；唯有人的本体"有己"，社会才能成为人人各个"有己"的联合体，国家才会由"影国"转为"人国"，这才是真正的"群之大觉"，这正是鲁迅以"立人"为根柢进而"立国"的总体构想。因此，我以为，"朕归于我"正是鲁迅在把握社会历史与人之存在的基础上所提出的针对性、贯穿性的"立人"最基本哲学命题。

---

① 鲁迅. 鲁迅全集（8卷）[M]. 北京：人民文学出版社，2005：26.
② 张梦阳. "奴性"与"悟性"——鲁迅与中国知识分子的"国民性"[M]. 郑州：河南人民出版社，1997：9.
③ 朱奇志. 龚自珍鲁迅比较研究[M]. 长沙：岳麓书社，2004：247.

那么，这种意识世界中的新的人格标准如何才能在现实中演变为民族生命的本体实有呢？鲁迅在《破恶声论》中反复强调由"自觉"的"一二士"为"先路前驱"而及"大众""大群"这一具体方式：

惟此亦不大众之祈，而属望止一二士，立之为极，俾众瞻观，则人亦庶乎免沦没。

梦者自梦，觉者是之，则中国之人，庶赖此数硕士而不殄灭，国人之存者一，中国斯侘生于是已。

观史实之所垂，吾则知先路前驱，而为之辟启廓清者，固必先有其健者矣。

这样，鲁迅重建民族生命实际就确立了两项具体的工作：第一，以新的人的生命与生存样式为标准破民族生命与生存之"恶声"；第二，根据"史实之所垂"担承新的人的生命与生存样式的"先路前驱"，"立之为极，俾众瞻观"以使人"免沦没"，以此实现中国"生于是"。

在考察古今中西生物学史、科学史、文化史、文学史、思想史的基础上确立了"立人"的目标、标准与途径之后，又经过猛士呐喊于荒原的十年寂寞在世生存的蓄积，以"五四"为历史契机喷薄而成《呐喊》与《彷徨》。《呐喊》《彷徨》实则是以"史实之所垂"新的人格标准来揭破"难见'真的人'"的民族生存史，破除民族生命与生存之"恶声"，呈示出"人丧其我""本根剥尽"的民族生命状态。"五四"是这一民族生存史朝向现代的历史拐点，面对它的落潮，面对《新青年》的团体散掉了，有的高升，有的退隐，有的前进"，"我"最终在古今中西生物学史、科学史、文化史、文学史、思想史的体察中，在"难见'真的人'"的民族生存史的历史与现实体验中，在"我碰了许多钉子之后"，去除一切遮蔽，"毫无乞灵于牛皮和废铁的甲胄"，将"我"作为"史实之所垂"新的人格标准的"先路前驱"，即"为之辟启廓清"的"健者"身份彻底坦露出来，以"不和众嚣，独具我见"的出场将"我"与"人"的生存对立尖锐化，由非而是，以"我"的强力抗世生存践履亲证新的人格标准寻求"自救"与"他救"，这便是《野草》。

以上述社会与人的关系为视角，《野草》的结构就更为清晰：《失掉的好地狱》等篇目揭示出中国社会实体结构，《求乞者》《聪明人和傻子和奴才》《复仇》《复仇（其二）》《立论》等篇目揭示出中国人的本体精神结构，社会与人这一辩证统一体的两面展示出专制主义之下人的生命与生存状态，而"我"在所有篇目中的贯穿性最本己出场正是针对这种生命与生存状态"立之为极"的抗世生存。因此，"我"的抗世生存便在本质上体现为民族生命的现代重构。而新的"己"与"群"上文已论其落脚处在于"朕归于我"，其新人格的诸多生命符号也都可以归结到这一命题之中。因此，我以为，《野草》实质是鲁迅以最本己之"我"的出场践履亲证"朕归于我"的生命哲学，即他要以"野草"式的最本己显在"在明与暗，生与死，过去与未来之际，献于友与仇，人与兽，爱者与不爱者之前作证""朕"是如何归于"我"的，而这个"我"实则是民族生命所应超向的形而上终极的感性呈示，这就是《野草》何以是"鲁迅的全部人生哲学"的原因。

一、"朕"

"朕"首先呈示出"朕归于我"这一生命哲学命题的提出是建立在民族生存社会现实层面的体察之上，即这一生命哲学命题源自民族生存史。在中华民族生存史上，"朕"占据着最首要、最核心的位置。什么是"朕"？"秦以前指'我的'或'我'，自秦始皇起专用做皇帝自称。"[①]秦朝是我国历史上第一个统一的、多民族的、中央集权的郡县制王朝，它的第一代君

---

① 中国社会科学院语言研究所词典编辑室.现代汉语词典[M]. 北京：商务印书馆，2000：1601.

主秦始皇便是这个将"朕"用做专称的人,自此在两千多年的封建王朝之中这个字只属于皇帝一人。当一个人开口道"朕"的时候,他便是真龙天子,代表上天向芸芸众生发号施令。"朕"显示出无上的尊严、无上的权威、无上的自由,其他人都得匍匐于他的脚下。在社会现实层面,"朕"是专制主义的象征,是上下尊卑等级森严的社会实体的象征。以"朕"为中心的社会实体高居人的本体之上形成人的本体的巨大压迫,在"朕"的面前,人是"不能动弹"的,不能"有己"的,因为"我们自己是早已布置妥帖了,有贵贱,有大小,有上下","一级一级的制驭着"。"朕"所剥夺的正是"各个个人"的尊严与自由,处于被"牧"状态的"民"失去的正是人对"己"的本质占有。因此,"朕归于我"这一哲学命题的提出首先是针对民族生存的社会历史提出的,将其作为重建这一奴隶时代循环的社会实体的基点,最终的目标是将这一社会实体重建为相对于"朕"一人之"天下"的"大觉"之"群",即社会真正成为人人各个"有己"的联合体,这与马克思、恩格斯所言的"自由人的联合体"的社会惊人相似。相应地,相对于"有贵贱,有大小,有上下","一级一级的制驭着",人与人关系的平等便成为新的社会实体的基石与结构性存在。

更为重要的是,"朕"在两千多年的封建专制历史中不仅作为社会的结构性存在,而且在人的本体之中同样占据着极为重要的位置。在社会与人这一辩证统一体中,上下尊卑不仅存在于人的社会现实层面,而且存在于人的本体层面,这便是甘心为奴、甘心为暴的心理奴性。在每一个威力面前点头称"是"正表明中国人是如何从社会现实层面"不能动弹"而转化为人的本体层面"不想动弹了"的情状。"不想动弹了"就是安心做奴隶,将自我、自由与尊严完全让渡给所面临的威力,在生存上形成了与之相应的"自己被人凌虐,但也可以凌虐别人;自己被人吃,但也可以吃别人"的心理结构。"不想动弹了"再现出以"朕"为象征的专制主义社会实体结构中人的生命与生存状态。于是,鲁迅在民族生存史中揭示出了一个极为反常的现实生存同一性怪圈，那就是："撄人者"与"得撄者"不仅"为帝大禁"，而且"为民大禁"①。而这种生存怪圈所展示的正是社会与人这一辩证统一体在活的机制里互相起作用的两面。《失掉的好地狱》揭示出"为帝大禁"的社会地狱式的循环，《复仇（其二）》揭示出"为民大禁"的人的本体奴性。最终，人的本体精神状态由外部之生活的"不能动弹"变成了"内部之生活"的"不想动弹"，即"宁蜷伏堕落而恶进取"，这即是鲁迅"立人"最为关注的重心与着眼点。《求乞者》《聪明人和傻子和奴才》《立论》《复仇》等篇目正是《野草》所展示的人的本体"宁蜷伏堕落而恶进取"的"不争之民""平均人"的精神状态。因为"帝"与"民"的"理想在不撄"，所以"性解之出"，两者都"必竭全力死之"。前者是"意在保位，使子孙王千万世，无有底止"的社会结构性"吃人"，后者是"意在安生，宁蜷伏堕落而恶进取"的平庸民性"杀人"。前者剥夺的是社会现实层面人与人之间社会关系的平等，后者剥夺的是人的本体层面的"个人特殊之性"，即"个性""我性""自性""个我""主我""自我"。前者这种"以独制众"的外部社会结构也许通过"众或反离"的社会革命得以改变，但是后者的改变较之于前者远为顽固、持久，更具实质性。鲁迅最终透过古代的君主专制与现代"民主"外衣之下的专制而牢牢锁定专制主义之下人的本体精神结构：

> 往者迫于仇则呼群为之援助，苦于暴主则呼群为之拨除，今之见制于大群，孰有寄之同情与？故民中之有独夫，防于今日，以独制众者古，而众或反离，以众虐独者今，而不许其抵拒，众昌言自由，而自由之蕉萃孤虚实莫甚焉。人丧其我矣，谁则呼之兴起？顾讙嚣乃方昌狂而未有既也。二类所言，虽或若反，特其灭裂个性也大同。②

"以独制众"与"以众虐独"在外在社会结构上"虽或若反"，但是实

---

① 鲁迅. 鲁迅全集（1卷）[M]. 北京：人民文学出版社，2005：70.
② 鲁迅. 鲁迅全集（8卷）[M]. 北京：人民文学出版社，2005：28.

质相同，对于个体自由而言，在社会现实层面，"苟有外力来被，则无间出于寡人，或出于众庶，皆专制也"①；在人的本体层面，"皆灭人之自我，使之混然不敢自别异，泯于大群"②，"特其灭裂个性也大同"。"一把旧椅子"的循环根本原因在于作为社会载体的个体没有真正实现"人各有己"。而且，更为严峻的是，"以众虐独"而"不许其抵拒"，"众昌言自由，而自由之蕉萃孤虚实莫甚焉"，因此，"盖所谓平社会者，大都夷峻而不湮卑，若信至程度大同，必在前此进步水平以下。况人群之内，明哲非多，伧俗横行，浩不可御，风潮剥蚀，全体以沦于凡庸"。③透过形式不同的社会专制，鲁迅看到的是人的本体层面"人丧其我"。正因为"人丧其我"，所以民族生命"本根剥丧，神气旁皇"④，"全体以沦于凡庸"，满眼皆是"奴才"与"看客"。

因此，"朕归于我"这一哲学命题更是由民族生存的社会现实层面而及人的本体层面针对"人丧其我"而提出的。由"人丧其我"之非而立"我归于我"之是。"我"之所以以"朕"名之，不仅在于表明这一"立人"命题的提出所针对的正是民族生存的历史与现实，即将"我"与"朕"都变成人人各个"有己"的联合体中的一员，"我"就是"朕"，"朕"就是我"，这是一个以人与人关系的平等为基石的社会实体，更为重要的是在人的本体层面将"我"与"庸众"尖锐化对立，以此鲜明突出"个性""我性""自性""个我""主我""自我"，将人从"泯于大群"的状态解救出来，真正变成具有个性自由的个体。"朕"在此指向的实质是"人类之尊严""个性之价值""自觉之精神""极端之主我""精神独立，思想自由"，而这些正是鲁迅思想最核心的部位。相应地，"朕归于我"实质是"以己为中枢""以己为终极""内部之生活强""人生之意义庄严深邃"。

---

① 鲁迅. 鲁迅全集（1卷）[M]. 北京：人民文学出版社，2005：52.
② 鲁迅. 鲁迅全集（8卷）[M]. 北京：人民文学出版社，2005：28.
③ 鲁迅. 鲁迅全集（1卷）[M]. 北京：人民文学出版社，2005：52.
④ 鲁迅. 鲁迅全集（8卷）[M]. 北京：人民文学出版社，2005：25.

要特别强调的是,"朕归于我"这一命题固然是针对中国传统主体价值体系的解构,但是这种解构却又同时是将传统价值体系中的有价值要素纳于新的价值体系的结构性重构。这一命题的结构性重构表现在两个方面:第一,在社会实体结构中将"朕"与"我"、"人"与"己"恢复到平等的关系。不过,这种人与人关系的平等如果没有人的本体精神结构的实质性变革作为内在支撑与保障,"平等"便会流于形式、表面化,因为"托言众治"与借"平等"之名依然会"以众虐独""借多陵寡","压制乃尤烈于暴君"。因此,人的本体变革才是这一命题的重心所在。第二,在人的本体之中将个体的个性自由置于前提与终极的位置。所谓前提是指"群之大觉"以"人各有己"为条件,所谓终极是指"群之大觉"也同时以"人各有己"为目的。具体地说,就是在人的本体精神结构之中贯注"人各有己"这一自觉而鲜明的现代个体生命意识,使人人都"有己"而立成为意识主导与伦理防线、底线,在"己"与"人"都成为享有个性自由的实体这一前提与条件下,社会相应成为人人各个"有己"的联合体;反之,这种人人各个"有己"的联合体的社会结构超于个人而存在与塑形个人的社会模式恰恰是"人各有己"即"各个个人"享有"个性自由"的社会结构性保障。这样,"人各有己"与人人各个"有己"的联合体便成为社会与人这一辩证统一体在活的机制里互相起作用的两面。作为中国新文化运动的主将,鲁迅将关注的视角对准国民性,尤其关注封建专制主义以及殖民主义社会下个体自我缺失的奴性。正是在这一层面,"鲁迅的骨头是最硬的,他没有丝毫的奴颜和媚骨,这是殖民地半殖民地人民最可宝贵的性格"[①],他本人就是"有己"的人格范本。为此,鲁迅侧重于人的本体论层面,即在人的"内部之生活"中使个性自由成为统摄与终极,使"人各有己"成为"天之所赋"的本体意识,以人的内在本体变革实现社会实体结构的实质性变革,以此实现人人各个

---

① 毛泽东. 毛泽东选集(2卷)[M]. 北京:人民出版社,1991:698.

"有己"。前者侧重"自由人的联合体"社会构建的物质保障，后者侧重"自由人的联合体"社会构建的精神保障。所谓"同归"是指二者都是为了实现每一个社会成员的"自由个性"。这让我们更为清晰地看到"朕归于我"这一命题所指向的"人各有己"对于孔子所谓的"仁"所内涵的"己欲立而立人""己所不欲，勿施于人""仁义爱人，义以正己"的现代性结构改造。所谓"现代性结构改造"是指鲁迅"人各有己"的"立人"与孔子"己欲立而立人""己所不欲，勿施于人""仁义爱人，义以正己"中的"仁"分属的价值体系有着结构性的差别，前者所体现的"人与人关系的平等与社会公正"是"自西方告别中世纪、中国结束封建帝制以来，人类取得的最重要的思想成果与符号进展"①，后者只是在上下尊卑等级森严的社会结构这一镣铐之下的人性律动。在结构性区别的同时，前者显然看到了后者在"己"与"人"的本体意识上的有价值要素，二者于此所共同体现的正是"正己"与"爱人"，这恰恰是将社会构建为人人各个"有己"的联合体的价值符号支撑与伦理保障。因此，"朕归于我"所指向的"人各有己"或许让我们找到了一条如何在解构传统主体价值体系之后将其内涵的有价值要素重新结构于新的结构性价值体系之中的途径，即以"人各有己"为条件实现"群之大觉"，在社会朝向人人各个"有己"的联合体这一前提之下，使"作为五德（仁义礼智信）之核心的孔子所谓的仁，其所内涵的'己所不欲，勿施于人'、'己欲立而立人'"在社会结构性改造之后、在现代个体生命意识自觉主导的本体之中"成为一种真正的道德黄金律"，将"'仁义爱人，义以正己'所体现的原则"真正"确立为不可更移的伦理大法"。②

还要特别强调的是，"朕归于我"这一命题绝非宣扬极端的利己主义，

---

① 凌宇. 符号——生命的虚妄与辉煌：《三国演义》的文化意蕴[M]. 长沙：湖南师范大学出版社，1997：221.
② 凌宇. 符号——生命的虚妄与辉煌：《三国演义》的文化意蕴[M]. 长沙：湖南师范大学出版社，1997：222.

因为它所指向的是"人各有己",寻求的是"群之大觉"。这里,有必要区分一下"朕归于我"所指向的人的本体层面的个性自由与主流意识形态所批判的社会现实层面的个人主义与自由主义。主流意识形态强调"小我"服从"大我","个体"服从"集体","少数"服从"多数",而将与此相背的利己主义称为个人主义、自由主义。因此,对于个人主义的释义是"一切从个人出发,把个人利益放在集体利益之上,只顾自己,不顾别人的错误思想"①。对于自由主义的释义是"革命队伍中的一种错误思想作风,主要表现是缺乏原则性,无组织,无纪律,强调个人利益等"②。主流意识形态为了社会共同体的维系在社会现实层面批判这种在具体利益上的极端利己主义是必要的,因此,社会现实层面的个性自由是相对的,以不损害他人利益、触犯国家法律为前提,即以遵行社会契约为条件。在社会现实层面批判极端利己主义的个人主义与自由主义正是为了强调"在伦理义务的担承面前,人人平等",事实上,"一个社会,其伦理失范与道德败坏,莫不自当权者拒绝对伦理义务的担承始。如果少数人享有免于担承的特权,而又要求其社会多数成员对伦理义务的担承,那么,即便是再好的伦理,这个社会倡导的,便只能是一种不折不扣的奴才哲学"。③因此,在社会现实层面批判极端利己主义的个人主义与自由主义特别是针对社会结构中据有特权的阶层是极为必要的。但是,人们在社会革命、社会运动、社会建设中往往将这种社会现实层面的个人主义与自由主义同人的本体层面的个性自由混同,甚至等同。"朕归于我"所指向的人的本体层面的个性自由强调的是"人各有己",即每个人都成为真正意义上的"我",每个人都有尊严地活着。事实上,人的本体论上的"个性自由"都是形而上终极性的,而且他们从来都没有将"人"与"群"、

---

① 中国社会科学院语言研究所词典编辑室. 现代汉语词典[M]. 北京:商务印书馆,2000:426.
② 中国社会科学院语言研究所词典编辑室. 现代汉语词典[M]. 北京:商务印书馆,2000:1670.
③ 凌宇. 符号——生命的虚妄与辉煌:《三国演义》的文化意蕴[M]. 长沙:湖南师范大学出版社,1997:223.

"个人"与"众数"、"个体"与"社会"对立。这样，以"人各有己"为条件的"群之大觉"才是与封建专制社会相对的社会状态。鲁迅所言的"群"是"人各有己"之"群"，"人"是"群之大觉"中的"人"，马克思、恩格斯所言的"社会"是"每个人的自由发展"的"社会"，"个人的发展"是"社会全体成员的发展"中的"各个个人"的发展。从根本上讲，只有在人的本体论上将人的"个性自由"上升到终极的高度，每个人将"人各有己"而不是一人"有己"看作"天之所赋"的存在，使"人各有己"成为个人存在的本体意识，才能真正去除社会现实层面极端利己主义的个人主义与自由主义。相反，肆意剥夺人的"个性自由"，任意践踏人的本体之"我"，恰恰是社会现实层面极端利己主义的个人主义与自由主义滋生、泛滥的根源。

综上所论，"朕归于我"不仅对于"向来就没有争到过'人'的价格""至多不过是奴隶"的中国人而言具有民族生命本体现代重构的历史与现实针对性、迫切性，而且对于马克思、恩格斯所指向的作为"自由人的共同体"的社会构建也极具昭示性。因此，这个在中华民族生存史上赫然而立的"朕"，鲁迅赋予了它全新的内涵，这种内涵在把握民族传统生存本质的基础上向着中华民族的现代转型发出。"朕"在这里代表了一种全新的人的本体，以具有历史转折的意义凸显出个体的尊严、个性的价值、个人的发见。因此，这个"朕"所归于的是"我"，这正是"人各有己"乃至"群之大觉"的基点。

二、作为"此我"的"野草"

"朕"所归于的"我"在鲁迅那里有着明确的指向，即"惟有此我，本属自由"①。"我"具体为"此我"，即此在之"我"、现在之"我"。"我"的"此在""现在"凸显出一种鲜明的时间意识、在场意识、中间物意识。

---

① 鲁迅. 鲁迅全集（1卷）[M]. 北京：人民文学出版社，2005：52.

《野草》在《题辞》中集中表明的正是这种"此我"的存在。

　　过去、现在与未来是人区别于动物而始终存在的三维时间结构。因此，在鲁迅那里，"时间就是性命（生命）"①。鲁迅的生命世界蕴涵着强烈的时间意识，他认为"无端的空耗别人的时间，其实无异于谋财害命"。1934年他在《门外文谈》中所表述的这种时间意识其实贯穿于他的一生，在他的生命实践中更能真切地感受到这一点，他的文集实质就是他的生命编年史。在他的生命编年史中，那种强烈的时间意识鲜明指向生命的"存活"与"非空虚"，他最为紧张的就是生命的"空耗"，这对于他而言"实在比死亡与朽腐更其不幸"。过去、现在与未来不是固定的，人的存在实质是过去、现在与未来的交替，过去是曾在的现在，现在是此在的现在，未来是将在的现在，"三个时间相互为牵挂，以致离开了彼方，此方便不能被说出，便不可定义"②。鲜明的时间意识实质是让生命亲证自我的存在，过去、现在与未来这三度时间所担负的核心使命就是标示出个体的"在"，即"我"的在场、生命的在场。"野草""在过去与未来之际"所要"作证"的正是"我"的"存活"与"非空虚"。这里包含三层意思：第一，"我"是通过在时间中与世界发生关联来亲证自我存在的。事实上，每一个个体每时每刻都置身于"过去与未来之际"，人的存在首先表现为时间性存在，时间意识就是存在意识。第二，置身于"过去与未来之际"的"我"就是"此我""现在"之"我"，因此，生命的亲证是以"此我"的方式实现的，时间意识凸显出生命的在场意识。第三，"此我"就是由"过去"通达"未来"的"中间物"，因此，"过去与未来之际"的时间意识凸显出"我"作为"历史中间物"的存在意识。

　　过去是"我"的"曾在"，《题辞》首先开口言说的正是"我"的"过去的生命"，即"过去的生命已经死亡"，"死亡的生命已经朽腐"。"过去的

---

① 鲁迅. 鲁迅全集（6卷）[M]. 北京：人民文学出版社，2005：99.
② 王乾坤. 鲁迅的生命哲学[M]. 北京：人民文学出版社，1999：25.

生命"虽然已经"死亡"乃至"朽腐",但是"我"对此"有大欢喜",因为"我"借此知道"我"的"存活"与"非空虚",即"我"是"曾在"的。而意识到过去与死亡正表明"我""现在着""活着",所以离开了"曾在"也就无所谓"现在",离开了"死亡"也就无所谓"存活"。《题辞》紧接着表明了这一点:"生命的泥委弃在地面上,不生乔木,只生野草。""生命的泥"象征着生命的"过去"与"死亡",也同时证明了"我"曾在的"现在"是实在的,从它之中生出了"野草"表明"我"正"现在着""活着"。因此,"野草"就是现在之"我"、此在之"我"。《题辞》最为集中展示的就是"我"是如何"现在着""活着",即一种"根本不深,花叶不美,然而吸取露,吸取水,吸取陈死人的血和肉,各各夺取它的生存","将遭践踏,将遭删刈,直至于死亡而朽腐"的野草式"存活"。

现在的"我""遭践踏","遭删刈","直至于死亡而朽腐",但是,为什么"我坦然,欣然。我将大笑,我将歌唱"呢?答案正在于"我借此知道它曾经存活""我借此知道它还非空虚"上,因为"我"的将在也同样来自"我"的现在、此在,即现在就是将在的"过去的生命",这里展示出现在与未来的关系每时每刻都在转换为过去与现在的关系,但在这种转换中作为"此我"的"野草"鲜明指向的却是未来。于是,《题辞》随即展示出"此我"作为指向未来的"历史中间物"的将在:

地火在地下运行,奔突;熔岩一旦喷出,将烧尽一切野草,以及乔木,于是并且无可朽腐。

"地火在地下运行,奔突"表明"野草"的将在就是"烧尽"与"朽腐",这实质是把将在之"死"先行于现在的中间物意识。"我"之所以先行到死,正是为了明确并坚定现在之"我"所要承担的责任,即"为我自己,为友与仇,人与兽,爱者与不爱者"。正是为了现在之"我"的这种实在,"我"把"将在"拉回到"现在",以鲜明的中间物意识将每个个体所无法回避的死亡作为最本己的可能性先行承担起来。于是,面对"烧尽"与"朽腐",

《题辞》再次奏响"但我坦然，欣然。我将大笑，我将歌唱"的生命主旋律。"我希望这野草的死亡与朽腐，火速到来。要不然，我先就未曾生存，这实在比死亡与朽腐更其不幸"不正是以"我"之将在死亡的先行到来呈示出"我"之现在、此在的实在吗？

《野草》正是通过《题辞》集中表明"我"的时间性存在。正因为人的时间性存在不是固定不变的，而是时刻流动着、变易着，孔子才"在川上"感叹"逝者如斯夫"，这种感叹实质是对人之存在易逝性的悲怀。但是，《野草》却将人之存在易逝性的悲伤变成了"大欢喜"。鲁迅何以能"对于这朽腐有大欢喜"，何以能在"死亡而朽腐"之中奏响"但我坦然，欣然。我将大笑，我将歌唱"的强劲旋律呢？转化的关键也同样在于"我借此知道它曾经存活""我借此知道它还非空虚"。"死亡"在这里被转化成了"存活"的确证，"死亡"呈示出"存活"的在场。现在之"我"每时每刻都在成为过去之"我"，即"存活"每时每刻都在成为"死亡"，"死亡"的"非空虚"也就是"存活"的"非空虚"。要想使这"曾在"的"现在"即"死亡"的生命（过去的生命）成为"非空虚"，唯有把握它还是"此在"时的现在，这种将将至的"过去"当前化为现在的生存凸显出生命自为的在场。正因为时间性存在的易逝性、交替性，现在与将在的关系每时每刻都在转化为曾在与现在的关系，即"存活"的在场也就是"死亡"的在场，借助"死亡"知道"存活"也就是借助"存活"知道"死亡"。正是在这一前提之下，因为作为"野草"的"我"是"为我自己，为友与仇，人与兽，爱者与不爱者"而"存活"的，而"野草"的"烧尽"意味着"熔岩"的喷出，"地面"的摧毁，即"死亡"本身就是"存活"目的的实现，因此，"我希望这野草的死亡与朽腐，火速到来"。如果没有这种"死亡"，那么"我先就未曾生存，这实在比死亡与朽腐更其不幸"。从这个意义上说，"存活"的当前化也就是"死亡"的当前化，这种将将至的"死亡"当前化为现在的生存同样凸显出生命自为的在场。因此，《题辞》于"过去—现在—未来"的外在时序之中贯注的却是"我"之存在的自为在场意识。这种自为在场意识具体化为作为"此我"的"野草","此我"实质是将过去与未来当前化为现在之"我"。

《题辞》是《野草》的文眼。当从上述"此我"视角审视《野草》的时候,《野草》便整体性呈示出"我"在时间性生存中的生死在场与互证。《野草》在每一篇的末尾处都清晰地标明了时间,从第一篇《秋夜》的1924年9月15日到最后一篇《一觉》的1926年4月10日标示出"我"的时间性存在,每一个篇目都代表着"我"的"此在""现在",一个连着一个的"现在"之"我"展现于"野草"的"过去与未来之际"。由"秋夜"入梦到"一觉"醒来更为集中地凸显出这一点,"梦"在这里实质是生命的时间之旅。第一篇《秋夜》道白了这一点:

> 他知道小粉红花的梦,秋后要有春;他也知道落叶的梦,春后还是秋。

这种"过去与未来之际"的"此我"也同时处于"生与死之际"。最后一篇《一觉》进一步道白这场生命的时间之旅实质是"此我"生与死的在场与互证:

> 飞机负了掷下炸弹的使命,像学校的上课似的,每日上午在北京城上飞行。每听得机件搏击空气的声音,我常觉到一种轻微的紧张,宛然目睹了"死"的袭来,但同时也深切地感着"生"的存在。

飞机每日上午在北京城上飞行,"我""每听得机件搏击空气的声音","常觉到一种轻微的紧张",这一切正表明"此我"的在场。而这种"此我"的在场就是目睹"死"的袭来,同时深切地感着"生"的存在,生与死是互存互证的,这种真切的生命感呈示出"野草"所践履亲证的是一个"现在着""能在着"的"我"。

"野草"的"生与死"同"过去与未来"的并置表明,"我"的时间性存在就是生与死的在场与互证。生就是存在的当前化，即此在的现在。但是，此"生"每时每刻都在"死着"，它一方面转化为曾在的"现在"，另一方面又生成为将在的"现在"。鲜明的时间意识内涵着人之切身的生死意识与强烈的生命在场意识。因此，把握生命也就是把握生死、把握时间。所谓"把握"就是生命的自为的在场，就是将生死与时间变为"在"，凸显出生命个体作为历史中间物的此在、实在与能在。

三、"执着现在"

作为"此我"的"野草"呈示出"执着现在"的生存论。《题辞》集中表明生与死成为实在的关键就在于把握此在的现在，即将过去与未来收摄于此在的现在，而此在的现在就是生与死的自为在场与互证。早在《题辞》（1927年4月26日）两年之前的《杂感》（1925年5月5日）中，鲁迅就直白地表明了这一生存论：

> 仰慕往古的，回往古去罢！想出世的，快出世罢！想上天的，快上天罢！灵魂要离开肉体的，赶快离开罢！现在的地上，应该是执着现在，执着地上的人们居住的。①

"执着现在"是鲁迅反复强调的贯穿性生存论，《野草》的独特在于以"我"的最本己出场诠释了这一生存论的生命哲学内涵。《题辞》集中凸显的这一生存论的生命自为意识与生成功能具体见之于《希望》。应该注意的是，《希望》创作的时间是1925年1月1日。这是一年之中辞旧迎新的一天，崭新开始的一天，以"希望"名之不是包含着这种寓意吗？而这种时间的独特也可以从一个侧面想见鲁迅于这一篇目之中对于人之生存的独特之思。

人之生存困扰于两个自我：一个是理想的自我，一个是现实的自我。

---

① 鲁迅. 鲁迅全集（3卷）[M]. 北京：人民文学出版社，2005：52.

这种生存的困扰见之于人的时间性存在之中，即"在时间的推移中，我们每每发现现实的自我永远是有缺陷的。它尽管追赶着理想的自我，但总是差一步"①。也就是说，人之"生"永远是有缺陷的，"全"与"满"是虚在的。事实上，"全"与"满"在鲁迅那里是一种不敢正视的"瞒"和"骗"，是民族生命的"十全停滞"。其实，"死"之不可避免本身就是"生"的最大困扰与缺陷。因此，人之生死所本有的绝望本身就是人之存在的本体实在。需要强调的是，这里所说的绝望显然区别于社会现实层面由于内心愿望的不能达成而产生的心理挫败感，它是人之存在即生与死所必须面对的本体实在。

对于"生"永远是有缺陷的这一人之本体实在的绝望，民族生存论将重心放在"豫约"（"预约"）上。早在1920年10月鲁迅就在《头发的故事》中借小说人物之口对此提出了质疑："我要借了阿尔志跋绥夫的话问你们：你们将黄金时代的出现豫约给这些人们的子孙了，但有什么给这些人们自己呢？"②1923年12月26日鲁迅在北京女子高等师范学校文艺会讲上所作的《娜拉走后怎样》的演讲中面对女学生们以极为恳切的态度再次强调这一点：

> 万不可做将来的梦。阿尔志跋绥夫曾经借了他所做的小说，质问过梦想将来的黄金世界的理想家，因为要造那世界，先唤起许多人们来受苦。他说，"你们将黄金世界预约给他们的子孙了，可是有什么给他们自己呢？"有是有的，就是将来的希望。但代价也太大了，为了这希望，要使人练敏了感觉来更深切地感到自己的苦痛，叫起灵魂来目睹他自己的腐烂的尸骸。惟有说谎和做梦，这些时候便见得伟大。所以我想，假使寻不出路，我们所要的就是梦；但不要将来的梦，只要目前的梦。③

---

① 费孝通. 乡土中国 生育制度[M]. 北京：北京大学出版社，2010：201.
② 鲁迅. 鲁迅全集（1卷）[M]. 北京：人民文学出版社，2005：488.
③ 鲁迅. 鲁迅全集（1卷）[M]. 北京：人民文学出版社，2005：167.

"万不可做将来的梦",这明显是一种修正"五四"的态度,他不想让这些年青学生在将来的预约中让"叫起的灵魂"来"目睹他自己的腐烂的尸骸",《伤逝》内涵的也正是这种良苦用心。这并不是反对青年学生的觉醒与对将来的憧憬,而是以倍加呵护的良苦用心希望这些年青人不要在"寻不出路"的情况下将"将来"悬置于"梦想将来的黄金世界",而是以更为自觉、更为切实的态度将生存的重心放在"目前的梦"上。对于"生"的"豫约"而不是此在、现在的执着,《野草》以"我"的最本己出场在《影的告别》中明确而坚决地予以否定:

> 有我所不乐意的在天堂里,我不愿去;有我所不乐意的在地狱里,我不愿去;有我所不乐意的在你们将来的黄金世界里,我不愿去。

否定了"天堂""地狱""将来的黄金世界"的"豫约",那么"我"要到哪里呢?"我独自远行,不但没有你,并且再没有别的影在黑暗里。只有我被黑暗沉没,那世界全属于我自己"。"我"为什么要在"黑暗"里"沉没"呢?这里,如果以所谓的社会现实层面的"光明"来界定鲁迅的"消沉",则是最大的误解。"黑暗"实际是"影"存在的本体,"被黑暗沉没"是因为"那世界全属于我自己",因此,"影的告别"实质是"此我"的自为在场,即"我"对"我"的本质的真正占有。

对于"死"之必然这一人之本体实在的绝望,民族生存论更是将其悬置与转移。《野草》在《立论》中再现出这种对"死"的悬置,人自出生那一天起每时每刻都在趋向于"死亡",而且"生"的本身就是"死"的本身。对于这一本体实在,中国人向来不敢面对,甚至不敢说出。在将"孩子"(新个体的产生)的"生"以"做官""发财""豫约"的同时,对于"这孩子将来是要死的"这一"必然"则拒绝说出,这样,"死"的实在就在"生"的"豫约"中悬置。《野草》在《立论》之后紧随的篇目就是《死后》,鲜明指向的正是民族生存论对"死"虚置的揭破。《死后》针对这种对"死"的虚置所回答的正是"死"作为人之此在的实有性。这种实有性表现在两个方面：第一，作为生物人的"死"。"我"设想"假使一个人的死亡，只是运动神经的废灭，而知觉还在，那就比全死了更可怕"。"谁知道我的预想竟的中了，我自己就在证实这预想"。这种情景的预设乃至其后蚂蚁爬上"我"的鼻梁、"青蝇停在我的颧骨上"又飞来舔"我"的鼻尖等死后尸体被生物分解的幽默调侃式叙述贯注着现代科学精神，凸显出死亡的生物实有性。第二，作为社会人的"死"。对于"我"不认识的人而言，"我"的死引来他们的围观；对于"我"熟识的人而言，"我"的死"或者害得他们伤心；或则要使他们快意；或则要使他们加添些饭后闲谈的材料"。这时，蚂蚁、青蝇对"我"尸体的侵袭便全然有了象征意味。"我先前以为人在地上虽没有任意生存的权利，却总有任意死掉的权利的。现在才知道并不然，也很难适合人们的公意"。原来人之存在"死"和"生"一样并没有任意的权利，凸显出死亡的社会实有性。如果将这篇创作于1925年7月12日的《死后》与创作于1936年9月5日的《死》联系起来看，《死后》的针对性就更为显明。《死》创作的时间也需要注意，它是鲁迅临终前一个月创作的，当时创作的情形是"连报纸也拿不动，又未曾炼到'心如古井'，就只好想，而从此竟有时要想到'死'了"[①]，因此，这最能代表鲁迅的死亡之思。事实上，从《死后》到《死》贯穿的死亡之思是一致的，只是前者侧重正面阐述，后者侧重反面揭示。《死》所揭示的正是民族生存论对于"死"的转移。民族生存论是怎样将"死"这一人之此在实有的绝望转移为虚在的呢？鲁迅指出，在中国人的世俗生存中，世人化解死亡恐惧最主要的生存论就是佛家的"轮回"。他们简单地误认为死就是投胎转世的生，"这就是使死罪犯人绑赴法场时，大叫'二十年后又是一条好汉'，面无惧色的原因"[②]。殊不知"佛教所说的轮回，当然

---

① 鲁迅. 鲁迅全集（6卷）[M]. 北京：人民文学出版社，2005：634.
② 鲁迅. 鲁迅全集（6卷）[M]. 北京：人民文学出版社，2005：632.

手续繁重,并不这么简单"①。事实上,儒家与道家对于死亡也是虚置与转移的。当季路请教孔子"敢问死"的时候,孔子给出的答案是"未知生,焉知死"。孔子强调的是"生",但却悬置了"死"。儒家是如何化解死亡恐惧的呢?孔子曰:"朝闻道,夕死可矣。"只要"朝闻道","夕"就可以"死"了,以"闻道"转移了"死"的实有。也就是说,儒家的生存论只强调了"生"的部分,却悬置了"死"的部分。道家试图在"齐物"中超越生死,"其生若浮,其死若休","不知悦生,不知恶死",在人与万物同体的回归中忘却了生死的存在,以庄生晓梦式的大化抹平了生与死的界限。因此,"死"在道家那里实际被"坐忘"。概而言之,佛家的"轮回"、儒家的"闻道"、道家的"齐物"的共同特点是人之此在"死"的实有被转移、悬置,而鲁迅所要直面的则是人之此在死之绝望的本体性实在。

不管是对"生"的"豫约",还是对"死"的悬置、转移,作为人之存在本体实在的绝望都被"自欺的希望"所逃避了。从这个角度而言,逃避了绝望也就逃避了"生"是有缺陷的、"死"是必然的这一人之此在的实有,也就逃避了人之存在的本真。《希望》所针对的正是这种民族生存的虚在。"我大概老了。我的头发已经苍白,不是很明白的事么?我的手颤抖着,不是很明白的事么?那么,我的魂灵的手一定也颤抖着,头发也一定苍白了"。"头发苍白""手颤抖着"表明"我"的身体在衰老;"魂灵的手一定也颤抖着,头发也一定苍白了"表明"我"的精神也在衰退。因此,"老"不仅表明"生"的缺陷,也同时表明"死"的不可避免。面对这种人之此在实有的绝望,"我""有时故意地填以没奈何的自欺的希望",希图"用这希望的盾,抗拒那空虚中的暗夜的袭来"。而"我"的"青春"就是这样"逝去"的。现在不仅"我的青春已经逝去了",而且连本以为身外固在的青春"也都逝去了"。这一切都表明绝望是人之本体的实在,如果用"自欺的希望"

---

① 鲁迅. 鲁迅全集(6卷)[M]. 北京:人民文学出版社,2005:632.

来逃避，那么空虚之后依然是空虚。也就是说，逃避了人之本体实在的"希望"并不是真希望而是"自欺的希望"，这种希望当然是虚妄的。既然这种希望是虚妄的，那么相对于这种希望而依存的绝望当然也是虚妄的，并不是真绝望。而真绝望并不是绝望，而是人之存在的本体实在，就是人最本真的存在。因此，在鲁迅那里，"生命不怕死，在死的面前笑着跳着，跨过了灭亡的人们向前进"，[①]这正是在把握人之本体实在的绝望之后生出的真希望、大希望。

当揭破这一层之后，"我"发出了"绝望之为虚妄，正与希望相同"的决绝的声音。也就是说，鲁迅否定的是"自欺的希望"与相对于此希望而依存的"绝望"，相应地，当确证了此"绝望"是"虚妄"的，那么此"希望"也同样是"虚妄"的，二者被双重否定。在否定此"希望"与"绝望"之后，人该如何生存呢？因为有一种事实是不能回避的，即"人不能没有计划地生活。在他决定现在的行为时，他眼睛望着将来。他至少要假定明天一定还是活着，才能倒头睡下去。若是我们对于将来觉得一切都在未知之列，一切的遭遇都属可能，我们委实就不知道现在应该做些什么才好。我们总是觉得现在不过是将来的预备"。相应地，"每个人的心头都觉得将来是十分真实，永远在用他的想象来描写他自己在人生舞台上将要扮演的角色。他担心的是为了这个，他所以肯努力的也是为了这个"。[②]人既然不能离开将来而存在，而将来又和希望不可分离，那么人同样也不能离开希望而存在。因此，这里要再次强调的是，鲁迅并不是否定这种人之存在的希望，而是否定将将来这一作为人之本体的实在悬置的自欺的希望。只有在勘破这种"自欺的希望"与相对于此希望而依存的"绝望"的"虚妄"本质之后，真希望与真绝望才能真正显露出来。当看到人之"生"永远是有缺陷的与人之"死"是必然的这一人之此在实有的绝望之后，我们方能

---

① 鲁迅. 鲁迅全集（1卷）[M]. 北京：人民文学出版社，2005：386.
② 费孝通. 乡土中国 生育制度[M]. 北京：北京大学出版社，2010：201.

明白这种绝望就是人的存在本身。这种绝望的实在性恰恰表明将来唯有收摄于现在、此在才是实在的，而这才是真希望、实在的希望，没有这种绝望的实在与实在的希望也就无所谓将来与人之存在。这就是鲁迅所言的"不要将来的梦，只要目前的梦"，即"执着现在"。

综上所论，在过去、现在与未来的三维时间结构中，因为这三度时间是交替的，过去是曾在的现在，将来是将在的现在，因此，过去与未来的"存活"与"非空虚"实质是执着现在，否则，生命的过去与未来都将悬置。人的生死见之于时间性生存，时间性生存虚在也就是人之生死的虚在。鲁迅正是由此勘破民族生存论之虚妄所在的，人之"生"被"豫约"于"将来的黄金世界"，人之"死"被"轮回""闻道""齐物"所转移，因此，民族生命是"非在"的而不是"实在"的，即"此我"在人之存在中的非在场。换句话说，民族生存以"此我"的缺席、"我"的不在场逃避了"生"永远是有缺陷的、"死"是必然的人生实在。这正是"无我""精神胜利法"、不敢正视的"瞒"和"骗"、"十全停滞""怯弱，巧滑，而又懒惰"等民族性的生命哲学根源。《野草》以"我"的最本己出场践履亲证"朕归于我"的生命哲学所凸显的正是"此我"的在场。而"此我"的在场要见之于人的时间性存在就必得"执着现在"。

"执着现在"凸显出人之存在的"实在"：一方面，以鲜明的时间意识凸显出"我"之存在的自觉。生命的实在性首先是通过时间来显现的，但是它的前提是意识到人的时间之"在"。在"日出而作，日入而息"这种传统生存中，人并不具有鲜明的时间之"在"的意识，与之相应的则是人的原始自在的生存状态，人顺应着时间之流的裹挟自生自灭。意识到时间实质是人把生存变成了自觉，即自觉的"在"的意识。另一方面，以强烈的自为在场意识凸显出生命对自我的亲证。"执着"意为坚执不放，实质是将人的时间之"在"即此在、现在的自觉具体化为自为。

四、"走"

从"现在"之"觉"到"执着"之"为",人之存在最终由意识的自觉化为现实的自为。而这种此在的"执着"之"为"在鲁迅那里有着更为具体的体现。他一方面表明,"时间就是性命";另一方面也同时表明,生命是一条路。"路"是鲁迅作品反复出现的意象,它和人生、生命紧紧联系在一起。因此,"生命的路"也就是时间之路,即人的时间性存在。或者说,人的时间性存在在鲁迅那里具象为"生命的路"。早在 1919 年 11 月 1 日他就在《生命的路》中表明了这种人之存在的实质:"生命的路是进步的,总是沿着无限的精神三角形的斜面向上走,什么都阻止他不得。"因此,"生命的路"、人的时间性存在的实质就是"无限的精神三角形的斜面"。相应地,"执着现在"的内涵就进一步呈示为"总是沿着无限的精神三角形的斜面向上走",此在的"执着"之"为"就是"走",就是自觉自为的"与时偕行","时"的存在之"觉"现实化为足下之"行"。《野草》在《过客》中道出的正是这种人之自觉自为的实在化途径——"走"。

《过客》开篇点出的正是时间——"或一日的黄昏"。这里正包含着两层意思:第一,人之存在的实在性首先见之于时间。第二,"一日的黄昏"是人该"息"的时候,从下文来看,过客却"息不下",这正表明过客执着现在的强烈意识,即不是被动顺应时间的传统生存,而是自为把握此在的现代生存。下文进一步表明执着现在在他那里就是"走"。在点出时间之后,紧接着点出的是地点,这"或一处"最鲜明的特点是"其间有一条似路非路的痕迹"。"似路非路"正是"生命的路"的属性:第一,生命的路是时间性的存在,而时间则具有形而下与形而上的二重属性,是物质的,也是精神的。第二,生命的路"总是踏了这些铁蒺藜向前进","就是从没路的地方践踏出来的,从只有荆棘的地方开辟出来的",这是鲁迅反复强调的路的情状。因此，在"先路前驱"的脚下路是"似路非路的痕迹"。因此，"过客"之"走"实质是"先路前驱"在"与时偕行"之中把路"从没路的地方践踏出来"。

对于时间与地点之所以以"或"言之，意在指向人之存在的普遍性。随后对于过客"约三四十岁，状态困顿倔强，眼光阴沉，黑须，乱发"的描述表明，过客正是鲁迅自我的最本己出场。而从下文来看，这个"我"又是无名无姓的："从我还能记得的时候起，我就只一个人。我不知道我本来叫什么。我一路走，有时人们也随便称呼我，各式各样地，我也记不清楚了，况且相同的称呼也没有听到过第二回。"也就是说，这个"我"同时指向普遍性的个体。因此，《过客》实则是鲁迅以"我"的最本己出场凸显出个体"一路走"的存在，揭示出"生命的路是进步的，总是沿着无限的精神三角形的斜面向上走，什么都阻止他不得"这一人之为人的本来。

过客、老翁、小女孩三人的对话核心就是一个字——"走"。过客正处在"走"还是"息"的抉择之中，这也是三人谈论的焦点。过客不就是路上的行者吗？这里包含着三个要素：人、路、走。生命是一条路，人就立身于这条路上，要亲证自我的存在唯有行走，这就是人之存在最本真的状态。《过客》开篇展示的背景表明的正是这种情状。"东，是几株杂树和瓦砾；西，是荒凉破败的丛葬；其间有一条似路非路的痕迹。一间小土屋向这痕迹开着一扇门；门侧有一段枯树根"。这一背景所凸显的就是：过客行走在荒野之中一条似路非路的痕迹上。这不正是人之本真存在最直观的呈示吗？事实上，在鲁迅那里，"生命""生""死""希望""绝望"等人生命题往往是通过"走"与"路"来揭示的。因此，鲁迅所论的"生"与"死"、"希望"与"绝望"其实在《生命的路》的结尾已经借朋友 L 之口表明："这是 Natur（自然）的话，不是人们的话"[1]，即不是一般人经验性的生与死、希望与绝望，而是人之本体实在的生与死、希望与绝望。因此，人的本真

---

[1] 鲁迅. 鲁迅全集（1卷）[M]. 北京：人民文学出版社，2005：386.

实在就是走路，每个人都是生命的过客，这是人之存在的自然共性。与此同时，鲁迅所言的过客还在人之存在的自然共性之中具有特性，其特性就蕴涵在立身的背景之中，荒野上的行走表明此过客是"先路前驱"，他的走就是开辟新路。因此，"荒野""独自远行""践踏""开辟""踏了这些铁蒺藜向前进"等类似的生命意象贯穿于他对"此我"存在的呈示中。更进一步说，"走"就是"从没路的地方践踏出来"，"从只有荆棘的地方开辟出来"新路，就是民族现代生存之"有"的开启。因此，过客之"走"呈示的是民族生命作为现代个体的生命内质。

具体而言，过客之"走"一方面呈示出个体对于生命此在的自为亲证。"我"的现在、此在即"生"是一种什么样的状态呢？"劳顿"，"脚早经走破了，有许多伤，流了许多血"。事实上，只要人行走在生命的路上，这种状态就是不可避免的。受伤、流血就是"生"不可逃避的缺陷。正因如此，"我"拒绝了小女孩递上的裹伤的布片，拒绝裹伤的布片当然贯注着道德情怀，即"倘使我得到了谁的布施，我就要像兀鹰看见死尸一样，在四近徘徊，祝愿她的灭亡，给我亲自看见；或者咒诅她以外的一切全都灭亡，连我自己，因为我就应该得到咒诅。但是我还没有这样的力量；即使有这力量，我也不愿意她有这样的境遇，因为她们大概总不愿意有这样的境遇"，但是这种拒绝最终是为了"走"，为了最彻底地行走，让人存在之"走"回到最本真的状态，即去除布片对受伤、流血这一"走"的真实的遮蔽。"我"要走向哪里呢？"我"的前方就是"坟"。也就是说，"死"是人之此在不可逃避的实有。小女孩所看到的"野百合，野蔷薇"只不过是对"坟"的遮蔽，对"死"的转移，但"坟"是实在的。向"坟"而走就是亲证生命的实在。当绝望最真实地呈示出它作为"生"的缺陷、"死"的必然这一人之存在最本真实在的面目之后，反抗绝望便是每个个体实在所不能逃避的。相应地，"反抗绝望"和"执着现在"实质就是亲证生命的在场，只不过前者侧重把握人的生死在场，后者侧重把握人的时间性在场，而前面已论生与死、过去与未来在鲁迅那里又是并置的。因此,"走"就是亲证"此我"的在场,就是"执着现在",就是"绝望的抗战",就是"肉薄这空虚的暗夜",就是"存活"与"非空虚"。

过客之"走"另一方面呈示出个体此在的生成功能。个体既然在"走"中回到了实在,那么这种此在的实在意义在哪里呢?"人类如果和其他动植物有些不同的地方,最重要的,在我看来,就在人在生存之外找到了若干价值标准,所谓真善美之类"[1]。也就是说,个体在行走中亲证此在的实在价值是什么呢?简言之,"走"生出"路"。这体现在"我"在《过客》中的特性,即作为"先路前驱"对于民族现代生存之"有"的开启。《过客》展示出"我"的来处,那里"没一处没有名目,没一处没有地主,没一处没有驱逐和牢笼,没一处没有皮面的笑容,没一处没有眶外的眼泪",这是"走"的现实动因。但是,走到哪里去呢?"我不知道",因为"我"并不"豫约""将来的梦"。这并不是说"我"不要将来,恰恰是为了将在的实在,因此,"我""只要目前的梦",将未来收回到现在。现在的实在就是"走",所以"从我还能记得的时候起,我就在这么走,要走到一个地方去,这地方就在前面"。"这地方"就是"我"的将在,它不可能在梦中"豫约",只能"走到"。那么,是否能"走到"呢?老翁就提出了这种质疑:"你莫怪我多嘴,据我看来,你已经这么劳顿了,还不如回转去,因为你前去也料不定可能走完。"事实上,《死后》已经揭晓了这个答案:"我梦见自己死在道路上。"那么,这种死在路上、"料不定可能走完"的"走"的价值是什么呢?价值就在于"路",即"走"生出了"路"。早在1921年1月鲁迅就在《故乡》中揭示了"走"与"路"的这种关系:"希望是本无所谓有,无所谓无的。这正如地上的路;其实地上本没有路,走的人多了,也便成了路。"[2]新路唯有"走的人多了"才能产生,"我"是"先路前驱",所以"我"

---

[1] 费孝通.乡土中国 生育制度[M].北京:北京大学出版社,2010:84.
[2] 鲁迅.鲁迅全集(1卷)[M].北京:人民文学出版社,2005:510.

的脚下"似路非路",但这不正是新路产生最初的形态吗?因此,"走"实质是民族现代生存"无"中生"有"的现实发生机制。或者说,"走"不仅是个体实在的亲证,更是个体新生的亲证。

正因为"走"之于人之存在的实在与新生意义,过客之"走"才全然没有绝望。且看《过客》结尾对于这种"走"的特写:

> 即刻昂了头,奋然向西走去。
>
> 过客向野地里跄踉地闯进去,夜色跟在他后面。

"野地"(无路)、"夜色"(黑暗)构成"走"的背景,这位天地之间的过客"闯进""夜色""奋然""走去"不正是"肉薄这空虚的暗夜"吗?"奋然""闯进去"凸显出"走"中贯注的"绝大意力"。《野草》最强劲的主旋律就是"绝大意力"地"走"。影要在黑暗中独自远行、"我"在四面都是灰土中行走、过客在野地中走、"我"在冰山间奔驰、"我"在隘巷中行走、垂老的妇人在深夜中尽走。"虚空""黑暗""暗夜""荒野""地狱"等类似的意象贯穿于《野草》,凸显出绝望的此在实有性。相应地,"绝望的抗战"就是"我"作为"绝大意力之士"的在世行走,而"走"则凸显出"绝望的抗战"不是绝望,而是以绝大意力直面人之本体实在的绝望,让人回到存在的真实,亲证自我的在场与新生。这样,从《摩罗诗力说》中"摩罗"的"争天拒俗""立意在反抗,指归在动作"到《野草》中"过客"的"绝大意力"行走、"反抗绝望",由前者"史实之所垂"到后者"我"的最本己践履亲证展示出"走""绝望的抗战"实质就是生的搏斗,或者说,生命的价值就是在"黑暗"与"虚无"中生出"实有"。既然"死"是必然的,那么"生"的实有就是"在死的面前笑着跳着";既然"生命的路"是本无的,那么"生"的实有就是闯进荒野不停地向前走,将路"从没路的地方践踏出来","从只有荆棘的地方开辟出来"。因此,即使"劳顿""受伤""流血",也要"向野地里跄踉地闯进去",让"夜色跟在他后面"。相应地,这"走"的"绝大意力"不正是"生命的力"吗?

五、"声发自心"

"走"是"执着现在"的现实行为体现,"朕"所归于的"此我"由此而成为实在。那么,贯注于"走"的"绝大意力"这一"生命的力"缘何而生发,受何而引导呢?或者说,"过客"为什么"息不下","不回转去","只得走"呢?且看过客自己道出的原因:

客——料不定可能走完?……(沉思,忽然惊起,)那不行!我只得走。回到那里去,就没一处没有名目,没一处没有地主,没一处没有驱逐和牢笼,没一处没有皮面的笑容,没一处没有眶外的眼泪。我憎恶他们,我不回转去!

翁——那也不然。你也会遇见心底的眼泪,为你的悲哀。

客——不。我不愿看见他们心底的眼泪,不要他们为我的悲哀!

翁——那么,你,(摇头,)你只得走了。

客——是的,我只得走了。况且还有声音常在前面催促我,叫唤我,使我息不下。

翁——你息不下,也就背不动。休息一会,就没有什么了。

客——对咧,休息……。(默想,但忽然惊醒,倾听。)不,我不能!我还是走好。

这里实际道出了"息不下""不回转去""只得走"的三个原因:第一,社会现实层面的原因。"我不回转去"是因为"我"来的"那里""没一处没有名目,没一处没有地主,没一处没有驱逐和牢笼,没一处没有皮面的笑容,没一处没有眶外的眼泪"。 第二,道德层面的原因。"我"的道德情怀使"我不愿看见他们心底的眼泪,不要他们为我的悲哀"。 第三,更为重要的是"那前面的声音叫我走"。那么,这种催促、叫唤、惊醒"我"走的"声音"是什么呢?回答这一问题需要整体审视声音之于鲁迅的独特意味。

"声音"是鲁迅文学世界乃至生命世界中极为重要的生命意象，直接关系生命内质的声音在他那里有着多种具体表述："心声""心音""新声""妙音""好音""至大之声""至诚之声""温煦之声""先觉之声""声发自心"。鲁迅在古今中西文化史中倾听到并进而索求的这些声音都可以归结为"心声"，"心声"的存在直接关系到"种人之运命"。古国文化史循代而下，至于卷末，萧条而止，就是因为"心声"的消失。这种孕育"种人"的"最有力""心声"的丧失使"负令誉于史初，开文化之曙色"的古国"今日转为影国"。那么，如何才能在"古民之心声""呼吸不通于今"的情况下再现"辉煌之旧有"呢？他紧接着提出要"别求新声于异邦"。面对古今中西文化史所垂之史实，他要"内之仍弗失固有之血脉"，"外之既不后于世界之思潮"，"取今复古，别立新宗"，筹划新文学的"新声"（新的心声）。他要以此"心声"之"是"破"恶声"之"非"，以此"好音""先觉之声""破中国之萧条"。正因如此，我在第二章第一节中将鲁迅的文学认识论、价值论提炼概括为"心声论"，他发为"心声"的文学创作实质是涵养民族心灵，使民族生命善美刚健，使人生意义庄严深邃的民族文学（文化），这实际上已经道出了他所言"心声"的特殊内涵与特殊之用。概而言之，"心声"就是"美吾人之性情""崇大吾人之思理"的"妙音"，就是使"灵府朗然，与人生即会"的"特殊之用"的"声音"，就是"致吾人于善美刚健"的"至诚之声""援吾人出于荒寒"的"温煦之声"，就是关乎民族生命力与"种人之运命"的"至大之声"，就是使"影国"转为"人国"的"新声"。故此，发"心声"即为"立人"，"新声"就是"新生"。于此，鲁迅将"心声"置于人的本体与社会实体重建的本源：

　　　　盖惟声发自心，朕归于我，而人始自有己；人各有己，而群
　　　之大觉近矣。①

　　"声发自心"就是"心声"，之所以点出"自心"就是为了强调此声非

---

① 鲁迅. 鲁迅全集（8卷）[M]. 北京：人民文学出版社，2005：26.

"他声",而是"我声",是源自人的本体之声。"声发自心,朕归于我"是"人各有己"的前提与条件,"人各有己"又是"群之大觉"的前提与条件。这里,"声发自心"与"朕归于我"又互为前提与条件:惟声发自心,朕才能归于我;惟朕归于我,声才能发自心。因此,"心声"关乎"种人之运命",与"朕归于我""人各有己""群之大觉"一脉相通。而这正是鲁迅生命世界最核心的部位。《野草》的独特就在于他以"我"的最本己出场践履亲证这些生命符号。"我"的出场践履亲证的是"朕归于我",那么"声发自心"也同样是与"朕归于我"互存的践履亲证,因为二者是互为前提与条件的。

  这时,再来看催促、叫唤、惊醒过客"走"的"那前面的声音",答案便更为明了:第一,这个声音是"声发自心"的,因为过客的"走"与"息"决定权在于他自己,他是一个自由意志的个体,而且在声音之前用了"况且",即排除了自由意志以外的社会现实层面与道德层面"我"不能回转去的因素,这样,这个催促、叫唤、惊醒"我"走的声音全然是源自"我"的本体。也就是说,过客"息不下""不回转去""只得走"的三个原因中社会现实层面的原因与道德层面的原因是侧重于"他律"的,而第三个原因即"那前面的声音叫我走"是源自人的本体的,是"自律"的,是对自我意志调控的自觉。人类之所以对于自己的行为可以控制就在于个体具有意志,而人之所以可以通过意志对行为有所控制就在于个体的自觉,而这种调控自我意志的自觉正是人区别于动物、人之为人的重要特质,因此,"那前面的声音"通向的是人的本体、本源、本质。第二,这个声音是使"我"朝向"前面的",是"我"之本体所具有的使"我"向前走的最本己的内在召唤力。过客在这一声音的催促、叫唤、惊醒下向前走所呈示的正是"生命的路",即"总是沿着无限的精神三角形的斜面向上走"。这种内在召唤的声音正是人之为人的"Natur(自然)的话":

  自然赋与人们的不调和还很多,人们自己萎缩堕落退步的也还很多，然而生命决不因此回头。无论什么黑暗来防范思潮，什么悲惨来袭击社会，什么罪恶来亵渎人道，人类的渴仰完全的潜力，总是踏了这些铁蒺藜向前进。①

　　作为人的自然，生命是不回头的，人自身的萎缩堕落退步实质是生命的丧失。也就是说，"向前进"是"生命的路"即"人道"的本来趋向，这是"人类的渴仰完全的潜力"决定的，即是由人之为人、人对人的本质真正占有的特质决定的。以此"人道"审视，民族生命"宁蜷伏堕落而恶进取"的非在便凸浮而出。过客所要践履亲证的正是民族生命早已停滞、偏离的这条人之为人的"人道"，而这种践履亲证正是受到"那前面的声音"的"催促""叫唤""惊醒"。因此，过客前面的声音实质是人最本己召唤自身沿着"人道""向前进"的"心声"，是"人类的渴仰完全的潜力"，是人之为人、人对人的本质真正占有的最本己、最能在的召唤力。因此，过客"绝大意力"的"走"不正是向我们展示"心声""致吾人于善美刚健"的最能在效应吗？有此声则为"人"，无此声则为"影"，"人国"与"影国"之别正在于此声。过客与老翁关于此声的对话道出的正是这种"声"与"人"的关系：

　　　　翁——那也未必。太阳下去了，我想，还不如休息一会的好罢，像我似的。

　　　　客——但是，那前面的声音叫我走。

　　　　翁——我知道。

　　　　客——你知道？你知道那声音么？

　　　　翁——是的。他似乎曾经也叫过我。

　　　　客——那也就是现在叫我的声音么？

　　　　翁——那我可不知道。他也就是叫过几声，我不理他，他也就不叫了，我也就记不清楚了。

---

① 鲁迅. 鲁迅全集（1卷）[M]. 北京：人民文学出版社，2005：386.

客——唉唉，不理他……。（沉思，忽然吃惊，倾听着，）不行！我还是走的好。我息不下。可恨我的脚早经走破了。（准备走路。）

老翁也曾在这声音的召唤下"走"过，但是他现在彻底"息下来"，因为再也没有这声音召唤了，以至于这声音成了模糊的记忆。老翁以自身的经历道出了一个此声存在的重要问题，即：这声音叫你，如果你"不理他"，"他也就不叫了"。这正是人之为人、人对人的本质真正占有的不易之处。"生命的路""总是沿着无限的精神三角形的斜面向上走"，就像西西弗斯永不停歇地沿着陡峭的山体推巨石攀向山顶，这是人之为人的本质，也同是人之为人的不易之处。正因为"人道"的趋向是"向前进"的，所以人对人的本质真正占有是需要自身召唤的。倘若是"自心"以外的"声音"让你"走"，失去个体的自由也就不存在对人的本质的占有，因此，这个声音必须发于"自心"。而"声发自心"则需要自觉自为，因为此声叫几声，如果"不理他"，"他也就不叫了"。"理他"当然包括两个方面，即意识的自觉与行动的自为。因此，人之为人的存在实质是在"人道"之声的召唤之下"总是沿着无限的精神三角形的斜面向上走"，即总是自觉自为地走。"总是"所强调的就是人必须时刻保有真正占有人的本质的自觉与自为，因为"他也就是叫过几声，我不理他，他也就不叫了"，即人是很容易"萎缩堕落退步的"，迷失"人道"的。因此，过客对于"不理他"的情状进入了"沉思"，"忽然吃惊，倾听着"，随即作出"不行！我还是走的好"的决断。一旦闪现"休息"的念头，他便"默想，但忽然惊醒，倾听"。他要"倾听"的显然是"人道"的召唤之声，惟此他才能直面劳顿、受伤、流血而"走"，激发出"人类的渴仰完全的潜力"。

六、"惟此自性，即造物主"

既然催促、叫唤、惊醒人"走"的声音"他也就是叫过几声，我不理他，他也就不叫了"，那么，这种人最本己召唤自身沿着"人道""向前进"的"心声"如何才能时时发出呢？这种"人类的渴仰完全的潜力"如何才能持续得到激发呢？这种人之为人、人对人的本质真正占有的最本己、最能在的召唤力如何才能鲜活常在呢？这就需要此声化为人之本体的根性，即让"声"生"根"。"人丧其我""本根剥丧"正是鲁迅透过民族社会历史与现实生存所最终把握到的"立人"的本源问题。"朕归于我"正是针对此而提出，这一命题最终指向的正是人的"本根"，即"惟此自性，即造物主"。"自性"就是人之为人的元性质、元精神、终极性，其内涵就是前文所论"我性""个性""个我""主我""自我""人类之尊严""个性之价值""自觉之精神""极端之主我""以己为中枢""以己为终极""内部之生活强""人生之意义庄严深邃""精神独立，思想自由"。"造物主"强调的就是"此自性"是生命实践的元性质、元精神、终极性，而不是社会运动、社会革命、社会建设审时度势的权宜之计，更不是社会现实层面可以妥协、可有可无的小己私利。简言之，"惟此自性，即造物主"就是将"各个个人"的尊严、独立、个性、自由固本培元为人的本体意识与民族性，熔铸为社会运动、社会革命、社会建设的价值基石，成为人与社会这一辩证统一体自觉自为的精神支撑与互应性内在驱动，由此形成民族生存与生命的终极性形而上统摄与整合。《野草》以"我"的最本己出场凸显出以"此自性"为"造物主"的丰满的现代个体形象，这一贯穿《野草》的形象特写见之于《这样的战士》《淡淡的血痕》。

《这样的战士》从社会历史视角看，深刻揭示出民族生存的精神环境，即"无物之阵"，这正是"庸众"的"太平"的境地。"战士"/"无物之阵"正是"我""猛士"的内在生存结构，因此，作为"战士""注定要在'无物之阵'的庸众中无休止地战斗"[①]。但是，我以为这种社会现实层面的

---

① 李欧梵. 铁屋中的呐喊——鲁迅研究[M]. 尹慧珉译. 长沙：岳麓书社，1999：120.

把握更为深层凸显的是人的本体层面，即"这样的战士"作为现代个体的形象。且看开篇推出的这一形象特写：

> 要有这样的一种战士——
>
> 已不是蒙昧如非洲土人而背着雪亮的毛瑟枪的；也并不疲惫如中国绿营兵而却佩着盒子炮。他毫无乞灵于牛皮和废铁的甲胄；他只有自己，但拿着蛮人所用的，脱手一掷的投枪。

"非洲土人"象征着精神的蒙昧，"中国绿营兵"象征着精神的蜷伏堕落，"这样的战士"与之截然相对，这是一个自觉自为的现代个体。"他毫无乞灵于牛皮和废铁的甲胄"所象征的就是他最彻底地回到自身，最根柢地回到人的本体，根本依赖的不是"轻才小慧之徒"看重的"钩爪锯牙"，而是人本体的自觉自为，正所谓"欧美之强"，"根柢在人"。"他只有自己"除去社会现实层面的"孤军作战""孤独"等类似之意，我以为还内涵着"这样的战士"强烈的精神独立、个性自由意识。"他毫无乞灵于牛皮和废铁的甲胄"，"他只有自己"，不正是"惟此自性，即造物主"的显在形象吗？

从社会历史视角看，"这样的战士"并没有胜利，文中表述得很明白："他终于在无物之阵中老衰，寿终。他终于不是战士，但无物之物则是胜者。"然而，从人的本体视角看，这却是没有胜利的胜利，是"这样的战士"对人的本质真正占有的胜利。"他走进无物之阵"也就踏上了无处不在的"使猛士无所用其力"的困缚之路，但是"这样的战士"始终不变的行动就是"走"与"投"。"但他举起了投枪"在文中反复出现五次直至以此收缩全文，将生命最后的动作定格于此，形成全文的主题、主线与主旋律。也就是说，"鲁迅歌颂的并非这猛士的胜利，而是他那种固执的、西西弗斯似的精神（Sisiphean spirit）"[①]。人走上"生命的路"（"人道"）前文已论就是"总是沿着无限的精神三角形的斜面向上走"，就是西西弗斯推巨石攀向山顶之

---

① 李欧梵. 铁屋中的呐喊——鲁迅研究[M]. 尹慧珉，译. 长沙：岳麓书社，1999：120。

路,就是努力克服偏离"人道"的力量真正占有人的本质。在这条"人道"之上,人之存在面临两个无法回避的事实,这也正是上述"自性"凸显的地方:第一,人自诞生之日起就不可能不与种群、社会发生关联,就人的"内部之生活"这一人最具内质的特性而言,进入社会一方面是为了走上人之为人之路,另一方面则同时面临着将人异化的"无物之阵"。人若因此逃离社会遗世独立,充其量不过是终老山林的隐士,"遗世"固然可以在"生命的路"上卸去了那块沉重的西西弗斯巨石,但是生命也因此"宁蜷伏堕落而恶进取"。况且,隐士的眼光何曾离开过社会,只是面对"无物之阵"望而却步罢了。正因为望而却步,生命便只剩下绝望,而无反抗,失去了"人类的渴仰完全的潜力"。因此,"人"与"非人"之间的反复较量就是走上"生命的路"所不可回避的。鲁迅对此的回答是明确的:"无论什么黑暗来防范思潮,什么悲惨来袭击社会,什么罪恶来亵渎人道,人类的渴仰完全的潜力,总是踏了这些铁蒺藜向前进"。"这样的战士""毫无乞灵于牛皮和废铁的甲胄","在无物之阵中大踏步走"这不正是将"自性"的元性质、元精神、终极性毫无遮蔽地坦露出来,并付之于生命实践吗?第二,"老衰,寿终"是人之此在实有的绝望。人若因此与世浮沉、与时浮沉,将生命的末了看作一个零,那么,人像动物式的生存也未尝不可,但是这种生存让出的是生命的尊严与价值。《这样的战士》结尾特写的正是人在死亡面前见出的生命庄严:

  他终于在无物之阵中老衰,寿终。他终于不是战士,但无物之物则是胜者。

  在这样的境地里,谁也不闻战叫:太平。

  太平……。

  但他举起了投枪!

这一生命最后定格的画面不正是"生命不怕死,在死的面前笑着跳着,跨过了灭亡的人们向前进"的形象展示吗?不正是直面人之本体实有的绝望而抗战的形象展示吗？那"投枪"在社会现实层面指向的是人之非在的"无物之阵"，在人的本体层面指向的却是自我对尊严、独立、个性、自由的绝不妥协。

《淡淡的血痕》的副标题"记念几个死者和生者和未生者"道出了写作的动因，即鲁迅在《〈野草〉英文译本序》中所说"段祺瑞政府枪击徒手民众后，作《淡淡的血痕中》"。据此，研究者对于此篇多以社会政治批判论之。我以为，社会政治批判的确是此篇重要的写作诱因，但是诱因不能涵盖由此延展的广阔的文学想象，诱因的针对性不能遮蔽文学想象的普遍性，这本身就是《野草》创作的重要特点。其实，针对"三·一八"事件，鲁迅在《淡淡的血痕》（1926年4月8日）一周前创作的《记念刘和珍君》（1926年4月1日）中就展开了关于民族生存的普遍性思考：

> 真的猛士，敢于直面惨淡的人生，敢于正视淋漓的鲜血。这是怎样的哀痛者和幸福者？然而造化又常常为庸人设计，以时间的流驶，来洗涤旧迹，仅使留下淡红的血色和微漠的悲哀。在这淡红的血色和微漠的悲哀中，又给人暂得偷生，维持着这似人非人的世界。我不知道这样的世界何时是一个尽头！[①]

> 惨象，已使我目不忍视了；流言，尤使我耳不忍闻。我还有什么话可说呢？我懂得衰亡民族之所以默无声息的缘由了。沉默呵，沉默呵！不在沉默中爆发，就在沉默中灭亡。[②]

> 时间永是流驶，街市依旧太平，有限的几个生命，在中国是不算什么的，至多，不过供无恶意的闲人以饭后的谈资，或者给有恶意的闲人作"流言"的种子。至于此外的深的意义，我总觉得很寥寥，因为这实在不过是徒手的请愿。人类的血战前行的历史，正如煤的形成，当时用大量的木材，结果却只是一小块，但

[①] 鲁迅. 鲁迅全集（3卷）[M]. 北京：人民文学出版社，2005：290.
[②] 鲁迅. 鲁迅全集（3卷）[M]. 北京：人民文学出版社，2005：292.

请愿是不在其中的，更何况是徒手。①

上述思考显然是"三·一八"事件诱发的关于民族衰亡的普遍性症结。"造化""庸人"与"真的猛士"三者所凸显的正是民族历史转折处的生存情状。"造化"实则是塑形个人的社会实体，它设计的是"庸人"；庸人"维持着这似人非人的世界"；"真的猛士"试图拯救这"默无声息的""衰亡民族"。这种普遍性的思考在《淡淡的血痕》中进一步被哲学化提升。"记念刘和珍君"这一直白实指的正标题变成了暗示性的副标题"记念几个死者和生者和未生者"，后者不仅将前者抽象化而且普遍化，由死者延伸至生者和未生者。我以为，这种抽象化、普遍化的目的就是在把握社会与人这一辩证统一体的基础上针对民族性集中推出民族现代生存之"有"的新个体形象，这一形象所凸显的正是"惟此自性，即造物主"的崭新民族生命本体。

《淡淡的血痕》的结构由"怯弱的造物主""造物主的良民"与"叛逆的猛士"三部分组成，这不正是民族生命的三部分主体吗？三者之间的关系呈示出民族历史转折的图景："怯弱的造物主""造物主的良民"沿袭着民族的传统生存，"叛逆的猛士"朝向现代生存，二者构成截然对立的民族生命本体精神结构与内质。"怯弱的造物主"与"造物主的良民"凸显出民族传统社会实体与人的本体之间的辩证统一体关系，以此凸显出民族生命的非在，并构成"叛逆的猛士"存在的背景、针对性与标示意义，这正是为了回答什么才是民族生命新生的真正造物主。

首先来看"目前的造物主"：

目前的造物主，还是一个怯弱者。

他暗暗地使天变地异，却不敢毁灭一个这地球；暗暗地使生物衰亡，却不敢长存一切尸体；暗暗地使人类流血，却不敢使血色永远鲜秾；暗暗地使人类受苦，却不敢使人类永远记得。

---

① 鲁迅. 鲁迅全集（3卷）[M]. 北京：人民文学出版社，2005：293.

> 他专为他的同类——人类中的怯弱者——设想，用废墟荒坟来衬托华屋，用时光来冲淡苦痛和血痕；日日斟出一杯微甘的苦酒，不太少，不太多，以能微醉为度，递给人间，使饮者可以哭，可以歌，也如醒，也如醉，若有知，若无知，也欲死，也欲生。
>
> 他必须使一切也欲生；他还没有灭尽人类的勇气。

"目前的造物主"正是统治者与其专制社会实体的象征，这个造物主显然是与人类对立的，即其存在偏离了人之为人的本质。它一方面是凶残的，让"使天变地异""使生物衰亡""使人类流血""使人类受苦"；另一方面又是怯弱的，只能"暗暗地"，更"不敢毁灭一个这地球""不敢长存一切尸体""不敢使血色永远鲜秾""不敢使人类永远记得"。这样一个塑形个人的社会性格是"专为他的同类——人类中的怯弱者——设想"的："用废墟荒坟来衬托华屋"，将人的生存导向物欲的贪婪与掠夺；"用时光来冲淡苦痛和血痕"，让人生存于麻木、不觉醒之中；"日日斟出一杯微甘的苦酒，不太少，不太多，以能微醉为度，递给人间，使饮者可以哭，可以歌，也如醒，也如醉，若有知，若无知，也欲死，也欲生"，使人的生存浑浑噩噩，似醉非醉、似醒非醒、不生不死地苟活而偷生。

再来看"造物主的良民"：

> 几片废墟和几个荒坟散在地上，映以淡淡的血痕，人们都在其间咀嚼着人我的渺茫的悲苦。但是不肯吐弃，以为究竟胜于空虚，各各自称为"天之僇民"，以作咀嚼着人我的渺茫的悲苦的辩解，而且悚息着静待新的悲苦的到来。新的，这就使他们恐惧，而又渴欲相遇。
>
> 这都是造物主的良民。他就需要这样。

"造物主的良民"即"人类中的怯弱者"，他们一方面正是上述社会实体超于个人而存在和塑形个人的社会性格"设想"的结果，另一方面他们自称为"天之僇民"，甘心为奴，"悚息着静待新的悲苦的到来"。

"怯弱的造物主"与"造物主的良民"正是专制社会与人这一辩证统一体的两面,这一辩证统一体的社会性格即民族性最突出的就是"怯弱",就是不敢正视的"瞒"和"骗",就是"精神胜利法"的本性。"怯弱的造物主"虽然掌控国家机器居于强势地位,但是他们的生命内质却是"怯弱"的,与他们的良民并没有什么本质的区别。鲁迅揭示奴隶根性并不是局限于人之存在的社会地位,而是直视人的本体精神结构。"造物主的良民"即使成为"造物主"那也是"目前的造物主"的复制。也就是说,"怯弱的造物主"与"造物主的良民"的存在在内在本质上都偏离了"人道",都失去了对人的本质的真正占有。马克思通过对资本主义社会的把握对于这种人的存在与发展关系做了深刻揭示。在马克思看来,真正的人的发展也只能是全社会的每一个人的发展,而不能是一部分人的发展和另一部分人的不发展。因为"一个人的发展取决于和他直接或间接进行交往的其他一切人的发展"①。资本主义的现实说明,工人经常为满足最迫切的生存需要而进行斗争,失去了全面发展的可能性,而剥削、压迫工人的资本家也得不到全面发展,"精神空虚的资产者为他自己的资本和利润欲所奴役;律师为他的僵化的法律观念所奴役,……一切'有教养的等级'都为各式各样的地方局限性和片面性所奴役,为他们自己的肉体上和精神上的近视所奴役,为他们的由于受专门教育和终身束缚于这一专门技能本身而造成的畸形发展所奴役"②。③正因为社会与人这一辩证统一体的两面是在活的机制里互相起作用的,所以重建这一辩证统一体是一项系统工程,但是在这一系统工程中民族性则是更具有内在实质意义的,"怯弱的造物主"与"造物主的良民"之间的互应关系以及共

---

① 马克思,恩格斯. 马克思恩格斯全集(第 3 卷)[M]. 中共中央马克思恩格斯列宁斯大林著作编译局,编译. 北京:人民文学出版社,1995:51.
② 马克思,恩格斯. 马克思恩格斯全集(第 20 卷)[M]. 中共中央马克思恩格斯列宁斯大林著作编译局,编译. 北京:人民文学出版社,1995:317.
③ 袁贵仁. 马克思的人学思想[M]. 北京:北京师范大学出版社,1996:279.

同显示出的"怯弱"本性正说明了这一点。"目前的造物主"及其"良民"的"怯弱"实质再现出民族生命的普遍停滞,这是一个在"生命的路"上"宁蜷伏堕落而恶进取"的本体。因此,《淡淡的血痕》实则是以现实社会政治为诱因,在透视社会与人这一辩证统一体的基础上,集中凸显出民族生命"人丧其我""本根剥尽"的本体缺陷。

在"怯弱的造物主"与"造物主的良民"这一背景之下,如何重构民族生命本体?"叛逆的猛士"便以民族生命本体重构的鲜明的针对性出场了,即"叛逆的猛士出于人间"。为了凸显这种出场与"怯弱的造物主""造物主的良民"截然不同的人格样态以及鲜明的标示性,鲁迅在这里用了"屹立"一词。"叛逆"正是针对"怯弱的造物主"与"造物主的良民"而言的,凸显出前者与后者的生命本体具有结构性的区别。"洞见一切已改和现有的废墟和荒坟","深知一切已死,方生,将生和未生","看透了造化的把戏"凸显出"叛逆的猛士"深彻的现代理性;"记得一切深广和久远的苦痛"凸显出"叛逆的猛士"清醒的自觉;"正视一切重叠淤积的凝血"凸显出"叛逆的猛士"敢于正视的勇气;"将要起来使人类苏生,或者使人类灭尽"凸显出"叛逆的猛士"重构民族生命的自为意识与能力。概而言之,这是一个自觉自为、善美刚健、使民族新生的现代个体。相应地,这一现代个体的存在便具有民族现代生存之"有"的历史转折意义:

> 造物主,怯弱者,羞惭了,于是伏藏。天地在猛士的眼中于是变色。

"目前的造物主""伏藏"了,真正的造物主便出现了,这个新的造物主就是"叛逆的猛士"。"天地在猛士的眼中于是变色"所凸显的正是"叛逆的猛士"作为新个体之于民族生命新生的生成功能。"叛逆的猛士"就是"立之为极,俾众瞻观"、使人"免沦没"的"一二士",就是"中国之人"赖此而"不殄灭"的"硕士",就是"史实之所垂""为之辟启廓清"的"先路前驱"与"健者"。"叛逆的猛士"何以具有这种民族新生的生成功能?

一言以蔽之,"惟此自性,即造物主"。这一新个体所具有的"自性"足以"立之为极,俾众瞻观",以尊严、独立、个性、自由的善美刚健之新声破"宁蜷伏堕落而恶进取"的民族生命之恶声。

这样来看,《野草》以"我"的最本己出场全然是最集中地展示出民族生命"新我"的生命内质,一个真正占有"自性"的"个我""主我""自我"。因此,《野草》实质是"我"以此人之为人的自性为元性质、元精神、终极性的生命实践。作为"野草"的"此我"生存于"旱干的沙漠中间",但却"拼命伸长他的根,吸取深地中的水泉,来造成碧绿的林莽",因为"自性"就是"我"心中的"造物主"。直面"遭删刈""遭践踏"的困境而拼命生存,就是因为"生命的路"在"我"心中是"什么都阻止他不得"的,就像枣树被打枣的竿梢所伤也要铁似的直刺天空,就像影被黑暗吞没也要独自远行,就像过客脚已受伤、流血也要迎着夜色走,就像这样的战士在无物之阵中寿终、老衰也要举起投枪,"我"的这种"生"就是过客以绝大意力永不停息地在世行走,这就是"生命的路"的生成。作为"野草"的"此我"将被"烧尽","并且无可朽腐",但是"我希望这野草的死亡与朽腐,火速到来",因为这种"死"确证了"我"的"生","生命的路"正是"在死的面前笑着跳着"而前进的。这样,《野草》的生命景观更为清晰起来:一方面展示出人之存在实有的绝望,即人之"生"同时伴随着"死",人之"走"同时伴随着劳顿、受伤、流血,因此,人之此在就是充满劳绩的"中间物","黑暗"与"虚无"是实有的。另一方面展示出人之为人就是在此绝望的背景之下自觉自为地以自性为终极展开生命实践,人之为人的"生"就是"在死的面前笑着跳着",就是"绝望的抗战"。因此,《野草》的主旋律实质是在人之存在的大悲苦中生出生命的大欢喜,在人之存在的大绝望中生出生命的大希望,在民族现代生存之"无"中生出"有"。而这一切都落脚于"此我",不是将"生""豫约"于将来,不是将"死"转移于来世,而是"执着现在"地"走","生命的路"由"走"而生出,"走"

由"心声"而引导、激发,"心声"生于"自性",即以尊严、独立、个性、自由为元性质、元精神、终极性的善美刚健、自觉自为的现代生命本体。于此,《野草》上述主旋律中最强劲搏动的音符凸浮而出:"惟此自性,即造物主。惟有此我,本属自由"。"自性""自由"就是"此我"之本,《野草》就是"此我"之本的生命实践。"既本有矣,而更外求也,是曰矛盾",即:"返闻自性",在自性这一人之本体之内寻求,而不是在人的本体之外寻求"我"之"造物主",唯此才能真正归向于人的善美刚健的本体,实现民族生命的现代重构。

第三节　神在生命本体中

"我"同样是《烛虚》贯穿性的生命符号。整体审视,《烛虚》实则是"我"对生命至圣至美境界的皈依,凸显出生命信仰的形而上终极性。这个"我"既是沈从文最本己之"我",也是民族现代生存之"我",一个生命贯注着神性的个体。"我"的生命指向正源自"我"对民族社会历史与人之存在的独特把握。本章第一节已论,《烛虚·烛虚》第一、二节实质是沈从文对历史转折处民族生命重造的回顾性反思。他将社会历史与人之存在的视点聚焦于"五四"至40年代,一方面呈示出中国社会历史第二次大变动中的民族生命与生存状态,另一方面呈示出中国社会历史第二次大变动中的社会状态。在对社会与人这一辩证统一体的两面进行把握的基础上,沈从文从独特的生命体验出发,将关注点放在"神之解体"这一以"五四"为标志的中国社会历史现代转型的最明显历史拐点。"神之解体"与"神之存在"既是他以社会历史与人之存在为视角把握民族生命特质的方式,也是他以民族生命状态为视角把握社会历史特质的方式。在这种民族社会历史的转折处,民族生命成为他牢牢锁定的关注点。他从自身独特的生命体验出发，在社会历史与人之存在的互相参照中，所看到的是人在历史上的二律背反的生命图景："神"之解体的背后是生命内质的虚伪、愚昧、残忍、丑恶，"神之存在，依然如故"的背后是人生情感的素朴、观念的单纯、环境的牧歌性。社会历史与人之存在的二律背反凸显出"神"之于生命的不可或缺。"神"在沈从文那里不是指向鬼神迷信的蒙昧，而是指向生命的庄严与美丽。因此，沈从文对于自己文学创作的定位是非常清晰的，即"在'神'之解体的时代，重新给神作一种光明赞颂。在充满古典庄雅的诗歌失去价值和意义时，来谨谨慎慎写最后一首抒情诗"。显然，这"最后一首抒情诗"就是"神在生命本体中"的生命抒情诗。或者说，他要在"神之解体"的时代，重建民族文化，以此来恢复生命的神性。

《烛虚》开篇集中展示"五四"至 40 年代民族生命与生存状态以及社会状态，正是为了表明在这一"神之解体"时代重造民族生命的现实针对性。面对民族生命的现实沉沦，面对社会当局对于民族生命的不作为，"我们就得自己想办法"以"应付'明天'和'未来'"，"把生命有个更合理更有意思的安排"。"我"正是在这一社会历史与民族生命的把握中以重造民族生命的时代担承最本己地出场了。"我"要以民族生命重造为立足点，"察明人类之狂妄与愚昧，思索个人的老死病苦"，而这场辨明生存与生命真义以"使生命之光，煜煜照人，如烛如金"的潜渊烛虚本身就是"我"对至圣至美生命抒情诗的"如焚如烧"。也就是说，《烛虚》相对于沈从文湘西题材创作的独特在于他要完成的这首生命抒情诗不是以地域色彩鲜明的湘西世界构筑的，而是以"我"的最本己出场在切己的生命体验贯注中由外在的人事走向内在的人生哲理思辨、由具体走向抽象、由形而下走向形而上来完成的。或者说，这首生命抒情诗本身就是"我"以最本己的生命实践对于生命神性的展示，就是"我"对"神在生命本体中"这一生命哲学的践履亲证，以此为"莫名其妙活下来"的"多数人""立之为极"。

一、自然人性

《烛虚》首先集中关注的是女性的生命状态。《烛虚·烛虚》第一节展示出上层妇女"莫名其妙活下来"的生命状态,对此沈从文明确表白:"在她们身分或生活上虽还很尊贵舒适,在历史意义上,实在只是一个废物,一种沉淀,民族新陈代谢工作,已经毫无意义,不足注意。所谓女子教育的对象,无妨把她们抛开。"《烛虚·烛虚》第二节将视角转向"女子教育的对象",他看到的依然是极为反差的生命图景,即在"眼前自然景物和人事情形两相对照"中,"感觉一种极其痛苦的印象",一种"这些近代女子""竟恰恰像有意在违反自然的恩惠"的生存状态。

在"五四"至 40 年代这一中国社会历史第二次大变动主体时期,女性是中国社会历史第一次大变动之后特别是"中华民族中以家族制度与礼教为中心的主流文化占统治地位的中国中心区域"中最受"强制曲折"的群体,因此,在这历史转折处女性的生命状态当然是应该首先关注的,更何况这些"女子教育的对象"乃是"未来的母亲",事关民族生命的延续与新生。但是,他看到的依然是生命对于自然的违反。《烛虚·烛虚》第三节由女性生命状态扩展至整个民族生命状态,这种违反自然的生命图景正是民族生命的普遍化,即"多数人""被人事强制曲折成为各种小巧而丑恶的形式"的生存状态,"对'自然'倾心的本性有所趋避,感到惶恐"的生命状态。

至此,《烛虚》以鲜明的历史转折意识与生命重造意识把握到民族生命与生存的基本问题:"对于'自然'之违反","对'自然'倾心的本性有所趋避,感到惶恐"。这种民族生命重造的现实针对性有着双重指向,联结点在于"五四":第一,针对中国社会历史第一次大变动之后两千多年的民族生存史,以"五四"为标志的中华民族现代转型正是为了去除民族生命"被人事强制曲折成为各种小巧而丑恶的形式"。从这个角度而言,《烛虚》正是对"五四"所开启的历史之维的延伸。第二,针对"五四"以来直至40年代的民族生命状态,这种"对于'自然'之违反"的"社会的拙象和人的愚心"并没有得到实质性的改变。相反,这正是"神之解体"时代民族生命的堕落趋势,它最突出的表现于作为现代文明中心区域的城市与上等人群体。从这个角度而言,《烛虚》实则是对"五四"所开启的历史之维的实质性、校正性干预。民族生命"对于'自然'之违反"亲证于"我"的现实生存体验。随之,《烛虚》由眼前的人事回溯至那个"好好的保留在我印象中,活在我的印象中"的"过去",并聚焦于"二十年前,在酉水中部某处一个小小码头边"的一个老兵。在过去与现在的生命对照中,对于二十年前那个老兵的死与当下城市(现代文明的中心区域)中人的生,"我"明确表白:前者"寂寞的死"要比后者"热闹的生""倒有意义得多"。紧随这种截然对立的生命体验,"我"明确表白心中的愿望:

> 我真愿意到黄河岸边去,和短衣汉子坐土窑里,面对汤汤浊流,寝馈在炮火铁雨中一年半载,必可将生命化零为整,单单纯纯的熬下去,走出这个琐碎,懒惰,敷衍,虚伪的衣冠社会:一分新的生活,或能够使我从单纯中得到一点新的信心。

因此,《烛虚》依然继续的是"写出'过去''当前'与那个发展中的'未来'"的三维结构,而且是"过去当前和未来检视"。"过去"是"我"二十年前湘西世界的生命体验,"当前"是"我"现在城市中的生存体验,"未来"是"我"如焚如烧的生命至境。这样,《烛虚》实际是在湘西题材创作与都市题材创作基础上的抽象提升,从形而下走向形而上。《烛虚》的生命思考正建基于"过去"与"当前"、"我"与"人"的尖锐化对立结构,潜渊烛虚的元点依然是二十年前湘西那个自然生命世界。其实,《烛虚》的形态本身就表明了这一点,虽然其外在消解了地域色彩,但是对于生命神性至境的象征性展示依然是通过自然诗性物境来完成的。那"小小青蛙在河畔草丛间跳跃",那"远处母黄牛在豆田阡陌间长声唤子",那"上游或下游不知谁处有造船人斧斤声,遥度山谷而至",那"河边有紫花、红花、白花、蓝花,每一种花每一种颜色都包含一种动人的回忆和美丽联想"……这些自然景物内涵着生命的自然本性。最终,这些自然景物都抽象化为"一白鸽在虚空飞翔",这不正象征着生命的神性吗?两者结合起来不正表明生命的神性正源自生命的自然本性吗?从这个角度来看,湘西世界便全然具有生命的象征意义,它不正是沈从文从这方"人与自然契合"的世界之中找到的生命的本来面目吗?它不正是"不受现代社会存在的秩序和观念的束缚,作出人之为人的应对"吗?①事实上,将湘西自然生命世界作为重造生命的基石,这早在沈从文文学创作"第一个十年的工作已经快要结束了"的时候,由习作期进入成熟期的他就已经作出了明确的归结与表白:要"造希腊小庙","选山地作基础",着力表现"优美,健康,自然,而又不悖乎人性的人生形式"。②简言之,那座神庙供奉的人性乃是自然人性。也就是说,以湘西生命世界构筑的"希腊小庙"所供奉的自然人性正是《烛虚》以深彻的社会历史与人之存在的现代理性透视进一步普遍化凸显的重造民族生命的基点与由此向生命神性攀升的根基。至此,《烛虚》重造民族生命的第一个层面就凸浮而出:反思以"五四"为标志的中华民族现代转型,针对"神之解体"时代民族生命的堕落趋势,以自然人性为基重造民族生命,恢复其"对'自然'倾心的本性"。

"对'自然'倾心的本性"何以丧失?《烛虚》在"我"切己的生存体验中进行了理性的透视。概而言之,"禁律"与"金钱"。前者使生命"强制曲折成为各种小巧而丑恶的形式",后者使"政治、哲学、文学、美术,背面都给一个'市侩'人生观在推行"。此时,站在《烛虚》这一更高的理性思维平台上,湘西世界便会凸浮出新鲜透明如泉水的自然生命景观。相

---

① 凌宇. 从边城走向世界(增订本)[M]. 长沙:岳麓书社,2006:462.
② 沈从文. 沈从文全集(9卷)[M]. 太原:北岳文艺出版社,2002:2、5.

对于"中华民族中以家族制度与礼教为中心的主流文化占统治地位的中国中心区域",相对于作为现代文明中心区域的城市,相对于这些"禁律"对于生命宰制、"金钱"对于生命腐蚀严重的地方,这方边远的生命世界释放的正是生命本来的自然人性。这种自然人性与"神之存在"互为条件:

  人的生活与观念,一切和大都市不同,又恰恰如此更接近自然。一切是诗,一切如画,一切鲜明凸出,然而看来又如何绝顶荒谬!是真有个神造就这一切,还是这里一群人造就了一个神?[①]

  人、神、自然构成了三位一体的关系:人接近自然,自然无物不神,神造就这一切,人造就了神。概而言之,自然人性就是这样一种人、神、自然的互体。

  自然人性的内涵当然需要从其根基——自然出发来理解。自然在沈从文那里是"实体的存在",也是"抽象的境界",其独有之处正在于"神之存在",这对于他而言本身就是一种生命的初始经验。湘西世界原始蛮荒,神秘瑰丽,庙宇发达,巫师富有,敬神酬神,异常庄严。生于斯长于斯的他对于自然形成了"声音颜色光影的交错,织就一片云锦,神就存在于全体"的生命初始经验。正因如此,凌宇先生在《沈从文传》中对处于初始生命状态的沈从文才以"自然之子"名之。且看《沈从文传》对于这种生命与生存状态的具体描述:

  人与人、人与神灵、自然万物,彼此融为一体。他们一年全部收获与欢乐,仿佛被整个自然感觉到并被祖先分享了。除了这些氏族神,属于本地出产的各种神祇,如苗族的三十六神、七十二鬼,土家族的灶神、土地神、四官神、五谷神乃至各种山精树怪,在这里也占有一席之地。在这些山民眼里,自然万物都是有灵的,人与自然万物都能通过神发生交感,自然成了一个巨大的生命社会。这种生命一体化的观念,不仅体现在重大的祭祀活动

[①] 沈从文. 沈从文全集(7卷)[M]. 太原:北岳文艺出版社,2002:151.

中，也渗透到日常生活习俗上。孩子生下来，家里担心长不成人，便选定一棵老树，在树枝上系一块红布，树前摆一盘"刀头"，点几炷香，烧几陌纸，拜寄老树为干妈，孩子便可平安长大。他们有许多禁忌，如夜里不能在家里吹口哨——吹口哨会招惹鬼怪；不能用脚踩或移动火坑里的三脚——对祖先不恭或不吉利；大清早忌谈龙、蛇、虎、豹、鬼；在外客死的人不能抬进屋——野鬼不能见家神；7月蛇进屋不准打——据说是祖先的化身；孕妇家里不能随意动土、钉钉——防止震荡胎儿堕胎；见蛇交配不能对人说，只能先对树说——此乃不祥之兆，对人说人死，对树说树枯……凡此种种，多出自对祖先的尊重和趋吉避凶的考虑，而又一律奠基于人、神、自然万物的生命能够相互感应、交通的观念。①

这种与生俱来的初始经验铸就了沈从文生命哲学最基本、最终极的命题——"神在生命本体中"（"生命具神性"）。事实上，这个命题虽然积淀着他的生命初始经验，但是它却绝不是一个停留于形而下经验性的命题，随着他观照生命的现代意识与现代理性的不断攀升，乃至他对生命至圣至美境界如焚如烧的体验与皈依，这个命题最终上升为一个具有形而上终极向度的生命本体论。确切地说，这种生命初始经验是他寻找生命形而上终极向度的元点。"初始经验常常让我们重返生命的根基与源头，返回到伊甸园式的浑然未分的安宁状态，那里没有知识之树所造成的异化，在那种状态里有所谓神性之光，有大道之初，有和我们存在的深邃的根基的关联，有一种绝对的光芒。在那种原初的神性光泽的笼罩下我们的存在与心灵宁静安详，我们能够静静地看世界，静静地领会世界，并从中感受到心灵与灵魂的自由、充实与解放。"②因此，在《凤子》中那个城市中人一进入这

---

① 凌宇. 沈从文传[M]. 北京：东方出版社，2009：28.
② 丁来先. 审美静观论[M]. 北京：中国社会科学出版社，2008：120.

方"神之存在，依然如故"的自然世界，就被这种"神就存在于全体"的人生图景所征服，作出坚定的表白："我相信还可从这口古井中，汲取新鲜透明的泉水"。①这就清晰地呈示出"神在生命本体中"这一生命哲学的第一个层面：重返生命的根基与源头，以人、神、自然互体的自然人性构筑生命的底质。

那么，在湘西世界这口古井中他汲取了哪些自然人性来作为民族生命的底质呢？虽然他没有以系统性的方式进行概念式的归纳，但是由于他的生命哲学包含着自己强烈的生命初始经验，所以其作品对于这些自然人性有着鲜明的倾向性，循此可以获得基本的把握。在《〈边城〉题记》中，他对这里的农民"性格灵魂被大力所压，失去了原来的朴质，勤俭，和平，正直的型范"满怀沉痛。在《习作选集代序》中，他强调要从他的作品中"发现一种燃烧的感情，对于人类智慧与美丽永远的倾心，康健诚实的赞颂"。在《〈长河〉题记》中，他再次对"农村社会所保有那点正直素朴人情美，几几乎快要消失无余"深感痛惜。这些题记、序言对于自然人性的朴质、勤俭、和平、正直、康健、诚实、燃烧的感情等有着鲜明的倾向性。这些方面在具体作品中表现为鲜活丰满的人物形象与丰富多样的人生形态，进而使作为民族生命底质的自然人性得到充分的展现。

民族生命底质之一，素朴的人情美、人性美。《边城》开篇展示老人、翠翠与黄狗组成的基本生活情状。《长河》开篇展示辰河两岸人民"近三十年来的大略情形"。二者开篇的共同之处在于都展示出了湘西自然人性的质朴、正直、诚实、热情与轻利重义的义利观。

> 渡头为公家所有，故过渡人不必出钱。有人心中不安，抓了一把钱掷到船板上时，管渡船的必为一一拾起，依然塞到那人手心里去，俨然吵嘴时的认真神气："我有了口粮，三斗米，七百钱，

---

① 沈从文. 沈从文全集（7卷）[M]. 太原：北岳文艺出版社，2002：164.

够了。谁要这个!"(《边城》)①

"乡亲,我这橘子卖可不卖,你要吃。尽管吃好了。这水泡泡的东西,你一个人能吃多少?十个八个算什么。你歇歇憩再赶路,天气老早咧。"(《长河》)②

从习作期带有自叙传性质的《船上岸上》中那位"不想多得几个钱"的卖梨子的老妇人,到成熟期《边城》中的管渡老人、《长河》中的橘园主人,以上自然人性一直为沈从文所倾心与赞颂。素朴的人情美、人性美形成他心中最基本的人生型范。与之相反,正如他在《〈长河〉题记》中所说"敬鬼神畏天命的迷信固然已经被常识所摧毁,然而做人时的义利取舍是非辨别也随同泯没了",他的都市小说展示的正是"神之解体"以后虚伪、复杂、狡诈、残忍、丑恶、唯实唯利的市侩化人生形态。以此为基,《烛虚》从政治、哲学、文学、美术的背面透视出"一个'市侩'人生观在推行"。

民族生命底质之二,雄强的原始生命力。从沅水、辰河之上那些迎风搏浪、出没于恶水险滩、皮肤黝黑的水手,到小豹子一样的虎雏,无不展现出强旺的生命活力。当他再遇虎雏之时,他放弃了"用最文明的方法试来造就他"的"荒唐的打算",认为"一切水得归到海里,小豹子也只宜于深山大泽方能发展他的生命"。③他对于这种雄强的原始生命力由衷赞叹:"'蝗虫集团自海外飞来,还是蝗虫。'如果是虎豹呢,即或只剩下一牙一爪,也可见出这种猛兽的特有精力和雄强气魄!"④在沈从文看来,"这种猛兽的特有精力和雄强气魄"正是民族生命的血性与元气。与之相反,《八骏图》尖锐地指向读书人病态的人生:"大多数人都十分懒惰,拘谨,小气,又全都是营养不足,睡眠不足,生殖力不足",并且形成"近于被阉割过的寺宦观念"。这种人生正是"社会与民族的堕落","憎恶这种近于被阉割过的寺

---

① 沈从文. 沈从文全集(8卷)[M]. 太原:北岳文艺出版社,2002:63.
② 沈从文. 沈从文全集(10卷)[M]. 太原:北岳文艺出版社,2002:11.
③ 沈从文. 沈从文全集(11卷)[M]. 太原:北岳文艺出版社,2002:298.
④ 沈从文. 沈从文全集(12卷)[M]. 太原:北岳文艺出版社,2002:175.

宦观念，应当是每个有血性的青年人的感觉"。①以此为基，《烛虚》进一步透视出这些所谓的"社会中坚""实无所爱，对国家，貌作热诚，对事，马马虎虎，对人，毫无情感，对理想，异常吓怕。也娶妻生子，治学问教书，做官开会，然而精神状态上始终是个阉人"的生命状态。

民族生命底质之三，真挚、热烈、奔放、神圣的爱情。《龙朱》《媚金，豹子，与那羊》《神巫之爱》诸篇在一种原始浪漫的氛围里展示出爱情的炙热与高贵。白耳族王子龙朱爱上黄牛寨寨主的女儿，龙朱的爱情是"抓出自己的心，放在爱人的面前，方法不是钱，不是貌，不是门阀也不是假装的一切，只有真实热情的歌"②。媚金的爱刚烈，神巫的爱圣洁。与之相反，他指出都市情爱的扭曲与蜕化："城市中人生活太匆忙，太杂乱，耳朵眼睛接触声音光色过分疲劳，加之多睡眠不足，营养不足，虽俨然事事神经异常尖锐敏感，其实除了色欲意识以外，别的感觉官能都有点麻木不仁。"③他的都市小说展示出"性爱"的两种异化情状：《绅士的太太》中那种情色游戏与《八骏图》中那种阉寺性的性爱。前者失去了"爱"的真挚、神圣，后者失去了"爱"的热烈、奔放。以此为基，《烛虚》揭示出现实生存"一般人喜用教育身分，来测量这个人道德程度。尤其是有关乎性的道德。事实上这方面的事情，正复难言。有些人我们应当嘲笑的，社会却常常给以尊敬，如阉寺。有些人我们应当赞美的，社会却认为罪恶，如诚实。多数人所表现的观念，照例是与真理相反的。多数人都乐于在一种虚伪中保持安全或自足心境"的扭曲情状。

民族生命底质之四，美丽纯洁、娴静可爱、自然率真的少女禀性。三三、翠翠、夭夭等少女是沈从文心目中美的化身，她们是山水精灵，天然未凿，展现出原初极致的少女之美。与之相反，"神之解体"则"把女人完全弄堕落了"。以此为基，《烛虚》开篇展示出都市女性特别是上层社会妇

---

① 沈从文. 沈从文全集（8卷）[M]. 太原：北岳文艺出版社，2002：195.
② 沈从文. 沈从文全集（5卷）[M]. 太原：北岳文艺出版社，2002：327.
③ 沈从文. 沈从文全集（9卷）[M]. 太原：北岳文艺出版社，2002：4.

女"庸俗平凡的类型",这正是"神"之解体以后都市上层女性的真实人生形态。她们"生命无性格,生活无目的,生存无幻想。一切都表示生物学上的退化现象"。表面上,她们"有荣誉、有地位而且有道德",事实上活得"莫名其妙"。①

"神之存在,依然如故"与"神之解体"二元对立的人生图景凸显出将上述自然人性作为民族生命底质的重要意义:这些生命的火种"保留些本质在年青人的血里或梦里,相宜环境中,即可重新燃起年青人的自尊心和自信心"。需要强调的是,这里要保留"在年青人的血里或梦里"的是自然人性所内涵的对于生命具有永恒价值的"本质",即生命源自自然未受"禁律"与"金钱"扭曲腐蚀的健康光鲜的本来品性,而非"神之存在"的表象。事实上,"神"之表象之下的愚昧、残忍以及对于生命的扭曲戕害沈从文是极力反对的。他强调"神之存在"之于生命的重要意义指向的是那口古井中的新鲜透明的泉水,这"泉水"不是动物的本能,而是"不受现代社会存在的秩序和观念的束缚,作出人之为人的应对"②。

二、现代理性

"神之解体"与"神之存在,依然如故"的二律背反的人生图景正是人类历史发展中的痼疾,人类也因此总是留恋于那个温情脉脉的往昔,而迷失于分崩离析的现在。但是,历史潮流浩浩汤汤,谁也无法阻挡。沈从文在民族生命底质层面的构建上重返自然人性,很容易使人误以为他是退守的原始主义者,事实上也确有人将"反现代""反文明""反文化"之类加诸他的身上,这同"落伍""没有思想""与现实脱节"等误解一样阻碍了其生命哲学在民族文化思想重构上所本应具有的辐射力。倘若我们从其生

---

① 沈从文. 沈从文全集(12卷)[M]. 太原:北岳文艺出版社,2002:4-5.
② 凌宇. 从边城走向世界(增订本)[M]. 长沙:岳麓书社,2006:462.

命哲学的底质层面进入第二个层面，其内有的强烈现代意识与高度的现代理性反思便凸显出来。

《烛虚·烛虚》第四节在上述第一、二、三节对于自然人性关注的基础上视角明显转换，将关注的重心放在"知识阶级"身上，意在呈示的正是重造民族生命的第二个层面。先看《烛虚·烛虚》第四节从人类文化学视角呈示出的"知识阶级"的生命与生存状态：

> 好斗本能与愚行容易相混，大约是"工具"与"思想"发展不能同时并进的结果。是一时的现象，将来或可望改变。最大改变即求种族生存，不单纯诉诸武力与武器，另外尚可望发明一种工具，至少与武力武器有平行功效的工具。这工具是抽象的观念，非具体的枪炮。至于懒惰本能，形成它的原因，大致如下：即人虽与虫豸起居生活截然不同，脑子虽比多数生物分量重，花样多，但基本的愿望，多数还是与低级生物相去不多远，要生存，要发展。易言之，即是要满足食与性。所愿不深，容易达到，故易满足，自趋懒惰。一个民族中懒惰分子日多，从生物观点上说，不算是件坏事，从社会进步上说，也就相当可怕。但这种分子若属知识阶级，倒与他们所学"人为生物之一"原则相合。因为多数生物，能饱吃好睡，到性周期时生儿育女不受妨碍，即可得到生存愉快。人类当然需要这种安逸的愉快。不过知识积累，产生各样书本，包含各种观念，求生存图进步的贪心，因知识越多，问题也就越多。读书人若使用脑子，尽让这些事在脑子中旋转不已，会有多少苦恼，多少麻烦！事情显然明白，多数的读书人，将生命与生活来作各种抽象思索，对于他的脑子是不大相宜的。这些人大部分是因缘时会，或袭先人之余荫，虽在国内国外，读书一堆，知识上已成"专家"后，在作人意识上，其实还只是一个单位，一种"生物"。只要能吃，能睡，且能生育，即已满足愉快。

并无何等幻想或理想推之向上或向前，尤其是不大愿因幻想理想而受苦，影响到已成习惯的日常生活太多。平时如此，即在战时，自然还是如此。生活下来俨然随时随处都可望安全而自足，为的是生存目的只是目下安全而自足。虽如罗素所说，"远虑"，是人类的特点，但其实远虑只是少数又少数人的特点，这种近代教育培养成的知识阶级，大多数是无足语的！

这里，相对于自然人性，所突出的是在社会进步上人类必须以"抽象的观念"克服"好斗"与"懒惰"的动物性本能，即"思想"（"远虑"）这一"人类的特点"。在"远虑"这一人之为人的特质上，"知识阶级"理应起到引领的作用。然而，目下的"知识阶级"虽然"知识上已成'专家'"，但是"在作人意识上，其实还只是一个单位，一种'生物'。只要能吃，能睡，且能生育，即已满足愉快"，"生活得很像一个'生物'"。本书第二章第三节已论，人之自然更具本质意义的是作为万物之灵的自然，而"灵"最核心的表现就在于能思想，这正是人类源自自然又形成人的自然的标志。诚如上文引述罗素的话："'远虑'，是人类的特点"，诚如帕斯卡尔所言："思想形成人的伟大"[①]，"思想——人的全部的尊严就在于思想"[②]。《烛虚·烛虚》第四节之所以将"思想"（"远虑"）这一"人类的特点"以"知识阶级"为关注对象凸现出来就是为了使民族生命摆脱"生命相抵相销，末了等于一个零"的状态。于是，《烛虚·潜渊》第三节沿此进一步展示出"多数人"的这种"思想"（"远虑"）缺失的生物式生存，即"所需要的是'生活'，并非对于'生命'具有何种特殊理解"，"知从'实在'上讨生活，或从'意义''名分'上讨生活"，"在小小得失上注意关心，引起哀乐，即可度过一生"。《烛虚·长庚》第二节对此作了更为直白的揭示：

> 世界上有不少人所思所愿，脑子中转来运去，恐怕总逃不出

[①]〔法〕帕斯卡尔. 思想录[M]. 何兆武译. 北京：商务印书馆，1985：157.
[②]〔法〕帕斯卡尔. 思想录[M]. 何兆武译. 北京：商务印书馆，1985：164.

"果口腹"打算。所愿不多，故易满足。既能满足，即趋懒惰。读书人对学问不进步处，对人事是非好坏麻木处，对生活无可不可处，无不是这种人得到满足以后的反应。若不明白近年来中层阶级的不振作，从此可以得到贴近事实的解释。然人能贴近生活，即俨然接近自然，成为生物之一种，从"万物之灵"回到"脊椎动物"，也可谓上帝一种巧妙安排。

沈从文在历史转折处看到的正是所谓的"社会中坚"乃至"多数人"生命从"'万物之灵'回到'脊椎动物'"的退化，失去了心灵的无限可能性。以上述"知识阶级"乃至"多数人"的生命与生存状态为背景，《烛虚·潜渊》第五节亮明了人之为人的生命之路，即一条"生命随日月交替，而有新陈代谢现象"，"只前进，不后退，能迈进，难静止"的"人道"。如何才能使人走上这条生命之路（"人道"）呢？《烛虚·长庚》第三节给出了答案：

新经典的原则，当从一个崭新观点去建设这个国家有形社会和无形观念。尤其是属于做人的无形观念重要。勇敢与健康，对于更好的"明天"或"未来"人类的崇高理想的向往。为追求理想，牺牲心的激发……更重要点是从生物学新陈代谢自然律上，肯定人生新陈代谢之不可免，由新的理性产生"意志"，且明白种族延续国家存亡全在乎"意志"，并非东方式传统信仰的"命运"。用"意志"代替"命运"，把生命的使用，在这个新观点上变成有计划而能具连续性，是一切新经典的根本。

首先"从生物学新陈代谢自然律上，肯定人生新陈代谢之不可免"，然后"由新的理性产生'意志'，且明白种族延续国家存亡全在乎'意志'，并非东方式传统信仰的'命运'"。也就是说，在肯定生命"自然律"的基础上强调"新的理性产生'意志'"，"用'意志'代替'命运'"。"新的理性"也就是现代理性，即以思想的自觉调控"意志"走向生命的自为。这样，生命便走上了在"随日月交替"中"只前进，不后退，能迈进，难静止"的发展之路。因此，《烛虚》重造民族生命的第二个层面实则是自然人性与现代理性的有机融合，在人性顺应自然的基础上凸出理性、意志对生命的自觉自为。

上述《烛虚》重造民族生命的第二个层面依然是以湘西题材创作为基的提升。《湘行散记》《湘西》等作品显示出其生命哲学第一个层面与第二个层面的对接与转换，《烛虚》正是沿此的提升。一方面，在作品中我们看到沈从文每当置身于湘西世界，特别是身处辰河之上、箱子岩之下、鸭窠围之中或是耳边传来岸上吊脚楼歌声之时，面对类似环境他总是情不能自禁，"柔和"之感油然而生。这个时候他作为创作主体的情感就会从自然物境和作品人物身上逃逸出来，表白"心中柔和得很"，这几乎成为他湘西题材创作的一种模式。这正是他生命初始经验的感性显现，内含着与生俱来的情感贴近与迷恋，显示出他希图接近生命本来、从湘西自然人性汲取生命底质的情感指向。另一方面，他在触动"柔和"之感的瞬间继之必生"忧郁"之感。在表白"心中柔和得很"之后，他总会随之作出"想起这些人的哀乐，我有点忧郁"之类的表白。"忧郁"的重心在于对这种自然人生历史命运的深刻悲悯与隐忧：这种自然人生"虽生活与自然相契，若不想法改造，却将不免与自然同一命运，被另一种强悍有训练的外来者征服制驭，终于衰亡消灭"。[1]于是，他进一步反思："我们用什么方法，就可以使这些人心中感觉一种'惶恐'，且放弃过去对自然和平的态度，重新来一股劲儿，用划龙船的精神活下去？这些人在娱乐上的狂热，就证明这种狂热使他们还配在世界上占据一片土地，活得更愉快更长久一些。不过有什么方法，可以改造这些人狂热到一件新的竞争方面去？"[2]这种反思贯穿于《湘行散记》《湘西》之中。"柔和"与"忧郁"的对接与转换显示出沈从文生

---

[1] 沈从文. 沈从文全集（11卷）[M]. 太原：北岳文艺出版社，2002：376.
[2] 沈从文. 沈从文全集（11卷）[M]. 太原：北岳文艺出版社，2002：281.

命哲学的两个层面:"柔和"指向自然人性中新鲜透明的民族生命底质;"忧郁"指向自然人生自觉自为的现代意识与能力的缺失。①上述《烛虚》重造民族生命的第二个层面正是沿此提升的,即"由新的理性产生'意志'","用'意志'代替'命运'"。这样,其生命哲学就由已然层面向应然层面大大跨进了一步。这表明现代性的反思性已经延伸到其生命哲学的核心部位,显示出沈从文以朝向现代生存的自觉自为对于民族生命的校正性干预。

以上第一个层面与第二个层面对于民族生命构成了双重扬弃的校正性干预:其一,以"神之存在,依然如故"的自然人性为生命本来扬弃"神之解体"的都市现代人性的蜕化与扭曲,从而为民族生命底质确立了明确的定位。从这个角度说,返回原始,正是为了更好地走向现代。但是,这种重返生命的根基与源头不是退守到原始,复古到蛮野,而是以生命本有的新鲜透明的底质扬弃现代历史进程中人性的蜕化与扭曲:以质朴扬弃虚伪,以正直扬弃狡诈,以热情扬弃冷酷,以善良扬弃残忍,以神圣扬弃丑恶,以雄强扬弃孱弱,以健康扬弃病态,以重义轻利扬弃唯实唯利……以此将人从"所得于物虽不少,所得于己实不多"的状态解救出来,将人与人的关系从"复杂到不可思议,然而又异常单纯的一律受'钞票'所控制"的状态解救出来,最终将人性从眼前的"漫画"状态恢复到生命本有的庄严状态。②其二,"由新的理性产生'意志'","用'意志'代替'命运'",以此将自然人生从宿命论的自在状态、受制于偶然与情感的不可知论状态、"对历史毫无担负"的无为状态解救出来,最终使人在生命之路上能够自觉自为。那么,经过上述生命两个层面双重扬弃的校正性干预之后,民族生命将走向哪里呢?沈从文亮出了其生命哲学的顶端命题——"生命具神性"。

---

① 此段论点本书作者已在《"柔和"与"忧郁"——论沈从文作品的"情绪"》中有所论及,见《中南大学学报》(社会科学版)2013年第3期,该论文被《新华文摘》2013年第19期摘录。
② 沈从文.沈从文全集(12卷)[M].太原:北岳文艺出版社,2002:104-105.

三、生命神性

在概念的使用上，他的湘西世界、都市世界侧重于"人性"，抽象世界更侧重于"神性"，特别是 20 世纪 40 年代其创作以《烛虚》为标志由具体转向抽象之后，"神性"这一概念更多地取代了 30 年代常用的"人性"。由"人性"到"神性"显示出沈从文为世人确立人生形而上终极向度的意旨。"神性"是在具体与抽象的巨大悖反性之中凸显出来的。《烛虚·烛虚》第五节由前四节侧重"说他人"转向"说自己"，由"记人事"转向"记心情"，而"我"的"心情"正苦苦纠结于这种巨大悖反性之中，"我"因此成了一个"与乡村已离得很远很远了"的"乡下人"。"我发现在城市中活下来的我，生命俨然只淘剩一个空壳"，"生命已被'‘时间’'人事'"剥蚀快尽了。天空中鸟也不再在这原野上飞过投个影子。生存俨然只是烦琐继续烦琐，什么都无意义"，这就是现实生存的具体。但是，这并不是因为"我"的厌世，只是"我过于爱有生一切"，将人生这本大书翻得太快，发现了"在抽象中好好保存，在事实前反而消灭"的"生命一种最完整的形式"。随之，《烛虚·烛虚》第五节以大量的诗性自然景物为象征呈示出这种以"美"与"爱"为内质的神性生命。《烛虚·潜渊》第六节更为直白地呈示出上述具体与抽象的巨大悖反性：

> 多数人或具有一种浓厚动物本性，如猪如狗，或虽如猪如狗，惟感情被种种名词所阉割，皆可望从日常生活中感到完美与幸福。譬如说"爱"，这些人爱之基础或完全建筑在一种"情欲"事实上，或纯粹建筑在一种"道德"名分上，异途同归，皆可得到安定与快乐。若将它建筑在一抽象的"美"上，结果自然到处见出缺陷和不幸。因美与"神"近，即与"人"远。生命具神性，生活在人间，两相对峙，纠纷随来。情感可轻翥高飞，翱翔天外，肉体

实呆滞沉重，不离泥土。

这种巨大悖反性其实道出了人之存在的基本事实，即人的双重属性：第一，"生活在人间"。前文已论沈从文并不是否定人的物质存在，他反对的是局限于此形成的市侩人生观、惟实惟利人生观。问题不在"实"与"利"，即人的物质属性，这是人的客观存在，谁也无法否定；问题出在"惟"字上，即将人的终极性指向"实"与"利"，最终"政治、哲学、文学、美术，背面都给一个'市侩'人生观在推行"。如果人之存在超向于这种形而下的物质性存在，那么人就会"具有一种浓厚动物本性，如猪如狗，或虽如猪如狗，惟感情被种种名词所阉割，皆可望从日常生活中感到完美与幸福"，失去心灵的无限可能性，乃至失去"怕"与"羞"这两个防止对生命尊严自我亵渎与践踏的精神与心理防线。人性底线的一破再破正在于这种浓厚动物本性的惟实惟利性。第二，"生命具神性"。贯穿《烛虚》的至圣至美的生命境界指向的正是生命的神性，这才是人之为人的形而上终极性。"生命具神性，生活在人间，两相对峙，纠纷随来"，这"纠纷"的实质就是"多数人所需要的是'生活'，并非对于'生命'具有何种特殊理解，故亦不必追寻生命如何使用，方觉更有意思。"在"人"沉沦于"生活"的历史转折处，"我"要为这"神之解体"时代确立"生命"的信仰，这正是《烛虚》最后一章以"生命"名之的真意，沈从文说得很明白："我是一个对一切无信仰的人，却只信仰'生命'。"因此，"我"与"人"的对立，"具体"与"抽象"的悖反，这种《烛虚》贯穿各篇的二元对立性结构既是为了呈示出"我"之生存的真实情状，更是为了以"我"对"生命具神性"的践履亲证凸浮出这一人之为人的形而上终极向度。从《烛虚·烛虚》第五节展示的《法华经》的神奇境界到《烛虚·生命》展示的"百合花极静"的景象，这些贯穿《烛虚》的至美境界所象征的正是生命所具有的神性。诚如凌宇先生所言：

  这是一个由"我""在有生中"发现的美合成并予以诗化的至

美境界，也是一个想象与虚拟的境界——"不占他人的视线"，一个与世俗绝缘——不占据"物质心"的境界。因而，它只能是一个具神性的生命才能通达、寄寓的处所，是人类灵魂的真正的家园。①

那么，该如何理解"生命具神性"这一人对人的本质真正占有的形而上终极性呢？这里，首先要区分其生命哲学中两个极为重要的概念："神"与"神性"。

什么是"神"？他的具体哲学命题是"神即自然"。也就是说，"神"不是鬼神迷信，不是人为的在人的本体之上设置的压制生命的力量，而是自然。且看他在《凤子》中提出这一命题之后对于其内涵的具体阐释：

> 神的意义想我们这里只是"自然"，一切生成的现象，不是人为的，由于他来处置。他常常是合理的，宽容的，美的。人作不到的算是他所作，人作得的归人去作。人类更聪明一点，也永远不妨碍到他的权力。②

> 神在××人感情上占的地位，除了他支配自然以外，只是一个抽象的东西，是正直和诚实和爱：科学第一件事就是真，这就是从神性中抽出的遗产，科学如何发达也不会抛弃正直和爱。所以我这里的神又是永远存在不会消灭的。③

"神"在他那里有两层意思：一是人力之外的自然支配能力，人做不到的都由神去做，其间见出自然的巧慧，因此，自然无物不神，"即或那么一小点露水"。对此，"人类更聪明一点，也永远不妨碍到他的权力"。生命本身就是自然最伟大的巧慧，自然的生命本应是健康光鲜的，因此，"社会的拙象和人的愚心"莫过于生命对于"自然"之违反，以各种"禁律"将生

---

① 凌宇. 从边城走向世界（增订本）[M]. 长沙：岳麓书社，2006：403.
② 沈从文. 沈从文全集（7卷）[M]. 太原：北岳文艺出版社，2002：123.
③ 沈从文. 沈从文全集（7卷）[M]. 太原：北岳文艺出版社，2002：124.

命"强制曲折成为各种小巧而丑恶的形式"。二是"除了他（神）支配自然以外，只是一个抽象的东西，是正直和诚实和爱"，这里神显然是一种原始道德形态。"正直和诚实和爱"是湘西世界生命最突出的特征，凸显出人与自然契合的本性，与被金钱腐蚀了的都市市侩化生命截然相对，对于前者情感的贴近，对于后者极度的心理排拒，构成沈从文创作的情感基调，一生执守的"乡下人"立场本身就是以此为基的。显然，上述"神"的第一层意思侧重的是"自然的美"，第二层意思侧重"德性的美"。

什么是"神性"？他将其与"生命"紧紧联系在一起，它是一种超越于衣食男女等具体人生形态之上的使他如焚如烧的生命至境，是从"神"升华而来的生命最高属性。从"神"的第一个层面——人力所不能的"自然的美"抽象出一种境界——"美"：

> 在有生中我发现了"美"，那本身形与线即代表一种最高的德性，使人乐于受它的统制，受它的处治。人的智慧无不由此影响而来。典雅词令与华美文字，与之相比都见得黯然无光，如细碎星点在朗月照耀下同样黯然无光。它或者是一个人，一件物，一种抽象符号的结集排比，令人都只想低首表示虔敬。阿拉伯人在沙漠中用嘴唇触地，表示皈依真主，情绪和这种情形正复相同，意思是如此一来，虽不曾接近真主，至少已接近上帝造物。①

这种"美"的生命至境是生命神性的展露，它源自自然，源自神的创造，因此，他在描绘这种境界时又往往以自然实体的存在来象征。《烛虚》让人"从抽象感到实体的存在"，又从实体的存在见出抽象。《看虹录》完全站在艺术鉴赏家的角度体验超越于情欲之上的身体至美，正如他在《水云》中所说，"最奇异的是这里并没有情欲，竟可说毫无情欲，只有艺术，我所处的地位，完全是一个艺术鉴赏家的地位，我理会的只是一种生命的

---

① 沈从文. 沈从文全集（12卷）[M]. 太原：北岳文艺出版社，2002：23.

形式，以及一种自然道德的形式，没有冲突、超越得失，我从一个人的肉体上认识了神"①。这种生命至美使他以一种如痴如狂的宗教情绪虔诚皈依。这种"美"的生命属性已经上升到"上帝造物"的高度，形而上信仰的高度。这正是沈从文提出的与现实社会具支配地位的惟实惟利形而下人生观截然对立的生命形而上终极向度。

从"神"的第二个层面——原始道德形态的"德性的美"升华出一种义务与生存意义——"爱"：

> 所谓知人，并非认识其复杂，只是归纳万汇，把人认为一单纯不过之"生物"而已。极少人能违反生物原则，换言之，便是极少人能避免自然所派定义务，"爱"与"死"。人既必死，即应在生存时知所以生。故孔子说，"未知生，焉知死？"多数人以为能好好吃喝，生儿育女，即可谓知生。然而尚应当有少数人，知生存意义，不仅仅是吃喝了事！爱就是生的一种方式，知道爱的也并不多。②

因此，他强调："爱是权利同义务相纠结糅杂的。凡打量逃避这义务的人，神不能保佑他。"以"爱"为生命的存在方式，显示出沈从文生命哲学是入世的，而非老庄的出世，是自觉自为的。因此，他极力排拒"对国家，貌作热诚，对事，马马虎虎，对人，毫无情感，对理想，异常吓怕"、对一切"实无所爱"的"阉寺性"。他在《烛虚·长庚》的结尾处明确表白："两年来的沉默，得到那么一个结论。屈原的愤世，庄周的玩世，现在是不成了。理性在活生生的人事中培养了两千年，应当有了些进步。""爱"与"权利同义务"紧紧联系在一起，这显然是对"自然道德"的一种现代性提升，或者说，是一种以"自然道德"为基的现代品格。

综上所述，以"美"与"爱"为内质的生命神性虽然来自"自然"（"神"），

---

① 沈从文. 沈从文全集（12卷）[M]. 太原：北岳文艺出版社，2002：117.
② 沈从文. 沈从文全集（12卷）[M]. 太原：北岳文艺出版社，2002：27.

但那是经过人的自觉自为对于"自然"("神")的更高层次的复归,由此获得生命的最大意义,即"能用于对自然或人工巧妙完美而倾心"①。反之,如果"情感或被世务所阉割","深深惧怕被任何一种美所袭击","对于一切美物、美行、美事、美观念,无不漠然处之,竟若毫无反应","以爱与欲不可分,惶恐逃避,惟恐不及",②那么人的存在就会"淡漠如一僵尸","生存时自己无所谓,死去后他人对之亦无所谓",在民族发展上已毫无意义。基于此,他明确表白:皈依自然(神),对一切无信仰只信仰生命(神性)。"神性"是从"自然"升华而来,以"美"与"爱"为内质,因此,"美"与"爱"既是"对'自然'倾心的本性",更是由这一本性抽象而出的生命庄严本相。

从"神即自然"到"生命具神性"实际形成了沈从文完整的生命哲学。"神即自然"强调的是自然之于生命的支配力量,人作为自然的一部分,应该契合于自然,保有生命的本来与本真,而不应将生命"强制曲折成为各种小巧而丑恶的形式",使之成为金钱的附庸。特别是,应该将《边城》中人物的正直和热情"这些"虽然已经成为过去了"的自然人性"本质"保留在"青年人的血里或梦里"。"生命具神性"强调的是在保有"对'自然'倾心的本性"的基础上对前者自然人性所内涵的本质进行提升,凸显出人之于生命的支配力量。这样,就实现了既不在生命本体之上高悬一个"神",人只能匍匐于它的脚下,又在生命本体之中保有了自然人性的本质,以这种本质为升华使生命本体贯注"美"与"爱"的神性,并将这种神性置于"上帝造物"的高度形成人不断超向的形而上终极。

如何实现从"神即自然"到"生命具神性"的飞跃?简言之,"由新的理性产生'意志'","用'意志'代替'命运'"。《烛虚》这种"五四"二十年周年的反思,1942年6月3日沈从文在《学习写作》的结尾进行了更

---

① 沈从文. 沈从文全集(12卷)[M]. 太原:北岳文艺出版社,2002:32-33.
② 沈从文. 沈从文全集(12卷)[M]. 太原:北岳文艺出版社,2002:32-33.

为直白的表述:"一切奇迹都出于神,这由于我们过去的无知,新的奇迹出于人,国家重造社会重造全在乎人的意志。"这里,不是对于"神"("自然")所本有的生命巧慧、人所本有的"对'自然'倾心的本性"的否定,而是强调人之于生命的自觉自为。在人的本体重造上,他的指向非常明确:"生命之最高意义,即此种'神在生命中'的认识"①,"生命更庄严的意义,即'神在生命本体中'"②。这正是沈从文以自然人性为根基,以自觉自为的现代意识高层复归自然(神),在"神之解体"的时代重铸人之本体神性的生命发展观。

四、理性与超理性

《烛虚》的独特在于以上生命发展观的三个层面都统一于"我"最本己的生命与生存体验之中,最终是以"我"对至圣至美生命境界的沉醉与皈依来向"多数人""立之为极"标示出生命的形而上终极的。因此,《烛虚》之"我"实则是沈从文生命哲学最本己地感性呈示。相应地,理解这种生命哲学就必须进入"我"的生命景观。

事实上,以《烛虚》为标志的沈从文 40 年代创作的转向呈示出他极为鲜明的两个方面的内在生命景观:第一,极高的理性思维,显示出他对社会与人的深刻现代性反思;第二,超理性的极致生命体验,标示出他对生命信仰的形而上终极性。这也是《烛虚》贯穿性的两条线索,二者统一于"我"的本己生存之中。这种生命景观实则是他二十年来人生积淀的结果,《烛虚·烛虚(五)》留下了观照这种生命景观的元点,即二十年前那个"小流氓"的"我"。那时的"我""坐在沅水支流一条小河边大石头上,面对一派清波,做白日梦"。这时的他感知自然万象的方式应该说更多的是原始

---

① 沈从文. 沈从文全集(17 卷)[M]. 太原:北岳文艺出版社,2002:360.
② 沈从文. 沈从文全集(17 卷)[M]. 太原:北岳文艺出版社,2002:332.

初民的眼光。一方面是因为只有小学教育的他未能接受现代系统的思维训练。而且此时未离开湘西进入北京的他还没有置身中西文化大碰撞的漩涡中心，也就没有机会受到浓厚现代意识氛围的浸润。更重要的是，此时的他还没有进入新文学的创作实践，而新文学创作实践的过程无疑是他最主要的学习过程和改变自我的生命实践，而且是他具有现代意识的生命观的形成过程，他的作品本身就呈示出这一点。另一方面是因为"湘西本土文化不足以产生一个具有现代理性精神的沈从文"①，相反，湘西地域文化恰恰孕育了他无物不神的原始初民思维与观照自然万象的原始初民眼光。但是，二十年后在经过习作期乃至创作成熟期之后的他我们就不能说此时他的思维还是原始初民思维，因为这二十年来的人生历程"不仅扩大了沈从文的人生领域，使他获得将都市人生与乡村世界对照的直接人生体验，而且，他被卷入二三十年代发生在中国的中西文化大碰撞的漩涡中心，从中获得了现代意识，并反过来用这种现代理性精神去观照湘西本土人生"②。从"无物不神"的原始初民思维到"神在生命本体中"的现代个体生命意识之间固然有着较为明显的潜意识联系与原初生命体验上的联系，但是二者之间却有着"跨过几个历史时代，穿越几个不同文化层面"③的结构性区别。也就是说，二十年前他"坐在沅水支流一条小河边大石头上，面对一派清波"所做的"白日梦"同二十年后他面对自然万象至圣至美的极致性生命体验是具有本质区别的。从前者到后者长长的生命跨度所凸显的正是沈从文极高理性思维与超理性极致生命体验的形成，这在以《烛虚》为标志的40年代的创作转向中表现得极为鲜明。《烛虚》开篇乃至贯穿各篇对于"五四"至40年代社会与人这一辩证统一体两面的透视表现出沈从文极高的理性思维。事实上，以这种极高的理性思维观照民族、社会、国家

---

① 凌宇. 从边城走向世界（增订本）[M]. 长沙：岳麓书社，2006：437.
② 凌宇. 从边城走向世界（增订本）[M]. 长沙：岳麓书社，2006：438.
③ 凌宇. 从边城走向世界（增订本）[M]. 长沙：岳麓书社，2006：438.

乃至人类正是沈从文40年代生命景观的重要一面,不仅在以《烛虚》为代表的哲理性散文中表现出来,而且还在以《看虹录》为代表的哲理性小说中表现出来,更在文论与通信中直接表现出来。鲜明的哲学思辨正是他40年代创作的特色,即便是在小说中他也会借人物之口展开大篇幅的、与散文同质性的哲学思辨。这种哲学思辨最根本体现的正是"五四"所开启的"重新做人"的极强意识,不仅如此,他还以极高的理性思维对"五四"开启的历史之维进行透视。他看到的是虽然"五四"开启的历史之维带给国人以"重新做人"的极强意识,"具尽符咒的魔力",但是"如何重新做人,重新做什么样人"正是这一历史之维亟待推进的,由此他提出将"解放运动"落实于"做人运动",而"做人运动"的落脚点是用表现优美理想的人生哲学来作土壤,以此形成五光十色的人生。相应地,他对生命重造、社会重造、国家重造的哲学思辨最终落脚于人性重造的哲学思辨,而且他还对这种重造的途径展开哲学思辨,特别是对艺术与政治的方式展开哲学思辨,最终定位于艺术对人性的重造,而艺术正是他"哲学之再造"的途径,故而艺术重造(经典重造)就是其哲学重造、人性重造、生命重造、社会重造、国家重造。简言之,40年代是沈从文的哲学时代。

这一哲学时代的来临绝不是横空出世,而是与他对民族生命重造的长期思考与探索紧紧联系在一起的。"哲学之再造"是40年代沈从文最核心的生命实践,但是这种人生转换在《凤子》(1932年)这一他"最后一篇直接标明人物与故事的苗族身份与特征并以苗族的现实生存方式为题材的小说"①中就已经鲜明呈示出来。他在《凤子》中明确表白挽救世界的唯一办法是"哲学之再造",即"引导人类观念转移",这与他反复强调的"民族生命重造""民族品德重造""民族文化重造"等是一致的。在他看来,"人生应当还有个较理想的标准,至少容许在文学或艺术上创造那个标准"。

---

① 凌宇. 从边城走向世界(增订本)[M]. 长沙:岳麓书社,2006:455.

为此，他将以上一系列的重造更具体地落实到"重造经典"之上。因此，其文学创作实质是民族生命哲学的重造，目的在于"引导人类观念转移"，而且这是挽救世界的唯一办法。他何以得出如此决然的结论并义无反顾地走向这一生命实践呢？这源自他对战争、政治、宗教、文化等关切人类生存的重大命题的体验、观察与思考。

关于战争，沈从文在其生命初始经验中就已经留下了野蛮血腥的嗜杀性心理感受，愚昧残忍是他对战争难以根除的印象，这也是他离开湘西远赴北京踏上文学之旅的重要动因。他关注到中国历代剥削阶级"高高在上，以万物为刍狗"的嗜杀性。"你杀了我肉体，我就腐烂你灵魂"，是他在《从现实学习》中反思战争的最核心观点，集中体现了他的战争观：被杀者肉体毁灭，杀人者灵魂腐烂。因此，对于政权的更迭、朝代的兴替、暴力革命的胜利就不能简单地说这是历史的进步。即便是在特定时期符合历史进步趋势的正义革命战争，如果在取得新政权之后，不能及时将重心调整到生命内质的重建上，使技术体系与价值体系在各自相应的物质文明与精神文明建设上共同指向生命的庄严存在，那么革命的既有成果也许会被销蚀殆尽。正是基于这种穿透社会表象直指生命内质的历史把握，沈从文绝不将创作的重心简单地、庸俗地对应、附和于现实革命和战争，而是保留着审慎的态度，哪怕是创作涉及战事本身也是这样，正如他在《水云》中的自述：

> 于是用这种"从深处认识"的情感来写战事，因之产生《长河》，产生《芸庐纪事》，两个作品到后终于被扣留无从出版，不是偶然事件。因为从当前普遍社会要求说来，对战事描写，是不必要如此向人性深处掘发的。

沈从文的战争观难免有一定的局限性，但"从深处认识""向人性深处掘发"显示出他透过战事表象对于战争本身的深层反思。

因此，他的生命哲学正是对于战争所具有的毁灭身体、腐烂灵魂的负面效应的精神性反拨。

关于政治，沈从文在《凤子》中从负面与正面效应两个方面进行了反思。负面效应是："人类选上了'政治'寄托他们的宗教情绪，即在征服自然努力中，也为的是找寻原料完成政治上所信仰的胜利！因此有革命，继续战争和屠杀，他的代价是人命和物力不可衡量的损失，它的所得是自私与愚昧的扩张，是复古，政体也由民主式的自由竞争而恢复专制垄断。"正面效应是"它可以推陈出新，修正一切制度的谬误和习惯的惰性"。但是，正面效应"最大限度也必然终止于民族主义，再向前就不可能。所以谈世界大同，一句空话"。沈从文认为，既然政治负面效应很大，而正面效应又有限，那么挽救世界的唯一终极办法在他看来就是"哲学之再造，引导人类观念转移"，虽然"改造人类观念的事正如改造银河系统，太不容易"。

关于宗教，沈从文认为它与政治一样"二而一，庄严背后都包含了一种私心，无补于过去而有利于当前的"。他所强调的是将"人类的宗教情绪"引向"和神性最接近的"那些地方，以"阿拉伯人在沙漠中用嘴唇触地"的"皈依真主"的情绪接近生命的至境。

关于文化，沈从文认为现代文化"应当专从这人类怎样在误解中生活下来找一种救济方法"，而不是染上"驵侩气"。就文学而言，他认为"好的文学作品照例应当具有教育第一流政治家的能力，可是如今一部分作家，却只打量从第三流政客下讨生活"。1947—1948年他在北平通信中将这种"教育第一流政治家"的意图和盘托出。

基于以上对战争、政治、宗教、文化等方面的体验、观察与反思，沈从文在《黑魇》中更为集中地表明对于中国社会思想变革的迫切："我们当前便需要一种'清洁运动'，必将现在政治的特殊包庇性，和现代文化的驵侩气，以及三五无出息的知识分子所提倡的变相鬼神迷信，于年青生命中所形成的势利、依赖、狡猾、自私诸倾向，完全洗刷干净，恢复了二十岁左右头脑应有的纯正与清朗，认识出这个世界，并在人类驾驭钢铁征服自然才智竞争中，接受这个民族一种新的命运。"①这正是其生命哲学所具有的思想变革意义，更是其40年代以"哲学之再造"集中凸显"重造民族生命"的人生归向。

黑格尔指出，一个民族只有在其精神生活发展到一定阶段时，哲学才会产生。②其实，这对于一个人的生命历程同样适用。即便是起点如此之高的鲁迅，作为他全部人生哲学的《野草》也是在他完成《呐喊》《彷徨》，"落得一个'作家'的头衔"之后出现的，是他精神生活发展到一定阶段的产物，《烛虚》于此表现得更为典型。自离开湘西，进入北京至40年代，经过二十年的生命历程，走过习作期、创作成熟期的他显然精神生活发展到了一定的阶段。站在以现实人事特别是以湘西世界为题材的坚实的创作基础上，他显然具备了黑格尔所言的那种"思想之思想"的能力。"前一个'思想'指蕴涵于文化之中的理性原则或精神，后一个'思想'则指哲学家的'反省和理解'。所以，'思想之思想'，即哲学家对其时代的文化之精神实质的反思，哲学则是其反思的成果"。③40年代的沈从文对于"五四"以来至40年代民族生命、社会、国家乃至整个人类的观照所表现出的极高理性思维与现代理性精神正是这种"思想之思想"。

在看到40年代沈从文生命景观"思想之思想"一面的同时，还应看到其生命景观的另一面，即超理性的极致性生命体验。《烛虚》正是由这种极高理性思维的"思想之思想"而进入超理性极致性生命体验的。前者着重展示的是现实人之非在，后者着重展示的则是与现实人之非在对立的生命本应具有的抽象实在。还应该引起思考的是为什么这种极致性的生命体验高频率地出现在40年代，而不是二三十年代，这说明这种极致性生命体验也是精神生活发展到了一定阶段的产物。《烛虚》这种极高理性思维的"思

---

① 沈从文. 沈从文全集（12卷）[M]. 太原：北岳文艺出版社，2002：171.
②〔德〕黑格尔. 哲学史讲演录（第一卷）[M]. 贺麟，王太庆，译. 北京：商务印书馆，1983：93-100.
③ 肖万源、徐远和. 中国古代人学思想概要[M]. 北京：东方出版社，1994：1-2.

想之思想"与超理性极致性生命体验的并立,而且是由前者进入后者,这不仅表明二者都是沈从文精神生活发展到了一定阶段的产物,而且前者正是后者出现的前提,即没有这种极高理性思维的"思想之思想",也就没有这种超理性极致性生命体验的出现。也就是说,这种超理性极致性生命体验绝不是原始初民思维的产物,而是极高理性思维之上的产物。这种极致性生命体验所表现出来的超理性、超言说性实则是极高理性思维之上的生命至境,是沈从文对于宇宙本源、世界本质、生命本真的终极性体验。尽管这种体验不含知性的逻辑,依凭的不是概念,呈现出审美的感性形态,但是它绝非原始初民眼中的那种混沌。由于它是极高理性思维之上的产物,所以它的前提恰恰是以极高理性思维的"思想之思想"对社会与人进行深彻的观照。这时,极高理性思维的"思想之思想"实则融合于精神体验的过程中,引导着这种超理性极致性生命体验的方向,最终使之达至理想的生命境界,因为这种超理性极致性生命体验最终带给我们的并不是非理性的神秘主义,而是"思想之思想"的价值判断,让我们最终明晰自身何以存在,怎样存在,从而对生命作出人之为人的定位。这实则是人类文化思想史共通的规律。老子的《道德经》首先表现出来的是他在同时代所达到的极高理性思维,是超越于同时代的"思想之思想"的能力。如果没有这种极高理性思维的"思想之思想",他是不可能进入"玄之又玄"的"众妙之门"的,而那种"玄之又玄"的极致性生命体验实则是哲学的最高境界,而这种哲学境界的开始正在于"思想之思想"。《烛虚》正是这种极高理性思维的"思想之思想"与超理性极致性生命体验的辩证统一,或者说,这种"我"之显在与"我"之失去的生命状态都是他对"人"认识的一种方式。但是,这两种方式的重心各有侧重:极高理性思维的"思想之思想"重在对社会与人这一辩证统一体的两面进行透视,呈示出人性在"实际主义"中的沉沦,强调"由新的理性产生'意志',且明白种族延续国家存亡全在乎'意志',并非东方式传统信仰的'命运'",由此将民族生命导向与

"实际主义"截然对立的自觉自为的形而上超越之路;而超理性的极致性生命体验重在呈示出民族生命形而上超越所取向的生命终极性至境,一种至圣至美的神性生命状态。

那么,怎样才能进入这种生命终极性形而上至境,恢复生命的神性呢?《烛虚》之"我"本身就是"立之为极"的标示,即"在有生中我发现了'美'","为这种光影形线而感兴激动","生命之最大意义,能用于对自然或人工巧妙完美而倾心",最终"听其撼动",为其"如焚如烧",乃至于"佚智失理"。事实上,这是人类大哲共有的生命巅峰状态,一种超越于理性之上的极致性生命状态。这种状态实则是人类文化思想史上最引人瞩目的生命景观,从老子"渊兮湛兮""惚兮恍兮""窈兮冥兮""寂兮寥兮"那种"道"的境界到冯友兰的"同天境界",从耶稣的"暴烈状态"到尼采的"酒神状态"再至马斯洛的"高峰体验"状态,从文学家的神秘眩晕到科学家的真诚激动皆是如此。这一巅峰状态既是他们对生命至境妙不可言的体验,更是为世人展示神圣的终极。这种形而上终极绝不是烦琐的知性哲学教义,而是一种活生生的精神境界。这种境界实质是人之形而上本性与心灵无限可能性的极致状态,正是在这种状态之中生命的神性才真正显露出来。这种圣境"四平八稳人物"是不可能达到的,因为"世界上最美的事物都是在昏热之中产生的,所有伟大的创造都会打破平衡,暴烈状态是创造诞生的前提条件"①。因此,真正的思想家带给世人的绝不是烦琐哲学,而是一种可以"立之为极"、对生命无限激发的形而上品格与人生状态。相应地,伟大的文学家最独特、最有价值的存在就是借助文学的审美特性创造出易于做出无穷解释的鲜活意象,以此将人引入这种状态,此时的艺术形态全乎是对于"人生之诚理"的蕴注与对于"人生之閟机"的开启,对此,我将在第五章专做申论。40年代的沈从文正处在

---

① 〔法〕欧内斯特·勒南. 耶稣传[M]. 梁工,译. 北京:商务印书馆,2011:311.

这样一个状态，进入这个状态的标志正是《烛虚》。可以说，沈从文40年代创作最引人瞩目的同一性就表现在超理性的极致性生命体验上。从30年代坚实的湘西系列到40年代迷狂的抽象系列，沈从文的创作展示出了一种向金字塔尖攀升的生命景观，一种由具体向生命的虚空无限拓展的探索。正是这种烛照虚空的探索使他进入了一种"如焚如烧""佚智失理"的近乎迷狂的生命状态。事实上，"烛虚""潜渊""长庚""生命""水云""绿魇""白魇""黑魇""青色魇""赤魇""看虹录""摘星录""虹桥"等各篇标题本身就表明了这种极致性生命状态的特质，加之作品内容的丰富展示与沈从文最本己之"我"作为这些作品贯穿性生命符号的出现，这一切都表明40年代的沈从文进入了生命的极巅状态。

此时的沈从文看山不是山，看水不是水，完全超越了现实诸相，沉醉于生命难以言说的律动，一切都归向于生命的至圣至美。从此期以《烛虚》为标志的散文创作到以《看虹录》为标志的小说创作全然是"神在生命本体中"的极致性生命状态展示。从自然万象到人的身体，一切在沈从文那里都成为与至美生命遇合的具象。试各举一例：

> 我努力想来捕捉这个绿芜照眼的光景，和在这个清洁明朗空气相衬，从平田间传来的锄地声，从村落中传来的舂米声，从山坡下一角传来的连枷扑击声，从空中传来的虫鸟搏翅声；以及由于这些声音共同形成的特殊静境，手中一支笔，竟若丝毫无可为力。只觉得这一片绿色，一组声音，一点无可形容的气味，综合所作成的境界，使我视听诸官觉沉浸到这个境界中后，已转成单纯到不可思议。企图用充满历史霉斑的文字来写它时，竟是完全的徒劳。①

> 我推测另外必然还有一本书，记载的是在微阳凉秋间，一个女人对于自己美丽精致的肉体，乌黑柔软的毛发，薄薄嘴唇上一

---

① 沈从文. 沈从文全集（12卷）[M]. 太原：北岳文艺出版社，2002：134.

点红，白白丰颊间一缕香，配上手足颈肩素净与明润，还有那一种从莹然如泪的月光中流出的温柔歌呼。肢体如融时爱与怨无无可奈何的对立，感到眩目的惊奇。唉，多美好神奇的生命，都消失在阳光中，遗忘在时间后！①

第一例展示出自然万象完全是生命神性的寄寓之所与化身，第二例展示出人的身体完全超越于情欲之上的美好神奇与眩目，原来神就在自然万象与我们身体的本身。此时的沈从文完全心醉神迷于佚神荡志的生命乐章：那是白鸽"在不占据他人视线与其他物质的心的虚空中飞翔"②，那是"虚空静寂，读者灵魂中如有音乐。虚空明蓝，读者灵魂上却光明净洁"③，那是"蛛网上露水所结成的珠子，在晨光中闪耀的五色"④，那是"仿佛触着了生命的本体""在阳光下不断流动"的绿色⑤，那是"由海面向上望，忽然发现蓝穹中一把细碎星子，闪灼着细碎光明"⑥，那是"象征生命律动与欢欣在寒气中发抖的角声"与"表示生命兴奋而狂热的犬吠声"⑦……这种近乎迷狂的状态最核心的部位乃是对于"美"的感兴激动，失其所信所守；对于"爱"的喑哑萎悴，至死方休。这种"语言歌呼之死亡"的极致性生命状态集中体现了沈从文由具体走向抽象，由生活走向生命，由形而下走向形而上的超越，即他越过了对衣、食、男女这类属于"生活"范畴的需要与满足，而将人生的价值取向于"生命"，一种自我实现者的终极性存在与新生。

事实上，这种超理性的极致性生命状态正是马斯洛所谓的"高峰体验"。马斯洛之所以如此关注高峰体验，其目的在于探索人性所能达至的

---

① 沈从文. 沈从文全集（10卷）[M]. 太原：北岳文艺出版社，2002：340.
② 沈从文. 沈从文全集（12卷）[M]. 太原：北岳文艺出版社，2002：25.
③ 沈从文. 沈从文全集（12卷）[M]. 太原：北岳文艺出版社，2002：43.
④ 沈从文. 沈从文全集（12卷）[M]. 太原：北岳文艺出版社，2002：122.
⑤ 沈从文. 沈从文全集（12卷）[M]. 太原：北岳文艺出版社，2002：137.
⑥ 沈从文. 沈从文全集（12卷）[M]. 太原：北岳文艺出版社，2002：172.
⑦ 沈从文. 沈从文全集（10卷）[M]. 太原：北岳文艺出版社，2002：404.

最高境界，突出的是人之为人的形而上超越本性。这也正是马斯洛超越弗洛伊德的关键所在，"在弗洛伊德那里，人的主要存在被看作下意识（或无意识）的存在，犹如一座冰山，意识只是露出水面的一角，下意识则是水下部分。而在源于人类动物本源的下意识本能——求生与繁殖的冲动中，性冲动又是最重要的"①，也就是说，弗洛伊德强调的是人的动物性一面，而不是人的超越性一面。而且，"在弗洛伊德心理学中，本能的满足所带来的快乐是与道德规范相悖谬的，是应通过理性的力量来加以压抑的，因而弗洛伊德也不敢正视人的高峰体验"②。如果我们对沈从文的湘西系列、都市系列与抽象系列创作进行整体审视，就会发现沈从文的创作"隐伏着一个心理学的基本构架"③。虽然他在创作中进行了诸多下意识心理描写，显示出弗洛伊德心理学对于他的影响，但是以《烛虚》为标志的抽象创作所展示的极致性生命体验与这种体验所显示的生命神性归向突出表明他对弗洛伊德的超越，而在生命观上与马斯洛取向的一致。对此，凌宇先生在《沈从文的生命观与现代西方心理学》中做了深刻的论述，诚如该文所说："同弗洛伊德将求生与繁殖看作是人的主要存在的观点相反，沈从文认定人生的价值，在于生命。沈从文的人生观及其创作，实现了对弗洛伊德心理学的超越，而与20世纪50年代兴起于西方的心理学第三思潮——马斯洛心理学取同一方向。"④倘若沿此进一步展开研究，就会发现沈从文的高峰体验不仅显示出他不断超越的生命发展观，而且还显示出这种体验是与他的"生命重造"紧紧联系在一起的，或者说，高峰体验本身就是他重造生命的途径。

---

① 凌宇. 沈从文的生命观与西方现代心理学[J]. 南京大学学报（哲学·人文科学·社会科学），2002（2）.
② 马斯洛. 马斯洛人本哲学[M]. 成明，编译. 北京：九州出版社，2003：362.
③ 凌宇. 沈从文的生命观与西方现代心理学[J]. 南京大学学报（哲学·人文科学·社会科学），2002（2）.
④ 凌宇. 沈从文的生命观与西方现代心理学[J]. 南京大学学报（哲学·人文科学·社会科学），2002（2）.

正如马斯洛研究的那样，高峰体验"不仅是个人的最高幸福时刻，还能带来个人对存在性价值的领悟和对自我认同感的发现"，"它不仅能给你情感上的愉悦，而且还能使你发现人生的意义，使你获得涅槃后的新生"。① 也就是说，高峰体验有三个方面的突出效用：第一，自我认同感的高度满足；第二，人生意义（存在价值）的领悟；第三，涅槃后的新生（这里的涅槃是指一种完全忘我的状态）。三者是有机的，而不是割裂的，实际形成了一种心灵"剧烈的认同感体验"之后的新生，因为"人们在高峰体验时有他们最高程度的认同感，最接近真正的自我"②。具体地说，"高峰体验时所展露的自我特性，是类似于存在性认知所揭示的存在性价值"，相应地，"当宇宙之存在本质被自我认知时，自我也更趋近于他自身的存在本质，臻于他更完美或最完美的境界。同样，当个人愈趋近其真实的自我，他就愈容易察觉宇宙之存在性价值"，这样，"认同感的目标，看来既是一个终极目标，又是一个过渡性目标，是前往超越认同感的道路上的一步"。③也就是说，"高峰体验也像人的认识或理性一样是完整人性的必要构成"④。这绝不是主观式的臆想，而是有着突出的科学实践品格。事实上，"神秘的、崇高的、终极的体验，并不会降低科学的合理性，破坏科学的形象。相反，这一研究使科学本身更趋完整"，"真正优秀的科学家的绝对真诚品德就可以称为一种宗教式的虔诚的态度，而他的激动即高峰体验，他在'伟大'面前的敬畏、自卑、战战兢兢等都可以看作是神圣的"，而"科学研究神圣实际上是趋向更高的尊重、更深的理解、在丰富多彩的高水准上的更加净化和神圣化的最佳方式"，因此，"科学家能得到的最高奖赏也正是高峰体验和存在性认知"。⑤事实上，沈从文对于这种心醉神迷体验生命至圣至美的"忘我"过程之于生命重造功能的认识正契合于上述高峰体验的生命重

---

① 马斯洛. 马斯洛人本哲学[M]. 成明，编译. 北京：九州出版社，2003：357-358.
② 马斯洛. 马斯洛人本哲学[M]. 成明，编译. 北京：九州出版社，2003：366.
③ 马斯洛. 马斯洛人本哲学[M]. 成明，编译. 北京：九州出版社，2003：370-371.
④ 马斯洛. 马斯洛人本哲学[M]. 成明，编译. 北京：九州出版社，2003：363.
⑤ 马斯洛. 马斯洛人本哲学[M]. 成明，编译. 北京：九州出版社，2003：362.

造原理,他对于这种"人性治疗"表述得极为明白:"失去了'我'后却认识了'人',体会到'神'"①,即恢复"神在生命本体中"。因此,超理性的极致生命体验就是对"美"的皈依,就是对"人"的认识,就是人性与神性融合的眩晕,就是人的自我生命重造,这在沈从文那里既是重造生命的方法论也是生命归向的价值观,是一而二、二而一的统一体。对于这种重造生命的途径,沈从文在《水云》中表述得极为详明:

> 墙壁上一方黄色阳光,庭院里一点草,蓝天中一粒星子,人人都有机会看见的事事物物,多用平常感情去接近它,对于我,却因为常常和某一个偶然某一时的生命同时嵌入我印象中,它们的光辉和色泽,就都若有了神性,成为一种神迹了。不仅这些与偶然同时浸入我生命中的东西,各有其神性,即对于一切自然景物的素朴,到我单独默会它们本身的存在和宇宙彼此生命微妙关系时,也无一不感觉到生命的庄严。花木为防卫侵犯生长的小刺,为诱惑关心而具有的甜香,我似乎都因此领悟到它的因果。一种由生物的美与爱有所启示,在沉静中生长的宗教情绪,无可归纳,因之一部分生命,就完全消失在对于一些自然的皈依中。这种由复杂转简单的情感,很可能是一切生物在生命和谐时所同具的,且必然是比较高级文化所不能少的,人若保有这种情感时,即可产生伟大的宗教,或一切形式精美而情感深致的艺术品。②

这里呈示出沈从文独特的生命个体高层复归自然的生命哲学思想。这种复归之路是"简单—复杂—简单"的梭子形过程。前一个"简单"体现的是人与自然契合的原始人性,是生命的最初形式,人的超越本性决定了人不可能永远滞留于这种自在状态。但是,社会的发展又使人在历史中的存在进入二律背反的悖论,因此,由最初的"简单"进入"复杂"的过程又同时是人类自我迷失、人性扭曲、生命异化的过程,以至于"人类用双

---

① 沈从文. 沈从文全集(12卷)[M]. 太原:北岳文艺出版社,2002:120.
② 沈从文. 沈从文全集(12卷)[M]. 太原:北岳文艺出版社,2002:120.

手—头脑创造出一个惊心动魄文明世界,然此文明不旋踵立即由人手毁去。人之十指,所成所毁,亦已多矣"①,故而"所得于物虽不少,所得于己实不多"。《烛虚》以极高的理性思维对社会与人这一辩证统一体两面的透视展示的正是这一"复杂"过程中人性的沉沦。如何使生命在这一"复杂"的过程中"只前进,不后退",避免"生物学上的退化"？他强调"由新的理性产生'意志'","用'意志'代替'命运'"。那么,由"新的理性"驾驭的自我走向哪里呢？沈从文亮出的是"由复杂转简单",即"自然的皈依"。这个"简单"又回到了"自然"那里。但是,这种回归却是形而上的高层复归。具体的方式是让人恢复对自然倾心的本性,诸如"墙壁上一方黄色阳光,庭院里一点草,蓝天中一粒星子,人人都有机会看见的事事物物",它们的光辉和色泽都若有神性,浸入生命,见出生命的庄严,这样,由生物的美与爱有所启示,在沉静中生长出宗教情绪,以至于自我完全消失于自然的皈依中,"阿拉伯人在沙漠中用嘴唇触地,表示皈依真主,情绪和这种情形正复相同,意思是如此一来,虽不曾接近真主,至少已接近上帝造物"②。这时,"美"之于"生命"便如同"上帝造物","凡知道用各种感觉捕捉住这种美丽神奇光影的,此光影在生命中即终生不灭","即一刹那间被美丽所照耀,所征服,所教育是也","或即'造物',最直接最简便那个'人'"③。经过这种超理性的极致性生命体验,即用与现实人格截然对立的"别一种人格的光和热照耀烘炙",人才能"神智清明,灵魂放光,恢复情感中业已失去甚久之哀乐弹性",才能将现实人生从"实际主义"的扭曲与沉沦中振拔而出,获得"对于'生命'较高的认识"。这种以超理性极致性生命体验对美的皈依（自然的皈依）来重造生命的方式在沈从文那里借助的是艺术教育的途径,故而在《烛虚·生命》中他以"我想写一《绿百合》,用形式表现意象"收缩全文,这不仅表明了他以重造经典来重造生

---

① 沈从文. 沈从文全集（12卷）[M]. 太原：北岳文艺出版社,2002：30.
② 沈从文. 沈从文全集（12卷）[M]. 太原：北岳文艺出版社,2002：23.
③ 沈从文. 沈从文全集（12卷）[M]. 太原：北岳文艺出版社,2002：24.

命的落脚点，而且还表明了那"在意象中尤静"的"百合"正是他为我们在"给真正的法币和抽象的法币弄得昏昏的""实际主义"的形而下沉沦中标示出的鲜明的生命形而上超越终极。而且，当我们听从百合的昭示，进入"有一粒星子在花中"的高峰体验时，我们不仅可以获得最高程度的认同感，而且这种剧烈的认同感体验过程本身就是我们重造生命的形而上超越之路。

五、"新道家"

整体来看，沈从文认为现实人生最为堕落的趋势是生物学上的人性退化、生命"被人事强制曲折成为各种小巧而丑恶的形式"与唯实惟利的人性沉沦。"神在生命本体中"，"生命具神性"，这一生命哲学命题正是他对于这种人性沉沦的拯救。这一命题是对世人形而下沉沦的反拨，但是他所标示的形而上终极却绝没有将人带向一个高居人的本体之上的抽象实体的"神"，让人匍匐于"神"的脚下，因为这样的生命也同样偏离了自然，而任何对生命构成束缚、压迫的"神"他都是坚决排拒、解构的。他所超向的"神性"是生命本有的，"神"就是人，就是现实存在具有美与爱本质的人。这样，他既为"人"找到了生命的形而上终极向度，也没有脱离形而下生命，更没有制造出一个高居生命之上对人构成统治的"神"。相应地，他绝不是一味地排拒物质生活，而是对于世人完全在物欲中沉沦的反拨，让人在现实生存中为生命的神性所指引，让人在不离物质生活中为精神生活所提升。这样的生命是自然的，不为任何形而上实体所束缚、压制，不为物质所驱使、奴役，但是却有着明确的形而上终极向度，而且是活泼泼的生命。

他还进一步预言这种"神性"是永远不会消灭的，哪怕是科学高度发达的时代，二者并无冲突：

> 科学只能同迷信相冲突，或被迷信所阻碍，或消灭迷信。我这里的神并无迷信，他不拒绝知识，他同科学无关。科学即或能在空中创造一条虹霓，但不过是人类因为历史进步聪明了一点，明白如何可以成一条虹，但原来那一条非人力的虹的价值还依然存在。人能模仿神迹，神应当同意而快乐的。①

这一命题同时直指科学时代神之解体以后的信仰危机问题，给出了以生命为信仰的形而上终极向度，而这种生命是具有神性的生命。这样，沈从文的生命哲学将一切归向于人的本体，但是这个本体是不为任何外在的抽象所压制、扭曲、退化的，也不是为外在的物质所驱使、奴役、异化的。这种超越又是具有中国本土文化血脉的，"神在生命本体中"，"生命具神性"，实际是他以高度的现代意识与现代理性对天人合一、道法自然等中国传统文化思想核心命题的激活与重构。

从"天人合一""道法自然"到"神在生命本体中""生命具神性"，展示出沈从文的生命哲学是具有本土性、现代性、世界性的精神价值体系。所谓本土性有两重内涵：从现实基础来看，这一生命哲学本身是从湘西自然生命世界与自我独特的生命体验提升而来的；从文化血脉来看，这一生命哲学扎根于中国文化思想的元点，而且吸纳的是"天人合一""道法自然"最本初、未被篡伪的元质，从这口古井中汲取的是新鲜透明的泉水。因此，在"神在生命本体中"这一哲学命题之中，我们首先感受到的是"神即自然"、人与自然契合的元质，是生命源自自然本真的健康光鲜、活生生的形态，就像虎豹在自然中所禀有的精神元气。以"龙朱""虎雏"为其二子命名所凸显的正是这两个文学人物生龙活虎的精气神，以此为生命元质而激活民族生命新生之意不言而喻。其生命首先顺应的是"生命随日月交替，而有新陈代谢"的自然律。所谓现代性是指它在吸纳道家人与自然契合的

---

① 沈从文. 沈从文全集（7卷）[M]. 太原：北岳文艺出版社，2002：123.

思想的同时显然剔除了其中退守的原始主义，贯穿其中的是生命"只前进，不后退，能迈进，难静止"的现代自觉与自为。所谓世界性是指这一哲学命题将"生命"置于最核心、最终极的位置，这不仅是西方告别中世纪、从文艺复兴以来精神文化最具内在驱动的力量，而且是中华民族以"五四"为标志的现代转型的取向。生命的尊严、个体的价值是体现人类自我关怀最具世界性的文化符号。因此，"美"在沈从文那里既是人对自然光影形线倾心的本性，也代表了上帝造物的最高德性，旨在恢复人的灵魂的哀乐弹性与心灵的无限可能性；"爱"在他那里是"自然所派定义务"与"生存意义"。这种"美"与"爱"既有"佛教的人性向善、儒家的入世进取、道家人与自然契合的思想要素"①，又在个体意识、生命意识的贯注与主导下结构成全新的现代生命本体意识。经过以美与爱为基本要素的激活，他的生命哲学命题便成为以生命为本体的具有现代人文品格的天人合一、道法自然。或者说，中华文化元点的天人合一、道法自然本有的元质以中华民族现代转型为内应以恢复生命的庄严本相为取向被重构为一种以人性的发现与张扬为目的的生命本体意识。正是在这个意义上，沈从文自称为"新道家"。

　　整体审视，沈从文的"新道家"重造生命的基点在于恢复人对自然倾心的本性。这种本性是超越社会道德的天性，它既是外在天地自然赋予的，也是人之为人的本然所必需的，即人性之源。因此，确证这种天性正是为了给人性寻找一个绝对和神圣的终极，从而提升人的尊严感与神圣性。"自然"是沈从文"新道家"与原始道家的关联点，对于人之存在的探索他们都回归"自然"这一原点，在大原理上都体现了"道法自然""人道法天"的方法论与"天人合德"的思维方式。虽然二者都注重人与自然的契合，但正是在人与自然的关系上二者显示出了质的不同。原始道家强调人之存在绝对顺应自然，"惟道是从"，主张"辅万物之自然而不敢为"。"永恒的

---

① 凌宇. 从边城走向世界（增订本）[M]. 长沙：岳麓书社，2006：464.

自然，是人所不得干预的；万物和人的本性，均有自然之命所决定"，相应地，在人性构建上，"老子主张人性返璞归真，像成人返回婴孩、赤子一样；而庄子则更进一步阐述人性应复归自然本真"，①以求人之存在"安时处顺，面临生死，不乐不哀"，"将人等同于物，生死便只是无穷变化的一环而已"②，是为"帝之悬解""齐物"。因此，原始道家绝对顺应自然最终所体现的是自生自灭的退守性的人生观，"活死人"实则是对这种人之退守性生存状态的形象描述。沈从文的"新道家"的确呈示出了"求在自我情感体验、自我观照自觉中与自然冥合"③的庄子"闻天籁"式的生命景观，也的确于这种生命景观中见出了神秘主义的原始思维方式，但是他的"新道家"在思想结构上并不是对自然的绝对顺应。他的"新道家"乃是自觉自为的超越性的人生观，贯注着强烈的现代理性精神与现代个体生命意识。虽然他也极力反对社会一切有形秩序与无形观念对人性的扭曲，主张回归生命"对自然倾心"的本性，但是二者对人的自然本性的定位是截然不同的。原始道家强调的人的自然本性，即"真性"，"就像自然界其他事物一样，都是自然生就的"④，因此，老子主张"抱一"，绝圣弃智，庄子主张"齐物"，"人"是等同于"物"的，最终"以自然性来对人的社会性加以完全彻底的否定"⑤。沈从文"新道家"强调的人的自然本性，并不是原始道家那种退守于人自然生就的无知无欲的原初混沌，而是从动物性提升而来的以美与爱为内质的对自然倾心的本性。这种自然本性在结构上并不是原始退守主义，而是人对人的本质真正占有的超越性的现代个体生命意识。因为这种自然本性要经过从自然万象进入"一种美丽的圣境"这一极致性生命体验的过程，所以沈从文"天人合一""道法自然"的原始思维方式色

---

① 肖万源，徐远和. 中国古代人学思想概要[M]. 北京：东方出版社，1994：31.
② 肖万源，徐远和. 中国古代人学思想概要[M]. 北京：东方出版社，1994：29.
③ 肖万源，徐远和. 中国古代人学思想概要[M]. 北京：东方出版社，1994：30.
④ 肖万源，徐远和. 中国古代人学思想概要[M]. 北京：东方出版社，1994：32.
⑤ 肖万源，徐远和. 中国古代人学思想概要[M]. 北京：东方出版社，1994：47.

彩是明显的。但是，对于他思维中的原始神秘主义色彩绝不能过分夸大，否则，就会遮蔽沈从文生命哲学的现代品格。正如前文所论，这种超理性的极致性生命体验绝非原始思维的混沌，而是"思想之思想"这种极高理性思维之上的产物，最终带给我们的绝不是非理性的神秘主义，而是"思想之思想"的价值判断，让我们最终明晰自身何以存在，怎样存在，从而做出人之为人的应对。

事实上，在沈从文看来，"生物学上的退化"，"人活得很像一个'生物'"，"生命相抵相销，末了等于一个零"，正是人类的自我迷失。他的生命哲学蕴注的是"生命离开一个动物人生观，向抽象发展与追求的欲望或意志"，是"向人性崇高处攀援而跻的勇气和希望"①。而且，他并不像原始道家那样以自然性否定人的社会性，相反，从他所强调的以美与爱为内质的对自然倾心的本性出发最终导向的是"时时刻刻能把自己一点力量，黏附到整个民族向上努力中"，"为人类远景凝眸"的"一种崇高庄严感情"，其落脚点正在于"种族延续国家存亡"。这种"人类一切进步的象征"呈示出沈从文的"新道家思想"对原始道家思想的结构性改造。也就是说，从自然万象出发进入至圣至美的近乎迷狂的状态实则是对现实社会"实际主义"生存与生命状态的"人性治疗"，即通过这种极致的形而上的生命体验将人从"熙熙攘攘，皆为利往，挤挤挨挨，皆为利来，利之所在，群集若蛆""给真正的法币和抽象的法币弄得昏昏的，失去了应有的灵敏与弹性，以及对于'生命'较高的认识"的人性沉沦状态解脱出来，以此实现"神在我们生命中"。人只有处于这种生命状态，才不会"对国家，貌作热诚，对事，马马虎虎，对人，毫无情感，对理想，异常吓怕"。因此，这种民族生命重造最关键的环节就是恢复人"对自然倾心"的本性，这正是沈从文之所以为沈从文的特质。

---

① 沈从文. 沈从文全集（10卷）[M]. 太原：北岳文艺出版社，2002：391.

第四节 "自性"与"神性"

　　面对中国社会历史第一次大变动之后延续两千多年的传统社会历史，置身于中国社会历史第二次大变动所指向的由传统社会向现代社会的转型，鲁迅以专制主义之下人的生存与生命状态为视角，在社会与人这一辩证统一体的两面中，他看到的中国社会实质是奴隶时代的循环，他在"中华民族中以家族制度与礼教为中心的主流文化占统治地位的中国中心区域的生存方式"中体验到的是民族生命"人丧其我"，"本根剥尽"，"向来就没有争到过'人'的价格"，满眼是奴才与看客，"宁蜷伏堕落而恶进取"；沈从文以神之解体之下人的生存与生命状态为视角，在社会与人这一辩证统一体的两面中，他在"湘西世界"这一"主流文化不占绝对统治地位的边缘文化区域生存方式的缩影"中体验到的是人在历史上的二律背反的生命图景："神之解体"的背后是生命内质的虚伪、愚昧、残忍、丑恶，"神之存在，依然如故"的背后是人生情感的素朴、观念的单纯、环境的牧歌性。面对同一个宏观的社会历史大背景，二人以上述不同的途径各自把握到社会历史与人之存在的根柢性问题，由此相应做出各具特质的人之为人的应对："朕归于我"与"神在生命本体中"。《野草》以鲁迅最本己之"我"的出场以对"朕归于我"的践履亲证凸显出生命本体的"自性"，《烛虚》以沈从文最本己之"我"的出场以对"神在生命本体中"的践履亲证凸显出生命本体的"神性"。本章第二节与第三节分别展示出二人生命哲学的特质，二者各具特质的精神价值体系显示出他们人之为人的应对是殊途的，即"自性"主要是针对专制主义之下人的本体缺失，"神性"主要是针对神之解体以后人的本体缺失，但是二者深层的同归也随之而出。

　　"朕归于我"强调的是"朕"这一尊严、独立、个性、自由的"我"不是远离个体存在，与生命本体分离，高居人的本体之上的，而是归于"我"，即将原本属于"我"的"我"还给"我",由此重构出善美刚健、精神独立、个性自由的生命本体。"我"不属于我,人也就不能成其为"人"。为了凸显出这种生命超向不离人的本体的形而上终极性,鲁迅又相应提出"惟此自性,即造物主",将"自性"上升为生命的形而上终极,"自性"对于"此我"的归向形成的是形而上终极与感性存在合体的"主我",一个生存于此在又不断超向尊严、独立、个性、自由的"个我"。《野草》践履亲证的就是这一"个我""主我"的在世生存,以此凸显出民族现代生存之"有"。

"神在生命本体中"强调的是"神"这一"对'自然'倾心的本性"对于生命本体的回归,在"从生物学新陈代谢自然律上,肯定人生新陈代谢之不可免"的基础上"用'意志'代替'命运'",进而重构出以美与爱为内质的至圣至美的生命本体。生命本体失去"神"的本质,人之为人也就失去了"生命的庄严"。为了凸显出这种生命超向不离人的本体的形而上终极性,沈从文又相应提出"生命具神性"这一哲学命题,将"神性"上升为生命的形而上终极,"神性"对于生命本体的贯注恢复的是人之存在的庄严本相。《烛虚》践履亲证的就是这一至圣至美的生命至境,以此凸显出民族现代生存之"有"。

以上两个命题的概述凸显出二人生命哲学不离人的本体的形而上终极性,在鲁迅那里,"自性"与人之存在的现实性是统一的;在沈从文那里,"神性"与人之存在的自然律是统一的。二者将人的形而上终极性与人的感性存在统一切中的正是人之存在的"偏至"的误区:

第一,物质一极的偏至。这是从鲁迅早年创作于 1907 年的文言论文《文化偏至论》到沈从文 40 年代创作的《烛虚》都极为关注的人之存在的本源性问题之一。鲁迅超出"轻才小慧之徒"的陋见,揭示出"唯物极端,且杀精神生活"正是人之存在"其道偏至"的"二患"("唯物极端"与"唯众是从")之一。他明确指出"视主观之心灵界,当较客观之物质界为尤尊","知精神现象实人类生活之极颠,非发挥其辉光,于人生为无当",由此形成鲁迅立人的基点与指向,即人的"内部之生活",类似的表述还有"主观之内面精神""主观之心灵界""自有之主观世界""自心之天地""本有心灵之域""内面""灵府"等,皆强调人之存在应该张大的是"灵明"与"精神"。沿此指向,他在1919年《生命的路》中进一步揭示出人之本然存在之道("人道""生命的路")。这里不仅将人之存在的超向定位于"精神",还从西西弗斯推巨石上山的生命意象里提炼出"无限的精神三角形的斜面"的"人道"内涵与形态,而且明确指出这条"生命的路"是"向上走""向前进"的。《野草》具体展示的就是"过客""什么都阻止他不得"地"沿着无限的精神三角形的斜面向上走",即"我"抗拒"人"之非在的"绝大意力"地"走","走"生出"人道""生命的路"。《烛虚》开篇展示的就是民族生命的形而下沉沦图,进而揭示出"政治、哲学、文学、美术,背面都给一个'市侩'人生观在推行"。他透过外部世界看到的正是民族生命惟实惟利的堕落趋势,这种隐忧贯注于他的创作。对于这种人在"有形社会"中的沉沦,他在《烛虚》之后的《〈长河〉题记》中进行了沉痛的历史性回顾:从外在社会表象上看,"事事物物自然都有了极大进步",但是,从人的生命内质上看,堕落趋势却是明显的,特别是"农村社会所保有那点正直素朴人情美,几几乎快要消失无余,代替而来的却是近二十年实际社会培养成功的一种唯实唯利庸俗人生观"[①]。"'市侩'人生观""惟实惟利庸俗人生观"正是《烛虚》在反思"近二十年实际社会"("五四"至20世纪40年代)的基础上所集中关注的人之存在的基本问题之一。也就是说,"唯物极端""惟实惟利"实则是鲁迅与沈从文所要共同应对的人之存在的偏至。二人不是否定人的物质存在,事实上,鲁迅极为强调"我"之此在("此我"),沈从文极为强调生命的"自然律"。他们于物质一极把握的偏至之弊在于"惟"字,即将"物质"作为人之为人的超向,使人囿于形而下的物质樊篱,由此失去人之为人的特质,即《烛虚》所指出的将人"从'万物之灵'回

---

① 沈从文. 沈从文全集(10卷)[M]. 太原:北岳文艺出版社,2002:3.

到'脊椎动物'"。因此，鲁迅尤为强调人的"灵明"与"圣觉"，沈从文尤为强调生命"有光有热""对美特具敏感"、将"爱"作为"生的一种方式"，二人将人引向的正是人之为人的心灵无限可能性与生命本体的善美刚健、至圣至美。

对于人之存在物质一极偏至的反拨，"朕归于我"强调的是"我"之本体"朕"的不可或缺，凸显出"我"于此在之中的形而上终极性，即以"自性"为"造物主"；"神在生命本体中"强调的是生命本体"神"之本质的不可或缺，凸显出生命于新陈代谢的自然律之中的形而上超越，即以"神性"为"秀与壮并之造物"。《野草》与《烛虚》不正是"我"于形而下生存之中以人之为人的形而上终极性为引领而实现生命的超越吗？

第二，精神一极的偏至。"有形社会"所内在的"无形观念"的偏至构成人之为人的精神压迫与扭曲是另一个二人集中关注的人之存在的本源性问题。"天人合一"是中国传统文化思想的核心命题。但是，在中国主流文化思想史上这一命题事实上是虚在的，不管是"以德配天""君权神授"，还是"存天理灭人欲"，实质上都是对这一命题的篡伪。事实上，天或者天的对象化象征物一直构成人的压迫，人为天所统一而不是合一，"朕"一直高居"我"之上，"神"从来就没有真正与生命本体合一过，生命在其面前渺小卑微，人只能仰而拜之，望而畏之，服而从之。逻各斯中心主义、基督教神学是西方传统文化思想的支配力量，从柏拉图、亚里士多德一直到黑格尔形而下与形而上都是分离的，现实不过是理念的显现，形而上实际构成形而下的压迫。"道成肉身"是基督教的基本教义之一。但是，在基督教传统中，神学实际高居人学之上，神学是主导的，人匍匐于上帝之下，天国才是真实的，现实则是虚妄的，神实际构成人的压迫，天国实际构成人之此在的否定，人性并没有与神性真正融合。精神一极的偏至实质是将人本有的形而上终极性抽离出来，即将"朕"与"神"从生命本体剥离出来，将其构造为高居人的本体之上的抽象的终极实体，为人设置一个完满的终极性存在，打造一张普罗克拉斯蒂铁床①。这样，人的存在不仅"人丧其我"，失去"自由自因"，而且"本根剥尽"，"被人事强制曲折成为各种小巧而丑恶的形式"，失去善美刚健、健康光鲜的生命本体。正是在这里，"朕归于我"与"神在生命本体中"这两个哲学命题在古今中西文化思想史中成为具有超越性的独特存在，不仅具有本土性，更具有世界性。二者避免了中国传统文化思想天与人之间的分离，西方传统文化思想形而上与形而下、神与人之间的分离，真正实现了天与人的合一，形而上与形而下的统一，神与人的合体，而且这种一体化人是处于本体地位的，生命是主导的，神性并不是生命的异己力量，而是生命本有的属性，是人性的升华。

对于人之存在精神一极偏至的反拨，"朕归于我"强调的是"朕"归于的是"此我"，凸显出"我"于此在中对"朕"的真正占有；"神在生命本体中"强调的是"神"向生命本体的回归，凸显出生命于新陈代谢的自然律之中对"神性"的真正占有。因此，《野草》与《烛虚》以"我"的最本己出场不正是为了凸显人之为人的形而上终极性对于此在生存的归向吗？前者具体为最本己之"我"绝大意力地在世行走，后者具体为最本己之"我"对生命至境至死方休的如焚如烧。

这样，《野草》以"我"的本己出场对于"自性"的践履亲证，《烛虚》以"我"的本己出场对于"神性"的践履亲证，针对上述人之存在的偏至，在人之为人的应对上凸显出三个同归的人之存在的本源性层面：

首先，人之为人的特质是人的形而上本性。鲁迅对于"唯物极端"的否定，"掊物质而张灵明"；沈从文对于"惟实惟利"的否定，由"具体"走向"抽象"，强调"生命与抽象固不可分，真欲逃避，惟有死亡"，所凸显的就是人之为人的形而上本性，即由"脊椎动物"不断超向"万物之灵"的形而上"人道"。也就是说，物性与灵性是人的双重属性，人当然不能离

---

① 普罗克拉斯蒂是希腊神话中的一个强盗。他抓到旅客后，将其缚在一张铁床上。如旅客身长过铁床，则砍其腿；如短于铁床，则将其拉长，以与铁床等齐。

开物性，但要真正占有人的本质就必须超向灵性，实现对物的超越。或者说，"人的生命两重化了自身，在本能生命之上形成了支配生命的生命，这就是人的本性'超越'了物性，人优越于动物的基础和本源。人作为人的一切特质都是由此生发出来的"①。人之存在最根柢的矛盾就在于人不能脱离物性，但又必须超然于物性之上，以此获取这种"支配生命的生命"。因此，人之为人实质是在物性与灵性的撕扯之中去占有灵性，在本源上人实际生存于神兽之间。人之存在的历史实质是神性与兽性此消彼长、反复较量的历史。《野草》中的"过客"处在"走"与"息"的决断之中，《烛虚》中的"我"处在"具体"与"抽象"的反差之中，展示的正是人处在神兽之间的本源性矛盾。事实上，"人生活在有形的自然世界，却时刻向往着一个'无形'的世界。人总要在自然世界中去蕴注自己的追求，体现自己的超越，表达自己的意义。因而人就永远不会满足于对人生活的自在的自然界，总要去设法挖掘它对人可能具有的多方面的价值与意义。这样人总是必然地要超出自然世界的自身限度，而建构'超验的'形而上学的世界。就人的超越性说，人的本性必然蕴含着形而上学的致思取向，以求通过'形而上学'的世界表达在超越样态中的属人世界"②。鲁迅从"幻灯片事件"弃医从文，由医治人的体格转向改造国民精神的人生取向，到《文化偏至论》中明确将"立人"的基点确立为人的"内部之生活"，继之《生命的路》对于这条形而上"人道"的揭示，再至以《野草》将人之存在具体为"我"在这条"生命的路"上的绝大意力、永不息下地走，所凸显的就是人之存在对于人的形而上超越本性的归向与真正占有。沈从文从湘西世界到《烛虚》本身展示的就是人由自在的自然界向抽象世界的超向，他要重构的正是生命的形而上超越本性。"自性"与"神性"首先凸显的就是人之存在的形而上本性，二者对于人之存在物质一极偏至的应对正表明：

---

① 高海清. 形而上学与人的本性[J]. 求是学刊，2003（1）.
② 高海清. 形而上学与人的本性[J]. 求是学刊，2003（1）.

"人来自于自然,是从非人生成为人的,然而人的本性又不同于物,超然于物性之上的。人与物本性上相联通,又有着根本性的区别。这里体现的实质就是对物的超越性,这正是属于'人性'的特质"①。鲁迅将"自性"等同于"造物主",沈从文将美与爱的"神性"视为"上帝造物",强调的就是人之存在必当以形而上超越为终极。简言之,"自性"与"神性"就是鲁迅与沈从文给出的生命的形而上超越样态,《野草》与《烛虚》就是"我"对这种生命超越样态的践履亲证。

其次,人的形而上本性是自觉、自为、自由的。人生存于神兽之间,又必须以神为超向,这就决定了形而上的"人道"是"无限的精神三角形斜面",而且总是向上、向前的。也就是说,"人的生命已经不是单纯性的,而是双重化的、多维性的生命;不是既定的,不变的生命,而是不断超越,不断提出自身的新的追求的生命"②。因此,《野草》将"我"之此在具体为"什么都阻挡不得"地走,《烛虚》强调生命于"新陈代谢"之中"只前进,不后退"。如何才能使人始终处在这条形而上"人道"之上"向上走""向前进"呢?这就要求人的形而上本性必须是自觉自为的,因为人与动物的区别在于:"在一切存在中,惟有人能够把自己的存在,自己的活动,自己的生活乃至自己的本性变成自己意志和意识的对象。人的存在是自我意识到的存在,人的活动是自我与自己的目的性活动,人的本性是人的生存活动中自我创生的本性。"③这里进一步表明,人的形而上超越本性指向内表现为人之为人的自觉性,即鲁迅在《文化偏至论》中强调的"内省诸己",沈从文在《烛虚》中强调的"新的理性"。或者说,人要真正占有人的本质必然要自问并筹划自己"我将会成为什么,我应该成为什么",诚如苏格拉底所言"认识你自己"。从鲁迅在其

---

① 高海清. 形而上学与人的本性[J]. 求是学刊,2003(1).
② 高海清. 形而上学与人的本性[J]. 求是学刊,2003(1).
③ 高海清. 形而上学与人的本性[J]. 求是学刊,2003(1).

文学创作的起点所强调的"首在审己，亦必知人；比较既周，爰生自觉"到沈从文在其文学创作的终端所昭示的"照我思索，能理解'我'；照我思索，可认识'人'"，不正表明人之为人的自觉性乃是 20 世纪中国思想文化事关民族生死存亡的大问题吗？不正表明人之为人的自觉性乃是民族生命现代重构不可或缺的应对吗？《野草》与《烛虚》就是鲁迅与沈从文"我"何为"我"、"生命"何为"生命"内省的集中表达，"反省于内面者深"故而化为"独语"，向"虚"而言。人的形而上超越本性指向外则表现为人之为人的自为性，即人在生命实践中的自主性、能动性、创造性、超越性。也就是说，"人的本性特质就是，人不是生来具有人的本性，人的本质是要由人自己去争取、去创造的"①。人对人的本质的真正占有实质是人通过内在的意识自觉调控意志、激发意力进而实现生命实践的自为。因此，在鲁迅那里自觉与意力是并立的：

> 明哲之士，反省于内面者深，因以知古人所设具足调协之人，决不能得之今世；惟有意力轶众，所当希求，能于情意一端，处现实之世，而有勇猛奋斗之才，虽屡踣屡僵，终得现其理想：其为人格，如是焉耳。②

《野草》中的"我"正是时时处于自觉的反省之中以绝大意力的激发而执着于生命自为之"走"。在沈从文那里情形大抵相同，《烛虚》中的"我"将自己置身于"五四"至 40 年代的民族生命反思之中，以"我"是谁的反思，寻找生命的支点，自觉反思的结果是"从生物学新陈代谢自然律上，肯定人生新陈代谢之不可免，由新的理性产生'意志'，且明白种族延续国家存亡全在乎'意志'，并非东方式传统信仰的'命运'"，"用'意志'代替'命运'"。最终，在《野草》对于"自性"的践履亲证，《烛虚》对于"神性"的践履亲证之中，生命的超越样态凸浮而出，那是"人的生命特质根

---

① 高海清. 形而上学与人的本性[J]. 求是学刊，2003（1）.
② 鲁迅. 鲁迅全集（1 卷）[M]. 北京：人民文学出版社，2005：56.

本不同于动物的本能生命性质,它属于自主性生命。人作为人已超越了生命的本能,成为自我生命的主宰者"①。从"朕归于我"到"惟此自性,即造物主",从"神在生命本体中"到"生命具神性",二者展示的正是人"在本能生命之上形成了支配生命的生命"。

正因为人的形而上超越本性是自觉自为的,因此,人的存在就不能停滞于"日出而作,日入而息"、随时沉浮、随世沉浮的状态,必须有着鲜明的时间意识。事实上,"时间"正是鲁迅与沈从文核心生命意象之一,前者强调"时间就是性命",后者则将生命理想样态的实现寄希望于"时间"。而且,鲜明的时间意识在二人那里体现为强烈的生命自觉自为意识。《野草》中的"我"处在"过去与未来之际",作为中间物"烧尽"是不可回避的,但是在"烧尽"的实有绝望里贯注的却是燃烧自我的快慰,生命的"大欢喜"实质就是直面绝望的生命大超越;《烛虚》于"生命随日月交替"的自然律之中走向"只前进,不后退,能迈进,难静止"的自主自为,对美与爱的"如焚如烧""至死方休"实质就是向着生命神性之境的不断自我超越。《野草》与《烛虚》以"我"之"此在"的生命与生存状态所展示的正是人之形而上本性的自觉、自为在人的时间性在世存在中具体为统摄过去与未来于一体的超越性与创造性,执着现在不是持留于现在而是朝向未来,这样现在才不会转移、悬置于未来,未来才会在"我"之时间性存在中成为实有,"我"相应实有为生命由已然状态向应然状态超越之链中的向上向前、自由自因的历史中间物。从"朕归于我"到"惟此自性,即造物主",从"神在生命本体中"到"生命具神性",二者不仅凸显出上述形而上"人道"("生命的路")向上向前、自由自因的主线与主向,而且还呈示出所要超达的形而上之境:尊严、独立、个性、自由的"自性"之域,美与爱的"神性"之域。

人的形而上本性的自觉自为进一步在根柢上呈示出人之存在本性自由。所谓自觉是指"意识由自身本性本然地对内外感官的信息进行加工整

---

① 高海清. 形而上学与人的本性[J]. 求是学刊,2003(1).

理，而不是诉诸外在强制"①，即返身内求以澄明"我"之"在"，"生命"的"在场"，意识到人本性所具有的理性自决力量。所谓自为是指人的本性的创生性，人的本质是需要人自己去争取、创造、占有的，即返身外求以生命实践实证自决的意识之"在"。因此，人之存在是"自由自因"的，正如斯宾诺莎所认为的那样："凡是仅仅由自身本性的必然性而存在，其行为仅仅由它自身决定的东西叫做自由（libera）"②。"朕归于我"与"神在生命本体中"所强调的正是将"朕"（"我"）与"神"（"自然"，即自我生命的本然）这本应该由人"自身决定的东西"复归于人的"自由自因"。"朕"是"我"的，"神"是"生命本体"的，因此，"我""生命"是自由的。自由在鲁迅那里就社会现实而言针对的是专制主义，但他的重心在于人的本体，"朕归于我"就是将人之为人本有的尊严、独立、个性、自由归于"我"，所谓"自性"最终是"我"之本来的自由之性。自由在沈从文那里就社会现实而言针对的是"禁律"与"金钱"对人之存在的束缚，但他的重心也同样在于人的本体，生命本来应该是自然的，具有"对'自然'倾心的本性"，即人本有的自我本然之性。"神在生命本体中"所强调的正是生命"不受现代社会存在的秩序和观念的束缚"，是自然的，自然在这里就是人本来的自由之性，因此，生命"被人事强制曲折成为各种小巧而丑恶的形式"就是"对'自然'之违反"，就是对生命自由本性的违反。二者以"朕""神"名之，实则强调的是自由之于"我""生命本体"的根性与终极性，而非社会现实层面可以随意取舍的小己私利。既然"我""本属自由"、生命本属自然，那么被禁律（"无形观念"）所强制曲折，被金钱实利（"有形社会"）所奴役，就是对"人道"的背离，就是对"人类之尊严""生命的庄严"的亵渎与践踏。事实上，人之为人就在于本性自觉、自为、自由正是中国这一时期在人的本体论上获得的最大进展，而我以为《野草》与《烛虚》正

---

① 张广森. 本体论语境中人的本性审视[D]. 长春：吉林大学，2005：172.
② 〔荷〕斯宾诺莎. 伦理学[M]. 贺麟，译. 北京：商务印书馆，1997：4.

是在这里成为民族文化结构性现代重构的标志，代表了中国现代思想文化在人的本体论上所达到的世界性高度。

最后，人的形而上本性的自觉、自为与自由唯有在人的感性存在与生命实践中才能生成。"朕归于我"最终的目的是为了获得尊严、独立、个性、自由的"此我"，作为"此我"的"野草"不是将"生"豫约于"将来的黄金世界"，不是将"死"在"轮回""闻道""齐物"中转移、悬置，而是将"生"与"死"收归此在，亲证生命的在场，正所谓"惟有此我，本属自由"，自由落脚于"我"之此在。"神在生命本体中"最终的目的是为了获得"从阳光雨露而来"又"有热有光"的生命，一方面肯定"生命随日月交替，而有新陈代谢现象"，自觉到人是自然存在物；另一方面强调"生命者，只前进，不后退，能迈进，难静止"，超越于物性之上。二者是统一的。《野草》与《烛虚》中的"我"不正是不断超向自觉、自为、自由而又感性存在着的个体吗？二者都将"自性"与"神性"落脚于"我"的生命实践上，《野草》将"自性"见之于此在之"走"，《烛虚》同样强调"美"与"爱"的"神性"对于生命实践的贯注。沈从文这样揭示"美"在生命实践中的贯注之于人之存在的意义：

> 伟人巨匠，千载宗师，无一不对于美特具敏锐感触，或取调和态度，融汇之以成为一种思想，如经典制作者对于经典文学符号排比的准确与关心。或听其撼动，如艺术家之与美对面时从不逃避某种光影形线所感印之痛苦，以及因此产生佚智失理之疯狂行为。举凡所谓活下来"四平八稳"人物，生存时自己无所谓，死去后他人对之亦无所谓。

"伟人巨匠，千载宗师"与"活下来'四平八稳'人物"的根本区别就在于"美"是否贯注于自己的生命实践。与此同时，沈从文又从"阉寺性的人，实无所爱，对国家，貌作热诚，对事，马马虎虎，对人，毫无情感，对理想，异常吓怕"的非在强调"爱"对于生命实践贯注的不可或缺。"美"

与"爱"的"神性"贯注于生命实践的最终目的就是为了使民族生命本体摆脱"始终是个阉人"的精神状态,生成健康光鲜的生命个体。因此,《烛虚》由具体走向抽象并不是脱离人的现实存在,而是为了凸显人在现实存在中应该以美与爱的生命神性为超向。也就是说,"自性"与"神性"并不是将人从物质性存在中剥离出来,构建一个高居人的本体之上的抽象实体。事实上,任何超离人的本体,进而压制扭曲人之感性存在的抽象实体都是为鲁迅与沈从文所抗拒的。换言之,"自性"与"神性"并不否定人的肉体的先在性和外在自然的先在性,而是把人之为人的特质定位于人的形而上本性而优先强调。二人基于民国时期的生存感受,特别是目睹了当时国民性中存在的劣根性一面,深切体验到精神建构之于肉体的重要性与迫切性,作为文学艺术创作,为了将这种重要性与迫切性更鲜明地凸显出来,而将强调的中心放在生命本体层面。这是艺术的处理方式,并不是对人之存在的肉体依托的否定。正因如此,他们对于在当时生活中所切身感受到的生命扭曲情状才表现得如此痛切,这反映在《野草》与《烛虚》面对批判对象的情感基调上。《野草》中的"我"面对"人"表现出前所未有的大恨,对"求乞者"甘心求乞的"烦腻,疑心,憎恶",对"奴才"甘心为奴的漫画讽刺,对"看客"甘心为暴的"复仇",正是由于"我"看到"人"在现实存在中对于"自性"的出让与泯灭。其实,"精神胜利法"最大的症结就在于阿Q在现实存在与生命实践中将尊严、独立、个性、自由这些本体论人之为人的"自性"统统让渡出去,他的生命实践实质是"我"之"自性"的荒芜。不管是"宁蜷伏堕落而恶进取",还是"怯弱,巧滑而又懒惰""十全停滞"、不敢正视的"瞒"和"骗",都是民族生命形而上本性缺失于生命实践中的感性显在。而"我"以此在之"野草"的最本己出场正是人之形而上本性的自觉、自为与自由在"我"之感性存在与生命实践中的生动展开。《烛虚》所遭遇的民族生存乃至人之存在最根本的矛盾是"生命具神性,生活在人间,两相对峙,纠纷随来。情感可轻翥高飞,翱翔天外,肉体实呆滞沉重,不离泥土","我看到生命一种最完整的形式,这一切都在抽象中好好存在,在事实前反而消灭"。矛盾决定了"我"重造生命的方向,即在对美与爱完全丧失了感觉、人性已被扭曲的现实世界恢复由美与爱构建的生命本真,使"生命具神性"成为实在。这里要特别强调的是,为了避免将"生命具神性"仅理解为精神性的误解,我要再次确认这一人之为人的形而上性并不否定人之自然存在的先在性,其前提是首先"从生物学新陈代谢自然律上,肯定人生新陈代谢之不可免"。凸出"神性"的终极性是为了强调这一人之为人的形而上性在人之感性存在与生命实践中的导向性。从"神在生命本体中"到"生命具神性"最终是为了解决"生命"与"生活"不能合一的人之现实存在的矛盾,是为了"神性"与人之感性存在的合一,而不是为了将生命构建成一个脱离人之感性存在与生命实践的抽象实体。《烛虚》中的"我"在现实存在中对于美"如中毒,如受电","暗哑萎悴,动弹不得,失其所信所守",对于爱遇之即暗哑,全乎是一种迷狂的状态,这不正是生命神性在"我"之感性存在与生命实践中的贯注吗?"随着文明的日益进步,自然或肉体的先在性已然作为一个常识或背景隐匿在问题的背后,人的自然本性统一到精神性上来,或者以精神性审视肉体本性,并以此为出发点,理解人类文明发展和人的感性实践活动中的种种生存矛盾已是哲学确立起来的根本原则。"①"自性"与"神性"体现的正是这一哲学原则。但是,二者所依托的基本哲学命题"朕归于我"与"神在生命本体中"在凸显"自性"与"神性"的形而上超越性的同时,又将隐匿于二者背景中的人的现实此在性与自然性所具有的生成功能凸浮出来,"此我"与"生命本体"作为"自性"与"神性"的感性对象承担着人之为人的形而上本性在感性生命实践中的生成。

这里,《野草》与《烛虚》以"我"之此在对于"自性"与"神性"的践履亲证又深层呈示出二者所依托的基本哲学命题"朕归于我"与"神

---

① 张广森. 本体论语境中人的本性审视[D]. 长春:吉林大学,2005:175.

在生命本体中"对于人之存在根本矛盾的应对。人之存在的根本矛盾,一方面,生命必须具体为人之此在、现在,但此在、现在是有限的,这种生命的有限性不仅表现在人的时间性存在,而且还表现在人受制于各种社会关系和生存方式,不能尽情地舒展"人类的渴仰完全的潜力";另一方面,"人类的渴仰完全的潜力"又是无限的,人的形而上超越本性作为人之为人的特质,将人之存在更内质地带向无限超向的形而上之境,表现为心灵的无限可能性、丰富性、微妙性、多样性与多面性。这种形而上本性一旦僵化为永恒性、绝对性和抽象性的完满终极,囿于形而下物性,失去无限的超越性、开放性与创生性,人之存在便会出现鲁迅在民族生存中看到的"十全停滞",在民族生命中看到的"宁蜷伏堕落而恶进取"。这种民族生命堕落趋势《烛虚》将其概括为"一种浓厚动物本性",即"如猪如狗,或虽如猪如狗,惟感情被种种名词所阉割,皆可望从日常生活中感到完美与幸福"。也就是说,人失去形而上超越性也就失去了人之为人的特质与生命的尊严。正因如此,沈从文认为"生命之最大意义,能用于对自然或人工巧妙完美而倾心","凡知道用各种感觉捕捉住这种美丽神奇光影的,此光影在生命中即终生不灭",生命也因此"煜煜照人,如烛如金"。美之所以"代表一种最高德性",形同"上帝造物",就在于它使人脱去"浓厚动物本性",将人带入一个无限超向的至圣至美的生命神性之境。《野草》与《烛虚》以"我"之此在对于"朕归于我""惟此自性,即造物主"与"神在生命本体中""生命具神性"的践履亲证就是将人之形而上超越本性的无限性收归人之感性存在的有限性,又将人之感性存在的有限性统摄于人之形而上超越本性的无限性。生命是有限的,"我"只能以"中间物"的方式在场,这是人之存在的实有的绝望,因此,从本体论上说,人就生存于这一绝望的此在之域,但是人之为人的形而上超越本性又是无限的,而这种无限性又必须依托有限的此在而生成。因此,人之此在的有限性本身又蕴注着人之为人形而上超越的无限性,人之形而上超越的无限性又同时表明人之存在希望的本体实有，人之为人在于此希望，而此希望又必须寄寓于绝望之所，离开了绝望希望也就无法生成。而民族生命最大的缺失就在人之存在的本体论上，《野草》展示出民族生命是如何将这种人之本体实有的绝望以自欺的希望而逃避的，逃避了绝望也就悬置了生死，也就失去了对人之本体实有希望的真正占有；《烛虚》展示出民族生命是如何将这种人之本体实有的绝望转化为动物性的自足，使生命相抵相销，末了等于一个零的。《野草》与《烛虚》中的"我"于此在中占有"自性"与"神性"显露的实则是人之为人的本来面目：在寄寓于"有限"的实有绝望之所中占有人之为人的"无限"的希望。反抗绝望生出希望，超越有限达至无限，是人之为人的内在期许，因此，人不是生来具有人的本性的，人的本质的真正占有在于反抗与超越。《野草》与《烛虚》实质是反抗与超越的生命实践。

以上论述显示出"朕归于我"与"神在生命本体中"是两个"外之既不后于世界之思潮，内之仍弗失固有之血脉"的生命哲学命题。所谓"内之仍弗失固有之血脉"，是指这两个命题在最深层底质上内应着"天人合一"这一中华文化最基本、最核心的母题与血脉。所谓"外之既不后于世界之思潮"，是指这两个命题在生命本体结构上具有鲜明的现代个体意识、生命意识与自由意识，"我"与"生命"被熔铸为人之存在的元精神。在中国社会历史第一次大变动之后延续两千多年的传统社会里，儒家作为最主流的意识形态性文化，"天人合一"这一母题通过"君权神授"的方式被其转化为政治伦理中心主义，成为为封建专制主义张本的最基本、最核心的具有浓厚意识形态色彩的命题。"天人合一"在道家那里体现为"道法自然"，但是"道法自然"经过道家"齐物"的转化，最终成为一种为"活死人"生存方式张本的命题，人之生存由此成为一种无神的感性苟活。"朕归于我"首先凸显出对于"天人合一"这一母题被政治伦理化以后天对人的本体所构成的压迫的应对指向性，与此同时，凸显出对于"天人合一"这一母题的现代性激活与结构性改造。这种现代性激活与结构性改造主要体现于"朕归于我"将被"天"与"朕"所剥夺的"我"归于"我",使个体的尊严、独立、个性、自由成为"我"之存在最根本、最核心的生命符号。从"天行健,君子以自强不息"到"惟此自性,即造物主",更清晰地显示出"朕归于我"这一生命哲学命题对于儒家入世进取、知其不可为而为之等个性精神元素的接受与吸纳,这些精神元素显然被重构进了以尊严、独立、个性、自由为本体结构的现代人格,那种贯注于中华民族文化血脉里的自强不息的君子品格、浩然之气被吸纳重构为一种自觉、自为、自由的现代个体意识与生命意识,成为中华民族现代转型最主导的生命取向。"神在生命本体中"一方面针对天与人分离之后天对于人的异化,即生命"被人事强制曲折成为各种小巧而丑恶的形式"。另一方面针对神在生命本体解体以后人因此"生命无性格,生活无目的,生存无幻想""如猪如狗,具有浓厚动物本性"的现实沉沦,这种情状集中见于"神之解体"的中国社会历史第二次大变动。从"道法自然"到"生命具神性",更清晰地显示出"神在生命本体中"这一生命哲学命题对于"天人合一"的现代性激活与结构性改造,那种人与自然契合的精神元素被吸纳转化为生命的自由自因,以此消除人在历史中生存的束缚,那种原始自在的品性被转化为一种顺应生命自然律的自觉自为,凸显出鲜明的现代生命本体意识,希图在"神之解体"时代将"神"的本质保留于生命本体,使美与爱成为人之存在最根本、最核心的生命符号。

从"天人合一"到"朕归于我""神在生命本体中",一方面显示出鲁迅与沈从文对于民族文化的结构性现代重构,另一方面显示出这种重构落脚于"我"与"生命"的本体,因此,"自性"与"神性"实则是二人为民族生命结构性再造的元精神。所谓元精神是指人在生命实践中所具有的最本己的能自身存在召唤的意识,它是人之为人的最本己的能在,它是对"我是谁""个体价值何在""生命向何处去"最本源的昭示,它是人自我确证的"唯一无二之宗旨"。事实上，我们民族生命本体最缺乏的就是这种以"自性"与"神性"为元精神的最本己的能在召唤，"人荒"的根本在这里。鲁迅在《伤逝》中借助子君展示出民族现代转型对于"自性"这一人之为人元精神的能在召唤：

> "我是我自己的，他们谁也没有干涉我的权利！"
>
> 这是我们交际了半年，又谈起她在这里的胞叔和在家的父亲时，她默想了一会之后，分明地，坚决地，沉静地说了出来的话。其时是我已经说尽了我的意见，我的身世，我的缺点，很少隐瞒；她也完全了解的了。这几句话很震动了我的灵魂，此后许多天还在耳中发响，而且说不出的狂喜，知道中国女性，并不如厌世家所说那样的无法可施，在不远的将来，便要看见辉煌的曙色的。①

子君"默想了一会之后，分明地，坚决地，沉静地说了出来的话"，"很震动了我的灵魂，此后许多天还在耳中发响"的话，重心显然不是指向社会现实利益层面，而是人之为人的最本己能在召唤，那"在不远的将来，便要看见辉煌的曙色"正是尊严、独立、个性、自由的元精神在中国女性生命本体中的激活。当子君被现实所迫只得跟随父亲回去，在"烈日一般的严威和旁人的赛过冰霜的冷眼"中"负着虚空的重担"默默死去的时候，那种让人久久沉痛而无法消散的悲剧力量正是人之为人的元精神在现实殒灭带给人的无限感伤。鲁迅随即在子君死后展示出这个人之为人的元精神寂灭的现实世界：

> 四围是广大的空虚，还有死的寂静。死于无爱的人们的眼前的黑暗，我仿佛一一看见，还听得一切苦闷和绝望的挣扎的声音。②

正是在这里显示出《野草》与《彷徨》的深层对接。面对人之为人的元精神在现实的寂灭，最本己的"我"出场了，因此，《野草》实质是"我"

---

① 鲁迅. 鲁迅全集（2卷）[M]. 北京：人民文学出版社，2005：115.
② 鲁迅. 鲁迅全集（2卷）[M]. 北京：人民文学出版社，2005：131.

对"自性"这一人之为人的元精神最本己的能在召唤与生命实践,那是"我"之为"我"的元精神在"广大的空虚"与"死的寂静"中"苦闷和绝望的挣扎的声音"。此时,《野草》更为内在的生命景观便呈示出来。请看《墓碣文》,那天书一样令人毛骨悚然的文字需要人之为人的元精神这一密码才能破解。"我"对面墓碣的阳面刻辞不正是"我""于一切眼中看见无所有"之后像游魂化为长蛇对于人何以为人"自啮其身"的拷问吗?这一墓碣的阴面刻辞不正是"我""欲知本味"的"抉心自食"吗?人不能成其为人,那么,"我"该何以为人?从墓碣阳面的"于一切眼中看见无所有"到阴面的"抉心自食,欲知本味"不正是"我"由非而是、最为深彻地审己追问"我是谁""人何以为人"吗?于是,《野草》一方面展示出"人"的元精神的寂灭,另一方面展示出"我"对人之为人元精神的能在召唤与践履,因此,劳顿、受伤、流血的"过客""还有声音常在前面催促"。"那前面的声音"就是元精神最本己的能在召唤之声,"走"实质上是"我"在这种召唤之下对于元精神的生命实践。

沈从文对于人之为人的元精神本己能在召唤表述得更为直接:"我是个对一切无信仰的人,却只信仰'生命'。"[①]鲜明而强烈的生命意识就是沈从文人之为人的元精神,《烛虚》实质是"我"对"神性"这一人之为人的元精神最本己的能在召唤与生命实践。正是在这里,它更为外显地深层展示出与《野草》相应的生命景观。《烛虚》开篇展示出的民族生命沉沦图构成"我"的生存背景,在"过去"与"目下"、"具体"与"抽象"的巨大反差之中,面对"人"之非在,"我"进入二十年来的生命反思。二十年前"我"是一个"坐在沅水水支流一条小河边大石头上,面对一派清波,做白日梦"的"小流氓","画眉鸣啭"的声音"常常把我灵魂带向高楼大厦灯火辉煌的城市里"。而如今的"我"就"生活在二十年前的梦境里",但是"我"却"感到厌倦了"。二十年来的人生历程让"我"明白自己"始终还

---

① 沈从文. 沈从文全集(12卷)[M]. 太原:北岳文艺出版社,2002:128.

是个乡下人",但是"与乡村已离得很远很远了"。"我是谁",这是一个折磨着"我"但"我"又不可回避的问题。作为"乡下人","但与乡村已离得很远很远了";作为"在城市中活下来的我",但"生命俨然只淘剩一个空壳","正如一个荒凉的原野,一切在社会上具有商业价值的知识种子,或道德意义的观念种子,都不能生根发芽。个人的努力或他人的关心,都无结果"。因此,"我"必须最本己能在地召唤"我",即确证自我存在的元精神。于是,《烛虚》一方面展示出"人"的元精神的寂灭,即"一切所为所成就,无一不表示对于'自然'之违反,见出社会的拙象和人的愚心";另一方面展示出"我"对人之为人元精神的能在召唤与践履,于是"在有生中我发现了'美',那本身形与线即代表一种最高的德性,使人乐于受它的统制,受它的处治。人的智慧无不由此影响而来"。"这种美或由上帝造物之手所产生,一片铜,一块石头,一把线,一组声音,其物虽小,可以见世界之大,并见世界之全。或即'造物',最直接最简便那个'人'",这不正是人由此而为人,"我并不厌世"并为之如焚如烧、佚志荡神的元精神吗?为了凸显这种以美与爱为内质的神性作为"我"之为"我"、"人"之为"人"的生命元精神性质,沈从文强调这是"一切生物在生命和谐时所同具的,且必然是比较高级文化所不能少的",而且"伟大的宗教,或一切形式精美而情感深致的艺术品"皆可由它而产生。①

当一种"我何以为我"(自性)、"生命何以为生命"(神性)的元精神贯注于人的本体,成为一种确证自我的鲜明而牢固的主导性生命本体意识的时候,一个全新的生命本体出现了。作为"我"之为"我"的"自性"、"生命"之为"生命"的"神性",它们成了"我"之存在超向尊严、独立、个性、自由,"生命"存在超向美与爱的自由自因。这时,"自性"与"神性"作为人之为人的元精神便具有了弗洛姆所说的"人道主义良心"的元性质与精神激发效应,它们"是我们自己对自己的反应","是真正的我们自己的声音",

---

① 沈从文. 沈从文全集(12卷)[M]. 太原:北岳文艺出版社,2002:120.

"这声音召唤我们返回自身,返回生产性的生活,返回充分和谐的发展——即成为彻底发展潜能的人"。①《野草》与《烛虚》以"我"的最本己出场与生命实践不正表明"自性"与"神性"这一元精神"有能力保护人自身应有的全部自豪,同时使人具有对自己作出肯定回答的能力"②吗?

※ 人之为人的应对

在独特把握社会与人这一辩证统一体两面的基础上,内应中华民族新生这一中国社会历史第二次大变动的主题,鲁迅以纵向的历史眼光集中关注专制主义与人的存在问题,沈从文横向的历史眼光集中关注神之解体与人的存在问题。立足这一历史转折处,面对两千多年封建专制主义时代民族生命"人丧其我""本根剥尽"的衰萎症结,面对"神之解体"时代民族生命二律背反的堕落趋势,二人依据各自获得的特有"历史指示"分别做出人之为人的鲜明应对:"朕归于我"与"神在生命本体中",这正是二人作为思想家的根本识别性。《野草》与《烛虚》依托的正是这两个最基本、最核心的生命哲学命题。整体回顾鲁迅"立人"、沈从文"生命重造"的历程,《野草》实质是鲁迅以最本己之"我"的出场践履亲证"朕归于我"的生命哲学,《烛虚》实质是沈从文以最本己之"我"的出场践履亲证"神在生命本体中"的生命哲学。

"朕归于我"重构出根本区别于传统人格的全新生命本体,以鲜明的现代意识、生命意识凸显出个体存在的尊严、独立、个性、自由。将人之本有的"朕"归于"我",正是"人各有己"乃至"群之大觉"的基点。

---

① 〔美〕弗罗姆. 为自己的人[M]. 孙依依,译. 北京:三联书店,1988:152.
② 〔美〕弗罗姆. 为自己的人[M]. 孙依依,译. 北京:三联书店,1988:152.

"朕"所归于的"我"具体为"此我","野草"正是作为"此我"的存在，它以"我"在时间性生存中的生死在场与互证呈示出"执着现在"的生存论。不是将"生"豫约于将来，不是将"死"转移于来世，而是将人之"生"永远是有缺陷的与人之"死"是必然的这一人之存在本体实有的绝望收摄于现在、此在，以自觉自为的反抗生出真正的希望、实有的希望，以绝望的实有与实有的希望确证生命的在场。"现在"之"觉"落脚于"执着"之"为"，即"总是沿着无限的精神三角形的斜面向上走"，《野草》集中展示的正是"我"之"绝大意力"地在世行走。"走"之"绝大意力"源自人最本己召唤自身沿着"人道""向前进"的"心声"，它是"人类的渴仰完全的潜力"，是人之为人、人对人的本质真正占有的最本己、最能在的召唤力。这"心声"唯有生成为"性"才能扎根，才能时时发出，因此，"自性"就是人之为人的"造物主"，即尊严、独立、个性、自由就是人之为人的元性质、元精神，就是"此我"之本，《野草》就是张"此我"之本的生命实践。

"神在生命本体中"首先所要恢复的是人"对'自然'倾心的本性"。《烛虚》呈示民族生命在"禁律"与"金钱"扭曲之下的沉沦实则从相反的角度表明自然人性才是生命新鲜透明的本源。以"神之存在，依然如故"的自然人性为生命本来扬弃"神之解体"时代蜕化、扭曲的人性正是为了将人从"所得于物虽不少，所得于己实不多"的状态解救出来，将人与人的关系从"复杂到不可思议，然而又异常单纯的一律受'钞票'所控制"的状态解救出来，最终将人性从眼前的"漫画"状态恢复到生命的庄严本相。继而，《烛虚》又进一步聚焦于"知识阶级"乃至"多数人"生命从"'万物之灵'回到'脊椎动物'"的退化，由此揭示出"生命随日月交替，而有新陈代谢现象，有变化，有移易。生命者，只前进，不后退，能迈进，难静止"的人之为人的生命之路。这正是生命第一个层面与第二个层面的对接与转换：在肯定生命自然律的基础上突出生命自觉自为的能在。这样，

"由新的理性产生'意志'","用'意志'代替'命运'",以此将自然人生从宿命论的自在状态、受制于偶然与情感的不可知论状态、"对历史毫无担负"的无为状态解救出来。经过上述双重扬弃之后,沈从文亮出了其生命哲学的顶端命题——"生命具神性"。"神性"是从"神即自然"的两个层面升华而来:从"神"的第一个层面——人力所不能的"自然的美"抽象出一种境界——美,从"神"的第二个层面——原始道德形态的"德性的美"升华出一种义务与生存意义——爱。因此,"美"与"爱"既是"对'自然'倾心的本性",更是由这一本性抽象而出的与现实社会具支配地位的唯实惟利形而下人生观截然对立的生命形而上终极向度。这正是沈从文以自然人性为根基、以自觉自为的现代意识高层复归自然(神)在"神之解体"时代重铸生命神性的生命发展观。《烛虚》的独特在于以上生命发展观的三个层面都统一于"我"最本己的生命与生存体验之中,最终是以"我"对至圣至美生命境界的沉醉与皈依来向"多数人""立之为极"标示出生命的形而上终极的。这集中见于40年代的沈从文极为鲜明的两个方面的内在生命景观:第一,极高的理性思维,显示出他对社会与人的深彻现代性反思,着重展示现实人之非在;第二,超理性的极致生命体验,显示出他对生命信仰的形而上终极性标示,着重展示与现实人之非在对立的生命本应具有的抽象实在。《烛虚》正是由这种极高理性思维的"思想之思想"而进入超理性极致性生命体验的,体现为以"哲学之再造"为途径重造民族生命。他面对自然万象的超理性极致性生命体验尽管不含知性的逻辑,依凭的不是概念,呈现出审美的感性形态,但是它绝不是原始初民思维的产物,绝不是原始初民眼中的那种混沌,而是极高理性思维之上的产物,其超理性、超言说性实则是极高理性思维之上的生命至境,是他对于宇宙本源、世界本质、生命本真的终极性体验,即"失去了'我'后却认识了'人',体会到'神'"的状态。因此,这种面对自然万象的超理性极致性生命体验既贯注着其重造生命的方法论,也是贯注着其重造生命的价值观。相应地,他的"新道家"重造生命的基点正在于恢复人对自然倾心的本性。这一自然本性并不是原始道家那种退守于人自然生就的无知无欲的原初混沌，而是以美与爱为内质的对自然倾心的本性，是人性之源，最终体现为"向人性崇高处攀援而跻的勇气和希望"。这样，经过以美与爱为基本要素的激活，他的生命哲学命题便成为以生命为本体的具有现代人文品格的天人合一、道法自然。

"朕归于我"强调"自性"与人之存在现实性的统一，"神在生命本体中"强调"神性"与人之存在自然律的统一。这种人的形而上终极性与人的感性存在的统一正是对人之存在"偏至"的反拨：人应该在形而下生存中以人之为人的形而上终极性为引领、超越，人之为人的形而上终极性应该在此在生存的归向中生成。由此，在人之为人的应对上二者凸显出三个同归的人之存在的本源性层面：首先，人之为人的特质是人的形而上本性。"自性"与"神性"就是生命的形而上超越样态，《野草》与《烛虚》就是"我"对这种生命超越样态的践履亲证。其次，人的形而上本性是自觉、自为、自由的。自觉强调返身内求以澄明"我"之"在"，意识到人本性所具有的生命在场的理性自决力量；自为强调返身外求以生命实践实证自决的意识之"在"，凸显出人的本质是需要人自己去争取、创造、占有的创生性；自由正是自觉自为内在期许的人之本性，即将本应该由人"自身决定的东西"复归于人的"自由自因"。"朕"是"我"的，"神"是"生命本体"的，因此，"我""生命"是自由的，而且这种自由超向的是尊严、独立、个性、自由的"自性"之域与美与爱的"神性"之域。最后，人的形而上本性的自觉、自为与自由惟有在人的感性存在与生命实践中才能生成。《野草》与《烛虚》中的"我"于此在中占有"自性"与"神性"显露的实则是人之为人的本来面目：寄寓于"有限"的实有绝望之所而占有人之为人的"无限"的希望。人之为人的内在期许更具体地表现为反抗绝望生出希望，超越有限达至无限，因此，

"我"之此在对于人之本质的真正占有在于反抗与超越。

从"天人合一"到"朕归于我""神在生命本体中",一方面显示出二人对于民族文化的结构性现代重构,另一方面显示出这种重构落脚于人之性体,因此,"自性"与"神性"实则是二人为民族生命结构性再造的元精神。二者以"我"的最本己出场与生命实践表明"自性"与"神性"这一元精神"有能力保护人自身应有的全部自豪,同时使人具有对自己作出肯定回答的能力"。

第五章
启人生之闷机
——《野草》与《烛虚》的艺术形态

与"中国之治,理想在不撄"相应,"中国之诗,舜云言志;而后贤立说,乃云持人性情,三百之旨,无邪所蔽。夫既言志矣,何持之云?强以无邪,即非人志。许自繇于鞭策羁縻之下,殆此事乎?然厥后文章,乃果辗转不逾此界。其颂祝主人,悦媚豪右之作,可无俟言。即或心应虫鸟,情感林泉,发为韵语,亦多拘于无形之囹圄,不能舒两间之真美;否则悲慨世事,感怀前贤,可有可无之作,聊行于世"①。面对"伟美之声,不震吾人之耳鼓者,亦不始于今日"的中国文学状况,鲁迅发出了穿越文学时空的追问:

> 试稽自有文字以至今日,凡诗宗词客,能宣彼妙音,传其灵觉,以美善吾人之性情,崇大吾人之思理者,果几何人?上下求索,几无有矣。②

中国传统文学这种不能"撄人"的缺失实际反向道出了鲁迅所言的文学"无用之用"正在于传"破中国之萧条"的"妙音""灵觉",以"美善吾人之性情,崇大吾人之思理"。简言之,"涵养人之神思,即文章之职与用也"③。

事实上,沈从文文学思想的独特也同样在于他把文学与"生命"紧紧联系在一起。他要"在'神'之解体的时代,重新给神作一种光明赞颂"的"最后一首抒情诗"实质是生命的抒情诗。他的湘西世界所要表现的"本是一种'人生的形式',一种'优美,健康,自然,而又不悖乎人性的人生形式'"。《烛虚》由具体走向抽象的目的就是为了"使生命之光,煜煜照人,如烛如金"。

因此,在鲁迅、沈从文那里,文学的确如克莱夫·贝尔所言是一种"有意味的形式",确切地说是一种人生的艺术、生命的艺术。对于这种"人学"

---

① 鲁迅. 鲁迅全集(1卷)[M]. 北京:人民文学出版社,2005:70-71.
② 鲁迅. 鲁迅全集(1卷)[M]. 北京:人民文学出版社,2005:71.
③ 鲁迅. 鲁迅全集(1卷)[M]. 北京:人民文学出版社,2005:74.

的"文学"所具有的特有艺术效应，鲁迅在《摩罗诗力说》中的表述堪为经典：

> 盖世界大文，无不能启人生之閟机，而直语其事实法则，为科学所不能言者。所谓閟机，即人生之诚理是已。此为诚理，微妙幽玄，不能假口于学子。如热带人未见冰前，为之语冰，虽喻以物理生理二学，而不知水之能凝，冰之为冷如故；惟直示以冰，使之触之，则虽不言质力二性，而冰之为物，昭然在前，将直解无所疑沮。惟文章亦然，虽缕判条分，理密不如学术，而人生诚理，直笼其辞句中，使闻其声者，灵府朗然，与人生即会。①

也就是说，文学作为人生的艺术、生命的艺术其"特殊之用"最突出地表现为"启人生之閟机"，而这种"启"不仅在于其内容本身即是"人生之诚理"，而且还在于它区别于"学术"的独特艺术形式使它在"启人生之閟机"上具有"人生诚理，直笼其辞句中，使闻其声者，灵府朗然，与人生即会"的独特开启之效。

事实上，鲁迅所强调的这种文学"启人生之閟机"的独特方式及功效与沈从文将文学创作视为"情绪的体操"是契合的。沈从文认为艺术是"凭了人的灵敏的感觉，假借文字梦一样的去写，使其他人感到一种幽美的情绪，悲悯的情绪"②，强调理解他的作品"应当从欣赏出发"，而最担心批评家从他习作中找寻"人生观"或"思想观"③。他甚至果决地断言"否认情绪绝不能产生什么伟大作品"④。对于自己的小说，沈从文认为"故事在写实中依旧浸透一种抒情幻想成分"⑤；对于自己的散文，他认为"作

---

① 鲁迅. 鲁迅全集（1卷）[M]. 北京：人民文学出版社，2005：74.
② 沈从文. 沈从文全集（11卷）[M]. 太原：北岳文艺出版社，2002：84.
③ 凌宇. 沈从文谈自己的创作[J]. 中国现代文学研究丛刊. 1980年第4期.
④ 沈从文. 抽象的抒情[C]//. 刘洪涛，杨瑞仁. 沈从文研究资料. 天津：天津人民出版社，2006：133.
⑤ 沈从文. 沈从文全集（16卷）[M]. 太原：北岳文艺出版社，2002：375.

品一例浸透了一种'乡土性抒情诗'气氛"①。因此，他强调"情绪"就作品而言又特别强调其独具的感性氛围。在这一感性氛围里，创作主体的情绪、艺术形象传达出的情绪以及接受主体可能体验到的情绪有机融合，形成一个动态的审美场。在这一特定的以"情绪"为质料的审美场中，创作主体、艺术形象与在另外一时、另外一地的接受主体"彼此生命流注，无有阻隔"，由此实现文学使人"灵府朗然，与人生即会"的功效。②从30年代他强调将文学创作看作是"情绪的体操"到40年代他强调通过艺术教育来塑造健康的人性进而建设合理的政治、社会，正是他对于文学"启人生之閟机"所具有的独特方式与功效的发现与实践。

文学这种思想内容与艺术形式的关系正如黑格尔要求的逻辑："其中形式是富有内容的形式，是活生生的实在的内容的形式，是和内容不可分离地联系着的形式。"③我们思维习惯中存在一种定势，总认为内容决定形式，形式为内容服务。如果从纯粹的哲学思辨看自有它的合理性，但是如果机械地将其套用在文学创作上，就会出现重内容轻形式的偏失。原因就在于文学不是哲学、社会学、伦理学，它不能像它们那样剥离形式直奔实质，因为文学之所以为文学，就在于它的审美性。文学的审美特性决定了文学的内容是具有形式感的内容，文学的形式是"活生生的实在的内容的形式"。既然文学"人生诚理，直笼其辞句中"，那么"其辞句"艺术形式的本身指向的就是这种"人生诚理"的开启。概而言之，文学独特的艺术形态正是"人生之閟机"的特有开启方式。

《野草》在《题辞》中开篇道白将沉默中感觉到的充实开口朝向空虚言说，这正表明其所启人生之閟机的"微妙幽玄"。《烛虚》为了"察明人类

---

① 沈从文. 湘行散记序[C]//. 刘洪涛，杨瑞仁. 沈从文研究资料. 天津：天津人民出版社，2006：149.
② 此段论述本书作者在《"柔和"与"忧郁"——论沈从文作品的"情绪"》中有所论及，参见《中南大学学报》（社会科学版）2013年第3期，该文被《新华文摘》2013年第19期摘编。
③ 列宁. 列宁全集（55卷）[M]. 北京：人民出版社，1990：77.

之狂妄和愚昧，与思索个人的老死病苦"洞幽烛微，潜渊烛虚，这本身就表明了它所启人生之閟机的"微妙幽玄"。而且，二者所启人生之閟机"微妙幽玄"到不能开口言说，故而化为"独语"。《野草》言说的是梦中的话，是影告别时说的话，是"抉心自食，欲知本味"的话，是"口唇间漏出人与兽的，非人间所有，所以无词的言语"。《烛虚》所要展示的是"如中毒，如受电，当之者必喑哑萎悴，动弹不得，失其所信所守"的生命至境，是"如由莫扎克用音符排组，自然即可望在人间成一惊心动魄佚神荡志乐章"，是"语言歌呼之死亡"。事实上，《野草》正是鲁迅所有创作中最微妙幽玄之作，以《烛虚》为标志的昆明时期的抽象创作也正是沈从文所有创作中最微妙幽玄之作，这就更需要一种独特的艺术形式将此微妙幽玄的人生诚理直笼其辞句中。本章所要研究的正是《野草》与《烛虚》到底是用怎样独特的艺术形式来开启这不能开口言说的微妙幽玄的"人生之閟机"。

第一节　地域色彩的消解

《野草》与《呐喊》《彷徨》《朝花夕拾》相比在艺术形态上最明显的变化是"鲁镇"在文本中的消解，"乌篷船""乌毡帽""咸亨酒店"等鲁迅作品具有浙地地域色彩的徽章式物象不见了，取而代之的是"野草""地面""荒野""沙漠""坟"等泛化的不具地域特指的物象。《烛虚》与《野草》情形一样，与"湘西系列"相比在艺术形态上最明显的变化是"湘西"在文本中的消解，"吊脚楼""渡船""碾坊""水车"等具有湘西地域色彩的徽章式物象不见了，取而代之的是"山花""河水""绿竹""百合"等泛化的不具地域特指的物象。诚如凌宇先生所说，《烛虚》与《野草》"各个消解了《湘行散记》《湘西》与《朝花夕拾》中的地域色彩"[①]。舍弃"鲁镇"

---

① 凌宇. 从边城走向世界（增订本）[M]. 长沙：岳麓书社，2006：398.

与"湘西"这种个性化的典型环境，消解具有作家身份认证性质的地域色彩，这分明是二人创作异变的征候。

对于"鲁镇"与"湘西"的舍弃，对于个性化地域色彩的消解，无疑是鲁迅与沈从文的艺术冒险。古今中外的优秀文学作品大都与某一特定地域或是其他特定环境有着直接的联系，诺贝尔文学奖的作家与作品能突出地说明这一点，与之相应，作家大都有着适合自己创作个性的独特的文学题材。创作题材的时代性规限对很多作家的创作力造成了明显的束缚与损伤，致使他们的创作水准下滑甚至搁笔，这在文学史上不乏先例，比如"文革"文学时期。这一现象如果放在文学创作的本体层面来探究，其根本原因实则是题材取向与作家艺术追求之间的互不兼容。作家创作并不是适合于所有的题材，题材必须适合于作家的生活积累、主观情志和审美追求。每一位作家的题材取向本身就彰显出独特的审美倾向，如同鲁迅小说之于绍兴的风土人情题材、沈从文小说之于湘西边城题材、赵树理小说之于晋地农村题材、孙犁小说之于白洋淀题材、周立波小说之于湘地农村题材、莫言小说之于东北高密乡题材。离开这些特定的题材，这些作家与其作品都将黯然失色。因此，题材取向与作品的审美特质有着十分重要的联系，怎样选材、选择什么样的题材本身就是为了获取作家所要追求的审美特质。事实上，"真正写出一个特定的环境和这个特定环境中形成的人的个性，这就能使作品带上鲜明的浓重的民族特色、地方特色，避免那种千人一面、千部一腔的描写"[1]早已被证明是一条艺术的成功之途。具体来看，作家的成名作或是代表作大都与自己根脉所系的曾在世界有着紧密的联系。根脉所系的特定环境与这一特定环境中形成的人的个性对于文学创作之所以如此重要，是因为"文学作品作为独特的精神生产，是一种独一无二的现象"[2]，独创性是文学的生命力所在，由个别到一般，由个性到共性，由

---

[1] 田中阳. 论当代寻根文学的主题蕴含——从文学史的某些侧面来观照和思考[J]. 中国文学研究, 1988（2）.

[2] 钱中文. 文学原理——发展论[M]. 北京：社会科学文献出版社, 2007：159.

特性到普遍性是文学艺术创作的规律。这种独创性包含三个最主要的层面：第一，从思想性来说，作家所把握的特定环境和这个特定环境中形成的人的个性直接指向的是他们独有的对宇宙本源、世界本质、生命本真的体认，由此显示出他们对人之存在不可替代的观照；第二，从艺术性来说，作家所把握的特定环境和这个特定环境中形成的人的个性直接指向的是他们独有的审美元素与风格，这种审美元素与风格是具体可感的，比如特定地域环境所具有的风景画、风俗画、风情画；第三，上述思想性与艺术性是统一的，即思想性通过蕴注着这些审美元素与风格的艺术形态获得了特有的体现，或者说，特有的审美性使思想性获得了独具的元质与特质，由此形成作家独有的识别性，即其文学创作的独创性。也就是说，作家的成名作或是代表作之所以大都与自己根脉所系的曾在世界连接在一起是因为它能最大限度地满足文学创作所必需的独创性，而且因为它具体可感所以操作起来也相对方便，即便于艺术实践，便于最集中地展示作家心中的审美世界与人生境界。"鲁镇系列"与"湘西系列"的艺术成功本身就证明了这一点，这在世界文学创作中也是极为突出的，比如哈代笔下的"荒原世界"、福克纳笔下的"约克帕塔法"世系。鲁迅是中国现代乡土小说开风气之先者，"他的《孔乙己》《风波》《故乡》《阿 Q 正传》《社戏》等小说为乡土小说确立了风范，也是 20 世纪乡土小说的源头"[①]，对于上述文学创作规律显然深谙其道，对此他在 1934 年 4 月 19 日致他的木刻画大弟子青年木刻家陈烟桥的信中作出了明确而独到的揭示："现在的文学也一样，有地方色彩的，倒容易成为世界的，即为别国所注意。"[②]沈从文的文学创作正是由此切入的，他曾回忆说："加之由鲁迅先生起始以乡村回忆做题材的小说正受广大读者欢迎，我的学习用笔，因之获得不少勇气和信心。"[③]1928 年 8 月《柏子》的问世标志着他在这条艺术实践之路上开始形成了自己的创

---

① 刘勇，邹红. 中国现代文学史[M]. 北京：北京师范大学出版社，2006：53.
② 鲁迅. 鲁迅全集（13 卷）[M]. 北京：人民文学出版社，2005：81.
③ 沈从文. 沈从文全集（16 卷）[M]. 太原：北岳文艺出版社，2002：374.

作特性。也正是在这条艺术实践之路上,《阿Q正传》与《边城》成为他们堪与世界文学比肩的代表作,构筑了他们以现实主义为主体的创作的最高峰。从这个角度来说,"鲁镇"与"湘西"特定地域色彩的消解对于《野草》与《烛虚》来说无疑是一种对既成文学创作规律的打破与冒险,更是一种对创作主体自我既定艺术特色的放弃与冒险。然而,《野草》不仅鲁迅自认为"技术不错",而且研究者乃至文学史皆没有太大争议地认为是鲁迅作品中艺术近乎完美的作品;《烛虚》虽然由于历史与现实的原因没有被研究者广泛重视,更是被文学史所遗忘,但是它的艺术成就是客观存在的,正如凌宇先生所说,"《烛虚》与《野草》,堪称中国现代散文史上的双璧"[1]。那么,二者是如何在消解个性化地域色彩之后取得这种艺术成功的呢?相对于"鲁镇系列"与"湘西系列"的这种艺术异变所要开启的是怎样独特的"人生之阃机"呢?

"鲁镇"与"湘西"是留在鲁迅与沈从文记忆中的、根脉所系的世界,地域色彩的消解意味着"我"从记忆世界的退出,而最本己地回到生存的当下,即由"曾在"回到"现在"。为了强调一切言说都是源自"我"的此在性体验,《野草》与《烛虚》都留下了诸多确定的信息,以此表明"我"的现实最本己生存。先看《野草》留下的诸多"我"之最本己的此在性信息:《野草·秋夜》以"在我的后园,可以看见墙外有两株树"开篇,"一株是枣树,还有一株也是枣树",看似很机械生硬的造句正是为了表明"我"生存情状的真实性。《野草·求乞者》以"我顺着剥落的高墙走路"时"四面都是灰土"表明"我"对眼前社会的真实观感。《野草·风筝》以"北京的冬季,地上还有积雪,灰黑色的秃树枝丫叉于晴朗的天空中,而远处有一二风筝浮动,在我是一种惊异和悲哀"[2]表明"我"当下"悲哀"的心情。《野草·好的故事》以"我闭了眼睛,向后一仰,靠在椅背上;捏着《初

---

[1] 凌宇.从边城走向世界(增订本)[M].长沙:岳麓书社,2006:398.
[2] 鲁迅.鲁迅全集(2卷)[M].北京:人民文学出版社,2005:187.

学记》的手搁在膝髁上。我在蒙胧中,看见一个好的故事"①表明《野草》中的一系列"我梦见自己……"都源自"我"的真实生存。《野草·一觉》以"在编校中夕阳居然西下,灯火给我接续的光。各样的青春在眼前——驰去了,身外但有昏黄环绕。我疲劳着,捏着纸烟,在无名的思想中静静地合了眼睛,看见很长的梦。忽而惊觉,身外也还是环绕着昏黄;烟篆在不动的空气中上升,如几片小小夏云,徐徐幻出难以指名的形象"②表明"我"在"很长的梦"中醒来,再次表明《野草》中的"我"就生存在现实的当下,而这个当下的现实对于"我"的生存来说就是梦魇。《野草》以大量此类信息表明"我"所展开的是最真实、最本己的生存言说,也同时表明"我"的生存遭遇到梦魇般的困境。再看《烛虚》留下的诸多"我"之最本己的此在性信息:"黄昏时闻湖边人家竹园里有画眉鸣啭,使我感觉悲哀。因为这些声音对于我实在极熟习,又似乎完全陌生",由此"我"进入二十年来的生命观照。这种观照真实地表明记忆中的"湘西"离"我"远去,"高楼大厦灯火辉煌的城市"正是"我"当下生存的现实,失去"乡村"的"乡下人"正是"我"悲哀的生存处境。③"上星期下午,我过呈贡去看孩子,下车时将近黄昏,骑上了一匹栗色瘦马,向西南田埂走去",一方面,"见西部天边,日头落处,天云明黄媚人,山色凝翠堆蓝。东部长山尚反照夕阳余光,剩下一片深紫。豆田中微风过处,绿浪翻银,萝卜花和油菜花黄白相间,一切景象庄严而兼华丽,实在令人感动";另一方面,"把眼前自然景物和人事情形两相对照,使我感觉一种极其痛苦的印象,许多日以来不能去掉"。④"办事处小楼上隔壁住了个木匠,终日锤子凿子,敲敲打打,声音不息。可是真正吵闹到我不能构思不能休息的,似乎还是些无形的事物,一片颜色,一闪光,在回想中盘旋的一点笑和怨,支吾与矜

---

① 鲁迅. 鲁迅全集(2卷)[M]. 北京:人民文学出版社,2005:190.
② 鲁迅. 鲁迅全集(2卷)[M]. 北京:人民文学出版社,2005:229-230.
③ 沈从文. 沈从文全集(12卷)[M]. 太原:北岳文艺出版社,2002:22.
④ 沈从文. 沈从文全集(12卷)[M]. 太原:北岳文艺出版社,2002:10.

持，过去与未来"①，这真实地表明为"无形的事物"不眠不休正是"我"当下的生存情状。"久不出门，天雨闷人，上街去买点书，买点杂用事物，同时也想看看人，从'无言之教'得到一点启发。街上人多如蛆，杂声嚣闹。尤以带女性的男子话语到处可闻，很觉得古怪。心想：这正是中华民族的悲剧。雄身而雌声的人特别多，不祥之至"②，这真实地表明"我"对当下"人"的蜕化的悲剧感。"雷雨刚过。醒来后闻远处有狗吠。吠声如豹。半迷糊中卧床上默想，觉得惆怅之至。因百合花在门边动摇，被触时微抖或微笑，事实上均不可能"③，这真实地表明"我"对"美"只能在抽象中存在而在现实中消失的惆怅与痛苦。《烛虚》以大量此类信息表明"我"所展开的是最真实、最本己的生存言说，也同时表明"我"正处在现实与抽象的夹击之中。

从上述两个文本中诸如此类的大量信息不难发现，"鲁镇"与"湘西"地域色彩的消解意味着"我"由记忆世界、外部世界返归现实最本己的、复杂隐秘的内心世界，最终完全进入"灵魂深处或意识边际"。在这里，"整个生命俱在两种以及无数种力量中支撑抗拒，消磨净尽"，生与死、明与暗、过去与现在、理想与现实、希望与绝望等诸多矛盾反复消解，使内心世界充满悖论与张力，处于高度紧张与焦虑的状态，这种精神与情感错综缠绕的生命状态正是《野草》与《烛虚》最瞩目的生命与艺术景观。两个文本中诸多力量互为缠绕、冲撞、消解、质疑、辩诘的内在化生命状态鲜明地标示出"我"正处在生命的极端时刻。在这种剧烈的、极致的生命状态中，"我"要言说什么呢？这则是"鲁镇"与"湘西"地域色彩消解的另一重意味。失去特定的地域色彩呈现出的是整个社会，《野草》与《烛虚》展示出的"我"/"庸众"（"多数人"）构成的"社会"一物这种尖锐化生存对立

---

① 沈从文. 沈从文全集（12卷）[M]. 太原：北岳文艺出版社，2002：22.
② 沈从文. 沈从文全集（12卷）[M]. 太原：北岳文艺出版社，2002：36.
③ 沈从文. 沈从文全集（12卷）[M]. 太原：北岳文艺出版社，2002：44.

结构本身表明了这一点。与失去特定地域色彩相伴生的是失去特定的人物类型，不再是孔乙己、祥林嫂、阿Q，不再是水手、吊脚楼的妓女、柏子、翠翠，"我"直面的是"人"，《野草》与《烛虚》展示出的"我"/"人"这种尖锐化生存对立结构也表明了这一点。也就是说，"鲁镇"与"湘西"地域色彩的消解意味着《野草》与《烛虚》最本己地回到了"我"的此在性生存体验，回到了更具普遍性的社会与人这一辩证统一体之中，对整个民族乃至人类生存进行终极观照。《野草》在《题辞》中说得很明白，它要献给的是"友与仇，人与兽，爱者与不爱者"，《烛虚》在开篇题辞中也说得极为明白，它要"察明人类之狂妄和愚昧，与思索个人的老死病苦"。因此，"鲁镇"与"湘西"地域色彩的消解显示出二人"启人生之闼机"所进入的是一个更加微妙幽玄的抽象境地，一种更具形而上终极性的生命体悟。《野草·题辞》点出"在明与暗，生与死，过去与未来之际"这一言说的极点性时刻，点出"为我自己，为友与仇，人与兽，爱者与不爱者"这一言说的普遍性对象，所要表明的正是"我"所展开的是一种形而上终极性的生命体悟。《烛虚》这一总题以及《烛虚·烛虚》《烛虚·潜渊》《烛虚·长庚》《烛虚·生命》各章分命题本身就以极强的标示性、逻辑性、体系性表明"我"对人之存在的形而上终极性言说。

正是在这里，《野草》与《烛虚》显示出最本真、最内质的艺术形态，即以极致性生命体验与诗性之思的"形而上质"为质料的存在。大凡优秀的文学作品之所以具有持久的文学魅力更为深层地、更具本质地还在于它们能带给读者以绵绵无尽的、极致的生命体验与生命哲学体味，即波兰美学家英伽登所说的伟大作品需要具有的"形而上质"，德国哲学家尼采所说的"艺术是生命的最高使命和生命本来的形而上活动"[①]，美国心理学家马斯洛所说的"高峰体验状态"。"把文学视为一种复杂的现象，一个复杂

---

① 尼采. 悲剧的诞生[M]. 周国平, 译. 北京：三联书店，1986：2。

系统，从而对它进行多层次、多角度地综合研究已为不少人接受"。①英伽登乃至韦勒克都是文学作品结构层次论者。英伽登将文学作品分为四个层次：字音与高一级的语音组合、意义单元、多重图式化方面及其连续体、再现客体。②在分析了作品的层次后，英伽登发现，作品的其他层次都以建构再现客体为目标，而再现客体本身却不再构成别的什么。不过，进一步研究会发现有某种东西直接依存于再现客体并影响这种客体。这"某种东西"是什么呢？英伽登认为就是"形而上质"，即再现客体呈现的"崇高、悲剧性、恐怖、震惊、神秘、丑恶、神圣、悲悯"等特质。这些形而上质"通常在复杂而完全不同的情境中与事件中显现出来，作为一种精神性的氛围弥漫周遭，以它的光渗透万物而使之显现"。英伽登强调，"形而上质不具有纯粹理性的确定性，它们是我们在近乎迷狂的状态中体悟到的那种使生活值得一过的东西"。③这种情状就如同老子那种"道"的状态，尼采那种"酒神状态"，海德格尔那种"思即诗"的状态，马斯洛那种"剧烈同一性"状态。其实，这种"不具有纯粹理性的确定性"的"形而上质"，这种蕴注着"使生活值得一过的东西"的"近乎迷狂的状态"，这种强烈的抒情与高度的理性因主体精神体验的复杂而错综缠绕的状态，这种极致的生命体验与凝神之思，正是人类文化思想史上伟大思想家、文学家、哲学家殊途同归的精神现象与生命至境。沈从文在《烛虚》中对于这种生命状态与精神行为进行了揭示："伟人巨匠，千载宗师"之所以区别于庸众就在于前者"无一不对于美特具敏锐感触，或取调和态度，融汇之以成为一种思想，如经典制作者对于经典文学符号排比的准确与关心。或听其撼动，如艺术家之与美对面时从不逃避某种光影形线所感印之痛苦，以及因此产生佚智失理之疯狂行为"。④

---

① 钱中文. 文学原理——发展论[M]. 北京：社会科学文献出版社，2007：163.
② 朱立元. 当代西方文艺理论[M]. 上海：华东师范大学出版社，2005：134.
③ 朱立元. 当代西方文艺理论[M]. 上海：华东师范大学出版社，2005：136-137.
④ 沈从文. 沈从文全集（12卷）[M]. 太原：北岳文艺出版社，2002：33.

《野草》的一系列抉心自食的梦魇、《烛虚》如焚如烧的生命至境正是这种"近乎迷狂的状态",二者以"我"的最本己出场展示的正是于此状态之中"体悟到的那种使生活值得一过的东西"。自我言说、向虚言说的独语本身就是这种极巅状态的生命征候,梦魇、佚神荡志乐章的本身就是弥漫周遭的精神性氛围,就是极致性的生命体验状态。《野草》与《烛虚》由此形成了一种剧烈的情绪流,一方面使人感受到一种共通的神秘性、悲剧性生命体验与悲悯的人生情绪,另一方面使人感受到一种特质各异的生命色彩,《野草》带给人一种浓重的恐怖感,《烛虚》带给人一种浓重的神圣感。这种剧烈的情绪流绝不仅仅是强烈的抒情,而且还蕴注着极致的诗性生命体验,凸显出鲜明的诗性智慧。正是在这里,《野草》与《烛虚》呈示出浓烈的难以言说性(只能自我言说,向虚言说,化为独语),贯注其中的实则是抽象流动的极致性生命体验的"形而上质",那是"庸众"永远都无法体味的生命的"大欢喜",那是"多数人"永远都无法体验的生命的至圣至美。这种"近乎迷狂的状态"的生命体验与生存之思正是二人生命哲学最核心的部位,凸显出二人生命形而上超越的终极向度。正是在这里,海德格尔说:"一切凝神之思都是诗,而一切诗都是思。"《野草》与《烛虚》的"形而上质"实则是这种思即诗的生存言说,显示出"我"蓄积已久的生命体验、生命意识与生命哲学。这种"凝神之思"是"我"最本己的生存与生命体验,而非抽象的思辨、概念的演绎、纯粹的认知,它将"我"极致的生命体验与人生诚理直笼其中。这种与"我"之人生即会的"凝神之思"天然地赋予作品以感性的形而上形态,是"形而上质"最原初、最本真的寄身之所,是"萌芽中的真正的诗",因此,进入《野草》与《烛虚》也就进入了蕴注着生命体验的"思即诗"的精神性氛围,进入了灵魂深处与意识边际,进入了一个人生诚理直笼其中的天启般的文学世界。正是在这里,《野草》凸显出与"鲁镇系列"最主要的艺术区别,《烛虚》凸显出与"湘西系列"最主要的艺术区别,这种艺术区别集中表现在同"鲁镇系列"与

"湘西系列"相比现实主义在二者那里退居为次,即二者"不以对地方自然与人生风貌描写取胜,而是由外在现实的叙写返归到对主体内心烛照"①,是"主体内在精神体验的产物"。对此,凌宇先生这样归结:"《烛虚》同鲁迅《野草》一样,同是由内心观照外在现实人生,然后再返观至内心而生。《野草》不同于鲁迅小说与杂文,就在于它完全属于鲁迅个人的生存体验。尽管内容存在很大差别,但《烛虚》同样是沈从文个人生存体验的产物,抽象流动的情绪、朦胧不确定的意象,以及由此而来作品文意的模糊,这一切都不仅仅是因'抽象的抒情'而起,更多源于作品展现的就是自身复杂生命体验。"②简言之,裹挟着剧烈同一性、极致性生命体验与诗性之思的情绪流在文本中抽象流动,由此形成与人生即会、弥漫周遭的精神性氛围,这种以生成终极性形而上质为目的的艺术形态构成《野草》与《烛虚》最根本的艺术特质。

这种极致性生命体验与诗性之思的"形而上质"是难以言说的,《野草》在《题辞》中开篇就对这种难以言说性的"沉默着"的"充实"进行了道白,《烛虚》也同样对这种难以言说性进行了表白:"表现一抽象美丽印象,文字不如绘画,绘画不如数学,数学似乎又不如音乐","凡此种种,如由莫扎克用音符排组,自然即可望在人间成一惊心动魄佚神荡志乐章。目前我手中所有,不过一枝破笔,一堆附有各种历史上的霉斑与俗气意义文字而已。用这种文字写出来时,自然好像不免十分陈腐,相当颓废,有些不可解"。在语言无法表达的情势下,这种难以言说的极致生命体验便选择了对"象"与"境"的附丽,这即是象征。艺术方式本无优劣高下之分,衡量的标准全在于它与表现对象之间的契合程度,即艺术方式的对象化。对于上述难以言说性的内在化生命体验,对于隐秘世界的精神体验,现实主义的艺术方式显然会失之于板滞,浪漫主义的艺术方式又会失之于空茫,

---

① 凌宇.从边城走向世界(增订本)[M].长沙:岳麓书社,2006:410.
② 凌宇.从边城走向世界(增订本)[M].长沙:岳麓书社,2006:415.

而象征主义的艺术方式在此显露出它形象可感又具有极强暗示性的表现优势。我以为，最佳的象征就是形而下与形而上在"象"与"境"中恰到火候地融合。沉湎于形而下，意象与物境将失去广阔的文学空间与丰厚的内容含量；偏向于形而上，意象与物境将干巴而枯燥，东晋玄言诗、宋代哲理诗的偏失之处正在这里。形而下与形而上能否恰到火候地融合是象征艺术成功的关键。《野草》与《烛虚》的艺术实践不仅做到了这一点，而且更为独特的是二者的象征不是刻意的营造，而是其本身就是"我"的生存体验、凝神之思，即"我"的生命之"征"。先举《野草》中的一例来说明这一点：

> 在我的后园，可以看见墙外有两株树，一株是枣树，还有一株也是枣树。
>
> 这上面的夜的天空，奇怪而高，我生平没有见过这样的奇怪而高的天空。他仿佛要离开人间而去，使人们仰面不再看见。然而现在却非常之蓝，闪闪地䀹着几十个星星的眼，冷眼。他的口角上现出微笑，似乎自以为大有深意，而将繁霜洒在我的园里的野花草上。①

"我"对"枣树"与"夜的天空"的感觉本身就是"我"当下的生存体验。"一株是枣树，还有一株也是枣树"，看似生硬的造句再现出"我"对"枣树"刚健坚挺的存在感，这种内在的象征意味很自然地将尊严、独立、个性、自由的生命品格蕴注其中。"枣树"这种直指天空的挺拔很自然地与"我"作为"精神界之战士"的生命品格融为一体，让人更为感性地体味到善美刚健的生命本体。而"夜的天空"如此的"奇怪而高"，"仿佛要离开人间而去"，"将繁霜洒在我的园里的野花草上"，使人体验到非人的社会对人的压制。这样，"枣树"与"夜的天空"的对峙既表达出了"我"与"社会"的紧张关系、"我"与"人"的尖锐化生存对立这种"我"之当下的生存情状，也象征着"我"作为民族现代生存之"有"于"无"中的在世突围。

---

① 鲁迅. 鲁迅全集（2卷）[M]. 北京：人民文学出版社，2005：166.

再举《烛虚》中的一例来说明这一点:

> 我发现在城市中活下来的我,生命俨然只淘剩一个空壳。譬喻说,正如一个荒凉的原野,一切在社会上具有商业价值的知识种子,或道德意义的观念种子,都不能生根发芽。个人的努力或他人的关心,都无结果。试仔细加以注意,这原野可发现一片水塘泽地,一些瘦小芦苇,一株半枯怪柳,一个死兽的骸骨,一只干田鼠。泽地角隅尚开着一丛丛小小白花紫花(抱春花),原野中唯一的春天。生命已被"时间","人事"剥蚀快尽了。天空中鸟也不再在这原野上飞过投个影子。生存俨然只是烦琐继续烦琐,什么都无意义。①

"在城市中活下来的我","生命俨然只淘剩一个空壳",正是"我"当下的生存与生命状态。这时"一片水塘泽地,一些瘦小芦苇,一株半枯怪柳,一个死兽的骸骨,一只干田鼠"一系列意象组成的"荒凉的原野"所具有的象征意味很自然地使人体味到现实世界的虚无与人的非在。"一丛丛小小白花紫花"正象征着这个荒原中的生命,它们所显露的生命气象不正是"原野中唯一的春天"吗?由形而下的人之非在走向形而上的生命实在正是贯注《烛虚》象征体系的主旋律。

文学源于生活,而生活对于作家不是浮泛的,并不是什么样的生活都可进入文学,它必须是深入作家灵魂深处与意识边际的生命体验,这对于文学艺术的生命力所在尤为切要,否则,就会流于失去鲜活生命感的干瘪与枯燥,而这正是文学的致命伤。换句话说,只有深入灵魂深处与意识边际的生命体验才能根柢性地切入人之存在的宇宙本源、世界本质与生命本真,才能做出人之为人的独特应对,因为文学将这种人之为人的应对直笼其中,最本质地还原了这种精神性的氛围,使之弥漫周遭,与人生即会,故而能于微妙幽玄之中"启人生之阕机"。这里正道出了《野草》与《烛虚》

---

① 沈从文. 沈从文全集(12卷)[M]. 太原:北岳文艺出版社,2002:23.

的内质，二者显然是"我"之生命与生存体验及凝神之思的高浓度、高精度的提纯和集约性的释放。这样，"我"便始终处在高度紧张的"生与死""过去与未来""绝望与希望"的人生极巅状态，一种梦魇般的自我生命世界，一种近乎迷狂的境遇。这种蓄之已久的生命体验与生存之思固然源自现实生活，但是由于"我"是于灵魂深处与意识边际反观自身以澄明"人"之"在"的，所以它们只能以"心音"的方式释放，因为这种"神思"的超言说性，所以需要借助一个象征性的世界来呈示。《野草》与《烛虚》的独特还在于"我"本身就处在"我将开口，同时感到空虚""如中毒，如受电，当之者必喑哑萎悴，动弹不得，失其所信所守"的超言说生命极致状态，这种"言有尽而意无穷"的高峰体验状态只能借助"象"来体现。也就是说，"我"此时的生存状态正是象征艺术生成的最原初状态。这样，文本中的诸多"象"与"境"一方面真切地呈示出"我"最本己的生命之"征"，另一方面这种最本己的生存体验与凝神之思又赋予了象征艺术以鲜活的生命感。由此，《野草》与《烛虚》便形成了"现实的""哲学的"与"情感的"三维交织的复合的艺术形态。从文学作品的最深层面来看，古今中外优秀的文学作品无不在一种真切的生命感中带给人以悠长无尽的形而上体味，而这种形而上体味又直笼于"象"与"境"，使人真切地置身于这种生命至境，在"与人生即会"之中"灵府朗然"，实现"涵养吾人神思"的"职与用"，这正是《野草》与《烛虚》艺术成功的关键。或者说，《野草》与《烛虚》是用充溢着生命感的形而上质来弥补在舍弃"鲁镇"与"湘西"特定地域风土、风俗、风景、风情天然具有的丰沛审美元素之后的空缺的。而这种艺术的变化本身是由"我"最本己的生存状态决定的。当一切外在现实人事都不足以呈示自身的时候，"我"便返身自思，向内探求，最彻底地回到内心，这便是由"实"向"虚"，由"具体"走向"抽象"的生命与艺术转换。但不管是外在世界还是内在世界，都是"我"之"在"，都是由"我"之"在"开启的生命之门。这样看来，文学艺术成功的关键并不在于人事物象本身的地域色彩，而在于是否具有进入灵魂深处与意识边际的生命体验，与此同时，这种生命感丰沛的体验是否具有那种人为之值得一过的"伟大的形而上质"，让人灵府朗然，与人生即会，能够本源性地确证人之为人的自我存在。"鲁镇系列"与"湘西系列"、《野草》与《烛虚》各自的艺术成功证明了这才是文学作品艺术成功的关键。

  对于上述《野草》与《烛虚》消解地域色彩而取得的艺术成功也可以从鲁迅对于文学"地方色彩"的看法来补充论证。鲁迅在 1934 年 4 月 19 日致陈烟桥的信中所作的文学"有地方色彩的，倒容易成为世界的"①的论断，自 20 世纪 80 年代以来日益引起人们的关注，并引申为"越是民族的，就越是世界的"等广为流传的类似说法。如果说"鲁镇""边城"集中凸显出了二人创作的地方性和民族性的话，那么他们创作的世界性又是什么呢？难道仅仅是"地方色彩""为别国所注意"吗？既然鲁迅深知文学"有地方色彩的，倒容易成为世界的"优势，那么他何以在《野草》中将地域色彩完全消解，而且还自认为"技术不错"呢？世人传话常常只取一端。其实，鲁迅在同一封信中还有另一段话才是文学"成为世界的"关键。他说："单是题材好，是没有用的，还是要技术；更不好的是内容并不怎样有力，却只有一个可怕的外表，先将普通的读者吓退。"新时期至今，文学创作在一定程度上就存在着对文学地方性、民族性的片面理解，极尽异域风光的奇特，僻陋风俗人情的骇异，久远神话传说的蛮野，结果"只有一个可怕的外表"。鲁迅说得很明白，文学"成为世界的""单是题材好，是没有用的"，"还是要技术"，更在于"内容的有力"。简言之，"内容的有力"才是文学"成为世界的"根本。更确切地说，文学作品要"成为世界的"就在于从好的题材中开掘出有力的内容并以好的技术呈示出来。所谓"内容的有力"对于人文学科来说根本就在于为人的存在创立价值体系。大凡世界上伟大的文学家、思想家无不通过自己独特的方式对人之存在的宇宙

---

① 鲁迅. 鲁迅全集（13 卷）[M]. 北京：人民文学出版社，2005：81.

本源、世界本质、生命本真进行根柢性的把握，为人何以为人作出特有的应对。所谓"要技术"就是凸显文学的审美特性，最有效地发挥文学"人生诚理，直笼其辞句中，使闻其声者，灵府朗然，与人生即会"的特有职用。所谓"题材好"不是说题材如何具有浓厚特异的地方色彩，而是说它蕴涵的内容是如何"有力"，而"有力"的核心在于它可以"启人生之閟机"。当完整理解鲁迅关于文学何以"成为世界的"看法之后，《野草》与《烛虚》的艺术形态就更为清晰地呈示出来。"鲁镇"与"湘西"生命世界作为二人与生俱来的独特生命体验，他们返回生命的源头从这一视角感受、把握到人之存在的根本，此时的地域色彩实际是独特生命符号的感性呈现，而这天然地契合于文学将人生诚理直笼其中的审美特性，所以鲁迅才说"有地方色彩的，倒容易成为世界的"。从"五四"高潮的"呐喊"到"《新青年》的团体散掉"乃至个人种种人生遭际，鲁迅感受、体验到同样真切的生命体验，这段他人生最痛苦、最艰难的时期触发了蓄积已久的存在之思，那是超越于现实外部生活的独特生命思考，那是自我内心世界的无量心音，那是"我"之生命体验与存在之思经过酝酿、发酵、提纯后的"药酒"，那是生命感丰沛而又高度抽象地将人生诚理直笼其中的"形而上质"，因此，《野草》的题材与内容切中的正是"我"之为"我"的最核心部位。为了使这种人生诚理让人真切可感，达到"使闻其声者，灵府朗然，与人生即会"的效果，他选择了文学审美的艺术方式。又因为这种"形而上质"不是外部具体可感的现实人事，因此，他采用了象征的艺术方式以传难以言说之"言"，这就是为什么地域色彩完全消解但生命感依然充沛的原因，因为进入这个象征世界也就进入了一个弥漫周遭的精神性氛围，进入了一个沉默时感到充实、将要开口又感到空虚的"启人生之閟机"的世界。从"五四""重新做人"到抗战时期国统区人性的普遍沉沦，沈从文进入"相当长，相当寂寞，相当苦辛"的人生第四段旅程，这时的他早已完成由湘西初入北京时的"五四"式人生宣言的生命转换，现实人性的沉沦触发他对"五四"

至 40 年代的民族生命进行全面反思，这种反思是以他真切的生命体验为基础的，他要以"我"的最本己出场对生命本体潜渊烛虚，寻找别一种人格的光与热，这是一个他如焚如烧的世界，但同样也是一个抽象的世界。在这个抽象世界他佚神荡志，体验到人生之闷机。为了让这种人生之闷机"使闻其声者，灵府朗然，与人生即会"，他同样采用了象征的艺术方式，因此，大面积的自然诗性景物蕴注着这人生闷机的极致体验，这种音乐般的迷醉感实质就是具有鲜活生命感但又抽象的"形而上质"，就是那种人为之值得一过的东西，进入这个诗性象征世界也就进入了生命的本真世界，进入了至圣至美的生命境界。这样，《野草》与《烛虚》消解地域色彩之后虽由外部世界回到最本己的生命内部世界，但却超越了个人园地里自怨自艾的记录，在以"我"的生命体验与存在之思对民族生命乃至人之存在进行更为深彻透视的同时，又以象征世界将"我"何以为"我"、生命何以为生命的"形而上质"直笼其中，这便是二者作为哲理散文诗"启人生之闷机"的艺术本来面目。

第二节　"坟"与"百合"

《野草》与《烛虚》极致性的生命体验直笼于"象"与"境"，而"象"与"境"所显示的正是二者独特的生命之"征"。整体来看，二者所构筑的象征性世界是各具内在同一性的。野草、沙漠、荒野、坟等诸多意象及与之相应的物境使《野草》呈示出一个恐怖、阴森、幽冷的世界。蓝花、白鸽、猪耳莲、绿竹、云空、绿树、翠叶、百合等诸多意象及与之相应的物境使《烛虚》呈示出一个至圣至美的世界。"坟"与"百合"分别是二者生命意识集注的意象，将这两个意象从诸多意象中提取出来为本节标题目的在于更为鲜明地呈示出这两个象征性世界生命色彩的强烈反差。"坟"，阴森，恐怖，象征着死亡，在传统的文化心理里它早已积淀为一种避讳性的无意识，让人感到一切皆空的虚无与绝望。"百合"，在世界花语中它是圣洁的象征，清新温婉，高雅脱俗，在世人的文化心理里它确乎是美的化身、艺术的化身。二者"象"之色彩的迥异再现出生命之"征"的区别，由此开启各具特质的"人生之阃机"。

一、"坟"：虚无的确证

"坟"，是鲁迅钟爱的意象。他的第一本集子便以"坟"来命名。他在厦门大学时期拍摄的那张已为大家所熟悉的照片选择的背景便是一片坟地，坟地中野草丛生，他本人就背倚着一座坟墓，野草没膝。这张照片拍摄于1927年1月2日，在当天下午他在给许广平的信中于结尾处还专门谈及："今天照了一个照相，是在草木丛中，坐在一个洋灰的坟的祭桌上，像一个皇帝，不知照得好否，要后天才知道"。①从1926年9月4日他抵达厦门到1927年1月16日乘船离开厦门，其间他编定论文集《坟》，并作《题记》与《写在〈坟〉后面》。而且，此间的休息方式也与坟地有关，他自述说："我有时也偶然去散步，在丛葬中，这是Bore讲厦门的书上早就说过的：中国全国就是一个大墓场。"②这样一张照片，这样一种生活方式，这样一个比喻与象征，实际勾勒出这样一幅画面：一个无边无际的大墓场，丛葬密布，野草丛生，"我"就行走在这个大荒野之中。这幅画面实际在他抵达厦门之前的1925年3月2日他就以艺术的方式呈现出来了，这便是被孙玉石称为《野草》扛鼎之作的《过客》。一位"约三四十岁，状态困顿倔强，眼光阴沉，黑须，乱发，黑色短衣裤皆破碎，赤足著破鞋，胁下挂一个口袋，支着等身的竹杖"的自画像式的"过客"跋涉于荒野之中，前面

---

① 鲁迅. 鲁迅全集（12卷）[M]. 北京：人民文学出版社，2005：3.
② 鲁迅. 鲁迅全集（3卷）[M]. 北京：人民文学出版社，2005：388.

就是"坟","走完了那坟地之后"也不知道是什么。当"中国全国就是一个大墓场"这样一种生命感受隐然于心的时候,"坟""野草""荒野"便构筑出"我"的生存状态。向"坟"而在的生命是"野草","野草"与"坟"便组成这种"荒野"式的生存图景。"荒野"的极致便是绝境的"沙漠"。"坟""野草""荒野""沙漠"正是《野草》最核心的意象,这些意象并置在艺术上就像"枯藤老树昏鸦"那样既直观又充满暗示性地呈示出《野草》象征性世界所具有的艺术格调与生命色彩。马克斯·舍勒认为人类生活世界的现代性转型是一场总体性转变:"它不仅是一种事物、环境、制度的转化或一种基本观念和艺术形态的转化,而几乎是所有规范准则的转化——这是一种人自身的转化,一种发生在其身体、内躯、灵魂和精神中的内在结构的本质性转化;它不仅是一种在其实际的存在中的转化,而且是一种在其判断标准中发生的转化。"①在这场总体性转变中,人的精神气质结构的转变是最具根本性的。正是在这里,《野草》的上述象征性世界以区别于传统美学的艺术形态凸显出鲜明的反传统性,这种艺术风范的转变是因为它所开启的"人生之閟机"乃是一种区别于传统精神气质结构的现代个体生命意识与人格样态。

中国文学自《诗经》以降在主流文学审美世界里绝少有阴森、恐惧、虚无、绝望的"象"与"境"。从《诗经》中的关关雎鸠、苍苍蒹葭、依依杨柳、灼灼桃花、霏霏雨雪到屈骚中的香草美人再到其后历代古诗中反复出现的春花秋月、梅松竹兰、日暮斜阳、落花流水、子规杜鹃、红豆青鸟、江南的莲、朔北的雪等,这些意象及其营造的意境关涉的内容侧重于乡愁、别绪、失意、闲适、自然等的表现,以抒发情感、陶冶性灵、平衡内心为审美标准和规范,虽有离情的苦楚、人生的空漠感伤、社会的不平愤激、家国的忧患,但是从主体审美看我们内在感受的是一种宁静、和谐、纯然

---

① 〔德〕M. 舍勒. 资本主义的未来[M]. 罗悌伦,等,译. 北京:三联书店,1997:207.

的诗情与诗境。同现代文学相比，中国古诗缺少的是个人灵魂的动荡与躁动，内在生命的冲突与张力，人之存在的本体性拷问与意义确证。根本原因在于，中国古诗的"象"与"境"内在的情感始终被"乐而不淫，哀而不伤"的中和之美这条主线调控着。以"中"与"和"为标准"调节人类感情矛盾冲突，使人的生命节律趋于和谐"①。概而言之，中国传统文学"不仅追求外在的韵律、语言、结构、体裁、表现手法上的和谐美，更重要的是追求文艺生命节律的内在和谐美。如中国古典戏剧的大团圆结局，就不仅是由于结构上的需要，从而使情节完整，人物命运有所终结的一种形式上的和谐美，更重要的是以中和之美为原则，调节人类感情矛盾冲突，使人的生命节律趋于和谐，从而在感情上获得一种更为需要的和谐美的必要手段"②。

和谐，是中国传统文学艺术最主要的美学，它固然是美的重要一种，但是，倘若结合中国古代的文化传统来看，这种美学在很大程度上代表的是处于主体地位的士大夫美学意识。当中国古诗乃至于中国古代主流文学因合于这种强大的审美意识、审美惯性和规约最终反复书写着大致相近的内容，在一个统一封闭的模式中对落日而思暮年，对秋风而思凋零的时候，文学意象、意境、诗情、诗蕴的雷同让人很难激起内心的涌动，更为深层的是它暴露出一种孱弱的生命力与文化心理，即不敢直面或是有意回避现实原本存在的矛盾与冲突，特别是不能内在化地突入人之存在的本体拷问，以至于民族生命陷入"十全停滞"，这也正是中国古典美学难以产生悲壮崇高的悲剧美学的原因。或许，这正是《野草》命名的真意，那是对于传统审美心理的挑战与反叛，那是对于传统士大夫式孱弱生命力的厌弃与重构。《野草·题辞》分明写道：

> 野草，根本不深，花叶不美，然而吸取露，吸取水，吸取陈

---

① 张利群，黄小明. 中和之美模式辨析[J]. 西北师大学报，1994（2）.
② 张利群，黄小明. 中和之美模式辨析[J]. 西北师大学报，1994（2）.

死人的血和肉，各各夺取它的生存。当生存时，还是将遭践踏，将遭删刈，直至于死亡而朽腐。①

"野草"没有"春花秋月"的明丽温婉，"根本不深，花叶不美"，但是它却直面"陈死人的血和肉"与"将遭践踏，将遭删刈"的生存，以强健的心理面对"死亡而朽腐"，这是中国传统文人士大夫从未有过的顽强的草根生命力和中国人最为缺乏的敢于直面惨淡人生，敢于正视淋漓鲜血的刚健的文化心理结构。也就是说，中国现代性的文学亟须在上述中国几千年来的审美疲劳中、在中国人孱弱的审美心理中注入一种雄性和血气、一种灵魂的搏斗和震荡、一种摧枯拉朽的变革力量，这全乎是一种文化心理的结构性重建。而这种文化心理的结构性重建的根本目的乃是因为在历史转折处传统文化心理结构已很难使衰萎的民族振疲起衰，时代需要一种全新的艺术"涵养吾人之神思"，以此孕育刚健善美的民族生命本体。从这一层面，我可以说《野草》是真正意义上的现代性的诗。

"坟"，一头连着"死"，它所直面的是生的绝境——"荒野"，这一生命最终化为泥土而生成的实有的"象"正表征着人之存在绝望的实有。但是，它的另一头也同时连着"生"，它所直面的生命是"野草"，正如《野草·题辞》的道白"生命的泥委弃在地面上，不生乔木，只生野草"，而"野草"则"吸取露，吸取水，吸取陈死人的血和肉"而生存。这样一个如此紧密关涉人之本体存在的意象，中国传统文学并没有真正面对，最多不过是面对荒冢时抒发一种物是人非、世事沧桑、人生苦短的感慨与感伤，更没有深入生存意义的思考。原因在于中国传统文化不具有鲁迅那种直面生死特别是死亡之于生命的本体意识，在这个层面上鲁迅以其对人之本体的深刻思考而成为"中国近现代真正最先获有现代意识的思想家和文学家"②。因此，"坟"及其衍生出的意象系列集中显示的正是《野草》对中

---

① 鲁迅. 鲁迅全集（2卷）[M]. 北京：人民文学出版社，2005：163.
② 李泽厚. 中国现代思想史[M]. 北京：东方出版社，1987：111-112.

国传统美学的挑战，它丝毫没有中国传统文学"春花秋月"式的意象的明润温婉，它以中国人几千年来不敢直面的审美意识与审美冲击力强烈地刺激着中国人衰弱的审美神经与衰萎的生命力，这正是鲁迅打破传统文化心理结构的审美心理重构。而这种审美心理的根源则是鲁迅对于中国传统生存与生命状态的最为彻底的反叛，这也正是"坟"这一意象系列由审美意识的重构而及的对于中国传统人生观的根本性冲毁与重构，由此《野草》蕴注着一种全新的现代精神气质与人格样态。

"我"是体现这种现代精神气质与人格样态的主体，生命宛若"野草"，生存于"荒野"，面向"坟"，这是《野草》呈示出的"我"作为"过客"式的生存图景，也是贯穿于文本的生存状态。"荒野"是"我"的生存之境，它在鲁迅的文学世界里一方面可以衍生出"荒原""荒漠""沙漠""地面"等同质性的意象，另一方面同时衍生出"毫无边际""寂寞""苍茫""虚无"等同一性的生命体验。这类意象首先指向的是"我"生存的环境，是源自"我"对现实社会的生存感受而生出的意象。在《为"俄罗斯歌剧团"》中，我们可以真切地感受到这种"象"之生成的心路：

有人初到北京的，不久便说：我似乎住在沙漠里了。

是的，沙漠在这里。

没有花，没有诗，没有光，没有热。没有艺术，而且没有趣味，而且至于没有好奇心。

沉重的沙……

我是怎么一个怯弱的人呵。这时我想：倘使我是一个歌人，我的声音怕要销沉了罢。

沙漠在这里。

然而他们舞蹈了，歌唱了，美妙而且诚实的，而且勇猛的。

……

沙漠在这里，恐怖的……

> 然而他们舞蹈了，歌唱了，美妙而且诚实的，而且勇猛的。
> ……
> 比沙漠更可怕的人世在这里。
> 呜呼！这便是我对于沙漠的反抗之歌，是对于相识以及不相识的同感的朋友的劝诱，也就是为流转在寂寞中间的歌人们的广告。①

现实社会是一个"没有花，没有诗，没有光，没有热。没有艺术，而且没有趣味，而且至于没有好奇心"的令人窒息的社会，这样一个社会带给我们的生存感受是"沙漠在这里"，而且是"比沙漠更可怕的人世"。"沙漠"便是"我"基于生存感受赋予"社会"的"象"。面对这样一个沙漠般的社会，"我"要像俄罗斯歌剧团演员那样"舞蹈了，歌唱了，美妙而且诚实的，而且勇猛的"，即"我"的存在"便是我对于沙漠的反抗之歌"。然而，"我"所发出的"对于沙漠的反抗之歌"，即"我""对于相识以及不相识的同感的朋友的劝诱"，"为流转在寂寞中间的歌人们的广告"，并没有得到这个沙漠般的社会的反响，并没有得到"比沙漠更可怕的人世"的应和，这使"我"又进一步生发出"悲哀"而"寂寞"的"荒原"感。《呐喊·自序》留下了那段为人所熟知的荒原般的生存感受：

> 凡有一人的主张，得了赞和，是促其前进的，得了反对，是促其奋斗的，独有叫喊于生人中，而生人并无反应，既非赞同，也无反对，如置身毫无边际的荒原，无可措手的了，这是怎样的悲哀呵，我于是以我所感到者为寂寞。②

在这个过程中，我们可以感知到鲁迅逐渐由现实社会荒芜的生存体验深入人的内部世界精神荒芜的生命体验，逐渐由社会现实的外在感受深入到民族生命的内在感受。《野草》一方面延续着这种由现实社会而及人的精

---

① 鲁迅. 鲁迅全集（1卷）[M]. 北京：人民文学出版社，2005：403-404.
② 鲁迅. 鲁迅全集（1卷）[M]. 北京：人民文学出版社，2005：439.

神状态的荒原般的生存体验,"我"感到"四面都是灰土",由此展示出民族生命荒诞的生存图景,那是"求乞者"的甘心行乞、"奴才"的甘心为奴、"看客"的甘心为暴,这是一个"没一处没有名目,没一处没有地主,没一处没有驱逐和牢笼,没一处没有皮面的笑容,没一处没有眶外的眼泪"的社会,这是一个"没有星和月光,没有僵坠的胡蝶以至笑的渺茫,爱的翔舞"的"比沙漠更可怕的人世"。但是,另一方面,《野草》并没有停留于此,而是进一步深化对生命的体验、对人之存在的思索,自我体验的内在发展生发的是人类存在本体意义上的焦虑与困境,那是一个更为虚无的内在化的生命荒原。在这个生命荒原中,"坟"是最引人瞩目的意象。这个生命荒原带给人的毫无边际感是即使"走完了那坟地之后"也不知道是什么,"惟黑暗与虚无乃是实有"。《颓败线的颤动》以老妇人在深夜中尽走展示出了这样一个"头上只有高天,并无一个虫鸟飞过"的"无边的荒野"。

上述由外在社会现实而及内在生命感受的过程实际呈示出《野草》"荒野"意象的双重指向:第一,社会现实的荒诞;第二,人类存在的困境。前者构成后者生发的基础,因此,《野草》同《烛虚》一样都是由具体走向抽象、由形而下走向形而上、由向外观照走向自内凝视与沉思的。正是在这里,《野草》之"我"呈示出双重身份:第一,针对社会现实的荒诞,"我"是"战士"。面对"无物之阵"这样一个荒诞的社会现实,"我""举起了投枪"。第二,针对人类存在的困境,"我"是"过客"。面对"无边的荒野"这样一个人之存在的困境,"我"绝大意力地"走"。因此,《野草》既是"现实的",也是"哲学的"。《野草》研究最大的偏失就在于要么以前者遮蔽后者,要么以后者摆脱前者,实际上《野草》是"过渡的艺术",它是通过生命体验的内在发展而由"现实的"深入"哲学的",因此,它既不同于以现实针对性为主的小说、散文、杂文,也不同于完全西方化的象征主义散文诗。正因如此,《野草》一方面具有很强的现实感,具有很强的现实针对性,比如《求乞者》《复仇》《复仇(其二)》《立论》《聪明人和傻子和奴才》等篇目，都可以清楚地看到国民性批判在《野草》中的继续。但是，这种国民性批判显然又融进了"我"的生存感受，或者说，激发出了"我"之此在生存的荒诞感与虚妄感。《野草》的另一方面显然是沿着这种荒诞感、虚妄感进一步内在化的发展，由此呈示出人之存在所遭遇的无可措手的毫无边际的荒原，人类情感共鸣的潮声在这里此起彼伏，将人导向"我是谁？我从哪里来？我又向何处去？"的"天问"。诸多篇目就这样从外在现实起始而进入一个昏茫的内在精神世界，使外在的社会批判融进"我"何以为"我"的生命内在探索，这就是《野草》作为"过渡的艺术"的特色。

当我从上述"过渡的艺术"这个切入口揭示出《野草》之"象"是沿着现实人之存在的荒诞进入一个昏茫的内在精神世界的时候，社会现实生存图景全然指向的是超现实的人之存在的诗性象征。这时，一个毫无边际的生命困境的诗性荒野便在整个文本中呈现。而"我"则是贯穿整个文本的生命符号。这样，"我"置身于茫茫荒野，在意义急待确证的焦虑与困境中上下求索，展开生命终极的"天问"，这一生命图景便成为《野草》最本质的构图。这一构图在具体情境中演变为诸多同源性、同质性的画面：枣树直刺夜空（《秋夜》），影在黑暗中独行（《影的告别》），"我"的四面是灰土（《求乞者》），裸身男女对立于广漠的旷野（《复仇》），"人之子"四面都是敌意（《复仇》其二），"我只得由我来肉薄这空虚中的暗夜"（《希望》），"雨的精魂"在无边的旷野上升腾（《雪》），"我"的四面明明是严冬（《风筝》），"我"面对"昏沉的夜"（《好的故事》），过客行走在野地（《过客》），"我"在冰谷间奔驰（《死火》），"我"在梦境中逃（《狗的驳诘》），"我""在荒寒的野外，地狱的旁边"（《失掉的好地狱》），"我"与墓碣对立（《墓碣文》），老妇人"四面都是荒野"（《颓败线的颤动》），"我""死在道路上"（《死后》），战士"在无物之阵中大踏步走"（《这样的战士》），野草"在旱干的沙漠中间"（《一觉》）。这幅"我"立身茫茫荒野的"天问"中国传统文学并非全无，这可以回溯至鲁迅在《摩罗诗力说》中回顾中国传统文学不能"撄人心"的"平和"之状时唯一推重的一位诗人——屈原：

> 中国之诗，舜云言志；而后贤立说，乃云持人性情，三百之旨，无邪所蔽。夫既言志矣，何持之云？强以无邪，即非人志。许自缘于鞭策羁縻之下，殆此事乎？然厥后文章，乃果辗转不逾此界。其颂祝主人，悦媚豪右之作，可无俟言。即或心应虫鸟，情感林泉，发为韵语，亦多拘于无形之囹圄，不能舒两间之真美；否则悲慨世事，感怀前贤，可有可无之作，聊行于世。倘其嗫嚅之中，偶涉眷爱，而儒服之士，即交口非之。况言之至反常俗者乎？惟灵均将逝，脑海波起，通于汨罗，返顾高丘，哀其无女，则抽写哀怨，郁为奇文。茫洋在前，顾忌皆去，忍世俗之浑浊，颂己身之修能，怀疑自遂古之初，直至一百物之琐末，放言无惮，为前人所不敢言。①

事实上，屈原的《天问》正是在精神放逐、忧心愁悴、心无所依的焦虑与困境中，立身于荒野，面向苍天，宣泄怨愤，追问生存的意义。这也许正是鲁迅在《彷徨》扉页引述屈原《离骚》中的诗句"路漫漫其修远兮，吾将上下而求索"以明心志的原因。但是，在寻求中国文学的现代转型之中，鲁迅认为即便是屈原也远未达到他心中"伟美之声"的境界：

> 然中亦多芳菲凄恻之音，而反抗挑战，则终其篇未能见，感动后世，为力非强。刘彦和所谓才高者菀其鸿裁，中巧者猎其艳辞，吟讽者衔其山川，童蒙者拾其香草。皆著意外形，不涉内质，孤伟自死，社会依然，四语之中，函深哀焉。故伟美之声，不震吾人之耳鼓者，亦不始于今日。②

在中西文学的比较中，鲁迅发现中国传统文学哪怕是屈原的诗歌最为缺乏的是"反抗挑战"。正是在这里，《野草》凸显出了鲜明的现代艺术形

---

① 鲁迅. 鲁迅全集（1卷）[M]. 北京：人民文学出版社，2005：70-71.
② 鲁迅. 鲁迅全集（1卷）[M]. 北京：人民文学出版社，2005：71.

态与人格样态。对此，依然可以接续上述荒野意象来呈示。

"荒野"既有上述诸多具体演化形态，也有贯穿整个文本的总体形态，那便是"夜"与"梦"。"夜"与"梦"笼罩着一切，《野草》实则是"夜话"与"梦语"。实际上，上述诸多意象与情境都是在夜间与梦中出现的。《野草》中的"夜"充满着恐怖的气息：

> 哇的一声，夜游的恶鸟飞过了。
>
> 我忽而听到夜半的笑声，吃吃地，似乎不愿意惊动睡着的人，然而四围的空气都应和着笑。夜半，没有别的人，我即刻听出这声音就在我嘴里，我也即刻被这笑声所驱逐，回进自己的房。灯火的带子也即刻被我旋高了。①

从第一篇《秋夜》起始，"我"就进入了这样一个充满恐怖的"夜"。与"夜"并行的是"梦"，而且《野草》中的"梦"是一个个可怕的"梦魇"：

> 我梦魇了，自己却知道是因为将手搁在胸脯上了的缘故；我梦中还用尽平生之力，要将这十分沉重的手移开。②

"夜"是黑暗的，"梦"是虚无的，而且二者都是可怖的，因此，《野草》毫无边际的荒野呈现的实际是"惟黑暗与虚无乃是实有"的生存绝境。要特别指出的是，《野草》中的"夜"与"梦"都是由现实情景进入的，第一篇《秋夜》广为传颂的"在我的后园，可以看见墙外有两株树，一株是枣树，还有一株也是枣树"的开场句就最直观地表明了这一点。但是，诸如此类现实情景最终都融进了"夜"与"梦"的诗性荒原，个体生命体验在象征这一艺术化进程中逐渐虚化，最终进入一个昏茫的抽象世界，即由形而下的个体经验上升为形而上的普遍精神范式。或者说，现实情景实际是相关精神事件的触发点，因此，研究《野草》固然要关注特定的现实生命体验，但更需探究的则是由此生命体验而导入的人之存在普遍性的形而上

---

① 鲁迅.鲁迅全集（2卷）[M]. 北京：人民文学出版社，2005：167.
② 鲁迅.鲁迅全集（2卷）[M]. 北京：人民文学出版社，2005：211.

意味。那么，在"我"/"荒野"这样一个《野草》总体性生存结构中，"荒野"是一个具有怎样普遍意义的民族与人类处境呢？对此，我以《颓败线的颤动》为例来呈示。

《颓败线的颤动》前半部以叙事为主，叙述一位妇人迫于穷困，为了子女生存而卖身，年迈之后遭子女唾弃的故事。当"最小的一个正玩着一片干芦叶"的孩子"大声说道：'杀！'"的时候，"那垂老的女人口角正在痉挛，登时一怔，接着便都平静，不多时候，她冷静地，骨立的石像似的站起来了。她开开板门，迈步在深夜中走出，遗弃了背后一切的冷骂和毒笑"。在"她开开板门，迈步在深夜中走出"的那一刻，家对她来说就已经成为荒原，因为她为之付出的一切都已失去意义，成为虚无。为了亲人们而反遭其唾弃这一现实事件此时已经转变为老妇人的精神事件，即生存成为荒诞。这一精神事件将老妇人推向一个无边的虚无的荒原，此时她置身的"荒野"便全然蕴注着抽象的意味。后半部便是"老妇人"/"荒野"的对立场景。这个荒野实际是生存悖论与荒诞的巨大漩涡。老妇人"石像似的站在荒野的中央"，此时"于一刹那间照见过往的一切"，那是令她"发抖"的"饥饿，苦痛，惊异，羞辱，欢欣"，令她"痉挛"的"害苦，委屈，带累"，令她"平静"的彻底绝望，而"又于一刹那间将一切并合"，形成了一系列生存悖论：原本从"眷念"出发走向的却是"决绝"，原本从"爱抚"出发走向的却是"复仇"，原本从"养育"出发走向的却是"歼除"，原本从"祝福"出发走向的却是"咒诅"。这种内心的冲突、意义的焦虑、生存的绝望激起的是人类情感共鸣的潮声，呈示出人类生存的普遍性困境。事实上，人之存在的荒诞与绝望正是 20 世纪世界性的精神主题与文学主题，虽然中西具体情势各有不同。此时，如果整体性审视《野草》，一个个诸如此类的生存悖论与荒诞便一一呈现：和"我"一样"也穿着夹衣，也不见得悲戚"的孩子却"拦着磕头，追着哀呼"，"向我求乞"（《求乞者》）；"我"将所爱赠与爱人，她却"从此翻脸不理我"（《我的失恋》）；"路人们从四面奔来，密密层层地,如槐蚕爬上墙壁,如马蚁要扛鳌头。衣服都漂亮,手倒空的。然而从四面奔来,而且拼命地伸长颈子,要赏鉴这拥抱或杀戮",而且"他们已经豫觉着事后的自己的舌上的汗或血的鲜味"(《复仇》);一心为民众的"人(神)之子"却反被民众钉杀(《复仇》其二);"绝望之为虚妄,正与希望相同"(《希望》);人的势利远胜于狗(《狗的驳诘》);人类的历史全乎是地狱的循环(《失掉的好地狱》);"说谎的得好报,说必然的遭打"(《立论》);"我先前以为人在地上虽没有任意生存的权利,却总有任意死掉的权利。现在才知道并不然,也很难适合人们的公意"(《死后》);"那些头上有各种旗帜,绣出各样好名称:慈善家,学者,文士,长者,青年,雅人,君子……。头下有各样外套,绣出各式好花样:学问,道德,国粹,民意,逻辑,公义,东方文明……",但却是捆缚战士的"无物之阵"(《这样的战士》);奴才甘心为奴(《聪明人和傻子和奴才》)。这一个个生存悖论与荒诞实际表明中华民族在历史转折处就处在一个毫无边际的绝望的荒原,绝望实质是鲁迅对此种状态之下人之存在的根本性价值态度。此时,老妇人"石像似的站在荒野的中央"便全然抽象为一种符号式的生存象征。面对人之存在如此荒谬的现实,面对意义缺失的荒原,她"举两手尽量向天,口唇间漏出人与兽的,非人间所有,所以无词的言语"。这"无词的言语"实则是她发出的"非人间所有"的"我何以为我?人何以为人?"的"重估一切价值"的"天问"。

更为重要的是,这立身绝境的"天问"在《野草》中最终发出的却并不是屈原的"芳菲凄恻之音",而是"肉薄这空虚的暗夜"的"反抗挑战"之声,"绝望的抗战"的"伟美之声"。面对荒野的"苦闷",《野草》释放出的是难以遏制的生命力,所致力寻求的乃是"于无所希望中得救"。因此,当老妇人说出这"非人间所有,所以无词的言语"的时候,原本"头上只有高天,并无一个虫鸟飞过"的"荒野"和她一起颤动了。这种生命力的颤动"点点如鱼鳞,每一鳞都起伏如沸水在烈火上",而且"空中也即刻一同振颤,仿佛暴风雨中的荒海的波涛",直至连"无词的言语也沉默尽绝","惟有颤动,辐射若太阳光,使空中的波涛立刻回旋,如遭飓风,汹涌奔腾于无边的荒野"。这幅生命力于颓败的荒野颤动的画面实则是"绝望的抗战"的强音。这种生命力的释放在《野草》中集注于一个最瞩目的"反抗"行动——"走"。因此,《野草》一方面推出"我"立身"荒野"的画面,另一方面还推出了"我"在"荒野"中跋涉的画面:"我独自远行,不但没有你,并且再没有别的影在黑暗里"(《影的告别》);"过客向野地里跄踉地闯进去,夜色跟在他后面"(《过客》);"我梦见自己在冰山间奔驰"(《死火》);"我梦见自己在隘巷中行走"(《狗的驳诘》);"她在深夜中尽走,一直走到无边的荒野"(《颓败线的颤动》);"他在无物之阵中大踏步走"(《这样的战士》);最终,"我梦见自己死在道路上"(《死后》)。"走"成为没有希望的希望,因此,它是"绝望的抗战"的集中体现。其实,这种以"走"生成"路"而于荒野中确证存在的生命景观早在1921年1月创作的《故乡》中已显露出意识的萌动:

> 我在朦胧中,眼前展开一片海边碧绿的沙地来,上面深蓝的天空中挂着一轮金黄的圆月。我想:希望是本无所谓有,无所谓无的。这正如地上的路;其实地上本没有路,走的人多了,也便成了路。①

故乡之行的体验实际是心中的故乡演变为荒原的精神苦旅:

> 老屋离我愈远了;故乡的山水也都渐渐远离了我,但我却并不感到怎样的留恋。我只觉得我四面有看不见的高墙,将我隔成孤身,使我非常气闷;那西瓜地上的银项圈的小英雄的影像,我本来十分清楚,现在却忽地模糊了,又使我非常的悲哀。②

当诸如"那西瓜地上的银项圈的小英雄的影像"等故乡影像"忽地模糊

---

① 鲁迅. 鲁迅全集(1卷)[M]. 北京:人民文学出版社,2005:510.
② 鲁迅. 鲁迅全集(1卷)[M]. 北京:人民文学出版社,2005:510.

了"的时候,故乡在"我"面前实际已经成为荒原,所以"故乡的山水也都渐渐远离了我,但我却并不感到怎样的留恋"。此时,回乡的生命体验逐渐抽象化为一种试图于荒原中确证存在的精神突围。当希望"本无所谓有,无所谓无",成为虚妄的时候,"我"希图以"走"的生命实践于荒原中生成"路"。《野草》不仅在艺术格局上继续了这种"篇终接昏茫"的方式,而且在意义追寻上继续了这种心路。但是,《野草》并没有停留于这个层面,而是进入了更深层次的虚无与绝望,因为这种"走"生成"路"而于荒野中确证存在的生命实践遭遇的是更深层的焦虑与困境。这便是"坟"这一"象"在"荒野"之境中的赫然而立,"过客"的前路正是"坟"。当"坟"立于前路的时候,它直接危及的是"走"本身的意义。"希望是本无所谓有,无所谓无的。这正如地上的路;其实地上本没有路,走的人多了,也便成了路",其间固然见出希望的虚妄,但是也同时显露出"走"生成"路"这一没有希望的希望。然而,"坟"在前路的存在使这没有希望的希望也彻底涤除,《野草》最终呈示的是连"坟"后面也不知道是什么的彻底虚无的荒原:

　　翁——前面?前面,是坟。

　　客——(诧异地,)坟?

　　孩——不,不,不的。那里有许多许多野百合,野蔷薇,我常常去玩,去看他们的。

　　客——(西顾,仿佛微笑,)不错。那些地方有许多许多野百合,野蔷薇,我也常常去玩过,去看过的。但是,那是坟。(向老翁,)老丈,走完了那坟地之后呢?

　　翁——走完之后?那我可不知道。我没有走过。

　　客——不知道?!

　　孩——我也不知道。①

---

① 鲁迅. 鲁迅全集(2卷)[M]. 北京:人民文学出版社,2005:195.

这种"走"所遭遇的困境正是《野草》呈示出的人之存在西西弗斯式的困境。这时，社会现实层面的"我对于沙漠的反抗之歌"彻底抽象为人之本体层面的"我"于虚无中确证存在的反抗之歌。《野草》展示出西西弗斯式的"绝望的抗战"：

> 《过客》的意思不过如来信所说那样，即是虽然明知前路是坟而偏要走，就是反抗绝望，因为我以为绝望而反抗者难，比因希望而战斗者更勇猛，更悲壮。①

这里，便产生了一个人之存在最本源、最深层次的问题。既然"坟"在前路的存在使"走"这一没有希望的希望也被彻底涤除，那么这种"虽然明知前路是坟而偏要走"的动力之源是什么呢？或者说，《野草》终极叩响的那种生命的极致的大欢喜缘何而产生呢？《过客》呈示出了这种向"坟"而"走"发生的情景，即"那前面的声音"让过客"沉思，忽然吃惊，倾听着"，这让过客"息不下"，最终做出"我还是走的好"的决断。"那前面的声音"就是"走"的动力之源。"那声音"也曾经叫过老翁，所以老翁也曾经这样走过，但是"他也就是叫过几声，我不理他，他也就不叫了，我也就记不清楚了"，因此"记不清楚了""那声音"的老翁也就不再"走"了。"那声音"可以叫老翁，可以叫过客，可以叫我们每一个人。如果像老翁那样不理他，"他也就不叫了，我也就记不清楚了"，生命力也随之衰竭了，"走"也就停止了。"那声音""我不理他，他也就不叫了"的特征揭示出人之存在的本来面目。②对此，可以从鲁迅在《生命的路》中所揭示的人之存在的特征反向呈示。他在《生命的路》中揭示出所谓"人道"（人之存在之道）就是"总是沿着无限的精神三角形的斜面向上走，什么都阻止他不得"。既然"生命的路是进步的"，"无论什么黑暗来防范思潮，什么悲惨来袭击社会，什么罪恶来亵渎人道，人类的渴仰完全的潜力，总是踏了

---

① 鲁迅. 鲁迅全集（11卷）[M]. 北京：人民文学出版社，2005：477-478.
② 鲁迅. 鲁迅全集（11卷）[M]. 北京：人民文学出版社，2005：196-197.

这些铁蒺藜向前进"①，那么"那前面的声音"就不能在生命中消失，否则，"生命的路"就会失去。生命之所以不回头，踏了铁蒺藜向前进，是因为"人类的渴仰完全的潜力"。因此，"那前面的声音"实则是"人类的渴仰完全的潜力"，即人之为人的本因与自性。这样，"坟—绝望—反抗—自性"这一象征结构图式集中呈示的实则是人何以为人的确证。

当深层次呈示出这种人之为人的本因与自性的时候，"虽然明知前路是坟而偏要走"，虽明知被黑暗吞没也要独自远行，虽明知无物之阵是胜者也要举起投枪，便有了动力之源，"绝望的抗战"便现实地发生了。这时，"野草"的"烧尽"、"死火"的"烧完"、"人之子"的受难便有了精神慰藉之源，释放出燃烧自我的快慰。事实上，《野草》在结集出版时所作的《题辞》中呈示出的生命主旋律正是"野草"面对"地火在地下运行，奔突；熔岩一旦喷出，将烧尽一切野草，以及乔木，于是并且无可朽腐"，"但我坦然，欣然。我将大笑，我将歌唱"的"大欢喜"。在"野草"悲壮而充满"大欢喜"的殉难中，人之为人的本因与自性作为反抗绝望的最本质的精神慰藉之源便从最深层凸浮而出。正是在这里，"自性"显示出"造物主"的本来面目，显示出野草"在旱干的沙漠中间，拼命伸长他的根，吸取深地中的水泉，来造成碧绿的林莽"的终极性精神源头。

二、"百合"：美的皈依

《野草》从外在现实起始而进入一个昏茫的内在精神世界，使外在的社会观照融进"我"何以为"我"的内在生命探索，这种作为"过渡的艺术"的总体性艺术格局在《烛虚》中表现得更为明显。《烛虚》开篇以题辞的方式表明这是一场人之存在的生命探索之旅。沈从文在《从现实学习》中对于以《烛虚》为标志的创作转向"近年来常有人说我不懂'现实'，追求'抽

---

① 鲁迅. 鲁迅全集（1卷）[M]. 北京：人民文学出版社，2005：386.

象',勇气虽若热烈实无边际"①所做的答辩,其实《烛虚》这种"过渡的艺术"的形式本身便是最好的说明。《烛虚》这一生命探索之旅并没有马上进入生命的抽象世界,而是对"五四"以来至40年代的民族生命状态进行理性的透视。对于"现实"如此深刻的透视正是为了表明民族生命重造急需的乃是形成五光十色人生的土壤,即"表现优美理想的人生哲学",这正是《烛虚》的意旨所在。因此,《烛虚》一方面呈示出大量外在现实的人事,展示出现实"人"之非在,那是上层妇女"生命无性格,生活无目的,生存无幻想。一切都表示生物学上的退化现象",那是知识阶级"生命相抵相销,末了等于一个零"的"活得很像一个'生物'"的状态,那是政治人物的"阉宦风格",那是民族生命"无一不表示对于'自然'之违反"的状态,凸显出很强的现实感与现实针对性。这种民族生命的理性观照显然也像《野草》一样融进了"我"的生存感受与生命体验,也同样激发出了"我"之此在生存的荒诞感与虚妄感。《烛虚》也同样象征性地展示出"我"所面临的这个民族生命虚无的荒原,那是一个"一切在社会上具有商业价值的知识种子,或道德意义的观念种子,都不能生根发芽"的"荒凉的原野"②。

然而,《烛虚》随之推出了与此荒原截然对立的"我"在有生发现的"美"的生命境界,这正是"我并不厌世"的"最高的德性"。也就是说,《烛虚》另一方面虽然也是直面民族生命虚无的荒原展开内在化的生命探索,进入生命何以为生命的终极追问,但是它的生命探索并没有像《野草》那样继续沉入这个生命绝境的昏茫的荒原,而是进入与此在生存荒诞感、虚妄感截然相对立的另一个彰显生命庄严美丽本相的抽象世界。这样,《野草》与《烛虚》同为"过渡的艺术",虽然都是由外在现实过渡到内在化的生命世界,但是,《野草》是继续沿着人之存在的荒诞本身深入探索的,而《烛虚》却是取向于人之存在的荒诞的对立面而深入探索的,这就是为什么二者

---

① 沈从文. 沈从文全集(13卷)[M]. 太原:北岳文艺出版社,2002:373.
② 沈从文. 沈从文全集(12卷)[M]. 太原:北岳文艺出版社,2002:23.

"象"与"境"所表征的生命色彩迥异的原因。这种"象"之生成方式同与异的揭示为呈示二者艺术格调与所"启人生之閟机"提供了一个更为敞亮的切入口。

在历史转折处,鲁迅与沈从文都于外在社会现实生存中体验到民族生命的非在,最终将中华民族新生的根柢定格为"立人"/"生命重造",由此作出人之为人的终极性应对。这种共同的人生取向在《野草》与《烛虚》中具体呈示为相契的三维结构:第一,沿着"五四"民族新生之维,凸显出"我"对社会与人这一辩证统一体的理性反思与强烈的现代批判意识;第二,沿着现实生存之维,凸显出"我"最本己的生命体验与现代个体生命意识;第三,沿着人之存在之维,凸显出"我"何以为"我"、"生命"何以为"生命"的终极性应对。这三个维度不是孤立的,对于社会与人的理性反思、对于人之为人的生命探索统一于"我"最本己的生存与生命体验,最终走向人之存在的终极性追问。二者这种大格局之"同"也同时清晰地呈示出"异"之所在。同是从社会现实的荒诞、民族生命的非在出发展开人之为人的生命探索,《野草》直面绝望的实有,在"我"绝望地抗战中凸显出人之为人的本因与自性,因此,"象"与"境"的生命色彩蕴注着浓重的绝望与虚无,而其内在搏动的正是人置身虚无的自我确证。但是,《烛虚》却在直面绝望实有之中走向了与现实绝望之境对立的生命至美之境,因此,"象"与"境"的生命色彩与《野草》的恐怖、绝望、虚无截然相对,显示出令人忘我的至圣至美。"坟"与"百合"所凸显的正是二者于此显示出的迥异的艺术格调与生命色彩。

"百合",是紧密关联着"美—生命"这一《烛虚》中心命题的意象,是凝聚着沈从文至圣至美生命体验的意象,它内蕴的意味正是《烛虚》生命哲学最核心的部位。沈从文在《烛虚》中以大量的篇幅描绘"我"为之佚神荡志的生命至美境界,一种以音乐为最适合表现形式的具有神性的生命至境。《烛虚(五)》首先描绘了这样一种"我"所体验到的美的生命至境:

> 仿佛某时、某地、某人，微风拂面，山花照眼，河水浑浊而有生气，上浮着菜叶。有小小青蛙在河畔草丛间跳跃，远处母黄牛在豆田阡陌间长声唤子。上游或下游不知谁处有造船人斧斤声，遥度山谷而至。河边有紫花、红花、白花、蓝花，每一种花每一种颜色都包含一种动人的回忆和美丽联想。试摘蓝花一束，抛向河中，让它与菜叶一同逐流而去，再追索这花色香的历史，则长发、清妒、粉脸、素足，都一一于印象中显现。似陌生、似熟习，本来各自分散，不相粘附，这时节忽拼合成一完整形体，美目含睇，手足微动，如闻清歌，似有爱怨。……稍过一时，一切已消失无余，只觉一白鸽在虚空飞翔。在不占据他人视线与其他物质的心的虚空中飞翔，一片白光荡摇不定。无声、无香，只一片白。《法华经》虽有对于这种情绪极美丽形容，尚令人感觉文字大不济事，难于捕捉这种境界。……又稍过一时，明窗绿树，已成陈迹。惟窗前尚有小小红花在印象中鲜艳夺目，如焚如烧。这颗心也同样如焚如烧。……唉，上帝。生命之火燃了又熄了，一点蓝焰，一堆灰。谁看到？谁明白？谁相信？①

面对这种境界，"我"如焚如烧，心醉神迷，完全融化于其中，进入了一种在梦与现实之间飘游的生存状态：

> 天气阴雨，对街瓦沟一片苔，因雨而绿，逼近眼边。心之所注，亦如在虚幻中因雨而绿，且开花似碎锦，一片芬芳，温静美好，不可用言语形容。白日既去，黄昏随来，夜已深静，我尚依然坐在桌边，不知何事必须如此有意挫折自己肉体，求得另外一种解脱。解脱不得，自然困缚转加。直到四点，闻鸡叫声，方把灯一扭熄，眼已润湿。看看窗间横格已有微白。如闻一极熟习语音，带着自得其乐的神气说："荷叶田田，露似银珠。"不知何意：

---

① 沈从文. 沈从文全集（12卷）[M]. 太原：北岳文艺出版社，2002：25-26.

> 但声音十分柔美，因此又如有秀腰白齿，往来于一巨大梧桐树下。桐英如小船，中有梧子。思接手牵引，既不可及。忽尔一笑，翻成愁苦。①

经过沉潜深渊，寻找烛照颓世的金星——长庚之后，这种"温静美好，不可用言语形容"的美的生命至境又在《生命》中再次出现：

> 有什么人能用绿竹作弓矢，射入云空，永不落下？我之想象，犹如长箭，向云空射去，去即不返。长箭所注，在碧蓝而明静之广大虚空。
>
> 明智者若善用其明智，即可从此云空中，读示一小文，文中有微叹与沉默，色与香，爱和怨。无著者姓名。无年月。无故事。无……然而内容极柔美。虚空静寂，读者灵魂中如有音乐。虚空明蓝，读者灵魂上却光明净洁。
>
> 大门前石板路有一个斜坡，坡上有绿树成行，长干弱枝，翠叶积叠，如翠翜，如羽葆，如旗帜。常有山灵，秀腰白齿，往来其间。遇之者即喑哑。爱能使人喑哑——一种语言歌呼之死亡。"爱与死为邻"。②

以上对于这种"灵魂中如有音乐"的生命至境都是多种意象的合并，是美的合成，并未特别聚焦于某一个意象之上，但是，在《生命》的后半部乃至整部《烛虚》的结尾却集中于一种意象——"百合"，通过对于"百合"的特写更为精细地展示出这种如梦如幻的美的至境。

> 夜梦极可怪。见一淡绿百合花，颈弱而花柔，花身略有斑点青渍，倚立门边微微动摇。在不可知地方好像有极熟习的声音在招呼：
>
> "你看看好，应当有一粒星子在花中。仔细看看。"

---

① 沈从文. 沈从文全集（12卷）[M]. 太原：北岳文艺出版社，2002：26.
② 沈从文. 沈从文全集（12卷）[M]. 太原：北岳文艺出版社，2002：43.

> 于是伸手触之。花微抖，如有所怯。亦复微笑，如有所恃。因轻轻摇触那个花柄，花蒂，花瓣。近花处几片叶子全落了。
>
> 如闻叹息，低而分明。
>
> ……
>
> 百合花极静。在意象中尤静。
>
> 山谷中应当有白中微带浅蓝色的百合花，弱颈长蒂，无语如语，香清而淡，躯干秀拔。花粉作黄色，小叶如翠玨。①

沈从文不仅以对"百合"的聚焦来展示为之迷狂的美的至境，而且还以"我想写一《绿百合》，用形式表现意象"收缩全篇，这集中表明"百合"凝聚着沈从文理想的生命意识，象征着他心中美的生命形态。

倘若将沈从文昆明时期以《烛虚》为标志的哲思散文与以《看虹录》为标志的哲思小说互相参照，或许更能理解"百合"这一意象的由来与沈从文深蕴其中的生命意味。试看《看虹录》与《水云》中与上述《烛虚》对于"百合"集中描述有着内在关联的几段文字：

> 百合花颈弱而秀，你的颈肩和它十分相似。长颈托着那个美丽头颅微向后仰。灯光照到那个白白的额部时，正如一朵百合花欲开未开。我手指发抖，不敢攀折，为的是我从这个花中见到了神。微笑时你是开放的百合花，有生命在活跃流动。你沉默，在沉默中更见出高贵。你长眉微蹙，无所自主时，在轻颦薄媚中所增加的鲜艳，恰恰如浅碧色百合花带上一个小小黄蕊，一片小墨斑。……这一切又只像是一个抽象。②
>
> （沈从文《看虹录》）

"什么人能在我生命中如一条虹，一粒星子，记忆中永远忘不了？世界上应当有那么一个人。"

---

① 沈从文. 沈从文全集（12 卷）[M]. 太原：北岳文艺出版社，2002：43-44.
② 沈从文. 沈从文全集（10 卷）[M]. 太原：北岳文艺出版社，2002：339.

"怎么这样谦虚得小气?这种人并不止一个,行将就要陆续侵入你的生命中,各自保有一点虽脆弱实顽固的势力。这些人名字都叫做'偶然'。名字虽有点俗气,但你并不讨厌它,因这它比虹和星还无固定性,还无再现性。它过身,留下一点什么在这个世界上,它消失,当真就消失了。除留在你心上那个痕迹,说不定从此就永远消失了。这消失也不使人悲观,为的是它曾经活在你或他人心上过。凡曾经一度在你心上活过来的,当你的心还能跳跃时,另外那一个人生命也就依然有他本来的光彩,并未消失。那些偶然的颦笑,明亮的眼目,纤秀的手足,有式样的颈肩,谦退的性格,以及常常附于美丽自觉而来的彼此轻微妒嫉,既侵入你的生命,也即反应在你人格中,文字中,并未消失。世界虽如此广大,这个人的心和那个人的心却容易撞触。况且人间到处是偶然。"[1]

(沈从文《水云》)

偶然给我一个幽雅而脆柔的印象:一张白白的小脸,一堆黑而光柔的头发,一点陌生羞怯的笑。当发后的压发翠花跌落到猩红地毯上,躬身下去寻找时,从净白颈肩间与脆弱腰肢作成的曲度上,我仿佛看到一条素色的虹霓。虹霓失去了彩色,究竟还有什么,我并不知道。总之"偶然"已给我保留一种离奇印象。[2]

(沈从文《水云》)

如果将以上这几段文字作一个比对,就会看到《烛虚》中"百合"这一意象的由来。"百合"在现实中是有原型的,这一原型就是沈从文心中的"偶然"——一位亲戚家的家庭女教师。沈从文从对这位"偶然"的真实感觉里幻化出"百合"这一意象,比如"偶然"的颈肩幻化成"百合花颈弱而秀"的姿态,更为重要的是他是以对"偶然"那种美的感觉与想象

---

[1] 沈从文. 沈从文全集(12卷)[M]. 太原:北岳文艺出版社,2002:96-97.
[2] 沈从文. 沈从文全集(12卷)[M]. 太原:北岳文艺出版社,2002:106.

来描绘在"百合"中见出的生命的神性的,也就是说,"百合"是从真实的瞬间提炼出的美的抽象。当沈从文描述"百合"时,他就像一位艺术家在以"偶然"为人体模特在作画,或者说,他此时就是一位完全而彻底地沉浸在光影形线微妙感觉中的艺术家,"百合"与"偶然"实则是"美"的化身,是"神在我们生命里"的象征。事实上,《看虹录》是沈从文以艺术家的姿态在书写他面对"偶然"的感觉,一种超越情欲与道德之上的至美的感觉,一种在题词中"写得明明白白:神在我们生命里"的境界。《烛虚》描绘对于"百合"乃至种种意象合成的诗化境界的生命体验正是这种超越情欲与道德之上的至美境界。因此,他何以作《看虹录》的意图,他何以迷醉于"百合"乃至种种意象合成的诗化境界,全在于凸显出一种超越市侩人生的对于美的特具敏感,一种活生生的生命感。

正是在对待"美"的态度上,"我"与"多数人"显示出了生命本质的区别。整体审视,《烛虚》展示的正是这样两种截然对立的生存与生命图景:其一,"我"对美特具敏感,在美的虔诚皈依中"接近上帝造物",获取生命。"我"在有生中发现的美"本身形与线即代表一种最高的德性,使人乐于受它的统制,受它的处治。人的智慧无不由此影响而来",故而"令人都只想低首表示虔敬"[①]。对于沈从文而言,皈依"美"就是皈依生命。而且,《烛虚》还进一步从"我"的生命体验中揭示出"美"之于生命的内在同一律。不仅"我"是这样,而且"文学史或美术史以至于人类史"上的"伟人巨匠,千载宗师"皆是如此,即"无一不对于美特具敏锐感触","与美对面时从不逃避某种光影形线所感印之痛苦,以及因此产生佚智失理之疯狂行为"[②]。其二,"多数人"对于美漠然处之,只从"金钱""实在"或是"名分"上讨生活。他们"在小小得失上注意关心,引起哀乐,即可度过一生","活到末了,倒下完毕","所需要的是'生活',并非对于'生命'

---

① 沈从文. 沈从文全集(12卷)[M]. 太原:北岳文艺出版社,2002:23.
② 沈从文. 沈从文全集(12卷)[M]. 太原:北岳文艺出版社,2002:33.

具有何种特殊理解，故亦不必追寻生命如何使用，方觉更有意思①，故而"对于一切美物、美行、美事、美观念，无不漠然处之，竟若毫无反应"②。可以说，《烛虚》从头至尾都在以"我"真切的生存体验展示着这样一幅"多数人"的生存图景，从"生命无性格，生活无目的，生存无幻想"的上层女性到"带女性的男子"，从不适合"远虑"的知识阶级到"阉宦风格"的政治人物，从"莫名其妙的人"再到"雄身雌声的人"，无不展示出这种丧失"美"的皈依之后人性在生活中的沉沦。面对"社会"一物却是由这种人支持的民族生命整体性沉沦③，"我"乃至"文学史或美术史以至于人类史"上的"伟人巨匠，千载宗师""对于美特具敏锐感触"就不仅仅是艺术审美的问题，而是直接关涉到民族生命重造的问题。概而言之，"我"对于美的特具敏感，"与美对面时从不逃避某种光影形线所感印之痛苦"，甚至"因此产生佚智失理之疯狂行为"，实质是寻求一种人为之值得一活的生存，一种由形而下走向形而上的诗意超越，一种真正占有生命本质的生存。否则，就会像那些"活下来'四平八稳'人物，生存时自己无所谓，死去后他人对之亦无所谓"，"生活得很像一个'生物'"。

正是在这里，《烛虚》从根本层面揭示出了人之为人的本质，即生命的形而上属性。生命的形而上属性之所以对于人之存在具有本质意义，这是由人区别于动物的属灵性决定的，对此前文已论，在此不赘。人的本质决定了人之存在之道的取向与途径。《烛虚》展示的正是人如何通过对美的真主式皈依这种"新的宗教"的方式使自己在不离生活中实现对生命形而上至境的攀升与获取。鲁迅所揭示的那条"无限的精神三角形的斜面"的"人道"在《烛虚》中具体为由生活向生命的形而上超越之路。事实上，生命的形而上超越性正是沈从文 40 年代以《烛虚》为代表的哲理性散文

---

① 沈从文. 沈从文全集（12 卷）[M]. 太原：北岳文艺出版社，2002：31-32.
② 沈从文. 沈从文全集（12 卷）[M]. 太原：北岳文艺出版社，2002：32-33.
③ 沈从文. 沈从文全集（12 卷）[M]. 太原：北岳文艺出版社，2002：33.

与以《看虹录》为代表的哲理性小说所极力凸显的。为了实现民族生命的这种重造，他强调以"美与爱的新的宗教"来替代"多数人"生存所表现出来的"如猪如狗"的"动物人生观"。从"生活"到"生命"，从"浓厚动物本性"到对"美与爱"的热情与敏感，这种形而上超越之路体现的正是"人类的渴仰完全的潜力"，即人之为人的本因与自性。因此，"坟"与"百合"的生命取向与生命色彩虽然迥异，但是二者在人对人的本质的真正占有上又同归于人的形而上超越之路。正是在这个层面上，"对于美特具敏锐感触"所体现的乃是人之为人的本质，即"生命之最大意义，能用于对自然或人工巧妙完美而倾心，人之所同"。[1]这时，"我"面对"百合"以及种种意象合成的诗化境界的感兴激动、如焚如烧便不仅仅是艺术的审美活动，而是人在本质意义上对于生命的真正占有。换句话说，"美"的本体不是艺术，而是生命。唯有以"美"的皈依，"人"才能获得光鲜活泼的存在，这才是"生命之最大意义"。反之，"人"对"美"的麻木与丧失，只知从"实在"讨生活，就会"令多数人生活下来都庸俗呆笨，了无趣味"。正因为"'社会'一物，是由这种人支持的"，所以"这个时代像那种既已放弃了好好做人权利的妇人，在她们身分或生活上虽还很尊贵舒适，在历史意义上，实在只是一个废物，一种沉淀，民族新陈代谢工作，已经毫无意义，不足注意"[2]。这就是为什么沈从文将"美"与"上帝造物"紧紧联系在一起甚至彼此不分的内在原因。

> 这种美或由上帝造物之手所产生，一片铜，一块石头，一把线，一组声音，其物虽小，可以见世界之大，并见世界之全。或即"造物"，最直接最简便那个"人"。流星闪电刹那即逝，即从此显示一种美丽的圣境，人亦相同。一微笑，一皱眉，无不同样可以显出那种圣境。一个人的手足眉发在此一闪即逝更缥缈的印

---

[1] 沈从文. 沈从文全集（12卷）[M]. 太原：北岳文艺出版社，2002：32.
[2] 沈从文. 沈从文全集（12卷）[M]. 太原：北岳文艺出版社，2002：8-9.

象中，既无不可以见出造物者手艺之无比精巧。凡知道用各种感觉捕捉住这种美丽神奇光影的，此光影在生命中即终生不灭。①

从"美"中方能见出"人"，在"美"的捕捉中方能获得生命不灭的存在。或者说，"美"就是对"人"的拯救，就是信仰生命的宗教，就是重造生命的"上帝造物"。这种"美"拯救"人"的生命哲学以美在人的本体中的回归使人获得一种生命感充盈的活泼泼的存在，将人从一种实利、市侩的生活沉沦状态提升到生命的神性之境，从生存的事实走向生命的意义。这种生命哲学建立在对美和艺术精神的深度理解上，将文学艺术从美的形式与技巧层面提升起来，导向人的生命内质，导向一种诗意的人格与人的诗性存在。在"美"的皈依中，人恢复生命本体本应有的内在张力与活力，恢复心灵本应有的灵敏与弹性，最终实现生活与生命、自我生命与外部自然、个体存在与众生宇宙的诗意共舞。

这样，"百合—美—生命—神性"这一象征结构图式集中呈示的实则是生命何以为生命的确证，沈从文重造民族生命的途径于此也更为清晰地呈示出来。首先，这个象征结构图式是与现实人事情形截然相对的，也就是说，这个象征结构图式的产生绝不是脱离现实的玄思，而是有着明确的现实背景与现实针对性，而且由此凸显出他重造生命的具体途径与根本目的，这在与《烛虚》同时期创作的《云南看云》中表述得极为明白。《云南看云》与《烛虚》的结构是一致的，首先展示出人性现实沉沦图：

在这美丽天空下，人事方面，我们每天所能看到的，除了空洞的论文，不通的演讲，小巧的杂感，此外似乎到处就只碰到"法币"。商人和银行办事人直接为法币而忙。教授学生也间接为法币而忙。最可悲的现象，实无过于大学校的商学院，每到注册上课时，照例人数必最多，这些人其所以习经济、习会计，都可说对于生命毫无高尚理想可言，目的只在毕业后入银行作事。"熙熙攘

---

① 沈从文. 沈从文全集（12卷）[M]. 太原：北岳文艺出版社，2002：23-24.

攘，皆为利往，挤挤挨挨，皆为利来，利之所在，群集若蛆。"社会研究所的专家，机会一来即向银行跑。习图书馆的，弄考古的，学外国文学的，因为亲戚、朋友、同乡……种种机会，又都挤进银行或相近金融机关作办事员。大部分优秀脑子，都给真正的法币和抽象的法币弄得昏昏的，失去了应有的灵敏与弹性，以及对于"生命"较高的认识。①

在这种人性现实沉沦图中，沈从文看到的是"一种可怕的实际主义，正在这个社会各组织各阶层间普遍流行，腐蚀我们多数人做人的良心、做人的理想，且在同时把每一个人都有形无形市侩化"②。随之，沈从文对于这种人性在"实际主义"中的沉沦提出自己的忧虑："社会中优秀分子一部分，所梦想，所希望，也都只是糊口混日子了事，毫无一种较高的情感，更缺少用这情感去追求一个美丽而伟大的道德原则的勇气时，我们这个民族应当怎么办？"③他的答案是"我们如真能够像卢先生那么静观默会天空的云彩，云物的美丽。也许会慢慢的陶冶我们，启发我们，改造我们，使我们习惯于向远景凝眸，不敢堕落，不甘心堕落"④。这时，"看云"所内蕴的民族生命重造的途径与目的便全然呈示出来："只要有人会看云，就从云影中取得一种诗的感兴和热情，还可望将这种尊贵的感情，转给另外一种人。换言之，就是云南的云即或不能直接教育人，还可望由一个艺术家的心与手，间接来教育人。"⑤昆明时期以《烛虚》为标志的哲理散文实质就是"我"面对"云""百合"乃至整个自然万象的"静观默会"。面对自然之"象"与"境"的美丽，"我"从中"取得一种诗的感兴和热情"，"为这种光影形线而感兴激动"，由此进入一个如焚如烧的美的抽象世界。

---

① 沈从文. 沈从文全集（17 卷）[M]. 太原：北岳文艺出版社，2002：309.
② 沈从文. 沈从文全集（17 卷）[M]. 太原：北岳文艺出版社，2002：310.
③ 沈从文. 沈从文全集（17 卷）[M]. 太原：北岳文艺出版社，2002：310-311.
④ 沈从文. 沈从文全集（17 卷）[M]. 太原：北岳文艺出版社，2002：311.
⑤ 沈从文. 沈从文全集（17 卷）[M]. 太原：北岳文艺出版社，2002：310.

在这个与"实际主义"的现实世界截然对立的美的抽象世界里,"我"心醉神迷,"如中毒,如受电,当之者必喑哑萎悴,动弹不得,失其所信所守"。这种"别一种人格的光和热照耀烘炙"可以使"给真正的法币和抽象的法币弄得昏昏的"的脑子"神智清明,灵魂放光,恢复情感中业已失去甚久之哀乐弹性",恢复"对于'生命'较高的认识",使"生命具神性",这就是抽象的美与爱对人的"超生"。人唯有进入这种"超生"的状态,才不会"乐意在地下爬",才会自觉自为地"站起来走","挺起脊梁来做个人"[①]。对此,沈从文在《烛虚》第二辑的《小说作者与读者》中做了明确的阐述:

> 至于生命的明悟,使一个人消极的从肉体理解人的神性和魔性如何相互为缘,并明白人生各种型式,扩大到个人生活经验以外。或积极的提示人,一个人不仅仅能平安生存即已足,尚必需在生存愿望中,有些超越普通动物肉体基本的欲望,比饱食暖衣保全首领以终老更多一点的贪心或幻想,方能把生命引导向一个更崇高的理想上去发展。这种激发生命离开一个动物人生观,向抽象发展与追求的欲望或意志,恰恰是人类一切进步的象征,这工作自然也就是人类最艰难伟大的工作。[②]

因此,"百合—美—生命—神性"这一象征结构图式所呈示的重造民族生命的途径最根本层面所体现的乃是"生命离开一个动物人生观,向抽象发展与追求的欲望或意志"。

三、谁是造物主?

"坟—绝望—反抗—自性"这一象征结构图式对于虚无中"我"之为"我"的确证,"百合—美—生命—神性"这一象征结构图式对于"美"之于"生

[①] 沈从文. 沈从文全集(17卷)[M]. 太原:北岳文艺出版社,2002:310.
[②] 沈从文. 沈从文全集(12卷)[M]. 太原:北岳文艺出版社,2002:66.

命"的确证,最终呈示出人之存在的终极性命题——"谁是造物主?"的答案。对于这一终极命题的解答,在人之存在的根本层面,二者都将人之为人归向于人的本性,即源自人的本体,而非人的本体之外的某种东西,而且这种本性都不是天然持有的,它必须不断创生,人方能坚执超越性的形而上"人道",否则,就会"宁蜷伏堕落而恶进取",出现"生物学上的退化"。立身民族生命的荒原,《野草》与《烛虚》中的"我"成为这荒原中的独异个体,它们都以对这独异个体的"人"的地位的肯定来代替外之于人的本体的至高无上的造物主,由此呈示出真正造物主的本来面目。然而,二者所呈示的造物主虽然都源自人的形而上超越本性,但是二者又显然是殊途的。

《野草·淡淡的血痕中》明确地以"叛逆的猛士"(独异个体)来代替"目前的造物主"。此篇首先对现有造物主进行了彻底的否定,即"目前的造物主,还是一个怯弱者"。这个凌驾于人之上的怯弱的造物主造出了这样的良民:

> 几片废墟和几个荒坟散在地上,映以淡淡的血痕,人们都在其间咀嚼着人我的渺茫的悲苦。但是不肯吐弃,以为究竟胜于空虚,各各自称为"天之僇民",以作咀嚼着人我的渺茫的悲苦的辩解,而且惊息着静待新的悲苦的到来。新的,这就使他们恐惧,而又渴欲相遇。
>
> 这都是造物主的良民。他就需要这样。

这是一群"各各自称为'天之僇民'"的甘心为奴的良民,他们的生存就是"咀嚼着人我的渺茫的悲苦","惊息着静待新的悲苦的到来"。正是这种浓厚的奴性,这种对真正占有人的尊严、独立、个性、自由的反抗性的缺失,民族生命才成为荒原。于是,"我"对"目前的造物主"以及"造物主的良民们"做出了决然地否定。正是这种否定,新的造物主——"叛逆的猛士"才成为鲜明的标示性存在,即"叛逆的猛士出于人间",故而"目前的造物主"这个"怯弱者","羞惭了,于是伏藏。天地在猛士的眼中于是变色"。

"叛逆"正是这"猛士"(独异个体)的特性。所谓"叛逆"正是对"目前的造物主"以及"造物主的良民们"绝望的反抗。而这种反抗所最终依据进而所凸显出来的正是人之为人的本性,即独异个体与人截然不同的"自性"。这种人对人的本质真正占有的"自性"让"造物主,怯弱者,羞惭了,于是伏藏","猛士"全新的人格样态使天地变色。因此,"叛逆的猛士出于人间","天地在猛士的眼中于是变色",实质是"惟此自性,即造物主"的感性呈示。只有"自性"真正归于"我",真正成为"我"之为"我"的造物主,人之本体奴性才会消除,人对人之本质真正占有的反抗性才会被激活,尊严、独立、个性、自由的全新人格才会贯注于民族生命本体。

与《野草》直面奴性这一民族生命的荒原,以尊严、独立、个性、自由的自性为造物主来重造民族生命不同,《烛虚》直面的是对于美与爱完全丧失感觉的"实际主义"("有形无形市侩化")这一民族生命的荒原,因此,有针对性地重造民族生命的途径是以"对自然倾心"的本性为造物主来重造民族生命。这种"对自然倾心"的本性并不是人的动物本性,而是"对自然或人工巧妙完美而倾心"的形而上超越性,最终恢复的是生命本体所具有的神性。因此,在文本具体结构上,《烛虚》一方面展示出民族生命"只要能吃,能睡,且能生育,即已满足愉快。并无何等幻想或理想推之向上或向前,尤其是不大愿因幻想理想而受苦,影响到已成习惯的日常生活太多"[①]的"实际主义"人性沉沦,这种"在庸俗的污泥里滚爬的生活"失去或阉割的正是"生命",相应地,也失掉了"美",因为"在沈先生看来,生命永远是美的化身"[②];另一方面展示出被"大多数人"目为"痴汉""疯

---

① 沈从文. 沈从文全集(12卷)[M]. 太原:北岳文艺出版社,2002:18.
② 黄苗子. 生命之火长明——记沈从文先生[A]//孙冰. 沈从文印象. 上海:学林出版社,1997:88.

子"的"我"是如何为"美"的光影形线所"啮心嚼知"的。正是这种截然对立的生命景观凸显出"美"之于"生命"所具有的"上帝造物"的意义,这也正是"我"为之发疯的根本原因,即"我正在发疯。为抽象而发疯"的原因是"我看到一些符号,一片形,一把线,一种无声的音乐,无文字的诗歌。我看到生命一种最完整的形式,这一切都在抽象中好好存在,在事实前反而消灭"①。

"百合—美—生命—神性"这一象征结构图式正是在这种情状下出现的。当人恢复了这种形而上超越本性之后,"百合"便全乎是"美"的象征,它所释放的便是超离"实际主义"的生命召唤。于是,面对"百合",一种"在不可知地方好像有极熟习的声音在招呼":

"你看看好,应当有一粒星子在花中。仔细看看。"②

"百合"乃至自然万象此时便全然成为"美"之本源。这"在不可知地方"的"极熟习的声音"正是人"对自然倾心"的本性,它"招呼"人去发现百合花中的"星子",这花星子象征的正是生命所具有的神性。诚如凌宇先生所言:"花星子内蕴于花中,抽象内在于具象,'形式'内在于'意象'。只有对生命充满热情、对美特具敏感,才能从具象走向抽象,从个别见出一般,从'意象'把握'形式',犹如从花中看见花星子。到这时,生命便从自在走向自由,人成为自己命运的真正主宰……"③因此,重造生命的造物主并不是外之于人的抽象,而是内之于人的抽象,本因即是"对生命充满热情、对美特具敏感"的这一"对自然倾心"的本性。《烛虚》以"百合"这一最集中象征"美"的意象来收缩最后一章《生命》不正表明"美"之于"生命"的造物主本来面目吗?

《野草》与《烛虚》上述各自确证人之为人的造物主的方式虽然殊途,

---

① 沈从文. 沈从文全集(12卷)[M]. 太原:北岳文艺出版社,2002:43.
② 沈从文. 沈从文全集(12卷)[M]. 太原:北岳文艺出版社,2002:43.
③ 凌宇. 从边城走向世界(增订本)[M]. 长沙:岳麓书社,2006:406.

但是在终极处二者又同归于"声发自心"的人性回归,而二者自心发出的"声"之不同又进一步呈示出各自重造生命的造物主的不同。《野草》中的"过客"("我")面对"坟"在"走"还是"息"的艰难决断时听到了"那前面的声音"的召唤,《烛虚》中的"我"面对"百合"在如梦如幻中听到了"在不可知地方好像有极熟习的声音在招呼"。正是"那前面的声音"决定了《野草》中的"过客"在"生命的路"上是"宁蜷伏堕落而恶进取",还是"踏了这些铁蒺藜向前进"。当他应"那前面的声音"的召唤"即刻昂了头,奋然向西走去"的时候,绝望的反抗本身所凸显的正是人之为人的自性回归,即便是"死在路上",所指向的也是"人类的渴仰完全的潜力",这时的"生"与"死"便全然是自我对"人"的地位的肯定,所彰显的是人之生存对奴性的抗拒,对尊严、独立、个性、自由的不懈追求。正是那"在不可知地方好像有极熟习的声音在招呼",《烛虚》中的"我"才如此心醉神迷地去探寻"百合"的花星子。而从花中看见花星子正表明"对自然倾心"的本性的恢复,唯此生命才会有光有热,才会生命力充溢,才会涤除"实际主义"("有形无形市侩化")与阉寺性状态。

第三节 "独语"的现代性生命启蒙

《野草》与《烛虚》地域色彩的消解不仅意味着鲁迅与沈从文的创作由外部现实人事进入内在化的心理世界,也意味着他们人生历程中"思想之思想"的深度提升与生命哲学的形成,与之相应的艺术表现方式也由以现实主义为主转为以象征主义为主,以此传达出超言说性的内心体验与凝神之思,这一切都凸显出《野草》与《烛虚》"独语"艺术形态的本来面目。"独语"的艺术形态以地域色彩的消解、非实指性的"象"与"境"来传达难以言说的诗与思交织的世界除了契合于创作主体创作与人生的新变、作品内容的超言说性表达需要之外,对于接受主体这一文学创作的另一极而言,是否也有着独特的意味呢?答案是肯定的,因为《野草》与《烛虚》都显然不是鲁迅与沈从文个人园地里自怨自艾的记录,二者实质是鲁迅与沈从文于民国时期这一历史转折处面对民族生命出现的沉沦现象,以"我"的最本己出场一方面对民族生命进行更为内在化的体验与观照,另一方面又以"我"对人之为人、生命之为生命的践履亲证为民族生命的形而上现代重构标示出终极向度,进而由此走向人类生存的普遍性审问。既然《野草》与《烛虚》不是鲁迅与沈从文个人园地里自怨自艾的记录,而是于民族生命的现代转型中以"我"的最本己出场为人之存在重构形而上价值体系,那么二者的创作之于接受主体而言最主要的意图当然是一种与民族传统生存截然对立的现代性生命启蒙。既然二者是鲁迅与沈从文继续沿着"五四"所开启的历史之维展开的现代性生命启蒙,那么"独语"与"启蒙"又显然形成了悖论,因为启蒙需要的是对话而非自言自语。那么,二者以"独语"的艺术形式又是如何实现启蒙的呢?或者说,"独语"的艺术形式是怎样达到现代性生命启蒙效果的呢?只有对于这一问题做出可靠的回答,《野草》与《烛虚》的本来面目乃至鲁迅与沈从文对于民族生命的现代重构才会更彻底地显露出来。

独语意味着"我"与"人"不能构成有效性对话,这正是启蒙者的孤独、悲哀与困境。其实,早在"五四"之前长达十年时间里,鲁迅就已经深寓于这种困境,即"叫喊于生人中,而生人并无反应"的寂寞"如大毒蛇,缠住了我的灵魂了"。[①]这"如置身毫无边际的荒原"的生存体验正表明"我"与"人"难以进行有效对话,"我"对"人"的启蒙显然是无效的。基于这种生存体验,"我"用"铁屋子"的比喻表明了对启蒙的态度:"假如一间铁屋子,是绝无窗户而万难破毁的,里面有许多熟睡的人们,不久都要闷死了,然而是从昏睡人死灭,并不感到就死的悲哀。现在你大嚷起

---

① 鲁迅. 鲁迅全集(1卷)[M]. 北京:人民文学出版社,2005:439.

来，惊起了较为清醒的几个人，使这不幸的少数者来受无可挽救的临终的苦楚，你倒以为对得起他们么？"①这段关于"铁屋子"的阐述实质表明的是启蒙者遭遇的两难困境。不过，面对"五四"新文化运动的历史契机，鲁迅做出了一种保留性的决断："我虽然自有我的确信，然而说到希望，却是不能抹杀的，因为希望是在于将来，决不能以我之必无的证明，来折服了他之所谓可有，于是我终于答应他也做文章了，这便是最初的一篇《狂人日记》"②。也就是说，"我"并没有因为这一历史契机就祛除了荒原的生命体验而满怀毁坏铁屋子的简单乐观，但是"我"的这种绝望显然不是万念俱灰地放弃反抗，而是"思考未来的苦闷""寻找方向的寂寞"，因此才有"希望是在于将来，决不能以我之必无的证明，来折服了他之所谓可有"之说。鲁迅正是在这"自有我的确信"与"希望是在于将来，决不能以我之必无的证明，来折服了他之所谓可有"的两难之中进入"五四"呐喊战叫的。也就是说，《呐喊》《彷徨》本身就是深寓"寂寞"的鲁迅绝望地抗战的结晶，只是这种"绝望"还带着"希望是在于将来，决不能以我之必无的证明，来折服了他之所谓可有"的一丝身外的希望。那么，经过"五四"的高潮之后"我"与"人"不能构成对话的荒原感是否有所改变呢？鲁迅对此做出了明确的表述："后来《新青年》的团体散掉了，有的高升，有的退隐，有的前进，我又经验了一回同一战阵中的伙伴还是会这么变化，并且落得一个'作家'的头衔，依然在沙漠中走来走去"③。经过"五四"高潮的"呐喊"之后，对话仍然无效，"我""依然在沙漠中走来走去。"④要注意的是，"五四"前夕鲁迅对于这种无效对话的体验用的是"置身毫无边际的荒原"，"五四"落潮之后他用的是"在沙漠中走来走去"。情感相近，但程度不同，"荒原"变成了寸草不生的"沙漠"，这是较之荒原感更浓重

---

① 鲁迅. 鲁迅全集（1卷）[M]. 北京：人民文学出版社，2005：441.
② 鲁迅. 鲁迅全集（1卷）[M]. 北京：人民文学出版社，2005：441.
③ 鲁迅. 鲁迅全集（4卷）[M]. 北京：人民文学出版社，2005：469.
④ 鲁迅. 鲁迅全集（4卷）[M]. 北京：人民文学出版社，2005：469.

的绝望感。《野草·希望》彻底地否定了进入"五四"战场时还保留的那点"希望",即"这以前,我的心也曾充满过血腥的歌声:血和铁,火焰和毒,恢复和报仇。而忽而这些都空虚了"。此时"我的心分外地寂寞","没有爱憎,没有哀乐,也没有颜色和声音",不仅"我"的肉体的头发苍白,手颤抖着,而且"我的灵魂的手"也颤抖着,头发苍白,这便是一个彻底绝望的"我"。因此,《野草》以"独语"的方式呈示的整体构图是一个彻底绝望的"我""在沙漠中走来走去"的生命图景。或者说,对于对话绝望的"我",此时唯有"独语"。对于这种绝望,长期以来我们并没有以强健的文化心理来体验与接纳,而总是试图以此期鲁迅情绪的晦暗而一笔带过,潜意识里这种绝望感似乎是鲁迅光明形象的瑕疵。事实上,鲁迅的伟大与深刻最极致的体现恰恰在这所谓的"晦暗"里,剔除了他身上的"鬼气"与"毒气"鲁迅也就不再是鲁迅,鲁迅的艺术也就失去了特有的魅力。对此的解答还得回到绝望本身,绝望首先表现为一种彻底的清醒与自觉。绝望关联着两种截然对立的人格样态:第一,"人"的非在;第二,"我"的实在。"我"对"人"的彻底否定便是绝望,这种极端而尖锐的情绪实质是对民族生命沦为"末人"乃至"非人"的极度清醒的痛苦,它源自对"中国人失去世界"的"大恐惧","我"与"人"之间的尖锐化生存对立正由此而生。这种格局早在1918年的《热风·三十六》中就已经较为清晰地显露出来:

现在许多人有大恐惧;我也有大恐惧。

许多人所怕的,是"中国人"这名目要消灭;我所怕的,是中国人要从"世界人"中挤出。

我以为"中国人"这名目,决不会消灭;只要人种还在,总是中国人。譬如埃及犹太人,无论他们还有"国粹"没有,现在总叫他埃及犹太人,未尝改了称呼。可见保存名目,全不必劳力费心。

但是想在现今的世界上,协同生长,挣一地位,即须有相当的进步的智识,道德,品格,思想,才能够站得住脚:这事极须劳力费心。而"国粹"多的国民,尤为劳力费心,因为他的"粹"太多。粹太多,便太特别。太特别,便难与种种人协同生长,挣得地位。

有人说:"我们要特别生长;不然,何以为中国人!"

于是乎要从"世界人"中挤出。

于是乎中国人失了世界,却暂时仍要在这世界上住!——这便是我的大恐惧。①

这种"大恐惧"的心理以艺术的方式呈示出来便表现为一种与之相应的"大恐怖"。整体来看,鲁迅的艺术形态与其内在的心理状态是契合的。因此,这种"大恐惧"的杂感不仅是鲁迅对于民族生命衰萎的岌岌可危感,也同时是他艺术创作的自我心理揭示。他的杂感、杂文如此凌厉,被视为投枪匕首,实质是因为这种"中国人失了世界,却暂时仍要在这世界上住"的"大恐惧"被他最直接、最集中地释放。而他的小说则是释放这种"大恐惧"更为形象的一种艺术方式。也就是说,这种"大恐惧"实质是鲁迅文学创作的心理同一性。如何让中国人也以"要从'世界人'中挤出"的清醒自危感自觉到这种"中国人失了世界,却暂时仍要在这世界上住"的"大恐惧"呢?鲁迅选择了文学艺术这一途径。具体地说,他将这种"大恐惧""直笼其辞句中"形成了一种"大恐怖"的艺术,以"使闻其声者,灵府朗然,与人生即会"。正是在这里,鲁迅文学创作在接受主体这一角度也形成了中国文学史上独特的存在,具体地说,他的创作带给接受主体的是一种巨大的心理压迫,一种让接受主体冒冷汗甚至毛骨悚然的艺术,一种蕴注着"鬼气"与"毒气"的"大恐怖"艺术。于此,鲁迅文学创作的艺术性凸显出了鲜明的反传统性,因为在鲁迅看来中国传统文学艺术最大的特色就是"平和",即"不撄人心",而这种"不撄人心"的艺术状态实则是民族生存状态的反映,即"有撄人心者"不仅"为帝大禁",而且"为民

---

① 鲁迅.鲁迅全集(1卷)[M].北京:人民文学出版社,2005:323.

大禁","故性解（Genius）之出，必竭全力死之"，以至于民族生命"宁蜷伏堕落而恶进取"，即沦为"末人"。因此，唯有"平和之破"，"人道蒸也"才成为可能。如何破此平和之状以重新"立人"？鲁迅的途径是"诗"（文艺）。所以，鲁迅心中文学艺术的最核心特征便是与"平和"截然对立的"撄人心"。鲁迅的"大恐怖"艺术正是"撄人心"的最集中体现，无论是外在的艺术形象还是内在的情感思想，他都彻底打破了中国传统主流文学那种"哀而不伤，乐而不淫"的"平和"，以此实现"人道蒸也"的现代性生命启蒙。

具有历史意义的第一篇白话小说《狂人日记》正是由这种"大恐惧"而衍生出来的"大恐怖"艺术。"吃人"是这种"大恐惧""大恐怖"最集中的凝聚。而这种"吃人"的"大恐惧""大恐怖"实质是对民族历史与现实生存深刻到绝望的揭示，这正是鲁迅小说、散文、杂文等文学创作在思想性上的同一性。也就是说，"中国人失了世界，却暂时仍要在这世界上住"的"大恐惧"不仅是鲁迅文学创作的心理同一性，更是其文学创作的思想同一性。这种同一性的延伸便是"绝望"，以语言的方式表现出来便是"大恐怖"的艺术。或者说，鲁迅的文学艺术实则是这种"大恐惧""大恐怖"、自觉而清醒的"绝望"的统一体。《狂人日记》便是这种艺术最好的开端。

> 凡事总须研究，才会明白。古来时常吃人，我也还记得，可是不甚清楚。我翻开历史一查，这历史没有年代，歪歪斜斜的每叶上都写着"仁义道德"几个字。我横竖睡不着，仔细看了半夜，才从字缝里看出字来，满本都写着两个字是"吃人"！
>
> 书上写着这许多字，佃户说了这许多话，却都笑吟吟的睁着怪眼睛看我。
>
> 我也是人，他们想要吃我了！[①]

"吃人"是"我"从民族生存史字缝里看出来的"大恐惧"，这也是

[①] 鲁迅. 鲁迅全集（1卷）[M]. 北京：人民文学出版社，2005：447.

"我"对民族四千年生命史自觉而清醒的绝望,更是"我"要传达给国人的"大恐怖"。如此恐怖的生存恰恰是我们民族四千年的履历,而且现实还在延续着。这种"大恐惧""绝望感"凝聚为文字便形成《狂人日记》这样的"大恐怖"艺术。反过来说,这种"大恐怖"的艺术就是为了让我们清醒地意识到这种蕴注着"大恐惧""绝望感"的民族生命到底是怎样的自我形态:

狮子似的凶心,兔子的怯弱,狐狸的狡猾,……①

而且"我"乃至每一个人都置身其中:

四千年来时时吃人的地方,今天才明白,我也在其中混了多年;大哥正管着家务,妹子恰恰死了,他未必不和在饭菜里,暗暗给我们吃。

我未必无意之中,不吃了我妹子的几片肉,现在也轮到我自己,……

有了四千年吃人履历的我,当初虽然不知道,现在明白,难见真的人!②

一个"吃人"的世界,一个"难见真的人"的世界,让"我"如此恐惧,而且更为恐怖的是"我"也有份。因此,当《阿Q正传》出来以后,很多人都以为讽刺的是自己,如芒在背,而这恰恰是这种"大恐怖"艺术所要达到的压迫性艺术效果。也就是说,这种"大恐怖"艺术的产生包含着三个层面的因素:第一,从创作主体而言,这种"大恐怖"艺术是鲁迅对民族生存高度清醒的自觉,这种自觉使他在对民族生命冷静而深刻的理性观照中产生了中国人"要从'世界人'中挤出"的清醒自危感,进而由此产生这种"中国人失了世界,却暂时仍要在这世界上住"的"大恐惧"。正是由此出发,他的心理是极为峻迫的,他的思想是极为

---

① 鲁迅. 鲁迅全集(1卷)[M]. 北京:人民文学出版社,2005:447.
② 鲁迅. 鲁迅全集(1卷)[M]. 北京:人民文学出版社,2005:454.

深刻的，他的审美与艺术实质是对民族生存心理体验与理性观照的独特回应。第二，就作品本身而言，这种"大恐怖"艺术实质是对民族非人生存状态的本质性反映，或者说，是民族生存本身令人恐怖的揭示。文学源自生活，没有现实非人的恐怖何来恐怖的非人艺术。第三，从接受主体而言，这种"大恐怖"的艺术对于"十全停滞"、陶醉于"大团圆"等精神胜利法的自欺的民族来说是恐怖的，或者说，"大恐怖"本身就是鲁迅希望达到的艺术震撼力效果。

那么，经过"五四"高潮之后鲁迅这种"大恐惧"的心理有着怎样的变化呢？"依然在沙漠中走来走去"，正表明这种"大恐惧"有增无减，最终化为彻底的绝望。对此，《野草》在《墓碣文》中表述得极为明白：

……于浩歌狂热之际中寒；于天上看见深渊。于一切眼中看见无所有……

而且，这种"无所有"的"大恐惧"是"我""经了几乎致命的摧折"之后的内在生命体验，这要比"狂人"从民族生存史字缝里看出来的"大恐惧"更为真切。相应地，"大恐惧"的艺术表现方式也从以"人"为主体转为了以"我"为主体。"大恐怖"与"大恐惧"的增加是成正比的，《呐喊》《彷徨》最令人恐怖的符号集中于"吃人"，这也是这两部作品对于民族生存史最具震撼力的揭示，而《野草》最令人恐怖的符号则是较之"吃人"更为令人恐怖的"抉心自食"。《狂人日记》中"我未必无意之中，不吃了我妹子的几片肉"的"大恐惧"反思在《墓碣文》中上升为自剖，他要将自己血淋淋的心肝掏出来，吃一吃，看看是什么味道。相应地，《狂人日记》这一在以现实主义创作为主体的《呐喊》《彷徨》诸多作品中最具内在化的现代心理意识作品也变成了更为内在化的全乎是暗示性象征的《墓碣文》。因此，《墓碣文》便成为鲁迅作品中最具恐怖色彩的创作，集中凸显出了《野草》作为鲁迅"大恐怖"艺术巅峰的特征。"我"自己将一颗血淋淋的心掏出来吃掉显然较之于吃别人更为恐怖。不仅如此，我们每一个人都要将心肝掏出来，看一看，吃一吃，以此知道自己"人"的"本味"，因此，与"狂人"对面的好歹也是个活人，而与"我"对面的却全是死尸，而且都"胸腹俱破，中无心肝"。不仅如此，而且这些没有心肝的死尸还"在坟中坐起，口唇不动，然而说——'待我成尘时，你将见我的微笑！'"艺术的"恐怖"之所以被推到顶点乃是因为"我"对自己与"人"的生存与生命状态"无所有"的状态"恐惧"到顶点，而这种"大恐惧""大恐怖"所激发出来的却正是"我"何以为"我""人"何以为"人"的生命审问。

……抉心自食，欲知本味。创痛酷烈，本味何能知？……

……痛定之后，徐徐食之。然其心已陈旧，本味又何由知？……

……答我。否则，离开！……

"……答我。否则，离开！……"这"自啮其身"的"游魂"在黑夜中发出来的令人惊悚的声音不正是对"我"何以为"我""人"何以为"人"的自我审问吗？这不正是整部《野草》"独语"的要义吗？当我们从这个角度来倾听"我"之"独语"的时候，《野草》的艺术心路才真正显露出来。此时，就连《野草》中一向未被作为阐释焦点的《我的失恋》等篇目也全然显露出独特的现代生命启蒙意味。"爱人"赠"我""百蝶巾""双燕图""金表索""玫瑰花"，这是"爱人"按照"盛行"的恋爱方式表达爱意，代表了普遍的人格样态。但是，"我"却没有以此种"阿呀阿唷，我要死了"的"盛行"恋爱方式回应"爱人"，而是赠给她"猫头鹰""冰糖葫芦""发汗药""赤练蛇"这些令其恐怖的礼物，这表明了"我"与"爱人"截然不同的人格样态。"猫头鹰"之所以放在首位来赠送，是因为它正是鲁迅的钟爱。"猫头鹰"是一种猛禽，古诗名"枭"，黑夜活动，白天栖息，即便睡去也睁着一只眼睛，飞翔时悄无声息，偶尔发出一两声怪叫，令人惊悚。"在希腊神话中，它是智慧女神雅典娜的原型；在黑格尔的词典里，它是哲思的别名；而在鲁迅的生命世界中，它更是人格意志的象征。鲁迅一生都在寻找中国的猫头鹰。"①《野草》以"黑夜"与"梦魇"为底色的"独语"不正是他以与庸众截然对立的人格样态发出的令他们心生恐怖、"从此翻脸不理我"的"人生诅咒论"吗？因此，这"冷气逼人""阴森森"的"人生诅咒论"带给读者的正是一种"真正的希有的力量"②。

《复仇（其二）》以更为完整的情节展示出了这种艺术心路。带着"中国人失了世界，却暂时仍要在这世界上住"的"大恐惧"，"我"像"神（人）之子"耶稣那样满怀大悲悯对"人"进行布道式的生命启蒙。但是，作为"人之子"的"我"却并不能与"人"构成对话，不仅如此，"我"还因此遭到了"致命的摧折"：

> 因为他自以为神之子，以色列的王，所以去钉十字架。
>
> 兵丁们给他穿上紫袍，戴上荆冠，庆贺他；又拿一根苇子打他的头，吐他，屈膝拜他；戏弄完了，就给他脱了紫袍，仍穿他自己的衣服。
>
> 看哪，他们打他的头，吐他，拜他……

启蒙者遭到启蒙对象的围击，这正是启蒙者的绝望。"四面都是敌意，可悲悯的，可咒诅的"，这种生存图景不正是"我"内心"中国人失了世界，却暂时仍要在这世界上住"的"大恐惧"的形象展示吗？由这种"大恐惧"而来的"绝望"绝不是因为要被钉杀而害怕，而是因为人之不能为人而"较永久地悲悯他们的前途"，"仇恨他们的现在"。在这些"可悯的人们"看来最大的恐惧莫过于被钉杀，给"神之子"喝"用没药调和的酒"绝不是出于同情，而是为了欣赏"神之子"被钉杀时的恐惧，这些"庸众""看客"

---

① "猫头鹰学术文丛"编者：《致读者》，见王乾坤. 鲁迅的生命哲学[M]. 北京：人民文学出版社，1999.
② 李素伯. 小品文研究[M]. 上海：新中国书局，1932：112-113.

"暴民"是多么希望看到这恐怖的大戏,以此满足渴血的欲望,获取兽性的狂欢。这时,"神之子"却"不肯喝那用没药调和的酒",这种开金刚之勇的宗教式的受难反而将大恐惧转移给了那些"可悯的人们"。于是,一个反常的大恐怖场景出现了:

> 丁丁地响,钉尖从掌心穿透,他们要钉杀他们的神之子了,可悯的人们呵,使他痛得柔和。丁丁地响,钉尖从脚背穿透,钉碎了一块骨,痛楚也透到心髓中,然而他们自己钉杀着他们的神之子了,可咒诅的人们呵,这使他痛得舒服。

那"丁丁地响"的刺骨声本身是令人恐惧的,而这种痛在"神之子"那里却是"痛得柔和""痛得舒服",这不是更令那些"可悯的人们"恐怖吗?这种恐怖正是"神之子"对"人"之"现在"的金刚怒目的"仇恨"(复仇),他就是要通过这种开金刚之勇的满怀"大悲悯"的宗教式受难带给那些"可悯的人们"以"大恐怖",同时以此人类大哲受难时的内心"独语"使人意识到自己的"血污"与"血腥"。这不正是"野草""经了几乎致命的摧折"还要在"旱干的沙漠中间""来造碧绿的林莽"吗?这不正是以"我"的涅槃升华自己与人世吗?这时,《野草》深层蕴注的生命启蒙心路便更清晰地呈示出来:"我"在民族历史与现实生存中感受到人之不能为人的"大恐惧",于是满怀"大悲悯"地展开人之为人的生命启蒙,由此形成"我"与"人"的尖锐化生存对立,"我"以金刚之勇面对"致命的摧折",这种受难既是"我"对"人"之前途"较永久地悲悯",更是"我"对"人"之"现在"的"仇恨",因此"我"展开了金刚怒目的"复仇","我"要让这些"可悯的人们"在"大恐怖"之中感受到灵魂的震撼与强大迫力,而这正是"我"的"生命的飞扬的极致的大欢喜"。因此,《野草》实则是"大恐惧"的艺术、"大悲悯"的艺术、"大仇恨"的艺术、"大恐怖"的艺术、"大欢喜"的艺术。

"大恐惧"—"大悲悯"—"大仇恨"—"大恐怖"—"大欢喜",

这种心路贯穿于《野草》乃至鲁迅的整个创作与人生，这不仅包涵着他的生存心理体验，也包涵着他对民族生命的认识论，还包涵着他的艺术方法论，更包涵着他的人生价值论。这种心路鲁迅自己其实以不同的方式进行过反复表述，他的著名演讲《娜拉走后怎样》的结尾处表露的正是这种心迹：

> 可惜中国太难改变了，即使搬动一张桌子，改装一个火炉，几乎也要血；而且即使有了血，也未必一定能搬动，能改装。不是很大的鞭子打在背上，中国自己是不肯动弹的。我想这鞭子总要来，好坏是别一问题，然而总要打到的。①

"中国太难改变了"，"不是很大的鞭子打在背上，中国自己是不肯动弹的"，这既是他从民族生存中感受的"大恐惧""大悲悯"，也是他由此而生的"大仇恨"，因此他一生都在不懈寻求那条"很大的鞭子"，他的文学创作从本质意义上讲就是他打在中国人背上的"很大的鞭子"，希望以此"大恐怖"让中国能够动弹起来，而这正是他"生命的飞扬的极致的大欢喜"。也就是说，他的"大恐怖"艺术实质是他生存心理体验、民族生命认识论、艺术方法论、人生价值论的统一。当这一切都化为"独语"的时候，这条"很大的鞭子"就不仅仅是打在中国人的背上，更是深深地打在中国人的灵魂上、精神上，《野草》这种极致的就连他自己都认为"技术不错"的"大恐怖"艺术正是他给出的拷问"我"何以为"我"、"人"何以为"人"的"很大的鞭子"。他就是要在"我""抉心自食""自啮其身"的"游魂"独语里，在"影要告别人"独自被黑暗吞没的独语里，在"我""死后"而"知觉还在""比全死了更可怕"的独语里，让中国人更为内在化地感受到灵魂拷问的"大恐怖"，由此恢复"自性"与"人"的面目。

当揭示出《野草》所蕴注的"大恐惧"——"大悲悯"——"大仇恨"——"大恐怖"——"大欢喜"这种鲁迅艺术心路之后，若以此为参照来审视《烛

---

① 鲁迅. 鲁迅全集（1卷）[M]. 北京：人民文学出版社，2005：171.

虚》,其内在的艺术心路与其所蕴注的现代性生命启蒙意味便会更清晰地呈示出来。《烛虚》同《野草》一样也展示了"我"与"人"对话的无效,沈从文以"乡下人"进城为喻描述这种情状:

> 正如有乡下人,大清早担柴挑草进城,不明白城市中人起居行动忌讳,就眼睛看到的,心中感觉的,随便说说,或有人迎面走来,即闷倒在地,以为有意中伤。或有人正拥被睡晏觉,做好梦,猛被这种声音惊醒,事虽由乡下人引起,这乡下人实在亦无可奈何。①

对话的无效实质是"我"与"人"两种人格样态的截然对立。正是在这种尖锐化的生存对立中,"我"开始了"说他人不如说自己","记人事不如记心情"的"独语"。这种内心的"独语"同样包涵着鲁迅那种"中国人失了世界,却暂时仍要在这世界上住"的"大恐惧"。社会"完全建筑在少数人的霸道无知和多数人的迁就虚伪上面","政治、哲学、文学、美术,背面都给一个'市侩'人生观在推行"②,"多数人所表现的观念,照例是与真理相反的",且"都乐于在一种虚伪中保持安全或自足心境"。③面对这种"人"之不能为"人"的非在,《烛虚》之"我"同样像《野草》之"我"那样对人之存在与前途产生了"大悲悯"。此时,即便是"闻几个'知识阶级'玩牌争吵声",也让"我""油然生悲悯心",因为"这种人的生活兴趣,不过同虫蚁一样,在庸俗的污泥里滚爬罢了"。④但是,满怀"大悲悯"的"我"于此并没有像《野草》之"我"那样展开"大仇恨"的"复仇",也并没有生成《野草》这样的给人以灵魂的惊悚与抽打的"大恐怖"艺术,而是反其道而行之。既然民族生命在"有形无形市侩化"的"实际主义"中沉沦,"给真正的法币和抽象的法币弄得昏昏的,失去了应有的灵敏与弹性",被"有

---

① 沈从文. 沈从文全集(12卷)[M]. 太原:北岳文艺出版社,2002:14-15.
② 沈从文. 沈从文全集(12卷)[M]. 太原:北岳文艺出版社,2002:39.
③ 沈从文. 沈从文全集(12卷)[M]. 太原:北岳文艺出版社,2002:43.
④ 沈从文. 沈从文全集(12卷)[M]. 太原:北岳文艺出版社,2002:37.

形秩序和无形观念"扭曲成"小巧而丑陋的形式","一切所为所成就,无一不表示对于'自然'之违反,见出社会的拙象和人的愚心",那就对症下药,从根本上恢复他们所失去的"对自然倾心"的本性。采用什么样的方式恢复这种本性?沈从文试图创立"美与爱的新的宗教",以此普度人性沉沦的众生,恢复生命本有的庄严。

> 我们实需要一种美和爱的新的宗教,来煽起更年青辈做人的热诚激发其生命的抽象搜寻,对人类明日未来向上合理的一切设计,都能产生一种崇高庄严感情。①

这种"美与爱的新的宗教"实质就是生命"对自然倾心"的本性,这种本性不是人的"浓厚动物本性",而是人面对自然万象"取得一种诗的感兴和热情",由此"激发其生命的抽象搜寻"而从"实际主义"的"庸俗的污泥里"摆脱出来,使之走向"对于'生命'较高的认识",实现人之为人的形而上超越,而不是"从'万物之灵'回到'脊椎动物'"。这种"美与爱的新的宗教"鲜明针对的正是这个"神的解体"的时代及与之相应的人性沉沦的生存状态:

> 神既经解体,因此世上多斗方名士,多假道学,多蜻蜓点水的生活法,多情感被阉割的人生观,多阉宦情绪,多无根传说。大多数人的生命如一堆牛粪,在无热无光中慢慢燃烧,且结束于这种燃烧形式,不以为异。本来是懒惰麻木,却号称为"老成持重",本来是怯懦小气,却被赞为"有分寸不苟且",他的架子虽大。灵魂却异常小。他目前的地位虽高,却用过去的卑屈阿谀奠基而成。这也就是社会中还有圆光、算命、求神、许愿,种种老玩意儿存在的理由。因为这些人若无从在贿赂阿谀交换中支持他的地位,发展他的事业,即必然要将生命交给不可知的运与数的。②

---

① 沈从文. 沈从文全集(17卷)[M]. 太原:北岳文艺出版社,2002:362.
② 沈从文. 沈从文全集(17卷)[M]. 太原:北岳文艺出版社,2002:361-362.

因此，这种"美与爱的新的宗教"首先体现的就是沈从文对于民族生存与生命状态的极高理性透视，同时也是他以现代理性产生意志，以此摆脱"将生命交给不可知的运与数的"的状态，使民族生命"向上走，向前进"，这正是一种区别于传统生存的鲜明的现代性生命意识。对于皈依这种"美与爱的新的宗教"的目的他表述极为明白：

然而人是能够重新知道"神"的，且能用这个抽象的神阻止退化现象的扩大，给新的生命一种刺激启迪的。①

"这个抽象的神"就是"美与爱的新的宗教"，凸显出人之为人的形而上终极属性，这就是沈从文反复强调的阻止民族生命退化现象扩大的"抽象"。也就是说，沈从文由具体走向抽象，皈依"美与爱的新的宗教"，其前提是他对民族生存与生命状态的极高理性透视，而且是他"由新的理性产生意志"对民族生命重造的自觉与自为，沿此他进一步展示出与"有形无形市侩化"的"实际主义"、与"如一堆牛粪，在无热无光中慢慢燃烧"的"大多数人的生命"截然对立的超越于理性之上的形而上生命至境，因此，在终极层面上，《烛虚》实质是向形而下沉沦的民族生命展示生命形而上至圣至美的艺术。

正如《野草》的"大恐怖"艺术本身就是"我""抉心自食"、"在黑暗里""独自远行"的践履亲证，《烛虚》的形而上至美艺术也同样是"我""如焚如烧"、以"阿拉伯人在沙漠中用嘴唇触地，表示皈依真主"的虔敬来接近美的践履亲证。因此，《烛虚》的"独语"最大幅度、最集中地表现为"我"接近"美"、进入生命圣境时心醉神迷的忘我情绪与情形，这同样是一种"生命的飞扬的极致的大欢喜"。而"我"此时心醉神迷于生命圣境最本己的生命情状所标示的正是民族生命所应超向的形而上终极，即"我"在有生中发现了"那本身形与线即代表一种最高的德性，使人乐于受它的统制，受它的处治"的"美"。"我"进入这种"语言歌呼之死亡"的状态

---

① 沈从文. 沈从文全集（17卷）[M]. 太原：北岳文艺出版社，2002：362.

就是对生命本体的触摸，就是回归人的本质存在，因为"这种美或由上帝造物之手所产生，一片铜，一块石头，一把线，一组声音，其物虽小，可以见世界之大，并见世界之全。或即'造物'，最直接最简便那个'人'"①。此时唯有"独语"方能展示的此种内在化、剧烈性的生命至美体验带给人的实质是一种接近"美"，接近"上帝造物"，接近"最直接最简便那个'人'"的艺术，即重造民族生命的艺术。

至此，《野草》与《烛虚》"独语"的艺术心路与内在的现代性生命启蒙意味便更清晰地呈示出来：前者是"大恐惧"—"大悲悯"—"大仇恨"—"大恐怖"—"大欢喜"，后者是"大恐惧"—"大悲悯"—"复归自然"—"至圣至美"—"大欢喜"。《野草》以"我"的最本己生存感受展示出民族生命"难见真的人"的"大恐惧"，面对人之非在"我"满怀"大悲悯"，由此展开民族生命的重构，但"我"与"人"却因此形成尖锐化的生存对立，在"我"以金刚之勇的受难中对于庸众展开了金刚怒目的"复仇"，"我"要让这些"可悯的人们"在"大恐怖"之中感受到心灵的震撼与强大迫力。这种"大恐怖"的艺术本身就是"很大的鞭子"，带给国人以灵魂的惊悚与抽打，由此实现"我"的"生命的飞扬的极致的大欢喜"。与《野草》以"大恐怖"的艺术使人在灵魂的惊悚之中警悟于自身"自性"缺失的丑陋不同，《烛虚》以"至圣至美"的艺术使人在忘我的生命至美体验之中恢复生命的"神性"。面对民族生命的非在同怀"大恐惧""大悲悯"的沈从文反其道而行之。既然民族生命在"有形无形市侩化"的"实际主义"中沉沦，"无一不表示对于'自然'之违反"，那就对症下药，从根本上恢复他们所失去的"对自然倾心"的本性，即创立"美与爱的新的宗教"，以此普度人性沉沦的众生，恢复生命本有的庄严。这种至圣至美的艺术本身就是对代表最高德性之美的如焚如烧，带给世人以忘我的生命至境体验，而这本身就是皈依自然、信仰生命的

---

① 沈从文. 沈从文全集（12卷）[M]. 太原：北岳文艺出版社，2002：23-24.

"大欢喜"。因此，二人在中华民族走向现代新生的历史转折处，面对人之不能为人的民族生存与生命状态，不管是鲁迅峻迫的自危感，还是沈从文深沉的隐忧，都是对民族生命非在的"大恐惧"，都是对民族生命前途的"大悲悯"。同怀着民族生存与生命的"大恐惧""大悲悯"，鲁迅关注的是在奴隶时代的循环中民族生命"不悟己之为奴"的"自性"缺失，沈从文关注的是在"神之解体"时代民族生命"实际主义"的"神性"缺失。进而，二人都以与民族现实生存截然对立的人格样态走向了现代性的生命启蒙，但"我"与"人"对话的无效使二者深陷绝望，在诸多生存悖论、情感纠结、精神困扰之中二者以绝望抗战的姿态进入更加孤独、更深层次的内在化生命探寻，以对"我"何以为"我"、"生命"何以为"生命"做出根本性回答。因此，这个"独语"的世界并不是个人的自怨自艾，也不是与现实脱离的自我幽闭，而是以鲜明的现实针对性指向民族生命本体形而上重构的更为独特、更具本质意义的现代性生命启蒙，一种将文学"启人生之閟机"的特殊职用发挥到极致的完全内心化的艺术形态。

　　文学是生命的艺术，作为黑格尔所言的"绝对精神"，担承民族生命本体形而上建构的使命当是其最核心的要义。《野草》与《烛虚》所集中担承的正是这一根柢性的文学职用，这种突出表现在两个方面：一是思想性。二者鲜明呈示出文学"涵养吾人之神思"的职能。前文由中国现代史而及中国现代文化思想史再及中国现代文学史终及鲁迅与沈从文，所呈示出的二人在民族生命本体形而上重构中的标志性以及《野草》与《烛虚》对于这种标志性的集中体现正在于此，在此不赘。二是艺术性。文学不同于知性的哲学，它的特性在于审美性，《野草》与《烛虚》于此表现出"启人生之閟机"的独特艺术形态。从《呐喊》《彷徨》到《野草》，从《边城》《长河》到《烛虚》，艺术方法由现实主义转为象征主义实则是生命探索深入的表现。艺术方法本无优劣之分，好坏全在于表现对象的需要。在文学史的演进中，艺术方法的演化最本质显示的实则是生命探索的轨迹。当古典主义文学以理性为核心形成太多的束缚时，浪漫主义文学则以人的解放、个性的张扬、自由的诉求对其进行反拨；而批判现实主义又不满于浪漫主义对社会的抽象抗议和对未来的空洞呼唤，则以真实地表现现实生活，典型地再现社会风貌对其进行反拨；当现实主义文学强势行进时，现代主义文学则将笔触深入人的"内宇宙"的主观精神世界对其进行反拨，而现代主义艺术方法的兴起与近现代以来对于人的隐秘心理世界的深入探索是紧紧联系在一起的，弗洛伊德精神分析心理学对于文学现代性的影响是显而易见的，这在鲁迅与沈从文的创作中就有所反映。事实上，"现代性""在文学上的反映之一，是更加自觉的主体意识和主体个性化、内心化"。[①]《野草》与《烛虚》"独语"的艺术方式实则是这种文学主体意识、个性化、内心化的突出表现，是二人对于生命的自内凝视与沉思，蕴注着独特的现代生命启蒙意味。因为二人重构民族生命本体取向的殊途，所以"启人生之閟机"的艺术形态也截然不同：《野草》带给我们的是大恐怖的艺术，《烛虚》带给我们的是至圣至美的艺术。事实上，二者这种艺术形态也是对各自之前以现实主义创作为主体的延伸，《呐喊》《彷徨》所展示的正是一个恐怖性的世界，而《野草》正是将这种恐怖性更加内心化；以《边城》为代表的湘西世界展示出人性之美，而《烛虚》则是将这种"人性"向至圣至美的"神性"提升，并在完全内心化的近乎迷狂的生命体验中展示。二者这种截然相对的艺术方式正如同佛陀向婆婆世界愚迷众生的开悟，一方面以无间地狱的极度恐怖带给此在之人以极大的现实迫力，使其破执除障，返闻自性；另一方面以西方净土的至圣至美带给此在之人以无限的神往，使其正知正觉，证得往生，二者的独特就在于这一切都示现于最本己之"我"的"独语"。

[①] 赵树勤. 精神分析与"五四"小说现代化[J]. 湖南师大社会科学学报，1988(5).

※ "活生生的实在的内容的形式"

在鲁迅、沈从文那里，文学的确如克莱夫·贝尔所言是一种"有意味的形式"，确切地说是一种生命的艺术。《野草》与《烛虚》正是以"活生生的实在的内容的形式"开启各自独特"人生之阈机"的生命艺术。

地域色彩的消解是《野草》与《烛虚》最显在的艺术征候，较之于"鲁镇系列"与"湘西系列"二者显示出鲁迅与沈从文的创作新变。这种艺术征候意味着"我"由记忆世界、外部世界返归现实最本己的、复杂隐秘的内心世界，一个诸多矛盾反复消解，充满悖论与张力，处于高度紧张与焦虑的内心世界，一个"灵魂深处或意识边际"的世界，由此展开人之存在的形而上终极探寻。于此，二者显示出以极致性生命体验与诗性之思的"形而上质"为质料的艺术形态，一种示现人类文化思想史上伟大思想家、文学家、哲学家殊途同归于生命至境的艺术形态。裹挟着剧烈同一性、极致性生命体验与诗性之思的情绪流在文本中抽象流动，形成与人生即会、弥漫周遭的精神性氛围，这种以生成终极性形而上质为目的的艺术形态构成《野草》与《烛虚》最根本的艺术特质。二者艺术的成功揭示出文学艺术创作的关键并不在于人事物象本身的地域色彩，而在于是否具有进入灵魂深处或意识边际的生命体验，与此同时，这种生命感丰沛的体验是否具有那种人为之值得一过的"伟大的形而上质"，从而本源性地证得人之为人的自我存在。这样，二者消解地域色彩之后虽由外部世界回到最本己的生命内部世界，却超越了个人园地里自怨自艾的记录，在以"我"的生命体验与存在之思对民族生命乃至人之存在进行更为深彻透视的同时，又以象征世界将"我"何以为"我"、"生命"何以为"生命"的"形而上质"直笼其中，这便是二者作为哲理性散文诗的艺术本来面目。

《野草》与《烛虚》极致性的生命体验直笼于"象"与"境",而二者生命色彩迥异的"象"与"境"所显示的正是各自独特的生命之"征"。当"中国全国就是一个大墓场"这样一种生命感隐然于鲁迅之心的时候,"坟""野草""荒野"便成为《野草》最核心的生命意象,构筑出最本己之"我"的生存状态。向"坟"而在的生命是"野草","野草"与"坟"便组成这种"荒野"式的生存图景。这种对于传统审美心理挑战与反叛、对于传统士大夫式孱弱生命力厌弃与重构的艺术风范凸显出区别于传统精神气质结构的现代个体生命意识与人格样态。正是在这里,《野草》展示出最本质的生命图景:"我"置身于茫茫荒野,在意义急待确证的焦虑与困境中上下求索,展开生命终极的"天问"。更为重要的是,这立身绝境的"天问"最终发出的并不是屈原的"芳菲凄恻之音",而是"肉薄这空虚的暗夜"的"反抗挑战"之声、"绝望的抗战"的"伟美之声"。面对荒野的"苦闷",《野草》释放出的是难以遏制的生命力,所致力寻求的乃是"于无所希望中得救"。因此,"我"的生命实践便集注为"荒野"之中绝大意力地"走"。这种"走"生成"路"而于荒野中确证存在的生命实践却遭遇到更深层的焦虑与困境,因为"坟"这一"象"在"荒野"之中赫然立于前路,直接危及"走"本身的意义。在"走"还是"息"的艰难决断处,"我"听到了"那前面的声音"的召唤。这种人之为人的本因与自性最终促使"我"沿着无限精神三角形斜面的生命之路向上走。"坟—绝望—反抗—自性"这一象征结构图式集中呈示出这种人何以为人的确证。而《烛虚》则以"百合—美—生命—神性"这一象征结构图式集中呈示出不同的生命确证途径。这一象征结构的产生鲜明针对的是民族生存"糊口混日子""毫无一种较高情感"的"实际主义"沉沦。面对"百合"乃至整个自然万象"取得一种诗的感兴和热情"正是为了"教育人"。只有经过这种"如中毒,如受电,当之者必暗哑萎悴,动弹不得,失其所信所守"的高峰体验,经过"别一种人格的光和热照耀烘炙",才能够"陶冶我们,启发我们,改造我们,使我们习惯于向远景凝眸，不敢堕落，不甘心堕落"。人唯有进入这种"超生"状态，才不会"乐意在地下爬"，才会自觉自为地"站起来走"，"挺起脊梁来做个人"。因此，"百合—美—生命—神性"这一象征结构图式不仅呈示出沈从文重造生命的途径，而且还呈示出这种重造的最根本目的是为了"生命离开一个动物人生观，向抽象发展与追求的欲望或意志"。"坟—绝望—反抗—自性"与"百合—美—生命—神性"这两种殊途的象征结构图式最直观地呈示出"谁是造物主"这一人之存在终极性命题的答案：前者返闻自性，后者超向神性，二者同归于人之不断创生的超越本性。

地域色彩的消解、人事物象非指实的象征性、形而上质的超言说性，凸显出《野草》与《烛虚》"独语"艺术形态的本来面目。而从接受主体这一文学创作的视角而言，这种"独语"的艺术形态正包涵着二者各自独特的现代性生命启蒙意味。独语意味着"我"与"人"不能构成有效性对话，这正是启蒙者的孤独、悲哀与困境。深寓于这种情感与精神的困境，《野草》呈示出一种"大恐怖"的艺术，《烛虚》呈示出一种"至圣至美"的艺术。鲁迅"大恐怖"的艺术内涵着"大恐惧"—"大悲悯"—"大仇恨"—"大恐怖"—"大欢喜"的心路，这种艺术心路实则是他生存心理体验、民族生命认识论、艺术方法论、人生价值论的统一。他在民族历史与现实生存中感受到"中国人失了世界，却暂时仍要在这世界上住"的"大恐惧"，生发出人之非在的"大悲悯"，这正是鲁迅文学创作的心理同一性。由此出发，他的创作带给接受主体的是一种巨大的心理压迫，一种让接受主体冒冷汗、如芒在背的艺术，一种蕴注着"鬼气"与"毒气"的"大恐怖"艺术。这种艺术一方面反拨的是中国传统文学"平和""不撄人心"的传统，另一方面针对的是民族生存"有撄人心者"不仅"为帝大禁"，而且"为民大禁"，"故性解（Genius）之出，必竭全力死之"，以至于民族生命"宁蜷伏堕落而恶进取"，沦为"末人"的现状。因此，鲁迅的"大恐怖"艺术是"撄人心"的最集中体现，鲜明指向的是"人道蒸也"的现代性生命启蒙。《野草》

将这种"大恐怖"艺术发挥到极致状态,它以"黑夜"与"梦魇"为底色、"抉心自食"的"独语"发出"冷气逼人""阴森森"的"人生诅咒论",这"自啮其身"的"游魂"在黑夜中发出的令人惊悚的声音正是"我"何以为"我"、"人"何以为"人"的审问。因此,这种艺术就是他打在中国人背上的"很大的鞭子",让那些"可悯的人们"在"大恐怖"之中感受到灵魂的震撼与强大迫力,以此产生让中国能够动弹起来的"真正的希有的力量",而这正是"我"的"生命的飞扬的极致的大欢喜"。以上述鲁迅的艺术心路为参照,《烛虚》在终极层面上实质是向形下沉沦的民族生命示现生命至圣至美的艺术,显示出"大恐惧"—"大悲悯"—"复归自然"—"至圣至美"—"大欢喜"的心路。同怀着民族生命非在的"大恐惧""大悲悯",沈从文并没有像鲁迅那样展开"大仇恨"的"复仇",也并没有生成《野草》这样的给人以灵魂的惊悚与抽打的极致的"大恐怖"艺术,而是反其道而行之。既然民族生命在"有形无形市侩化"的"实际主义"中沉沦,"无一不表示对于'自然'之违反",那就对症下药,从根本上恢复他们所失去的"对自然倾心"的本性,即创立"美与爱的新的宗教",以此普度人性沉沦的众生,恢复生命本有的庄严。由此,《烛虚》的"独语"最大幅度、最集中地表现为"我"接近"美"、进入生命圣境时心醉神迷的忘我情绪与情形,这同样是一种"生命的飞扬的极致的大欢喜",而"我"这种最本己的生命情状所标示的正是民族生命所应超向的形而上终极。此时唯有"独语"方能展示的此种内在化、剧烈性的生命至美体验带给人的实质是一种接近"美",接近"上帝造物",接近"最直接最简便那个'人'"的艺术,即重造民族生命的艺术。故而,与《野草》以"大恐怖"的艺术使人在灵魂的惊悚之中警悟于自身"自性"缺失的丑陋不同,《烛虚》以"至圣至美"的艺术使人在忘我的生命至美体验之中恢复生命的"神性"。因此,"独语"的过程实质是"我"最本己地出场向"人"开启重造生命的艺术教育。

结　语　鲁迅、沈从文与"中国问题"

　　面对人类世界的总体性现代转型，近现代以来深处救亡图存危机的中华民族该如何重构崭新的生命本体以振疲起衰，在世界民族之林中争得"人"的价格？面对中国社会历史不可逆转的现代转型中以儒道佛为主体的民族传统价值体系的碎片化，国人该重构怎样的形而上价值体系朝向现代生存？这是整个20世纪乃至现在最根柢的"中国问题"。鲁迅以"立人"为其文学创作的贯穿性支点，沈从文以"重造生命"为其文学创作的贯穿性支点，正是对"中国问题"的深彻把握。自从鲁迅痛感"凡是愚弱的国民，即使体格如何健全，如何茁壮，也只能做毫无意义的示众的材料和看客"的时候起，发露民族的劣根，重构善美刚健的民族生命本体，便成为他终生一以贯之的生命实践。生命应该有个怎样合理的安排是沈从文一生不懈的探求，他要在"一切经典所建议的抽象原则，已失去其应有尊严作用，而显得腐霉败坏时"重造经典，以此筑造供奉"人性"的神庙，重构"生命"信仰。正是立足历史转折处"归一"于民族生命本体的现代重构，二者才以各自殊异的"大道"成为中国现代文学史乃至整个文化思想史上标志性的存在。

　　痛感民族生存危机，以"五四"为契机，鲁迅首先以传统主流文化中心区域生存方式的缩影——"鲁镇"为基点来观照民族现实生存。《呐喊》《彷徨》借狂人之口道出"有了四千年吃人履历"的民族生存史。鲁迅的深刻在于他所思考的是为什么在这部民族生存史之中这些"也有给知县打枷过的，也有给绅士掌过嘴的，也有衙役占了他妻子的，也有老子娘被债主逼死的"被吃者也会去"吃人"。也就是说，吃人者与被吃者除去外在社会结构上所处的社会地位不同之外，二者在人之本体根性上并无差异，这正是民族"四千年吃人履历"的历史同一性根源。在以时间性的纵向历史眼光对整个民族生存史进行回溯中，鲁迅以专制主义与人的存在这一整个民族乃至人类生存从古到今所面临的痼疾为视角，发露出维系这一社会历史结构的以家族制度与礼教为表现形式的主流意识形态文化"仁义道德"之下的"吃人"面目，呈示出奴隶时代循环的历史同一性，进而揭示出最根柢的"中国问题"，即"人丧其我"，"本根剥尽"。"鲁镇世界"正是本根"无我"的民族生存范本，这里的"我"实质是人之为人尊严、独立、个性、自由的"自性"。《阿Q正传》最具代表性的原因正在于此，阿Q实则是鲁迅于本根无我的民族生存史中以"鲁镇世界"为范本提炼出的典型文学形象，"精神胜利法"凸显出民族善美刚健生命本体的缺失。诚如凌宇先生的概述，他的创作是"中华民族中以家族制度与礼教为中心的主流文化占统治地位的中国中心区域的生存方式最集中、最深刻、最典型的显示"。这也是《呐喊》《彷徨》采用以现实主义为主要文学手法的原因，因为现实主义于此凸显出了以形象的现实性、具体性来感染人、反映社会生活的艺术效用。既然最根柢的"中国问题"是本根无我，针对性重构民族生命的途径当然是"朕归于我"。在《呐喊》《彷徨》外在形象描摹民族生存人之非在诸相，内在揭示民族生命本体缺失的基础上，由"五四"高潮呐喊而入彷徨于无地的鲁迅于运交华盖之中更加痛切、更加焦灼地感到"对于这样的群众没有法"。"没有法"的他最终将潜隐在作品深处、借助作品人物说话的最本己之"我"凸浮而出，他要以自身最本己的存在言说"我"的"全部人生哲学"，一种超越现实诸相、"于一切眼中看见无所有"的终极性言说。他所言说的正是他自己据以行动的内在隐秘言语，其"朕归于我"的全部人生哲学就见之于作为此我的"野草"之在。这样，"我""野草"便成为象征性的生命符号，一种与庸众截然对立的人格样态的象征，示现出善美刚健的生命本体。相应地，文学创作的方法也由《呐喊》《彷徨》以现实主义为主转向《野草》以象征主义为主，因为象征主义所具有的暗示性艺术效用更易于表现难以言说的形而上质。因此，《野草》实则是以《呐喊》

《彷徨》为基生命蓄积到一定程度的产物,"野草"式的此我之在所呈示的"鲁迅的全部人生哲学"实则是"朕归于我"的生命本体与人格样态如何成为实在的本体论与生存论,一种以最本己之"我"示现的方式对最根柢"中国问题"的解答,并沿此标示出"惟此自性,即造物主"的终极归向。"自性"的澄明,以"野草"式人格样态对于"我"之"自性"的践履亲证,一方面凸显出鲁迅之为鲁迅的特质,另一方面凸显出他"外之既不后于世界之思潮,内之仍弗失固有之血脉"的民族生命本体重构。从小扎根于孔孟学说、后来又接受西方现代教育的鲁迅痛感民族生命的愚弱,在民族生命本体重构上他首先以西方文化的积极部分对儒家这一中国封建专制文化主体的惰性部分进行反拨,"朕归于我"所体现的正是这种鲜明的反拨意识。这种反拨意识虽然萌生于早年他对中西文化史与民族生存史的观照,但是在他的现实生命实践中得以极大的张扬却是以深寓十年寂寞之后的"五四"为历史契机的。最终这种深蕴反拨意识的创作在"五四"新文学以彰显个人发见的时代总精神里显示出了最具实质性的内容,一方面针对中国的生存危机,在不得不张扬历史主义的时代大势里,凸显出了对于儒家文化惰性部分的结构性反拨,另一方面又在结构性上凸显出了强烈的现代意识、个体意识与生命意识。不过,这种反拨也同时显示出另一重鲁迅自身的特质与本土文化血缘。具体地说,从小与佛结缘、留日期间师承章太炎学佛、深寓 S 会馆又十年研佛的他在历史转折处将民族生命本体现代重构的贯穿性轴心定位于"自性",这正源自孔孟学说之外的佛家。也就是说,在以西方文化积极部分结构性反拨儒家文化惰性的时代大势里,鲁迅重构民族生命本体并没有将根脉转向本土之外的西方,而是在自己另一根脉所系的佛家里找寻民族生命本体的固有血脉。佛教自印度传入中国后,特别是经过六祖惠能将其与心性结合改造以后,成为中国文化固有血脉之一,而"自性"正是佛家最核心的生命符号。佛家对于人之存在眷注的要义莫过于破迷开慧,消业除障,恢复人之本有的真如自性。鲁迅在历史转折处以"自性"为基重构民族生命本体在根脉上契合于佛家"返闻自性,成无上道"的基本原理,将其置于"造物主"的地位所凸显的也正是佛家视"自性"为"真空""妙有"的超越诸法空相的根性生成功能,佛的示现就是对真如自性的开悟。佛家认为"自性"是人本身具有的,是如如不动的,只是我们的业力将其垢障,因此,我们要不断地消业、破障、除迷、去执,将这本来的初心恢复。鲁迅的独特就在于他不仅吸纳了佛家"返闻自性"的生命再造基本原理,而且还内应人类世界总体性现代转型的大势,在返归自性的同时为其注入了一种凸显时代总精神的生命进化发展意识。这种改造使自性在结构性上凸显出"个性""我性""自我""个我""主我""精神独立,思想自由"等具有"个人的发见"性质的现代个体特质,凸显出一种与时代总精神相契合的强烈的现代生命感。因此,"朕归于我""惟此自性,即造物主"虽然深蕴于佛家的固有血脉,但是在生命本体结构上却彰显出了尊严、独立、个性、自由的现代个体生命意识,而这正是自西方告别中世纪、中国结束封建帝制特别是以"五四"为标志的现代转型以来人之存在本体论上最重要的符号进展。这种"外之既不后于世界之思潮,内之仍弗失固有之血脉"的现代个体生命意识萌生于早年中西文化思想史的相互参照,经过深寓十年寂寞的孕育,而在"五四"极大张扬,最终以"野草"式的现实生存示现于此我之在,在荒原般的社会背景中"我"成为民族新生最鲜明的标示。

正是在这里,鲁迅显示出了他作为"五四"新文化伟大旗手最本质的意义,显示出了他的创作他人难以企及的形而上高度。正如司马长风在《中国新文学史》中以具有历史感的描述那样,他的创作是"一枝独秀"。此期郭沫若的新文学创作是以新诗名世的,"他的诗特色是富于想像,和反抗的热情,缺点是大喊大叫,许多诗酷似口号的集合体"[①]。也就是说,郭沫若的文学创作极大地凸显出了中华民族现代新生的热情,他以崭新的"五

---

① 司马长风. 中国新文学史(上卷)[M]. 香港:昭明出版社,1980:100.

四"新人姿态展示出对于民族传统生存的激烈反抗性,但是他更多侧重于情感层面以及与社会现实层面的应和,对于民族生命本体的形而上重构显然不能与鲁迅比肩。郁达夫小说所特有的感伤美、病态美展现于作品人物的苦闷情怀以及由此而生的颓废和变态的心理言行,从中揭示出一种"时代病",这在五四运动高潮过后是有相当代表性的。但是,他的创作也同样侧重于情感(心理)层面,显然未能标示出民族生命超向的形而上向度。周作人的"言志派"散文最终沉湎于"自己的园地",那种"苦中作乐"、忧患中的洒脱最终也未能超出"中庸"的范畴。即便是"五四"高潮时期他所提出的为人称道的"人的文学"也停留于他所谓的"个人主义的人间本位主义",正如胡适所言,周作人"所谓'人的文学',说来极平常,只是那些主张'人情以内,人力以内'的'人的道德'的文学"[①]。他心目中"人的理想生活"是"各人以心力的劳作换得适当的衣食住与医药,能保持健康的生存","革除一切人道以下或人力以上的因袭的礼法,使人人能享自由真实的幸福生活"。[②]显然,周作人的人道主义的重心是保持人最基本的现实生存,同样没有给出一个具有超越意义的形而上向度。也就是说,在新文学诞生期至成长期里,从《呐喊》《彷徨》而至《野草》最具标志性的意义是显示出了以鲁迅为代表的"五四"新文学先驱者们在对民族两千多年"吃人"生存史透视的基础上以鲜明的现代个体生命意识对于民族朝向现代生存形而上终极的探寻。因此,《野草》最本质的意义是鲁迅立足民族生命本体的根性观照与重构这一最根柢的"中国问题",以"野草"式的此在之"我"为贯穿性生命符号向旱干沙漠般的社会示现"朕归于我"这一"立之为极"的人格样态。

同是痛感民族生存危机,在"五四"文学革命走过它的高潮转入低潮

[①] 鲁迅,胡适,蔡元培,等. 中国新文学大系导言集[C]. 天津:天津人民出版社,2009:26.
[②] 鲁迅,胡适,蔡元培,等. 中国新文学大系导言集[C]. 天津:天津人民出版社,2009:26.

的时候，沈从文离开湘西，远赴北京，开始了他的新文学创作的探索之旅。两手空空的他跨入北京面对亲戚所做的那番"五四"式人生宣言，恰恰表明以鲁迅为代表的"五四"新文学运动的先驱者们为民族生命所注入的"重新做人"的极强意识在沈从文那里"具尽了符咒的魔力"。沈从文正是沿着"五四"新文学所开启的历史之维面向"明天的新文学"而跨入北京的。从1923年跨入北京到1928年《柏子》的问世，他很快走过了习作期，进入创作的成熟期。司马长风将跨过诞生期（1918—1920年）的新文学的成长期界定为1922年至1928年。极具历史意味的是，《野草》的结集出版（1927年）正在于《柏子》问世（1928年）的前一年，新文学的成长期恰是沈从文新文学创作的习作期。进入创作成熟期的沈从文，即30年代的沈从文，创作出了他的"一流作品——也是中国小说的一流作品"[①]。相对于上述鲁迅以根脉所系的"鲁镇"这一中国主流文化中心区域生存方式的范本为基点来观照民族现实生存，沈从文则是以根脉所系的"湘西"这一"主流文化不占绝对统治地位的边缘文化区域生存方式的缩影"[②]为基点来观照民族现实生存的。较之于鲁迅以时间性的纵向历史眼光立足"鲁镇世界"回溯整个民族生存史，沈从文则以空间性的横向历史眼光将这方相对封闭、保守的"湘西世界"与时代文明中心区域的都市世界进行相互参照，由此呈示出人类生活世界总体性现代转型中最根柢"中国问题"的另一个侧面，即在以"五四"为标志的中国社会历史第二次大变动这一"神之解体"时代，社会历史发展与人之存在表现出极度的二律背反，民族生命在"禁律"与"金钱"之下表现出的扭曲与沉沦，在"实际主义"中表现出的浓厚动物性，无不显示出对于"自然"的违反。针对这一最根柢的"中国问题"，沈从文提出了"神在生命本体中"这一最基本、最核心的重构民族生命本体的哲学命题，并沿此标示出"生命具神性"的终极归向。"神性"的澄明，

---

① 司马长风. 中国新文学史[M]. 香港：昭明出版社，1980：162.
② 凌宇. 从边城走向世界（增订本）[M]. 长沙：岳麓书社，2006：460.

以最本己之"我"对于"生命具神性"人格样态的践履亲证，同样显示出沈从文之为沈从文的特质与他独特的"外之既不后于世界之思潮，内之仍弗失固有之血脉"的民族生命本体重构。所谓"外之既不后于世界之思潮"是指"神在生命本体中"这一生命哲学命题在民族生命本体重构上实质性地沿承了"五四"以来人的独立与精神解放的历史之维，体现了西方文化的积极部分对中国封建专制文化的反拨，凸显出了鲜明的现代个体生命意识。所谓"内之仍弗失固有之血脉"集中体现在"神性"这一生命本体的形而上终极上，其中凝聚着沈从文自身的特质与本土文化血缘。具体地说，"生命具神性"这一终极性命题源自"湘西世界"无物不神的生命初始经验。从小植根于人、神、自然互体的南方少数民族文化的沈从文以横向的历史眼光在对苗汉、中西文化相互参照中既强烈感受到儒家文化惰性部分对生命的腐蚀，也同时沉痛地感受到都市"现代文明"畸形发展带来的人的本质的失落和伦理沦丧。面对这种"无一不表示对于'自然'之违反"的生命状态，他在"神之存在，依然如故"、人与自然契合的湘西世界里找到了一种与之相对的新鲜透明如泉水的生命本源。这方他根脉所系的世界是一个相对封闭、保守的文化区域。正因如此，在中国历史发展不平衡的文化生态里，这方相对受儒家文化的惰性部分腐蚀较轻、受都市"现代文明"畸形发展影响较小的生命世界便具有了一种观照生命本来的鲜活的标本意味，特别是在历史现代转型的时代巨压下其自身封闭性、保守性逐渐被瓦解的进程本身展现的正是人性是如何一步步异变的。这就是为什么沈从文要在更多保留于南方文化传统、崇尚自然的道家文化里寻找重构民族生命本体固有血脉的根由。既然"神"如此密切地关系着人性的本来，而"神即自然"，故此在生命本体中恢复人的自然本性便成为沈从文重造生命的根基。显然，沈从文重造生命的基本原理是契合于道家"道法自然"的核心生命理念的。道家对于人之自然本性的定位与佛家的真如自性是极为相应的，二者指向的都是人本来具有的、如如不动的初心。因此，老子主张人性返璞归真，就像成人返回婴儿。这种人之存在的退守性又显然不符合时代总精神的生命发展观。而沈从文正是在道家的退守处对人之自然本性的内质进行了结构性的改造，在回归自然的同时为其注入了一种凸显时代总精神的生命进化发展意识，并结合自己独特的生命体验对人之自然本性的内质进行了重新界定。他不是将人之存在像道家那样"齐物"，而是将"美"作为最高的德性，将"爱"作为生的方式，并沿此向"神性"提升。因此，"神在生命本体中""生命具神性"虽然深蕴于道家的固有血脉，但是在生命本体结构上却彰显出了美与爱的现代个体生命意识，标示出了以"神性"为终极的生命发展观，而这同样从另一个不同的侧面重构出应对最根柢"中国问题"的形而上向度。

正是在这个意义上，以《边城》《长河》为代表的湘西题材创作在民族生命的人性重构中达到了他人难以企及的高度。茅盾的"社会剖析小说"重在"大规模地、全景式地反映刚刚逝去不久的、甚至是正在发生中的社会现实，表现各种矛盾斗争中的阶级和人"①。作为左翼文学的主流，他注重创作与历史事变的同步，突出的是文学反映时代全貌的史诗品格，显然他的创作重心并不在于民族品德的形而上重构。事实上，左翼文学、解放区文学乃至"十七年"文学重心都在于对于现实政治的呼应与服务，其中优秀的作家很大程度上是表现在其创作对于概念化、公式化的克服，而不是表现在其创作对于人之存在的本真观照达到了怎样的形而上高度，其思想性只是政治主流意识形态的规定动作。"中国的现代作家在对现实的批判方面时时显示出思想的深刻性，而一写到理想，却常常表现出思想的贫弱"②，这在老舍的创作中表现得极为明显。老舍的这种创作情状具有代表性地表明民族生命具有统摄、整合品格的形而上终极还处在摸索与找寻

---

① 钱理群，温儒敏，吴福辉. 中国现代文学三十年[M]. 北京：北京大学出版社，1998：222.
② 钱理群，温儒敏，吴福辉. 中国现代文学三十年[M]. 北京：北京大学出版社，1998：248.

之中。他对于理想市民性格的重构依然停留在老乡土中国子民比较传统的道德观。巴金此期的创作属于"青春型"的创作,是"真诚热烈的心里唱出的青春之歌"。在30年代的艺术画廊里他最具吸引力的"如火一般"的"青年世界"所注重的是"二三十年代青年复杂变幻的思想情绪,充满了渴望变革的亢奋焦灼的激情",①重心显然不在民族生命本体重构的形而上观照。当"五四"所开启的重构民族生命的历史之维走过二十周年的时候,立身于以《边城》《长河》为代表的湘西系列创作的坚实人生基础上,正如鲁迅由《呐喊》《彷徨》而入《野草》,沈从文则由《边城》《长河》而入《烛虚》。可以说,40年代以最本己之"我"为贯穿性生命符号示现"立之为极"人格样态的《烛虚》等系列抽象创作实则为湘西题材系列创作这一坚实的金字塔基与塔身构筑了一个标示性的塔尖,是继"曲谱边城"之后进一步"独照虚空"的哲学提升②,是"人性"向"神性"的进一步提升,那启明生命的金星"长庚"就闪耀于这金字塔的塔尖,鲜明标示出"生命具神性"的形而上终极。

上述鲁迅与沈从文分别以"自性"与"神性"为根本识别性的民族生命本体形而上现代重构绝不是二人于历史转折处的权宜之计,而是对最根柢的"中国问题"具有人之守望终极性与前瞻性的应对。在社会与人这一辩证统一体的构建中,人与人之间的平等与社会的公正取向正是现代社会实体的基石。鲁迅于此看到的是,中华民族要彻底摆脱"奴隶时代的循环"必须最彻底、最具本质意义地实现"人的自身现代化"。正如辜鸿铭所言,去掉头上的辫子容易,去掉心理的辫子却难。"个人的发现"是"五四"开启的历史之维,沿此鲁迅以鲜明的现代个体生命意识对于民族心理奴性的

---

① 钱理群,温儒敏,吴福辉. 中国现代文学三十年[M]. 北京:北京大学出版社,1998: 261.
② 湖南凤凰古城听涛山麓沈从文、张兆和墓地"三绝碑"上刻有凌宇先生为该墓地所作的《莺啼序·沈从文张兆和墓地感怀》。这首词中有"数十载,天人悲悯,曲谱边城,独照虚空,等身骚赋"之句。

抗拒仍不能说是"过去",继续以"自性"为形而上终极建构尊严、独立、个性、自由的民族生命本体仍然具有重要的时代意义,因为要实现鲁迅所言的那种"人各有己"的"群之大觉",马克思、恩格斯所取向的那种"人人各个有己"的"联合体",我们还有很长的路要走。从"神之解体"到科学发展,我们在技术体系现代化构建上也取得了长足的发展,但是沈从文所关注的那种"所得于物虽不少,所得于己实不多"的情势却依然突出,"惟实惟利""有形无形市侩化"的"实际主义"人性沉沦依然严峻。显然,人的生存并没有伴随着技术体系的高速现代化而一路欢歌。事实上,民族生命形而上品格缺失弊端的日益显露正表明,沈从文以恢复对自然倾心的本性为基点,以"神性"为形而上终极建构至圣至美的民族生命本体同样具有重要的时代意义,因为要实现沈从文所希图的人性重返自然,马克思、恩格斯所取向的"合乎人的本性的人的自身的复归",我们同样还有很长的路要走。因此,民族生命本体现代重构中的鲁迅与沈从文向今天的我们依然发出昭示:如果民族生命本体缺失"自性",不能真正实现"朕归于我""人各有己",那么社会实体建构即便是以"民主"为取向,也会出现在两千多年"以独虐众"之后"以众虐独"的专制主义变种;如果民族生命本体缺失"神性",不能真正恢复以美与爱为内质的对自然倾心的本性,实现"生命具神性",那么社会实体建构即便是以"科学"为取向,也会出现在"神之解体"之后"万物之灵"向"脊椎动物"的退化,伴随着社会实体高速现代化的却是生命内质"有形无形市侩化"的实际主义沉沦。正是在这个意义上,二者在关注"五四"以来社会实体建构民主与科学维度的同时,还关注到民族生命本体建构的"自性"与"神性"维度,其文学创作旨在探求民族生命的自因本性,一种自由自律的自我超向人类尊严与无限创生的不竭力量。

文学是时代的表征,以鲁迅与沈从文为代表的新文学作家在民族生命本体重构之路上的执着跋涉突出表明以"五四"为标志的中国社会历史第二次大变动正是一个亟须重构民族生命形上品格的时代。虽然在这一最根柢"中国问题"的应对中他们以各自独特的文学实践标示出了具有超越意义的哲学向度。但是,这条民族生命本体重构之路依然处于未完成时。作为"绝对精神"的文学,在中国社会历史第二次大变动中由以二人为代表的新文学作家们所建构与凸显的新文学作为世俗精神前导的品格日见衰萎,文学与作家在很大程度上被世俗化、商业化、市侩化。黑格尔说:"当一个民族失去了它的形而上学,当从事于探索自己的纯粹本质的精神,已经在民族中不再真实存在时,这至少也同样是很可怪的。"①在社会实体现代化建构高速发展的同时,要避开"所得于物虽不少,所得于己实不多"这种社会历史与人之存在二律背反的悖论,我们有必要研究二者于此达至的哲学高度以资借鉴。而《野草》与《烛虚》这种以最本己之"我"出场澄明"人"之性体的昭示正表明二人绝不是信条的营造者或教义的炮制者,他们呈献给整个民族乃至人类生存的是一种崭新而鲜活的精神与人格样态,最终的目的是要为民族生命示现真正占有人的本质的根性,示现这种根性所引发的自我心灵运动,示现这种心灵运动所达至的生命极致状态。个体自由自律趋向于这种生命极致状态的过程就是人在形而下现实生存中对自我生命本体的形而上澄明,就是对"自性"与"神性"的真正占有,就是对"人"之本然之道的彻底回归,就是对生命的无限超越。本书正是内应这一最根柢的昭示展开的探索,希图于纷繁的时代文化境遇里更为敞亮地揭示"野草""在旱干的沙漠中间""造成的碧绿的林莽"与"烛虚"所获取的"别一种人格的光和热",使之破尘生光,释放出两位文学大家在民族生命本体现代重构中所具有的历史价值。

---

① 〔德〕黑格尔. 逻辑学(上卷)[M]. 杨一之,译. 北京:商务印书馆,1976:1.

参考文献

一、著作类

[1] 鲁迅. 鲁迅全集[M]. 北京：人民文学出版社，2005.

[2] 沈从文. 沈从文全集[M]. 太原：北岳文艺出版社，2002.

[3] 陈独秀. 陈独秀著作选编[M]. 上海：上海人民出版社，2009.

[4] 胡适. 胡适作品集[M]. 台北：台湾远流出版社，1986.

[5] 周作人. 周作人散文（4卷）[M]. 北京：中国广播电视出版社，1992.

[6] 郭沫若. 郭沫若全集[M]. 北京：人民文学出版社，1982.

[7] 郁达夫. 郁达夫全集[M]. 杭州：浙江大学出版社，2008.

[8] 茅盾. 茅盾全集[M]. 北京：人民文学出版社，1984-1986.

[9] 老舍. 老舍全集[M]. 上海：文汇出版社，2008.

[10] 巴金. 巴金全集[M]. 北京：人民文学出版社，1986-1994.

[11] 何其芳. 画梦录[M]. 北京：人民文学出版社，2000.

[12] 高长虹. 高长虹文集[M]. 北京：中国社会科学出版社，1989.

[13] 梁启超. 梁启超文集[M]. 北京：燕山出版社，2009.

[14] 龚自珍. 龚自珍全集[M]. 上海：上海古籍出版社，1999.

[15] 赵树理. 赵树理文集[M]. 北京：人民文学出版社，2005.

[16] 凌宇. 从边城走向世界[M]. 长沙：岳麓书社，2006.

[17] 凌宇. 沈从文传[M]. 北京：东方出版社，2009.

[18] 凌宇. 符号——生命的虚妄与辉煌：《三国演义》的文化意蕴[M]. 长沙：湖南师范大学出版社，1997.

[19] 张梦阳. 中国鲁迅学通史[M]. 广州：广东教育出版社，2002.

[20] 张梦阳. 奴性与悟性——鲁迅与中国知识分子的"国民性"[M]. 郑

州：河南人民出版社，1997.

[21] 许寿裳. 我所认识的鲁迅[M]. 北京：人民文学出版社，1953.

[22] 孙玉石. 《野草》研究[M]. 北京：中国社会科学出版社，1981.

[23] 孙玉石. 现实的与哲学的——鲁迅《野草》重释[M]. 上海：上海书店出版社，2001.

[24] 汪晖. 现代中国思想的兴起[M]. 北京：北京三联书店，2008.

[25] 汪晖. 反抗绝望——鲁迅及其文学世界[M]. 石家庄：河北教育出版社，2001.

[26] 王乾坤. 鲁迅的生命哲学[M]. 北京：人民文学出版社，1999.

[27] 钱理群. 心灵的探寻[M]. 石家庄：河北教育出版社，2002.

[28] 吴康. 书写沉默——鲁迅存在的意义[M]. 北京：人民出版社，2010.

[29] 李欧梵. 铁屋中的呐喊——鲁迅研究[M]. 尹慧珉，译. 长沙：岳麓书社，1999.

[30] 李何林. 鲁迅《野草》注释[M]. 西安：陕西人民出版社，1977.

[31] 李天明. 难以直说的痛苦——鲁迅《野草》探秘[M]. 北京：人民文学出版社，2000.

[32] 李希凡. 一个伟大寻求者的声音[M]. 上海：上海文艺出版社，1982.

[33] 李长之. 鲁迅批判[M]. 北京：北京出版社，2003.

[34] 朱奇志. 龚自珍鲁迅比较研究[M]. 长沙：岳麓书社，2004.

[35] 金介甫. 凤凰之子——沈从文[M]. 符家钦，译. 北京：光明日报出版社，2004.

[36] 孙冰. 沈从文印象[M]. 上海：学林出版社，1997.

[37] 王继志. 沈从文论[M]. 南京：江苏教育出版社，1992.

[38] 吴立昌. 建筑人性神庙[M]. 上海：复旦大学出版社，1991.

[39] 赵学勇. 沈从文与东西文化[M]. 兰州：兰州大学出版社，1990.

[40] 刘洪涛，杨瑞仁. 沈从文研究资料[C]. 天津：天津人民出版社，2006.

[41] 吉首大学沈从文研究室. 沈从文研究[C]. 长沙：湖南大学出版社，1988.

[42] 冯天瑜. 文化守望[M]. 武汉：武汉大学出版社，2006.

[43] 解洪祥. 中国现代文学精神[M]. 济南：山东教育出版社，2003.

[44] 冯友兰. 中国哲学简史[M]. 赵复三，译. 天津：天津社会科学院出版社，2005.

[45] 雷达，李建军. 百年经典文学评论[M]. 武汉：长江文艺出版社，2004.

[46] 张毅. 儒家文艺美学——从原始儒家到现代新儒家[M]. 天津：南开大学出版社，2004.

[47] 李天道. 中国古代人生美学[M]. 北京：中国社会科学出版社，2008.

[48] 宾恩海. 中国现代文学的文化阐释[M]. 北京：人民文学出版社，2007.

[49] 李泽厚. 美的历程[M]. 天津：天津社会科学院出版社，2009.

[50] 朱光潜. 无言之美[M]. 南京：江苏文艺出版社，2010.

[51] 王志明. 文学·时空·比较[M]. 成都：西南交通大学出版社，2012.

[52] 江建文. 美的解读[M]. 南宁：广西人民出版社，2004.

[53] 茅盾. 茅盾论中国现代作家作品[M]. 北京：北京大学出版社，1980.

[54] 朱寿桐. 文学与人生十五讲[M]. 北京：北京大学出版社，2006.

[55] 肖万源，徐远和. 中国古代人学思想概要[M]. 北京：东方出版社，1994.

[56] 陈鼓应. 悲剧哲学家尼采[M]. 北京：三联书店，1987：191.

[57] 廖诗忠. 回归经典——鲁迅与先秦文化的深层关系[M]. 上海：上海三联书店，2005.

[58] 李泽厚. 中国现代思想史[M]. 北京：东方出版社，1987.

[59] 李建军. 文学因何而伟大[M]. 北京：华夏出版社，2010.

[60] 费孝通. 乡土中国 生育制度[M]. 北京：北京大学出版社，2010.

[61] 周来祥. 东方文化审美研究（第一辑）[M]. 桂林：广西师范大学出版社，1996.

[62] 刘再复. 文学的反思[M]. 福州：福建教育出版社，2010.

[63] 袁贵仁. 马克思的人学思想[M]. 北京：北京师范大学出版社，1996.

[64] 胡晓明. 诗与文化心灵[M]. 北京：中华书局，2006.

[65] 张晶. 美学的延展[M]. 北京：商务印书馆，2006.

[66] 曹顺庆，李天道. 雅论与雅俗之辨[M]. 南昌：百花洲文艺出版社，2005.

[67] 丁来先. 审美静观论[M]. 北京：中国社会科学出版社，2008.

[68] 王磊. 中和之美[M]. 成都：四川文艺出版社，2008.

[69] 温儒敏，赵祖谟. 中国现当代文学专题问题研究[M]. 北京：北京大学出版社，2002.

[70] 汪涌豪. 中国文学批评范畴及体系[M]. 上海：复旦大学出版社，2007.

[71] 王尧. 文字的灵魂[M]. 济南：山东友谊出版社，2007.

[72] 宗白华. 美学散步[M]. 上海：上海人民出版社，2011.

[73] 鲁迅，胡适，蔡元培，等. 中国新文学大系导言集[C]. 天津：天津人民出版社，2009.

[74] 王瑶. 中国新文学史稿[M]. 上海：上海文艺出版社，1982.

[75] 钱理群，温儒敏，吴福辉. 中国现代文学三十年[M]. 北京：北京大学出版社，2006.

[76] 洪子诚. 中国当代文学史[M]. 北京：北京大学出版社，1999.

[77] 陈思和. 中国当代文学史教程[M]. 上海：复旦大学出版社，1999.

[78] 孟繁华，程光炜. 中国当代文学发展史[M]. 北京：中国人民大学出版社，2009.

[79] 王庆生. 中国当代文学[M]. 武汉：华中师范大学出版社，2004.

[80] 严家炎. 中国现代小说流派史[M]. 北京：人民文学出版社，1989.

[81] 黄修己. 20世纪中国文学史[M]. 广州：中山大学出版社，2004.

[82] 刘勇，邹红. 中国现代文学史[M]. 北京：北京师范大学出版社，2006.

[83] 丁帆，朱晓进. 中国现当代文学[M]. 南京：南京大学出版社，2007.

[84] 郭志刚，孙中田. 中国现代文学史[M]. 北京：高等教育出版社，2001.

[85] 丁帆. 中国乡土小说史[M]. 北京：北京大学出版社，2007.

[86] 陆贵山. 中国当代文艺思潮[M]. 北京：中国人民大学出版社，2009.

[87] 司马长风. 中国新文学史（上卷）[M]. 香港：昭明出版社，1980.

[88] 朱维之，赵澧，黄晋凯. 外国文学史（欧美部分）[M]. 北京：中国人民大学出版社，2004.

[89] 钱中文. 文学原理——发展论[M]. 北京：社会科学文献出版社，2007.

[90] 童庆炳. 文学审美特征论[M]. 武汉：华中师范大学出版社，2000.

[91] 朱立元. 美学[M]. 北京：高等教育出版社，2001.

[92] 赵炎秋. 文学批评实践教程[M]. 长沙：中南大学出版社，2011.

[93] 郭绍虞. 中国历代文论（一卷本）[M]. 上海：上海古籍出版社，2001.

[94] 唐正序，冯宪光. 文艺学基础理论[M]. 成都：四川大学出版社，2003.

[95] 钱谷融，鲁枢元. 文学心理学[M]. 上海：华东师范大学出版社，2003.

[96] 朱立元. 当代西方文艺理论[M]. 上海：华东师范大学出版社，2005.

[97] 张少康. 中国文学理论批评史教程[M]. 北京：北京大学出版社，1999.

[98] 张佐邦. 文艺心理学[M]. 北京：中国社会科学出版社，2006.

[99] 童庆炳，等. 中国现代文学理论价值观的演变[M]. 北京：北京大学出版社，2005.

[100] 童庆炳. 文学理论教程[M]. 北京：高等教育出版社，2000.

[101] 朱光潜. 文艺心理学[M]. 上海：复旦大学出版社，2005.

[102] 勒内·韦勒克，奥斯汀·沃伦. 文学原理[M]. 刘象愚，等，译. 南京：江苏教育出版社，2006.

[103] 荣格. 心理学与文学[M]. 冯川, 苏克, 译. 北京: 三联书店, 1987.

[104] 黑格尔. 美学(第一卷)[M]. 朱光潜, 译. 北京: 商务印书馆, 1979.

[105] 康·巴乌斯托夫斯基. 金蔷薇[M]. 李时, 译. 上海: 上海译文出版社, 1980.

[106] 杜·舒尔茨. 现代心理学史[M]. 杨立能, 沈德灿, 译. 北京: 人民教育出版社, 1981.

[107] 马克思, 恩格斯. 马克思恩格斯全集[M]. 中共中央马克思恩格斯列宁斯大林著作编译局, 编译. 北京: 人民文学出版社, 1995.

[108] 列宁. 列宁全集[M]. 中共中央马克思恩格斯列宁斯大林著作编译局, 编译. 北京: 人民出版社, 1990.

[109] 帕斯卡尔. 思想录[M]. 何兆武, 译. 北京: 商务印书馆, 1985.

[110] 卡西尔. 人论[M]. 李化梅, 译. 北京: 西苑出版社, 2009: 39.

[111] 亚里士多德. 形而上学[M]. 吴寿彭, 译. 北京: 商务印书馆, 2011.

[112] 弗洛姆. 逃避自由[M]. 陈学明, 译. 北京: 工人出版社, 1987.

[113] 黑格尔. 哲学史讲演录[M]. 贺麟, 王太庆, 译. 北京: 商务印书馆, 1983.

[114] 斯宾诺莎. 伦理学[M]. 贺麟, 译. 北京: 商务印书馆, 1997.

[115] 弗罗姆. 为自己的人[M]. 孙依依, 译. 北京: 三联书店, 1988.

[116] 尼采. 悲剧的诞生[M]. 周国平, 译. 北京: 三联书店, 1986.

[117] M. 舍勒. 资本主义的未来[M]. 罗悌伦, 等, 译. 北京: 三联书店, 1997.

[118] R. 尼布尔. 人的本性与命运[M]. 成穷, 译. 贵阳: 贵州人民出版社, 2006.

[119] 三木清. 人生论笔记[M]. 李云云, 译. 成都: 四川人民出版社, 1988.

[120] 尼采. 尼采生存哲学[M]. 杨恒达, 等, 译. 北京: 九州图书出版社, 2003.

[121] 尼采. 快乐的科学[M]. 黄明嘉, 译. 桂林: 漓江出版社, 2007.

[122] 弗洛伊德. 精神分析引论[M]. 高觉敷, 译. 北京: 商务印书馆, 1984.

[123] 马斯洛. 人的潜能和价值[M]. 林方, 译. 北京: 华夏出版社, 1987.

[124] 海德格尔. 存在与时间[M]. 陈嘉映, 王庆节, 译. 北京: 三联书店, 1999.

[125] 海德格尔. 人, 诗意地安居[M]. 郜元宝, 译. 桂林: 广西师范大学出版社, 2000.

[126] 欧内斯特·勒南. 耶稣传[M]. 梁工, 译. 北京: 商务印书馆, 2011.

二、论文类

[1] 凌宇. 沈从文创作的思想价值论[J]. 文学评论, 2002（6）.

[2] 凌宇. 二三十年代乡土小说中的乡土[J]. 文学评论, 2000（4）.

[3] 凌宇. 从苗汉文化和中西文化的撞击看沈从文[J]. 文艺研究, 1986（2）.

[4] 凌宇. 沈从文的生命观与西方心理学[J]. 南京大学学报（社会科学版）, 2002（2）.

[5] 张梦阳. 鲁迅与当代中国[J]. 兰州大学学报(社会科学版), 2003(5).

[6] 张梦阳. 鲁迅对中国人及中国历史的九大感悟[J]. 粤海风, 2012(3).

[7] 张梦阳. 新世纪鲁迅学的文化走向[J]. 东南学术, 2006（3）.

[8] 谭桂林. 现代中国生命诗学的理论内涵与当代发展[J]. 文学评论, 2004（6）.

[9] 谭桂林. 信仰纯粹性与鲁迅精神的当代意义[J]. 东岳论丛, 2012（12）.

[10] 谭桂林. 论现代中国神秘主义诗学[J]. 文学评论, 2008（1）.

[11] 阎真.《野草》: 对现代生存论哲学母题的穿透[J]. 鲁迅月刊, 2003(12).

[12] 高海清. 形而上学与人的本性[J]. 求是学刊，2003年（1）.

[13] 田中阳. "立人"与"立国"[J]. 湖南师范大学社会科学学报，2006（3）.

[14] 金雅. "人生艺术化"与人的和谐生成[N]. 光明日报，2009-06-09.

[15] 贡华南. 从无形、形名到形而上[J]. 学术月刊，2009（6）.

[16] 赵树勤. 精神分析与"五四"小说现代化[J]. 湖南师范大学社会科学学报，1988（5）.

[17] 丸尾常喜.《野草》解读[J]. 文学评论，1999（5）.

[18] 贺来. 乌托邦精神：人与哲学的根本精神[J]. 学术月刊，1997（9）.

[19] 张建生、吴小美.《野草》"可怖性"特征的探讨[J]. 鲁迅研究月刊，2000（5）.

[20] 李继凯. "五四"新文学的文化创造[J]. 文学评论，1999（3）.

[21] 王全宇. 人的需要即人的本性[J]. 中国人民大学学报，2003（5）.

[22] 张森.《烛虚》：在"抽象"中探寻生命的意义[J]. 民族文学研究，2010（2）.

[23] 唐东堰. 生命的迷狂与神秘智慧[D]. 长沙：湖南师范大学，2011.

[24] 张广森. 本体论语境中人的本性审视[D]. 长春：吉林大学，2005.